第八届鲁迅文学奖

鲁迅文学奖

# 获奖作品集
## 散文杂文卷

中国作家协会
鲁迅文学奖评奖办公室 编

作家出版社

# 目　录

# 第八届（2018—2021）鲁迅文学奖散文杂文奖评奖委员会

# 第八届（2018—2021）鲁迅文学奖散文杂文奖获奖作品名单

（以作者姓氏笔画为序）

| 作品名称 | 作　者 | 出版单位 | 出版日期 | 责　编 |
|---|---|---|---|---|
| 《回乡记》 | 江　子 | 广西师范大学出版社 | 2021 年 12 月 | 周祖为 |
| 《大春秋》 | 李　舫 | 长江文艺出版社 | 2021 年 12 月 | 雷　蕾 |
| 《大湖消息》 | 沈　念 | 北岳文艺出版社 | 2021 年 12 月 | 刘文飞 张　昊 |
| 《月光不是光》 | 陈　仓 | 安徽文艺出版社 | 2021 年 12 月 | 汪爱武 |
| 《小先生》 | 庞余亮 | 人民文学出版社 | 2021 年 6 月 | 杜　丽 温　淳 |

获奖作品《回乡记》作者江子

**江子简介：**

　　江子，本名曾清生，男，1971年7月生于江西吉水。有两百多万字发表于《人民文学》《十月》《北京文学》《天涯》等刊物。出版长篇散文《青花帝国》，散文集《回乡记》《去林芝看桃花》《田园将芜——后乡村时代纪事》《苍山如海——井冈山往事》等，曾获第七届鲁迅文学奖提名、第三届江西文学艺术奖等奖项。中国作协全委会委员，中国作协散文委员会委员，江西省作家协会副主席、秘书长。

# 我乃庐陵世袭之人

## ——获奖感言

江　子

鉴于我的获奖作品集《回乡记》写的是我的故乡——江西省吉水县赣江以西区域的历史与现实，我想更着重地介绍我的故乡的人文历史。

我的村庄名下陇洲。从我的村庄向南行二里，就是明朝万历十一年（1583年）探花刘应秋和其子——崇祯十年（1637年）状元刘同升的村庄老屋。刘应秋和汤显祖相交甚厚，汤显祖与刘同升还有翁婿之情。向西南行十五旦，就是南宋民族英雄杨邦乂的村庄杨家庄、诗人杨万里的家乡湴塘。他们是同族祖孙，两个村庄也毗邻而居。往北走二十里内，名人故乡更是星罗棋布，它们是：南宋笔记小说家罗大经、明朝洪武重臣罗复仁的村庄白竹坑，明代兵部尚书李邦华的村庄谷村，以及出过曾存仁、曾同亨、曾乾亨父子，被称为一门三进士的村庄上曾家村，被称为陆上郑和、五次出使西域的明朝外交家陈诚的故里陈家村。说到陈诚，他可能是中国历史上走路最多的官吏，被史学家评为"为帕米尔高原周边各民族带来安宁与和平，是15世纪最杰出的和平使者"。离陈家村不远就是石莲洞，那是嘉靖状元、理学家、地理学家和江右王门代表人物罗洪先被免职后栖身的地方。

我之所以不嫌啰唆——指认，是想说明，我所写的赣江以西区域，曾经出产过政治家、思想家、诗人、作家、烈士和隐士，足以证明她营养的丰厚与强大的生殖力。他们又构成了这块土地的传统，浇注了这块土地独特的个性与气场。

这块区域归属地吉安，是欧阳修、胡铨、周必大、文天祥、刘辰翁、解缙等人的故乡。在古代，她称之为庐陵——就是《醉翁亭记》中的"庐陵欧阳修也"的庐陵。

我是这块文明久远的乡土的世袭之人。随着年龄渐增，我越来越感到，所谓的欧阳修、胡铨、杨邦乂、杨万里、文天祥、解缙，其实是同一个人，具有同样的刚烈、血性、决绝、诚心正意，同样的文采沛然又胸怀家国。这是这块土地特有的人文性格，是我的故乡特殊的人文密码。有时候我会怀疑我也是他们，因为我发现我的性格中，有着与生俱来的刚烈和决绝，对家国天下、时代律动有着超乎寻常的热情……

　　作为这块土地的世袭之人，我单方面地认为我有责任代替这些卓越的乡党们守护这块土地，用传之于他们的笔，书写这块祖地的历史和现实，记录下这块祖地在进入现代文明体系进程中的消逝与生长，痛苦与欢欣，爱与恨，变与常。

　　传承文明、赓续传统、观照现实、守望家园，应该是每一个写作者的神圣责任。

　　感谢中国作协。感谢第八届鲁迅文学奖散文杂文奖的评委们。

# 回乡记（节选）

★ 江　子

## 临渊记

### 1

　　人有故土之念，自然也会有出走之愿。出走与返乡，自古以来就是乡土这枚镍币的两面。二十年前，我的故乡赣江以西，就发生了一件出走之事：在有着一千五百多户人家的、据说是全省最大的村庄谷村里，一个名叫李瑞水的刚刚高中毕业的少年，在毫无征兆的情况下突然人间蒸发，没有人知道他去了哪里。

　　这件事情的发生并不蹊跷，谷村的人们传出的有几分靠谱的消息是，李瑞水离家出走的原因大致有二。一是高考失利，李瑞水那年正是高考生，考试成绩通过预估离录取线有些远。考大学是没有希望了，落榜是板上钉钉的事。乡村少年，想告别土地，最理想的路就是考学，可是眼看着这条路临时被堵死了，自己多年的辛苦等于白费，家里多年用于读书的钱都打了水漂，李瑞水的心情当然好不到哪里去。心情不好，又恰逢似乎永无尽头的毒日头下的双抢，就会感觉天地之间有了让人窒息的凝重坚硬之感，李瑞水就在某一天趁人不备，背起背包乘车逃离这沉重故土，去了只有他一个人知道的地方。

李瑞水离家出走的另一个原因，还可能是挨了他父亲的骂。正是赣江以西的乡村一年中最为忙碌的时候，人们要在立秋前把田里长熟的早稻抢收进家门，又要抢着翻转泥土把晚稻种下去。中间的时间只有二十来天，太阳毒辣，对任何人都是一个极大的考验。李瑞水高考失利，心情不好，表现在双抢的参与度上，就有消极怠工的嫌疑，割禾呢有一蔸没一蔸，有一行没一行。拉个板车，背个麻袋，脚步就显得不甘不愿。太阳毒热，可他的脸上，始终是像在严冬，挂满了冰霜。他的父亲，十里八村都熟悉的、长年在镇上卖肉爱开玩笑的屠户老李，看着儿子如此垂头丧气，顿时一点儿玩笑之心都没有了。他就忍不住对李瑞水叱责了几句。不难想象，屠户老李对李瑞水的叱责，并不激烈，因为发生在田地里，在农忙季节，哪里会有大块时间来叱责人？屠户老李的叱责，应该还有用上激将之法，激发李瑞水早日振作的意思，这叱责里就明显裹着关切，家里其他人都听出来了。可结果，李瑞水根本不领这个情。他把手里的镰刀往空中一抛，一言不发就离开了田地。看着李瑞水在田埂上越走越远，所有人都没有在意。他们认为，老子骂儿子天经地义，事情并不复杂，过不了多久就会翻篇，他想生会儿气就让他生去吧。

可李瑞水不见了。

当天晚上，李瑞水没有出现在饭桌上，全家人并没有把它当回事。双抢正进行到关键时期，没有人有心思理会一个心情不好的人。几乎所有人都认为，腿长他身上，他爱去哪儿去哪儿吧，要不了几天他就会回来的。

三天之后，李瑞水依然没有回家。全家人也没有觉得有啥不对劲的地方。他们大概以为，他可能是去哪个亲戚家做客了。——赣江以西人多田少，村庄密集，亲友们在四周围成了一道由血脉构成的围墙，那厚厚的围墙，会是失意的人最适合舔吮伤口的温柔乡。

十天后，李瑞水还是没有回家。全家人翻遍李瑞水的房间，除了不见了李瑞水的几件换洗衣服，并没有什么异样。他们去镇上问起长年跑镇里到县城的班车司机，司机说十天前的下午李瑞水搭乘他的车去了县城，之后就再也没有见过他。

李瑞水去了哪里？没有人知道。他没有给这世界留下任何线索。

那时候电话还没有普及，没法通过电话拨号向更多的人打听李瑞水的下落。正好双抢忙得差不多了，屠户老李赶紧派出亲友团出门去找李瑞水。

然而，李瑞水就像一滴水被蒸发了一样。他的家人通过种种方式找了他整整二十年。可他们都一无所获。李瑞水是死是活，他们一概不知。

2

有人离家出走这种事情，在我的家乡赣江以西的历史上并不新鲜。五百多年前，就有一名姓刘的人离开了赣江以西，怀着无比决绝的心思一路往北。

之所以知道他出走的方向是北，是因为五百年后有人沿着他留下的点滴印记来寻他的祖籍地。那是20世纪90年代中期的一天，正在家乡江西吉水宣传部门工作的我接待了一名叫黄祖琳的人。他自称来自湖南宁乡，是一座名人纪念馆的研究员。他说他此行是来寻找一个五百多年前从这里走出到湖南宁乡扎根落户的人。他的名字叫作刘时显。

黄祖琳先生约五十岁，个头不高，相貌并没有什么特别，表情也不算活泛，但他的一口湖南普通话，在我们这个外地人不多的机关里就特别惹眼。他的口音吸引了我的诸多同事。他在他们的围观中掏出了一些纸片，那是一些族谱的复印件。通过他的介绍，以及族谱上的说明，我们大致明白了，他所说的刘时显明明标记为"世居江西吉水"，因儿子刘宝在湖南益阳做知县遂跟着去了湖南，之后领着儿子宝、楠、恩，和孙邦益、邦义、邦礼等，举家搬迁到湖南宁乡定居了下来。但其生平记载模糊，清代康熙年间修的族谱标示其"出生没葬俱逸"，就是说出生与死去的时间都不详，但是他的儿子名叫刘宝，因曾当过湖南益阳知县有着清楚的生卒记载："公（刘宝）生嘉靖十八年（1539年）已亥，没万历三十一年（1603年）癸卯。"黄祖琳先生按照古代十九至二十年为一代的说法，推算出刘时显生辰大约为明正德十五年（1520年）。他来访的意思，是要我们给他提供必要的帮助，领着他在整个吉水县翻箱倒柜，找到那个 1520 年左右出生的刘时显，从而确认他真正的故乡，以为湖南宁乡刘氏续上他们的根源。——领导把陪同黄研究员的任务派给了我。

吉水有大大小小的村庄两千多个，到哪里找得到这个叫刘时显的人呢？据我所知，明代就存在的刘姓村庄，多是汉景帝刘启的第六个儿子长沙定王刘发的后裔，大约在吉水赣江以西——我的故乡所在的乡镇枫江镇的上陇洲、下陇洲、北坑、老屋等几个村子里。这几个村庄相貌老迈，古迹众多，且基本上一脉相承，一笔写不出两个刘字。说不定黄祖琳要找的 1520 年左右出生的刘时显的踪迹，就隐藏在这几个村庄的族谱之中。

我领着黄研究员杀向了这几个村庄。我们认真翻查这几个村庄的族谱。我们共找到了六个叫刘时显的人，但他们分明与黄研究员要找的刘时显身份不符。他们有的生于永乐，有的生于宣德，还有的是崇祯时的子民。他们跟大多数普通本地人一样，在这块土地上出生，又在这块土地上死去。族谱上根本没有他们出外开枝散叶的记载。

那到底是哪里出了岔子？会不会因为过早离开家乡，刘时显的名字和生平，赣江以西的族谱没有来得及记载？——然而这几乎是不可能的事。族谱的伦理，即使夭折的人，也会仔细记录在案。

正当我们一筹莫展之时，有老屋村的老人提醒我们，他们村曾在明朝时分出一支到了五里外的钟家塘村。只是过了好几百年，钟家塘村数姓杂居，刘氏香火不旺，血脉不显，也就不那么被人关注。要不你们去那里看看？

我们立即驱车来到了钟家塘村。那也是离赣江不远的一个小村庄，一百来户的样子。村庄房子之间犬牙交错、凌乱不堪，因为与我的村庄只隔了三里路，我与村里的不少人都有过来往，我知道村里的人们多普通少见识，看不出这个村子有何特别的地方。它会是那个刘时显的故里吗？在一本《南岭粉溪刘氏重修族谱分徙边溪支派》的纸张簌簌作响的老谱中，我们找到一个叫"庆连"的人生有三子，其中次子名叫"时显"，字柏引，关于他的身世只有一句话："出外世系不能悉载。"——这个人出门了，从此再没回来，关于他的子孙后代，没有消息记载了。

他是不是黄研究员要找的刘时显？我与黄研究员进一步对族谱进行分析比对。古称边溪的钟家塘村的刘姓从一世祖忠俊到时显共有六代，但因明末李自成为首的农民起义及清兵入关后，反清复明的激烈战争，江西和湖南都是重灾区，南塘刘氏与赣江以西的刘氏，生存都成问题，祖先们的生卒，自然就顾不上了。但边溪始祖忠俊的父亲宗安在其源头古称南岭粉溪的老屋村的族谱中有明确的生卒记载："明永乐四年丙戌八月初八日酉时生，明成化五年乙丑十一月二十日亥时没。"永乐四年即1406年。如果算十九至二十年为一代，《南岭粉溪刘氏重修族谱分徙边溪支派》里记载的"出外世系不能悉载"的刘时显，其生年就应该是明正德十五年（1520年）前后。这个生年，与黄研究员所示湖南宁乡刘氏族谱里的刘时显的生辰十分吻合。黄研究员用十分肯定的语气说，这个刘时显，就是湖南宁乡南塘刘氏的始祖无疑。

——这位五百多年前"出外世系不能悉载"的乡党，他的去向，终于在20世纪末浮出了水面。

坐实了刘时显这个人的存在，我与黄研究员走出了村子。我看见村外的阳光古老又簇新，村口通往外面正是一个大坡，有人拉着装满了形状可疑的物品的板车上坡，后面的人极力在推动着板车。他们的远方，是无穷无尽的路。正是热天，他们的背上满是汗水和盐霜。地上是板车清晰的辙印。我想，当年执意奔往湖南的刘时显，也是这样走出村庄的吧？

我看到黄研究员脸上荡漾着笑意。我知道这一寻找结果对他意味着什么。我们不是为五百多年前的那个益阳知县的父亲寻找故乡，而是为黄研究员所在的纪念馆寻找血脉的源头。他所在的名人纪念馆叫花明楼，纪念馆的主人是曾任中华人民共和国主席的刘少奇，他原名刘绍选，正是这位刘时显的第十代孙。

3

在赣江以西，刘时显并不算走得最远的一个，金滩镇白石村的邓汉黻，就要比刘时显走得远一些——他去了广东，把家搬到了当时依然属于东莞管辖的九都桂角山下。后来，这块地方归香港管辖，名字换成了锦田。

金滩镇白石村坐落在赣江之滨，一百来户人家，单姓一个邓字，跟大多数赣江边的村庄一样，白石村资源短缺，田地面积少，且常被水淹，村里人的生活好不到哪里去。改革开放伊始，人们纷纷离开村庄出外打工。

可谁也没料到，就是这么普通的一个村庄，竟然有着整个县乃至整个吉安市最为显赫的海外关系——香港的名门望族、有三万人之多的邓氏家族，就发源于这个名不见经传的村子。

白石村有显赫的海外关系的说法，并非白石村一厢情愿的吹嘘夸饰，而是通过香港邓氏家族主动前来攀扯得以坐实。20世纪90年代中期，内地与香港的关系趋于稳定，香江那边的邓氏家族，立即派出十余人组成的亲友团，在本地市县乡三级官员的陪同下驱车来到白石村。他们说着夹着白话的普通话。因改革开放，这样的腔调已经让我们熟悉，县里的文工团演员，为表现当代内地与沿海开放地区的交往就经常在舞台上操着如此腔调。但他们远不是我们县文工团演员表现的那样滑稽、装腔作势，而是神情郑重、举止如仪。他们见娃儿就给红包，见祠堂就拜，见乡亲就拉着叙齿序，论辈分，排字号，称叔呼伯，不亦乐乎。他们集体跪倒在几座天知道是否还有骨殖的几近荒芜的古老坟墓前，泪水滂沱，口里喃喃说，列祖列宗，不肖子孙们终于回来了！——他们跪在祖坟面前集体哭泣的样子，多像一群幡然醒悟的浪子！

他们并不仅仅是来行礼认亲的。他们还与白石村的族亲们商议村庄许多重要的如祖坟、书院、祠堂、学院等设施的修建计划，详细讨论了方案，核定了预算。一到香港，他们就如数汇来了修建所需的所有称得上巨额的资金。

从关心支持白石村生产生活开始，他们逐渐成了吉水乃至整个江西的义人。他们成立了基金会，通过内地官方的推荐，为诸多深山里的学校捐建教学楼，给孩子们送上学习用品。遇上水灾、冰雪灾，他们必踊跃向官方捐款捐物。他们频繁与内地往来，与白石村所在的吉水、吉安乃至整个江西往来。有人统计，这些年来，他们捐赠的资金，多达数千万元。而他们的行为，毫无商业上的任何回报——据我所知，他们在江西没有过任何跑马圈地的商业举动，没有利用与官方的关系在内地拿哪怕一个房地产项目，建哪怕一座属于他们的楼。

他们大多是受过高等教育的人，是香港社会有影响力的人士，不少是知名企业的法人代表，也有的栖身于香港的政界、法律界和教育界。作为香港人，他们普遍有国际视野，其工作往往要与全世界打交道。他们肯定知道他们的所行意味着什么，那肯定是与他们的学识、眼界和价值观高度吻合的义举。

作为赣江以西的后裔，我一直默默关注着他们。我渴望知道他们作为义人的逻辑。终于有一天，我遇上了香港邓氏家族的代表人物邓声华先生。

那是 20 世纪初，江西省政协组织想协同我所在的文艺创作部门，为部分境外的委员撰写一部纪实文学作品，记录下他们的创业历程及慈善义举，以慰他们对江西的乡梓之情。我接到的任务，就是采访前来参加政协会议的香港邓氏国际有限公司董事长邓声华先生。

邓先生时年七十多岁，身材瘦长，穿着一件皱巴巴的白衬衫，留着平头，样子就像是小县城街头随处可见的邻家老伯，根本看不出一点儿实力雄厚的香港知名企业董事长的派头。他一听我介绍说我是吉水人，立即表现出十二分的热情，和我拉起了家常，问我家在哪个乡镇，是否去过他的老家白石村。恍惚间我竟以为我和他并不存在巨大的地理差异，而是两个真正的老乡坐在一起。问答之间，我知道了邓先生早年也颇多苦难，可他凭着生意人的精明，白手起家，抓住了香港的几乎所有发展机会，规避了香港经济的几乎所有风险，一步步把香港邓氏国际做成了融房地产、酒店、商业等为一体的大型企业。

我向邓先生表示祝贺，同时我也说出了我的疑惑。我说吉水并非他的成长之地，这些年来他与族人何以对吉水投入如此多的心血？他沉吟了一会儿，说起了他的家族故事。

他从先祖邓汉黻开始说起。北宋开宝六年（973 年），赣江以西的白石村培养出的官员邓汉黻受朝廷之命来到广东任职，官当得好不好不得而知，可解职以后，他没有回到那个生他养他的地方，而是沿途察访，寻找着自己的安身之地，最后定居在今天的香港锦田。那时锦田并无多少人居，几近荒芜之地，可邓汉黻甘之若饴，抱着耕读传家的信念，一边开垦荒地，一边教孩子读书。后来，他的曾孙乃至曾孙的曾孙，不断有人高中进士，其子孙在香港渐次繁衍开来，成为香港当地的名门望族。

从邓汉黻到1930年左右出生的邓声华，近千年时光翻过。一千年的时光，天下多次易主，河流都可改道，一条纤细的血脉，更容易在时光中稀释，可在香港，邓氏家族的人们互相支持、通力合作，近千年不改，可谓其乐融融。邓声华先生告诉我说，他们之所以能保留如此强劲的凝聚之力，乃是源自邓汉黻的教诲。他给子孙后代留下的祖训，就是勿忘自己是吉水白石的子孙——他可能认为血缘并不足以笼络子孙的心，但故乡正如圣域，不管历经多少年，依然会让子孙后代怀着单纯的朝圣之心。

邓汉黻在锦田建起祠堂，祠堂的风格，正是中国南方的风格。他给祠堂拟下对联，首句就是"吉水流芳频馨藻结"。他把吉水的习俗移植到锦田，如每年农历正月初一至十五，族人必聚到宗祠点丁灯，饮丁酒，就是凡在过去一年内添了男丁的，都燃亮花灯，悬挂于祠堂横梁之上。灯上写上诸如旨福归堂、状元及第、引儿扳桂、添丁发财等用以祝福新生儿的吉祥语句；元宵当晚，添丁者以盘菜形式宴请族人饮丁酒。一桌八人，围坐共享一盘食物，象征团圆……这些与香港当地完全迥异的习俗，无时无刻不在提醒邓氏子孙他们的家在江西吉水。邓声华先生说，种种教诲，让吉水这个地名，小时候起就在他们心中扎了根。他们从小就有了一个信念，一定要代替他们的祖先争取早日组团回家看看。他们的祖先一千多年前离开了吉水，就意味着这一条血脉亏欠了家乡一千多年。他们要还债，要多多地回报故土。于是，就有了他们这些年的义举。

## 4

因为自己在广东做了官，邓汉黻退休之后，索性就近选址，定居锦田；因为儿子赴湘做官，自己呢跟着去了湖南客居，看着湖南环境不错，土地资源丰富，然后回家与家人商议，举家搬迁至湖南宁乡。粗看起来，邓汉黻与刘时显，离乡的理由都十分堂皇，一点漏洞都没有。然而仔细分析边溪的刘时显与白石的邓汉黻的出走，他们告别故乡的背影，都多少显得冷漠与无情。

我没有翻看金滩白石村邓氏族谱，不知道邓汉黻的出走在他们的族谱上有着怎样的表述。我知道宋时做官一般必读书，邓汉黻首先是个读书人无疑。凭我对故乡的了解，我知道一个村庄一个家族要培养一名读书人，会是如何的不易。如果是商贾之家或地主家里还好些，如果是普通的农民家庭，那是要举全村全族之力来供养的。赣江以西属于丘陵，人口众多，然而每人可供种植的田地面积并不多，平均每人不足一亩地，当时的农业技术远不算发达，是否得温饱都很难说，要从自己的嘴里省出一口吃食来供养一名读书人，对全村全族来说都不是一件小事。

而如果供养之事一旦开花结果，那获得功名的读书人，就应该铭记全村全族人的恩德，用一生来做全村全族公序良俗的维护者、公共利益的代言人。村里的宗祠祖坟修建，他要捐资在前；村里有人不孝敬老人，他要出面教育；村里的地界被邻村无理侵占，他要暗中施援手；村里有人要吃官司，他要疏通打点。他就是举全村全族之力树立起来的一根顶梁柱、旗杆石。他注定要为全村全族而活，就是退休致仕也应该告老还乡，成为守护乡村道统的乡绅，为乡村争权益谋福利的遗老。在赣江以西，身居高位退休之后依然回到乡里的大有人在。南宋大诗人杨万里，官至四品（宝文阁学士），退休之后，依然回到离白石村约二十里远的黄桥镇湴塘村，饮酒作诗，养花种菜，"日常睡起无情思，闲看儿童捉柳花""酒新今晚醉，烛短昨霄余"，直到八十岁去世；明朝著名外交官陈诚，官至广东布政司右参政（从三品），五次出使西域，是中国历史上行路最远的官员之一，为国家的边疆稳定立下了汗马功劳，晚年依然回到离白石村四十里的阜田镇陈家村，与当地文人唱和，与乡亲们一起喝茶吃肉"开轩面场圃，把酒话桑麻"，直到九十四岁而终。邓汉黻怎么可以把全村全族撇下不管，放弃自己应尽的责任，一个人远走他乡，独享个人清静过自己的逍遥日子呢？

再说刘时显。他本是赣江以西的一个农民，理应抱有故土难离的观念。可是，因为跟着做官的儿子刘宝去湖南客居了一段时间，他竟然像变了一个人，一候刘宝任期结束，就迫不及待地回到家乡，呼儿唤孙，装车驾辕，把该带上的都带上，头也不回地去了湖南。

说他受制于儿子刘宝肯定是不合适的。根据宁乡族谱记载，那时他已经有了三个孙子。他应该是五十开外的人了。他年富力强，是当仁不让的一家之长。他的一家应该有十余口人，要把这十余口人全部搬迁到几百里外的异乡去，是一个巨大的工程，这个主只有他才做得了。而要做下这个主，他是要下天大的决心的。那是一股怎样的力量，让他不管不顾，把整个家连根拔起，不留余地的？他凭什么就认为，到湖南去重新开始一家人的生活，就要比在赣江以西自己生活了多年、有着稳固的社会关系的家乡会更好？根据《宁乡南塘刘氏四修族谱》记载，刘时显一家在湖南的安居之地也并不见得有多好，"卜筑宁邑南乡距城六十里许之古名六十三都即今五都十二区茅田滩居焉"，不过是长满茅草的河滩之地而已。而且，此去肯定再难回还，如果父母还健在，他怎么安顿已年迈的他们？怎么向自己的兄弟姐妹乃至族人乡党们解释？

他有三个儿子。他跟着当官的儿子刘宝去湖南时，另两个儿子应该在老家的。因为明朝中期一个小小的县令，俸禄并不算高，根本安顿不了那么多人的生活。据有关记载，刘宝在益阳期间官声不错，颇有政绩，肯定不可能是胆大妄为贪污腐化之徒，更是不可能有条件照顾这么大的一家子。那刘时显从湖南回到赣江以西，他怎么向他在家的儿媳介绍他的举家搬迁之念？他会把湖南夸饰得像天堂一样吗？他会说那里田地多得想开垦多少就开垦多少，想怎么吃饱就怎么吃饱吗？他为什么一定要举家离开故土，为何不给自己留一条后路，在故乡留一个念想，把自己的一个子嗣留在故乡？元末明初从吉水赣江以东龙城走出去的毛太华（湖南韶山毛氏开基祖），到云南永胜参战有了战功，最后受到封赏到湖南湘潭韶山冲落户，尚记得把他四个儿子中的两个（二子清二、三子清三）留在给予了他滋养的云南永胜，以让自己时时对那块并不是故乡但胜似故乡的土地翘首回望。他怎么不可以学学这个其实离他并不远的乡党，作一份回望之想？

——江西填湖广是贯穿整个明朝历史的重大政治事件。我去湖南，经常听人说起自己是江西人的血脉，据说有 70% 的湖南人的祖籍来自江西。数百年前，因受朝廷的土地优惠政策或其他政策的鼓励，无数江西人都奔赴因战争人口大幅减少的两湖两广安家落户。我想，刘时显的举家迁徙至湖南宁乡，大概就是受到这个历史事件的裹挟与蛊惑。

迁徙本就是人类的常态。可我怀疑刘时显举家搬迁连根拔起的举动，赣江以西的故乡颇有不快。《南岭粉溪刘氏重修族谱分徙边溪支派》对刘时显"出外世系不能悉载"的记载就是明显的证据。"出外世系不能悉载"，里面包含了多少怨恨、多少不屑。这个人把整个家都搬出去了，他们去了哪里我们可管不着。暂且把他的名字记在这里吧，也算是故乡对这一不肖子孙存了一点儿恩德。

## 5

然而，无情与冷漠，难道就是给邓汉黻与刘时显们离家出走再不回到故乡举动的唯一解释？事情的真相，会不会有着另一种可能？

比如说，故乡留给他们心中的记忆，并不那么美好。

自古以来，中国人对于故乡的情感浓烈又复杂。我们谈起故乡，既有"君自故乡来，应知故乡事。来日绮窗前，寒梅著花未"的美好思念，也有"近乡情更怯，不敢问来人"的怯弱与无措；既有"葬我于高山之上兮，望我故乡；故乡不可见兮，永不能忘"的渴望和向往，也有"无颜见江东父老"的挫败与畏惧；既有"举头望明月，低头思故乡"的缠绵悱恻，亦有"未老莫还乡，还乡须断肠"的酸楚悲怆。

通常意义上的故乡，是祖母唱着童谣的摇篮，让舌尖怀着永恒乡愁的灶台，让身心放松、月光围绕的床榻，但对不少人来说，那由祖坟、宗祠、村庄等构成的坚硬而封闭的名叫故乡的建筑群，有可能就是高高筑起的债台，是灵魂的审判台，是沉重的枷锁，是巴不得冲出去永不回头的坚硬围城，乃至是命运的深渊之地。

贺龙一生不敢回故乡。他曾举着两把菜刀在故乡湖南桑植闹革命，无数湘西子弟跟着他汇入了中国革命的滚滚洪流之中。可革命成功后，贺龙再没有回湘西一次。他害怕家乡的父老乡亲，父母向他索要儿子，寡妇向他索要丈夫，儿子向他索要父亲。据贺龙的女儿贺捷生将军回忆，20世纪50年代初，共和国刚刚诞生，从贺龙故乡湖南桑植寄来的寻找亲人的信件，就像雪片一般飘落在贺龙的书桌上，而贺龙每读这些信，都会眼睛湿润，叹声连连。因为信件里要找的亲人，大都已经牺牲在了革命的道路上。

　　赣江以西的我的故乡，属丘陵地带，又是远离政治文化中心的南方边缘之地，气候湿润温和，土地肥沃适合植物生长，历史上较少战火，人们纷至沓来，造成人口极为密集，村庄连着村庄，田地稀少，资源极为短缺，且因处赣江之滨，不时有洪灾水祸，生存就变得逼仄，人人脾气火暴，个个都有一颗不甘示弱的心，因一点点小事大打出手、亲友乡人间相互倾轧算计的事情就时有发生，以血缘为条件向子孙变本加厉索取之事也不算少。如此地逼仄，如此地不可理喻，许多人对故乡的情感，自然会大打折扣。

　　出生于1912年、离我家五里路远的上陇洲村刘春，在家乡长大到二十多岁，早年因在上海读书开始参加革命，参加了抗日战争和解放战争，新中国成立后，历任中央人民政府民族事务委员会委员、内蒙古分局党委副书记、中共中央统战部副部长等职，是新中国处理民族问题的行家里手。他于21世纪初在北京逝世，享年九十岁。

　　可是因为他的成分很高的父亲新中国成立之初被村里人批斗过甚，最终承受不住投井而死，他从此再也不肯回故乡。过去他经常与村里人有书信往来，尔后，他不再与故乡发生联系。

　　离我家十里路远的江头村人肖文玖，同刘春一样也是赣江以西十分知名的人物。1930年，十五岁的他跟着指挥第一次反"围剿"之余到赣江以西搞调查（《东塘调查》）的毛泽东参加了革命，一生南征北战，历经抗日战争、解放战争、抗美援朝战争，多次获朝鲜一级国旗勋章、二级国旗勋章、一级自由独立勋章，历任67军军长、北京军区参谋长、副司令员，1955年被授予少将军衔。

　　可是他从十五岁走出家门，直到2001年去世，再也没有回到家乡。村里人猜测，这个六岁丧母、十岁丧父的孤儿，这个从小就给地主家放牛的、因长了连眉被人讥笑为傻子的人，肯定对家乡没有多少美好记忆。因为故乡给予他的，只有孤儿的身世、地主的刻薄表情、众人对他相貌的讥笑嫌恶、饱一顿饿一顿的凄凉不堪……

　　北宋初年宦游至粤然后选择在粤定居的邓汉黻和明朝中后期举家搬迁到湖南宁乡的刘时显，在故乡会不会有着与贺龙、刘春、肖文玖相同或者相仿的遭遇？

6

不管怎样，邓汉黻与刘时显终于告别了那让他们百感交集的故乡，找到了属于自己的桃花源。按照常理，摆脱了故乡这一长期压在心头的负资产，从此再也不会有人以血缘的名义对他们进行变本加厉的索取，再也不会有人因对他们知根知底而肆无忌惮地欺凌嘲讽，再也不会有天灾人祸降临在他们身上，各种合理不合理的摊派可以不用交了，各种欠下的恩仇义理都可以一笔勾销。他们与故乡从此井水不犯河水。他们要做的，应该就是牢牢守护着新的地盘，以一种创世的激情，与周围的山川河流、土地生灵建立起和悦美好的关系，全力建造起一个理想的根据地，一个完全有别于赣江以西故乡的家园。在那里，一切都是新的，包括乡邻、语言、习俗、成长、生死、情爱……那属于赣江以西故乡的一切，他们完全可以全部放下不复谈起。

可是，深究他们抵达异乡后的种种轨迹，他们对故乡根本无法做到弃之如敝屣。那让他们爱恨交加的故乡依然在他们的生活中有着极深的烙印。这不能不让人匪夷所思。

邓汉黻来到了锦田安家落户。他一方面努力向当地人学习生产生活技术，全身心地融入当地生活，另一方面，又在生活中强行植入关于赣江以西的文化记忆，比如他盖起宗祠，把宗祠当作教化子孙的重要场所，把血缘在江西吉水的信息，编成对联深深镌刻在宗祠的大门上，让未来的邓氏子孙，一望就知，长记心间；比如他编撰族谱，在族谱中详细记载自己的故乡白石村的地理方位；比如完全移植故乡的年俗，每到春节，必饮添丁酒，凡前一年生下男丁的人家，必须到宗祠宴请族人饮酒，族人则以书写了祝福的话的花灯回报；比如安排在祠堂摆下刀、剑、戟、弓，教导子孙习武，而其武术招式，与当地并不相同，后来人们知道了，那正是赣江以西的吉水世代流传的南拳之术……

我们从邓汉黻苦心孤诣留下的种种印迹可知，他的内心有着多么沉重的、蛮不讲理的乡愁。20 世纪 90 年代初期，香港邓氏家族的回乡之路，其实在邓汉黻时就已经开始铺设。

举家搬迁到湖南宁乡的刘时显同样为保留自己的来路处心积虑。湖南宁乡县《南塘刘氏重修族谱》载曰："乾隆甲午（1774年）孟陬之月，族人修象鼻山祖坟，得志石于喻氏始祖母圹中，始识始祖时显公之名，而登之谱首。"从这段话中可知，为了让后世子孙知道他们的始祖是谁，从哪里来，刘时显这个老农民左思右想，琢磨出在石头上刻字（"刘母喻孺人，生居江西吉水，适时显公为室""夫妇随男宝出宰于楚之阳（今湖南益阳），落业宁邑南乡六十七都茅田滩"），埋于妻子的墓中。他希望让死亡封存他们，他知道也只有坚硬的石头与同样坚硬的死亡才可以长久珍存他们，不让他们被时光埋没。他相信，总有一天，这一镌刻了他们信息、证明他们存在的石头，会大白于天下，死将会变成生的路标，那时他们的子孙，就会根据石头上的信息，找到他们的来路，续上他们的根脉。

一方面对故乡悲观失望远走他乡，另一方面又在故乡视力所不及的地方对故乡魂牵梦萦；一方面把回故乡的路完全斩断，另一方面又不断在新的驻地暗中埋设关于故乡的信息通道。这是一种十分矛盾的情感。对那样一种与故乡既冷漠又炙热，既绝情又深情，既放逐又吸引的现象，我尝试着命名为"临渊"。

是的，故乡在邓汉黻和刘时显们的眼里，是一座无比危险无法见底的深渊。他们熟知这座深渊的属性，当然知道靠近就可能失足，凝视就可能被吞噬（"当你凝视深渊，深渊也在凝视你"）。他们远离故乡，当然是为了解除自己的失足吞噬之患。可这深渊倒映着自己的前世今生，仿佛磁石，又让他们欲罢不能（那深渊的圆形之弧，对他们的灵魂构成了永远的包抄与围剿之势）。这些自我放逐的天地之间的孤儿，唯有远远地守望着这深渊，既不让深渊将自己吞噬，又不让自己的灵魂因远离深渊而失重失衡。他们的守望之姿，仿佛星空中银河旁边光芒微弱的星子，与银河看似彼此孤立，实际上处于相互吸引又永恒对峙的特殊态势之中。

这种守望无比脆弱，隐含着巨大的悲情，即使时光日久，依然让我们唏嘘不已。

这种守望却也十分坚韧，有着与时间对抗的力量，蕴含了巨大的可能。

西晋"永嘉之乱"和"五胡乱华",数百万中原汉人纷纷南迁。至今在赣南、闽南、岭南的他们的后裔,依然把自己称作"客家人",把居住了一千七百多年的迁徙之地当作临时安身之所,把中原当作自己其实永远回不去的故乡,舌尖上依然保留了许多中原古音,就是这种"临渊"之境的最好例证。

从赣江以西出发的邓汉黻和刘时显,以各种各样的方式保留着故乡的信息,不屈不挠地通过血脉传递着故乡的体温,也是这种"临渊"状态的生动写照。

7

今夜,我所在的"赣江以西"微信群里,一个自称是"谷村人"的网友发出消息,说寻找自己的弟弟李瑞水。他说他的弟弟李瑞水自从 20 世纪 90 年代末的一天突然离家出走,至今二十多年来,依然下落不明。

这一消息迅速激活了许多人的记忆,毕竟当年那件十八岁高考少年失踪的事情在赣江以西闹得声响不小。人们纷纷围着谷村人问这问那,迫切想得到这件事的更多信息。谷村人有问必答,关于李瑞水失踪的后续,随着谷村人的讲述,渐渐有了眉目。

谷村人说,这二十年来,他们一家从来没有停止过对弟弟的寻找。他们想了很多办法,比如通告李瑞水当年读书的每一位同学和老师,恳请大家一有李瑞水的消息就立马告诉他们;比如通过发传单的方式,持续把李瑞水的信息广泛发送给出门在外的乡党,希望有一天能通过他们捕捉到李瑞水的蛛丝马迹;比如多年来都保留了拜菩萨的习惯,希望无所不能的菩萨能有一天以托梦的方式给他们透露哪怕一丁点儿关于李瑞水的信息。可是最终,他们的愿望都落了空。

他有没有可能已经不在这世界上了?毕竟生命脆弱,人生无常,报纸或电视曝出的误入传销、染上毒瘾、加入犯罪组织,以及疾病、车祸等都可能让人消失得无声无息。当他们已经对他依然活在这个世界上不再抱希望,可十年前的一天,他们村一个在广东东莞打工的人在石碣镇的一个夜宵摊上看到了他。

在东莞打工的村里人的确没有看错，他看到的是李瑞水而不是别人，他说出的许多特征，比如高矮、胖瘦、左眼下的一颗泪痣，都与李瑞水的特征毫无二致。开始他还不敢确信是他，尝试着用家乡话叫他的名字，结果得到了他的积极回应。他们有过一段短暂的交谈，村里人说十年了家里人到处都在找他，他怎么就不回去看看？他问了家里的一些情况，比如屠户父亲以及母亲的身体，兄弟的婚姻生育，然后说处理完手头的一些事他就回家，其轻描淡写的样子，好像他刚刚才从故乡离开。他们交谈了几句之后，他就迅速回到自己的桌子上，那上面坐着的他的同伙，在夜宵摊的灯光下面目模糊，看不出是恶是善，也几乎不发一言，听不出是本地人还是外地人。一会儿之后，趁着村里人上洗手间的工夫，他们就倏忽不见，他们坐过的桌子上，杯盘狼藉，座椅上似乎还留着他们的体温。

同村的年轻人立即给李瑞水的家里打电话，详细告诉了他的所遇，告诉了夜宵摊的具体地址：某某镇，某某街道，某某门牌号。等到做哥哥的连夜坐火车赶到东莞石碣镇，来到同村人昨夜见到弟弟的夜宵摊前，可哪里还有弟弟的影子？听着应声赶来的同村人翻来覆去地回忆昨晚的相遇，想起弟弟如此绝情，而全家人因他的失踪忍受的诸多苦楚，做哥哥的再也忍不住，在异乡的街头失声痛哭。

——微信群里的南昌乡友们纷纷热心地讨论着。李瑞水为什么不回家？他是对故乡心怀人们所不知道的怨恨，多年了这怨恨还没到放下之时；还是因为他一事无成，无颜见家中父兄；或者是已被迫走上了一条与返乡背道而驰的不归之路，他自认为已经失去了回家的资格？他结婚生子了没？他是否改了姓名与籍贯？与他一起的那一群人，是萍水相逢的同伴，还是绑架他的命运的凶手？

可是，李瑞水不现身，这些问题是没有答案的。

没有李瑞水的踪影，李瑞水的一家依然没有放弃对李瑞水的寻找。当然，又是十年，他们依旧是落了空。毫无疑问，要找一个费尽心思躲起来的人，是一件多么不易的事情。

可是现在，他们一家开始加大了对李瑞水的寻找力度，几乎所有的近亲都开始加入到这无望的寻亲队伍之中。因为李瑞水的屠户父亲快要死了，这个可怜的人，二十年来一直把自己当作一名罪人，一直认为是自己的几句责骂把儿子逼出了家门。他认为落到今天的地步乃是老天爷因为他杀生太多给予了他惩罚，从此再也没杀死过哪怕一只蚂蚁。这个一贯爱开玩笑的人，二十年来也再也没有说过一句有趣的话。他迅速消瘦下去，只剩下一把老骨头。他快要死了。他告诉家人，他死前唯一的愿望，就是见到他养大到十八岁的儿子。他想当面请求他的原谅，不然他会死不瞑目。

谷村人说，你们有谁看到我的弟弟李瑞水吗？如果看到了就请帮我转告一声，说我爹快要死了，能不能请他回一趟家！请告诉他只要能见上我爹一面，他想去哪儿我们谁都不会拦着他。他有啥过不去的，我们全家帮着他！

说完，谷村人发出了几张照片。

照片有些泛黄，照片里的人依然是十七八岁时候的样子。他的头发很长，遮住了前额。他的表情充满了他这个年龄段惯有的桀骜不驯。他的眼神不可一世，充满不屑，又仿佛心怀怨恨，有如刀片般锋利。

那眼神如此年轻，在无数的少年眼里，我们都看到过这样的眼神。

可那眼神又如此古老。我想"永嘉之乱"后南迁的人群，从赣江以西出发的、一千多年前的邓汉黻，和五百年前的刘时显，都会有一副如此的眼神。

夜深了，围观的人们都如水散去，微信群里一片沉寂，那几张泛黄的照片，在微信的窗口，仿佛大海上漂着的几张命运无着的落叶。

我却没有睡着。我想起五百多年前拖家带口离开家乡的刘时显，以及一千多年前"宦游至粤"的邓汉黻。我想起他们与故乡的关系。他们让我对李瑞水并不绝望。我想不管什么原因，不管李瑞水背负着怎样不堪的命运与怎样沉重的负罪，他的乡愁都会是永远的存在。他永远会在心底给自己的故乡留一个角落。毫无疑问，即使现在有诸多不便，若干年后，他会以属于他的方式，或者以衰老不堪的肉体，或者以历经苦难的灵魂，或者以此生，或者以来世，踏上回乡的路。

而故乡，仿佛一名性情乖戾却不失慈蔼的母亲，不管经历多少岁月，总会对她在外久久不归的游子，怀着永恒的守望之心。

# 磨盘洲

## 1

吃过早饭，何袁氏就筹划着去磨盘洲拜菩萨。她考虑到自己年事已高，去磨盘洲的路程并不算太近，因此就希望能尽量轻装前行。她知道拜菩萨用的香烛鞭炮磨盘洲可以现请，随身只需带足香火钱就行。正月元宵刚过，按理天气依然寒冷，早上的霜依然铺了一地，可平日里冷冷的太阳到今天却有些火热，刚刚到树梢就把还贴着红彤彤的春联的村子晒得暖和，村子里留下的几个老人已经争先恐后地把被褥抱出来晒了。她还没走到村口就感到身子在冒热气，考虑到要不了几个时辰就可以回转，于是又返回家中脱下了儿子媳妇买的她本来就嫌笨的羽绒服，同时落下了媳妇留给她她却觉得用不着的手机。她就这样轻轻松松地上了路。

何袁氏走在去磨盘洲的路上。从她的村庄杨家岭到磨盘洲有七八里，一个来回也就十五六里，如果换作比现在年轻几岁，她并不需要太多时间。现在虽然已经八十岁了，可她耳不聋眼不花，腰板称得上硬朗，腿脚也还灵便，虽然体力不比当年，可包括往返加上在磨盘洲敬香逗留花上三四个小时也绰绰有余。中午饭食，只要口袋里装上一点还来不及吃完的年货就足可以对付。太阳朗照，天地间宛如编织着万千金线，金黄的油菜花在路两边绽放，满目的金黄让走在拜菩萨路上的何袁氏有一种居身光明广大、菩萨塑金的庙宇之中的错觉。许久没有亲近和打量的田园景色如此怡人，何袁氏的心情不免愉悦了起来。

从杨家岭到磨盘洲，要过几个村庄，走一座桥，上下几个小坡，要穿过一大片旷野，直到远远看得见村庄……这段路，何袁氏走了三十多年，她当然是再熟悉不过。三十多年前，她遭遇了一场天大的变故。她的丈夫，一个看起来身体壮得像牛的庄稼汉，顿顿吃得下三碗干饭的中年男子，突然病亡，丢下四个大大小小的孩子给她。命运给她开了一个残酷的玩笑，让她这个无辜的人，承受了最为严酷的刑罚。她感到天都塌了。死去丈夫的可怖面容，镜中自己急剧消瘦不成人形的样子，孩子们因父亡而变得病态的、隐忍的、可怜巴巴的眼神，都让她产生一种命运里有恶鬼随行的错觉。她当然义无反顾地挑起生活的重担，把汗水摔在地上，指望几亩薄田能淘出金子，一块硬币恨不得掰成两半，自己身材再瘦小，两手一无所持也要挣扎着把孩子们抚养成人。可是，她需要命运给她一个说法，她到底有何错，为什么把这么重的惩罚给她。她需要天地间有一个依靠、一个信念，在她每次快扛不住的时候能支撑她继续。她更需要一个保护神，保佑她的生活再也不要出什么纰漏，保佑她的孩子们平平安安没病没灾地长大。这个可怜的人把日子过得风声鹤唳、草木皆兵，已经到了一根稻草都可以压死她的地步。她的孩子一有头疼脑热，她就茶饭不思、夜不成寐，窗外一声乌鸦的聒噪，饭桌上一只饭碗的失手打碎都会让她疑神疑鬼，一颗偶尔出轨的火苗，都让她怀疑是一场火灾的索引。她多需要有谁能给她搭把手！在村里同样苦命人的引导下，她开始走向了磨盘洲。

村里同样苦命的人说磨盘洲的菩萨最灵验，并且对乡下人最为慈悲。村里人举例说谁谁谁向磨盘洲的菩萨求子得子，谁谁谁久病不愈，向磨盘洲的菩萨祷告结果不出一周竟奇迹般痊愈，谁谁谁家的牛不见了也向菩萨问询结果牛自行回了家，谁谁谁长期到磨盘洲拜菩萨全家没病没灾，儿孙出入平安，老人颐养天年。在某年春节过后，何袁氏跟着村里的苦命人，第一次来到了磨盘洲，站在了被传得神乎其神的、一言不发的菩萨面前。

何袁氏记得她第一次到磨盘洲的情景。在菩萨面前，她有些慌，好像她是一个做错事眼神躲闪的孩子，而菩萨就是威严地盯着她看的爹和娘。因为是头一次来，她还不能做到从容，头也是磕得潦草不堪。她在心里把自己的苦楚向菩萨说了一遍，因为苦楚太多，她在蒲团上待的时间就有些长，让村里与她同来的人颇有些不耐烦。她还斗胆在心里询问了菩萨，为什么让她遭遇那么多的苦，给她这个从未作恶的女人施以如此重的惩罚。她当然也向菩萨求了福，祈望菩萨能保佑她的生活不要再出什么差错，儿女们能平安健康长大。她祈愿她那死鬼丈夫的死抵消掉她家命运里该有的不幸，如果这个家还有她所不知道的孽债未还，如果还要有报应，就请全部应在她的身上。到了最后，她担心菩萨没听清楚她说的，就在心里把所有的话复述了一遍。也许是她的苦过于沉重，也许是她担心菩萨因为她的祈求太多无法全部满足，她发现自己泪流满面，直至失控哭出了声。

从磨盘洲回来后，何袁氏隐约感觉到菩萨应了她的祈愿，成了她的家庭中隐形的成员。一些细微的征兆可以证明这一点：她的失眠变好了。她的头发不再大把大把脱落了。她的只有两三岁的儿子让她揪心的咳嗽自行止住了。她家的牛怀上了小牛崽她也认为是菩萨的功劳。她种的一棵南瓜苗少有地结下了十多个硕大的南瓜，她也认为是菩萨暗中施了援手。因为自觉与菩萨搭上了关系，她的心不再是整天空落落的，而是没来由地有了安慰。有一天她从镜中看到，她的那张曾经在突如其来的厄运中如纸惨白的脸又恢复了些许红润，嘴角不由得绽开了笑意。

从此每一年春节过后，她都要去磨盘洲拜菩萨。每年观音菩萨六月或九月的生日（传说观音菩萨有三个生日），如果她有闲暇，也会去磨盘洲拜一拜。她有时和村里同样苦命的人去磨盘洲，有时候她会孤身一人去磨盘洲，为的是能让菩萨见证她的诚心，能更清楚地听到她的苦辛和祈愿。每次去磨盘洲，她会首先还上前一次许下的愿，感激菩萨应了她的请求，然后重新许上一个新的愿。由于经常去拜菩萨，她已不再是初次时的潦草和慌张，而是从容，笃定，庄重。她把香插得整齐，比往自己头上夹上发夹还要认真，头也磕得端庄有序。每一次跪拜，都可以看出她要低到尘埃里的决心，每一次双手合十的祷告，她的眉宇间都充溢着把自己完全托付给菩萨的虔诚。

几十年来，何袁氏感觉自己从菩萨那里得到了太多的好处。她的孩子们缺衣少食却个个长大成人。他们并没有因为父亲的缺席就心虚气短缺精少神。她的三个女儿都先后成了妻子、母亲。她的女婿都是本分人。她们的孩子个个都聪明伶俐。她最小的幺子福米早在十多年前就跟着村里的年轻后生去了广东打工，成了广东许多公司争抢的高级模具师。他也早在十多年前结婚生子。她这个苦命的寡妇，先后成了外婆、奶奶，成了由她衍生的大家庭的头面人物。那是一个祥和的大家庭，这个大家庭里的所有人，都富足有余，平安有余，积善有余，身体康健有余。村里当年一起与她去磨盘洲拜菩萨的苦命人经常笑说她是一根苦藤上结了甜瓜。想想三十多年前的疾苦，看看今天儿孙满堂的好日子，何袁氏有理由认为那都是菩萨给她的馈赠。

何袁氏应该对磨盘洲的菩萨感恩戴德。何袁氏应该经常去磨盘洲走一走，多向菩萨嘘寒问暖，像任何一个知恩图报的人那样。可是何袁氏已经有三五年没有去过磨盘洲了。何袁氏感到自己对磨盘洲的菩萨亏欠得太多了。她的心里常常涌起天大的不安。今年春节刚过，她根本不听媳妇和孙子要她一起进城的苦口婆心的劝告，独自一个人留在了家中。趁着这难得的艳阳天，她从家中走出，不紧不慢地走在了通往磨盘洲的路上。

空气中的油菜花香让人迷醉。路边的水渠中流水潺潺，十分悦耳。鸟的叫声让人疑心春天已临。走了七八里的何袁氏也没觉得太累。她来到了磨盘洲，心满意足地又跪在了菩萨的面前。她虽然已经是一个八十岁的老妪，可是在菩萨面前，她感觉自己依然是一个爹娘怀中需要呵护的孩子。她燃香，磕头，煞有介事地在心里向菩萨和盘托出她的念想。她首先当然要感激菩萨这么多年来对她这个苦命人的支撑、护佑，是菩萨的援手让她有了相对安稳的今天。她依然祈求菩萨能继续保佑她一家老小命里风调雨顺，脚下出入平安。她祈望菩萨能给她的已成家庭主妇的三个女儿的命里再加点蜜，让长期在广东打工谋生的儿子福米多一点好运少一点风雨，她那十来岁的孙子还要多有三分聪明，她与一起陪读的儿媳瑞英能多一点相互理解和宽容就更好。因为想到自己可能要得太多，有一会儿她的脸变得红了起来。然后她祈求菩萨的谅解，因为自己年事已高，到了风烛残年的地步。她的生活这几年也发生了不大不小的变化：形势逼迫，乡村教育不成样子，她只好离开了村庄，与儿媳一起去了几十里外的县城，做了孙子的陪读。她已经再无时间和精力年年来磨盘洲拜菩萨。以后的她，只能把菩萨装在心里，只在每月初一、十五，燃香向着磨盘洲的方向遥祝祷告。及至末尾，她看看时间还充足，还和菩萨说了好一阵子的话，比如乡下没人种地，村庄没人留守，村子里空荡荡呀，早上鸡叫听起来都有几分瘆人，菩萨怎么不管管，等等。她想这话说给儿媳听儿媳会嫌她啰唆，但在慈悲为怀的菩萨面前，一切都无须遮掩，即使她说错了菩萨也是会原谅的呀。

何袁氏肚子有些饿了。她向守庙的人讨了一碗水。和着水吃完了她带到路上的年货,她慢慢起身走出了磨盘洲。一路上她都不停地向着磨盘洲回望,直到磨盘洲在视线中变小、消失,才心满意足地往家的路上走。拜过了菩萨之后,她的心情是愉悦的,有一种如释重负的轻松与坦然。她想她的心愿已了,明天她该乘车去县城,一心一意与儿媳一起在某间简陋的出租房里做孙子的陪读。在孙子的诵读声中终老,其实也会是一件不错的事儿呢。此刻在空无一人的路上,油菜花香在空气中飘荡,鸟的叫声里没有丝毫不祥。她不知不觉来到了一条水渠前。那是一条其实不宽也不深的水渠,多少年来她往返磨盘洲能轻松迈过自不在话下。她满以为这一次也一样不会挡着她,结果她的运气并不是太好。她掉下去了。水渠两边的土块纷纷坠落。

2

吃过早饭,瑞英把照料孩子读书的事托付给了熟人,就急着与丈夫福米以及相关人等一起去磨盘洲拜菩萨。种种迹象可以表明这是非同寻常的一次出行:人人知道瑞英是个节俭成性的女人,在县城再远的路她都舍不得花钱坐车,上菜市场她总是与菜贩子将价钱讲了又讲,可是这一回她竟舍得花上三四百元一天的巨资租车去磨盘洲,并且到今天为止已经租了三天了。车上坐着的人福米三个姐姐家皆有代表,福米也千里迢迢从广东赶回,这只有过年过节娶亲嫁女才有的阵势,在不年不节的今天竟然发生了;车厢里几乎所有人的脸上都忧心忡忡,虽然有人间或地起些貌似轻松的话头,也有人故意附和着说些不咸不淡的话,其实不过是改善车厢里压抑得人人想跳车的气氛。他们何以如此兴师动众不计成本忧心忡忡?熟悉他们的人知道,他们摊上大事了。他们的母亲、婆婆、岳母,那个叫何袁氏的八十岁的老太婆,在几天前突然与他们失去了联系,至今下落不明。

这件事的前因后果瑞英祥林嫂般说了多次,大家早已耳熟能详。元宵刚过,到了儿子寒假结束学校开学的时候,老太婆本应同往年一样随她一起坐车到县城做她孙子的陪读,一家老小在一起也方便相互照料。可老太婆临期说自己要在乡下多住几天，理由是她要腾出时间去磨盘洲拜菩萨，给出远门的儿子、读书的孙子祈福。老婆子身体尚好，腿脚还利索，耳不聋眼不花，神清气爽，生活自理毫无问题，也没有什么会骤然发作的暗疾让人担心。磨盘洲也不算远，她去磨盘洲也是熟门熟路，平日里听她说起磨盘洲都要听起茧来，瑞英觉得她独自一人在村里待上几天和去磨盘洲拜菩萨应该是一件可以放心的事。为以防万一，她给她留了一个手机。开头几天每天早晚两次和她通话都很正常，可是四天前瑞英反复拨打手机都无人接听，瑞英感到头一下子变大了。她匆匆从县城坐班车赶回家发现手机落在了家中，上面数十个未接电话都是她拨打的，同样留在家中的还有老太婆可能嫌热脱下来的羽绒衣裤。她赶紧打电话给十多天前才去了广东打工的丈夫，三天来她与赶回家的丈夫租车跑遍了磨盘洲方圆数公里的地方，可是他们没有得到老太婆的任何消息。

他们带着放大了的老太婆的照片，找遍了磨盘洲方圆数里的所有村庄，询问了留在那里的人们。他们给那些村庄里的陌生人或者熟人留下电话，请他们一旦有什么线索就立即告知，如果线索有价值他们一定酬谢。可是春节过后村庄能留下来的人已经少得可怜，除了少量因为有事还没来得及离开村子的中年男女，剩下的就都是神情呆滞、耳背眼花、弯腰驼背的老人。那些年轻的人们都已经坐着火车、汽车去了大城市打工，那些孩子们大多数都到了县城读书，许多老人和妇女做了他们的陪护，就像瑞英和福米一家那样。过去人声鼎沸、人口密度大得惊人的磨盘洲区域现在几乎成了废墟。他们因此并没有得到多少有价值的信息。他们在每个村庄的池塘、坟堆、井台、颓圮的老房子、荒废了的礼堂甚至臭烘烘的茅坑里搜寻，就连大量空置的乡村学校也没有放过，可是没有找到关于老太婆的蛛丝马迹。他们搜遍了磨盘洲方圆数里的每一个可疑的草丛、土堆、树荫处，甚至差不多把每块油菜花地都翻了一遍，可是连老太婆的影子都没见着。

这种漫无目的的寻找让他们快要虚脱了。他们已经有了不祥之感。可是他们依然没有放弃。他们认为没有找到老太婆，老太婆平安的希望就一直存在。他们幻想着老太婆是不小心迷路了，磨盘洲处于一块有着数个平方公里的旷野中央，也是两个县的交界处，她往来磨盘洲正是太阳朗照时候，她不慎走岔迷路也是可能的事。说不定她正被本县或邻县的好心人家收留，媳妇和儿子的电话她并没有记住，她用方言土语介绍自己别人可能无法弄清，只能等着他们找上门去。或许因为太阳热烈，正患感冒发烧的老太婆路上不慎晕倒，正好有好心人路过将她送到附近某座乡村诊所之中，尚没有进入他们的搜寻视野。等不久他们找到她的时候，世界会还给他们一个脸色红润的康健的母亲。或许正好在路上，他们的母亲突发老年痴呆症，或者遭遇了传说中的鬼打墙被路上厉鬼窃了魂，眼前风景来时道路自己是谁她已经全然忘记，只能一个人懵里懵懂信马由缰地走，即是如此也不至于这几天就会糟糕到极致，往来间只要有人迹就会赏她一口吃喝，这个世界肯定还没坏到见死不救的程度。他们这么想着，沉重的脚上就又有了几分力气，就连慌乱跳动的心也显得平稳了一些。

他们的母亲生死不明，一切都悬而未决。他们在情急之下想到了要去磨盘洲拜菩萨。他们尚年轻，又自诩是这个社会里的新人，还没有到需要拜菩萨的程度，但这件事让他们有了信菩萨的愿望，因为下落不明的母亲信菩萨，并且在走失之前到过磨盘洲拜菩萨是确凿无疑的事。他们相信母亲的失踪与菩萨有了瓜葛，说不定母亲就是菩萨故意藏起来的，目的是要他们反省自己对母亲的孝顺程度，并且引领着年轻的他们来信菩萨。以前屡屡听母亲说起，磨盘洲的菩萨是他们一家的保护神，他们遇到了难题，自然想到向磨盘洲的菩萨来问计。

他们来到了磨盘洲，跪在了菩萨面前。母亲的失踪让他们把头低到尘埃里。他们感恩菩萨这么多年对他们一家的护佑，表示他们其实在心里早就认下了菩萨的恩泽。然后他们开始了忏悔。他们悔恨自己在往昔曾经对母亲有过怠慢，比如打工的儿子每年都很少因为陪伴母亲留在家中多些时日，为了生计疏忽了对母亲的关怀，并不知晓母亲内心是否孤单，做儿媳的与她相处还没有到母女般的亲热程度，已经几年没有买过一件喜庆的衣衫给她。那些做女儿女婿的至今不知母亲的生日和喜好，过起年节每次都是塞些钱财了事。此次母亲失踪，肯定是菩萨的良苦用心，他们已是心领神会。他们一旦找到母亲一定视母亲如神灵，把母亲当作菩萨精心供养。他们渴望菩萨给他们一点儿暗示，为他们寻找母亲指一条明路。他们定当感谢菩萨的大恩大德，从此拜倒在他的面前，跟随母亲做他永远的信徒。

拜别菩萨，他们又踏上了寻找母亲的路程。他们边搜索边商量着如果今天还没有消息，明天将扩大搜索范围，并且在本县与邻县两县电视台做寻人广告，沿途的村庄的电线杆上都要贴上有母亲相貌的寻人启事。可不多久他们接到了一个电话。电话里的人自称是磨盘洲某个村庄的捕蛇人。他说他在某条水渠里看到了一个老太婆，不知道是不是他们要找的母亲。

他们没有想到磨盘洲的菩萨这么快就显了灵。他们驱赶着面包车没命一样地赶往捕蛇人所说的、他们没有来得及搜寻到的水渠，远远地看到了茅草丛里的母亲——她低着头，脸盖在土中。头上被风吹起的白发与茅草混迹。她的后脚还搭在水渠的这一头，前脚落在了水渠的下面。这相隔不宽的水渠，仿佛是故意设置在她面前的专为拘押她的用心险恶的刑具：她既不能抽回前脚退回到水渠的这一头，也不能收回后脚让自己落入其实并不深的水渠之中，然后找到低洼处爬到对面。她太老了，完全没有力气挣脱这一枷锁。或许她的脚摔折了，动弹不得，巨大的疼痛，让她挣扎一下都要晕过去。

要让她化险为夷的可能性只有一种：有人正好经过施以援手——那其实并不需要花多少力气。她肯定喊过救命。肯定在心里祈求过菩萨。可是这曾经人声鼎沸的乡村，现在没有人。他们都到城里打工去了。他们都到城里陪孩子读书去了。她所有的喊叫，找不到一双能接纳的耳朵。这数平方公里的旷野，宛如坟场一样死寂。

手机这唯一的救命稻草被她留在了家里。天黑下来了。脱掉了衣服的她肯定又冷又饿。她在这饥寒交迫叫天不应叫地不灵的状态下坚持了多久？然后她绝望了，把脸埋在了土里，渴望从这土层里吸收到一点温暖，又或是唯恐田鼠或其它兽类趁她临终后毁了她的容。

他们一起号叫着"妈妈"，齐齐对着她跪了下去。他们把头低在尘埃里。他们尖锐的哭声，在这大地深处传开，并且渐远。

3

再次从广东回来，福米就迫不及待地要去磨盘洲拜菩萨。南方四月，正是草长莺飞的季节，所有的草木都抽出了新叶，仿佛世界都用新漆漆了一遍，空气中弥漫着一种蓬勃的让人愉悦的腥气。可是雨水也多了起来，昨晚雨水就下了一夜，伴随着轰隆雷声让人心惊，闪电在窗台前游走，仿佛是要将窗玻璃拆卸下来。雨水到早晨似乎也并没有减弱的意思，因为这遍地流走的雨水，让天地间变得潦草不堪。这本不是适合出行的天气，可是福米根本不管不顾。他说今天即使天要塌下来也要去磨盘洲拜菩萨，谁也阻止不了他。

福米往年都是一年回来两次的样子。一次是春节期间，作为一家之主他要回家与母亲妻儿团聚，时长一般七八天，另外就是清明节期间回来给他早亡的爹上坟。可今年春节才过了两个多月，福米就已经回了三次，第一次是为寻找失踪的母亲，并为母亲办葬礼，第二次是照例在清明节回来，不过往年都是为他爹的坟培土，今年增了为母亲扫墓这一件。这一次距清明节才半个月。可是他快支撑不住了。他仿佛是一个被困在水中的孩子。他匆匆从广东赶回，急着要去磨盘洲拜菩萨。俗话说，病急乱投医，磨盘洲的菩萨，或许就是他溺水后可以救他上岸的那根最后的稻草。

母亲死了。并且以这样的方式离世，这让他无法接受。从水渠里抱起母亲，他感到瘦小的母亲是如此沉重。他背着母亲回到杨家岭，一路上大放悲声，路旁的油菜花都低下了头。死在外头在乡下是极不吉利之事，死者尸骨不能进村是多少代的规矩，他只好在村外搭起了棚子，把棺木放进了棚子之中，把母亲放进棺木之中。他请了乡村道士为母亲超度，那患红眼病的土道士念起经文结结巴巴，他因此担心母亲在黄泉路上走得磕磕绊绊，但据说这道士是这行当里最有名气的一个人，能请到他已经是天大的面子，他才放了心。他请了全县最有名望的风水先生到杨家岭的坟山上细细察看，给母亲选了一处干爽宽阔风水宜人的阴穴，希望母亲在地下不再受苦。出殡之日他扶着母亲的棺木，一路喊着妈妈，过沟沟坎坎时嘱咐母亲此处有沟有坎要小心避让，爬坡时提醒母亲脚要用劲，入穴时要母亲躺好无须惊慌，一切都有儿子贴身扶护。出殡时候的天气是好的，整个葬礼并无任何纰漏，也没有出现让人疑心不安的坏征兆，他因此长舒了一口气。清明时候，他又给母亲烧了多多的纸钱，希望能贿赂地下恶鬼不为难母亲，也让母亲在地下不再受穷。他还给母亲烧了三层楼的纸房子，纸做的空调、冰箱和洗衣机，怕母亲寂寞他还烧了一台很大的纸做的电视机。为了母亲，他能想到的都做下了，整个杨家岭就他的祭品最为隆重，人人都认为他为母亲尽了孝心。

母亲死了。这无疑是一件让人痛苦的事情。福米很长一段时间都沉浸在悲伤之中。可是福米相信随着时光的流逝痛苦会慢慢稀释。他不断地安慰自己，母亲八十岁，算得上是长寿之人，生老病死乃是自然规律，并无必要过度悲伤，而且母亲子孙多吉，人生并没有留下什么遗憾，想来母亲离世前是欣慰的。她殁在外头，并且遭受难以想象的苦，不过是一场意外，并没有其他的玄机。这是命运的安排，自己无须做过多的解读。逝者已矣，生者如斯，绝对服从冥冥中的这一安排，好好活着，履行好自己做人的职责，不做对不起母亲的事情，才是自己接下来要做的，才是对母亲的最好告慰。

可是母亲落葬至今两个多月以来，福米并没有得到他想要的安宁。两个多月前他在水渠旁把母亲从土层里翻转过来时，那只在母亲脸上游走的蚂蚁一直在啃噬着他的心！安葬完母亲，福米回到了广东。他以为他可以将因为母亲离世乱了套的生活重新续接到母亲没有出事前的齐整程度，可是他发现远不能够。在广东东莞某镇一台湾人开的模具公司的宿舍里，他总是翻来覆去难以入睡。只要他睁开眼，就看到母亲那张毫无血色的有几分变形的脸，还有脸上那只仓皇游走的蚂蚁。当困意袭来他勉强合上眼，脑海里就都是母亲的脸上他从没有看到过的表情。哭泣的母亲。狂笑的母亲。半眯着眼的母亲。吐着舌头的母亲。面瘫样的母亲。翻白眼的母亲。向着他吐口水的母亲。张大嘴巴喊救命的母亲……每次醒来，他都发现自己满脸泪水。

他的生活越来越乱了套。失眠折磨着他。他已经两个多月没有睡过一个好觉。每到夜晚他的脑子就会越来越乱。有一天晚上他看到母亲脸上游走的那只蚂蚁竟然越来越大，最后变成了一辆锈迹斑斑的拖拉机奔驰而去，并且发出巨大的砰砰砰的让他害怕的响声，在另一个晚上，他那死去三十多年的父亲出现在了他的面前，怒气冲冲地责怪他怎么没有保护好母亲。如此夜晚真是让人生不如死。他感觉自己快要疯了。

他的身体急剧瘦下去。他看到镜中原本壮实的自己，头发变长，眼睛深陷，双面耸立如刀，脸色惨白似纸，完全跟鬼魅一样了。他感到身上没有一丝力气。世界在他面前变得恍惚，疑惧。他去向医生问询，医生给他开了安眠药，可那些能把无数人拖入梦乡的白色药片对他不起任何作用。他也曾向他打工的镇的周边寺院求神拜佛，可是这个地方的神灵似乎并不保佑这个来自外省的打工仔。他的失眠依然在继续。母亲一直在他眼前演绎着古怪骇人的变形记。

他希望能得到解脱。他开始在往事中翻箱倒柜，找到许多曾经愧对母亲的地方，比如少年时因为踩死过邻居家的一只小鸭子，让母亲遭到邻居恃强凌弱的辱骂，偷过母亲辛苦攒下的钱买一些毫无用处的东西。因为成长过程中缺乏父爱，他从小寡言少语，并不懂得多与母亲交谈，去体贴寡母内心的苦楚，用彼此会意的笑和甜蜜的语言去安慰和取悦母亲。他十六岁开始离开家乡，跟随村里人去了广东，从此更是与母亲聚少离多，每次回家，也是很少向母亲嘘寒问暖，除了买一两件于母亲并不合身的衣服，对母亲没有更多的赠予。娶了媳妇，生了孩子，母亲就更是处于从属的被漠视的位置上。从小到大，他没有给过母亲一个拥抱，没有给母亲洗过一次脚，倒过一杯水。他从来没有在意母亲对饮食有什么偏好，没有记住母亲的生日是多少。他有时甚至会嫌母亲对某件事情多了嘴，粗声粗气地对母亲说话，根本不顾及母亲的感受。想到这些他不寒而栗：他可真是一个不孝之人！还有，他有过多少时候，违背了母亲关于做人的教导，出于被迫，有过多少次对这世界的欺骗和伤害？

他陷入深深的忏悔之中，以此来求得久违的安宁。可是他的睡眠并没有得到改善。他依然在消瘦下去。他内心的恐惧逐渐加重。他担心再这样下去自己会形销骨立，没有人形。他感到自己正在承受一场他所不知的惩罚。有一只看不见的手，在推动着他的命运的多米诺骨牌，它首先夺走了他的母亲，现在正夺走他的睡眠、健康。他渴望得救，渴望能有一种力量阻止更坏的结局。他想到了磨盘洲的菩萨。那是对他知根知底的、自己家乡的神灵，他想或许菩萨能为他做主，帮他解除痛苦，让他回归正常的生活。

……他脱下了雨衣，为的是让菩萨能认出他来，不至于把已经消

回乡记（节选）

31

瘦如纸与以前判若两人的他认错。他浑身湿漉漉地跪在了磨盘洲的菩萨面前。雨水顺着他潮湿的额头往下流淌，这使他看起来更加虚弱无助，仿佛他是一个可怜的无家可归失魂落魄的孩子。他燃香，磕头，开始在心中向菩萨倾诉自己的心声。他首先向菩萨表达了对母亲不孝的悔恨，母亲死后身受失眠折磨的他知道了自己是如何的罪孽深重。他恳请菩萨看在他母亲多年信仰的份儿上能对他网开一面，他将带着这有罪之身勤勉感恩面对生活以赎罪。他恳请菩萨能助他脱离苦海，保佑他的一家平平安安。从此以后他将继承母亲对菩萨的信仰，成为他的忠实信徒，每年不管多忙都会到磨盘洲把菩萨当作母亲供奉，世上一切的所得都将认定是他的赐予。说到后来，受苦多日的福米情绪有些失控，像个受尽了委屈的孩子，抽抽搭搭哭出了声。

说也奇怪，从磨盘洲回来，福米的心有了神灵归座之感，变得安宁、平静。折磨福米两个多月的失眠症开始逐渐好转。有一晚他甚至少有地睡了一个好觉。他又一次梦见了母亲，可再也不是过去的厉鬼模样，而是低眉善目颔首微笑，完全是磨盘洲里的菩萨的慈悲表情。她告诉他无须为她担心，她过得挺好。她的死其实并没有不幸，乃是菩萨的旨意，她没有跨过去的那条水渠其实原本是给他们留下的，是他们命运里的劫难，坎宽沟深，即使没有生命之虞，也将会让他们元气大伤。她自告奋勇，以自己老迈之躯为全家填沟铺垫、消灾免祸，他的失眠之症，不过是命中这一大难的余威，他无须恐惧，从此全家只要小心谨慎处世，自有平平安安，眼前皆为坦途。她告诫儿子从此要信奉菩萨，她得以以身为桥渡全家涉险过关，全是菩萨被她长期信菩萨的虔诚打动助她化解。这是她没有来得及说出的遗嘱，要福米一定要牢记在心。福米从梦中醒来，不免再次为母亲哭了几声。

4

越来越多的人加入到去磨盘洲拜菩萨的队伍之中。越来越多的人在我面前说起磨盘洲。我的许多亲人也都成为磨盘洲的菩萨的信徒。我的母亲隔三岔五就会去磨盘洲走一走，为几乎都出门在外的我和姐姐、弟弟、妹妹祈福。她说起磨盘洲，就像说起她的娘家一样亲切。

对在县城守着儿子读书的我的妹妹瑞英来说，磨盘洲更是非同小可。今年春节过后，她的八十岁的婆婆，她的离家出门打工的丈夫的母亲，在老家去磨盘洲拜菩萨返回的路上，不慎跌入根本谈不上是深渊的水渠无力爬起，曾经人声鼎沸的赣江以西在几天来却找不到一根施救的手指头，最后活活死于饥饿和寒冷之中。这件事情在赣江以西流传甚广，人们纷纷以为那是磨盘洲的菩萨显灵。但菩萨想借此说明什么，表达怎样的警示，人们众说纷纭，最终莫衷一是。而何袁氏的死对我妹妹瑞英一家，几乎就是一场天大的灾难。他们以为那是菩萨借此对他们施罚。但菩萨为何要给他们施加如此重的惩罚，他们噤若寒蝉却茫然无知。他们唯有从此敬畏神灵，供奉菩萨，出入谨慎，举步拘谨，以期免于更大的责罚。从那以后，他们去磨盘洲更勤了。

何袁氏离世的消息传到离故乡几百里外的我的耳中。我的悲伤是难免的。无须隐瞒，我把自己关在卧室里哭了很久。在我看来，那不仅仅是一个乡村老姬个体的偶然性死亡，也不仅仅是我妹妹一家的灾祸，或许是我的故乡赣江以西共同的命数。我不无伤感地发现，我的故乡，一直以强大的生殖力闻名的、血性的南方乡土，已经连一个老人也无力施救了。我的故乡，那是乡党杨万里在八百多年前有官不做要返回终老的地方，是养育过面对强敌无惧挖肝剖心的杨邦义、面对李自成攻城从容赴死的李邦华的厚土，是出产诗人和猛士的沃野。可是现在，她正遭大变。我的亲人何袁氏的死，就是这块土地在大变面前无措的隐喻。

我想去磨盘洲看一看了。我想知道我的乡亲们向往的神坛，到底是个什么样子，是否如我见过的许多寺庙，光明广大，金碧辉煌？我想知道里面供奉的神灵，到底是怎样的路数，与深奥的禅宗道法，有怎样的龙脉瓜葛？我想知道如果故乡真的在衰老，是否可以向那传说灵验的菩萨讨一个让她返老还童的妙方，当我站在他的面前，他是否能认出我是这块土地上的纯种的子嗣，并且能果断清点我早年因年少轻狂在故乡犯下的那些其实无伤大雅的过错？如果他真的灵验，他会给我怎样的暗示？如果那磨盘洲菩萨的气场的确足够强烈，我倒是愿意拜一拜他。我有父母无法安顿之苦折磨我心，我有亲人平安之虞让我心忧，我有万顷乡愁需要有一个卸载安放的地方。

　　国庆期间，我从省城折返故乡，向朋友借了一辆车，叫上一个同伴，向着磨盘洲驶去。磨盘洲仿佛深不可测。磨盘洲似乎遥不可及。经过了反复向赣江以西的人们问路，我与同伴不断修正行驶的路线才慢慢向它靠近。它在一个叫谷村的庞大村庄的后面。我们把车停在村外，穿过几乎空无一人的巷落，远远地就看见磨盘洲——

　　那的确是一块有几分异禀的地方。方圆数公里的一块平坦的旷野中间，无由隆起一块有四五个足球场那么大的孤岭，宛如茫茫的沙漠之中升起的一座生命绿洲，非常适合让人产生与救赎有关的想象。那磨盘洲上竟然树木参天，无数棵品种不一树龄大多有一两百年的乔木树干粗壮树冠蓬勃，让磨盘洲有了非同一般的气象。在赣江以西的人们的观念里，每一棵逾百年树龄的树都是住进了菩萨的庙宇，是人们要点烛烧纸敬献的偶像。那荒原上升起的气度非凡的磨盘洲，那无数棵参天老树生长的磨盘洲，在我的许多运命不济的乡亲们眼里，当然很容易被附会为上天刻意造就的适宜神灵栖居的地方，演绎成我的乡亲求神拜佛的朝圣地。

　　沿着无数人的脚印踏出的一条泥巴路，我登上了磨盘洲。那古木参天的深处的确有供奉着神灵的庙宇，但整个庙宇的构造和陈列都与磨盘洲的庄严气质颇不协调，充满了乡间普通民宅里惯有的凌乱无序，不免让辗转前来的我啼笑皆非——

　　这是两栋前后相连的、极其简陋的农舍模样的建筑。农舍的匾额位置，书写着"磨盘寺"三个字，用以指证建筑的品类，可是书法毫无章法，可以猜测那写字的人，并不认得太多的文字。进门之处，一个红布遮盖的、脏兮兮的神龛内影影绰绰。守庙的人说里面安放着两尊菩萨，一尊是本地神灵康老爷，一尊是佛教的护法天神韦陀菩萨。我趁人不备偷偷揭起红布的一面，正好看到被叫作康老爷的菩萨木塑神像手举钢鞭，怒目黑脸长须，似乎是要斩除天地间一切恶鬼。对这位神灵的神力我在故乡时略有耳闻，说他经常显灵，在许多苦命人的梦里他手举钢鞭跳跃扑腾鞭打鬼魅，梦见他的人立马消灾免祸去病来福。关于康老爷的生平事迹我并不甚了了，从凡夫俗子到成为神灵的路数与钟馗大抵相似，隐约说的是本地人氏，曾在一场重大事故中死去，然后转化为护佑一方的神灵。磨盘洲供奉这一尊菩萨完全无可厚非，可因为木塑功力太差，那原本该凶神恶煞的康老爷竟然有一张婴孩般稚拙滑稽的脸庞。神龛的另一面是韦陀菩萨，慑于对韦陀菩萨的敬畏，我没有揭开遮盖着的红布。

我看到一张简陋的神案上安放着三尊不同的观音瓷像，分别是送子观音、镀金观音和披着红布的观音。在这座庙宇里，观音似乎成了三尊神灵，具有我所不知的不同分工。我不知道如此供奉同一菩萨的三尊瓷像是否合乎佛教礼仪，或者干脆就是故乡乡野的随意之举？三尊塑像都不到一尺高，并没有菩萨应有的威仪，倒是有几分像怕羞的邻家大姐，或者是早年乡村抽屉里寻常可见的古代绣像小说里的仕女模样，足以让信徒们特别是赣江以西的女眷们感到亲切。披着红布的观音体型最小，可端坐中间，占据了这座简陋庙宇中的最重要的位置，自然享受着最为丰盛的香火崇拜，也可能要施展更加广大的神力。他的旁边是一长髯胖体菩萨，穿着官服，身背如意，不用说这是人人熟悉的赵公元帅，是主财的神灵，出门打工或穷困的人们应该最爱拜他。按照庙宇的规矩，供奉着菩萨的正殿两边应有十八罗汉护卫才像样，正殿两边墙上砌的两个玻璃柜里面，各有九个被时光熏得乌黑的木塑，都是半尺高的样子，且面目大致相似，不知是哪位乡村木匠所为，完全与真正的十八罗汉毫无契合之处，倒更像是儿童读物或动画片里的玩具兵，让人不免担心，这些所谓的罗汉，这些面目相同的玩偶，要靠什么相互区别，然后释放出传说中与众不同的神力？

已是秋天，屋内的春联却依然没有脱落，可内容粗俗不堪，不讲对仗，书写也是毫无章法，仿佛出自寒假中的初中学生之手。神案上早已燃灯，满是香灰的香炉里一炷香已经燃烧过半，仿佛神灵已借助这一媒信对世间苦厄展开交涉。没有诵经之声，没有木鱼响彻之声，没有穿着袈裟或禅衣在日光中走动的僧侣。这是一座不伦不类的乡村野庙，是赣江以西的人们自己建造的、根本不可能被政府宗教管理部门登记在册却高高矗立在故乡人心头的神坛。多少压在我的乡亲们心坎上的分离之苦，荒芜之忧，平安之患，贫困之难，精神之乱，就是在这里得到缓解甚至消除。多少美好的愿望，就是在这里安放。多少卑微的人们，在这里原谅了命运里的魔鬼，淡然接受了莫名的厄运，继续跟跟跄跄地向前走。它是宽恕。它是救赎。它是慰安。它是赣江以西我的故乡的可供灵魂歇脚的地方。它是我的故乡世道人心的重要部分。

——神案上观音旁边的灯盏灯光略有些暗淡。守庙的人立即上前添灯油，她的脚步并不灵便。她爬上凳子，颤颤巍巍地站在了高处，把灯油往灯台里倒。她的手抖个不停。看得出她努力克制着自己的抖动，可是灯油还是洒落了些出来。

这个满脸皱纹、头发灰白、衣着粗鄙的老妪，这个愿意把自己当作奴仆寄身在菩萨身边的老人，她是谁，来自哪个村庄，有着怎样的身世？她的身体里，遗存了怎样的生死离散，镌刻下怎样的苦难悲伤？她的背是驼着的，显见她有不堪承受的命运。她的手和嘴不断地抖动，那是健康受到损害的症状。可她的目光是沉静的，那是与神案上一尺高的观音菩萨嘴角的笑意相得益彰的沉静。她一只手一直在数着一串念珠，虽然那念珠一看就知是乡镇墟街地摊上的货色，但并不妨碍她数念珠的动作，就像真正的信徒那样专业和虔诚。

她是谁？是故乡千千万万个苦命人中的普通一个，还是化装的神祇？我在寺庙里随意走动，并且与她开始交谈。我想打探何袁氏的消息。我问她可认识经常来磨盘洲拜菩萨的杨家岭的何袁氏？她说岂止认识，她每次来磨盘洲她们都会说上一阵子话，今年正月她来磨盘洲，她还倒了一碗水给她喝。我问她是否知道何袁氏的死讯？她回答说生生死死都是因缘，也是轮回，不必在意。我问她是否认识何袁氏的儿子福米？今年他也许是来磨盘洲来得最勤的一个。她说每年来磨盘洲拜菩萨的人以万千计，她记不住那么多人。她说只要是来磨盘洲拜菩萨的就都是菩萨的人。她说，年轻人你要不要请一炷香拜一拜菩萨？

我没有请香，我也没有拜菩萨，我想我已经与菩萨沟通过了。我走出了庙门，并一步步走下了磨盘洲。那野庙隐藏在磨盘洲的树木之中，转瞬不见。我回过头来，看到那旷野之中擎起的磨盘洲仿佛一只已经起航的船只，那些长势野蛮的高大乔木构成了古老风帆的图案。也许是错觉，它徐徐移动，仿佛要载着我的故乡赣江以西的所有人的苦难和希冀，向着人人向往的美好彼岸奔去。而守庙的人站在路口，仿佛是送我归去，又仿佛是守望来者。可能是在庙里修行的缘故，这个故乡随处可见的老妪（她的轮廓正是赣江以西大多乡村老妪的样子，与死去不久的何袁氏亦有几分相似）已经有了慈悲之相，这使她远远看起来，仿佛是乡村木匠手中，一具还没有最终成形，但已初具面貌的菩萨。

## 回乡记

1

我的伯父曾水保在赣江以西是个颇有些声望的农民。他是我的故乡下陇洲村大曾家庆字辈的老大，是村里管着电力的师傅，是掌握了多种生活技能的能人……反正，是十里八村的乡亲离不开的一个人。

可伯父还隐藏了另一个身份。他家的箱底，还压着他一张中专学校的文凭。他是怎么从一个正儿八经的读书人，变成一个地里刨食的农民的？他的人生履历上，发生了怎样惊天反转的剧情？这事需从五十多年前说起。

五十多年前，高中毕业、心智过人的伯父，考入了地区主办的一所四年制中专学校。在四年的学习时间里，伯父担任了学生会文体部长之职，并且品学兼优。对这样优秀的学生，人人都认为会有一个好前途在等着他。据说已有消息传出，学校有让他留校的打算。即使留校不成，他成为县农业局技术干部也是毫无悬念的事。那时正当少年的共和国百废待兴，伯父这样优秀的年轻人，正是国家基层最需要的人才。

可是伯父做了一个让无数人无比遗憾的选择，回家当了农民。究其原因，乃是伯父有一名极其迂腐、固执的过继父亲。是他在伯父念书的四年时光里，不断地催促着伯父回乡。随着伯父的毕业临近，这种催促更是变得一日紧似一日。

伯父的过继父亲（即我的大祖父）催促的理由可笑至极。他曾因误食草药造成终身不育。按照老理儿，他的亲弟弟（我的祖父）把大儿子过继给了他。大祖父把伯父养大成人。可能是不育造成的畸形心理，大祖父天天做着得陇望蜀早日抱上孙子的美梦。在他看来，是否成为有国家身份的人并不重要，哪里的黄土不埋人？只有延续香火儿孙满堂才是人生最最重要的事情。读完四年中专的伯父已经二十二岁，生儿育女的事是再再不能耽搁了。他已早早为伯父准备了亲事，并且在伯父的几个假期里威逼着伯父走完了结婚前的所有程序，只等着伯父一毕业就回乡结婚生子。伯父稍有不从他就以死相逼。摊上了这样的父亲，伯父还能怎么样呢？

有着忠孝传统观念的伯父只有回乡。他的考虑是，自古忠孝不能两全，那就先尽孝再尽忠，等完成大祖父交办的事就再回城工作，他有文化有知识有技术哪里不会要？虽然是主意已定，可伯父回乡的路上依然是一万个不甘。那条联系着故乡与远方的无名公路应该依然记得他回村的影像：他挑着书箱，跟跟跄跄地在路上走着。由于走了几十里远的路，他的一身都浸在了汗水里，湿漉漉的头发紧贴着前额，可他一点也没有把头发捋上去的意思。路上有人和他打招呼他也懒得回应。他的步履有着他这个年龄不该有的沉重，好像他的此行目的，不是他的家乡，而是一个他举目无亲、前途未卜的异乡。

## 2

伯父一回到村里，就加入了村里的集体劳动，挣取可以兑换口粮的工分。同时，他遵从大祖父的安排成了亲。——他给自己取名"庆潜"。赣江以西的风俗，结婚时要给自己取一个大名，以供列入族谱、婚礼上张贴之用。他是"庆"字辈，他让一个"潜"字成了他的名——毫无疑问，他把自己当作了一个暂时潜伏在此的卧底。

新婚的伯父并没有多少初为人夫、初尝云雨的喜悦。他结婚没两天就下了地。这个学习优秀的中专生，也是一个干农活的好手，抄犁打耙样样都拿得起放得下。他像个真正的农民那样，在田地里肩挑手提，挥汗如雨。并没有花费多少时间，伯父看起来就跟真正的农民没什么两样了：他的原本白皙的肤色跟村里的乡亲们一样变成了酱紫色，原本洁净的衣服沾满了泥点与灰尘。农事繁忙苦辛，为了打理方便他把原本三七分的帅气发型剃成了乡亲们最常见的平头。他的手上布满茧子。他的裤脚从早到晚都胡乱挽起，总是两脚泥巴。如此形象的伯父，哪里还有一丁点儿读书人的样子？

可只有伯父知道，他没有一分钟忘记自己是一名读书人，他依然对远方怀着最初的信念。他一直坚守读书人的品行，从不当众袒胸露乳，从不污言秽语，从不向女人说哪怕一句轻薄的话。他还从不停止读书。每到夜晚，不管自己多困，明天的活儿多重，他都会打开书本阅读。那是他从学校带回的教材，以及已经在城里上班的同学给他捎来的新书。他在一盏脏兮兮的煤油灯下阅读。夜色无边，伯父在灯光下阅读的样子，多像茫茫大海中拒绝沉沦的岛屿。

我年轻的伯母经常在夜晚望着灯光下沉默的背影难以入眠。在她眼里，这是个心比天高的人。老实说她不懂他。鉴于他的自我封闭及不识字的她有限的理解力，她没法懂他。她隐隐感觉到他的心另有所属。她最大的担心是，说不定有一天，他就会抛弃她，然后远走高飞，就像与他们家一巷之隔的我的堂爷爷曾文治那样。

我的堂爷爷曾文治，也是一名读书人。他在家乡早有妻室，并生有一子。可在几十年前，眼看乾坤初定，新中国成立在即，他毅然与农村不识字的妻子离了婚，把儿子丢给在老家的父母，北上武汉成了某机关文员，又重组家庭，据说已经做到了一家国营大型企业的中层。村里人对他的评价褒贬不一，有人说他为村子争了光，该上光荣榜，有人说他心太狠，太没良心，抛弃了结发妻子和孩子，是个该遭唾骂的陈世美。可怜他的儿子，在村里像个没爹娘的孩子……

夜更深，伯父的阅读正入佳境。他的影子正好遮住了在床上假寐的伯母。这影子仿佛一座沉重的大山，压得我伯母喘不过气来。

3

可伯父没有能立即离开村庄。他生下了一个女儿，又生下了一个女儿。不久，他因一次偶然的事件卷入到村庄公共事务当中。

事情发生在双抢的节骨眼上——所谓双抢，就是夏天时抢着把熟了的早稻收割上来，又抢着把收割后的地重新抄耙，把晚稻秧苗栽下去。之所以要抢，是因为早稻熟了后立秋就将到来，农业讲究时令，如果不能在立秋之前把田地抄耙开来，把秧苗栽下去，那晚稻就会大面积减产，全村人的口粮就会成为问题。而要把时令追抢到手，灌溉就是一个非常重要的环节。

村庄的灌溉平常依靠的是全村勒紧裤带置办的一套电力设备。这设备就安装在村庄几百米远的赣江边一个叫排灌站的小屋里，由专人掌管。设备运转了好几年，从来也没有出过故障。可这年夏天，设备的发动机停止了转动，直接探进赣江的长长的铁管黑如深渊，抽不出哪怕一滴水。

天气炎热，太阳当空，万里无云，蝉叫得人心烦意乱，整个天地间干得仿佛擦根火柴就可以烧着。想靠老天下一场暴雨来解渴毫不可能。想靠村里水量不多的几口井也不可能。全村上千人因此停了工。而立秋一天天逼近。村支书孔明清急得满嘴疱，可村里半桶子水的电工满手污黑却毫无办法，他的嘴里嘟嘟嚷嚷，显然是为了掩饰内心的无措和焦虑。

有人抱着死马当活马医的态度向孔明清推荐了伯父。伯父穿过孔明清狐疑的目光来到了机器面前。他用耳朵听了听里面的动静，然后将一把起子十分果断地伸向了机器的某个部位。只几分钟，机器就迅速恢复了正常，原本黑洞洞的排灌管口在人们的欢呼声中哗哗哗地往外冒着水花。

设备的成功修理让伯父在村里名声大振，可这对伯父来说不过是小菜一碟。他在学校学的是农机专业，他是一个可以把拖拉机全部拆除又重新完好安装的人。在一个小小村里，有什么样的电机问题可以难倒他呢。

事后，村支书孔明清毫不犹豫地把村里最重要的财产——赣江边的排灌站的钥匙交给了伯父，同时交给的，还有村庄整个电力系统的维护权责。

这是让所有人羡慕的一项福利。想到自己可以不须参加形同苦役的田间劳动，伯父暂时接受了这一项看起来不错的工作。他因此得到了一件新的行头。那是一套电力工具袋，它装着老虎钳、起子、扳手、电笔。伯父每次出行都会煞有介事地将它绑在腰上。当有人戏说他看起来仿佛是电影里执行特殊任务的侦察兵，或者随时准备去堵枪口或托起炸药包的英雄，他总是用满不在乎的微笑回应。

## 4

承担了全村电力维护之责的伯父经常一本正经地在村里晃荡。他要随时查看村里的线路，更换某个插座里烧断了的保险丝，让某个调皮松动、心怀不轨的螺丝重新入座。他要在一个会议前把会场的照明问题处理好，在一场骇人的风雨雷电过后重新检测好村里的变压器是否受损、电线有没有被风吹落。村庄因为伯父是有福的，原本千疮百孔乱七八糟或者乖戾暴烈如虎豹的电力系统，在伯父手上，变得就像猫一样温顺，像书本一样整齐。

从此伯父经常一个人待在赣江边的排灌站小屋里。他甚至在小屋里放置了一张小床，夜里也常在那里睡觉。他给伯母的理由是，排灌站里的设备需要看管，村里把这么大的事交给他，责任如山，他得时不时地守在那里。

而真相不过是伯父想要给自己一个独处的空间。他要读书、思考。他要独自理一理自己凌乱的心。他要好好想一想，几年的乡村生活，婚姻、生育、劳作，是不是已经把他的心磨起了茧。他要问问自己，他对离开村庄到远方去的信念，是不是有所减弱。

午夜的灯光下，伯父在一点点地厘清自己。他发现他依然是那个执着向往着远方、愿意到更大的世界建功立业的人。无论怎样的孤独与辛苦，都没有动摇他对远方的信念。那种老死山乡的活法，他以前不会有，以后也不想有。而且，他还有的是机会。只要他愿意离开，他的老师和已经在新的岗位上干得风生水起的同学，随时可以给他搭把手。

伯父发现，他与他的堂叔曾文治其实是同一类人，怀着同样的向往远方的决绝的心。他之所以不能像堂叔那样一骑绝尘，乃是因为堂叔有一个弟弟在家可以照顾父母，而他是大祖父的过继独子，对继父继母尽孝是他无可推卸的责任。而给依然年富力强的大祖父生下一个活蹦乱跳的孙子，就是他近期尽孝的最好方式。

伯父经常在月光下走出排灌站，看着不远处的那条进出村庄的唯一的路。它如此简陋，坑坑洼洼，仿佛喝醉了酒一样深一脚浅一脚。

回乡记（节选）

*41*

它两旁的草丛污秽而蓬勃。可是在伯父眼里，它是可以将他射向远方的一支响箭，是可以渡他到理想彼岸的一根苇草。它的不远处就是繁华的小镇西沙埠，也是千里赣江的一个古老码头。那里岔道众多，可以通往县城、市府、省城，乃至无数的有名和无名的远方。伯父会在月光下望着这条仿佛可以通向云端和天际的路，历数这些年来从这条路上走出村里的人们：他的堂叔曾文治去了武汉；住在村中心礼堂边的地理先生孔冠德老人的儿子孔三豆，因为考学去了衡阳的一家大型国有企业；住村北边的刘令香因为当兵提了干，复员在县公安局当了一名公安；他的另一个堂叔曾学易，当兵去了鄱阳，后来做了一名狱警；与他家毗邻的曾昭明，也是通过当兵去了新疆，成为村里走得最远的人；村中心井边的刘学稷，因读书成了整个吉安地区知名的教书先生，成为学问深厚、人人敬重的儒者……

皓月当空，不远处的下陇洲村阴影重重。伯父背后的赣江在月光下如水银泻地，美丽惊人。可伯父几乎没有看她一眼的心思。他只是反复盯着不远处的那条路。他要时时守着这条未来可以渡他远行的路。他担心自己一转身，它就消失不见，从此自己的未来无可凭依。

简陋的排灌站悬浮在赣江边，仿佛一座因害怕失足落水而紧紧扒住堤岸的小小孤岛。

5

伯父生下的第三个孩子依然是个女娃——这真是一件让人哭笑不得的事儿。大祖父如丧考妣。满脸羞惭的伯父不断地给自己打气：自己总会有时来运转的一天。要不了多久，那个他们期待的带把的孩子，就会呱呱坠地的。

可接下来发生的事情出乎所有人的预料：我的大祖父自杀了。

因为我的曾祖父起早贪黑省吃俭用购置了几亩薄田，20世纪50年代初他被打成了地主，到60年代中后期，我的整个家族因此陷入了长久的劫难之中。我的祖父——伯父的亲生父亲经常被村里人拉到台上接受批斗，我的父亲和几个年幼的叔叔都在全村人的欺凌白眼中压抑度日。大祖父不仅是曾祖父的长子，以及村里一家并无多大规模的杂货店的掌柜，他在新中国成立前还有过当伪保长的经历。这样的出身与经历，自然让村里人对他的批斗和惩罚变本加厉。

大祖父被五花大绑，被人按着头站在台上。台下，那些曾经见到他无比恭敬的乡亲，挥动拳头声嘶力竭地喊着打倒他的口号。鞭子带着呼啸声抽打在他的脊背上。他看不到他的脊背血肉模糊，但是痛楚同时席卷了他的身体和精神。

看着台下那些张开的黑洞洞的嘴唇，大祖父忽然有了一阵深深的倦意。这个读过私塾在村里算是有些学识的人，曾被村里人认为是全村最精于算计、善于与各种各样人物周旋的人，这个从来就自以为是的粗暴家长，突然对这世界失去了算计的兴趣。他看到了茫茫人世间的荒凉本质与人心的不可测量。他愤怒于命运对他的百般作弄。趁着有一天全家人不在，他爬到了楼上用一根绳索结束了自己的生命。

闻讯赶回的伯父把大祖父背下了楼。长长的舌头耷拉在他的肩头。那是大祖父一条还没说出的遗嘱，更是一条抽打他的鞭子。——很长时间以来，伯父甚至认为自己也参与了对大祖父的谋杀。如果能让大祖父早日看到期待已久的孙子，大祖父的心是不是就不会那么寒凉，他是不是就会有力量撑过去，死对他来说就不是一件那么容易的事？

埋葬了大祖父，伯父更是常常坐在赣江边的排灌站小屋里发呆。他看着左边的村庄，和右边的可以通往世界任何一个角落的西沙埠小镇，以及村庄与西沙埠小镇之间的那条路。它们在伯父面前组成了一个吉凶未卜的棋局。伯父不知道自己该如何下这盘棋，才能让自己在这乱局中获得平安。

伯父知道，大祖父离世，这世上已经没有能阻碍他进出这条路的人了，他本该可以背起行装大踏步向前走，以实现自己多年的夙愿。可是，大祖父的离世，他要肩负的责任又比以往重了许多，整个小家庭的生存成了问题，他怎么可以一走了之？再说了，他是地主的长孙，是一个自绝于人民的坏分子的儿子，这世界怎么还有地儿容得下他这样的一个人呢？

那些走出村庄的英雄们的消息从这条路上源源不断地传来。他们的境遇普遍不太好：著名儒者刘学稷被打成了反动权威；在武汉工作的堂叔曾文治已经靠边站，他在新中国成立前的经历正被调查；在衡阳工作的孔三豆也受到了冲击，据说已被隔离审查；鄱阳监狱的狱警曾学易暂时是安全的，但他传出消息说监狱已经人满为患；在新疆的曾昭明处境如何，因为距离遥远不得而知……

如果伯父当年没有听从大祖父的催促回到家乡，因出身问题他的处境可能比这些在外的任何一个人都要艰难。游街、批斗、鞭笞……外面死人的事情几乎每天都在发生。他会比大祖父坚强些吗？伯父想都不敢想。

而让大祖父走投无路的赣江以西下陇洲村，却是让伯父得以安然藏身的福地。这让人几乎不敢相信，但的确是事实——在整个下陇洲村，没有一个人会指认他其实也应该是被批斗被鞭笞的对象，是这个从老到幼都应该被钉在耻辱柱上的家族的成员之一。所有人似乎都接到了封口令。他是地主的长孙，同时更是这个村庄的功臣，是掌握了村庄核心技术的电力维护专家。他是畏罪自杀的伪保长的过继儿子，同时更是村里离不开的角色——上级命令每个村成立文艺宣传队，那些手握大权的人束手无策，在学校曾担任文体部长的伯父在短时间内就把一群僵胳膊硬腿的笨拙农民训练成有模有样的文艺演员，并自编自导节目，参加公社演出获得了名次，让全村在全公社出尽了风头。

望着不远处变得无比乖戾的村庄，想起早年他在大祖父的催促下的回乡之举，伯父有了劫后余生的庆幸之感。他想着既然命运把他搁浅在这里，自然就有它的理由。那就让他继续在这里利用自己在村里的特殊地位，勇敢地担当起船长的角色——我的家族此刻就像一条风雨中的破船，随时都有触礁解体的危险。

1970 年，我的堂哥繁生出生了。他是我的家族"庆"字辈下的"繁"字辈的第一个男丁。看着堂哥两腿间的小雀雀，想起大祖父的心愿和死，想起自己这近十年尴尬而屈从的运命，伯父不禁悲欣交集。

6

20 世纪 70 年代中后期，我的家族终于走出了深渊。整个错位的世界重新归了原位，又开始驶入了一条新的轨道。报纸上到处都是拨乱反正、落实知识分子政策、改革这样的字眼。村里的田埂上，干部们忙着拿工具测量田亩的面积和质地。不久，村里的土地分配给了各家各户。一个新的时代来临了。

伯父一家分到了属于自己的田地。这时候的他，已经是十口之家的家长了。堂弟繁根和两个妹妹先后出世，养活他们成了伯父最重要的任务。伯父比以前更忙了。他依然要管理整个村庄的电力，为全村的农田灌溉、照明服务，同时又要领着全家老小下地劳动。他是一个读书人，更懂得耕作的原理。他种的地，比别人要多收不少粮食，他家养的牲畜，也总比别人家壮实。他家的生活，比起别人家明显要好一些。

伯父差不多已经忘了自己是一名在国家留有档案的人了。有一天，伯父的家中来了两个陌生的人。他们穿着整齐的中山装，胸口的口袋别着钢笔。他们操着外乡的口音，用的是与村里农民完全不一样的口气。他们是上面派来的。他们查阅了 1962 年伯父就读的中专学校的档案，了解了伯父的动向。国家正在落实知识分子政策，伯父正是该落实的对象之一。他们问伯父是否愿意离开家乡去新的工作岗位上发光发热，重新为国家的建设出一份力。

老实说，从那两人进门开始，伯父就从他们的打扮和口音闻到了一种远方的气息。那是他久违的气息。他顿时记起自己其实是一名长期潜伏在故乡的人，而此刻他们通过言辞、穿着和举止，暗示他有着另一个组织，并向他发出了接头的暗号。为了这一刻，他已经等了十余年，他等得太久太久了。

伯父找来了他当年的书箱。他打开，翻出了当年的毕业证书。那是他的青春与才华的证明，是他心仪的远方的通行证。他满以为它会一直崭新如昨，可他发现，那原本挺括的毕业证书已经被老鼠、蛀虫和莫名的水渍弄得面目全非。毕业证上他早年的照片也已经模糊不清。

就像毕业证书无法保留原样，伯父发现，他已经无法背起行囊响应远方的呼唤奔向远方。他已经是年近不惑的人了。他已经背负了太多的东西。他是七个孩子的父亲。他还有寡居的过继母亲与目不识丁的妻子。他如果出走了，那这一大家子谁来养活？他一个人的薪水只能是杯水车薪。而留在村里，家乡的田地及其他资源可以让他们活下来。再说，家乡一千四百多人的电力维护，谁来接手？电这个可以随时置人于死地的危险东西，会趁他不在搞出什么幺蛾子？他离开了，可能是他一个人过舒坦了，那全村人的生活，会受到怎样的影响？他是个读书人，当然应该以勇于担责和服务大众为要义，怎么可以随便撂挑子不干了？

伯父想起十多年前他挑着箱子回到家乡的情景。他现在才意识到，那条弯弯曲曲、坑坑洼洼的路，不是可以渡他到理想彼岸的一根苇草，而是一根将他扣为人质的绳索。

伯父想起十多年前明清书记交给他的工作。他现在才意识到，那个他常常绑在身上、让他看起来像战士和英雄的电力工具袋，不是英雄的标志，而是囚禁他的镣铐与枷锁。

伯父向着来人无奈地摇了摇头。

## 7

之后的日子，在人们的印象里，伯父十分坦然地接受了在家乡当一名农民的命运。人们发现，他把锄头砸进泥土的动作要比以往狠一些。他低头看路的时候越来越多，抬头眺望的时候越来越少。他不再像过去，独来独往，寡言少语，而是与村里人打成一片，喝酒吃肉，插科打诨。他的眉头越来越舒展，那些怀才不遇的烦忧都已放下，目光里越来越有了认命的成分。他早就把排灌站小屋里的铺盖搬回了家，以此表示他已对世界不再存有非分之想。他越来越愿意倾听村庄的声音，相比过去那些他所热衷的不着边际的国际国内大事，村子的土地上的刮风落雨、生老病死似乎更让他上心一些。

伯父全力投入对自己一大家子生活的照料之中。赣江以西的农村人多地少，分田到户激发了乡亲们的干劲儿，可靠着田里的收成只够温饱，伯父着手培养自己多方面的技能，以挣取生活所需的更多资费。他是赣江以西闻名的爆米花匠，每到春节将临就挑着爆米花机到赣江以西的十里八村打爆米花。他还是村里有名的地理先生，20世纪60年代末，他曾被住村中心礼堂边的地理先生冠德老人挑中，冒着被发现的危险偷偷把阴阳之术传给了他。冠德老人死后，为婚丧嫁娶挑选吉日良辰和为阳宅选风水自然就成了伯父的重要工作。他还是乡村族谱延修的技术顾问。20 世纪 90 年代，赣江以西流行重修族谱，伯父从家乡曾姓族谱的修缮中悟到了族谱的延修之术，之后经常被各个村子请去担当起族谱延修团队的总指挥，为赣江以西的人们整理瓜蔓血脉，在别人家的村子往往一待就是十天半月……

伯父还全力介入到村庄的大小事务之中。他是个读书人，在大多数人都是文盲的村子里，他的作用无法替代。除了整个村庄的电力维护需要他，村子里的大小事项都需要他到场：那些有人在外面的人家需要他帮着写封信，那些讲不清道理陷入争吵的人需要他帮着理一理是非黑白，那些生了娃的人需要他给娃取一个好名字，那些买了种子、农药或肥料的人要他再详细讲一讲特性和用法，有婚丧嫁娶事的人家要他帮着出出主意，家里出了逆子赌棍的需要他去帮着管一管……

伯父走在为乡亲解决电力事故的路上，或者端坐在村庄婚丧嫁娶的现场。天大的事他都能处变不惊。再混乱的场面他都显得如水平静。在人们的眼里，他多像古老部落里的酋长：个子高大魁梧，皮肤黝黑，目光坚定，具有强大的道德自律力与场面驾驭力。他的神情里兼具首领的镇定与菩萨的慈悲。他赢得了全村人的信赖，比他辈分大和与他同辈的人都称他为"老大"——那不仅仅因为他是我们村曾姓庆字辈最年长者，更因为他是人们愿意托付、值得尊敬的人。

8

伯父在家乡安身立命，也似乎甘之如饴。可是由此就认定伯父绝了远方之念那就大错特错了。几十年来，伯父总是时不时地露出他对远方的惦念与不舍。这样一份情感，坚韧而无望，随着伯父的年岁渐长越来越让人动容：

20 世纪 80 年代末，伯父用他多年的积蓄盖了一栋两层楼的房子。房子建好后，他爬上楼梯在门头上用蘸墨的毛笔写下"潜志"两字。他向人解释说这是取自他和伯母的名字。他族谱上的名为"潜"，而"志"的确是伯母的名字。可是它们写在门头这么重要的位置，难道不是欲盖弥彰地表达他的心志，他对自己滞留家乡的不甘？

——在我和堂哥繁生很小的时候，他就不断地用远方诱惑我们，经常告诫我们要走出村去，要去更大的世界闯荡。他总是说，好男儿志在四方，糟男儿留在家乡。1986年我和繁生同年考上师范，这本不是什么值得显摆的事情，伯父竟怂恿我父亲和他一起大操大办，请来村里的头头脑脑及亲朋好友来庆贺。他还郑重其事地带着供品及香烛、鞭炮领着我们来到山上，要我们跪在大祖父和才死去不久的祖父的坟前。鞭炮炸响，香烛点燃，他领着我们对着两位长辈的墓碑念念有词：请你们多多保佑儿孙幸福平安。咱大曾家几代人，终于有人走出了农门，端上了国家的饭碗！

——他反复向他的儿女灌输读书的理念。他经常告诫他的儿女，砸锅卖铁也要教儿女读书。只有读书，能让他们知道不仅有着老家的一亩三分地，还有远比家乡更为宽广的远方。他把他的孩子都一个个送进学校，虽然最终以考试走出乡村的只有繁生堂哥一人。他的孙辈们在读书上你追我赶，纷纷考上了大学，毕业后留在了不同的城市。这等于是，他们接过了他的火炬，帮他完成了走出村庄的夙愿。

——他与村里几乎所有在外工作的人都匪夷所思地保持着亲密联系。他们回乡省亲，都会到伯父家串门。伯父呢，就会换上一种与平日完全不一样的郑重语气，话语中还不断夹带大量的、不土不洋的书面词汇。20世纪80年代中期，我们村著名的儒者学稷老人退休返乡安度晚年，伯父成了他身边最为亲近的人。他帮助老人修葺祖屋，为老人担负起掌墨裁纸的工作，同时揽下了为老人购买花钵、到小镇邮寄信函等日常事务，经常给老人送上新鲜的蔬菜、鱼肉，刚收获的花生、麻油……他爱赖在学稷老人的家中，听学稷老人讲着自己的过往、见闻。老人去世的那天，他跪在棺木前，把头磕得砰砰响，哭得比老人的儿子还要伤心。人们不能理解，何以他对这个与他其实并无血缘和亲缘关系的老人如此恭敬？这个经历丰富、蓄满了远方风雨的老人身上，到底有什么让他着迷？

9

岁月无情，转眼就到了21世纪初。伯父已是古稀之年的人了。伯父以为依他这样的年龄，此生应该再也不会与远方有何瓜葛，一切恩怨随着晚年的到来都得到了清算，他与远方的暗恋纠缠早就到了该放下的地步，整个世界在他眼前应该是一幅平静无波的镜像，却不料，远方正式向他发出了邀请，命运再次给了他出走的机会。

这样的机会乃是拜与伯父年轻时不一样的新的时代所赐。随着改革与开放的渐次深入，人们纷纷走出村子，奔向异乡的城市。过去只有考学与参军才被获允的离村进城，现在变成说走就走的便当事。进出村的那条路显得拥挤而喧嚣，路两边的野草更加污浊而蓬勃，到了春节前后就更是如此。

二十岁的人离开了村庄。三十岁的人离开了村庄。四十岁的人离开了村庄。五十岁的人离开了村庄。……原本人声鼎沸的村庄，顿时变得寂寥起来。随着大量的青壮年离开了村子，村庄变得不完整了。村里的医生孔野德去了县城，开了一家私人诊所，听说生意好得不得了。可村里人生了病，就必须去三里路远的西沙埠小镇了。村里的老屠户曾生保已经老得提不起猪的后腿了，年轻的屠户刘润生去城里打工去了，村里没了屠户，要吃猪肉就也必须去小镇上了。……全村的户口簿统计的人口依然有一千四百多，可掰指头算算，依然留守村庄的，只有二百多人了。

伯父就是这两百多人中的一个。当然陪着他的还有同他一样老的伯母。而他的亲人们，都已经离开了村庄进了城：他的所有儿女都已经在县城购房居住。我的堂姐妹们通过打工都已在县城安家落户，当教师的堂哥繁生更是把家安在了县城。在省城做家具修理师的堂弟繁根把房子买在市里。除伯父之外，我的父辈们也都已随着儿女在离家几十里外的县城居住。在故乡的伯父，真真成了孤家寡人了。

伯父的兄弟和儿女们纷纷劝说伯父到县城生活。伯父思索了一番决定成行。通往城市的那条路本该是他的路。那座村里无数人抵达的城本该是他的城。他想着他到晚年有了出行的机会，不过是命运给他的一次迟到的补偿。老天爷之所以把他年轻时候的机会给夺去，说不定就是特意为他保存着，等他到晚年时再还给他。

伯父把家里的铺盖、洗漱用具打了包，仔细挑了个黄道吉日，租了一辆面包车，踏上了通往县城的路。车开动，他徐徐打量车窗外的世界。那是他憎恨又感恩的乡土，是曾经贫困潦倒却又人声鼎沸、生机勃勃的生命场，是他心怀不甘却又无怨无悔为之服役的灵魂居所。如今，它已衰老。今天他隆重出行，路上竟然空无一人，只有远处的一条狗抬起头朝着他望了望，又继续把头缩进蜷着的身体里。

车驶过了村口。伯父把视线投向了不远处的赣江边的排灌站小屋。那是曾经安放他的灵魂的地方。现在，它孤零零地站在那里。他知道它已颓圮。如今的村庄，已经没有人种地了，当然也不需要灌溉。当年全村节衣缩食买下的轰轰作响的排灌设施早已废弃，被当作废铁卖给了废品收购站。那间曾经被村里视为心脏一般的排灌站小屋，已经徒有其表、形同虚设了。想起这些，伯父不免有些伤感。而面包车似乎懂了他的心意，速度明显加快了许多。它跃上一个陡坡，穿过了西沙埠小镇，快马加鞭地向着县城奔去。

## 10

伯父与伯母来到了城市，他们住进了堂哥繁生的家里。堂哥与堂嫂忙于上班，伯父和伯母每天要承担照料自己生活的工作。伯父并不缺乏城市生活经验，除了早年读书，作为村里的电力维护专业人员，他要经常到省城、市府出差购买电力设备，县城更是经常往来，所以面对城市并不显得有何局促。伯母是个十足的乡下人，在各种电器煤气设备面前多少有些手忙脚乱，但因为有伯父的帮衬，事情总不会坏到哪里去。他们与儿子媳妇的饮食口味和生活习惯不同，可因为是至亲之人，总归有相互忍让和谐共存的空间。菜场买菜、超市购物也不会有多少障碍，在里面的买方和卖方也大多是来自乡下的人们，有些甚至是与他们的口音毫无分别的同乡。经过一段时间的适应以后，他们感到城市生活远不像他们最初想象的那样不易，两颗心也就放松了下来。

伯父与县城有了一段蜜月期。他与伯母发现，在城里生活的最大好处，就是过去那些散落各地的亲人，现在触手可及。他的几个在城里居住的女儿女婿，会隔三岔五地来探望他们。过去曾患难与共、相濡以沫的兄弟们，现在经常以做寿、孙辈生日等理由聚会，说着家长里短的闲话。有时候在菜市场买菜，冷不丁有人叫着他们的名字，一看竟然就是本村进城的乡亲。那一瞬间他们竟有了依然在村里的错觉！

伯父还有了与他早期的中专时候的同学往来的机会。他们有的当了县长，有的当了局长，也有的做了技术专家。现在他们都已退休，时光消弭了他们之间的距离，他们似乎重新回到了当年的课堂。他们经常邀请伯父聚会叙旧。他们谈起当年伯父的种种优秀表现及后来的际遇，谈起许多不在眼前的故人，都对人世间的种种变故唏嘘不已。他们依然恭敬地称呼他为文体部长。聊起五十多年前的往昔，他们苍老的面庞上，竟然浮现出了少年才有的激情和红晕！

可是这样的蜜月期并不长久。伯父慢慢感觉到了哪里不正常。他越来越没有了精气神。起先他埋怨的是堂哥的家在五楼，每天上下楼让膝盖吃不消，没有在村里住一楼那么舒坦。然后他感到他的内心被一种叫空的东西给占满了。那是一种类似于被虫子噬咬的难受感觉。那是一种无所事事、一无是处的空，一种寄居他乡、形单影只的空。虽然有那么多熟悉的人，可是伯父依然感到空虚和孤独。那也是一种无力之感。他发现在城里的自己对每一个新的一天都不抱期待。他走在干净硬实的街头越来越感觉到脚步飘忽，远不像走在故乡污秽的、坑坑洼洼的田埂和机耕道上那么踏实。

他的睡眠越来越不好，远不像在村里时一觉睡到大天亮。他经常做梦。有时候我从上班的省城回到县城去看他，他会嘟嘟囔囔地抱怨说睡眠太差，做的梦稀奇古怪。他说梦里多是赣江以西的下陇洲，比如死去多年的过继父亲长长的舌头，比如一场大水把整个村庄淹没，比如门头上写着"潜志"的宅子里的，他提前造好的棺木被水淘走，比如村里早已不再耕作的田地里到处是爬行的蛇……

伯父决定离开县城，回到赣江以西的家乡。他认为所有的梦都在催促他回家。他的兄弟、儿女都无法说服他。这个精通风水的人对所有劝说他留下的人说，他与县城风水不合，如果久居必遭灾祸。他说他可不想把这条老命丢在这嘈杂的县城里。他说叶落要归根，人老要回家，当年学稷老先生就是这么干的。他说他在这城里是个无用之人，可是如果他回去，说不定那留守的两百多人还会有用得着他的地方。他说眼看着快过年了，家里关门吊锁的，一点儿喜气都没有怎么要得。

说到回家，这个年过七十的倔强老头儿，神情里竟有了当年说到远方的向往。

11

伯父领着伯母回到了家乡。他们重新开辟了一小块菜地，并买来一群刚出壳的鸡鸭。鸡鸭叽叽喳喳叫着，他的家就重新有了许多生气。他擦净了堂前落满灰尘的大祖父大祖母的瓷像，并把在县城居住时请人做好的自己与伯母的瓷像摆在了他们旁边。他想要不了多久，他们就将成为自己子孙们的列祖列宗。把瓷像做好，不过是提前做了该做的事而已。

他们回家的消息传出，他们家就重新恢复了热闹——虽然相对过去一千四百多口人居住时候的热闹，今天的热闹早已不可同日而语。那些家里老鼠咬断了电线的人来寻他。婚丧嫁娶挑选吉日吉时的来寻他。打工挣了钱在家里盖个房要选个好风水的来寻他。村里有老人去世，他被请去帮忙张罗各种礼仪事——那些即将被人遗忘的古礼全装在了他的心里。大年初一，他坐在曾家祠堂的首席位置。他的面前是摊开的族谱。烛光摇曳，香烟袅袅，众声喧哗（那些在城里的人纷纷回了家），鞭炮声不断，他在人们恭敬的目光里，郑重地手持毛笔，把去年曾姓新出生的男娃的名字和生辰八字书写在族谱相应的空白处。——这自然是村庄最为庄严郑重的时刻。

伯父走在了村庄的屋头巷尾。他已经老了，走路的速度明显慢了下来。他的背驼了不少，可他的脚步是有劲儿的。那是走在自家地里的感觉。他的表情也不再是城里居住时的恓惶虚弱，而是有着老酋长巡视自己领地时的坚定与慈悲。

住在村里的人越来越少了。伯父的家前后左右四五排房子都空空荡荡。每到夜晚，整个村子就一片死寂，野猫的叫声孤单而凄凉。可伯父并不感到孤单。他知道，那些在村里活过的人都在。比如在他家，每到夜晚，他的地主老儿祖父和祖母，他当过国民党保长的过继父亲、小脚继母，以及他的亲生父母，都会来陪着他。有的时候，他们会进入他的梦中，与他说着陈年往事。有他们在，他会生出无比踏实的感觉。

他知道，不管那些离开村庄的人走得有多远，离开时怀着怎样的决绝，只要村庄还在，他们最终都会回来。这里是他们的根，是他们埋下祖宗、存放族谱、记录他们血脉缘起与绵延的地方。他留守在这里，就是要看着他们一个个地回来。

我的家族中在村里人口中褒贬不一的堂爷爷曾文治回来了。他活了九十岁。据他的老伴说，他曾反复交代说死后要把骨灰送回家乡。他早年的时候没有好好孝敬父母，他死了就要埋在他们的身边。而他的老伴，一个上海籍的与下陇洲并无多少瓜葛的城市老妪，也表示说她百年之后，也要埋在下陇洲的土地上，与我的堂爷爷曾文治相守在一起。按照村庄的古礼，她也应该是下陇洲人氏，是族谱上留有名讳的人。

与他们回来的，还有堂爷爷的儿子女儿。他们都在上海或者武汉工作。他们的成长与下陇洲并无任何交集，可是他们说，他们都是下陇洲人。以后年年清明，他们都要回来，看望九泉之下的父亲，和血脉相连的族人。

伯父主持了堂爷爷的葬礼。伯父把堂爷爷的亲人们送出了村。他站在村口，望着进出村的路。他知道不管这条路联系的世界有多辽阔，人们走得有多远，以后的日子里，一定会有越来越多的人沿着这条路回到村庄的怀抱中。

12

沿着那条无数在出走与返回之间纠缠不休的人们走过的路，我回到了我的家乡下陇洲村。

我是被伯父早年怂恿着走出村庄的一个，是据说常被村里人念叨的、在省城工作的、有头有脸的人物，是写过几部书的所谓作家。我也是对故乡怀着罪责的那个人：我怂恿着我的家人一个个走出村庄，并在县城置下房产，让我原本该在村子里生活的父母到县城居住。我是拉低了故乡人口居住率的逆子。

然而我也是对故乡怀着浓烈乡愁的一个。今年大年初二下午，无所事事的我，决定从县城父母身边回到故乡。我的理由是看望我的伯父，可我知道我想看的是我生活多年的故乡。我开着车，经过近一个小时的车程，就远远望见我的故乡——赣江边的下陇洲村。

它呈狭长形偃卧在荒芜的田野中间，在冬天午后的阳光下闪闪发光，像一条历经沧桑同时又身披锦绣的鱼，一座苦难又光明的殿堂。它是古老的，我知道它有着最少八百年的历史，可它又是簇新的，一年一度的春节会将它施洗如婴。

我开着车，进入了村子。那条唯一进出村庄的原本深一脚浅一脚的路已经全部浇上了水泥，变得平坦而宽阔。我看到村口又盖了许多崭新的楼房。它们都贴着大红的春联，春联上的内容有着极其美好的寓意。那是打工的人们，用辛苦挣到的钱盖的新家。我看到村子的巷落里到处是人，他们面色酡红，显然是喝了酒的缘故。他们的表情愉悦而满足，脚下的步伐喜庆而夸张。

他们从大人怀抱中的幼儿到耄耋之年不等，呈现出良好的年龄梯次状态，再不是平日里只剩下老人和孩子。我认识其中的很多人，知道他们的去处和来处，其中大多数人是从打工的城市、五十公里外的县城归来。

我看见年轻的屠夫刘润生在路边空地上抽着烟。他的脖子上挂着一根很粗的金链子。据说他在广东的某座城里当起了菜贩子，每天大清早开车到菜地买来蔬菜在菜市场兜售。乡亲们都说他的收入是在村里杀猪时的无数倍。他也在县城购了房产。可现在，他也成了一个回家的人。

我看见在县城开着诊所的野德医生在巷子里急匆匆地走动，穿着一件胸前写了某产品标签的旧粗布长衫，很明显他不是以客人的身份出现在这里。说不定他的家中会有客人需要他招待。我刹住车按下车窗玻璃与他打着招呼，问他在美国做访问学者的儿子回家了没。他说今年年底会回国，然后计划在村里办结婚酒宴。

村子里响着零星的鞭炮声。我继续往家的方向开。我在寻找与我家并排的伯父家的时候碰到了一点儿小小的麻烦。我发现这个我曾经待了二十多年以后还经常回去的村庄出现了不少我所陌生的成分。除了村口一些崭新的类似于城里别墅一样的楼房，唯一进出村的路两边的旧房子因整体涂成了白色，并且因增加了砌墙的工艺，原本样式各异的路两边的建筑显示了整齐的对城市戏仿的风格。我明白这是拜新农村建设所赐。在距离村口不远的空地上，我曾就读的早已荒废的村里小学前面，我还发现了城市公园才有的廊桥与文化墙。这些本不属于故有乡村的设施，让整个村庄洋溢着少有的喜剧意味。

我找不着家了。这让我有了一瞬间的恓惶。我把车停在了一个疑似离家很近的地方，然后费力地搜寻着家的方向。我在路上见到了邻居安叔。我向他道着吉祥。他有个儿子大学毕业后考到重庆做了警察。他告诉我说，儿子这几天要值班呢，但值完班一定回家。不回家他对得起列祖列宗吗？

他引导着我来到了我熟悉的路口。我经过了我的已经挂着锁的家，走进了伯父的家门。我看见伯父的家门口对联宽大，字体飞扬，门头上"潜志"二字依然墨色清晰。我发现我的所有堂姐堂哥堂弟堂妹，伯父的所有儿女孙辈，都聚集在屋檐下，正围着伯父伯母叽叽喳喳地说着家常。他们的语调里，有着平日没有的、与他们的年龄远不相符的撒娇意味。那些年轻的孩子们，那些大多在外省工作或读大学的孩子，那些该叫我叔叔伯父或舅舅的孩子，都穿着鲜亮的与他们的青春、与春节的气氛契合的衣着，以及与节日和亲人团聚场面契合的欢快表情。他们让原本有些暮气的伯父的家，焕发出浓郁的崭新的生命气息。我想他们都是伯父所说的回来的人。他们的这次集体回家，明显是一次有组织有预谋的行为。他们紧紧围着我的伯父伯母，仿佛是想通过这一瞬间的热闹来慰藉伯父伯母因年迈与孤独而变得寒凉的心。而伯父伯母，此刻穿着儿女买的节日里的盛装，目光如镜，满面春色，就像年画里享受着幸福晚年的老人那样。

屋里的亲人们看到我，立即围了上来与我打着招呼。伯父忙起身迎我入座，吩咐着小辈给我泡茶，大声回应着我的祝福。他告诉我村里谁谁谁从外地回家过年，有哪些人给他拜了年；在外的人们谁谁谁升了职，谁谁谁发了财。——伯父对我用上了过去与村里在外工作的人交流的口吻，话语中明显夹带了大量的、不土不洋的书面词汇，并且有了十分激越的语气。说到兴奋处，伯父目光辽远，仿佛这世上有一万种美好可能，正沿着他目光的道路，被敲锣打鼓声簇拥着向着村子而来。

待了半晌，我以开车不能喝酒为由，谢绝了伯父伯母的晚宴邀请，起身告别。伯父拿着鞭炮跟着我。他要用这种故乡最高的礼仪送我，以示对我新年的祝福。

鞭炮声响起，我驾车遁去。从后视镜里我看到，我的故乡在一片浓烟中。一瞬间我竟觉得那些在村里活过的人们，此刻都在这浓烟里出没。每一声炮响，都是他们喉咙里对远方游子回乡的呼喊。

## 高考记

1

我疑心我的女儿虫的眼睛里新长出了一层阴翳。因为我发现她看人和物，远不像过去那样清澈、活泛，而是充满了成年人的忧心忡忡。她总是不由自主地皱起眉头，好像在很费力地等着前方的影像一点点地变清晰。我担心她是患上了近视。可她的回答是否定的。她说她们前不久还进行了体检，她的视力是1.5。

我的女儿进入9月之后就开始发生了许多变化。她不再读小说，不再像过去，动不动就在饭桌上摆出一副与我讨论马尔克斯、博尔赫斯、卡尔维诺、奥威尔的架势。她也不再爱看电影，虽然过去，她是一名资深的影迷，对世界电影明星、奥斯卡金像奖、戛纳电影节什么的如数家珍。她拥有两大本包括莱昂纳多与贝鲁奇在内的影星们的签名照片，那是她向全世界的影星们写信索要的成果。她不再与动物们亲近，闯入家中的蟋蟀和路上的蚂蚁，她再也不闻不问，远不像过去，她迷恋与生物有关的一切，正经研习过数十本关于生物学的书籍，熟悉无数动物的生活习性，出门在外，一个蚂蚁窝就可以让她待上半天……

她不再要求出门旅行、去书店购书、去肯德基吃炸鸡、去艺术中心欣赏音乐剧，不再故意饶舌、做鬼脸，不再五音不全地唱着宋冬野的摇滚……她把自己捆绑在学校与家之间只需十分钟的路上。她让自已钉在家里的书桌前。她总是陷入沉默，唯有笔在手指头上转动不已。她的面前，永远是一沓厚厚的试卷，她的周围，全是作业、文具、课本、练习题、全攻略、一点通，等等。

我叫着她，试图与她攀谈。我用十分亲切甚至起腻的语气叫着她，希望能得到过去那样的甜蜜回应。她的头从试卷上抬起来，可是我却从她惶然的眼睛里看不到我。我看到了她的瞳孔里上演着我所陌生的影像。一层阴翳，蒙在了她的眼睛表面，阻挡了我与她的对视与交流。

我知道那阴翳的来历。我也知道它的学名。它叫高考。

2

这是大年初一，这应该是与父母家人在家欢乐团聚的时刻，可我却在路上。天地间阳光正好，空气中洋溢着一股浓浓的年味儿。几乎没有车辆，路上空空荡荡。是呀，谁会大年初一驾车在路上奔跑呢。

我的车上坐着妻和虫。被高考催逼着的虫。从后视镜里看到，她的耳朵里塞着耳机，嘴里发出一个个英语单词。她在练习听力，复习英语。她凝神思考的样子，好像她不是坐在车里，而是在家里的书桌前。年于她仿佛并不存在。

而几日来，她其实是以年为敌的。快过年了，老家做喜事的多了。农历十二月二十八，她的外公做七十大寿。我们从南昌回到了位于赣江以西的老家，为他祝寿。虫无疑懂得为外公祝寿的重要。可是祝寿的场面过于热闹，亲人们堆满了屋子，没有一寸安静的地方，她自然是无法看书写字。我看到她脸带微笑回应着亲人们的问候，却在无人的时候皱起了眉头。

第二日，我们回到了离她外公家四公里远的爷爷奶奶家——下陇洲村。为了让她能安静学习，我给她安排了一个楼上的房间，找来了我小时候读书用的桌子和椅子。我们以为她能对她的祖籍地有一定的认同感，能与老家的年和平共处，能做到在老家过年和学习两不误，可是我们错了。

她满脸悲愤地走下了楼。她说年没法过了。一个快过年的老家，到处乱哄哄的，两个侄子经常上来敲门，隔着一栋房子的马路上摩托车一辆接一辆，轰鸣声大得吓人，她一页书都看不下去。从昨天到今天她都浪费两天了，如果继续待着就要继续浪费下去。这怎么可以！你知道两天可以刷多少张卷子么？你知道现在离高考还有几个两天么？年每年都要过的，可是一个人一生高考只有一次你知道么？回南昌吧，求你了爸！

立即回南昌，这怎么可以！陪父母过年，于我们是与虫高考同样重要的事情。费尽了口舌，我才把她劝住。这样就到了大年三十。老家巷落里依稀响起了鞭炮声。年已经近在眼前。这是人人高兴的一件事儿，可她是愁怨的。除夕的团圆饭无比丰盛，可她几乎没什么食欲。我们看着她强装欢颜，对着长辈马虎了事地说着祝福的话语，真是难受极了。

大年初一，我们草草向家乡的长辈们拜完年，就匆匆发动了汽车的引擎。我向年老的父母说着抱歉。颇有几分不安的父母点燃了鞭炮。——那专用来祝福虫高考准备的鞭炮是父亲精心挑选过的。

我们绝尘而去，奔向女儿的高考。

## 3

前面的黑板上，用白粉笔黑体写着离高考一百零三天的字样。后面的学习栏中，贴满了大概是学生们自己制作的清华、北大、浙大、复旦等名校的校徽——这当然是老师用来激励学生的伎俩。座位上，坐满了许多和我同龄的人。我们的身份是家长，现在正开着家长会。

老师们依次开始了演讲。他们的演讲风格，各有不同，有的轻言细语，有的语速迅疾，有的和颜悦色，有的一本正经。可他们的表情，集体凝重，如临大敌。他们所说的，无非是自己所教科目学生们的表现，最近考试班级排名情况，在离高考百天里，家长们应该注意的事项，等等。我看见老师们在提到所教科目有进步孩子的名单时不少家长都面有得色，而提到退步孩子的名字时，教室里有人不由得勾下了头。不过这种情况并没有保持很久。所有人都恢复了正常——还有一百多天，谁知道谁才会笑到最后呢？

最后，一直含笑站在一旁的班主任走上了讲台。她是位并不年轻的女士，身体干瘦，疏于装扮。关于她的故事早在家长间流传：她足够敬业，是学校里的骨干，长期是高三把关老师，曾经为了教学，把恋爱、婚姻一推再推，至今孩子只有一岁。她肯定是为今天的家长会精心做了准备（可她没有对自己的仪表进行任何的修饰）。在演讲之前，她打开了电视设备。

电视屏幕上的一张张照片里，学生们一齐走上了街头。他们穿着整齐划一的校服，与交警、协警一起在一个个路口维护着交通秩序，并且拦住一个个路人，向他们进行有关交通规则的采访。班主任在旁边解释说，那是她设计的一个户外课程，目的是让孩子们减压。

然后她开始了演讲。她不断地夸赞她班上的学生，夸他们懂事、勤奋、聪明、乖巧，善于沟通和协调。夸他们一个个都非同凡响，身怀绝技，好像她的学生，都是未来的比尔·盖茨、华罗庚、钱学森、周华健（我由此怀疑她是周华健的粉丝）。她说她以他们为傲，她的生命因他们而充盈。

她说着说着竟哭起来。她几乎不能继续她的演讲。她的嘴里只是在重复着说，他们都特别棒，他们个个都是好样的，我对他们充满了信心，毫无疑问他们都将考到全国最好的大学……

我们走出了教室。也许是被老师们的表情所传染，我们一个个表情凝重，如临大敌。在走廊上，原本陌生的我们忍不住交头接耳。大家都说，老师们太不容易了。

4

每晚九点，我和妻，有时候是我们中的一个，有时候是我们俩，会守在一盏离家不远的明晃晃的路灯下。——路灯的后面，是一个车辆众多、灯光昏暗的十字路口。路灯的前面，是一个繁忙的地铁口工地，装着巨大的搅拌机的工程车横冲直撞。路灯的更前方，就是虫就读的学校。虫每晚都要在学校上晚自习。每晚放学后穿过这么复杂的路，老实说我们不放心。

也许我们并不仅仅是不放心，我们也愿意以这样的方式，陪伴着不远处的虫。她在那个灯火通明的青春城堡里，寒窗苦读，挑灯夜战，我们愿意以这样的守候，来分担她的苦。

高考将近，当我们想到，相伴的日子会越来越少，这样的守候，顿时就增添了仪式之感。比如我会经常穿着一件黑呢子大衣，原因是她认为，我穿着它时最帅。比如我会久久向不远的那座青春城堡行注目礼，似乎是要帮着虫记住她的光和影。我们会对路灯旁的那棵景观树格外留意，因为我们会认为，在我们守候的时段，它的每一片叶子的荣枯都富有情意。

远远看到骑车或走路的虫，我就会跳起舞——或者是虫教我的一种简单的踢踏舞步，或者是几个夸张的滑稽的动作。虫大多数时候会笑一笑，偶尔会骂我一声"神经"。她的笑让我欣慰。我想，她笑了，就意味着沉浸于题海中的她从我的搞笑动作中获得了轻松一刻，意味着疲惫的她真切感受到了来自血缘的支持。

远远地看到无数个放晚自习的孩子。他们都穿着虫的学校统一的英伦风格的校服。那大衣款的校服一群群走在夜晚的路上，让人觉得他们是一群练习飞翔的大鸟。他们会在不久的将来一起找到自己满意的航线吗？

5

我站在菩萨的面前。——那是老家一座叫天玉山的山上寺庙里的菩萨。清明，我独自回到了赣江以西的老家祭祖。然后到县城约见同学、朋友。有朋友把我带到了这里。朋友介绍说近几年寺庙十分灵验，只要心诚，一定有求必应，所以香火极其旺盛。今天正好是菩萨的生日。朋友上山，是特备了香火，向山上的菩萨求福。

天上下着小雨。山有些海拔，越到高处，雨越大，气温越低。我觉得冷。山路上的行人和车辆络绎不绝。及至寺前，但见香烟弥漫，鞭炮声炸天。菩萨的面前无数的信众跪成一片。烟雾与雨雾缭绕中，我看到寺中的菩萨，宝相有失庄严，其眼耳口鼻不成比例，撒上金粉，完全是一副乡下改不了粗野的暴发户模样。可以想见这是来自乡下泥匠的手艺。

无须隐瞒我是个颇有阅历的人，我拜访过诸多名山大寺，而且我于这座山不过是个路人，是朋友临时把我带到山上的。我还是个无神论者，我从没有跪过任何一尊佛。按理此刻我只需袖手旁观，等着朋友求佛完毕即可下山，可我做不到心无挂碍。我有此刻无数向菩萨下跪的人心中同样的虚弱。我的女儿正值人生大考之际。她的高考成败关系到我全家的命运。我的家庭正处于重大的关隘。在菩萨面前，我心里念着：菩萨呀，请保佑我的女儿，考上理想的大学，让她的青春没有苦厄，让我的家庭能够安然渡过难关。

许是山上的寒气太重，从山上下来，感冒袭击了我。我冷，浑身发抖，面色发青。按理我应该沮丧才对。可我并不以为意。我甚至有点儿放了心。我想是菩萨显了灵向我发了力。他借此告诉我，我许下的愿，他是听见了的。

## 6

每天晚上，妻都要打开电脑，与虫的同班同学的家长们相会在QQ里。不知从什么时候开始，同一班的学生家长们背着孩子们建起了一个QQ群。在群里，他们都没有名字，孩子的名后面加上爸爸或妈妈，就是他们的称号。他们也没有面目，即使在一起开过家长会，除了少数家长，我们很难与他们的称号对上。可每到晚上，他们就像约好了似的相聚在QQ群里，老朋友一样郑重其事地讨论与高考有关的话题。高考，让原本素不认识的人们，成了同仇敌忾的盟友，患难与共的亲人。

他们在群里讨论的话题五花八门，比如最新的一套以"全攻略"命名的模拟试卷的购买地址，适合孩子们高考前补充营养的食谱（每周末我们必开车去离家不近的碟子湖大道上的清真寺门口买新疆人宰杀的牛羊肉。关于此处有全市最好的牛羊肉的消息，就是妻从群里得来的），孩子们每次模拟考试的成绩排名（排名靠前的孩子家长自然就得到了祝贺，排名下滑的也相应会获得安慰），今年相关科目考试重点的猜测，历届高考状元的考前经验，家长与高考前孩子的相处之道……

在他们的讲述中，孩子们的临考状态也是千姿百态。有的孩子晚上会说梦话，表面温顺的孩子，梦里会说着诸如"杀了你，杀了你"的狠话，只是不知道，他在梦里何以怀着如此深的仇恨，要杀的那个人又是谁。有的孩子会说着与题目有关的话语，似乎梦里依然在刷着试卷。有的孩子与父亲的关系恶化，有一个晚上甚至扬言要离家出走，被母亲死死抱住并反复劝说才慢慢冷静下来。有的对父母郑重其事地说要放弃高考，原因是他对高考这种形式已经厌恶至极。有的正陷入失眠的苦恼之中，总是到半夜也难以入眠，睡前喝牛奶和热水泡脚也不见效，家长在群里问怎么办才好。有的在家里不爱说话，父母百般问询也不置一词，不知道孩子心里在想些什么，让人徒然担心……

离高考还有一个多月时间。如履薄冰的家长们在群里相互打气：加油啊大家。忍耐吧同志。苦日子快熬到头了。

7

可我们还是听到了不好的消息。晚饭时，虫告诉我们，本市某某中学一名高三的学生自杀了。

虫说，那学生上课时突然从座位上跃起，冲出了教室，跨过了教室外的走廊护栏，身体落在了五楼下的坚硬的水泥地上。

虫说，他的头先着地，流了好多血！

虫说，太可怕了！真是太可怕了！

——从9月以来就变得沉默寡言的虫一下子说了好多话。她的语调比平日快。从她的表情判断，她受到了轻微的惊吓。有一种不好的情绪在牵扯着她，而她出于本能，想挣脱出来。她的神态，隐约有了挣扎的痕迹。

我们对这消息并不陌生。整整一天，我们的手机短信、微博及QQ都充斥着它。关于这件事的原委，许多人的解读不一而足：有人说他是单亲家庭的孩子；有人说他长期受失眠折磨，终于到了无法忍受的程度；有人说他的成绩本来不错，可是最近几次模拟考试成绩排名连续下滑，他拒绝接受这样的结果，却选择了如此激烈的方式；有的说，当时老师批评了他几句——他本已不堪重负，老师的批评，成了压死他的最后一根稻草……

他的死让我们悲伤。英国宗教诗人堂恩说："没有人是一座孤岛／可以自成一体／每个人都是大陆的一片，整体的一部分／如果海水冲掉一块，欧洲就减少。"现在，我们都站在那片叫作高考的陆地上。我们要防止这块大陆上更多的坍塌，防止他的死亡之血继续扩散，并给我的孩子造成精神上的血晕——为了搬移孩子们头上任何压负的阴影、重物，我们必须全力以赴。

我向她开始了表面漫不经心的宣讲。我批判自杀者的鲁莽轻率。我强调生命永远大于高考——多少人没有通过高考的窄门，可一样有了成功的机会。我认为生命的真谛不在于得失，而在于给予——给予社会多寡，才是衡量一个人的价值所在。过于看重得失反而容易让自己的格局变小，患得患失往往是无数心理疾病的源头。我告诫做儿女的应该也要站在父母的角度想一想，对父母来说，儿女的平安远甚于成功与否。他的生命何尝是他一个人的？他纵身跳下一了百了，可他的父母亲人以后该怎么办……

我力求说得若无其事又语重心长，以免说教味太浓招致她的反感。我承认这有一定的难度系数。我掌控得不够好，及至后来，我都觉得我有些啰唆了。我想对她展开告诫，可我发现我充满了告饶。虫并没有说话。她接受我的劝告了吗？

8

必须让家中保持绝对的安静，以让虫能安心复习和做题。我们很早就关掉了电视，虽然妻是狂热的韩剧粉丝。我们打开电脑，但把声音掐死在喇叭里。我们将手机调到振动，一有电话迅速躲到卫生间小声接听。我们把客人堵在门外，请月亮升起在窗前。我们甚至尽量减少在家中的走动，深感灯光下自己的影子都显得多余。

必须有丰富的营养，才能保证孩子应对高考的体力。我们的饭桌上，轮流做的是虫喜欢吃的红烧牛肉、红烧排骨、啤酒鸭、清蒸鲫（鳜）鱼、山药排骨汤、肉饼莲子汤和时鲜蔬菜。茶几上，摆满了苹果、梨子、猕猴桃、桃子、李子、哈密瓜等时鲜水果。储藏柜和冰箱里，奶粉、酸奶、蜂蜜等食品挤得满满当当。妻常为如何做出一顿好饭菜操碎了心。而我，热衷于扮演着采购员角色，大包小包地把食物拎进了家门。

我减少了出门应酬的时间，为的是与虫一起备战高考。我改变了经常酒气熏天的形象，为的是让家中的气息更加清新平和。我们细心地给家里养的植物浇水，是希望它们陪着虫一起成长。我们把没看完的书放进书架，把脱下的衣服放进洗衣机，努力让家里变得井井有条，是为了让整个家，看起来更像个模拟的考场。

夜色已深。我捧着泡好的牛奶，看着虫喝下去，然后轻轻带上了房门。躺在床上，直到看到虫的房间的灯光熄灭，我们才放心地睡去。

## 9

妻穿起了她难得穿上的旗袍，戴上了她生日时我送给她的红珊瑚项链。惯于素面朝天的她甚至还涂了口红描了眉。虫则穿着休闲的夏装，在她的母亲面前仿佛是个跟班。而其实今天的主角是虫。因为今天她要奔赴考场。妻的打扮，是尊崇人们口耳相传的高考服饰美学，旗袍和红珊瑚，取"旗开得胜""鸿（红）运当头"的寓意。

高考终于来了。清晨我们被精心设置的闹钟叫醒。我们刷牙、洗脸、吃着早餐，竭力让这日子看起来跟平日并无二致。可我们都心照不宣：该来的终于来了。所有的努力都要在今明两天得到检验。它是福还是祸，我们不得而知。然而既然它无法回避，我们唯有精神抖擞地去迎接它。

家离学校不远，可我还是发动了汽车的引擎。天热，我不希望第一场考试虫进入考场是汗水涔涔的样子。我希望她是轻松从容的。——虫放下了车窗玻璃，眯着眼睛，让风吹拂着她，完全是一副假日之中的模样。从后视镜里看她的脸色，昨夜她应该没有失眠，她的临考状态是不错的。我们都稍稍放了心。

路上到处都是警察。地铁口工地已经停了工，原本横冲直撞的工程车此刻整齐地停在工地，就像乖顺的羊群，或者慈悲的长者。惯于抢道和轰油门的出租车也不像平常那般粗鲁，而是读书人般的文明有序。我停好车，眼前的一切让我讶异：学校（考场）门口警戒线的前面，是一片旗袍的海洋。

我看见那些与我们年纪相仿的女人们，穿着各色各样的旗袍。她们有的浓妆艳抹，完全是节日盛装的装扮。有的却蓬头垢面，除了那件崭新的旗袍，其他的还来不及收拾，一切看起来是那么匆匆。有的身材消瘦，旗袍穿在身上倒是贴身，气质也与旗袍吻合，可有的身材完全走形，旗袍穿得就有些勉强，腰部有胀开的危险，神色与旗袍也一点不搭，样子就有几分滑稽。可她们集体的表情是不顾一切的，似乎是即使天上落下冰雹，也不能阻止她们把旗袍穿到底。

她们的身份是母亲。她们都送孩子来到考场，用身体来祝福她们的孩子旗开得胜。想必这一年来，她们一定和我们一样，吃了太多的苦，受了太多的累吧？

而在学校的大门口，警戒线内，一群穿着红色 T 恤的人们牵着手一字排开。他们是这所学校的高三老师。他们来迎接他们精心培育的学生们步入考场，并以此来祝福学生们鸿运当头。

看着虫进入了考场，我和妻都不由得攥紧了拳头。

### 10

在离考场几百米外的路口，家长们故作镇定，轻声交流，但都引颈而望，目光向着考场的出口。他们来迎接他们的英雄。还有一会儿，高考，让大家长时间喘不过气来的高考，就要结束了。

孩子们陆续走出了考场。他们鱼贯而出，集体走向几百米外的路口。没有人喊口令，但他们的步调几乎一致，表情也大致相同。他们不像往日，骑着单车，让速度产生的风吹动自己的衣襟和头发，或者疾走，大声喧哗，招呼着同行，而是缓慢，无声，脸上充满了迷茫和忧伤，以及耗尽了心力的虚弱无助。——与其说这是一支高考中走出的梦之队，不如说这是一支参加集体送别的队伍。

终于从人群中看见了虫。她与另一个女生一起走着，并且用了我们极其罕见的姿态。在我们的印象里，虫是独立性极强的女生，从小就不愿做小鸟依人状。可现在，她挽着她的同学。似乎是她们都快要虚脱了，需要相互支撑才可以自持。她们多像两个大病初愈的人！

她们似乎在轻声交谈什么。那话题应该是无比遥远的，比如暑假的安排，很早就转学的远方城市的同学信息，这世界她们把握不住的若干部分……刚刚过去的高考题目，宛如伤口，我想她们是不会碰的。

我和妻站在路口，与她们只有几米的距离。可以肯定她看到了我们，可她视若不见，继续挽着女生向前走。她们越过了通往我家的路口，却依然没有松手告别的意思。她们的脚步极慢极轻，好像怕惊醒了谁。她们不断地向前走，好像要走到天之尽头。

她的样子，让我心疼。——这个只有十七岁的女生，经过了高考之后，似乎是老了好几岁。

我和妻跟着她们，慢慢往前走。妻不自觉间挽起了我的胳膊。我感到妻，也仿佛是耗尽了心力，需要挽着我才有力气前行。

## 11

高考一结束，我就出差了。我想经过了这么长时间的紧张备考，家里总归可以消停几日。可是不行。还在路上，就不断收到妻的短信。她说虫上午去学校估分了。虫回来后脸色不好了。虫把自己关在房间里很久了，叫她也不回应。虫刚刚打开房门告诉妻说，她这次可能考砸了。综合卷有好几道题好像没做对。语文卷阅读题与答案出入很大。她算了算分数，大概在六百至六百一十分之间。这样的成绩，怎么上985、211的学校？读得到什么好大学？我这辈子……

虫的状态越来越糟糕。同学的聚会也不参加。早上过了9点也不起床。妻劝慰她她也置若罔闻。妻想让她散散心，带她参加一个妻的同学组织、熟悉的朋友参加的一个省内户外活动。她不愿去。后来终于勉强去了，可坐在车上谁也不搭理，只把脸转向窗外。到了景区也不下车。进入下榻酒店就死活不出门。妻说，晚上你劝劝她好不好？

好不容易挨到天黑。我打开了微信视频。虫在视频里望着我。她咬着嘴唇，眼睛里噙着泪。她可能是不想哭，可是她忍不住。只一会儿，她的眼泪夺眶而出。她眼睛表面的阴翳依然清晰可见。她干脆放肆地哭起来，声音近乎号啕，五官完全变了形。额角小时候受伤留下的小小疤痕瞬间变得无比触目。她说，爸，怎么办？我完全考砸了。

南京、浙大、复旦、中山这些学校是没法上了。我不甘心！我都想好了，我要去复读。我要上临川二中（一所离南昌一百多公里的有名的中学）！一年后我再考！

我看着手机里的虫。我从来没有见过她如此焦虑、懊恼、痛苦、悲伤、气急败坏、失魂落魄、咬牙切齿。在我的印象里，她从来都是冷静的。她总是有主见的样子。她一直按照我灌输给她的——做一个能独立思考、内心自由的人，去塑造自己。她看起来一直特别沉得住气。而她也是骄傲的，因为她的成绩一直很好。整个高三时期，她在她的学校的考试成绩一直没有掉出五十名之外。她的学校是南昌最好的学校之一，而她在零班——那是学校高三重点班中的重点。她最好的模拟考试成绩是全校第三名。可是现在，她有了前所未有的挫败感。她的冷静与骄傲，瞬间消遁无形。

我稍稍整理了下思绪，对她进行了艰难的劝慰。我告诉她，成绩没最后出来，你的估分也许并不准确。即使真是六百分，我也不认为你考砸了，中山、复旦、南京、浙大上不了，但可以挑的大学还是不少。高考只是人生的一个阶段而已，何须在这个阶段上耗心力太多？过于偏执人生会受苦。如果认为这次是考砸了，又有什么关系？高考从来就不是人生成败优劣的唯一分水岭，你还年少，未来可以纠错的机会还有很多很多，你想上的学校，考研考博时还有机会上。不要把自己当作与众不同的那一个，要接受自己是普通人的事实，是普通人，就允许自己有失败，原谅自己有过错。相信自己是普通人，就可以不那么脆弱，就可以让自己更加坚韧坚强，即使受到挫折也更加斗志昂扬……如此云云。

有一小段时间她没哭。她似乎在听我的话。可过了一会儿，她又号啕起来。她边哭边说，我一定要复读！我一定要去临川！

12

我坐不住了。我给上海在大学当教授的朋友打电话，问才成立不久的上海××大学如何？据说是全世界不少诺贝尔奖获得者会去讲学，可到现在为止还没有学生毕业，怎么评估它的治学理念？学生毕业后工作远景是否乐观？一座没有传统的大学值不值得信赖？虫报了提前录取，应该可以考上它。我问北京某高校的朋友，说你们学校是不是与西班牙有联合办学的事实？我的孩子如果考了六百分是否可以去，预科读完去西班牙读大学的比例有多少？每年学费贵不贵？毕业后前景如何？我问我在高招部门的朋友，哪些大学适合六百分左右的、想学生物专业的考生？

我查找往年的大学在江西的招生分数与招生人数，我频频进入各种大学的网站。我把适合虫录取的各种信息搞到一个本子上，到了晚上就与妻分析辨别，直到把自己搞得筋疲力尽才肯罢休。

我把虫带到吉安，做报纸副刊编辑的我的朋友安面前。她的女儿医高考失误没考上北大。后来在北大读研，还到国外做了一年交换生，现在在北京一个大的金融公司做投资顾问。安笑着对虫说，那一年高考，分数出来后，女儿倒是没太难过，但她哭了三天三夜……

13

虫在她的房间，读着过去没有读完的小说。这段时间，她读的是她最爱的马尔克斯的《霍乱时期的爱情》。这么厚的书，正好可以稀释她的悲伤。我在我的卧室里，浏览着电脑网页。我们貌似互不干涉，可我们都心照不宣。

今天是高考成绩出来的日子，是检验虫估分的精准度的时刻。是宣判，是一锤定音，是今年所有的高考家庭屏住呼吸的一刻。

妻上班去了。我向单位请了半天的假。我陪着虫。我守在电脑前，等寺着成绩。

规定的时间还没到。可我一次次地把虫的准考证号输入指定的地址，一次次刷新网页。

终于在9点多，网页显示了虫的分数信息：六百四十八分。名列全省八百四十二名。

这不是虫最好的水平，但也不是虫估计的那样糟糕。她并没有考砸。她的综合卷的确没考好，但语文和英语得了高分，部分弥补了综合卷的亏空。

是老家天玉山的菩萨显了灵。是今年大年初一父母买的鞭炮炸出了效果。是妻高考那天穿的旗袍、老师们的红色 T 恤发挥了作用。是虫一年来近乎苛刻的自制、超乎寻常的辛苦有了回报。

　　我试了试我的嗓音，努力找到那个正常的音域。我努力让自己声音的节奏变得平缓。然后我用那精心调试出来的声音叫着虫。我感到我的心跳得厉害，眼看就要从我的胸腔里跳出来。可我不想我的声音听起来太异常。我不想吓着她。

　　她来到了我的卧室。我告诉她说分数出来了，她考了六百四十八分，她并没有考砸。她故作镇定，凑近了电脑。她看到了她的名字，准考证号，分数，全省排名。毫无疑问，是她的估分错得太离谱了。

　　我突然听到了一声尖叫，紧接着又是一声。那是虫子的尖叫。她的内心积压了太多的委屈、焦虑、担心、无措，此刻唯有尖叫才能释放。

　　我听到了我的号叫。那是动物一般的号叫。那种号叫，几乎盖过了虫子的尖叫。它既不顾一切又如释重负，它锋利如刀又炙热如火。此刻我才知道，我的内心，也积压了那么多的委屈、担心和无措。我控制不住的号叫让我意识到，在整个事件当中，我也是一个受损之人。

　　我的泪水忍不住了。我和虫紧紧地拥抱在一起，仿佛两个受难得救的亲人。

## 14

　　HZ 校园内的植物无比丰茂，仿佛森林，可校舍显得老迈陈旧，看得出都是 20 世纪的建筑。我去过许多近年扩张建起的大学，校门气派、张扬，里面的建筑现代崭新，花草树木遍布如园林。HZ 明显没有那些新贵那样的奢华与铺张，然而它是国内综合排名前二十的大学。也许它并不屑于用崭新的教学楼、园林一般的花草来表达它的实力。它是穿旧中山装却德高望重的学者，是老牌的绅士，是在南方首屈一指的高等学府。

　　它接纳了虫。虫将在它的怀抱中成长。

　　选择大学的过程同样艰难。虫的兴趣在于生物，中学时就在老师指导下学习完三十多本生物学的相关课程，并参加了全省的生物竞赛，获得了二等奖。但生物是屠龙之术，据说全球只有百分之五的生物专业学生可以找到就业岗位。她转而去了解建筑设计。建筑需要想象力，需要绘画能力，需要人文素质，虫自小爱绘画、爱文学、爱艺术、爱文化，说不定能读进去。可理想的建筑专业在同济大学，她的分数够不上，只好作罢。最后，她选择了临床医学。那是与生物离得最近的、应用广泛的专业。这样，她来到 HZ，HZ 的医学院，是我的医生朋友们集体认同的培养优秀医生的摇篮。

报到的前一晚虫收拾行李。我看到她带了长笛和小说——马尔克斯的《族长的秋天》和陀思妥耶夫斯基的《罪与罚》。这是不错的行李。是的，不管在哪里，不管学习何种专业，从事何种工作，音乐和文学，永远是让梦想得到呵护乃至不断繁殖的元素。

——我和妻来到了虫的新宿舍。经过了一个暑假的搁置，整个宿舍一片脏乱。我和妻打来水，细细地擦洗床位和桌椅。我们想把以前的学生留下的痕迹擦洗干净，让虫有一个全新的开始。

给虫铺好了床。交代虫要多吃水果，要抽出时间锻炼身体，要与同学友好相处，要多参加大学主办的各种活动，出门要注意安全，不可夜归，不可有不良嗜好，不可心生恶念，纵容恶行……

我和妻走出了校舍。我忽然涌起了一阵感伤。是的，虫几乎从没有离开过我们。现在，她要一个人生活。我们的家将分成两半。一半是在外省的她，一半是在南昌的我和妻。之后的我们，会怀着怎样的牵挂和惦念？

我们是一直搀着她的。现在，手松了。以后的路，她要自己走。她从小到大都无比顺利。未来，她有了挫折，是依然无措，哭泣，还是会越来越坚韧坚强？

HZ 远了。我和妻握着手，相顾无言，听凭马达声响个不停，道路在出租车的轮下卷起。

获奖作品《大春秋》作者李舫

**李舫简介：**

　　李舫，中国人民大学文艺学博士。《人民日报海外版》副总编辑，中国作协全委会委员，中国散文学会副会长，全国文化名家暨"四个一批"人才，曾获鲁迅文学奖，多次获得中国新闻奖。

　　有作品、评论数百万字，作品散见于《人民日报》《光明日报》《人民文学》《十月》《钟山》等报刊。担任"五个一工程"奖、中国电影华表奖、中国电视金鹰奖、鲁迅文学奖、中国儿童文学奖、徐迟文学奖、丰子恺华语散文奖等评委。代表作《春秋时代的春与秋》《在火中生莲》《沉沦的圣殿》《飘泊中的永恒》《千古斯文道场》等。编、译、著作四十余部，出版著作有《魔鬼的契约》（商务印书馆）、《在响雷中炸响》（三联书店）、《纸上乾坤》（人民文学出版社）、《自在心灵》（长江文艺出版社）等。担任中国文学"丝绸之路"大型名家精品文库主编（中国出版集团商务印书馆、华文出版社）；担任纪念改革开放四十年特辑《见证》主编（商务印书馆）；担任新世纪散文精品文库"观天下"主编（人民日报出版社）。

# 获奖感言

李　舫

这些年，我喜欢读书，更喜欢读历史书，喜欢在历史故纸堆的缝隙中找寻有趣的故事，在有趣的故事中寻找有趣的线索。我发现，许多大事件、大变革、大结局，其实仅仅是缘于藏在历史缝隙中的某一个细节，而历史上的大时代、小时代，则是由许许多多个为人所忽视的小细节连缀而成。所以，要想读懂今天，就一定要返回历史的现场，读懂昨天。

文学的功用，就是试图将那些早已枯萎数百数千甚至数万年的花朵重新放回历史的清水里，还原其时间、人物、场景、环境、思想，使其再度绽放。

说到历史，中国有一个诗意盎然的词——春秋。

春秋，是中国历史的大时代。

春秋者，时也，史也，质也，文也。古代先人春、秋两季的祭祀，让这个词具有了农耕文明的鲜明气质，春种秋收、春华秋实、春韭秋菘、春露秋霜、春花秋月……典籍里的美好词汇，负载着先人的美好期待，也收获着先人的美好祈福。春去秋来，四季轮回，成就了中华五千年的浩浩汤汤。

美国有一位叫作玛格丽特·米德的人类学家。她将人类学的视野与思考方法教给了成千上万的公众，并把人类学带入了光辉的科学时代。

很多年前，玛格丽特·米德的学生问她，究竟什么是文明的最初标志。学生以为玛格丽特·米德会谈起鱼钩、陶罐或磨石。然而，没有。米德说，古代文化中文明的第一个迹象是股骨（大腿骨）被折断，然后被治愈。她解释说，在动物界，如果摔断腿，就会死亡。一个摔断腿的人是无法逃避危险的，不能去河边喝水或狩猎食物，很快便会成为四处游荡的野兽的食物。没有动物在断腿的过程中存活得足够长，以至于骨头无法愈合。断裂的股骨已经愈合，这表明有人花了很长时间与受伤的人待在一起，养好了伤口，将人带到了安全地点，并让他慢慢趋于康复。米德说，从困难中帮助别人，才是文明的起点。"当我们帮助别人时，才会使我们成为最好的自己。做个文明的人。"

玛格丽特·米德所说到的历史细节，正是人类社会进步的动力所在。

万物得其本者生，百事得其道者成。人也是一样，很难想象，"人不能卓立"而能使其"永垂不朽者"。

春秋，这个具有浪漫色彩的词汇，令人闻之则喜。春秋是岁月的一道大门，也是历史的一条长廊，以笔为犁，耕耘岁月，以情织思，回眸过往——这是文学的旨归。深知生命苦楚，却始终葆有甘露般的心意；懂得岁月艰难，更始终坚定对光明的向往——这是文学的真谛。笔底，潜伏着真的絮语、善的慈悲、美的热烈；笔端埋藏着世间万物，各有其灵，各葆其名，尽善尽美——这是文学的精髓。用天真隽永、朴素热烈的书写，深情抒发对自我的呼唤、对生命的勘悟、对永恒的追寻——这是文学的价值，它们如漫漫长夜中的启明星，用晨曦征兆光明；如茫茫东流去的江河水，用清冷唤起清醒。

立文之道，唯字与义。

# 大春秋（节选）

★ 李　舫

## 1. 春秋时代的春与秋

　　孔子问礼于老子，是一段生趣盎然的历史悬案。这不仅是中国文化史上两个巨人的对话、中国思想史上两位智者的相遇，更是两个流派、两种思想的碰撞和激发。战乱频仍、诸侯割据的春秋年代，老子和孔子的会面别有深意；在两千五百年后的今天来看，亦颇具启示。

——题记

　　公元前五百余年的某一天，两位衣袂飘飘的智者翩然相遇。时间，不详；地点，不详；观众，不详。但是，他们短暂的对话，却留下一段妙趣横生的传世佳话。

　　其中的一位，温而厉，恭而安，儒雅敦厚，威而不猛。另一位，年略长，耳垂肩，深藏若虚，含而不露。这也许是他们的第二次会面，但并不重要，重要的是，此后两千五百余年的岁月中，我们将渐渐知晓这场对话对于世界历史、对于人类文明的伟大意义。

一

　　他们，一个是孔子，一个是老子。

"孔子适周，将问礼于老子。"司马迁在《史记》中写道。孔子是两千五百年来儒家的始祖，老子是两千五百年来道学的滥觞。司马迁对两人有过明确考证，"孔子生鲁昌平乡陬邑"（《史记·孔子世家》），"老子者，楚苦县厉乡曲仁里人也"（《史记·老子韩非子列传》）。这一天，年幼些的孔子将去向年长的老子求教。

贵族世家的孔子生于鲁襄公二十二年，尽管他被后世尊奉为"天纵之圣""天之木铎"，但身世并不光彩，"其先宋人也，曰孔防叔。防叔生伯夏，伯夏生叔梁纥。纥与颜氏女野合而生孔子，祷于尼丘得孔子"。孔子生而七露，首上圩顶，所以他的母亲为他取名曰丘。与孔子相比，平民出身的老子身世颇为含混，除弥漫坊间的奇闻逸趣外，只知道他"姓李氏，名耳，字聃，周守藏室之史也"，某一日，骑青牛西出函谷关，从此一去不复返。

两千五百年来，人们对他们的会面颇多好奇，也颇多猜测和演绎。《礼记·曾子问》考据孔子十七岁时问礼于老子，即鲁昭公七年（前535年），地点在鲁国的巷党，这是他们的第一次会面，"孔子曰：'昔者吾从老聃助葬于巷党，及堩，日有食之，老聃曰：'丘！止柩就道右，止哭以听变。'既明反，而后行，曰'礼也'。"《史记》载，他们的第二次相见是在十七年之后的春秋昭公二十四年（前518年），地点在周都洛邑（今洛阳），孔子适周，这一年他已经三十四岁。第三次，孔子年过半百，即周敬王二十二年（前498年），地点在一个叫沛的地方。《庄子·天运》曰："孔子行年五十有一而不闻道，乃南之沛见老聃。"第四次在鹿邑，具体时间不详，只有《吕氏春秋·当染》简单的记载："孔子学于老聃、孟苏、夔靖叔。"历史不可妄测，但有时间有地点有人物，这样的记载虽然未必逼近真实，却足见后人的善意与期待。

孔子对老子一向有着极大的好奇。我们不妨想象这样的场景——两位孤独的智者踽踽独行，他们的神情疲倦而诡谲，赫然卓立，没人理解他们的激奋，更没人理解他们的孤独和愁苦。

孔子的弟子曾点有"暮春者，春服既成，冠者五六人，童子六七人，浴乎沂，风乎舞雩，咏而归"的志向，颇得孔子的赞许。这是一幅春秋末期世态人情的风俗画，生命的充实和欢乐盎然风中。阳光明媚，春意欢愉，人们沐浴、歌唱、远眺，无忧无虑，身心自由，我们似乎从中感受到了春的和煦，歌的嘹亮，诗的馥郁。

老子也徘徊在这春末的暖阳中，他看到的却是不同的景象："唯之与阿，相去几何？美之与恶，相去若何？"在他的耳边，是呼喊声、应诺声、斥责声，世事喧嚣纷扰，世人兴高采烈，就像要参加盛大宴席，又如春日登台揽胜，媸妍良善邪恶美丽狰狞，又有什么分别，谁又能够分辨？

> 人之所畏，不可不畏。荒兮，其未央哉！众人熙熙，如享太牢，如春登台。我独泊兮，其未兆；沌沌兮，如婴儿之未孩；儽儽兮，若无所归。众人皆有余，而我独若遗。我愚人之心也哉！俗人昭昭，我独昏昏。俗人察察，我独闷闷。澹兮，其若海；飂兮，若无止。众人皆有以，而我独顽且鄙。我独异于人，而贵食母。

如此忧伤而又抒情的语气，在老子散文般的叙事中，并不少见。在茫茫人海中，老子反复抒写自己"独异于人"的孤独与惆怅，在"小我"与"大众"之间种种难以融合的差异中，老子在反思、在犹豫、在踟蹰、在审视众生、在拷问自己。这孤独和惆怅曾吸引过年幼的孔子，而这一次，他想问的是，孤独和惆怅背后的机杼。

历史的天空，就在这一刻定格。

一个温良敦厚，其文光明朗照，和煦如春；一个智慧狡黠，其文潇洒峻峭，秋般飘逸。他们是春秋时代的春与秋。两千五百年前的这一刻，他们终于相遇。司马迁以如椽巨笔记录了这历史的一刻：

孔子适周，将问礼于老子。老子曰："子所言者，其人与骨皆已朽矣，独其言在耳。且君子得其时则驾，不得其时则蓬累而行。吾闻之，良贾深藏若虚，君子盛德，容貌若愚。去子之骄气与多欲，态色与淫志，是皆无益于子之身。吾所以告子，若是而已。"

妙趣横生的描画，读来令人浮想联翩。

老子直言不讳。他认为孔子所说的礼，倡导它的人和骨头都已经腐烂了，只有其言论还在。况且君子时运来了就驾着车出去做官，生不逢时，就像蓬草一样随风飘转。老子听说，善于经商的人把货物隐藏起来，好像什么东西也没有，君子具有高尚的品德，他的容貌谦虚得像愚钝的人。他建议孔子，抛弃他的骄气和过多的欲望，抛弃做作的情态神色和过大的志向，这些对于孔子、对于世人，都是没有好处的。

寥寥数语，意味隽永。这不仅是中国文化史上两个巨人的对话、中国思想史上两位智者的相遇，更是两个流派、两种思想的碰撞和激发。战乱频仍、诸侯割据的春秋年代，老子和孔子的会面别有深意。

孔子问礼于老子，是一段生趣盎然的历史悬案。时光远去，短暂的四次会面，诸多细节已不可考，其对话却涉及道家和儒家思想的所有核心内容。毋庸置疑，孔子的思想就是在数次向老子讨教中逐步形成和成熟的，与此同时，孔子的提问也敦促老子的反思。司马迁评价老子之学和孔子之学的异同，历数后世道学与儒学对于他者眼界、胸怀的退缩，怅然若失："世之学老子者则绌儒学，儒学亦绌老子。'道不同不相为谋'，岂谓是邪？"

## 二

这次问礼对于孔子，是晴天霹雳，更是醍醐灌顶。

孔子辞别老子，沉吟良久，对弟子们感慨："鸟，吾知其能飞；鱼，吾知其能游；兽，吾知其能走。走者可以为罔，游者可以为纶，飞者可以为矰。至于龙，吾不能知，其乘风云而上天。吾今日见老子，其犹龙邪！"

鸟能飞，鱼能游，兽能跑。会跑的可以织网捕获，会游的可制成丝线去钓，会飞的可以用箭去射。而龙，御风飞天，何其迅疾。回味着与老子的对话，孔子说："我今天见到的老子，大概就是龙吧！"

一千六百年后，宋代理学大家朱熹引用诗人唐子西的话来表达他对这位坦荡求真、不惧坎坷的君子的崇敬之情："天不生仲尼，万古如长夜。"

老子与孔子性格迥异。老子致虚守静、知雄守雌，孔子信而好古、直道而行。然而，老子作为周守藏室之史，孔子作为摄相事的鲁国大司寇，两者自然都有辅教天子行政的职责，救亡图存的使命将他们联

大春秋（节选）

系在一起。

《春秋左氏传》评价，春秋时代是一个"礼崩乐坏"的时代。翻开春秋时期的社会历史，不难看到其中充斥的血污和战乱。诸侯国君的私欲膨胀引发了各国间的兼并战争，诸侯国内那些权臣之间的争斗攻杀更是异常激烈，"君不君、臣不臣、父不父、子不子"成了那个时代的最大特点，"《春秋》之中，弑君三十六，亡国五十二，诸侯奔走不得保其社稷者不可胜数"（《史记·太史公自序》），以致"世衰道微，邪说暴行有作。臣弑其君者有之，子弑其父者有之，孔子惧，作《春秋》"（《孟子·滕文公下》）。诸侯割据，礼教崩殂，周天子的权威逐渐坠落，世袭、世卿、世禄的礼乐制度渐次瓦解，各国诸侯假"仁义"之名竞相争霸，卿大夫之间互相倾轧。值此之时，老子的避世、孔子的救世，不可谓不哀不恸也。

老子之高标自持、之高蹈轻扬，确是世俗之人、尘俗之世难以想象，更难以理解的。老子研究道德学问，只求隐匿声迹，不求闻达于世。他傲然地对孔子说，周礼是像朽骨一样过时而无用的东西。老子在否定周礼的同时，其实更是在阐释自己的思想，这种观念与孔子的理念大不相同，所以孔子才会以能"乘风云而上天"的"龙"来比喻老子，他对老子内心的敬仰和钦佩，溢于言表。

当然，同样作为一代宗师，孔子也不会因为一次谈话而轻易改变自己的立场和志向。与其相呴以湿，相濡以沫，不如相忘于江湖吧。孔子依然故我，宵衣旰食，席不暇暖，赶起牛车，带领他的弟子出发了。他们周游列国，宣传自己的主张，纵使困难重重，也要"知其不可为而为之"。

及去周，老子送之，曰："吾闻富贵者送人以财，仁者送人以言。吾虽不能富贵，而窃仁者之号，请送子以言乎：凡当今之士，聪明深察而近于死者，好讥议人者也；博辩闳达而危其身者，好发人之恶者也。无以有己为人子者，无以恶己为人臣者。"孔子曰："敬奉教。"自周返鲁，道弥尊矣，远方弟子之进，盖三千焉。

这是春秋时代怎样的一幅画卷？黑格尔说过："一个民族有一群仰望星空的人，他们才有希望。"两千五百年前漆黑的长夜里，两位仰望星空的智者，刚刚结束一场人类历史上的伟大对话，旋即坚定地奔向各自的未来——一个怀抱"至智"的讥诮,"绝圣弃智""绝仁弃义""绝巧弃利";一个满腹"至善"的温良,惶惶不可终日,"累累若丧家之狗"。在那个风起云涌、命如草芥的时代,他们孜孜矻矻,奔突以求,终于用冷峻包藏了宽柔,从渺小拓展着宏阔,由卑微抵达至伟岸,正是因为有他们的秉烛探幽,才有了中国文化的纵横捭阖、博大精深。

在中国两千多年的思想潮流中,道家思想有效地成为儒家思想的最大反动,儒家思想有效地成为道家思想的重要补充。

中国历史文化在秦汉以前,尽管百家诸陈,但儒、墨、道三家基本涵盖了当时的文化精神。唐、宋之后,释家繁荣,儒、释、道三家相互交锋、相互融合,笼罩了中国历史文化一千余年。南怀瑾说:"纵观中国历史每一个朝代,在其鼎盛之时,都有一个共同的秘密,即'内用黄老,外示儒术',不论汉、唐,还是宋、元、明、清。中国传统文化的核心思想,其实是黄(黄帝)老(老子)之学。"老子哲学和孔子哲学的存世价值可见一斑。

老子与孔子的这一次会面,尽管短暂,却完满地完成了中国文化内部的第一次碰撞、升华。

老子与孔子所处之时代,西周衰微久矣,东周亦如强弩之末。有周一朝,由文、武奠基,成、康繁盛,史称刑措不用者四十年,是周朝的黄金时期。昭、穆以后,国势渐衰。后来,厉王被逐,幽王被杀,平王东迁,进入春秋时代。春秋时代王室衰微,诸侯兼并,夷狄交侵,社会处于动荡不安之中。不难理解,老子的哀民之恸,孔子的仁者爱人,都是对这个时代的悼挽与反拨。

举凡春秋诸子,大凡言人道之时,必亦言天道。其实,老子和孔子学说最重要的一点,是他们处在中国历史最分崩离析的年代,对中国社会现实和未来发展所进行的积极、认真、深刻的思考。他们的努力,让中国社会行至低谷之时,中国文化没有随之衰微。

事实表明,在中国两千多年来的发展中,对中国社会起到最直接推动作用的还是儒家、道家两家学派,他们试图在总结历史经验教训的基础上,找到一条适合国家发展、具有现实意义的治国之道,尽管他们的理论体系、社会影响大不相同,但是两者的相互交流、相互交融、相互交锋,最终推动了中国的进步。

## 三

假设时间是一条线性轴，我们从今天这个端点回溯，不难发现一个奇怪的现象——公元前 800 年至公元前 200 年这个时间段内，还处于童年时期的人类文明，已经完成了思想的第一次重大突破。

古代希腊、古代中国、古代印度、古代以色列等地域，不约而同地产生了伟大的思想家——在古希腊，有苏格拉底、柏拉图、亚里士多德；在以色列，有犹太教的先知；在古印度，有释迦牟尼；在中国，有老子与孔子。尽管他们处于不同的文明之中，他们提出的思想原则塑造了不同的文化传统，推动着智慧、思想和哲学精神完成了从低谷到高峰的飞跃，这些智慧、思想和哲学精神一直影响着今天的人类生活。

一百余年前，德国海德堡有一位年轻的医生，他对当时流行的研究方法很不满意。终于有一天，这位医生抛弃了厌倦已久、陈旧刻板的日常工作，由心理学转向哲学，并且扩展到精神病学，从此成为大名鼎鼎的哲学家——雅斯贝尔斯。

在 1949 年出版的《历史的起源和目标》中，雅斯贝尔斯提出了一个重大的命题——"轴心时代"。他将影响了人类文明走向的公元前 800 年至公元前 200 年定义为"轴心时代"，甚至断言，"轴心时代"发生的地区大概是在北纬 30° 上下，亦即北纬 25° 至 35° 区间。

值得重视的是，同在此时段，同在此区间，虽然中国、印度、中东和希腊之间千山万水，重重阻隔，但它们在轴心时代的文化却有很多相通的地方。雅斯贝尔斯称这几个古代文明之间的相通为"终极关怀的觉醒"。

这是一件有趣的事。尽管地域分散、信息隔绝，在四个文明的起源地，人们不约而同地选择了用理智和道德的方式来面对世界。理智和道德的心灵需求催生了宗教，从而实现了对原始文化的超越和突破，最后形成今天西方、印度、中国、伊斯兰不同的文化形态，它们像春笋一样，鲜活，蓬勃，拔节向上，生生不息。

然而，与此同时，那些没有实现突破的古代文明，如巴比伦文化、埃及文化，虽然规模宏大，但最终难以摆脱灭绝的命运，成为文化的化石。

在雅斯贝尔斯提到的古代文明中，有两个中国文化巨人，一个是孔子，一个是老子。孔子专注文化典籍的整理与传承，老子侧重文化体系的创新和发展。一部《论语》，11705 字，一部《道德经》，5284 字，两部经典，统共 16989 字，按今天的报纸排版，不过两个版面容量。然而，两者所代表的相互交锋又相互融合的价值取向，激荡着中国文化延绵不绝、无限繁茂的多元和多样。

孔子与老子，不仅是春秋时代的春与秋，更是文明形态的生与长、守与藏。

他们的哲学思想对中国文化的巨大影响，与春秋末年自由、开放、包容、丰富的思想氛围不可分割，也与他们之间平等包容的切磋、砥砺不可分割。孔子带领弟子周游列国十四年，晚年修订六经，孔子之后的孟子、荀子、董仲舒、程颐、朱熹、陆九渊、王守仁……继承他的旗帜，将儒学思想发扬光大。老子一生独往独来，在老子之后的韩非子、淮南子进一步阐释了他的思想体系，庄子更是将他的思想推向一个高峰。老子的无为、不言、不始、不有、不恃、不居，不仅是春秋战国纷乱局面的一种暂时的应对，其对后世更有着无穷的影响。在这里，大道是精神，也是生活。

孔子、老子相继卒于春秋之末、战国之初。几乎就在这个时刻，在遥远的恒河岸边，乔达摩·悉达多刚刚涅槃成佛，即将开启佛教的众妙之门；在更加遥远的雅典城邦，苏格拉底将要诞生，即将开启希腊哲学的崭新纪元。几乎就在这个时刻，承续春秋的战国大幕即将拉开，为求生存，各诸侯国继续变法和改革，吴起、商鞅变革图强，张仪、苏秦纵横捭阖，廉颇、李牧沙场争锋，信陵君、平原君各方斡旋、招贤天下……大秦帝国即将訇然而至，中央集权的统一中国萌芽即将形成。

老子哲学和孔子哲学的一个奇特之处在于，他将哲学问题扩大到人类思考和生存的宏大范畴，甚至由人生扩展为整个宇宙。他们开创了一种辩证思维方式，一种哲学研究范式，一种身处喧嚣而凝神静听的能力，一种身处繁杂而自在悠远的智慧，这不仅是个人与自我相处的一种能力，更是人类与社会相处的一种能力。

有意思的是，与东方文化秉持的守礼、中庸、拘谨的儒教情怀不同，老子在西方的传播要盛于孔子。林语堂在《老子的智慧》中写道："西方读者都认为，孔子属于'仁'的典型人物，道家圣者——老子则是'聪慧、渊博、才智'的代表。"老子曾云："上士闻道，勤而行之。中士闻道，若存若亡。下士闻道，大笑之。不笑不足以为道。"林语堂在做这句话的注释时写道："相信大半西方读者第一次研读老子的书时，第一个反应便是大笑吧！我敢这么说，并非对诸位有何不敬之意，因为我本身就是如此。"

大笑，恰是进入老子哲学迷宫的一把密钥，也是进入中国文化的一条暗道。

就在孔子带领弟子们兀兀穷年，在城邦之间奔走宣告、比武论招之时，老子却茕茕孑立、踽踽独行，以心中的胆气与剑气，打通了江湖武林的所有通关密道。

恰如林语堂所言："那些上智的学者，便由讥笑老子、研究老子，而成为今日的哲学先驱，同时，老子还成了他们终身的朋友。"事实上，"在孔子的名声远播西方之前，西方少数的批评家和学者，早已研究过老子，并对他推崇备至。"在恭谦良善、持节守中的儒教之外，老子以其凝敛、含藏、内收的智慧，完成了高傲的西方对于神秘中国的全部兴趣和完整想象。

近现代西方哲学家、思想家在老子哲学和孔子哲学中受到启发，找到灵感。英国科学家李约瑟一生研究中国，对中国文化情有独钟。在他看来，中国文化就像一棵参天大树，而这棵参天大树的根在道家。联合国教科文组织做过统计，在世界文化名著中，译成外国文字出版发行量最大的是《圣经》，其次是《老子》。之所以有这样令人惊愕的翻译量、印刷量、阅读量，根本原因在于，它包含着对人类精神世界恒常的思辨和警醒。

孔子是国际的，老子是世界的。

夫唯弗居，是以不去。信哉！

## 2. 在火中生莲
——韩愈在潮州

唐元和十四年（819年），韩愈贬任潮州刺史。

潮州属岭南道，濒南海，《旧唐书》记载其"以潮流往复，因以为名"。《永乐大典·风俗形胜》："潮州府隶于广，实闽越地，其语言嗜欲，与福建之下四府颇类，广、惠、梅、循操土音以与语，则大半不能译，惟惠之海丰与潮为近，语音不殊，至潮、梅之间，其声习俗又与梅阳之人等。"潮州自古就是荒凉偏僻的"蛮烟瘴地"，是惩罚罪臣的流放之所，唐代亦然。不少名公巨卿如常衮、韩愈、李德裕、杨嗣复、李宗闵等都曾经被远贬潮州。

潮州一任不到八个月，韩愈以极大的热情，投身到一系列为民谋利的工作中。他驱除鳄鱼，奖劝农桑，兴办教育，大修水利，延选人才，传播中原先进文明，从而使当时的蛮荒之地潮州，发生了翻天覆地的变化。潮州百姓永远记住了韩愈，潮州的山水、路堤、亭台，很多都为纪念韩愈而命名，后人因此赞道："不虚南谪八千里，赢得江山都姓韩。"

居尘学道，火中生莲；德润古今，道济天下。这恰是今天来谈韩愈的意义所在。无论为文为官，无论是进是退、是荣是辱，只要能力之内，必应"民"字当先。爱民如子，视民如伤，为官一任，造福一方——做到这十六个字，才能得到人们发乎内心的拥戴，一生功业才会在百姓的口口相传中永世流芳。

——题记

文章随代起，烟瘴几时开。
不有韩夫子，人心尚草莱。

康熙二十三年的一天，清代两广总督吴兴祚一路向东，从广州来

大春秋（节选）

到潮州的韩文公祠。

远山如骏马奔腾而来，海天一色中的石阶高耸云表。岁月凋零，人心不老。吴兴祚感慨万分，题诗勒石。

这一年是1684年。此后三百余年，因为这首诗，吴兴祚与他倾慕不已的文公韩愈一道，被镌刻在中国南疆的文化碑林。

以这一刻为终点，时光向前倒退八百六十五年——这是公元819年，元和十四年，短暂的"元和中兴"已经攀到了顶峰。唐宪宗励精图治，国家政治由动荡渐渐回归正轨。这一年，是值得书写的一年：李愬讨伐平定淮西节度使吴元济；横海节度使程权奏请入朝为官；申州、光州全部投降；朝廷收复沧、景二州；幽州刘总上表请归顺；成德镇上表自新，献德州、棣州；刘悟杀节度使李师道降唐；成德王承宗、卢龙刘总相继自请离镇入朝……藩镇割据的局面暂告结束。

端的是轰轰烈烈、扬眉吐气的一年。这一年，还有一件很小很小的事，小到同这一年的任何一件事相比，似乎都可以忽略不计。然而，恰恰是这件小事，改变了中国文化的命运。

史料记载："十四年正月，宪宗遣宦官赴法门寺迎佛骨至长安，留宫中供奉三日，然后送各个寺院供奉。长安王公百姓瞻视施舍，唯恐不及。"刑部侍郎韩愈却不以为然，他"不合时宜"地上表切谏，慷慨陈词，直言将佛骨送到寺院里让百姓供养，毫无意义且劳民伤财。在中国数千年、数万计的"表"中，这份秉笔直言、震古烁今的《论佛骨表》，是中国文化史中足以彪炳史册的大文章，也是中国政治史上文人因言获罪的耻辱一页。

由是韩愈贬谪潮州。韩愈于潮州的八个月，是他抱病守缺、失意彷徨的八个月，却是潮州日新月异、脱胎换骨的八个月，从此儒风开岭峤，香火遍瀛洲。

一

元和十四年元月十四日，一千两百年前一个阴冷晦暗的冬日，韩愈蹒跚着走出长安，以戴罪之身一路向东、向南，再向东、向南。

潮州属岭南道，濒南海，《旧唐书》记载其"以潮流往复，因以为名"。潮州自古就是荒凉偏僻的"蛮烟瘴地",是惩罚罪臣的流放之所,唐代亦然。不少名公巨卿如常衮、韩愈、李德裕、杨嗣复、李宗闵等都曾经被远贬潮州。

> 一封朝奏九重天,夕贬潮州路八千。
>
> 欲为圣明除弊事,肯将衰朽惜残年。
>
> 云横秦岭家何在?雪拥蓝关马不前。
>
> 知汝远来应有意,好收吾骨瘴江边。

在途中,韩愈写下了这首千古流芳的诗篇。十五年前,他因上书论旱,得罪佞臣,被贬阳山,也是隆冬时节,也曾途经蓝关。悲恸之情,何其相似?这是韩愈第二次被贬黜岭南,这一年,他拖着五十二岁的"朽"之躯,以为自己就此葬身荒夷,永无重归京师之日,无限唏嘘地托付子侄替自己埋骨收尸。

潮州,是韩愈一生中最大的政治挫折。在被押送出京后不久,韩愈的家眷亦被斥逐离京。就在陕西商县层峰驿,他那年仅十二岁的女儿竟病死在路上。不难理解,何以韩愈关于潮州的诗文中,惊愕、颠簸、险滩、潮汐、雷电、飓风……鬼影般反复出现:"飓风鳄鱼,患祸不测;州南近界,涨海连天;毒雾瘴氛,日夕发作"(《潮州刺史谢上表》),"恶溪瘴毒聚,雷电常汹汹。鳄鱼大于船,牙眼怖杀侬。州南数十里,有海无天地。飓风有时作,掀簸真差事"(《泷吏》)。

仕途的蹭蹬、女儿的夭折、家庭的不幸、命运的乖蹇;因孤忠而罹罪的锥心之恨,因丧女而愧疚的切肤之痛;对宦海的愁惧,对京师的眷恋……悲、愤、痛、忧,一齐降临到韩愈头上。这是最孤寂的征程,在漫无边际的冬日,世界向它的跋涉者展示着广袤的荒凉。

赴潮之时,宪宗盛怒之下,命韩愈"即刻上道,不容停留"。韩愈甚至来不及与京师的朋友辞行。潮州与京师长安语言不通,"远地无可语者",他只好将家眷寄放在千余里外的韶州,相伴而行的,只有他叮嘱"收吾骨瘴江边"的侄孙韩湘。

他的朋友未曾忘记他。贾岛捎来《寄韩潮州愈》:"此心曾与木兰舟,直到天南潮水头。隔岭篇章来华岳,出关书信过泷流。峰悬驿路残云断，海浸城根老树秋。一夕瘴烟风卷尽，月明初上浪西楼。"性情古怪的刘叉也赋诗《勿执古寄韩潮州》云："寸心生万路，今古莽若丝。逐逐行不尽，茫茫休者谁。来恨不可遏，去悔何足追？"但是，一句谊切苔岑的"海浸城根老树秋"，一句肝胆相照的"逐逐行不尽"，又怎能道尽韩愈的悲苦和孤寂？

> 梦觉灯生晕，宵残雨送凉。
> 如何连晓语，一半是思乡。

十四年前，韩愈被贬阳山时，曾写下《宿龙宫滩》。

夜幕四合，万籁俱寂，韩愈怀念京师，思恋亲人，他未曾想到，十四年前的诗句，似乎谶语一般卜筮着他无法逃脱的未来。

## 二

然而，这又怎样？

浩浩复汤汤，滩声抑更扬。奔流疑激电，惊浪似浮霜——这才是韩愈！

身多疾病思田里，邑有流亡愧俸钱——这恰是韩愈的忧思与隐忍，与百姓的忧愁悲苦相比，个人的坎坷又算得了什么？四月二十五日，韩愈辗转三月余，终于抵达潮州，行程八千里，费时近百天。但是，他甫一抵潮，即理州事，芒鞋竹杖草笠蓑衣，与官吏相见，询问百姓疾苦。

元和十四年的潮州，风不调，雨不顺，灾患频仍，稼穑艰难。先是六月盛夏的"淫雨将为人灾"，韩愈祭雨乞晴。淫雨既霁，稻粟尽熟的深秋，又遭遇绵绵阴雨，致使"稻既穗矣，而雨不能熟以获也；蚕起且眠矣，而雨不得老以簇也。岁月尽矣，稻不可复种，而蚕不可以复育也；农夫桑妇，将无以应赋税、继衣食也"。过量的雨水使得韩愈焦虑不已，他为自己无力救灾而深感愧疚，"非神之不爱人，刺史失所职也。百姓何罪，使至极也！……刺史不仁，可坐以罪；惟彼无辜，惠以福也。"炽诚竣切，跃然纸上。

此后不久，韩愈还进行了一场别开生面的祭祀鳄鱼的活动。潮州鳄鱼的残暴酷烈，韩愈途经粤北昌乐泷时，即有耳闻。但鳄害之严重，在到达潮州之后，他才真正了解："处，愈至潮阳，既视事，询吏民疾苦，皆曰：'郡西湫水有鳄鱼……食民畜产将尽，以是民贫。'"鳄鱼之患，实则比猛虎、长蛇、封豕之害有过之而无不及。

为了解除民瘼，救百姓于水火之中，韩愈断然采取了措施："居数日，愈往视之，令判官秦济炮一豕一羊，投之湫水，祝之……"这就是"爱人驯物，施治化于八千里外"的祭鳄行动。为此，韩愈写了《祭鳄鱼文》，文字矫捷凌厉，雄健激昂。一篇檄文，数次围剿，常年困扰百姓的鳄鱼被驱逐，韩愈迅速赢得了百姓的信任。

唐代流行的潜规则是，朝廷大员被贬为地方官佐，一般都不过问当地政务。韩愈的弟子皇甫湜在《韩文公神道碑》中写道："大官谪为州县，簿不治务。先生临之，若以资迁。"鳄害如此严重，前任官员或无动于衷或束手无策，任其肆虐泛滥。韩愈却不甘老迈，恭谨谦逊，恪尽职守。《韩昌黎文集》中，共收有五篇"祭神文"，韩愈之砥砺勤勉，可见一斑。

韩愈在潮州还有修堤凿渠之举。《海阳县志·堤防》引陈珏《修堤策》曰，北堤"筑自唐韩文公"。潮州磷溪镇有一道水渠叫金沙溪，当地传说是韩愈命人开凿的。清澈的渠水，至今仍在滋润着两岸的田畴。碧堤芳草，遏拒洪流；银渠稻海，扬波叠翠。潺潺的水声，奔涌的水流，千百年来，似乎在不断地诉说着韩愈当年奖励农桑的功绩。

## 三

韩愈初抵潮州，即作《潮州刺史谢上表》。刘大櫆点校《韩昌黎文集》，评其"通篇硬语相接，雄迈无敌"。其实，居庙堂之高则忧其民，处江湖之远则忧其君——这恰是韩愈的忠贞与坦诚。偏居一隅的韩愈，勤于王室，忠于职守，不敢以州小地僻而忽之，不敢以体弱多病而怠之，其呼天、呼地、呼父母之连天悲号，皆为忠悌者之举，尽是贤达者之为。

《韩昌黎文集》还收录了《应所在典贴良人男女等状》一文。这是元和十五年（820年）十一月，韩愈从袁州调回长安任国子监祭酒时写下的，叙述他在袁州时放免男女奴婢七百三十一人，故历来史志均将释奴一事系于他任袁州刺史之时。

其实早在潮州时，韩愈已经注意到岭南"没良为奴"的陋习。唐代杜佑在《通典》中写道："五岭之南，人杂夷獠，不知礼义，以富为雄……是以汉室常罢弃之。大抵南方逷阻，人强吏懦，豪富兼并，役属贫弱，俘掠不忌，古今是同。"有唐一代，尽管较之前代已有明显的进步，奴隶问题在不同的阶段仍有不同程度的浮沉反复。当时的一个潜规则是"帅海南者，京师权要多托买南人为奴婢"。代买奴婢成为被流放官员向京师当权者献媚取宠的捷径。在这样的社会氛围中，获罪远贬的韩愈，何尝不希望京师当权者施以援手，以便早日回朝？可是他并没有以此谋取进身之阶，而是施以德政与人道，大举释放奴婢，这恰是韩愈的刚正廉明。

韩愈不是潮州乡学的创办者，但对潮州文化教育却有不可磨灭的功绩。韩愈认为，国家治理须"以德礼为先，而辅之以政刑"，用德礼即推行儒家的"仁义"之道，"未有不由学校师弟子者"。为了办好潮州乡校，"刺史出己俸百千，以为举本，收其赢余，以供学生厨馔"。

百千之数，其值几何？唐代币制混乱，很难做出标准。据李翱著《李文公集》所载，元和末年，一斗米合五十钱，故百千可折合米两百石，数目不可谓少。如此算来，百千相当于韩愈八个多月的俸金。也就是说，韩愈把治潮八个月的俸金，全数捐给了学校。

韩愈对潮州文化的最大贡献，还在于他大胆起用当地人才，推荐地方隽彦赵德主持州学。相传赵德是唐大历十三年（778年）进士，早于韩愈十四年登第。唐代登进士第者还要通过吏部主持的"博学鸿词"科考试，合格方能授官。但赵德未能顺利通过此考试，所以韩愈刺潮时，他还是一个"婆娑海水南，簸弄明月珠"的庶民。但是，赵德"心平而行高，两通诗与书"的品行学识，终于被韩愈发现，他对赵德的评价是"沉雅专静，颇通经，有文章，能知先王之道，论说且排异端而宗孔氏，可以为师矣"！于是毅然举荐他"摄海阳县尉，为衙推官，专勾当州学，督生徒，兴恺悌之风"。起用当地人才主持州学，这是一项意义重大、影响深远的决策。

树一代之新风，斯有万世之太平。苏轼因此在《潮州韩文公庙碑》中感喟不已："始潮人未知学，公命进士赵德为之师，自是潮之士皆笃于文行，延及齐民，至于今，号称易治。"

## 四

元和十四年（819 年），这艰辛的一年终于浩荡地行至岁末。

韩愈接到圣旨，"于其年十月二十五日准例量移袁州"。次年，韩愈以袁州刺史身份，重蒙圣宠，"为朝散大夫、守国子监祭酒，复赐金紫"。此后一年，韩愈的官职经历了五次变动：由国子监祭酒转兵部侍郎、由兵部侍郎转吏部侍郎、由吏部侍郎转京兆尹兼御史大夫、由京兆尹兼御史大夫转兵部侍郎、由兵部侍郎再转吏部侍郎。

> 莫道官忙身老大，
> 即无年少逐春心。
> 凭君先到江头看，
> 柳色如今深未深？

他欢喜地写道。韩愈一生为文工整，为诗严谨，难得有这样浪漫的心境、飘逸的诗句。接连不断的迁徙、接踵而至的任命蚀空了韩愈的身体，他哪里还有闲心闲暇去欣赏江边的柳色？壮年时韩愈便自嘲，"吾年未四十，而视茫茫，而发苍苍，而齿牙动摇"；及至中年，"苍苍者或化而为白矣，动摇者或脱而落矣"。可是，灾难又怎能击垮他的乐观和刚毅？怎能改变他舍身报国的使命与决心？任潮州刺史不足八月，农、工、学、商等皆视韩愈为"不祧之祖"，"溪石何曾恶？江山喜姓韩"。任袁州知府七个月，韩愈"治袁州如潮"。任国子监祭酒八个月，"韩公来为祭酒，国子监不寂寞矣"。任兵部侍郎一年有余，韩愈宣抚镇州，平定内乱，"旋吟佳句还鞭马"，"风霜满面无人识"。任吏部侍郎不足一年，韩愈周旋于各种政治集团之中，仍"涉艰危，树功业"。任京兆尹兼御史大夫半年余，哀矜百姓，京城"盗贼止，遇旱，米价不敢上""禁军老奸，宿恶不摄，尽缚送狱，京理恪然"。这就是韩愈——修身、齐家、治国、平天下，一生抱负，尽付家国。

长庆四年（824年），韩愈病重，卒于长安。知道自己势将远行，韩愈召群朋曰："吾不药，今将病死矣。汝详视吾手足肢体，无诳人云韩愈癫死也。"质本洁来还洁去，莫教污淖陷沟渠。这就是韩愈——一生光明磊落，不愿染半点尘埃，韩愈死后被追赠礼部尚书，谥号为"文"，后世始称其为韩文公。

以元和十四年（819年）为起点，时光向后翻过二百七十三年——这是公元1092年，另一个失意文人苏东坡在不远处的扬州独自徘徊，气贯长虹的《潮州韩文公庙碑》横空出世。绝世的才情，慷慨的悲歌，雄壮的回响，两代文豪凌越三百年在潮州"相会"。"文起八代之衰，而道济天下之溺，忠犯人主之怒，而勇夺三军之帅"，苏东坡凛然发问：韩愈一介布衣，何以"匹夫而为百世师，一言而为天下法"？何以"参天地、关盛衰，浩然而独存"？

答案其实很简单——人无所不至，惟天不容伪。

有了韩愈的视民如伤，才有了百姓的风调雨顺；有了韩愈的横扫异端，才有了百姓的笃信文行；有了韩愈的知学传道，才有了百姓的耕读传家；有了韩愈的忠诚耿直、浩然正气，才有了百姓的德润古今、道行天下；有了韩愈的乐于天下、忧于天下，才有了百姓的安身立命、安居乐业；有了韩愈的精诚所至，才有了百姓的金石为开。韩愈没有把自己刻在潮州的石碑上，却留在了百姓的口碑里。

天地不言，万物生焉。感戴韩愈在潮州的所作所为，潮州百姓将此地江山以韩愈命名：韩江、韩山、韩堤、韩文公祠、景韩亭、昌黎路、祭鳄台、侍郎亭……草木如有知，能不忆韩郎？自古乐民之乐者，民亦乐其乐；忧民之忧者，民亦忧其忧。信夫，诚哉！

谁也未曾料想，一个卑微行者捧出的虔诚心肠，在此后的一千二百年，紧贴着大地，散播成中华民族的气度和风骨：

——沿着这道浩浩汤汤的历史文脉，走来了白居易、李商隐、柳宗元、刘禹锡、杜牧，走来了范仲淹、黄庭坚、欧阳修、文天祥、杨万里、归有光、顾炎武、朱彝尊、黄宗羲、林则徐……这是中华民族千百年来的文化理想，也是中华民族千百年来的家国诗篇。

——沿着这道枝繁叶茂的历史文脉，与韩愈一起沉吟低回的，是

"些小吾曹州县吏，一枝一叶总关情"的忧患，是"从来治国者，宁不忘渔樵"的叮咛，是"稳暖皆如我，天下无寒人"的祝愿，是"我亦曾糜太仓粟，夜闻邪许泪滂沱"的相许相知，是"苟利国家生死以，岂因祸福避趋之"的披肝沥胆，是"但令四海歌声平，我在甘州贫亦乐"的祈求和冀望。

——沿着这道光明朗照的历史文脉，曾经生长过灾难、战争、荒蛮、杀戮，重要的是，还繁衍着富庶、光辉、璀璨、梦想。

元和十四年（819年），韩愈于潮州还曾亲手栽植橡木。而今，这些橡木已蓊郁成林，环绕韩文公祠，状如华盖，遮天蔽日。此树含苞不易，着花更难，时或春夏之交偶放一枝，熊熊若火莲，肃穆端庄，异常美丽。

# 3. 大道兮低回
### ——大宋王朝在景德元年

澶州，即今天的河南濮阳，距北宋都城汴梁（今河南开封）仅一河之隔。一千余年前，北宋与辽国经过多次战争在这里签下"澶渊之盟"。此后宋、辽首次正式结为兄弟之邦，互称南北朝，与此同时，两国正式更改具有战争意味的地名——"威虏军"改为"广信"，"静戎"改为"安肃"，"破虏"改为"信安"，"平戎"改为"保定"，"宁边"改为"永定"，"定远"改为"永静"，"定羌"改为"保德"，"平虏城"改为"肃宁"。

这一份盟约，至今影响着今天的中国，这些地名，许多始终得以完整保留。

老子说：大邦者下流。意思是，大国要像居于江河下游那样，有容纳百川的胸怀与气度。景德元年是一个折射历史发展之"道"的年份。在这一年里，以及前后，宋朝发生了许多影响深远的大事，考验着历史在场者的智慧与勇气，引发了后人绵延不断地思考。

历史是部大书，但这篇文章没有沉溺于对历史的简单褒贬，而是潜回时间深处，抚摸历史肌理，在错综复杂的历史关系中找寻历史选择的偶然与必然、事理与情理。

——题记

一

缤纷的焰火，在除夕漆黑的夜空砰然炸裂，如流星雨一般飘然散落，带着明亮的尾巴，划出绝美的线条，辽阔而寂静。

残雪，冻雷，惊笋，急管繁弦，又是一年。新桃已换旧符，烟花、爆竹、灯火、笑脸，汇聚成节日的海洋。祝福和祈盼，沿着犬牙交错的高耸檐廊，沿着人声鼎沸的瓦肆勾栏，沿着松涛如雷的幽森林海，掠过冰封的湖面，悄然降落在夜的深处。

公元 1004 年，干支纪元为甲辰。在大宋王朝，这一年是景德元年，属龙。

这是大宋王朝三百一十九年时光中的第四十四个年头。沙漏里滴下的日子，如常地向前行进，斗转星移，焚膏继晷，波澜不惊。假如没有什么意外，新的一年也将很快翻过，淹埋在流沙般的时间碎片中，无影无踪，无从找寻。

然而，陡然间，意外从天而降。

喜庆的人潮未及散去，灾难的噩耗便已传来。这是中国灾难史上屡屡被提及的一年，时间老人抚摸着花白的胡须，发出诡谲的笑声，历史的河道便在这里拐了个急弯。

时岁步入正月，京师已连续发生三次地震——

正月十七，"是夜，京师地震"。地震发生在夜晚，百姓猝不及防。

正月二十三，"是夜，京师地复震，屋宇皆动，有声移时而止"。房屋摇晃，地下烈焰如炽，激流和地浆如千军万马般，轰然作响。

正月二十四，"冀州（今河北冀县）地震"。

以后的几天，益州（今四川成都）、黎州（今四川汉源）、雅州（今四川雅安）接连发生地震。

到了四月初三，"邢州（今河北邢台）言地震不止"。

四月十四，"瀛州（今河北河间）地震"。

五月初一，史料记载"邢州言地连震不止"。形势严峻，宋真宗下诏，赐邢州减田赋一半，免运送军粮之劳役。

半年以后，十一月十八，"石州（今山西吕梁）地震"。

大地，一次又一次显示出它的狰狞。天崩地陷的轰鸣转瞬即逝，数不清的生命却如流星般陨落。山河变色，草木同悲。《中国救荒史》写道，这是历史上地震记载最多的年份，综各地方志所载，1004年一年之内，大规模的地震竟高达九次。但是，人们也许并不知道，地震，还不是这一年最大的灾难。

这是别具深意的一年。时间，舒展巨大的羽翼，将这残垣断壁、满目疮痍缓缓收藏，将这风雨河山、飘摇家国缓缓收藏，等待着遥远的某一天、某一刻，未来之神将它重新开启。

## 二

仲夏以后，地震的频率减缓，大地复又显示出它素常的温情。尽管经历了频仍的灾患，日子仍旧喧嚣地向前奔跑，春天播下的种子早已破土而出，它们在整整一夏里节节拔高，又在这个肥沃的季节，欢愉地等待着收获。白云渐行渐远，秋色渐行渐深，柏树扭曲着旋转着挥舞着枝干，箭一般射向天空，白杨舒展油亮亮的叶子，哗啦啦击掌欢呼，潋滟的水波倒映着黄金般的麦浪，静静地散发着芬芳。大宋王朝秋高气爽，民富国强。大地撕裂的伤口在慢慢愈合，切肤之痛终将成为旧事。

陡然之间，又一轮灾难从天而降。

景德元年（1004年）九月，三十二岁的辽国皇帝耶律隆绪与辽国当权人物萧太后、统军大将萧挞凛突然率二十万契丹精兵铁骑倾巢南犯，一路高歌猛进，跨越大宋数十州县，兵锋直抵黄河北岸。

中国历史上，外族对华夏民族的威胁，一直是困扰至深的大问题。宋朝开国君臣鉴于唐末五代藩镇格局、尾大不掉危及社稷的局面，遂采取强干弱枝、倡文尚武的办法，"杯酒释兵权"，以致积弱为患。与此同时，宋朝建立之初就面临着内忧外患，南有吴越、南唐、荆南、南汉、后蜀，北有北汉和辽国。加之，五代尤其石晋以来，燕云十六州被割让给契丹，中原失去了与北方游牧民族之间的天然屏障和人工防线。

契丹族出现于公元5世纪的北魏，以游牧为主，世居辽河流域。北荒寒早，至秋草先枯萎，广袤富庶的中原大地对契丹充满了诱惑。唐末五代分裂，契丹借此迅速发展壮大，公元916年立国，以幽州为跳板，近塞取暖，武力经略中原。中原遭受契丹侵扰久矣，百姓罹难，饱受痛苦，宋真宗咸平二年（999年），孙何上疏，愤慨奏曰："焚劫我郡县，系累我黎庶"，"城池焚劫，老幼杀伤"。

宋真宗咸平年间（998—1003年），契丹不断侵扰北方边境：咸平二年十月契丹首领耶律隆绪（辽圣宗）率部侵扰镇定高阳关（河北高阴县东），宋都部署康保裔战死，契丹兵侵掠祈、赵诸州，并南下掠淄、齐。以后宋真宗曾一度渡过黄河，亲御契丹，在咸平三年（1000年）正月，宋将范廷召等率兵追契丹于莫州（河北任丘），辽兵退去，也只能把契丹掠夺的人口物资追回一些。咸平四年（1001年）十月契丹再侵镇、定，宋派王显为三路都部署率部抵御，契丹进扰满城而还。咸平六年（1003年）四月契丹兵在其将萧挞凛（《续资治通鉴长编》作达兰）率领下再侵攻高阳关，宋军战败，宋将副都部署王继忠被俘降辽。

宋与辽的战争，陈师道在《后山谈丛》记载：一共打过大小九九八十一战，只有张齐贤太原战役取得一次胜利，其他均以失败告终。

萧太后，名绰，小字燕燕，原姓拔里氏，被耶律阿保机赐姓萧氏。萧太后精明过人，英勇善战。自公元982年至1009年摄政，她摄政期间，辽国进入了历史上统治中原二百年间最为鼎盛的辉煌时期。景德元年（1004年），在契丹是统和二十二年。此时的萧太后年已半百，从成为寡妇到实际的帝国统治者，她经过二十多年的苦心经营，两次大败宋军，现在，她觉得终于可以找宋朝算一次总账了。

紧急军情报进皇宫，宋真宗迅速召开御前会议，向群臣询问对策。大臣王钦若是江西人，他主张皇帝暂避金陵；大臣陈尧叟是四川人，他主张皇帝暂避成都。只有新上任的青年宰相寇准力排众议，主张迎战："我能往，寇亦能往！为今之计，只有御驾亲征，上下一心，才能保住江山社稷。稍有退缩，人心瓦解，根基一动，天下还保得住吗？"

宋真宗闻言，精神振奋："国家重兵多在河北，敌不可狃，朕当亲征决胜，卿等共议，何时可以进发？"

隆冬时节的北方，已是天寒地冻。靡靡日渐夕，飒飒风露重，雪花飞舞，坚冰封路。当年十一月，宋真宗下旨御驾亲征。皇帝车驾从京城开封出发，直驱澶州（今河南濮阳），迎击辽军。

澶州夹黄河分南北二城。宋军抵达澶州南城之时，宋真宗遥望北岸的辽军营帐连绵不断，军容盛大，陡生怯意，就想驻跸南城。寇准以为不可，站出来大声道："陛下不过河，则人心不安，这不是取胜之道。"寇准用眼色向殿前都指挥使高琼示意。高琼点头表示理解，旋即左手扶住御辇，右手拔出寒光逼人的佩剑，大喝一声："起！"指挥御辇直上浮桥，向着澶州北城前进。辇夫不敢懈怠，抬起御辇迅速登上城楼。当皇帝的御盖在城楼出现，大宋的黄龙旗迎风招展、猎猎作响之时，将士欢声雷动。《松狮纪事本末·契丹盟好》记载："帝遂渡河御北门城楼，召诸将抚慰，远近望见御盖，踊跃呼万岁。"《东都事略·寇准传》亦记载："军民欢呼数十里，契丹相视，怖骇不能成列。"

御驾亲征，士气大振。宋真宗的车驾还未到，澶州的将士已然勇气倍增。这一天，还是一个天高气爽的日子，有一个叫作张瑰的军士正守着一张床子弩，监视前方阵地。忽然，辽军大营里走出几个将官，他们交头接耳，准备巡视战场。这群人中有一个穿黄袍的将军指手画脚，气势不凡。张瑰调整好床子弩的方向，毫不犹豫地对准此人。要是在平时，将士行动，必须请示，然而，张瑰听说御驾亲征，精神振奋，顾虑全消，瞄准对象，奋力一扳开关，"嗖嗖"几声，数箭齐发，辽军将官顿时倒下了几个，黄袍将军也在其中。事后得知，这个黄袍将军，恰是辽军统帅萧挞凛，他被射中头部，当晚死去。辽军未战，先丧大将，士气大挫。

历史如同一幅气势浩荡的画卷，它的可圈可点，在于一往无前、无私无畏的生动笔墨，更在于那些波谲云诡的怪笔、柳暗花明的曲笔、旁逸斜出的神笔，它们突如其来，却酣畅淋漓。

形势，却仍然不容乐观。

澶州，距北宋都城汴梁（今河南开封）仅一河之隔。澶州在，大宋在；澶州有失，大宋便危若累卵。

萧太后觊觎大宋王朝的财富，本想倚仗自己屡次败宋的军威，逼退宋军，强占中原锦绣河山。后来听说寇准说服宋真宗御驾亲征，知道虚晃一枪不成，只好挥师作战。两军在澶州北城城下激战数十日，胜负未卜。

大军倾巢孤悬境外，统帅阵亡，萧太后不敢恋战，暗生倦意。萧太后派人请和，以获利为条件，宋真宗不准。终于在十二月（1005 年 1 月），双方达成和议，签订停战及修和盟约。

史书对盟约签订过程的记载饶有趣。宋真宗在与辽人签订盟约之前，曾派遣曹利用赴辽营谈判，曹利用在临行前向真宗请示"岁赂金帛之数"，宋真宗诏曰："必不得已，虽百万亦可。"寇准听说真宗答应每年可以给辽一百万岁币，连忙召曹利用至帐中，对曹利用说："虽有敕旨，汝往所许不得过三十万，过三十万，勿来见准，准将斩汝。"曹利用赴辽营谈判，果然以三十万成约，回宋之后，赶忙赴行宫向宋真宗呈报。其时，宋真宗正在用餐，"未即对，使内侍问所赂"，曹利用答曰："此机事，当面奏。"宋真宗急于知道宋辽议和情况，再次派遣内侍问道："姑言其略。"曹利用仍不愿向内侍说明，仅"以三指加颊"，以示每年给辽的岁币之数。内侍返至宋真宗面前说："三指加颊，岂非三百万乎？"宋真宗不禁失声道："太多。"此后，宋真宗听闻曹利用报呈以三十万成约，高兴异常，赏赐曹利用"特厚"。

## 三

命乖运舛的景德元年（1004 年），宋真宗历经天灾、人祸、兵燹的考验，审时度势，终于在这年的腊月打开了一个叫作"澶渊之盟"的锦囊，从此，大宋王朝开始了养精蓄锐、潜心发展的进程。

和平，来得着实不易。

从公元 979 年（太平兴国四年），宋太宗北伐幽蓟算起，一直到宋真宗景德元年，宋、辽两国处于敌对战争的状态已经持续了二十六年，绵延不断的战火、纠缠不已的争斗、短兵相接的厮杀，始终维持在僵持的局面——宋朝无力收复丢失的燕云十六州这一片汉唐故土，辽国打家劫舍的侵扰也始终无法蚕食宋朝的领地。

刚刚过去的咸平六年间，宋、辽之间纷争不断，大规模的战役就有三场：澶莫之战、遂城之战、望都之战，宋军败多胜少。

欲渡黄河冰塞川，将行太行雪满山。行路难！行路难！多歧路，今安在？太白之问，恰恰也是大宋之问。与此相反，辽军保持着原始野性，"轻而不整，贪而不亲，胜不相让，败不相救，以驰骋为容仪，以弋猎为耕钓，栉风沐雨不以为劳，露宿草行不以为苦"（《旧五代史》），使得宋朝的"赵魏之北，燕蓟之南，千里之间，地平如砥"（《旧五代史》）的华北大平原，成为辽军秣马厉兵的战场。胶着中的战争，像一条绷得很紧却早已失去弹性的皮筋，每年百数万甚至数百万的军费开支让宋朝疲于奔命。

光靠金钱，买不来和平，光靠战争，更换不来和平。

宋、辽签订《澶渊誓书》，其实有几项重要的规定：

——友好关系的建立和岁币的交割，"共遵成信，虔奉欢盟。以风土之宜，助军旅之费；每岁以绢二十万匹，银一十万两，更不差臣专往北朝，只令三司人般送至雄州交割。"

——两国结为兄弟之邦，辽圣宗尊宋真宗为兄，宋真宗尊萧太后为叔母。

——疆界的规定，"沿边州军，各守疆界。两地人户，不得交侵"。

——互不容纳叛亡，"或有盗贼逋逃，彼此无令停匿"。

——互不骚扰田土及农作物，"至于陇亩稼穑，南北勿纵惊骚"。

——互不增加边防设备，"所有两朝城池，并可依旧存守。淘濠完葺，一切如常。即不得创筑城隍，开拔河道"。

——条约以宣誓结束，"誓书之外，各无所求。必务协同，庶存悠久。自此保安黎献，慎守封陲。质于天地神祇，告于宗庙社稷。子孙共守，传之无穷。有渝此盟，不克享国。昭昭天监，当共殛之。远具披陈，专俟报复，不宣"。

澶渊誓书中没有提到的还有很多，比如宋、辽首次正式结为兄弟之邦，互称南北朝，比如礼节、贸易、和移牒关报，比如具有战争意味的地名的更改，"威虏军"改为"广信"，"静戎"改为"安肃"，"破虏"改为"信安"，"平戎"改为"保定"，"宁边"改为"永定"，"定远"

大春秋（节选）

改为"永静","定羌"改为"保德","平虏城"改为"肃宁"。

此后一百一十六年间，宋、辽两国未发生大规模战事。

澶渊之盟是中国外交史上的一件划时代的大事。中华民族搁置争议，着眼大局，互相尊重，合作共赢，为宋、辽两国带来了切切实实的发展机会，使得人民得以休息养生，安度和平岁月。

宋、辽誓书签订于澶州，汉代称澶州为澶渊郡，这份誓书被称为"澶渊之盟"。

澶莫、遂城、望都三场战役不容小觑。没有三场战役，纵有澶渊之战，必不会有澶渊之盟，不会有此后长达一百一十六年的和平。宋真宗权衡利弊，从国家长远利益考量，在坚持和维护领土主权的前提下，对契丹做出有限度的让步，显然非常明智。一个世纪后，宰相郑居中恳切评价："章圣澶渊之役，与之战而胜，乃听其和"。他认为，澶渊之盟是宋朝"战而胜"的产物。文学家苏辙写道，澶渊之盟"稍以金帛啖之，虏（辽）欣然听命，岁遣使介，修邻国之好，逮今百数十年，而北边之民不识干戈，此汉唐之盛所未有也。"

据统计，从公元 1005 年到 1121 年这一百一十六年之间，两国遣使庆贺生辰，宋一百四十次，辽一百三十五次；两国遣使贺正旦，宋一百三十九次，辽一百四十次；两国遣使吊唁，宋四十六次，辽四十三次。辽兴宗耶律宗真勤学绘画，曾经自绘肖像送给宋仁宗赵祯，并希望宋仁宗回赠真容。遗憾的是，仁宗真容送到时，辽兴宗已经过世。辽国皇室遂将仁宗真容与祖先肖像悬挂在一起，供子孙世代礼拜。

面对列祖列宗，辽道宗耶律洪基曾经许下心愿："若人世真有轮回，愿后世生于中国。"中国自古饱受边疆战乱，与契丹形成如此长久的和平关系，在中国边疆史着实罕见。


四


这一年，玉树临风的皇帝已经三十六岁了。六年前的公元 998 年，太子赵恒登基。这位排序老三的皇子自幼姿表特异，英睿聪敏，才华过人，纵使一千多年后，他在《劝学篇》中写下的诗句仍在流传："安居不用架高堂，书中自有黄金屋"，"娶妻莫恨无良媒，书中自有颜如玉"。博学，审问，慎思，明辨，笃行，后世给了这个酷爱读书与书法的皇帝一个无比贴切的庙号：宋真宗。

宋朝的皇帝们喜欢频繁更换纪年，宋真宗在位二十五年，就曾经使用五种年号：咸平、景德、大中祥符、天禧、乾兴。咸平这个年号用了六年，景德用了四年，以瓷器闻名的景德镇以景德命名，也以此闻名。然而，尽管两个年号只维持了短短的十年，却是大宋王朝元神丰盈、光墨淋漓的十年。

六年前的这个时候，大宋王朝的第三位皇帝继位，人们看到了刚满而立之年的天子的守正笃实、无远弗届；咸平六年里的数场战事，人们看到了他的果敢勇毅、杀伐决断；这一次，御驾亲征，澶渊结盟，他则让人们体悟到他的深谋远虑、久久为功。

不久，宋真宗即以铁面无私的姿态，公布告诫百官的《文武七条》：

一是清心，要平心待物，不为自己的喜怒爱憎而左右政事。

二是奉公，要公平正直，自身廉洁。

三是修德，要以德服人，而不是以势压人。

四是务实，不要贪图虚名。

五是明察，要勤于体察民情，不要苛税和刑罚不公正。

六是勤课，要勤于政事和农桑之务。

七是革弊，要努力革除各种弊端。

在宋真宗看来，"清心""修德"就是廉政的源头，就能实现"德治"。他建立官员档案，实行保举制度，推动渎职监察，鼓励鲠亮敢言，纠弹不避权贵，奖励廉洁无私，懂得知人善任。宋真宗御驾亲征，对内打败了西北党项、吐蕃这些胶着已久叛乱势力，对外逼退强大的契丹，创造了一个安定和平的边境环境，仅仅用了不到十年的时间便让大宋江山转危为安，凭借的恰是这些治国新政。

宋真宗迅速创造了一个政治清明、社会进步、制度完备、经济繁庶、文化鼎盛的时代，他起用李沆、曹彬、吕蒙正等人打理政事，政绩有声有色，减免五代十国以来的税赋，注意节俭，休息扬农，发展纺织、染色、造纸、制瓷等手工业、商业，一时间，贸易盛况空前。

据统计，公元 996 年，宋朝国家财政 2224 万，户口 451 万；公元 1021 年，国家财政达到 150885 万，户口为 868 万。短短二十余年，整个国家户口增加了 416 万户，财富增加了近六倍，其发展规模与前朝相比，超过了唐朝贞观二十三年总量的四倍，与后世而论，超越了乾隆时期的三倍。中国占世界财富的比值从 996 年的 22% 左右，一下子提升到了 67% 左右，可谓富甲天下。

这是大宋王朝难得的小康时代，后世将咸平、景德、大中祥符三个年号的十九年统称为"咸平之治"。

历史，像一棵沧桑遒劲的老树，岁月的蜇须从它的血脉、它的枝丫中伸出，苗壮，顽强，盘根错节，绿荫如盖。昨天，从老树上成长为今天，今天，又从老树上成长为明天。这是历史的今天，也是未来的昨天。

发出诡谲笑声的时间老人不会想到，大宋王朝在景德元年的一次沉吟低回，换来了中华民族的亢龙飞天。站在新的历史起点，骄傲的王朝俯下高昂的头颅，审慎地打量对手，理智地放下武器，伸出和平的橄榄枝，以大国的姿态张开襟怀。此后的一个世纪，中原和北方部落以空前的规模迁徙杂居、经济交融、文化交流、语言交汇、习俗融合，辽国也开始从单纯的游牧民族，向游牧与农耕相交杂的民族过渡。辽国的燕京在唐幽州蓟城的基础上扩建而成，这里来自不同民族、不同国度的居民五方杂处，互补共荣。大中祥符元年（1008 年），使辽的路振在《乘轺录》中记载：幽州"城中凡二十六坊，坊有门楼，大署其额，有蓟宾、肃慎、卢龙等坊，并唐时旧坊名也。居民棋布，巷端直，列肆者百室，俗皆汉服，中有胡服者，盖杂契丹、渤海妇女耳"（《宋朝事实类苑》），宋朝的魅力可见一斑。

正是以这样的包容、这样的魅力，中华民族将一切可能纳为己有，爱其所同，敬其所异，和而不同，沉淀于心，又外化于行，成为具有强大稳定性、延续性、发展性的中华文明，并造就了中华文化博观约取、海纳百川的精神格局和精神气度。历史学家姚从吾说过："（两族）相安既久……（辽人）逐渐变成了广义的中华民族。"堪称不同民族和谐相处最后融为一体的典范。和衷共济、和合共生是中华民族的历史基因，也是古老东方的文明精髓。

钱穆也感叹："中华文化不仅由中国民族所创造，而中华文化乃能创造中国民族，成为有史以来世界上独一无二的大民族。"

残雪，冻雷，惊笋，急管繁弦——景德元年（1004 年），这端的是别具深意的一年。

时间，舒展着巨大的羽翼，在遥远未来的某一天、某一刻，将历史之谜重新开启。那些祖先的传奇，那些祖辈的故事，他们在灾患面前的勇气，他们苦度长夜的智慧和坚忍，是我们在这个喧嚣世界永不迷失的识路地图。

# 4．江春入旧年
## ——嵇康与广陵

> 嵇康，字叔夜，谯国铚人也。其先姓奚，会稽上虞人，以避怨，徙焉。铚有嵇山，家于其侧，因而命氏。兄喜，有当世才，历太仆、宗正。康早孤，有奇才，远迈不群。身长七尺八寸，美词气，有风仪，而土木形骸，不自藻饰，人以为龙章凤姿，天质自然。恬静寡欲，含垢匿瑕，宽简有大量。
>
> ——《晋书·嵇康传》

一

从这场酒席中散去，微醺的中散大夫嵇康匆匆赶去另一场酒会。

在竹林间舒展广袖，狂舞长啸，清峻的嵇康想象自己是一只孤绝、清瘦的飞鸟，在寂寥的高空中不知疲倦地翱翔，俯瞰浩瀚的林海，俯瞰浩瀚的南中国。

夜的精魂不停地缠绵，不倦地周旋。

时而飞，时而停，时而高蹈轻扬，时而缱绻低回，中散大夫携琴自问——是否还记得曾经嬉戏的洛西、曾经夜宿的月华亭？是否还记得绵密无寝长夜漫漫、起坐抚弦遂成新曲？雅乐新成，纷披灿烂，戈矛纵横，惊天动地，嵇康谓之《广陵散》。

时光，如水波般流动。天池辽阔谁相待，日日虚乘九万风——端的是似水流年啊！

大春秋（节选）

101

这是中国文化最浪漫深情的一刻，也是中国历史最波谲云诡的一页。嵇康像一只孑然独立的大鸟，与乌云一道在电闪雷鸣中穿梭。他龙章凤姿，不自藻饰；他悲愤幽咽，慨然不屈；他昂首嘶鸣，浩气当空；他弹琴咏诗，自足于怀——雷电为他的翅膀镶嵌了一道璀璨的金边，他踏着阵阵松涛，宛若深山中狂飙的雄鹰。

嵇康，公元224年出生于魏国谯郡铚县，先祖本姓奚，会稽上虞人，为避世怨，迁徙于嵇山，置家于其侧，因而以"嵇"命为姓氏。嵇康年少才高，重思想，善谈理，懂音律，能属文，高情远趣，率然玄远。正始末年，嵇康居山阳，"所与神交者惟陈留阮籍、河内山涛，豫其流者河内向秀、沛国刘伶、籍兄子咸、琅邪王戎，遂为竹林之游"，肆意酣畅，共倡玄学新风，主张"越名教而任自然""审贵贱而通物情"，世谓"竹林七贤"。

据史书记载，嵇康曾经在洛阳西边游玩，晚上夜宿华阳亭，引琴弹奏。夜半时分，突然有客人拜访，自称是古人，他与嵇康一同谈论音律，辞致清辩，于是索琴而弹，声调美妙绝伦，他将这首乐曲传授给嵇康，并让嵇康起誓绝不传给他人，他亦不言其姓字。

——这就是传说中的《广陵散》。

嵇康所作《广陵散》，又名《广陵止息》，古时亦名《聂政刺韩傀曲》。嵇康以善弹此曲著称，听者如闻天籁。公元263年，嵇康为司马昭所害。刑场上，三千太学生向朝廷请愿，请求赦免嵇康，并要拜嵇康为师，司马昭不允。临行前，嵇康无一丝伤感，从容不迫索琴弹奏，天籁般的曲调弥漫在刑场上空。嵇康弹罢，慨然叹惋："世间从此再无《广陵散》！"

叹罢，从容引首就戮。嵇康时年，仅四十岁。《晋书》记载：

> 康将刑东市，太学生三千人请以为师，弗许。康顾视日影，索琴弹之，曰："昔袁孝尼尝从吾学《广陵散》，吾每靳固之。《广陵散》于今绝矣！"

海内之士，莫不痛之。晋文帝司马昭不久亦醒悟，然而，悔之晚矣。

痛失的，岂止嵇康，更有广陵清音。天籁只能天上得，哪堪人间共此声？

每读到此处，便无端地想起文天祥那首七律：

> 生前已见夜叉面，
> 死去只因菩萨心。
> 万里风沙知已尽，
> 谁人会得广陵音。

二十八个字，痛彻心扉。

秦始皇焚书坑儒，焚琴煮鹤。琴，"秦灭六国，至汉不兴"。时至魏晋琴、曲皆失，《广陵散》再无知音。

<h2 style="text-align:center">二</h2>

这是一场酣畅淋漓的欢聚，这是一个放浪无羁的时代。

忧时悯乱、骏放沉挚的阮籍，外柔内刚、淳深渊默的山涛，容貌丑陋、澹默寡言的刘伶，任性不羁、妙达八音的阮咸，清悟识远、狷介忠直的向秀，识鉴过人、谲诈多端的王戎，以及——永远不会缺席的嵇康。他们嗜酒如命，酣饮时烂醉如泥，清醒时装疯佯狂。

这是一幅怎样汪洋恣肆的画卷？这是一种怎样心有灵犀的景象？春风荡漾，柳丝拂面，众人一起围坐，面对面痛饮。阮籍习武艺，能长啸，善弹琴，好为青白眼。遇见所谓"唯法是修，唯礼是克"的礼法之士，阮籍必以白眼对之。阮籍的母亲去世后，嵇康的哥哥嵇喜来致哀，因为嵇喜是在朝为官的礼法之士，于是阮籍也不管守丧期间应有的礼节，给了嵇喜一个大大的白眼。后来，嵇康带着酒、琴而来，阮籍马上便由白眼转为青眼。阮咸更是不拘小节，大瓮盛酒，与猪同饮。嵇康与向秀饮罢，便在家门前的柳树下打铁自娱，嵇康掌锤，向秀鼓风，二人旁若无人，自得其乐。刘伶每饮必醉，常乘坐鹿车，携一壶酒，使人荷锸而随之，左右顾盼，其妻劝止，刘伶大笑道："死又何惧？死便埋我！"

这是一场怎样没有休止的酒宴？这是一群怎样没有嫌隙的挚友？他们虽有满腹才华，空有满腔壮志，却错生在一个毫无光亮的时代。曹魏后期，政局混乱，曹芳、曹髦既荒淫无度，又昏庸无能，司马懿、司马师父子掌握朝政，废曹芳、弑曹髦，大肆诛杀异己。他们所看见的，是恐怖的屠杀、虚伪的礼法。他们不满司马氏的所作所为，更不愿依附司马氏。他们崇尚老庄的自然无为，蔑弃礼法规则。他们是嵇康真正的知音，是他的听众、他的读者，无论微醺，还是酩酊。

有学者将这个时代称为"世说新语"时代。我们不妨用四个词来概括那个时代：玄幻、谋篡、战乱、黑暗，也不妨用四个词来概括他们的心绪：哀伤、苦闷、恐惧、绝望。

这是何等的玄幻、谋篡、战乱、黑暗？这是何等的哀伤、苦闷、恐惧、绝望？走出竹林，便是无尽的长夜，放下酒盏，便是亘古的空虚。他们紧紧地贴伏着大地，紧紧地簇拥在一起，像凛冽寒风中残存的雏鸟——覆巢之下，岂能幸哉？

万里风沙知已尽，谁人会得广陵音？

嵇康一生放荡作文，桀骜为人。他的诗歌存世仅五十余首，后世却评价极高，赞叹其诗不为《风》《雅》所羁，直写胸中之语。他的文论存世六七万字之多，句句隽永，字字珠玑。读嵇康的《琴赋》，眼前不时闪回这位执着于精神自由、终日与琴为友的士子形象：

余少好音声，长而玩之。以为物有盛衰，而此无变；滋味有厌，而此不倦。可以导养神气，宣和情志。处穷独而不闷者，莫近于音声也。是故复之而不足，则吟咏以肆志；吟咏之不足，则寄言以广意。然八音之器，歌舞之象，历世才士，并为之赋颂。其体制风流，莫不相袭。称其才干，则以危苦为上；赋其声音，则以悲哀为主；美其感化，则以垂涕为贵。丽则丽矣，然未尽其理也。推其所由，似原不解音声；览其旨趣，亦未达礼乐之情也。

嵇康以为，"众器之中，琴德最优"。而操琴之德，何尝不是为人之德？在《琴赋》文末的"乱"段，嵇康咏叹琴的和悦之德，无法探其深广；体味琴的清明之体，无法知其旷远；感慨琴的高邈之美，无法遇其企及；倾听琴的优良之质，无法得其驾驭；惋惜琴的至性至情，堪称群乐之首，可惜知音者渺邈。而这些，何尝不是以琴寓世、以琴喻人？

> 愔愔琴德，不可测兮；体清心远，邈难极兮；良质美手，遇今世兮；纷纶翕响，冠众艺兮；识音者希，孰能珍兮；能尽雅琴，唯至人兮！

嵇康文章，多为论说，所著诸文论六七万言，皆为世所玩咏。他曾作《声无哀乐论》，针对儒家的"治世之音安以乐，亡国之音哀以思"，旗帜鲜明地加以辩驳，音乐是客观存在的音响，哀乐是人们的精神被触动后产生的感情，两者并无因果关系，亦即"心之与声，明为二物"，"心"和"声"，明明就是两种东西，压根就没有什么关系。

> 夫天地合德，万物贵生，寒暑代往，五行以成。故章为五色，发为五音；音声之作，其犹臭味在于天地之间。其善与不善，虽遭遇浊乱，其体自若而不变也。岂以爱憎易操、哀乐改度哉？及宫商集比，声音克谐，此人心至愿，情欲之所锺。故人知情不可恣，欲不可极故，因其所用，每为之节，使哀不至伤，乐不至淫，斯其大较也。

嵇康为文，多借景抒情，托物言志。在《琴赋》中，他讲述琴的材质的生长环境、在能工巧匠中的制作，随之写到琴音的优美典雅，变化无穷，盛赞琴的高尚和平、纯洁正直的品格。不论是琴音、琴思、琴德，还是叙事、写景、抒情，嵇康之文如同其人，笔势放纵，汪洋恣肆，辞采绚烂，让人无法不击节赞叹。

正是在这篇赋中，嵇康曾将自己喜好的古琴曲目排出顺序。他认为，首先无可争议的是《广陵》，接下来是《止息》《东武》《太山》《飞龙》《鹿鸣》《鵾鸡》《游弦》，他认为这几首古曲变换为不同的演奏方式，如果声色自然，流畅清楚美妙，都能消除烦躁情绪。后代变换的俗谣俗曲，当属汉末蔡邕创制的《蔡氏五弄》。接下来还有《王昭》《楚妃》《千里别鹤》。最后还有一时权宜之作，杂进俗曲，也有一些值得浏览的琴曲。所以，所谓曲高和寡者，"然非旷远者不能与之嬉游；非夫渊静者不能与之闲止；非夫放达者不能与之无恃；非夫至精者不能与之析理也"。

嵇康道德文章影响深远，清代何焯感喟："叔夜千古人，此赋亦千古文。读此赋，如闻鸾凤之音于云霄缥缈之际。"

三

嵇康，身长八尺，容止出众。

这样一位翩翩佳公子，加之满腹诗书，可谓器宇轩昂、玉树临风，简直是那个黯淡时代的华彩篇章。举目皆是战祸、离索、弥乱、凋敝、血腥、恐惧……可是，有什么能掩盖得住心中鼓荡的丰盈与骄傲？嵇康曾娶曹操曾孙女为妻，官拜曹魏中散大夫，从此与曹魏有了生死之缘分。也恰是因为他与曹魏的不离不弃，种下了他终于为钟会所构陷、为司马昭所杀害的祸根。

说到嵇康桀骜不驯的性格、坎坷多舛的命运，不能不提"竹林七贤"中的山涛，以及嵇康写给山涛的《与山巨源绝交书》。

山涛在由选曹郎调任大将军从事中郎时，欲荐举嵇康代其原职。没想到，嵇康听到消息，勃然大怒，不仅在信中断然拒绝山涛的荐引，而且傲慢地申明自己赋性疏懒，不堪礼法约束，不可加以勉强，发誓以此与山涛断绝往来。

在这封长信中，嵇康开篇毫不客气地说，我性格直爽，心胸狭窄，对很多事情绝不姑息（"直性狭中，多所不堪"）；性情懒漫，筋骨迟钝，肌肉松弛，头发和脸经常一月或半月不洗，如不感到特别发闷发痒绝不愿意洗浴（"性复疏懒，筋驽肉缓，头面常一月十五日不洗，不大闷痒，不能沐也"）。好在朋友们都能够忍受他孤傲简慢的性情，背离礼法的行为，"侪类见宽，不攻其过"。

此后，嵇康以"七不堪"力陈拒绝山涛的理由：

人伦有礼，朝廷有法，自惟至熟，有必不堪者七，甚不可者二：卧喜晚起，而当关呼之不置，一不堪也。抱琴行吟，弋钓草野，而吏卒守之，不得妄动，二不堪也。危坐一时，痹不得摇，性复多虱，把搔无已，而当裹以章服，揖拜上官，三不堪也。素不便书，又不喜作书，而人间多事，堆案盈机，不相酬答，则犯教伤义，欲自勉强，则不能久，四不堪也。不喜吊丧，而人道以此为重，已为未见恕者所怨，至欲见中伤者；虽瞿然自责，然性不可化，欲降心顺俗，则诡故不情，亦终不能获无咎无誉如此，五不堪也。不喜俗人，而当与之共事，或宾客盈坐，鸣声聒耳，嚣尘臭处，千变百伎，在人目前，六不堪也。心不耐烦，而官事鞅掌，机务缠其心，世故烦其虑，七不堪也。

　　嵇康在这封信的末尾义愤填膺地写道："若趣欲共登王途，期于相致，时为欢益，一旦迫之，必发狂疾。自非重怨，不至于此也。"也就是说，我与你并无深仇大恨，何苦为难我让我去做官呢？

　　山涛是竹林七贤中最年长的一位，也堪称"竹林七贤"的伯乐。他的风神气度，震撼了"竹林"。同为"竹林七贤"的王戎对他的评论是："如璞玉浑金，人皆钦其宝，莫知名其器。"也就是说，他给人一种质素深广的印象。大器度，正是其时名士之一种风度。虽然山涛与嵇康情意甚笃，但是人生志趣未必相同，就在嵇康越来越放任自然之时，山涛却越来越彰显其入仕之心、治世之才、运筹之策、选人之能。他走的是另一条道路。

　　山涛不是一个没有见识的人，他谨慎小心地接近权力，却又小心翼翼地回避权力。毫无疑问，纵然狂放如嵇康者，在道德品行上也是了解自己的朋友信任自己的朋友的。他后来因得罪司马氏而被治罪，临死前对儿子嵇绍说的最后一句话便是："有巨源在，你便不会孤独无靠了。"

　　在曹氏与司马氏权力争夺的关键时刻，山涛看出事变在即，"遂隐身不交世务"。这之前他做的是曹爽的官，而曹爽将败，故隐退避嫌。

但当大局已定，司马氏掌权的局面已经形成时，他便出来。山涛与司马氏是很近的姻亲，靠着这层关系，他去见司马师。司马师知道他的用意与抱负，便对他说："吕望欲仕邪？"于是，"命司隶举秀才，除郎中，转骠骑将军王昶从事郎中。久之，拜赵相，迁尚书吏部郎"。此后，嵇康与山涛在政治上分道扬镳，山涛一帆风顺，货与帝王家，征程万里无隔阻，嵇康绝尘而去，血染断头台，不做俗世一尘埃。

嵇康曾有《与山巨源绝交书》一文，后人因此对山涛颇多鄙夷。嵇康是非分明，刚直峻急。而山涛则举事有度，量体裁衣，凡事不逾矩、不违俗。譬如他也饮酒，但有一定限度，至八斗而止，与其他人的狂饮至于大醉不同。山涛生活俭约，为时论所崇仰。他在嵇康被杀后二十年，荐举嵇康的儿子嵇绍为秘书丞，他告诉嵇绍说："为君思之久矣，天地四时，犹有消息，而况人乎！"可见，二十余年，他从未忘却旧友。

嵇康为司马昭所杀，犹如一个暗夜炸开的信号，"竹林"自此分崩离析，有人走向心怀汤火、足履薄冰的震颤，有人走向潇洒挥放、透迤远行的傲然，有人走向穆如清风、冰清玉洁的旷达，有人走向质朴素真、恬淡自然的无为，有人走向哲思飞扬、才情盈溢的飘逸，有人走向有道言兴、无道默容的明哲保身。向秀悲恸不已，他写下千古绝唱《思旧赋》，怀念与老友同游山林的岁月：

> 将命适于远京兮，遂旋反而北徂。
>
> 济黄河以泛舟兮，经山阳之旧居。
>
> 瞻旷野之萧条兮，息余驾乎城隅。
>
> 践二子之遗迹兮，历穷巷之空庐。
>
> 叹黍离之愍周兮，悲麦秀于殷墟。
>
> 惟古昔以怀今兮，心徘徊以踌躇。
>
> 栋宇存而弗毁兮，形神逝其焉如。
>
> 昔李斯之受罪兮，叹黄犬而长吟。
>
> 悼嵇生之永辞兮，顾日影而弹琴。
>
> 托运遇于领会兮，寄余命于寸阴。
>
> 听鸣笛之慷慨兮，妙声绝而复寻。

停驾言其将迈兮，遂援翰而写心。

在这篇赋的序中，追思与老友过往游宴欢饮的点点滴滴，向秀慨然叹息："嵇博综技艺，于丝竹特妙。临当就命，顾视日影，索琴而弹之。余逝将西迈，经其旧庐。于时日薄虞渊，寒冰凄然。邻人有吹笛者，发音寥亮。"

斯人已去，足音跫然。

## 四

"聂政"曲何以名"广陵"？

韩皋曾经给出一个颇为可信的理由："扬州者，广陵故地，魏氏之季，毋丘俭辈皆都督扬州，为司马懿父子所杀。叔夜（嵇康）悲愤之怀，写之於琴、以名其曲、言魏之忠臣散殁於广陵也。盖避当时之祸，乃托於鬼神耳。"时运不济，遂以广陵言志。

谁能想到，今日温婉可亲的扬州，竟然是昔日嵇康抚琴言志的广陵故地？

虞渊未薄乎日暮，广陵终不绝人间。

这是晚春的扬州，烟花三月的广陵雾雨还未飘远，时间却已行进至一千七百年后的今天，清朗的空气便开始讲述与昨天的记忆迥然不同的故事。林钟宫音，其意深远，音取宏厚，指取古劲，广陵余音绕梁，至今犹在耳畔，一支新曲俨然歌成。

江水北去，淮河南来。

这是一年里最欢腾、最苗壮的日子。大地上冰封的一切早已苏醒，暗夜里沉寂的一切正在绽放。被雾雨笼罩的广陵，繁花似锦，万马奔腾，举目皆是浓墨重彩的山水画卷。

风无边、水无界。

公元前486年，吴王夫差开邗沟，筑邗城，沟通江淮，成就了后世"烟花三月下扬州"。水，催生了扬州的数度繁华，也孕育了扬州的悠久文明。站在江都水里枢纽的高台上，荡胸顿生层云。过去的岁月气势磅礴，如水波般一泻千里，雄伟壮观，恍若嵇康的广陵绝响。

扬州盐商富甲天下，留下了美轮美奂的园林、婀娜多姿的景致、穷奢极欲的宅邸。清代戏曲家李斗在其笔记集《扬州画舫录》曾写道："杭州以湖山胜，苏州以市肆胜，扬州以园亭胜，三者鼎峙，不分轩轾。"而今，这些园林、亭台、宅邸，已成为扬州璀璨多姿的文化景观。当年的广陵，走过无数风雷激荡的岁月，在万千气象、日新月异的今天，正在由古老的遗存，蝉蜕为羽化的新生。

古城里，举步皆是脊角高翘的屋顶、风韵痴绝的门楼，直露中有迂回，舒缓处有起伏；古巷曲折蜿蜒，巷子里的茶楼和酒肆藏而不露，每每寻到，便是无边的惊喜，让人回味无穷。瘦西湖上，五亭桥造型秀美，富丽堂皇，如同湖的一束玉带。传说这是清扬州两淮盐运使为了迎接乾隆南巡，特雇请能工巧匠设计建造的。桥上雕栏玉砌，彩绘藻井；桥下四翼分列，十五个卷洞彼此相通。每当皓月当空，各洞衔月，金色荡漾，众月争辉，倒挂湖中，不可捉摸。青山隐隐水迢迢，秋尽江南草木凋，二十四桥明月夜，玉人何处教吹箫。杜牧的诗句恍若与月色一道铺满银色的水面。

## 五

这是中国历史一段波谲云诡的时期。

魏晋南北朝——史家惯于从建安元年（196 年）开始计算，到隋开皇九年（589 年）隋文帝统一中国为止，前后共约四百年。

漫长四个世纪，无疑是中华民族国家分裂、政治动荡、战火频仍、割据政权林立的时代。这期间，共发生较大规模的战争五百余次，先后建立三十五个大大小小的政权，只有西晋实现过短短的三十七年的统一，其余皆处于分裂状态，可谓"城头变幻大王旗"。秦汉以来的物质积淀被糟蹋殆尽，董卓之乱、八王之乱、侯景之乱、五胡乱华……天灾人祸，生灵涂炭，国家满目疮痍，人民流离失所。

然而，若论在中国历史上的风采独具、文采焕然，无出魏晋南北朝其右。一方面，社会生活空前动荡与纷乱；另一方面，是文学创作空前的发展与繁荣。这是士人思想最活跃、精神最自由、个性最张扬、行为最放纵的时代，这是一个具有艺术气质的时代。

这是一个"世说新语"时代。在这样一个时代，天下规则散尽，斯文扫地。在这样一个时代，不难理解，何以武好法术，文慕通达；何以天下之士，不循前轨。

遗憾的是，旷世之才如嵇康，也只能以自己的方式在这个时代的夹缝中求生。

"爱有大而必失，恶有甚而必得；智惠不能去其恶，威力不能全其爱。故前识所不用心，而圣人罕言焉，若乃系情累于外物，留曲念于闺房，亦贤俊之所宜废乎？"这是陆机在《吊魏武帝文》写到曹操临终吩咐后事时的描述，惋惜一代明主的远行，笔笔顿挫，气势畅达。这还是"日月之行，若出其中；星汉灿烂，若出其里"壮怀千里的曹操吗？这还是"山不厌高，海不厌深；周公吐哺，天下归心"运筹帷幄的曹操吗？这还是"老骥伏枥，志在千里；烈士暮年，壮心不已"永不言败的曹操吗？这是与嵇康有着千丝万缕牵挂的曹魏，是一个大时代拉开华幕的序曲，然而，落花流水终去也，英雄暮年，恰如一个时代的谢幕，端的是有着说不尽的凄伤和沧桑。

昔我往矣，杨柳依依；今我来思，雨雪霏霏。

让我们重新回到一千七百年前的历史现场，清点烽烟凉尽的烟火，收殓岁月老去的残骸。这是景元二年（261年），嵇康作《与山巨源绝交书》，两年后，他为司马氏所杀。有心者也许会留意，会在青灯黄卷中翻到曾经被我们忽视的片段，以及这些片段中的丝丝缕缕——半个世纪之前，曹丕在《典论·论文》中写下了"盖文章，经国之大业，不朽之盛事"的千古绝唱；在《与王朗书》中写道："生有七尺之形，死唯一棺之土。"王粲在《登楼赋》中写下了"人情同于怀土兮，岂穷达而异心。"半个世纪后，在匈奴的进逼中，洛阳失守，建兴四年（316年）西晋灭亡。这场战争中，匈奴长驱直下，很快便控制了几乎整个中原，长达一百多年的大动乱大灾难大纷争就这样开始了，中华民族陷入漫漫寒夜。史官干宝在《晋纪总论》中写道："国政迭移于乱人，禁兵外散于四方，方岳无钧石之镇，关门无结草之固"，最终"脱末为兵，裂裳为旗，非战国之器也；自下逆上，非邻国之势也。然而成败异效，扰天下如驱群羊，举二都如拾遗芥，将相王侯连头受戮，乞为奴仆，而犹不获，后嫔妃主，房辱于戎卒，岂不哀哉？"国家顺乎天命方可兴盛，顺乎民意方可和谐，以礼仪教化百姓方可建立纲常，国家基础宽厚方可难以颠覆，正如树木根深叶茂则难以拔掉，政教有条有理则国家不乱，法纪牢靠周密则社会安定。如此者，方为治国之策、立国之本。

前后不过百年，世事更迭如斯。随风云变幻的，是利益的血腥和政治的无情。不变的，是士子千百年来一脉相承的家国情绪、道义文章——莫谓书生空议论，头颅掷处血斑斑。

"夜中不能寐，起坐弹鸣琴。薄帷鉴明月，清风吹我襟。孤鸿号外野，翔鸟鸣北林。徘徊将何见？忧思独伤心。"这是阮籍的《咏怀诗》。其孤绝旷逸，寓意深远，所书所写何尝不是嵇康？不难想象，某个黑暗寂静得没有边际的长夜，嵇康、阮籍夜阑酒醒，忧畏难去，在耿介与求生间矛盾，在旷达与良知中互争，嵇康的悲凉郁结莫可告喻。这些悲凉郁结充溢于他的字里行间，穿越无数个日日夜夜，至今仍散发着彻骨的寒凉。

霜被野草，岁暮已去。

端的，是该散了——


# 5. 一蓑烟雨任平生
## ——致敬苏轼的十个关键词

2000 年千禧年伊始，法国巴黎，有一家报纸——《世界报》，它的主编叫作"让－皮埃尔·朗日里耶"。他和他的同事们决定用一种创新的方式，迎接新千年的到来。

怎么庆祝呢？他们决定用专栏的形式，写一批专栏文章，讲述在公元 1000 年至 2000 年这一千年中生活的世界知名的重要人物的生活故事，覆盖北美洲、拉丁美洲、欧洲、亚洲、阿拉伯－伊斯兰世界。

这家报纸用了六个月的时间，整理公元 1000 年一直影响到公元 2000 年的重要人物的备选名单，这真是一份浩如烟海的名单，他们在这份名单里，整理出十二位重要人物，并编辑成册，名为"千年英雄"。这些文章于 2000 年 7 月份发表。

中国的苏轼（1037—1101 年）就是这些"千年英雄"中的一位，

是其中唯一的一位中国人。

苏轼有一百余万字的诗词、杂记、随笔、亲笔题书和私人信函，以及大量的他同时代的朋友和学者评论他的随笔、传略。当然，苏轼本人不写日记，这不符合他的性格，苏轼同时代的很多人都有写日记的习惯，司马光、王安石、刘挚、曾布，等等，写日记这事对他来说太有条理、太扭扭捏捏了。苏东坡一生写过数千首诗词、八百余封私人信件。他写过一本杂记，是他对各种思想、旅行、人物、事件的记载——没有时间，但是他有他自己的逻辑。他有一句很有名的话，是写给他的弟弟子由的，也是写给他自己的：

> 吾上可陪玉皇大帝，下可以陪卑田院乞儿，眼前见天下无一个不好人。

苏轼，生于宋仁宗景祐三年（1037年），死于宋徽宗建中靖国元年（1101年），也就是华北被金人攻占，北宋灭亡前二十五年。

在他短短六十四岁的生命里，苏轼由于其坦率而付出了沉重的代价。在权力阴影下，他的政敌非常多。他既是各个阵营对抗的参与者，也是受害者。用我们今天的话来说，他的一生都是在动荡中度过的"大起大落"，就像"坐过山车一样"。在他职业生涯中，他一共有三十次委任，十七次失宠或者被流放。今天他还是受人尊敬的高官，明天却什么也不是，被人蔑视，并受到责罚。

苏轼的命运在朝廷和皇帝的心情中摇摆不定。他行千里路，经历过荣耀与不幸，担任过太守，也曾经是阶下囚，从中国的最西北到中国的最南端，从寒冷气候带到海南岛的热带气候。

1079年，他甚至因为"欺君之罪"的罪名而坐牢一百三十天。他走出御史台监狱的时候，已经四十三岁，这一年，他被流放到黄州，即湖北的一个小城市，在那里他开始了新生活。

没有职务，也没有薪水，他成了农民，需要养家糊口。他找了一块坡地开垦，这块坡地被他称为"东坡"。这就是苏轼作为"苏东坡"的来历。在千年来的时光中，百姓更喜欢称呼他"东坡居士"。

大春秋（节选）

# 【一】豪放

联合国曾经评出一百个影响世界的名人，苏东坡是其中唯一的中国人。

中国文化史上，李白是诗仙，杜甫是诗圣，只有苏东坡被称为文豪，他是古今第一文豪。

说到文豪，我们能想到谁呢？荷马、但丁、歌德、莎士比亚、雨果、托尔斯泰、巴尔扎克、博尔赫斯。在中国，我们最先想到的，应该就是苏东坡。

美国西华盛顿大学东亚文化研究中心教授唐凯琳说："接触了苏东坡的文章之后，我被他的那种自由自在、想象丰富的思想所吸引。"唐凯琳认为，诞生于中国的宋代文学家苏轼，如今是西方汉学家们探讨最多的中国重要人物之一，他留下的文化遗产已成为全世界人民共同的精神财富。

文豪，首先在于苏东坡的广博。诗词文书画，苏东坡无所不能，以词论，他与辛弃疾并称"苏辛"，以文论，他与欧阳修并称"苏欧"，以书法而论，他与黄庭坚并称"苏黄"。

苏东坡仁慈慷慨，光明磊落，浪漫开明，单纯真挚，快乐欢愉，无忧无惧。他去世后大约一百年间，无数的文人为他立传，只有自由驰骋、无拘无束的灵魂才能够享受到他那份纯真。

如果说有宋一朝是中国文明的一座高峰，那么毫无疑问，苏东坡是中国文明的高峰中的高峰。

1061年，二十四岁的苏东坡被任命为大理评事，签书凤翔府判官。他写出了《和子由渑池怀旧》：

> 人生到处知何似，应似飞鸿踏雪泥。
> 泥上偶然留指爪，鸿飞那复计东西。
> 老僧已死成新塔，坏壁无由见旧题。
> 往日崎岖还记否，路长人困蹇驴嘶。

文豪，其次在于苏东坡的文风。他具有非凡的天分，敢于破除一切语言和体制的障碍，这种勇往直前的精神，又体现为其诗词文的豪放。

关于苏词的总体风格，在苏轼生前，论说甚多，见仁见智，有"清丽舒徐"（张炎《词源·杂论》）、"韶秀"（周济《介存斋论词杂著》）、"清雄"（王鹏运《半塘遗稿》）等多种说法。

绍兴辛未（1151 年），也就是苏轼辞世的半个世纪左右，"豪放"一词始流行。最有影响的当数豪放说，始见于曾慥跋《东坡词拾遗》："豪放风流，不可及也。"

明代张綖在《诗余图谱》中坚定论述："苏子瞻之作，多是豪放。"清代郭麟有言："（词）至东坡，以横绝一世之才，凌厉一代之气，间作倚声，意若不屑，雄词高唱，别为一宗。"（《灵芬馆词话》卷一）蒋兆兰也说："自东坡以浩瀚之气引之，遂开豪放一派。"（《词说》）

苏词之豪放精神首先体现在追求一种奔放不羁、纵情放笔、适性作词的创作境界，恰如他在《晁错论》所述："古之成大事者，不惟有超世之才，亦须有坚忍不拔之志。"

在词的创作中，苏轼一任性情，或者说"气"的抒发，因此其词体现出的风格形式难免与传统观念——诗庄词媚——相左。苏词的豪放并不在于其内容有多少豪壮的成分，而在于它能超越固有观念，从而直抒胸臆，自诉怀抱，能"新天下耳目"（王灼《碧鸡漫志》卷二）。

> 明月几时有，把酒问青天。
> 不知天上宫阙，今夕是何年。
> 我欲乘风归去，又恐琼楼玉宇，高处不胜寒。
> 起舞弄清影，何似在人间。
> 转朱阁，低绮户，照无眠。
> 不应有恨，何事长向别时圆？
> 人有悲欢离合，月有阴晴圆缺，此事古难全。
> 但愿人长久，千里共婵娟。
>
> ——苏轼《水调歌头》

大春秋（节选）

莫听穿林打叶声，何妨吟啸且徐行。

竹杖芒鞋轻胜马，谁怕？一蓑烟雨任平生。

料峭春风吹酒醒，微冷，山头斜照却相迎。

回首向来萧瑟处，归去，也无风雨也无晴。

——苏轼《定风波》

苏词豪放精神的另一个方面是海纳百川、冲决一切、淋漓直泻的气势。这一点，陆游在《御选历代诗余》的注解最为形象："试取东坡诸乐府歌之，曲终，觉天风海雨逼人。"

苏词的豪放精神不同于后来的某些豪放派词人，像陈亮、刘过等人，他们作品中的豪放气息过于粗豪浅易，且缺乏内敛少余韵，而我们读苏词除感受到"天风海雨"般气势外，还能深刻地体会到苏轼至真至浓、至深至广的人情味道，或曰"情味"——苏词的豪放精神如果没有这种情味，那其艺术感染效果必然大打折扣。

他写给妻子的词《江城子》："十年生死两茫茫，不思量，自难忘。千里孤坟，无处话凄凉。纵使相逢应不识，尘满面，鬓如霜。"一片深情缠绵。

他写送别词《临江仙·送钱穆父》。这首词是在宋哲宗元祐六年（1091年）春苏轼知杭州（今属浙江）时为送别自越州（今浙江绍兴北）徙知瀛洲（治今河北河间）途经杭州的老友钱勰（穆父）而作。当时苏轼也将要离开杭州。

一别都门三改火，天涯踏尽红尘。依然一笑作春温。

无波真古井，有节是秋筠。

惆怅孤帆连夜发，送行淡月微云。尊前不用翠眉颦。

人生如逆旅，我亦是行人。

这首词一改以往送别诗词缠绵感伤、哀怨愁苦或慷慨悲凉的格调。苏轼评吴道子的画说："出新意于法度之中，寄妙理于豪放之外。"这首道别词里，苏东坡宛如立在纸面之上，议论风生，直抒性情，写得既有情韵，又富理趣。这种旷达洒脱的个性风貌，恰恰是苏东坡的豪放之处。

苏轼之情又是一种超越平常人的天才之情，旷达之情、豪放之情，因此在表达这种高情时，苏轼作词便如李白作诗，天才横放，纵笔挥洒，自然流露而又无具体规范可循。这样一来，东坡词就成为抒发其人生豪情的"陶写之具"，我自为之，横放杰出，"自是曲子中缚不住者"（《苕溪渔隐丛话后集》卷33引晁补之语）。

苏词的豪放，可谓从心所欲不逾矩，在艺术规律的容许之下，让创造力充分自由地活动，既如行云流水般自在活泼，同时又很严谨地"行于所当行，止于所不可不止"。钱锺书说，李白之后，古代大约没有人赶得上苏轼这种"豪放"。

苏东坡曾经用八个字来概括自己，或者说要求自己："生、死、穷、达，不易其操。"今天，我们敬慕他的豪放，首先要理解他的豪放。这种豪放，不是一种完全无底线的无拘无束，而是一种有操守，有坚持，有定力、能力、魄力的放达。

## 【二】博喻

苏子诗词的一大特色，莫过于比喻的丰富、新鲜和贴切：用一连串五花八门的形象来表达一件事物的一个方面或一种状态。汪师韩《苏诗选评笺释》："用譬喻入文，是轼所长。"

《百步洪》就是公认的反映他这一特色的杰作：

> 长洪斗落生跳波，
> 轻舟南下如投梭。
> 水师绝叫凫雁起，
> 乱石一线争磋磨。
> 有如兔走鹰隼落，
> 骏马下注千丈坡。
> 断弦离柱箭脱手，
> 飞电过隙珠翻荷。

四山眩转风掠耳,
但见流沫生千涡。
险中得乐虽一快,
何异水伯夸秋河。
我生乘化日夜逝,
坐觉一念逾新罗。
纷纷争夺醉梦里,
岂信荆棘埋铜驼。
觉来俯仰失千劫,
回视此水殊委蛇。
君看岸边苍石上,
古来篙眼如蜂窠。
但应此心无所住,
造物虽驶如余何!
回船上马各归去,
多言谄谄师所呵。

这首古风作于元丰元年(1078年),苏轼当时官知徐州军事,其中赋百步洪的部分是历来最为人所称赞的。诗在起首用了"轻舟南下如投梭"这个比喻后,在接下来的四句中,接连用了七个比喻,把长洪斗落奔流直下的声势、速度不断地以新的面目提供给读者,使人目不暇接。博喻其实是散文修辞概念,因为文章中不避"若""像"一类字,而诗中往往忌讳用词与句式的雷同。在宋朝,苏轼在很大程度上打破了诗与文的界限,以散文笔法作诗,使人耳目一新。

苏轼善于设譬,不仅从这首诗得以体现,他的很多诗都以比喻精切而令人刮目。如《石鼓歌》中,他这样写石鼓:"模糊半已隐瘢胝,诘曲犹能辨跟肘。娟娟缺月隐云雾,濯濯嘉禾秀稂莠。"以四个比喻,写石鼓文奇特形状的字体。

又如《读孟郊诗》中这几句:"孤芳擢荒秽,苦语余诗骚。水清石凿凿,湍激不受篙。初如食小鱼,所得不偿劳。又似煮彭越,竟日嚼空螯。"集中表现了孟郊诗"寒"的特征。这些比喻,都从各个方面描写，没有重叠烦琐的弊病。

苏轼的诗词文在西方影响深远。20世纪30年代，英国人李高洁出版了《苏东坡文轩》，翻译苏轼的十六篇名作及前后《赤壁赋》、《喜雨亭记》，也包括苏轼生平、作品和文化背景的简介。

曾经任职英国驻福州领事馆的韦纳先生为此书作序。他在序言中说："本书的读者，一定会惊艳到当年济慈初读贾浦曼译荷马的那种惊喜的感觉。"

## 【三】瞬息

苏轼散文中，特别善于把握生活、生命中一个瞬间的感受、领悟，用极轻快的笔调写出，为人世间留下种种欣悦的飘忽一瞬。

那是元丰五年（1082年）七月十六仲夏之夜，苏轼和同乡道人杨世昌，舟行江面之上，见明月出东山，白雾笼大江。苏轼发思古之幽情，写下前赤壁赋。三个月之后，又写下后赤壁赋。现录前赋如下。

壬戌之秋，七月既望，苏子与客泛舟游于赤壁之下。清风徐来，水波不兴。举酒属客，诵明月之诗，歌窈窕之章。少焉，月出于东山之上，徘徊于斗牛之间。白露横江，水光接天。纵一苇之所如，凌万顷之茫然。浩浩乎如冯虚御风，而不知其所止；飘飘乎如遗世独立，羽化而登仙。

于是饮酒乐甚，扣舷而歌之。歌曰："桂棹兮兰桨，击空明兮溯流光。渺渺兮予怀，望美人兮天一方。"客有吹洞箫者，倚歌而和之。其声呜呜然，如怨如慕，如泣如诉；余音袅袅，不绝如缕。舞幽壑之潜蛟，泣孤舟之嫠妇。

苏子愀然，正襟危坐，而问客曰："何为其然也？"客曰："'月明星稀，乌鹊南飞。'此非曹孟德之诗乎？西望夏口，东望武昌，山川相缪，郁乎苍苍，此非孟德之困于周郎者乎？方其破荆州，下江陵，顺流而东也，舳舻千里，旌旗蔽空，酾酒临江，横槊赋诗，固一世之雄也，而今安在哉？况吾与子渔樵于江渚之上，侣鱼虾而友麋鹿，驾一叶之扁舟，举匏樽以相属。寄蜉蝣于天地，渺沧海之一粟。哀吾生之须臾，羡长江之无穷。挟飞仙以遨游，抱明月而长终。知不可乎骤得，托遗响于悲风。"

苏子曰："客亦知夫水与月乎？逝者如斯，而未尝往也；盈虚者如彼，而卒莫消长也。盖将自其变者而观之，则天地曾不能以一瞬；自其不变者而观之，则物与我皆无尽也，而又何羡乎！且夫天地之间，物各有主，苟非吾之所有，虽一毫而莫取。惟江上之清风，与山间之明月，耳得之而为声，目遇之而成色，取之无禁，用之不竭。是造物者之无尽藏也，而吾与子之所共适。"

客喜而笑，洗盏更酌。肴核既尽，杯盘狼籍。相与枕藉乎舟中，不知东方之既白。

宋朝唐庚《唐子西文录》：东坡《赤壁》二赋，一洗万古，欲仿佛其一语，毕世不可得也。罗大经《鹤林玉露》：东坡步骤太史公者也。谢枋得《文章规范》：非超然之才、绝伦之识不能为也。

元朝方回《追和东坡先生亲笔陈季常见过三首》：前后赤壁赋，悲歌惨江风。江山元不改，在公神游中。明代的茅坤甚至感喟：予尝谓东坡文章仙也，读此二赋。令人有遗世之想。

对瞬息的准确把握，对深思的精致描述，让前后赤壁赋成为千古绝唱，这两阕词，奠定了苏轼作为文豪的江湖地位。

转过年来，苏轼还写有一篇短短的月下游记《记承天寺夜游》，同样是瞬息间快乐动人的描述，所记只是刹那间一点儿飘忽之感而已，因其即兴偶感之美，成为散文名作。

苏轼主张在写作上，内容决定外在形式，也就是说一个人作品的风格只是他精神的自然流露。若打算写出宁静欣悦，必须先有此宁静欣悦的心境。唯此，一瞬方能成就永恒。

"风月不死，先生不亡也。"

清代吴楚材、吴调侯《古文观止》所言，正是我们今天对苏轼的致敬。

谈到苏轼，不能不谈谈他所在的宋朝。有宋一朝是公元9世纪中叶在中原和南方建立的一个以汉族为主体的封建王朝。从建隆元年（960年）周殿前都检点赵匡胤陈桥兵变，废周称帝，到靖康二年（1127年）金兵俘虏徽宗、钦宗二帝北去，其间共一百六十八年，历九帝，因定都于东京开封，史称北宋。从当年五月，康王赵构即帝位于南京，改元建炎，重建宋王朝，到祥兴二年（1279年）元朝水军进陷南海崖山（今广东新会南海），陆秀夫抱幼帝赵昺投海而死，其间一百五十二年，亦历九帝，因迁都临安，史称南宋。

我们知道，宋朝立国三百余年，虽然遭遇两度倾覆，但是皆缘于外患，是中华民族历史上唯一没有亡于内乱的王朝，西方与日本史学界中认为宋朝是中国历史上的文艺复兴与经济革命的学者不在少数。陈寅恪言："华夏民族之文化，历数千载之演进，造极于赵宋之世。"

两宋共三百二十年，在中国文明史上书写了光彩夺目的篇章。正是在这样文化的高峰中，造就了苏东坡作为"高峰上的高峰"的前提。

日本文人对东坡十分崇敬，甚至在东坡游览赤壁的时间，举行拟赤壁游会。享和二年壬戌（1802年）前后，出现过以宽政三博士和柴野栗山（1736—1807年）为中心的赤壁游会。柴野栗山是"东坡癖"。"柴野栗山常钦慕苏公，每岁十月之望，置酒会客，以拟赤壁游。"江户时代的人不只是欣赏绘画中的赤壁游，而且把日本某地方当作"东坡赤壁"，造出东坡赤壁的气氛，在那里泛舟，亲身体验赤壁游。

文久二年（1862年）的壬戌七月既望，天下开始大乱，即使在这样的社会环境中，也有热心赤壁游、欣赏赤壁游的风流人物，在游船上开茶会，乘船体验《赤壁赋》的境界。其欣赏方式是唱和诗文。唱和的方法有几种，如用《赤壁赋》的一句大家分韵作诗；全部用《赤壁赋》中字作"集字诗"；甚至把《赤壁赋》中的句子放在句首。他们在自己的诗文中常说："我们虽然没有在赤壁夜半泛舟赏月的机会，但是良友聚会，一起喝酒，欣赏美丽风景，在日本也完全可以欣赏东坡赤壁游之境界。"

在明治、大正时代（1912—1926年），长尾雨山（1864—1942年）和富冈铁斋（1836—1924年）是"东坡迷"文人的代表。长尾雨山的赤壁会就是最盛大的"摹拟东坡赤壁游"。他收集了大量的有关赤壁的画和其它有关东坡的东西，都摆在赤壁会的每个会场里，"怀念永垂不朽的伟大高尚人物东坡先生"。

在东坡生日（十二月十九日）那天，举行寿苏会，这是长尾雨山、富冈铁斋独创的。他们收集有关东坡的书、画、文具、古董等东西，摆在寿苏会的会场里。他们于 1916 年、1917 年、1918 年、1920 年、1937 年分别开过五次"寿苏会"，他们还把在寿苏会上所作的诗文编成寿苏集。

1922 年 9 月 7 日，东坡《赤壁赋》作后的第十四个"壬戌既望"，这些敬慕苏轼的日本文人甚至模仿苏轼，广纳好友，举办"赤壁会"，隔着日本海，穿越时间和空间，向苏轼致敬。

## 【四】信笔

宋代的四大书法家，"苏黄米蔡"，排名第一的就是苏轼。苏轼的书法，后人赞誉颇高。最有发言权的莫过于黄庭坚，他在《山谷集》里说："本朝善书者，自当推（苏）为第一。"

苏轼则自称："吾书虽不甚佳，然出自新意，不践古人，是一快也。"

他曾经遍学晋、唐、五代的各位名家之长，再将王僧虔、徐浩、李邕、颜真卿、杨凝式等名家的创作风格融会贯通后自成一家。

苏书给人第一直观感就是丰腴，以胖为美。赵孟頫评苏轼的书法是"黑熊当道，森然可怖"。黄庭坚也认为苏轼书法用墨过丰。正因如此，在苏轼的书法中，极少看到枯笔、飞白，而是字字丰润。如《次辩才韵诗帖》。

但这只是表象，苏轼的作品表面看起来是很随意，看起来很柔软，可是他的刚硬都在里面。

这柔中带刚，来自苏轼一生坎坷——致使他的书法风格跌宕。所以黄庭坚称他："早年用笔精到，不及老大渐近自然。"

例如《黄州寒食诗帖》，写于宋元丰五年（1082 年），当时苏轼因"乌台诗案"被贬至黄州，生活上的穷困潦倒和政治上的失意，让他感到落寞无比，于是在黄州第三年的寒食节，写下了两首五言诗：

一曰：

自我来黄州，已过三寒食，
年年欲惜春，春去不容惜。
今年又苦雨，两月秋萧瑟。
卧闻海棠花，泥污燕支雪。
暗中偷负去，夜半真有力。
何殊病少年，病起须已白。

二曰：

春江欲入户，雨势来不已。
小屋如渔舟，蒙蒙水云里。
空庖煮寒菜，破灶烧湿苇。
那知是寒食，但见乌衔纸。
君门深九重，坟墓在万里。
也拟哭涂穷，死灰吹不起。

书写此卷的时间大约在翌年。其诗苍劲沉郁，饱含着生活凄苦、心境悲凉的感伤，富有强烈的感染力。其书也正是在这种心情和境况下有感而出的，故通篇起伏跌宕，迅疾而稳健，痛快淋漓，一气呵成。苏轼将诗句心境情感的变化，寓于点画线条的变化中，或正锋，或侧锋，转换多变，顺手断联，浑然天成。其结字亦奇，或大或小，或疏或密，有轻有重，有宽有窄，参差错落，恣肆奇崛，变化万千。笔酣墨饱，神充气足，恣肆跌宕，飞扬飘洒，巧妙地将诗情、画意、书境三者融为一体，体现了苏轼"我书意造本无法，点画信手烦推求"的创作状态。难怪黄庭坚叹曰："试使东坡复为之，未必及此。"

苏轼"无意为书家"的书法作品，其信笔处往往是情在胸中、意在笔下、心手相畅的结果。其酣畅淋漓表现出来的"烂漫"，清代书法家包世臣认为，"在东坡，病处亦觉其妍，但恐学者未得其妍，先受其病"。正所谓东坡信笔处，在在藏乾坤。

## 【五】戏墨

2018 年 11 月 26 日晚，苏轼水墨画《木石图》在香港佳士得专场拍卖中，以 4.636 亿港币拍出，约合人民币 4.112 亿元。

该画作画面内容很简单，是一株枯木状如鹿角，一具怪石形如蜗牛，怪石后伸出星点矮竹。用笔看似疏野草草，不求形似，其实行笔的轻重缓急、盘根错节，都流露出苏轼画作很深的写意功底。

苏轼自幼年即仰慕吴道子，他在黄州那些年，一直致力于绘画。苏画是典型的文人画，重写意，主张将艺术家主观印象表达出来，所谓"论画以形似，见与儿童邻"。在评论一个写意派画家宋子房时，苏轼说："观士人画如阅天下马，取其意气所到。乃若画工往往只取鞭策皮毛、槽枥刍秣，无一点俊发，看数尺许便倦。"

关于绘画要突出其中意理，苏轼在很多文章都有论述。

《净因院画记》：

余尝论画，以为人禽宫室器用皆有常形，至于山石竹木，水波烟云，虽无常形，而有常理。常形之失，人皆知之。常理之不当，虽晓画者有不知。

《宝绘堂记》：

君子可以寓意于物，而不可以留意于物。寓意于物，虽微物足以为乐，虽尤物不足以为病。留意于物，虽微物足以为病，虽尤物不足以为乐。

《文与可画筼筜谷偃竹记》：

竹之始生，一寸之萌耳，而节叶具焉。自蜩腹蛇蚹以至于剑拔十寻者，生而有之也。今画者乃节节而为之，叶叶而累之，岂复有竹乎！故画竹必先得成竹于胸中，执笔熟视，乃见其所欲画者，急起从之，振笔直遂，以追其所见，如兔起鹘落，少纵则逝矣。

《传神记》：

吾尝见僧惟真画曾鲁公，初不甚似。一日，往见公，归而喜甚，曰：“吾得之矣。”乃于眉后加三纹，隐约可见，作俯首仰视眉扬而额蹙者，遂大似。

法国作家克劳德·罗伊（Claude Roy）于1994年写了一本关于苏东坡的书，里面介绍了1092年苏东坡和他的一个学生米芾（永州太守）比赛的故事。克劳德·罗伊这样写道：“人们准备了两张桌子、三百张最好的纸、美酒和小吃。两名仆人负责磨墨。他们只需要安心比赛。苏东坡和米芾选择了永远不会厌倦的主题：竹子。苏东坡喝了一点酒。等到天色变暗。夜晚来临的时候，三百张纸全部画完。”

宁可食无肉，不可居无竹。这是苏轼的诗，也是他的信念和追求。

在宋代，欧阳修、王安石都确立了文人画论的主调，但在苏东坡手上，文人画的理论才臻于完善。他放弃形似，强调精神的表达，认为：“论画以形似，见与儿童邻。”在艺术风格上，“萧散简远”“简古淡泊”，被苏东坡视为一生追求的美学理想。千年之后，我们依然可以从古文运动的质朴深邃，宋代山水的宁静幽远，以及宋瓷的洁净高华中，体会那个朝代的丰赡与光泽。

这是一场观念革命，影响了此后中国艺术一千年。

徐复观说：“以苏东坡在文人中的崇高地位，又兼能知画作画，他把王维推崇到吴道子的上面去，岂有不发生重大影响之理？”

文人画固然一脉相承，但在每一个世纪里都有不同的表现。在11至12世纪，李公麟以春蚕吐丝般的细线所表达出的古意；米芾以平淡含蓄的烟云世界与世俗对抗；米芾的公子米友仁是一个可以画空气的画家，在他的笔下，空气有了密度和质感，与宋纸的纹路摩擦浸润，产生了一种迷幻的效果。而在之前若干个世纪的绘画中，空气是完全透明的或者说是不存在的，画家的视线，更多地被事物本身的形状所控制。

尽管“文人画”始终没有一个明确可行的定义，苏东坡的论述也是零散、随意的，但它作为一种观念，已经深深地沁入千年的画卷中，

大春秋（节选）

提醒画家不断追问艺术的最终本质。后世的艺术评论家把它概括为"永远的前卫精神","认为这个前卫传统之存在,无可怀疑的是中国绘画之历史发展中一个十分重要的动力根源"。

驸马都尉王诜请善画人物的李公麟,创作一幅传世之作《西园雅集图》,讲述当时文人的雅集。这幅画的画面上,有主人王诜,有客人苏轼、苏辙、黄鲁直、秦观、李公麟、米芾、蔡襄、李之仪、郑靖老、张耒、王钦臣、刘泾、晁补之,以及圆通和尚、陈碧虚道士。主友十六人,加上侍女、书童,共二十二人。

松桧梧竹,小桥流水,极园林之胜。宾主风雅,或写诗、或作画、或题石、或拨阮、或看书、或说经,极宴游之乐。李公麟以他创造的白描手法,用写实的方式,描绘当时十六位社会名流,在驸马都尉王诜府邸做客聚会的情景。画中,这些文人雅士风云际会,挥毫用墨,吟诗赋词,抚琴唱和,打坐问禅,衣着得体,动静自然,书童侍女,举止斯文,落落大方。不仅表现出不同阶层人物的共同特点,还画出了尊卑贵贱不同人物的个性和情态。

米芾为此图作记,即《西园雅集图记》:

> 水石潺湲,风竹相吞,炉烟方袅,草木自馨。人间清旷之乐,不过如此。嗟呼!汹涌于名利之域而不知退者,岂易得此哉。

有评论家曾将苏东坡的艺术称赞为具有印象派色彩的艺术观念。这样算来,苏东坡在绘画上的创新特质和革命精神,比西方领先了整整八个世纪。直到 19 世纪中后期,西方艺术才开始逐渐在塞尚、凡·高、高更、马蒂斯、毕加索那里,脱离科学的视觉领域,转向内心的真实性。他们不再对科学的透视法亦步亦趋,而是重视自己内心的感觉,从而为西方开启了主观艺术的大门,印象派、野兽派、立体派、未来派等艺术派别应运而生。

苏东坡所领导的这场艺术革命,与宋代文化的内向型发展有关。唐的气质是向外的、张扬的,而宋的气质则是向内的、收敛的——与此相对应,宋代的版图也是收缩的、内敛的,不再有唐代的辐射性、包容性。

唐朝的版图可以称作"天下"，但宋朝的版图只能说"中原"，北宋亡后，连中原也丢了，变成江南小朝廷，成为与辽、西夏、金并立的列国之一。

今年是长安建都一千四百年。一千四百年前也就是公元618年的大唐王朝，那一天是那一年的端午节，唐玄宗李隆基将唐都建立于隋代大兴城基础上兴建而成的长安。

一千余年后，20世纪70年代的某一天，日本作家池田大作见到英国历史学家汤因比，两位风云人物抵膝畅谈。池田大作问道："假如给你一次机会，你愿意生活在中国这五千年漫长历史中的哪个朝代？"汤因比毫不犹豫地回答："要是出现这种可能性的话，我会选择唐代。"池田大作哈哈大笑："那么，你首选的居住之地，必定是长安了！"

这时的长安，是世界的中心，是中国精神的文化符号。开放的胸怀、开明的风尚、包容的气度，纵使今天的美国纽约、日本东京、英国伦敦、法国巴黎，都无法与之比肩。

没有唐一代的恢弘，就没有宋一代的深沉。如果说唐朝推动中国向广度延展，宋朝则推动中国向深度夯实。

# 【六】佛老

宋代的佛教思想很盛行，苏轼的母亲程氏就信佛，苏轼本人对佛家思想也有一定程度的接受。当时的士人、诗人多有僧人朋友，所谓"宰官多结空门友"（杨亿语），苏轼的朋友中比如佛印、惠崇、参寥子等都是出家人，他们在苏轼的人格构建上也起了一定影响。

在黄州半监禁的时候，苏轼开始深入地钻研佛学，作为排遣苦闷的精神武器，以后的作品也就比较多地染上了佛家思想的色彩。

苏轼在《黄州安国寺记》中自白：到黄州后"归诚佛僧"，"间一二日辄往（安国寺）焚香默坐，深自省察，则物我相忘，身心皆空，求罪始所从生而不可得。……且往而暮还者，五年于此矣。"当然他这并不是真的"痛改前非""归诚佛僧"，事实上，苏轼一生都没有陷入宗教迷狂，一直以理性的态度对待宗教。他焚香安国寺，主要是将

"佛为我用",是为了达到"期于静","物我相忘","解烦释愦"和修炼自身道德品性的目的。

道,有两重含义,一为道家思想,二为道教,二者既有联系又互相区别,是一个复杂的问题,简单说,道教是宗教,追求长生、成仙;道家是哲学思想。苏轼八岁入小学时即以道士张易简为师;自幼喜读《老子》《庄子》,曾云:"吾昔有见于中,口未能言,今见《庄子》,得吾心矣。"(苏辙《亡兄子瞻墓志铭》)有人统计过,苏轼的文集中引用《庄子》的地方达到一千多处。苏轼从道家这种讲全生避害的哲学中汲取了养料,但并不消极逃避,同佛家思想一样,只是为我所用,而不拘牵。

在贬谪黄州期间,佛老思想成为苏轼在政治逆境中的主要处世哲学。佛老思想是中国的士大夫们应对贬谪的哲学武器,大凡士大夫遭贬,都用以排遣。佛老思想以清净无为、超然物外为旨归,但在苏轼身上起了复杂的作用:一方面,他把生死、是非、毁誉、得失看作毫无差别的东西;另一方面又帮助他观察问题更通达了,在一种旷达的态度背后,坚持对人生、对美好事物的执着与追求。

宋徽宗即位后,苏轼相继被调为廉州安置、舒州团练副使、永州安置。元符三年(1100年)四月,朝廷颁行大赦,苏轼复任朝奉郎。

北归途中,苏轼于建中靖国元年七月二十八(1101年8月24日)在常州(今属江苏)逝世。这一年,他六十四岁。苏轼留下遗嘱葬汝州郏城(今河南郏县)钧台乡上瑞里。次年,其子苏过遵嘱将父亲灵柩运至郏城县安葬。

据说,最后陪伴苏轼的,除了他的家人之外,还有一位他的好朋友维琳方丈。大和尚建议他在不多的日子里,多念念佛经。苏东坡笑了,这些年,他见过了太多的大德高僧,但是,他们最后都不免一死的结局。鸠摩罗什也不免一死,对吗?公元4世纪,鸠摩罗什从印度来到中国,将三百本佛经译为中文,然而,他也不免一死。

——想想来世吧!("端明宜勿忘西方")维琳方丈建议苏东坡说。

——西天也许存在，不过到了那里又能怎么样呢？苏东坡说。

——这个时候，你不妨试试看。维琳方丈建议。

——试，就不对了。

这是苏轼留给维琳方丈的最后一句话，也是他留给世界的最后一句话。在他看来，西方的极乐世界跟自己的现状不是脱节的。两周前，他写信给维琳方丈说："岭南万里不能死，而归宿田野遂有不起之忧，岂非命也夫。然生死亦细故尔，无足道者。"

> 回首向来萧瑟处，
> 归去，
> 也无风雨也无晴。

现在，我们重读苏东坡的这句词，是否心中有别样的感伤、忧思？

苏东坡的这首词写于公元1082年，也就是宋神宗元丰五年的春季。三年前，苏轼因"乌台诗案"被贬为黄州（今湖北黄冈）团练副使。三月七日，苏轼与友人出游，在沙湖道上，风雨忽至。拿着雨具的仆人先前离开了，同行的友人都进退困难深感狼狈，只有苏轼毫不在乎，泰然处之，吟咏自若，缓步而行。过了一会儿天晴了，于是写下一首词《定风波·莫听穿林打叶声》。

1101年三月，苏轼由虔州出发，经南昌、当涂、金陵，五月抵达真州（今江苏仪征），六月经润州拟到常州居住。此时，他仿佛预感到自己的生命已经走到尾声，在真州游金山龙游寺时作《自题金山画像》。

> 心似已灰之木，
> 身如不系之舟。
> 问汝平生功业，
> 黄州惠州儋州。

这样一份萧瑟之中的云淡风轻、风雨之中的光明朗照，不为世事所累的大从容、大自由，只有那些纵使被整个世界放逐却永远不自我放逐的人，才能够领悟。

## 【七】手足

苏轼和苏辙关系很好，两兄弟不论在什么地方、什么环境，都挂念着对方。兄弟二人在人生的旅途中，诗文酬唱寄赠很频繁。据不完全统计，如果不包括文章书信的话，两人仅诗词唱和就近两百首。

苏轼中秋怀人之作，大多是为苏辙所作，其中《水调歌头·明月几时有》是千古绝唱。"但愿人长久，千里共婵娟"，将手足之怜念，离别之伤感，人生宇宙之哲理写成极品。更有人说："中秋词，自东坡《水调歌头》一出，余词尽废。"兄唱弟随，在苏轼写了《明月几时有》的第二年，兄弟二人在徐州相聚，苏辙也写了一首《水调歌头·徐州中秋》回赠其兄，写欢聚的喜悦和即将离别的伤感。

> 离别一何久，七度过中秋。
> 去年东武今夕，明月不胜愁。
> 岂意彭城山下，同泛清河古汴，船上载凉州。
> 鼓吹助清赏，鸿雁起汀洲。
> 坐中客，翠羽帔，紫绮裘。
> 素娥无赖，西去曾不为人留。
> 今夜清尊对客，明夜孤帆水驿，依旧照离忧。
> 但恐同王粲，相对永登楼。

兄弟二人志趣相投，都以文章名天下。苏辙说："少年喜为文，兄弟俱有名。世人不妄言，知我不如兄。"（《题东坡遗墨卷后一首》）苏轼则说："子由之文实胜朴，而世俗不知，乃以为不如。其为人深不愿人知之，其文如其为人，故汪洋淡泊，有一唱三叹之声，而其秀杰之气，终不可没。"（《答张文潜书》）

在仕途上，兄弟二人大道相同，进退一致。苏轼恃才傲物，不合时宜。苏辙恭谨内敛，深沉稳重。苏轼一生数迁，一次牢狱之灾，数次贬官远地。苏辙多次为兄补台，一生基本平稳，曾官至副宰相。

公元1079年，因乌台诗案，苏东坡罹祸下狱，被关入御史台的监狱，走出已是漫天飞雪，在这里他被关押了一百三十天。这期间，苏辙倾其所有，上下打点。苏辙呈上去的《为兄轼下狱上书》这份奏折，不断地为兄长做无罪辩护。这篇文章，字字惨淡经营，堪比李密的《陈情表》。苏辙说："子瞻何罪？独以名太高。"也因为这一文章，苏东坡幸运地保住了性命，最终被发配黄州，这是心高气盛的苏东坡在人生中第一次遭遇如此大的落差，在黄州，没有人理解他，他给朋友写信，但是都如同石沉大海。苏辙与兄同遭惩治，被贬官外放。之后，苏辙升官至尚书右丞，而苏轼又遭人排挤，心灰意冷，祈求外任。苏辙因此也连上四札，同乞外任，以追陪兄长左右。

公元1097年，苏轼被贬谪到海南儋州，苏辙被贬谪到广东雷州。五月十一日，两人相约于广西藤州见面，这一年，苏轼六十岁，苏辙五十八岁。相处一个月后，六月十一日，兄弟二人分手，从此作别，直至苏轼五年后病殁常州，再无缘相见。苏轼去世前，因为见不到苏辙而大憾大恸，苏辙接到噩耗则"号乎不闻，泣血至地"。苏轼去世后，苏辙安葬兄嫂，照顾两家家小，史称"二苏两房大小近百余口聚居"。

苏轼去世后，苏辙满怀深情地怀念兄长："我初从公，赖以有知。抚我则兄，诲我则师。"（《亡兄子瞻端明墓志铭》）《宋史·苏辙传》中也说："辙与兄进退出处，无不相同，患难之中，友爱弥笃，无少怨尤，近古罕见。"兄弟二人就是这样互相推重，互引为知己。

在御史台的监狱里，苏轼给苏辙写了一首诗，在这里真实地表达了他对苏辙的手足之情：

> 是处青山可埋骨，
> 他年夜雨独伤神。
> 与君世世为兄弟，
> 更结来生未了因。

如此深情，令人感伤不已。

# 【八】涅槃

苏东坡是一个生活家，他爱玩、爱吃、爱旅游、爱交友，无所不爱，纵使在最艰难、潦倒之时。

他一次次遭遇劫难，却一次次在劫难中涅槃重生，最根本的原因是他热爱生活，他的身边有一群与他同样热爱生活又同生共死的朋友和家人。

他的家庭生活很幸福，他在《次韵和王巩》六首其一中说："子还可责同元亮，妻却差贤胜敬通。"他自己加的注脚里说："仆文章虽不逮冯衍，而慷慨大节乃不愧此翁。衍逢世祖英容好士而独不遇，流离摈逐，与仆相似，而其妻妒悍甚。仆少此一事，故有胜敬通之句。"

苏轼最有名的一首悼亡词——《江城子·十年生死两茫茫》，是在第一任妻子去世十年后的一个夜晚梦到她，想到两人的隔绝，内心十分悲伤，写出了"相顾无言，惟有泪千行"的宋词名句，写出了苏轼的深情。

1093 年 8 月，苏轼第二任妻子病逝，苏轼悲恸万分写下《祭亡妻同安郡君文》，表达了对妻子的万千情感，言"泪尽目干""惟有同穴"。苏轼死后，苏辙满足了他的这一心愿，将他与第二任妻子同穴安葬。

正室贤德，小妾贴心。朝云说苏轼"一肚皮不合时宜"，足见二人心意相通。苏东坡在杭州三年，之后又官迁密州、徐州、湖州，颠沛不已，又因"乌台诗案"被贬为黄州团练副使。这期间，朝云始终紧紧相随，布衣荆钗，无怨无悔。

在苏轼六十一岁的时候，朝云去世了。苏轼很是感到悲伤，同样写了一首悼亡词：

> 马趁香微路远，沙笼月淡烟斜。
> 渡波清彻映妍华。倒绿枝寒凤挂。
> 挂凤寒枝绿倒，华妍映彻清波。
> 渡斜烟淡月笼沙。远路微香趁马。

这首宋词的题目是《西江月·咏梅》，是一首回文词，上下片用字完全一样，只不过就是改变了汉字的顺序。

苏轼自己善于做菜，也乐意自己做菜吃。林语堂说，他太太一定颇为高兴。根据记载，苏轼认为在黄州猪肉极贱，可惜"富者不肯吃，贫者不解煮"，他颇引为憾事。他告诉人一个炖猪肉的方法，极为简单。就是用很少的水煮开之后，用文火炖上数小时，当然要放酱油。这就是东坡肉。

苏轼做鱼的方法，是今日中国人所熟知的。先选一条鲤鱼，用冷水洗，擦上点儿盐，里面塞上白菜心。然后放在煎锅里，放几根小葱白，不用翻动，一直煎，半熟时，放几片生姜，再浇上一点儿咸萝卜汁和一点儿酒。快要好时，放上几片橘子皮，趁热端到桌上吃。

苏轼还发明了一种青菜汤，就叫作东坡羹。方法就是用两层锅，米饭在菜汤上蒸，同时饭菜全熟。下面的汤里有白菜、萝卜、油菜根、芥菜，下锅之前要仔细洗好，放点儿姜。在中国古时，汤里照例要放进些生米。在青菜已经煮得没有生味道之后，蒸的米饭就放入另一个漏锅里，但要留心莫使汤碰到米饭，这样蒸汽才能进得均匀。

你看，苏轼就是这样一种神奇的存在。经过他之手，普通的肉变成东坡肉，普通的汤变成东坡羹，普通的烧饼变成东坡饼，苏东坡"自笑平生为口忙"，光是以他的名字冠名的菜肴就可以摆满一桌宴席。甚至，原本普通的帽子变成了子瞻帽（乌台诗案后，苏轼用乌纱缝在帽子上，以与他人区别），原本普通的竹笠变成了苏轼竹，原本普通的西湖变成了西子湖。

点石成金，化腐朽为神奇，这是苏轼的过人之处，同时，也更显示了人们对他的喜爱。苏轼是一个感伤的人，又是一个能够化解悲伤的人，正是他这种性格，使得他始终超越苦难、保持着快乐。

他年轻的时候，喜欢喝姜茶，吃瓜子、炒蚕豆。中年的时候，他他写过一篇《老饕赋》，大意是说：世上最顶级的一顿饭，要最好的刀具、餐具、水源、柴火；最新鲜的肉、螃蟹、樱桃蜜、杏仁糕、半熟蛤蜊；最美的美女弹琴悟道；最精酿的葡萄美酒和雪花茶。这样一篇通篇讲吃的文章，我们不妨称之为《美食家赋》，然而，在文章末尾，苏轼写道："先生一笑而起，渺海阔而天高。"那么，你现在还认为苏东

大春秋（节选）

坡所写，仅仅是简单的美食吗？

苏轼请客，会自告奋勇去取他自己酿制的酒。有一次，客人饭都吃完了，他还没上来，大家都去找他，最后发现他直接醉倒在了酒窖里。

苏东坡晚年，被仇人章惇放逐到海南儋州。原因是章惇听说苏东坡在惠州待得还很惬意，气急败坏地说，那就让他去儋州吧，据说苏子瞻的"瞻"和儋州的"儋"更搭配。

在宋朝，放逐海南是仅比满门抄斩罪轻一等的处罚。他把儋州当成了自己的第二故乡，"我本儋耳氏，寄生西蜀州"。六十二岁的苏轼意识到这可能是一场生离死别，于是把身后之事，向长子苏迈做了托付，只带着小儿子苏过一人，前往儋州。朝廷对贬谪后的苏轼还有如下三条禁令：一不得食官粮，二不得住官舍，三不得签书公事。儋州市市长（军使张中）看他可怜，悄悄违抗宰相的命令，给了他一间漏水的官舍。但还是被人告发，赶了出来。没有房子，就自己盖。于是他白手起家，在山上修了一栋草屋，取名叫"槟榔庵"。

儋州古称儋耳。在北宋时期，是极为荒蛮凶险之地，古称"南荒"，"非人所居"。两父子经常热得面面相觑，像两个苦行僧。苏轼呼气吐气呼气吐气，没有吃的，他就在山里采摘苍耳和青菜熬汤。然后，他张开嘴巴朝着阳光的方向，说能解饿。

吃的问题解决了，还有一件大事，苏东坡无事可做，无书可读，便与儿子苏过抄书。在《答程全父推官六首》中他说道：

> 儿子比抄得《唐书》一部，又借得《前汉》欲抄。若了此二书，便是穷儿暴富也。呵呵。

多么超前的苏轼，我们今天在微信里常用"呵呵"这样一个词，表示开心，也表示无奈，"呵呵"，其实，这个词的发明权在苏东坡，他在儋州给朋友们写信，据说用了四十多个"呵呵"。

如此"呵呵"，其实是人生的达观和幽默。苏轼能够到处快乐满足，就是因为他持一种达观和幽默的态度。

"乌台诗案"中，妻子和儿女送苏轼出门，都大哭。苏轼回头对妻子说："你难道不能像杨朴的妻子一样，也作一首诗送给我？"

原来杨朴是位草根诗人。宋真宗泰山封禅以后，遍寻天下隐士，得知杞地人杨朴能作诗。皇上把他召来问话的时候，他自己说不会作诗。皇上问："你临来的时候有人作诗送给你吗？"

　　杨朴说："没有。只有臣的妻子作了一首诗：'更休落魄耽杯酒，且莫猖狂爱咏诗。今日捉将官里去，这回断送老头皮。'"

　　皇上大笑，放他回家，并赐给他的儿子一个官职来奉养双亲。

　　后来苏轼被贬谪到海南岛，当地无医无药，他还不忘自我调侃说："每念京师无数人丧生于医师之手，予颇自庆幸。"

　　眼花缭乱地贬谪，马不停蹄地迁移。宋代士大夫大多都有过贬谪的经历，而且多能以较坦然的态度来面对，洪迈在《容斋随笔》中的记载："见纷华盛丽，当如老人之抚节物；……遭横逆机穽，当如醉人之受骂辱。"但苏轼无疑是他们中最杰出的代表，真正做到了"扬弃悲哀"（日本学者，吉川幸次郎）。

　　苏轼在漫长而又坎坷的人生道路上，深刻品味到了命运的诡谲、官场的蹭蹬，他在人生的得意与失意的巨大落差间，仍然能够"扬弃悲哀"，构建超然自适的精神家园，恰恰是他这种适情适性的达观精神、随遇而安的襟怀，让他一次次如凤凰一般，在火中涅槃，死而复生，甚至是永远在路上，永远在人间。

# 【九】为官

　　有人将苏轼的一生活动足迹做成了地图，竟然走出了一个"中"字。换成城市分布图，可以看出苏轼一生去过大概九十座城市，可以说一生都在路上。

　　除了出生地，苏轼走过的主要的地方有十八个：栾城（祖籍地）——眉山——开封——凤翔（今宝鸡附近）——杭州——密州（今山东诸城）——徐州——湖州——黄州——宜兴——金陵（南京）——登州——颖州（今安徽阜阳）——扬州——定州——惠州——儋州（今海南岛内）——常州——郏县（归葬地）。

　　这些地方，杭州给苏轼带去了一生中最快活的时光。苏轼曾于熙宁四年（1071年）通判杭州，又于元祐四年（1089年）知杭州，共到杭州两次，前后加起来五六年，做了如下事：

——清理运河淤泥。京杭大运河与钱塘江交汇，钱塘江的水带进许多淤泥，杭州城内的运河淤泥每隔四五年就要挖一次出来，否则河床升高，影响船运。淤泥一挖出来就被堆在居民门口，脏乱不堪。

苏轼想办法把钱塘江的水先引入人口稀少的茅山运河，经过茅山运河流了三四里地，淤泥沉淀下来，再流到市中心的运河里的水就是干净的了。市中心运河的河位比茅山运河低四尺，苏轼又在余杭那里开了一条新运河，让他与西湖的水相通，这样就永久性保证了运河的水位。这套办法使得运河的水深到八尺，老百姓说这是从来没有过的事情。

——解决吃水问题。杭州人民的供水是个主要问题，在此之前，历代也想过很多办法，修建水库，把西湖的水引入城中，但是管道损害严重，居民们只能吃带咸味的水，西湖的淡水则需要花钱买。苏轼新建两个新水库，用陶瓷管代替以前的竹子管道。淡水由一个水库引向另外一个水库，这个工程建成以后，杭州居民家家都有淡水吃。

——清理西湖。苏轼第一次来杭州时，西湖上杂草丛生，淤泥阻塞的面积已经有十分之三，第二次来杭州，西湖上的淤塞已经有一半了。

苏轼非常伤心，他上表高太后，说如果再不治理，二十年以后西湖就会被野草遮蔽，而城中的居民再没有淡水可以吃。高太后一直非常支持苏轼，她立马批准并且拨钱与他。苏轼和工人费时四个月，将西湖的杂草淤泥清理干净。为了让西湖不再杂草丛生，苏轼让居民在西湖种菱角，从而发挥了西湖的食用价值。

——筑造苏堤。但是这么多的草和淤泥要运到哪里去？苏轼想到了一个办法，他把这些水草和淤泥用于在湖面筑一道长堤，这样既解决了垃圾的问题，又缩短了湖岸南北之间的距离，更留给后世一道杨柳莺莺、风景如画的苏堤。后来苏轼的政敌还因为此事弹劾他，说他为了观赏美景，劳民伤财。

——兴建三潭印月。准确地说，如今的"三潭印月"并非苏轼修建的，但却是因他而起。当年苏轼让居民在西湖种菱角，划分了一些区域，有些地方可以种，有些地方不能种。苏轼在西湖里修了三个石塔，塔以内的区域不能被菱角侵占，因为种菱角会形成淤泥，淤泥会再次阻塞西湖。明代一位县令仿苏轼把西湖的淤泥捞出来筑了一个环形堤，专门用来放生，又在湖中原苏轼建塔的附近，重新建了三个石塔。这就是"三潭印月"。

——赈济灾民。苏轼来杭州的第一年，收成不好，米价开始猛涨。苏轼颇有远见地筹米存放在仓库，以抑制米价或应付荒年。第二年5月份，暴雨开始倾泻，并且没有停止的意思。苏轼到处买米，并且写信奏请朝廷拨米给杭州。还请求朝廷同意他们用绸缎来代替大米完成每年的进贡。

苏轼深信一分预防胜过十分救济，所以他不停地呼吁买米、存米，甚至七次上表朝廷请求拨款。朝廷款是拨下来了，只是在下方官僚执行的过程中，被层层剥夺。苏轼痛心疾首、忧思甚重，他曾写信给好朋友倾诉："谁可以帮帮我？"

——建医院。苏轼在杭州当太守时，会把一些药方贴出来，让老百姓用。他吩咐搭建粥棚，为穷苦的病人煮粥，还派医生一个坊一个坊地跑，给人治病。还给无钱治病的人免费熬药。后来他在众安桥那里建了一个医院，名字叫"安乐坊"。安乐坊是中国最早的公立医院。三年之内治疗了一千多个病人。他还亲自主持配制了"圣散子"这味药，价格便宜，疗效显著，救了不少传染病人。后世也用于临床。

爱民如子，视民如伤。

苏轼在任时，经常会帮助老百姓做一些实事。有一次，有人控告一个卖扇子的欠钱不还。苏轼把几个人带回来询问。卖扇子的诉苦说："不是我不还钱，是我真的还不起，今年天老下雨，人们不需要扇子，我的扇子都卖不出去呀！"

苏轼让卖扇子的给他拿一些扇子过来，提起笔就在扇子上题字作画，花了一个小时，画了二十把扇子。然后丢给卖扇子的："拿去卖吧！"卖扇子的还没走出官衙，已经被闻讯赶来买扇子的人抢购一空了。

## 【十】担当

苏轼一生，不是被贬官，就是奔走在被贬官的路上。他在《自题金山画像》中自我品评：

心似已灰之木，身如不系之舟。

问汝平生功业，黄州惠州儋州。

苏轼写过一首《咏桧》诗："凛然相对敢相欺，直干凌空未要奇。根到九泉无曲处，岁寒惟有蛰龙知。"有人到皇帝那里告状，说这是暗喻皇帝昏庸，皇帝分明是真龙，他到地下求真龙，这不是谋逆吗？好在神宗还很明白，说这分明写的就是桧树，跟我有什么关系呢？此事最终不了了之。

每次，他写一首诗、一阕词，世间争相传颂，同时也有人争相注解，总有人从里面看出他的皮里阳秋、暗度陈仓、皮笑肉不笑的反动言论。

他到底会做官吗？如果按照官场规则来看，我认为他不会，但是如果从他爱民如子、造福一方来说，我认为他是一个好官。

不能否认，苏轼是我们今天所称的"高智商"天才。他是北宋时期（960—1127年）的中国历史中的最为杰出的"学者型官员"之一。在北宋，知识被视为权力的关键，成功和威信往往通过高级职务得以实现。根据我们的考证，他在二十岁的时候在当时京城开封参加了最难的考试（即举人考试），由皇帝亲自监考。随后，苏东坡在全部四百名举人中名列第二。

然而，他的"低情商"却让他的一生注定不识时务、不懂世故。他的一生，可以说是在两个极端里往复，飞黄腾达和倒霉透顶。飞黄腾达、倒霉透顶，是苏轼人生的两极。在这两个极端里，他的气质、性格、才华、禀赋展现得淋漓尽致。

先说他飞黄腾达的时候。

苏东坡曾在密州当知府。知府乃一州之长，是可以直接进入朝廷当宰相的大官。但密州是穷乡僻壤，苏轼到这里工资就减少一半，家里粮食也不够吃，每年还要做四件事：消灭蝗虫，赈灾救灾，捉拿盗匪，绕城拾婴。"绕城拾婴"，就是每天带着衙役在城里走一圈，把穷人家丢在路边的婴儿拾回来，搁在衙门里养着。他为此颁布一条政令：凡愿意领养弃婴的人家，可以免除三年赋税。这是在密州当知府，和百姓患难与共、休戚相关的苏轼!

徐州，本是繁华之地。可苏东坡运气不好。他到这里当知府，就遇着黄河决堤，水困徐州，满城百姓，仓皇出逃。眼看徐州人的房屋、产业将被大水冲刷，等他们回来时，都将是一无所有的乞丐了。苏轼当即表示：愿与徐州共存亡。他动员百姓留下，和自己一起抗洪。他每天身披蓑衣、手执铁铲，和青壮男子一起，开河道引水，筑河堤挡水。洪水围困徐州，整整三个多月。三个多月里，苏轼没有一天离开过抗洪工地。最终，徐州秋毫无损地度过了百年不遇的水灾。这是在巨大灾难面前，甘与百姓共生死的苏轼。

苏东坡还在定州当过知府。定州乃北宋的边陲重地。苏东坡在这里整顿军务，组织民兵，加固城墙，重铸大炮，像一个地道的军事家，建起了一道抵抗外敌入侵的防线。

苏东坡在杭州，大家都知道他疏浚运河、治理西湖，等等。但是，他在杭州建立了中国第一家官办医院"安乐坊"，免费为穷人治病疗伤，这事可能有的人并不知道。

湖州，是个水患连年之地。苏轼到这里当知府仅仅四个月，就准备好了治水方案。但这时，朝廷却派人来逮捕他。苏轼得到消息后抢在被捕之前，把治水工程布置下去。这时的苏轼，是个大难当头首先想到百姓利益的苏轼。

以上时期，苏轼在各州当行政一把手，有时还兼任各路兵马钤辖也就是军区司令，手握军政大权。这些时候，都是苏轼飞黄腾达的时候。他不仅做到了自身的清正廉明，还做到了"为官一任，造福一方"。

从两千多年前的春秋战国时期，中国就有一句流传至今的经典名言。那就是："穷则独善其身，达则兼善天下。"

所谓"达"，指的仕途顺利、手中有权。或者说生意兴隆、手中有钱；或者说声名卓著、具有影响力。有权、有钱、有名、人处于顺境，就是"发达了"。中国传统文化要求"发达"的人要"兼善天下"。就是说，当你的处境改善了，就要尽你所能，让别人、让社会、让国家民族的情况也有所改善。

"达则兼善天下"，是中国人的传统美德。不仅掌权者应该"兼善天下"，每个具有某种条件的"达人"，都应该根据自己的能力"兼善天下"。苏轼，不仅"达则兼善天下"，在他最穷困潦倒、穷途末路的时候，他依然不忘"兼善天下"。

苏轼在黄州当农民，不仅要耕田种地养活自己一家，还成立了"育儿会"也就是"孤儿院"。因黄州贫瘠，百姓穷苦，一家养活两个孩子都很困难。倘若还有第三、第四个孩子出生，这家人就会把婴儿摁在水里淹死。面对这样的残忍，苏轼带头出钱又向人募捐，让有钱人每家每年捐出一千钱作为会费，成立了中国历史上第一家"孤儿院"，挽救了许多的小生命。

苏轼被流放惠州，因其声名卓著而具有影响力。于是他设法把闹水患的沼泽地改造为西湖，又在湖上架起两座桥以方便人们往来。他还帮助当地改革纳税制度，以有利百姓。又教会农民使用新农具"秧马"种稻，以减轻辛苦、提高效率。苏轼还帮助当地严肃军纪、安定民居，解决长期存在的军民纠纷。其间，苏轼去广州待了几天，就发明了中国历史上第一管"自来水"：他用竹筒连接法，把罗浮山清泉引入城中，让广州人的饮水再也没有苦涩味。

六十二岁高龄时，苏轼被流放到海南儋州。这时他年老体衰，生活无着，语言不通，政敌们以为他必死无疑。可是，苏轼不但顽强地活了下来，还在瘟疫来袭时，说动当地开办医院。这是继杭州的官办医院"安乐坊"之后，经苏轼努力而创办的、面向百姓的、中国医疗史上的第二个官办医院。

当时的海南，是所谓的蛮夷之地，除了黎人，很少汉人踏足此地。然而，凭借自己的知识，苏轼在儋州讲学授课，传播中原文化，培养出海南岛历史上第一个进士——姜唐佐。

苏东坡在诗中写道：

沧海何曾断地脉，珠崖从此破天荒。

身为"流放犯"的苏轼，可谓"穷"到极点。但这时他不但能"独善其身"，还能够"兼善天下"。这样的苏轼，怎不让人着迷。

这位"学者型官员"表现出了实干和行动精神。在六十四年的人生中，苏轼经历了各种考验，他是诗人、词人、书法家、画家、音乐家、文学家，而且是美食家、生活家，他还是地方官、裁判官、工程师、水利专家、建筑师。

苏轼也是一千年之后我们认为的"有担当"的文学家。他的事业就是保卫贫苦人民的利益。他表达了对于平民、受苦的人以及由于欠债或者走私的在押人员的同情。他了解农民的艰难处境，了解蝗虫灾害，明白饥荒的威胁，国家垄断造成缺盐的现实。他主张延缓农民偿还债务的期限，并取得了成效。

无论身处何方，他总是保持自己的个性：有勇气、好交际、对他人仁慈、热情慷慨，冷静并且幽默、诙谐、庄重，热爱生活和家人。他对每件事都很认真。不寻求晋升，并且尽量避免晋升。

苏东坡的诗有时候也是悲情的，特别是很巧妙地表达了对子女的爱、博爱、夫妻之间的爱或者对于故乡的眷恋。

苏东坡将其父亲埋葬在眉山之后，于 1069 年回到了开封。那个时候他三十二岁，刚好度过人生一半的光阴。此后他再也没有回过四川。随着年龄的增长和知名度的提高，他不断感叹家乡四川，想念眉山。

在西方人中是什么印象呢？半个世纪以来，苏东坡的命运和作品在欧洲，特别是法国，激起了专家和"学识渊博的读者"的兴趣，他们将苏东坡视为不仅推动中国、更推动世界进步的思想家。

法国最出名的汉学家成安妮（Anne Cheng）女士曾说，苏东坡体现了"文化和道义方面的人道精神"，而这正是"极具批判精神并富有渊博学识的、不再是苛刻的评论家而更是对万物都好奇的智者"的文人所追求的精神。

还有一位法国作家、著名汉学家帕特里克·卡雷（Patrick Carré），他很喜欢苏东坡，他将苏东坡被流放到黄州时期这段经历写成小说，书名为《永垂不朽》。

正是因为这一点，苏东坡不仅是中国的，更是世界的。

## 【结　语】

如果在古代的名人中选一个作为自己的朋友，我不会选择李白，他太自负；不会选择杜甫，他太凄苦。

我们还是把范围缩短，就在宋朝这三百年里——

——我不会选赵匡胤，他纵然霸气十足，开一代江山，但是他以一己之私度天下，泯灭了一个民族的尚武精神。

——我不会选范仲淹，他廉洁，勤政，自律，博学多才，有人情味儿，终身为"和谐"这个崇高事业操劳，先天下之忧而忧，后天下之乐而乐。他慷慨悲昂的出征诗，直接为数十年后苏轼的"豪放"一脉指明了方向，连朱熹都评价他是"有史以来天地间第一流人物"，但是他所有的事业还在等待比他小四十二岁的苏轼继承和发扬。

——我不会选择王安石，尽管他刚正峭拔，擅辩论，擅演讲，擅游说，或许他的改革计划于朝廷有功，但是他一意孤行，刚愎自用，他排斥异己，不容异见，他是个无趣的人。

——我也不会选择程颐、程颢，他们存天理灭人欲，灭绝了基本人性，灭绝了自由精神，从此中华民族的人文主义精神在泥淖中跋涉。

——我不会选择黄庭坚，尽管他开创了江西诗派，他写诗讲究学杜、学韩，讲究"无一字无来处"，可正是这些他试图以为成就他的东西，反而阻碍了他，让他生硬晦涩，甚无趣味。

——我不会选择辛弃疾。他一生抗金，满纸诗歌皆是满腔忠愤。他虽然寡言少语，但是为人为文，气势凌厉，一言不合，就开始写，但是，他的忠就是他的直，他的正直就是他的脆弱，他的英明韬略就是他的穷途末路。辛弃疾无一遮拦，不留退路，只可惜他未逢其时，未得其主，纵然他把栏杆拍遍，纵然挑灯看剑，却依然守护不住大宋王朝的残山剩水，他的人生太多遗憾。

只选一人，我会选择苏轼。

评价历史人物，我们常常爱用一句话，他的缺点是，他没有超越时代的局限性。但是，毫无疑问，苏东坡超越了他的时代，而且在千年之后的今天，我们仍然感觉得到他的超越、超迈、超拔。

## 6. 能不忆江南
——杭州，一座城的前世与今生

江南好，风景旧曾谙。日出江花红胜火，春来江水绿如蓝。能不忆江南?

数千年来,杭州——这座叫作天城的古城,傲岸地俯视着接踵而至的拓荒者、朝拜者、淘金者、筑梦者、远征者,他们兴师动众而来,兴师动众而去。在朝圣的故事里,杭州是——有无数个前世、却是唯一可以今夜枕梦的城市。在游子的梦呓中,杭州是——人人尽说江南好,游人只合江南老,绿水碧于天,画船听雨眠。在乡朋的宴席上,杭州是——为我踟蹰停酒盏,与君约略说杭州;山名天竺堆青黛,湖号钱塘泻绿油。在远方的客人不辞万里的驱驰中,杭州是——一叶扁舟泛海涯,三年水路到中华;心如秋水常涵月,身若菩提那有花。

## "天城,在哪里?"

冷峻的风,从黑黢黢的空中刮过,沿着犬牙交错的高耸檐廊,掠过清凌凌的湖面,悄然降落在夜的深处。

这里,是杭州。可是,对于隔着大洋的遥远西方来说,这里,叫作天城。

——这是公元 1492 年的秋风。

这一年,在中国是弘治五年,大明王朝经历了奸佞当道、万马齐喑的成化一朝,抖落了一路的风尘,舔舐着满身的伤口,正在喘息着、低徊着、观望着,等待期许久已的辉煌。他们也许并不知道,令人兴奋的弘治中兴即将到来,因为一个少年的诞生,这些年、这些事,注定被写入厚厚的史册。

这个叫作朱祐樘的皇帝已经二十三岁了。五年前,在位二十三年的父亲驾鹤西归,老皇帝给他留下了一个糟糕无比的烂摊子。国丧之后,不到十七岁的少年朱祐樘无奈地扛起了大明王朝这副沉甸甸的江山。他即位初期便遭遇天灾人祸,黄河发大水,陕西闹地震;五年过去了,天灾人祸依然不断,广西古田壮族人民起义,贵州都匀苗民起义,件件都是麻烦事。

他是明朝十六个皇帝中的第九个,大明王朝的国运刚刚行进到半程，便已千疮百孔。未来，在岁月的古井里，静静地等候着他，像等候着一个力挽狂澜的巨人。很多年以后，历史，这个慈祥严厉又睿智的老人给了他一个赞许的称号：明孝宗，而这少年确实不曾辜负过他肩负的这个江山。他宽厚仁慈、勤于政事、励精图治，一次次为濒危的王朝扭转乾坤。这一年，他又要出场了。

秋，早已在不知不觉间来临。夜幕四合，夜凉如水，空落落的树林里寂静无声，倦鸟早已归巢，鼎沸的人声随着坠落的夕阳消失在黯淡的夜色里。草地上一些新黄代替了旧绿，枯叶捧着薄薄的露水，静静地散发着潮湿的气息。银杏树小扇子般张开的叶子开始由翠绿转成金黄，在夜色中熠熠发光，随即飘然四散，铺就了一地灿烂的碎金。

这是一个平平常常的秋天。夜将要走到尽头，黑而且凉。启明星那如水波跳跃的音符，如常般照亮着无数后来者的征程。在地球的另一端，欧洲的史官谨慎地记录下这个日子——1492 年 10 月 12 日。

两个多月前的 8 月 3 日，意大利航海家哥伦布带着八十七名水手，驾驶着"圣马利亚"号、"平特"号、"宁雅"号三艘帆船，离开了西班牙的巴罗斯港，开始远航。

海上的生活沉闷单调，水天茫茫，无垠无际。过了一周又一周，水手们沉不住气了，吵着要返航。就是在这样艰难的旅途中，哥伦布率领三艘帆船，经过两个多月的航行，前方仍然是漫长的黑暗。

10 月 11 日，哥伦布看见海上漂来一根芦苇，他高兴得跳了起来！有芦苇，就说明附近有陆地！果然，这天夜里 10 点多，他们发现了前面有隐隐的火光。第二天拂晓，水手们终于看到了一片黑压压的陆地，全船发出了欢呼声。

哥伦布开心极了。那时候，充满迷信色彩的欧洲，大多数人认为地球是一个扁圆的大盘子，认为海洋的尽头有魔鬼守候着，再往前航行，就会到达地球的边缘，帆船就会掉进深渊。然而，只有哥伦布坚信，海洋的尽头是一片新土地。现在，他终于用事实证明了那些传说的虚妄不经。

1492 年的天空布满钢铁般的倒刺，一个伟大的时代等待着云开雾散。月牙从一团淡淡的云层后透出氤氲的白光，雾气不知不觉地包围过来，像一枚枚疾驰的子弹，在海面上、在每个人的身上铸就了一层冰凉而透明的盔甲。

此时此刻，哥伦布的内心洋溢着难以言表的喜悦，因为他坚信自己已经到达了亚洲的东部沿海，坚信自己不久就可踏上梦寐以求的黄金之路——中国。

哥伦布出生于意大利的热那亚。他从小最爱读《马可·波罗游记》，从那里得知，中国、印度这些东方国家十分富有，简直是"黄金遍地，香料盈野"，只要坐船向西航行，东方的财富就唾手可得。于是便幻想着能够远游，去那诱人的东方世界。

这其实是一次横渡大西洋的壮举。在这之前，谁都没有横渡过大西洋，不知道前面是什么地方。

哥伦布也不知道。他努力控制住自己激动的情绪，站在船头，目光越过茫茫的海面，投向远方的海岸线。

他在寻找什么？

一座城市，一座马可·波罗所说的世界上最为雄伟、壮丽的城市——天城。找到了这座城市，就找到了传说中的中国！"天城，在哪里？"哥伦布自问。他满怀憧憬，甚至想象自己跨越天城里成千上万座石桥去见中国皇帝的场面……此时此刻，他浮想联翩，他不知道这座城市在哪里，在中国政治与文化中的地位，不知道它在历史上举足轻重的分量——那个时代，西方对中国了解得太少太少了。他不知道这里的百姓长什么样子，说什么语言，如何作息劳动，他不知道自己将面对什么，将看到什么，他不知道的还有很多很多。他不知道，是的，他一定不会知道，这座"天城"的中文名字就是——

杭州。

### "岩石，岩石！汝何时得开！"

然而，哥伦布错了。

10月12日，哥伦布带领三艘帆船，终于踏上了新大陆。他认为，这毫无疑问是他找寻已久的亚洲。但是，他错了，这是美洲。那时的人们根本不知道在欧洲与亚洲之间，还存在着一个美洲——哥伦布更是压根儿连想都没想到过。

不需要再讨论——究竟是人找到了世界，还是世界找到了人。哪里有比这更亘古的传说、更痴迷的寻觅？哪里有比镌刻在人们心头更永久的仁望？苍茫的大海上，哥伦布播撒的种子已化作满天繁星，可是，怀揣着梦想的欧洲，同着四处寻找这梦想的哥伦布，又一次失望地发现，存在于他们的想象中的那个遥远的中国、那个遥远的天城，仍然是一个无比遥远的梦。

天城——杭州，几乎可以认定是唯一曾经无数次托梦给西方、让整个欧洲为之迷醉的中国城市。

史学家从残存的史料推测，西方人将杭州称为天城，源于"上有天堂，下有苏杭"这句谚语，口口相传中的天堂，毫无疑问就在中国。

可是——杭州，在哪里？天城，在哪里？

中国，又在哪里？

中国与欧洲，分别位于欧亚大陆的东西两端，相距遥远，中间还有崇山峻岭、江河湖海、戈壁沙漠。公元前6世纪，在地中海地区诞生了辉煌的古代希腊文明。至少在公元前5世纪，中国所产的丝绸、茶叶已经远销到古代希腊文明的中心——雅典。尽管如此，以希腊为中心的西方，仍然对中国文明一无所知，甚至在很长一段时间，他们坚信居住在世界最东方的居民就是印度人。

公元前2世纪后期，西方人通过横贯中亚的陆上"丝绸之路"获悉，在遥远的东方有一个盛产丝绸的民族"赛里斯"；公元1世纪中期，西方人又通过海上"丝绸之路"得知东方有一个被称为"秦尼"的国家。最初，他们认为，这是两个不同的国家，古希腊科学家托勒密的《地理学》则支持了这种误判。在他的著作中，托勒密言之凿凿地写道：

从欧洲最西端越过大西洋向西航行，距东亚并不遥远。在东亚地区有"赛里斯"和"秦尼"两个国家。赛里斯在北部，被群山环绕，这里有几条大河，它的都城是赛拉城，其经、纬度分别是177° 15′、37° 35′。赛里斯的东面是未知的土地，它的南面则与秦尼接壤。秦尼的东面及南面都是未知的土地，西面与印度相邻。秦尼都城的未知是经度18° 40′，南纬 3°。秦尼的南部濒临一个"大海湾"……秦尼的海岸线沿着秦尼湾不断地向南延伸，跨过了赤道，最后与印度洋以南一个不知名的大陆相连，秦尼的著名港口城市卡蒂加拉就位于赤道以南的秦尼湾边，而这块不知名的巨大陆地西端又与非洲相连。这样，印度洋实际上是一个被陆地包围的内海。

托勒密对于中国的论述，长期影响了欧洲。就在整个欧洲为托勒密所误导、在一片黑暗知识的黯淡背景中屡屡冲破迷雾努力寻找中国的时候，有且只有一个名字，在他们的梦想中从未动摇，那就是作为"人间天堂"的"天城"杭州。

秦朝设县治，隋朝筑城郭，吴越建王城，南宋立国都，往事和传奇在数千年的日日夜夜中流转，层层叠叠积淀在这片土地上，累积在这座古城里。光阴像一只又一只惊慌失措的鸟，箭一般地飞向高空；然而，大地和古城却神态自若，列祖列宗在这里繁衍生息，子子孙孙在这里绵延赓续——这是一群人的力量，也是一座城的力量；这是一群人的魔法，更是一座城的魔法。

找到了杭州，就找到了中国，就找到了天堂。

西方寻找天城的行动轰轰烈烈，找到天城的故事却是悄无声息——

13 世纪中期，法兰西国王路易九世的一名随从鲁布鲁克从君士坦丁堡出发，横穿黑海，在克里米亚半岛上岸，一路东行，经过俄罗斯南部草原，进入蒙古高原，终于抵达中国。中国文化令他啧啧称奇，他在日记中写道："他们用一把像漆匠用的刷子写字；他们在一个方块里写几个字母，这就形成一个字。"他试图继续向南方行进，找到长生不老的"蓬莱仙境"，然而，他失败了，但值得庆幸的是，他第一次将杭州的信息带到了欧洲，这些信息间或道听途说、真真假假，间或模糊不堪、以讹传讹，比如他说，中国有一座城市，城墙是用白银砌的，城楼是用黄金造的，而这座城市，就是古希腊和古罗马传说中的那个以丝绸著称的"赛里斯"。

半个多世纪后，一名意大利的传教士鄂多立克离开他的家乡诺瓦，从波斯湾乘船前往印度，又从印度经海路抵达中国，最后经过广州、泉州、福州最终到达杭州。此后，他沿着大运河来到北京，出河西走廊，沿着陆路"丝绸之路"到达西亚，最后返回故乡。他的身体在长途旅行中累垮了。去世前，他在病榻上将沿途所见所闻记录成书，不吝用最美的语言描述杭州："它是全世界最大的城市，确实大到我不敢谈它。它四周足有百里，其中无寸地不住满人……城开十二座大门""城市位于静水的礁石上，像威尼斯一样有运河，它有一万二千多座桥""男人非常英俊，肤色苍白，有长而稀疏的胡须；至于女人，她们是世上最美者"。

1338 年，居住在法国南部阿维尼翁的教皇派出一个使团来到中国，其中一个成员马黎诺以非凡的热情记录了杭州："中国是世界上最美丽的国家，国土最为辽阔，人民最为幸福。此国有一个著名的城市，名为杭州"，"此城最美、最大、最富，在现在世界上的所有城市中，它是最为神奇、最为富贵、最为壮观的城市。没有见过此城的人，都认为简直难以相信，还以为讲述者在说谎。"

16 世纪末，意大利传教士利玛窦来到中国，这个被大学者李贽赞誉为"到中国十万余里""凡我国书籍无不读"的虔诚教徒，着手绘制一份影响了整个世界的中文世界地图，"明昼夜长短之故，可以契历算之纲；察夷折因之殊，因以识山河之孕"，利玛窦将其命名为《坤舆万国全图》。在这幅气势磅礴的地图中，杭州相当准确地被标注在北纬30°的位置。

16 世纪始，从大西洋绕过非洲通往东方的新航路被开辟出来，越来越多的欧洲人来到中国东南沿海，他们逐渐认识了中国，认识了杭州。在近代西方工业化以前，以丝绸、茶叶为代表的产品在国际市场具有相当大的诱惑力和竞争力，这是中国文明辉煌的一页，也是世界近代文明的开始。然而，令人遗憾的是，此时的中国开始实行闭关锁国的政策，严守明太祖"寸板不许下海"的禁令。更多深怀遗憾远眺这块神奇大陆的人，却从未有缘踏进中国，遑论杭州？他们在内心发出无限的感喟：这真是一个不可思议的国家，但为什么就是不愿打开国门拥抱世界呢？

1574 年，意大利传教士范礼安远渡日本，遥望中国，他大声呼喊："岩石，岩石！汝何时得开！"

# "那么，光荣应该属于中国"

一去楼台三十里，不知何处觅神州？

几场大雨之后，又一轮酷热卷土重来，那种秋雨霏霏、野草疯长的湿漉漉的日子已经很遥远、很朦胧，风干的往事因潮湿重新舒展开来——岁月是那么短，思念却总是那么长。

摩肩接踵的人潮、美丽的湖光水色，逶迤苍茫的群山，是人间的海市蜃楼，是天堂的红尘景象，灯火家家市，笙歌处处楼。八千年前，跨湖桥人凭借一叶飘摇风浪的小舟、一双满是厚茧子的大手，创造了璀璨的跨湖桥文化，浙江文明史从此上推一千年。五千年前，良渚人在"美丽洲"繁衍生息，耕耘治玉，创造了被誉为中华第一城的良渚古城和灿烂的良渚文化。而今，这座有着八千年文明史、五千年建城史的天城，骄傲地向着生命的晨曦、向着饱满的成熟走去，她的目光星辉聚敛，她的身姿摇曳生香，她的脚步坚毅稳健。明朝田汝成编纂的《西湖游览志余》记载："自六蜚驻跸，日益繁艳，湖上屋宇连接，不减城中，其盛可想矣。"东南形胜，三吴都会，端的是钱塘自古繁华，端的是天城长盛不衰！

数千年来，这座叫作天城的古城，傲岸地俯视着接踵而至的拓荒者、朝拜者、淘金者、筑梦者、远征者，他们兴师动众而来，兴师动众而去。在朝圣的故事里，杭州是——有无数个前世却是唯一可以今夜枕梦的城市。在游子的梦呓中，杭州是——人人尽说江南好，游人只合江南老，春水碧于天，画船听雨眠。在乡朋的宴席上，杭州是——为我踟蹰停酒盏，与君约略说杭州；山名天竺堆青黛，湖号钱塘泻绿油。在远方的客人不辞万里的驱驰中，杭州是——一叶扁舟泛海涯，三年水路到中华；心如秋水常涵月，身若菩提那有花。

时间行进到 20 世纪 30 年代，在遥远的不列颠群岛，年届不惑的英国生物化学家、科学技术史家约瑟夫·特伦斯·蒙特格马瑞·尼哈姆挽着他相交至深的中国女友沿着冰封的泰晤士河边散步，他在日记本上用中文歪歪扭扭地写下了她的名字——"鲁桂珍"。约瑟夫端详自己的杰作，发誓道："我必须学习这种语言。"接着，鲁桂珍为他取了个中文名字——李约瑟。

此后，这个有着中国名字的英国人由衷地对中国产生了兴趣，最后难以自拔地爱上了中国。出于对社会主义和中国的认知，李约瑟在激烈的反战情绪影响下，开始了他的中国研究。他在集中精力完成第二本著作——被称为"继达尔文之后真正具有划时代意义的生物学著作之一"的《生物化学与形态发生学》的同时，给英国的报刊写文章，到伦敦参加游行，并出版小册子，支持中国人民。1942 年，李约瑟受英国文化委员会的资助来到中国，支援抗战中的中国科学事业。他访问了三百多个文化教育科学机构，接触了上千位中国学术界的著名人士，行程遍及中国的十多个省。李约瑟认为，中国对世界文明的贡献，远超过所有其他国家，但是，所得到的承认却远远不够。

1948 年 5 月 15 日，李约瑟正式向剑桥大学出版社递交了《中国的科学与文明》的"秘密"写作、出版计划。他提出，这本一卷的书面向所有受过教育的人，只要他们对科学史、科学思想和技术感兴趣；这是一部关于文明的通史，尤其关注亚洲和欧洲的比较发展；此书包括中国科学史和所有的科学与文明是如何发展的两个层面，由此，不仅提出著名的"李约瑟之问"，而且做出更杰出的"李约瑟之答"："如果真正要说具有历史价值的文明的话，那么，光荣应该属于中国。"

凡益之道，与时偕行。培根说过，黄金时代在我们面前，而不是身后。年轻的李约瑟一定未曾料到，这部卷帙浩繁的著作，不仅是中英文化交流的一个缩影，是世界文化互鉴的一个生动诠释，更是世界文明在交流、交融、交锋中走向黄金时代的伟大见证。

李约瑟用这部著作科学地证明了，中国的文明不仅是东方文明的典范，更应该是世界文明的重要组成；中国的光荣不仅属于中国，更应该属于全世界。1992 年，为奖励李约瑟对于世界科技和世界文明的贡献，英国女王更授予他国家的最高荣誉——荣誉同伴者勋衔，这是比爵士更为崇高的勋号。

让我们随着时间前溯五个世纪，回到公元 1492 年。这一年，哥伦布发现新大陆，由此开始了欧洲的大航海时代，推动世界历史的现代化进程。这一年，一个叫作朱祐樘的少年迅速地成熟了，他的面庞依然稚气，他的内心却已无比强大。他在紫禁城漫步，沉思；回首，远望。年轻的皇帝，殚精竭虑，呕心沥血，努力尽毕生之力，推动沉重的王朝、肩负古老的中国，让她重新萌发生机，充满朝气地向前奔跑。

这是一个平平常常的秋天。夜将要走到尽头，黑而且凉。启明星那如水波跳跃的音符，如常般照亮着无数后来者的征程。

御史官铺展书卷，焚香研墨，谨慎地写下这一年的大事——明孝宗更新庶政，言路大开，凡是明宪宗亲信的佞幸之臣一律斥逐。孝宗嘉纳内阁大学士丘浚雅言，收集整理天下遗书。孝宗加总兵官，给总兵长印关防。刑部尚书彭韶等奏请问刑条例之裁定，孝宗从之。吏部尚书王恕提议停纳粟例，以免贪财害民之事由是而生，孝宗停之。洪武盐法渐坏，权贵专擅盐利，官商勾结，孝宗改开中纳米为纳银。吏部主事蔡清上言曰，贤者必用，不肖者必去，功必赏，罪必罚，此乃纪纲之大要，孝宗准奏……于是吏部尚书万安、礼部侍郎李孜省、僧人继晓等，或杀、或贬、或逐出京师；获罪较轻的或贬官放逐、或流放边地、或孝陵司香。大量起用正直贤能之士。同时，更定律制，复议盐法，革废一应弊政。

这一年的天城，正在数不清的困厄中挣扎。杭州府志载：杭州春二月，大旱；夏六月，大风雨，西山水发，大雨害稼；冬十一月、十二月，又大水，城墙崩坏，街市可乘舟而行。与此同时，仁和县虎灾数年，民饥而难。少年皇帝悯恤众生，赈济灾民，安抚百姓，并着令杭州府免征一年税粮，百姓终于得以喘息，安生。

一时间，政治清明，经济繁荣，百姓富裕，朝野称颂。

拿破仑征战沙场数十年，创造了无数军政奇迹与文化辉煌。回顾自己的一生，他感慨地说，世上有两种力量：利剑和思想；从长而论，利剑总是败在思想手下。

诚哉斯言！

# 7. 漂泊中的永恒

西起奉节白帝城，东到宜昌南津关，三条大峡谷气势如虹，一路昂首东去。大自然用两百万年的耐心和伟力，打造出数不清的神秘与神奇，从而成就了长江三峡这幅逶迤诡谲的风情画卷。

——题记

放舟下巫峡，心在十二峰。

两百余年前的清康熙某年，穷困潦倒的诗人徐夔越高唐、穿龙门、过巫峡，兴之所至，慨然写道。

徐夔，字龙友，号西塘。现存徐夔的资料不多，《清诗别裁集》收录其诗只有九首，他初学韩愈，后学李商隐，曾与沈德潜结诗社，诗趣相投，颇多唱和。徐夔少时家贫，馆谷不足供母，游京师僻处萧寺，不谒贵人，终无所遇而归——其率性真情、孤傲不驯，由此可见一斑。

我们不妨设想——这一天，清风徐来，水波不兴。徐夔衣袂飘飘，荡舟而来，他或许孤身一人，或许结伴城南诗社诸朋，煮酒青梅，指点江山，兴之所至提笔赋诗，激扬文字，心逐巫峡。

一江碧水，两岸青山，三峡红叶，四季云雨，千年古镇，万年文明。

在中国的历史版图上，从没有哪道山湾水景，像巫山巫峡这般鼓荡旅人的情思、放纵行者的想象。

一

山高，壁陡，流急。

长江裹挟岁月风尘，浩浩汤汤，呼啸而至，像一把利刃，切开了巫山坚实的腹地，造就了巫峡的壮美。

美国总统罗斯福曾说，每个美国人都一定要去看看科罗拉多大峡谷，因为峡谷是用时间缓慢雕刻出的惊心动魄。

巫峡何尝不是如此？时间缓慢地推动着历史，雕琢着历史，也记录着历史，缓慢中的尖锐锋利让人惊心动魄，缓慢中的一往情深令人荡气回肠。根据现有资料的地貌分析，三峡地区的峡谷主要是通过溯源深切与河流袭夺而成。地质学家推断，在长江三峡贯通以前，四川盆地的水流本是汇入藏南地带的古特提斯海，之后又汇入云贵地区一些沿断裂带分布的湖泊。由于自新第三纪以来青藏高原及云贵高原的强烈隆起，藏东形成向东倾斜的大斜坡，从而开始出现大面积汇水的向东流，它横截了一条条原向南流的水系，又经三峡地区向东入海，从而形成现在这条长约六千四百公里的长江。

西起奉节白帝城，东到宜昌南津关，三条大峡谷气势如虹，一路昂首东去。大自然用两百万年的耐心和伟力，打造出数不清的神秘与神奇，从而成就了这幅迤逦诡谲的风情画卷。

巫峡山高谷深，湿气蒸郁不散，易成云雾，故有"云雨巫山十二峰"之称，这也是徐霞诗中"十二峰"的由来。今天，这句诗被当地人改成"放舟过巫峡，心在神女峰"。其实，绵延不息的巫峡群山，白壁苍岩无数重，还有零星百万峰，峰峰不同，各美其美，岂是神女峰和十二峰就能够尽展其美？古诗流传至今，附会之说杂糅了太多的世态炎凉。

连绵七十余公里，巫峡奇峰嵯峨，烟云氤氲缭绕，景色清幽迂回。巫峡阴晴雨雪各有其美。晴时，白雾悬浮于峰峦之巅，似烟非烟，似云非云，如雾非雾。雨时，宛若沧海巨流，云从天降，呼啸而至，铺天盖地。雨歇，云雾在峡谷间游弋，忽飘忽荡，忽升忽降，忽聚忽散。

三峡是风与水的杰作，是美与真的童话，曾经有山与山绵绵不绝的心手相拥，而今却任由风的蹂躏、水的侵蚀，铺陈出这傲岸的嶙峋、巨大的坚硬。旷世的宁静之中，是生命的飘逝和生命的接续。三峡风格迥异。瞿塘山势雄峻，斧削而成，可是多了些悬陡的稚嫩、初生的鲁莽。西陵怪石横陈，滩多水急，可是多了些草率的刚愎、青春的犹疑。也许巫峡的幽深奇秀、峰峦跌宕最适合疲惫的诗人搁置桀骜的灵魂，所以才有了徐霞的放舟巫峡吧。考古学家论证，三个峡谷的各自特点，表明它们的形成时代与发展阶段大不一样。巫峡的支流，截断面多呈 V 字形，仅在小支流口有岩坎跌水；谷壁多呈垂立三角面状；峡谷切深大且多起伏——他们据此大胆揣测，如果说瞿塘峡处于青年期，西陵峡处于青春发育期，那么巫峡则处于生命中最宝贵、最稳定的壮年期。青春的暗潮已过，逆袭的可能已无，巫峡正沉浸在生命最美好的时光里，欢喜地等待与它迎面相逢的有缘人。

即从巴峡穿巫峡，便下襄阳向洛阳。杜甫在诗中写道，这是漫卷诗书的喜悦。

曾经沧海难为水，除却巫山不是云。元稹在诗中写道，这是悼念亡妻的哀伤。

而今，流光散去，岁月渐老，漫卷诗书的愉悦定格为砥砺风雨的雷霆万钧，悼念亡妻的凄凉幻化为阅尽沧桑的悲歌传响，这是巫峡的至大至美、至幻至真、至柔至刚、至性至情，这才是真正的巫峡。

万峰磅礴一江通，锁钥荆襄气势雄。田野纵横千嶂里，人烟错杂半山中——万峰磅礴、幽深曲折、田野纵横、人烟错杂，这是壮年巫峡的气势与气韵。雄踞长江中游，巫峡为川东门户，沿途滩多水急，南北两岸山峦耸峙，群峰如屏，壁立千仞，最狭窄处，两江之距不及百公尺。壮哉巫峡！一夫当关，万夫莫开。

## 二

巫峡，是中华文明的心灵故乡。

某一天，一位老人过河时无意间踩到一个奇怪的物件，他将这个物件辗转交给考古学家。考古学家发现，这竟然是一件罕见的殷商遗物——"鸟形铜尊"，此器物与中国国家博物馆"羊头方尊"器形极为相似，尊上精美的饕餮纹饰令考古学家啧啧称奇。为了复制一份相同的"鸟形铜尊"，考古学家和科学家做出了种种假设，也遭遇了重重难关。一次又一次的失败使他们对三千年前的能工巧匠充满敬畏和疑惑："他们究竟怎样完成的这件杰作？"

茫茫莫辨的时间彼岸，在此成了一个永久的谜。

今天，这座铜尊与其他铜镜、铜剑、铜币及汉砖、唐三彩、巴式兵器等许多不可多见的文物，静静地陈列在重庆中国三峡博物馆，述说着沉淀了三千年的迷思与荣耀。

巫峡及其周边地区，历来是中国历史上南北文化长期碰撞与融合的区域，也是长江流域东西部文化的交汇地带。在这片神奇的土地上，两百万年前的"巫山猿人"和五千年前的"大溪文化"留下了许许多多的千古之谜，悬棺、栈道、野人……正是这些难以拆解的千古之谜，激发了无数专家、学者和探险者前来探秘。

"世人都健忘，遗忘了世人。"面对岁月的消逝与世事的更迭，英国诗人蒲柏喟然长叹。众所周知，蒲柏有着惊人的想象力，他曾为牛顿写下著名的墓志铭："自然和自然的法则在黑暗中隐藏，上帝说，让牛顿去吧。于是一切都被照亮。"

铭文中的深意值得沉思。当自然的法则隐匿于自然的浩瀚，人类的智慧之光将照亮无边的暗夜。在历史上，黄河流域被誉为中华民族文化的摇篮。炎黄子孙从亘古绵延的黄土高原沿黄河两岸向东迁徙，一直将人类文明的火种播向中原大地。而位于长江中游的巫峡地区则是这类文明的主要成长地，在几百万上千万年的沧桑变化中，日出而作、日落而息的巫峡人民创造了源远流长的历史文化。

然而，遗憾的是，至今还有许多秘密仍埋藏在泥土之下。

在所有的记载和传说中，巴人留给人们最深的印象，就是劲勇尚武。在出土的巴式器物上，考古学家发现了大量的象形图语和难以破解的异样铭文，因为缺乏相关考古学实物的证明，"巴人之谜"一直是中国考古学的一大悬案。正如许多古代文明一样，他们的文明早已失落，他们的形象只能在我们拼凑出的想象中还原。

无边的暗夜之中，时间发出断裂的声响。

历史的格局是，当时在巴国的东面有强大的楚国，北面是雄踞关中的秦国，秦楚都是当时最强大的国家。问题是，国力相对处于弱势的巴国靠什么与之抗衡？史书记载巴人相继与秦楚发生过大规模的战争，并几度进逼楚国的都城江陵。20世纪二三十年代，美国学者格尔阶·纳尔逊、传教士埃德加先后来到这里实地考察，获得大量的标本和资料，这些资料今天仍珍藏在美国纽约自然博物馆里。他们的考察拉开了巫峡考古的序幕。

20世纪末，世界上最大的水利枢纽工程在长江三峡地区破土动工，世界上最大的考古工地在这里出现，巨大的巴人聚落遗址、宽阔的遗址面积、丰富的文化堆积令考古界为之震撼。青铜剑、青铜钺、青铜矛、青铜戈……成群的战国士兵恍若一夜之间携兵器走入墓群，长眠地下。这里究竟发生过一场怎样血腥残暴的厮杀？沉积着一个怎样惊天动地的故事？史书上没有只言片语的记载。

我们不妨设想，当秦楚等大国庞大的战车在平原上冲突酣战时，在巫峡不远处的峡谷沟壑间，巴人的军队却靠他们强健的四肢翻山越岭、跋山涉水，特殊的地形成为他们御敌的天然屏障。人们猜测，作为世界上最骁勇善战的部落，巴人也许是唯一用战争书写自己历史的民族。然而，每一件兵器都如同锁链，宛若谜语，锁住了岁月的云烟，参不透历史的谜题。

一切复归沉寂。

## 三

北魏郦道元在《水经注》中说道：

> 两岸连山，略无阙处，重岩叠嶂，隐天蔽日，自非亭午夜分，不见曦月。至于夏水襄陵，沿溯阻绝。或王命急宣，有时朝发白帝，暮到江陵，其间千二百里，虽乘奔御风，不以疾也。春冬之时，则素湍绿潭，回清倒影。绝巘多生怪柏，悬泉瀑布，飞漱其间，清荣峻茂，良多趣味。每至晴初霜旦，林寒涧肃，常有高猿长啸，属引凄异，空谷传响，哀转久绝。故渔者歌曰："巴东三峡巫峡长，猿鸣三声泪沾裳"。

极言三峡之壮景。

顽强的地壳运动堆砌了巫山的雄浑，柔弱的流水作用雕刻了巫峡的隽秀，蛰伏的光阴之须不时地缠绕过来，于是便有了两岸云雾缭绕的尖峭高峰，有了十二峰的变幻莫测、奇崛峥嵘。晨曦澄澈之时，随轻舟漂荡，云霞缥缈的群峰静静卧在云雾之间，连绵的山峦是一缕又一缕悄无声息的翠黛。挥别天边落日，肃静神秘的山林一下子收敛起白日里的喧嚣，奔涌的江河是一道又一道万马嘶鸣的金紫。

正是这不言的壮美，吸引了无数骚人墨客来此直抒胸臆。"宾客纵能齐摈斥，文章终不废江河。鹭鸶飞上石杵去，犹听沧浪水上歌。"徐夔英年早逝，他的诗作没来得及走进文学的册页，却刻进了巫峡的历史。徐夔的诗，气象空灵，晴响高远，不染纤尘，难得的是其优游山水之外的悲苦孤寂，悲苦孤寂之后的怒剑出鞘。巫峡坦诚地将自己的山山水水交付于擦肩而过的寂寥之人，寂寥的诗人也尽情地将扣人心弦的诗句糅入了巫峡的骨骼。

巫峡之美，是留给得志者的熨帖，更是留给失意者的慰藉，是厚重、凄婉、磅礴、空灵组成的真美。"美是显现真理的一种方式。"一个多世纪前，海德格尔说。他的断言，仿若旷野中的呼告。

世界因希望的坚守者而免于沉陷，历史因黑夜的拉纤者而持续向前。

奔腾不息的峡江是中华民族的智慧之源，巍峨耸峙的群山是华夏文明的座座丰碑。资料表明，巫峡文化是一种流传有序的始源性文化，从巫山猿人到长阳智人，从旧石器时代到新石器时代，直至今天的文明社会，源远流长，生生不息，像长江一样无从中断。每一山，每一水，每一村，每一树，每一户，每一人，都赓续着远古的血脉，传承着新生的冲动。弃舟登岸，置身栈道，让薄雾和露珠稍润衣衫，听枯枝在脚下噼啪作响，听莫名的精灵在树枝间穿梭掠过，看无畏的野蛇在草丛中傲然游走，用心灵触摸巫峡的凝重与空灵，触摸她仍未被现代文明玷污的粗野与奔放、清纯和朴拙，如同触摸沉睡千年万年的人类童年。

位于巫峡上口的大宁河和巫峡下口的神龙溪，坡陡水急，溪中有一种头尾上翘的"尖尖船"。逆水行舟，船夫肩负纤索，奋力向前；顺水行舟，任由急流推涌，犹如漂流。上行三个多小时的航程，下行只需三四十分钟。放眼回望，我们似乎看到徐霞客迎风而立，驾舟远行，仿佛漂泊在巫峡悠长的历史中。

漂泊中的永恒，没有一个词能够比这更恰当地道出巫峡百万年来的生命本色。寂寞而不空虚，痛苦而不挣扎，沉潜而不窒息，漂泊而不放伏。"尖尖船"渐行渐远，船上，那幽微的烛火正是点燃人类文明之灯的希望火种。

巫峡的故事，才刚刚开始。

# 8. 长相思，忆长安
## ——写在长安建都 1400 年之际

距今 1400 年的公元 618 年，唐朝建都长安。随着"丝绸之路"的日益繁荣，中外经济文化交流空前频繁，长安城繁华一时，堪称世界第一大都会。这时的长安，是世界的中心，是中国精神的文化符号。

千百年来，长安一直为人们津津乐道，魂牵梦萦。长相思，忆长安，忆唐诗故里，忆盛唐气象。

——题记

绛帻鸡人报晓筹，
尚衣方进翠云裘。
九天阊阖开宫殿，
万国衣冠拜冕旒。
日色才临仙掌动，
香烟欲傍衮龙浮。
朝罢须裁五色诏，
佩声归到凤池头。

——王维《和贾舍人早朝大明宫之作》

## 壹

数不清的诗词歌赋、数不清的记事本末，从数不清的侧面记载了开元十七年的那场盛宴。

这是公元729年，八月五日，唐玄宗李隆基为自己四十岁大寿举行了盛大的庆贺活动，并诏令四方，以每年八月五日为千秋节。

夏末秋初的长安，刚刚从淋漓溽暑中走来，像丰韵的少妇，更像成熟的智者，美得雍容华贵，美得不可方物。红尘紫陌，斜阳暮草，朝元阁峻临秦岭，羯鼓楼高俯渭河，难得的天高云淡、满城的普天同庆。在沟壑纵横的黄土高原上，这座城堪称是一个奇迹——它有红墙、碧瓦、金吾卫；也有霓裳、胭脂、堕马髻。它有宫阙九重，廊腰缦回；也有渊渟岳峙，马咽车阗。它有宫苑依傍着山明，也有夜弦追逐着朝歌。

这是大唐的长安，也是长安的大唐。一个充满自信的大唐王朝，一个万种风流的大唐皇都。

一千余年后，20 世纪 70 年代的某一天，日本作家池田大作见到英国历史学家汤因比，两位风云人物抵膝畅谈。池田大作问道："假如给你一次机会，你愿意生活在中国这五千年漫长历史中的哪个朝代？"汤因比毫不犹豫地回答："要是出现这种可能性的话，我会选择唐代。"池田大作哈哈大笑："那么，你首选的居住之地，必定是长安了！"

"九天阊阖开宫殿，万国衣冠拜冕旒。"被后世誉为"诗佛"的王维在一首奉和中书舍人贾至的诗中，无比自豪地写道。凭借着过人的音乐天赋和一手好书画，王维十五岁时已名动长安。《唐国史补》记载了这样一段故事：一次，一个人弄到一幅奏乐图，但不知题名为何。王维见后答曰："这是《霓裳羽衣曲》的第三叠第一拍。"此人请来乐师演奏，果然分毫不差。开元十七年（729 年），王维二十八岁，他还不知道，两年之后，他将要状元及第。此时，他自豪于自己置身的伟大恢宏的时代，唱出无比真挚热忱的歌吟。

这一年，"诗仙"李白同样二十八岁了。五年前，二十三岁的青年才子满怀抱负，离开故乡江油，踏上远游的征途。他由德阳至成都、眉州，然后舟楫东行，下至渝州。次年，李白出蜀，"仗剑去国，辞亲远游"。再次年，李白春往会稽，秋病卧扬州，冬游汝州，抵达安陆。途经陈州时与李邕相遇，结识孟浩然。越明年，全国六十三州水灾，十七州霜旱，土蕃屡次入侵，唐玄宗诏令"民间有文武之高才者，可到朝廷自荐"，天下慨然应者云集。

开元十六年（728 年）早春，李白走到了江夏，在这里，他与孟浩然欣然相逢，开怀畅饮。此时的李白，摩拳擦掌，踌躇满志，他将要发出"天生我材必有用，千金散尽还复来"的长啸。开元十七年，李白终于来到了江汉平原北部的安陆。这里离他向往的长安还很远、很远，然而，西北望长安，不夜城的音讯比鸿雁飞得还快——暗闻歌吹声，知是长安路。对于李白来说，暗夜之旅不啻一条光明大路。

又一年过去了，李白终于从安陆长途跋涉来到心中的圣地——长安。他欢呼雀跃，欣喜若狂，腹中已经酝酿着"幸陪鸾辇出鸿都，身骑飞龙天马驹。王公大人借颜色，金璋紫绶来相趋"这样的诗句。可惜，此时的长安，车水马龙，人才浩荡，政治、经济、文学、艺术、农桑、军事、人口、外交……世界各地的能人才子皆聚于此，与造化争锋。小小一个李白，还只是一个无名之辈。

这一年，京兆望族的纨绔子弟杜甫不满十七岁，还在写着"庭前八月梨枣熟，一日上树能千回"的顽皮诗句。十四岁的岑参刚刚经历丧父之痛，正准备举家从晋州移居嵩阳。作为关中望姓之首韦家的重要接班人，豪纵不羁的少年韦应物才满八岁，他同样不知道，七年之后，他将以三卫郎身份作为唐玄宗近侍，趾高气扬地出入宫闱，扈从游幸。

再过四十余年，古文运动倡导者、被苏东坡评价"文起八代之衰，而道济天下之溺"的韩愈，共同倡导新乐府运动的白居易与元稹，被欧阳修赞为"投以空旷地，纵横放天才"的柳宗元……才会接踵而至。李贺、杜牧、温庭筠、李商隐、皮日休、陆龟蒙、刘禹锡……这些将要在中国文学长河中熠熠发光的名字，还都是漫天飘洒的尘埃。然而，在未来的两个多世纪里，他们将络绎不绝地聚集在同一个城市——长安。

## 贰

长安周边，八水环绕。泾水、渭水、灞水、浐水、沣水、滈水、潏水和涝水相互依傍，形成密布的水道。

时光，如黉夜的水波，诡谲又鬼魅。

开元十七年（729 年），这是大唐王朝近三百年中平凡而又不平凡的一年，是注定被时光湮没又注定被时光铭刻的一年。

——这一年，天才佛学家、思想家、翻译家、旅行家、外交家玄奘法师驾鹤西去已逾六十五载。这位出身于书香世家的行者历经十七年，行程五万里，在印度学经交流，并带回来经论六百五十七部，开创了一条从中国经西域、波斯到印度全境的文化之路。玄奘回到长安，又潜心翻译经书近二十年，留下一千多卷佛经译本和《大唐西域记》一书，使得源于印度的佛教，在大唐发扬光大。如今，中国佛教八大宗派中的六个祖庭都在长安。玄奘不安于现状，历经千辛万苦去寻求真理、追求卓越，从而不断超越自我的精神，是那个时代的写照，也是大唐王朝走向辉煌的动力之源。

——这一年，唐玄宗加封六十六岁的宋璟为尚书右丞相，授开府仪同三司，晋爵广平郡公。此时，天才政治家姚崇已驾鹤西去，文武双全的张说、忠耿尽职的张九龄即将登场。开元元年（713年），姚崇密奏"十事要说"，此后力排众议灭蝗救荒，他将为政之道归结为简单的四个字"崇实充实"，襄助唐玄宗打开开元初期的艰难局面。姚崇、宋璟、张说、张九龄，作为有唐一代四位名相，他们各尽其才，忘身殉难，终于辅佐唐玄宗成就盛世伟业。

——这一年，大唐王朝的天才书法家张旭早就过了知天命之年。史料典籍无从显示这一年的张旭是否在唐玄宗的盛宴嘉宾名单里，然而，"草圣"的名号早已传遍长安的大街小巷——醉辄草书，点画之间，旁若无人，挥毫落纸如云烟，以头濡墨而书之，天下呼为"张癫"。这个姓张的天才加疯子，满街狂叫，狂走，狂书，醒后狂赞自己的作品。不在这个海纳百川的时代，焉得有这样的俊杰脱颖而出？不说今日，纵使当时，人们只要得到张旭的片纸只字，都视若珍品，奔走相告，世袭珍藏。张旭逝后，杜甫入蜀曾见其遗墨，万分伤感巨星之陨落，挥毫写下："斯人已云亡，草圣秘难得。及兹烦见示，满目一凄恻。"

——这一年，大唐王朝的天才音乐家李龟年已过而立之年。在这场盛宴中，他是唐玄宗当之无愧的座上客。作为宫廷御用的乐工，李龟年常在贵族豪门歌唱。唐玄宗时，李龟年、李彭年、李鹤年兄弟三人都有文艺天分，李彭年善舞，李龟年、李鹤年则善歌，李龟年还擅吹筚篥，擅奏羯鼓，擅长作曲。他们创作的《渭川曲》是那个时代的绝唱，在数千年音乐史中也堪称绝响。

——这一年，大唐王朝的天才军事家王忠嗣还不满二十三岁。数年前，唐玄宗将在"武阶之战"中牺牲的烈士王海宾的幼子接入宫中抚养，收为义子，赐名忠嗣。此时，当年的孩童已成长为勇猛刚毅、富于谋略的猛将。寡言少语的王忠嗣一定不会知道，这场盛宴的翌年，唐玄宗便将重担交付他，派他出任兵马使，随河西节度使萧嵩出征。初出茅庐，王忠嗣便锋芒毕露，以三百轻骑偷袭吐蕃，斩敌数千。此后二十余年，王忠嗣北出雁门关讨伐契丹，大败突厥叶护部落，大破吐蕃决战青海湖，一时间勇猛无双，威震边疆。正是缘于无数个忠心耿耿、征战边陲、不惜抛洒一腔热血的王忠嗣，才有了大唐王朝的和平崛起，有了中华民族的赓续绵延。

无数的天才会聚到唐都长安。他们往来穿梭，尽情讴歌这座伟大的城市，礼赞这个伟大的时代。岑参写道，"花迎剑佩星初落，柳拂旌旗露未干"；刘禹锡说，"莫道两京非远别，春明门外即天涯"；骆宾王则挥毫，"三条九陌丽城隈，万户千门平旦开。复道斜通鹡鹕观，交衢直指凤凰台"。

这时的长安，是世界的中心，是中国精神的文化符号。开放的胸怀、开明的风尚、包容的气度，纵使今天的美国纽约、日本东京、英国伦敦、法国巴黎，都无法与之比肩。全盛时期的长安，正如唐代诗人时常吟咏的"长安城中百万家"，总人口超过了一百万，是无可争议的国际第一大都会，其中各国侨民、外国居民超过五万人，仅仅是流寓在长安的西域各国使者就达四千余人。哥伦比亚大学历史学教授卡林顿·古德里奇在《中国人民简史》中感慨："长安不仅是一个传教的地方，并且是一座有世界性格的都城，内中叙利亚人、阿拉伯人、波斯人、鞑靼人、朝鲜人、日本人、安南人和其他种族与信仰不同的人都能在此和平共处，这与当时欧洲因人种及宗教而发生凶狠的争端相较，成为一个鲜明的对照。"

的确，长安是"一座有世界性格的都城"，它不是一个人的长安，却是每一个人的长安，它是中国的长安，更是世界的长安——君王、美人、使者、名士、商贾、游侠、僧侣、王侯、将相。满城金甲的征战武士，夜夜笙歌的勾栏瓦肆，日暮云沙的边塞烽火，皎洁月色里的万户捣衣声……长安的记忆何尝不是中国的国家记忆？夜半不敢眠，忽然追忆起——秦川人家的炊烟，是怎样的遥袅？异域凛冽的酒香，是怎样的醉人？江湖侠客的芙蓉剑，应该何时出鞘？西市胡姬的紫罗裙，又是何等妖娆？

这是真正的盛世气象。

百花齐放，姹紫嫣红。在政治上，整顿武周以来的弊政，择贤臣为良相，整饬腐败吏治，建立完善的考察制度，精简官僚，裁减冗官；在经济上，推崇节俭，加强义仓制度，通过括户等手段缓解土地兼并导致的逃户弊端；在军事上，改府兵制为募兵制，兴复马政，对外收复了辽西营州、河西九曲之地，并再次降伏契丹、奚、室韦、靺鞨等民族，吞并大小勃律并且攻灭突骑施，降伏复国的后突厥。

在唐玄宗李隆基的带领下，大唐王朝休养生息，春种秋藏，正在沉稳地走向它的巅峰。毫无疑问，开元盛世——这是中国历史最傲岸挺拔的时刻，是中国社会最繁华鼎盛的时期，是中国文明最光辉璀璨的时代。

叁

让我们将时间的指针再向前拨动一百一十一年。公元618年6月18日，唐朝建都长安。

这一天，恰值端午，满眼所见，皆是情不自禁的歌舞与欢语。

时光宛若一条柔软的丝线，隔着一千四百年的风尘，隔着遥远的山河与旧梦，我们在这一端的遥望，便会牵动那一端的驻守，牵动那一刻的长安、那一端的大唐。沉淀在岁月深处的辉煌、荣耀、骄傲和尊严，清晰地浮出水面，又被曝晒在干涸的河床。

> 秦川雄帝宅，函谷壮皇居。
> 绮殿千寻起，离宫百雉余。
> 连甍遥接汉，飞观迥凌虚。
> 云日隐层阙，风烟出绮疏。

唐太宗李世民一首《帝京篇》，以其君临天下的豪迈气魄，写意挥洒的笔触，描摹了唐代都城长安的盛景。

长安是中国古代数个朝代的建都之地，而大唐长安更是作为中国历史最鼎盛时期的都城，曾经以东方最大最繁华都市的身份，尽享全世界的荣耀，美誉数千年。

实际上，大唐长安是在隋大兴城基础之上兴建而成的。

杨坚建立隋朝后，因沿袭下来的汉城城区狭小，无法适应新建的大隋王朝之需，而且"水皆咸卤，不甚宜人"，于是在582年6月18日这一天，隋文帝下令宇文凯在原汉城的东南侧修建新城。宇文凯参考了北魏洛阳和北齐邺都的建筑布局，只用了一年多时间，新的隋大兴城便竣工了。

谁料想，短暂隋王朝历三十余年而亡。武德元年（618年），唐国公李渊于晋阳起兵，逼迫隋恭帝禅位，建立唐朝。他对集隋唐两代建筑的都城进一步扩建，将大兴城改为长安城。

唐都长安基本保留了旧城的布局，但后来在郭城、街坊、道路及东西两市进行了改造和扩建，以适应这个东方大帝国政治、经济、文化各方面的需要。整个长安城坐北向南，布局极为规整，正南正北，左右对称。正如白居易所写："千百家似围棋局，十二街如种菜畦。"

外郭城中包括皇城和宫城。唐代延续了汉代"左祖右社"的制度，即祖庙在宫殿左侧（东），社稷在宫殿的右侧（西）。城内分为一百一十个坊，东西共十四条大街，南北共十一条大街。城中以朱雀大街为界，将长安城分为东西两半，街西辖五十五坊，归长安县管；街东辖五十五坊，归万年县管。朱雀大街宽达一百五十米，南北走向，宽广平坦。这是大唐帝国都城的博大气势。

唐长安的主要宫殿是太极宫、大明宫和兴庆宫。前两宫在城内北侧。太极宫在长安正中偏北，皇城之内，沿用了隋代的大兴宫。太极宫是唐高宗、唐太宗当年理政之处，"贞观之治"的很多诏令都出自太极宫，这里也有不少唐太宗和魏征君臣之间进谏和纳谏的故事，后来高宗时将理政移至大明宫。

大明宫建于贞观八年（634年），在城北的龙首原上，地势较高，"北据高原，南望爽垲"。大明宫的正门是丹凤门，门前是宽达一百七十六米的丹凤门大街。丹凤门正北方向是大明宫的中轴线，由南向北依次建有含元殿、宣政殿、紫宸殿、蓬莱殿、含凉殿、玄武殿。丹凤门和含元殿、紫宸殿建在龙首原最高点，高大雄伟。遥望一千四百年前的长安，从这些规制严谨的建筑、含义隽永的名字，展示了唐王朝的威严和强大。

大明宫中由龙首渠引水入内，修太液池。这样不但解决了宫内吃水问题，也大大改善了环境园林。后来高宗皇帝令增修麟德殿，在大明宫北部偏西，另建有殿和观、亭、楼诸如拾翠殿、跑马楼、斗鸡台等设施三十余处，供自己和后宫享乐。

长安城共有十二座城门，即东面的延兴门、春明门、通化门，南面的启夏门、明德门、安化门，西面的开远门、金光门、延平门，北面的玄武门、方林门、光化门。其中明德门为南面正门。

杜甫在诗中吟道："秦中自古帝王州。"唐朝是一个辉煌的时代，长安是一座伟大的城市。再没有一座城能像大唐的长安那般让人心驰神往。唐都长安不仅在当时创造了巨大的物质财富，而且积淀了自信自豪、开明开放、创新创优、卓越超越、求实务实的精神财富。

这是中国历史上真正文化自信的时代。

### 肆

公元 717 年，十九岁的日本贵族士子阿倍仲麻吕以遣唐留学生的身份来到长安，进入当时的国立大学——国子监太学学习。

阿倍仲麻吕聪明勤奋，成绩优异，太学毕业后参加科举考试，一举就考中了进士。之后他一直在唐朝做官，七十三岁在长安去世，生前最高官职是光禄大夫兼御史中丞，是国家最高监察机构中权力仅次于御史大夫的高官。

像阿倍仲麻吕这样在唐朝做官的外国人数以百计。唐玄宗创造的大唐极盛之世，国力强盛，中外交往异常频繁，高丽、新罗、百济（均在朝鲜半岛）、日本、林邑（今越南）、尼婆罗（今尼泊尔）、骠国（今缅甸）、赤土（今泰国）、真腊（今柬埔寨）、室利佛逝（今印尼苏门答腊）、诃陵（今印尼爪哇）、天竺（今印度、巴基斯坦、孟加拉国）、狮子国（今斯里兰卡）、大食（今阿拉伯）、波斯（今伊朗）等国都与唐朝有广泛的经济文化交流。长安城内包括做官、求学、经商的外国人，曾超过十万人，留学生最多的时候达到八千多人。朝廷允许外国人及其他民族的人在唐朝居住、结婚，也极大地促进了民族融合、文化交流。

当时的唐都长安，有东市、西市两个繁荣的市场，东市主要从事国内贸易，西市主要从事国际贸易。西市占地一千六百多亩，有二百二十多个行业、四万多家固定商铺，聚集了世界各地的客商，从酒店到药店，从食店到粮店，可谓名副其实的"自由贸易区"，不能不承认，早在一千多年前，长安人就已经过上了"买全球、卖全球"的生活。

西市不仅是商贸的平台，也是创业的舞台。唐代中期的窦义，从西市起步，务实经营，不断创新，从种树、卖树的小生意，发展到"商业地产开发"，不仅成为长安首富，还把商铺"窦家店"开到了遥远的罗马城。

特别值得一提的是，随着"丝绸之路"的日益繁荣，中外经济文化交流空前频繁，长安城经济繁华一时。作为当之无愧的世界的政治中心、经济中心、时尚中心、商贸中心，长安的中国读本早已经成为世界读本了。

由长安出发的"丝绸之路"把世界的东方与西方联系了起来；航海事业蓬勃发展，三条水路可以直达日本，还有从广州、泉州等地越南海到东南亚、西亚及埃及和东非的海上交通。通过绵延万里的"丝绸之路"而来的西域、西亚乃至欧洲、非洲的客商或官员，来自日本、朝鲜半岛的客商及留学生、留学僧们，在长安的大街上三五成群，悠闲漫步。当时像阿倍仲麻吕这样在朝廷做官的外国人比比皆是，正是大唐对外开放、包容的态度，引得万邦来朝。据记载，当时与唐朝交往的国家多达七十多个，外国贵族委派子弟到长安的太学学习中国文化，不少僧人在唐长安的寺院里学习佛学。

世界各地的游客以造访长安为荣耀。爱尔兰记者、摄影师、人类学家基恩在《北亚和东亚》中描述说，长安是维系鞑靼斯坦、西藏和四川与中华帝国腹地贸易的要地，向甘肃运送陶器和瓷器、棉花、丝绸、茶叶以及小麦，接受兰州的烟草、豆油、毛皮、药材与麝香，宝石也通过这里输送到西藏与蒙古。

大唐长安，不仅是世界上第一个人口超过一百万的国际化大都市，而且城市面积超过八十平方公里，相当于六个巴格达、七个拜占庭、七个古罗马。有唐一朝不仅经济发达，而且文化繁荣，影响遍及世界，直到今天余音依然绕梁不绝，海外华人聚集区仍被称为"唐人街"，中国传统服饰仍被称为"唐装"。


伍


开元十七年（729 年）那场盛宴，端的是绣衣朱履，觥筹交错，开琼筵以坐花，飞羽觞而醉月。然而，酒香未散，弦歌未尽，华灯依旧，岁月却已经走过了二十余个春秋。

承平日久，国家无事，唐玄宗沉溺宫闱，渐生懈怠之心，公元742年，将年号由开元改为天宝。天宝十四载（755年）十一月，手握重兵的胡人安禄山乘朝廷政治腐败、军事空虚之机发动叛乱，次年十二月，攻入洛阳，唐玄宗率众仓皇出奔。

历史上将这场长达八年的叛乱称为"安史之乱"。这次叛乱，让大唐王朝元气大伤，一蹶不振，为其衰落埋下了伏笔，尽管贞观之治、开元盛世之后还有过元和中兴、会昌中兴、大中之治等短暂的复苏，大唐却始终未能回到曾经的巅峰。

其兴也勃焉，其亡也忽焉。

繁华的长安，于晚年的唐玄宗而言，不仅是遥远的往昔，更是不可追悼的故乡。一代中兴之主，终生未归长安。此前，唐玄宗领养的义子王忠嗣，数次上书奏言安禄山将大乱天下，唐玄宗始终置之不理。对于大唐的危机，唐玄宗没有丝毫察觉，听闻王忠嗣之言，却暴跳如雷，对其严加审讯，意欲处以极刑。昏聩若此，怎不危机四伏；忠言逆耳，岂止忠嗣一人？

大唐建都长安，到今天，已经整整一千四百年。寂寥扬子居畔的桂花芬芳犹然在侧，金阶白玉堂前的青松仍是昔时模样，时光却似流水，一去不复返了。永远的荣耀，变成了深长的忧叹。

长安，依旧繁华如梦。但是，这里不再是唐玄宗的长安，也不再是李白的长安了。抽刀断水水更流，举杯消愁愁更愁，豪放不羁的诗仙终于厌倦了长安的生活，远走他乡，仗剑遍游天下。多年以后，李白一反其诗词的豪迈飘逸，用汉乐府歌辞的寄寓手法，写下了缠绵悱恻的《长相思》：

> 长相思，在长安。
> 络纬秋啼金井阑，微霜凄凄簟色寒。
> 孤灯不明思欲绝，卷帷望月空长叹。
> 美人如花隔云端！
> 上有青冥之长天，下有渌水之波澜。

天长路远魂飞苦，梦魂不到关山难。

长相思，摧心肝！

## 9. 天堂

东经100°，北纬30°。

——海拔三千五百米。

壤塘，离天堂最近的地方。

冈底斯、喜马拉雅构造裹挟青藏高原一路向东、向南，在龙门山古老大陆、古老海湾骤然止步，高高隆起成藏民族的香拉东吉神山。四条发源自雪域的河流——磨梭河、杜柯河、则曲河、足木足河，一路翻越高原，穿过峡谷，集扎成束，将纯净的雪山之水汇聚为名闻遐迩的大渡河。

神山、神水拱卫着的辽阔高原，这就是壤塘。

壤塘，是被神灵赐福的土地。壤塘之名，源自境内的一个自然村寨。寨子坐落于山巅上，其山形似手托宝幢的"瞻巴拉菩萨"。瞻巴拉，义译持聘，梵音译作阁婆罗，旧译布禄金刚，也就是藏传佛教中的财神。"瞻"字译成汉字时走了音，成为"壤"，藏语中称平坝为"塘"，"壤塘"由此得名，也就是"财神居住的地方"。

一

在壤塘，才明白秋天原来是彩色的。

深秋时节，壤塘像走进了画家的调色盘，一场秋雨之后，全世界的色彩都汇聚在这里。千树万木姹紫嫣红，千山万水五彩缤纷，千林万壑争奇斗艳，绿野、蓝天、白云、青山，沃野、林海、丘壑、溪涧，构成了醉人的金秋画卷。

二十五岁的戈登特静静地坐在绣榻前，聚精会神地绣着一幅宋代花鸟。他穿着朴素的"勒规"（劳动服），露出里面整洁干净的白茧绸短衬衫，红绿青紫四色间隔的"加差朵拉"长带子，将宽袖长袍利落地系在腰间。时光静静地从他的手中流逝，从他的眼底流逝，他却波澜不惊，几乎一动不动。

高原的阳光透过雨后的玻璃窗，映照在空旷的房间里，澄澈，清冽，宁静。玻璃窗上未及蒸发的雨滴，恍若晶莹的宝石，在戈登特的脸上投下五彩斑斓的光影，空气中细小的尘埃，在阳光中时而微微颤抖，时而欢快跳动。高挺的鼻子，明亮的双眸，饱满的脸颊，鬈曲的头发——这一刻，戈登特不是一个人，而是一尊雕塑，是米开朗琪罗刻刀下健美伟岸、果敢勇毅的大卫，是阿历山德罗斯的高贵典雅、神秘莫测的维纳斯，是罗丹的沉稳深邃、遥望未来的思想者。

戈登特俯身在硕大的绣架上，穿针引线，飞针走线。远远望去，他像是用银针舞蹈，顷刻之间，一枝散发着千年古韵的鸢尾兰从空旷之中，渐渐地开枝散叶，又渐渐地开出紫色的花朵。这种鸢尾兰，传说源自南美洲的植物，花期极短，刹那间盛开，刹那间谢幕，为便于沙漠中的昆虫在极短的时间授粉，鸢尾兰娇嫩的花朵仅仅在夜幕四合之后得以怒放，因此世人很难一窥其真容。此时，戈登特用他的绣针，将美丽凝固在他的绣架上。

很多时候，绣针下的人物、花朵、树木、飞虫常常走进戈登特的梦里，他好像就生活在他们和它们中间，生活在那个遥远的世界。

那个世界真的遥远吗？

昨天的喧嚣和今天的安静总是让戈登特感慨万端。谁能想到，十年前的戈登特还是一个顶着一头红发、桀骜不驯的男孩。十五岁的少年初中毕业，找不到高中的大门，更不知道人生的路究竟在何方。他像一匹难以驯服的烈马，没有目的地东奔西跑，用各种无聊填满时间的空谷，抽烟，酗酒，打架，斗殴，在街上横着膀子闲逛，偷鸡摸狗，顺手牵羊，缺钱了就骑着摩托车到山上挖几株虫草、雪莲卖掉，有钱了就聚集一群同样年纪、同样迷茫的年轻人赌博。有一天，他甚至一次就输掉了几万元。还不起赌债，戈登特悄悄从家里牵出两头牦牛顶替。家人没有办法，只能把他锁在家里，他撬开锁头像午后的薄雾般消失得无影无踪。村里人没有办法，一次又一次把他送进警察局，可是又能怎样？上午刚走出警察局的大门，下午说不定他又摇头晃脑出现了。

从警察局到传习所，仅仅数百米之遥，可是，戈登特走了整整

大春秋（节选）

十年。

十年前，谁能想到，戈登特竟然会有今天。十年前的那一天，他被人从警察局领进传习所，从此戒掉了烟酒、赌博，不再出去招猫逗狗、滋事生非。

立志，立德，立身，立业——今天的戈登特已经成为传习所里最优秀的非遗传承人，传习所组织传承演艺大赛，戈登特被选作演员，饰演俊美儒雅的"格萨尔王"，观众们为他的高贵沉静所打动，一潮又一潮涌向后台，向他献上哈达，为他送上祝福。

只要戈登特拿起他那枚精巧的绣针，各大博物馆、拍卖行便会竞相发来订单，期待他的刺绣作品远渡重洋，成为他们精心收藏的珍品。可是，戈登特不愿将自己和自己的作品变成流水线，他拂开纷至沓来的诱惑，努力将自己的每一件作品都打造为传世之作。

一针，一线，针针线线，绵绵密密，全世界的色彩都汇聚在戈登特的绣针里。

戈登特全神贯注，沉浸在他的色彩世界，漂亮的眼眸盛满了虔诚、敬畏、慈悲。

天空高远，云蒸霞蔚，染了秋霜的斜阳，将云朵在大地上神秘的影子拉得又细又长，这是阳光在大地上抒写的经卷、吟唱的颂歌。

## 二

在壤塘，才明白秋天原来是喧阗的。

松涛阵阵，经幡猎猎，溪水潺潺。雁阵呼啦啦向南飞去，在斜阳和云朵间啾啾长鸣。雪域高原清冽的泉水，从山涧喷薄而出，击打着寂寞的石窟，像九曲柔肠，如隐秘心事。成群结队的牦牛悠闲地漫步，在低伏的草窠里寻觅嫩叶。星星点点的马队纵横驰骋，追寻着牧人的哨音。

"叮叮当当，叮叮当当……"墨吉俯身在工作台上，握着刻刀，聚气凝神，布满老茧和伤疤的双手灵活地飞舞，每一刀下去，石头的碎屑便从他的手中飞溅。一块坚硬如铁的顽石，在他的刻刀之下，转瞬之间便拥有了灵魂——结跏趺坐的壤巴拉法相庄严，拈花微笑，袈裟斜披在他的肩头，蝉翼一般轻薄，衣服的皱褶清晰可见。

墨吉身后的木架上，摆满了他的作品，大大小小石头上刻满的六字真言，这是他深情的礼敬、满满的虔诚。

不远处，是香雾缭绕的棒托寺。远处，壤巴拉山像一尊神佛巍峨耸立，传说公元前4世纪印度的一位圣人跋山涉水来到这里，修行成佛，坐化为山。五彩缤纷的风马旗猎猎飘扬，潺潺的溪水奔涌不息，古老的梵音如泉水般流淌，动人心魄，响彻云霄，这是来自古老民族灵魂深处的歌唱。

"叮叮当当"的声音，叫醒了墨吉的耳朵，也叫醒了很多很多个墨吉们的心。墨吉一家是壤塘的建档立卡贫困户，家里有年老的双亲，还有未成年的三个孩子。家庭负担重，加上没有稳定的收入来源，除了起早贪晚在贫瘠的地里种点青稞，墨吉一家人的生活就这么简单。很多很多年里，"穷得叮当响"，是他所知道的世界的全部含义。他怎么也没有想到会有这样一天，他在传习所里免费学到了雕刻石刻作品的手艺，靠着这种"叮叮当当"石刻技艺走进小康。

2016年，墨吉与附近村里的一些贫困户的伙伴一道，走进了石刻传习所，从选石、勾画、雕刻、上色等工序学起。过够了贫穷日子的墨吉很珍惜在这里的每一分每一秒，他很快就熟悉了石刻作品的制作工艺，从学员变成了正式员工。这些石刻，小的能卖几十元，大的能卖上千元，有的甚至可以卖到数万元。每次看到自己的作品换回了实实在在的粮食、五花八门的生活用品，墨吉的脸上笑开了花。像墨吉这样的建档立卡贫困户，在壤塘还有很多，他们正与墨吉一道，通过一门扎实的手艺改变了自身的命运，让一家老小走上了小康之路。

石刻，其实是祖先留给壤塘的福泽。

明末清初，仁青达尔基精心挑选了六十多名经验丰富的石匠弟子，牵了二十多头牦牛，驮着酥油、人参果和银元，翻过六十六座大山，渡过六十六条河流才到达了康区文明古城——德格印经院，迎请朱砂版的藏文大藏经《甘珠尔》，此后又翻山越岭、千辛万苦抵达茸木达，从而开始了规模宏大的雕刻工程。当时的壤塘以茸木达则茸百户为中心，来自四川甘孜和青海果洛的信众和弟子纷至沓来，他们有的挖掘石片、有的搬运石板、有的捐铁捐刻刀。历时九年，他们终于将三万多页的《甘珠尔》一字不漏地雕刻在五十多万块大小不一的石片上。

藏文大藏经是由《甘珠尔》和《丹珠尔》两大部分组成。"甘珠尔"的意思是佛祖释迦牟尼语录，是佛教两大派别密宗和显宗经律部分的总和；"丹珠尔"的意思是论部，主要是佛经的解说和注释，以及密宗仪式的叙述等内容。

藏民族用自己的虔诚和笃定，雕刻了世界最完整的石刻大藏经，又将这些大藏经完整地保存在古老的棒托寺。

据《棒托寺志》记载，棒托石刻大藏经周围有三十九座佛塔，其中有藏传佛教后弘期噶陀智擦冈巴尊哲让波的弟子喇嘛阿珠·诺吾桑木周改建为藏式房积塔的阿育王塔，有确尔基杰瓦尚波修建的降妖塔，有斋戒喇嘛仁钦达尔基修建的吉祥多门巨塔，有藏区少见的噶当塔，以及其他大小不一的各类佛塔，塔中有寺，寺中有塔。

棒托寺，就像是一面历史的镜子，映照着古远的过去、丰富的今天、神秘的未来。它经历千秋风雨，之所以屹立到今天，是因为它承载着一个民族的历史重负、未来期盼，凝固了过去时代的人们对精神家园的殷殷眷恋。

然而，仅仅有祖先的福泽是不够的，精准扶贫、精准脱贫的治贫方式，将祖先的传承变成了今天的财富。而今，棒托寺内，卷帙浩繁的大藏经石刻被分类码叠，俨然是一堵气势磅礴、高耸入云的石经高墙；传习所里，聚精会神的传承者屏气凝神，努力将祖先的文化遗产的星星之火传给后世，让壤塘的文化密码为世界所洞悉。

"突突突，突突突"……远方的河谷中传来微耕机的声音，那是村民在蔬菜基地里耕地，成熟的青稞翻落在黑褐色的土地上，散发着新鲜的草木和泥土的香气。"突突突"的发动机声伴随着"叮叮当当"的雕刻声，构成了壤塘晚秋的声音奏鸣曲，"我喜欢微耕机'突突突'的声音，也喜欢'叮叮当当'的声音，感觉前方有数不清的牦牛和骏马在奔跑，有数不清的幸福日子在前面等待着我"。墨吉遥望着远方，开心地说。

三

在壤塘，才明白秋天原来是有味道的。

逐水草而居的民族在高原牧场放牧牦牛，也放牧自己的人生。在藏民族聚集的地方，总能闻到类似炊烟的牛奶清香，这是酥油灯的味道。

卓玛弯着腰，虔诚地将酥油灯供奉于神案上。

一盏，一盏，一盏……奶黄色的酥油慢慢融化，奶香悠然四散，明亮的灯芯愈燃愈烈，温暖的火焰欢快地跳动。

卓玛出生于南木达乡夏炎村，这是壤塘一座偏僻的村庄。壤塘有一座古老的寺庙，叫作夏炎寺，全称夏炎扎西赞拉贡巴寺，是觉囊派的圣寺。夏炎寺曾经一度遭遇破坏，所幸后来不断被修复，重现往日的辉煌。

卓玛今年整整六十岁了，从记事的时候起，她就开始重复这个动作，离开黄泥垒成的家，将酥油灯运送到夏炎寺，敬奉给至高无上的神明。长明不灭的酥油灯里藏着她的前世、今生、来世，也藏着藏民族的前世、今生、来世。

经书上说，点酥油灯可以将世间变为火把，使火的慧光永不受阻，肉眼变得极为清亮，懂明善与非善之法，排除障视和愚昧之黑暗，获得智慧之心，使在世间永不迷茫于黑暗，转生高界，迅速全面脱离悲悯。

在壤塘，成百上千年来，无论是家中举行念经法事，还是为逝者做祭祀活动，都要点上几盏或上百盏酥油灯，这些酥油灯大都出自卓玛之手。

历史上，这里非常封闭，曾经有僧人沿着古道走出大山。他们身着袈裟，口诵《时轮金刚经》。他们披星戴月、风餐露宿。他们离开壤塘，走出四川，走进西藏、云南、贵州，走到泰国、越南、缅甸，甚至卓玛记不住名字的更远的地方。然而，无论他们走得有多远，他们都要带一盏卓玛的心灯。

藏区需要酥油灯的，村民有喜丧之事，都要找卓玛定做酥油灯，村里接了酥油灯活计的，也大多交给她——原来是交给她的父亲，现在是交给她。

卓玛制作酥油灯所用的酥油，是从牦牛奶中提炼出来的。卓玛是壤塘的牧民，从小就跟着父母在冬牧场和夏牧场之间奔波，放牧牦牛。

哪块草地有新鲜的水草，哪块草地有莫测的风险，她比牦牛的嗅觉还灵。

高原夏季短暂，冬日漫长苦寒，牦牛是藏牧民寒冷冬日里的伙伴，更是他们的依靠，朝朝暮暮伴随着牧人的脚步。一盘香喷喷的牦牛肉、一碗热腾腾的牦牛奶，是藏牧民早中晚的餐食，伴随他们从夏到冬，又从冬到夏。卓玛家里有五十多头牦牛，每一头都有名字，卓玛常常叫着它们的名字，与它们交流、诉说，或者倾听它们每日的心绪。每天清晨，卓玛会喊着它们的名字赶它们到水草肥美的山坡，傍晚又喊着它们的名字，与它们一起走向炊烟袅袅的家。

卓玛的父母心灵手巧，可以用牦牛毛、牦牛绒织成美丽又实用的勒规（劳动服）、赘规（礼服）、扎规（武士服），还能织成硕大结实的帐篷。小卓玛就是穿着这样的衣服在这样的帐篷里长成了大卓玛。千百年来，黑色的牦牛毛帐篷就是逐水草而居的藏牧民的家。用牦牛毛编织的帐篷，天晴时毛线会收缩，露出密密麻麻的小孔，投进阳光和空气；暴雨大雪之时，毛线还会膨胀，风霜雪雨自然都被挡在外面。卓玛还从父母那里学会了用牦牛皮制作皮具，用牦牛角、牦牛骨制作生产生活的器皿，雕刻成祭祀神明的法器。

卓玛每天还要花费很多时间捡拾牛粪。在外面许多人的心目中，牦牛粪形象丑陋，又黑又脏，是无用之物，而在卓玛眼中，牦牛粪却是藏牧民世世代代以此为生的珍宝。在青藏高原，木柴很容易受潮，又很难点燃，牦牛粪的燃点很低，即使在含氧量较低的地方也很容易被引燃，更容易把火生起来。牛粪大都是草料构成，烧起来不但没有臭气和烟雾，还有一股淡淡的牧草清香。牦牛只取食长出地表的植被，对植被根系秋毫无犯；而牦牛的排泄物，又是高寒植被最珍贵的养料。卓玛与壤塘的妇女一样，每天清早起来要做的第一件事就是走出帐篷捡拾牛粪。群山绵延起伏，河流沟谷纵横，挡不住藏牧民追逐水草的脚步，挡不住牦牛悠闲的身影。他们四处游牧，无论冬牧场还是夏牧场，草场上总会到处留下一团团牦牛粪。一个藏牧民家里，牦牛粪越多，说明他们越富足。在他们的生活里，牦牛粪的地位不亚于高原的虫草。

牦牛是卓玛和许许多多藏牧民家庭的"高原之舟"。一部牦牛进化史，就是藏民族的生活进化史，更是青藏高原的生态变迁史，居住在高原上的藏人同这牦牛一样，极少欲望地向自然索取，最大努力地回报自然。作为喜马拉雅沧海桑田造山运动的孑遗动物，牦牛身上所具有的丰富生态学研究课题，引发了生态保护学者的关注。数千年来，牦牛与藏族人民相伴相随，倾尽其所有，成就了高原人民的衣、食、住、行、运、烧、耕，这些涉及青藏高原的政、教、商、战、娱、医、用，并且深刻影响了高原民族的精神气质。

天光渐渐老去，夜幕四合。

卓玛直起身来，酥油灯在她身后热烈地燃烧，送她离去。几十年来，经卓玛之手制作的酥油灯，大大小小超过了两万盏。一盏盏白银灯、一盏盏红铜灯、一盏盏细瓷灯，载满了卓玛的诚心正意，蕴蓄着她的流光溢彩的喜乐、黯然神伤的忧愁；而卓玛，也将她的喜怒哀乐、阴晴雨雪，她的悠悠岁月、无尽祝福，都融进了灯里。

卓玛走出寺庙，繁星已然满天。她也许并不知道，在菩提树黢黑的阴影里，还有一个高大的身影，手捧着酥油灯，目送她远去。

给人温暖，予人光明。


四


在壤塘，你永远不会知道什么叫作单调。

走进这里，就仿佛走进了动植物乐园，红豆杉、紫果云杉、冰川茶藨子、紫茎小芹，白唇鹿、黑颈鹤、白马鸡、林麝……壤塘，拥有生物繁多的生物圈，孕育着种类丰富的植被。

华尔丹驾驶着他的小巧的电动车，从县城出发，追逐着太阳的光芒，向东方的海子山驶去。

海子山位于壤塘、阿坝、马尔康三县的交界处，据说是有大海儿子的山的意思。海子山有很多海子，老藏民曾经徒步数过，一共三十五个。这几年，从外面回到山里的年轻人带来了新技术，他们用无人机全方位地勘探了海子山的山形地貌，发现海子山的海子原来不是三十五个，而是三十六个，有一个小小的海子一度被一个大大的海子遮蔽，还好，他们及时为它正了名。

尊玛不墨千秋画，海子无弦万古琴。

这也是走出大山的年轻人吟诵的新诗，多么优美，多么贴切，华尔丹暗暗记在心里。他知道，尊玛是阿尼玛卿山神的王后，她身着银色披风，骑着白色骏马，手捧如意宝，护佑一方生灵。海子山里这些大大小小的海子，是阿尼玛山神送给尊玛王后的礼物。这些海子，有的形单影只，有的群海相连，嘎乌措有三个湖，更嘎措苟有九个湖，措梦措赣的群海则多达二十余个。海子山翠绿茂盛，芳草萋萋，海子群烟波浩渺，接连天地。在这里，华尔丹深切体会到"天苍苍，野茫茫，风吹草低见牛羊"的美景和意境。

海子山的湖泊，是藏民族的圣湖，是他们实证实修的理想之所。湖水由山间雪水融化供给，湖水碧绿沉凝，鱼儿畅游其间。在阳光、蓝天、雪山的映衬下，湖水不时由浅蓝转为深蓝，由浅绿转为深绿，瞬间又变成墨绿，五彩斑斓，变幻莫测。

海子山里，还有一块神奇的土地——南莫且湿。华尔丹对这片土地的每一种动物、每一种植物，都如数家珍。湿地位于中壤塘镇查托村境内，湿地面积为183.3平方千米，由三十六个大小湖泊构成，主要分布在海拔4200米以上。最大的湖泊是位于保护区东北的安纳尔措，海拔4539米。整个湿地像一只巨大无比的脚印，冬季不枯不溢，含多种矿物质。在这里，拥有高等植物76科300属722种，野生脊椎动物5纲22目63科217种，有着丰富的生物多样性和生态多样性，以湖泊、沼泽等高原湿地生态系统为主要保护对象。这些大小不一的湖泊各具风格，湖光潋滟。静静地观赏，你会被它那气势磅礴不事雕琢的自然美深深打动，它的原始、纯净、苍茫与悠远，有一种大美不言的深沉韵味。湖泊是许多特有鱼类及湿地鸟类良好的栖息地，如大渡裸裂尻鱼、麻柯河高原鳅、普通燕鸥、凤头䴙䴘、普通鸬鹚，等等。

南莫且湿地是黑颈鹤、白唇鹿、林麝、绿尾虹雉、斑尾榛鸡、川陕哲罗鲑等珍稀野生动物，以及四十余种国家一二级重点保护野生动植物栖息繁衍的乐园，种类繁多的珍贵物种在这里生长，在这里欢歌，它们优雅的身姿为南莫且增添了无限的盎然生机和魅力。

南莫且湿地还是大渡河一级支流——则曲河发源地，拥有沼泽、河流、湖泊、库塘、人工等多种类型湿地，是长江、黄河上游重要的水源涵养地和补给区，对调节长江流域河川径流、控制洪水、保持水土、涵养水源、降解环境污染等起着重要作用。四川共有湿地一百七十四万公顷，是长江经济带最大的内陆湿地省份，而像南莫且湿地这样独特的自然形态却是绝无仅有。

这个世界上独一无二的青藏高原湿地，是上天赐给壤塘的礼物。绿水青山就是金山银山，是的是的，这话说得太对了，华尔丹想，南莫且湿地和海子山何尝不是我们藏人的金山银山？

华尔丹小心翼翼地绕过危险四伏的湿地，走到海子湖畔。极目远眺，天地无止无境，砾石穿空，铺天盖地，摄人心魄，达尔吉的灵魂顷刻间被这里的清净所洗涤，他不由自主地跪下来，亲吻着这片他无比熟悉的土地。

四十六岁的华尔丹是这里的生态养护员。小时候，父亲给他起名华尔丹，藏语的意思就是"胜利幢"，希望他吉祥如意，今天，他很庆幸自己的人生让父亲欣慰。早些年，他的任务是清理游牧藏民留下的可疑烟火，防止星星之火在高原蔓延。这些年，越来越多对高原雪域充满好奇的人走进壤塘，他们随手丢弃的日常垃圾在天然环境很难降解，对这里的水土造成了极大的破坏，华尔丹的身份便由山火防护员，变成了生态养护员。

不管山火防护员，还是生态养护员，华尔丹的工作从来没有轻松过。他要用他的肉眼看到这里的每一处遗弃垃圾，将它们带回去，在专门的地方焚化。

翻越重重大山，穿行茫茫草原，华尔丹在这里转了快三十年了，见到无数转山、转水、转塔、转庙、转经的善信。他们终其一生都在朝佛，磕大头朝拜，转山插神箭，挂经幡煨桑，垒砌玛尼堆，抑或不停转动着转经筒默念时轮金刚。

——行走在尘世间，他们的眼神是慈祥的，脸色是和睦的，腰身是谦恭的。

他们也无数次遇到华尔丹，见证着他数十年如一日的坚守，见证他用最简单、最执着的守护表达对于自然、宇宙、宗教的深刻理解，他在用生命行走。

——行走在大路上，行走在天地间，他的心底是平和的，灵魂是宁静的，目光是坚定的。

五

不走进壤塘，你永远不会知道什么是永恒和须臾。

风化的水积石、火积石留下了岁月的印迹，二百五十万年的历史辽阔、空灵，却恍如一瞬。在这里，生命是最渺小也是最伟大的存在。走进壤塘，顷刻之间便可以抛却浮华，融入自然，回归本真。

传说中，壤塘是一个法螺自鸣、毛驴不前的地方。

公元前 310 年，壤塘已称牦牛徼外。秦汉时期，壤天已是藏人羌人的生息之地。悬天净土壤巴拉，有着尘世独缺的宁静与悠然。日斯满巴碉楼静默而巍峨地耸立在石坡寨的山水之间，在棒托寺里的三十万张石刻大藏经，向世人展示着壤巴拉信仰的坚韧，每一张石刻背后都有一段长长的故事，在这里眼之所见皆是心之所念，心与灵魂的距离越近，眼睛所能领悟的就越多。

在壤塘，精准扶贫、精准脱贫是一个响亮的口号。2009 年一个偶然的机缘，桀骜不驯的少年戈尔登，以及很多像戈尔登一样，在明亮耀眼的青春韶华里踟蹰不前的年轻人——被带出了暗夜。

平均海拔近四千米、地势落差达到一千五百米的壤塘，是集安多、嘉绒、康巴为一体的藏民族聚居区，文化多元，特色鲜明。然而，美则美矣，地处偏远，山峦陡峭，交通闭塞。壤塘自然生态资源丰富，传统农牧业尚可形成自我循环，故而在近两百年来，这里受到外界的影响非常少。四川省有四十五个深度贫困县，壤塘是其中生产条件最差、经济最弱、脱贫最艰难、脱贫任务最艰巨的一个。工业化、信息化和全球化等带来的社会快速变革，让壤塘本来正常、古老的社会运行方式，逐步被边缘化，逐步呈现为各种社会问题：经济贫困、教育落后、医疗匮乏、社会发展缺乏内源性动力。

这些问题的突出表现，则是当地青少年，他们就处于这个鸿沟之中——缺少发展机会和希望，也让地方社会发展存在更多不确定因素。青少年难以融入社会发展的进程，也难以真正构建可持续发展的社会机制。

心中无光明，何以消永夜？

其实，2009 年那次偶然更是一次必然，那是一宗善缘的发端。此后十余年的时间里，壤塘的有识之士走遍壤塘的山川和乡镇，用脚步丈量了六千八百平方公里的山山水水，寻找更多的戈尔登。

于是，在壤塘，一个宏大的计划诞生了。为什么不将这些贫困的人聚集到一起，教给他们一门生存的技能？授人以鱼，不如授人以渔。2010 年，阿坝州、壤塘县联合当地国家级非遗传承人，开办了第一个公益的非遗传习机构——壤塘非遗传习所，将具有千年历史传承的绘画艺术开放给当地的青少年。戈尔登，是第一批走进传习所的学员中的一个。

十余年过去了，壤塘非遗传习所不仅以文化事业助力脱贫攻坚、乡村振兴，也将其影响力以几何级数扩增，壤巴拉非物质文化遗产，已经发展为包含绘画、藏医药、音乐、金铜造像、木雕、银器、陶瓷、雕塑、草木染、纺织、缂丝、刺绣、服装服饰、乡土烘焙、藏纸、藏香、藏戏等丰富文化艺术门类的传习体系，一千两百多个如戈尔登一般贫困家庭的农牧民子女，在这里走上了社会，走出了贫困，走向了世界。

反贫困，自古都是全世界为之牵挂的一件大事。建设一个远离贫困、共同繁荣的世界，是藏民族，更是世界上不同国家、不同民族面临的共同课题。就在不同肤色、不同民族、不同信仰的人们为反贫困事业艰苦奋斗、多方探索之时，在壤塘，一种新的致富方式渐渐成熟。在壤塘，深植于藏民族心底的种子正在破土而出，他们的信仰是坚定的，有如灿烂的阳光，犹如暗夜里的启明星。

须弥藏芥子，芥子纳须弥。时光在辽阔的天地间流逝，横无际涯，浩浩汤汤。千万载倏忽而逝，刹那间已是永恒。仿佛触手可及的天空，是那样的悲悯和亲切。壤巴拉神秘地微笑着，将花海、牛羊、经幡、棒托石刻，都汇聚在这片无尽的高原上、无尽的草场里。

藏民族更愿意亲切地将壤塘称为"壤巴拉塘"，更愿意在这里——

品一种千年传承，悟一段如烟往事；

赏一曲千年古乐，享一段天籁梵音；

大春秋（节选）

179

听一桩千年往事，续一段万世因缘。

苍天无言，高原为证。壤巴拉，像一位睿智的老人，见证着世世代代半牧半农耕的藏民族的寥廓幽静，见证着土司部落从富裕、繁华、精致到贫穷、衰落、土崩瓦解的整个过程，见证着具有魔幻色彩的高原缓缓降临的浩大宿命，见证着那些暗香浮动、自然流淌的生机勃勃，那些随着寒风而枯萎的花朵、随着年轮而老去的巨柏、随着岁月而风化的古老文明……壤巴拉，像一道迅疾的闪电，掠过高原，掠过天空，掠过河流，掠过冰封的大地，掠过鲜花怒放的田野，然后——抵达不朽。

壤塘，壤巴拉居住之所，离天堂最近的地方。

而今，这就是天堂。

# 10. 苟利国家生死以

伫立山头，山风呼啸，记忆在僵冷的时光中温润地苏醒，行伍列列，恍若踏歌而来，歌声激荡，应和群山的伟岸与苍莽。

时间退回到七十年前，腾冲战役结束一个月之后，布威尔·里维斯中校步行来到腾冲。沿着废墟瓦砾，他却再也找不到腾冲旧日的繁荣。暴尸的气味刺鼻，破碎的屋顶孤独坍塌。穿过锯齿状的孔洞，葡萄藤和其他攀援植物开始生长。他捡起一顶日本钢盔，它所保护的头颅早已被击得粉碎，连接头颅的尸体横卧一旁，除了腰带，其他部分已难以辨认。三株粉红色的牵牛花，已经在这个腐烂发臭的胸口上发芽开花。

时间无情流逝，折戟沉沙铁未销，大自然已经开始选择遗忘，面对重生。然而，中国人民用血泪书写的历史，永远只有重生，没有死亡。

兵者，国之大事，死生之地，存亡之道。1945年7月7日，为纪念在滇西抗战中英勇牺牲的中国和盟军官兵，"国殇墓园"在云南腾冲落成。这里，不仅是爱国人士纪念反法西斯战争的高地，更是缅怀为国牺牲的民族英雄的精神圣地。

岁月如白驹过隙，七十载倏忽而逝。在纪念滇西抗战七十周年的时刻，我们从腾冲出发，重返战场，重温历史，以纪念为中国革命取得卓越胜利的英勇将士和伟大人民。

# 一

北纬 25°01′69.0″—25°01′81.3″东经 98°28′77.3″—98°28′89.6″出腾冲，沿高黎贡山山脉蜿蜒北行。

数十万年以前，亚欧板块和印度板块猛烈的撞击，造就了这里火山地热并存的地貌，也造就了这里高蹈轻扬的独特人文。六十公里之外，来凤山北麓、史迪威公路西侧，一座沉默的火山傲然耸立，一片翁郁的山林肃穆寂静。海拔仅仅一千六百米的小团山，在这里，安葬着中国远征军第二十集团军阵亡将士忠骸的墓冢群落。

"出不入兮往不反，平原忽兮路超远。带长剑兮挟秦弓，首身离兮心不惩。诚既勇兮又以武，终刚强兮不可凌。身既死兮神以灵，子魂魄兮为鬼雄。"

两千三百年前，楚大夫屈原慷慨叹息。楚怀王、楚顷襄王之世，任馋弃德，背约忘亲，以致天怒神怨，国蹙兵亡，徒使壮士横尸膏野，以快敌人之意。屈原悲伤至极，乃作《九歌·国殇》，恸悼楚士。戴震曾注释道："殇之义二：男女未冠笄而死者，谓之殇；在外而死者，谓之殇。殇之言伤也。国殇，死国事，则所以别于二者之殇也。"国殇，由是成为死国事者的民族挽歌。

1945 年，在抗日战争进行得如火如荼的时刻，腾冲人民春燕衔泥一般，一砖一瓦，将凝聚中国血泪和骄傲的"国殇墓园"艰难垒成。

手捧洁白的菊花花束，沿着小团山拾级而上，只听得耳边山风猎猎、松涛阵阵，历史的寒意扑面而来，岁月的悲壮重返眼前。

七十二行，三千三百四十六块墓碑。

每一块墓碑上，都深深镌刻着烈士的姓名和军衔。一横一竖，一撇一捺，抚摸着墓碑上那凌厉的笔锋，仿佛听得到大地深处低沉的怒吼，听得到沉睡官兵血脉偾张的心跳。一座座墓碑，如扇形从山底拱列至山顶，恍惚间，似有无数个灵魂从碑中破石而出，由石碑幻化为列队的士兵，在晨练、在出操、在冲锋、在进攻、在诀别。缓步行至山顶，阴云瞬间密布，高原的雨，霎时倾盆而至，凄厉的冬雨中，小团山变为七十年前的战场，悲壮的呼号响彻耳畔，惨烈的厮杀犹在眼前。知情的人说，每个墓碑下面，其实并没有遗骨，有的，是一个巨大的骨灰合葬墓穴。当年，在战场上，数万官兵血染沙场，却只有三千三百四十六位士兵的残肢断骸，更多的英雄是不足步枪高的娃娃兵，有的士兵，甚至连名字都未曾留下，只好被集体炼化。同生的战友，死也要同穴。

苟利国家生死以，岂因祸福避趋之。

纪念碑如同一把直抵天庭的长剑，凌风而立，扬眉出鞘。这柄用民族精神铸成的利剑，挑落了骄狂的太阳旗，攻破了日本军队战无不胜的神话，铸造了中国军队的英勇精魂和中国人民的浩气长歌。

## 二

"至未号始将东南三面城墙上之敌大部肃清，于马晨开始向城内之敌攻击。我预二师、一九八师、三十六师、一一六师主力奋勇直前，由南面城墙下突入市区，激烈巷战于焉展开……尺寸必争，处处激战，我敌肉搏，山川震眩，声动江河，势如雷电，尸填街巷血满城沿。"在《第二十集团军腾冲会战概要》中，第二十集团军总司令霍揆彰这样写道。

"每天，我从空中可以真真切切、清清楚楚地看到腐物在腾冲城这个巨大的尸体上蠕动蔓延。一间房屋一间房屋，一个坑道一个坑道，中国士兵在搜寻、毁灭、杀戮。凄绝人寰的战斗结束了，而消亡则刚刚苏醒。每一幢建筑、每一个生物都遭到了空前彻底的毁灭。死亡的波涛冲刷洗礼着这座古城，拍打着城北、城西的墙垣。"在《死亡的日本人和牵牛花——腾冲挽歌》中，美国陆军航空队布威尔·里维斯中校回忆。

这场战役，就是滇西抗战中最著名的腾冲之战。

位于滇缅边境的腾冲古城，最早在《史记》中被记载为"乘象国"，亦称"滇越"，据说"滇"字的古音也读作"腾"。腾冲，西汉属益州郡，东汉属永昌郡，唐宋时期由南诏大理国治理，元代改为腾冲府。明代王骥三征麓川，平定后留数万兵建筑腾冲石城，以为边防。此后数百年间，明清两朝相继于此设立府、司、卫、所、州、道、厅。民国时期，腾冲始设县治。

腾冲，以其独特的地理优势，被史地学家誉为"极边第一城"，徐霞客称其为"迤西所无"。自昆明经永昌、腾冲而至缅甸、印度乃至中东地区的贸易路线历史悠久，腾冲作为中国茶马古道的藩篱重镇不可小觑。由于特殊的地理位置，腾冲也历来是兵家重地，元、明、清三朝八百多年间，这里陆续修筑了八关、九隘、七十七碉，腾冲要塞，有"三宣门户，八关锁钥"之称。方志学家在史书中记载，腾冲东界高黎贡山，西至高良工山，南起龙陵，北迄片马的"崇山峻岭之间的区域"，历年来绝少兵祸。

然而，七十余年前，这"崇山峻岭之间"的"绝少兵祸"之地，却遭遇了中国历史上最惨重的兵燹之灾。那一天，腾冲死了。

我们沿着岁月的河道缓缓追溯，血和泪的寂寥比时间更沉重。

1941年12月，太平洋战争爆发。日本觊觎中国，以四十万兵力入侵东南亚六国，从泰国攻陷缅甸，沿滇缅路长驱直入滇西，试图从这里打开缺口，宁静的西南极边转眼之间变为战争最前沿。

1942年3月，为了防止日军从西南大后方入侵，十万精锐之师第一次出国远征，旨在御敌于国门之外。至此，滇缅抗战正式拉开序幕。

然而，由于各方原因，中国远征军在缅甸作战失利，不得不退守怒江。

1942年4月，缅甸全境沦陷，使中国丧失了仅剩余的一条陆上国际运输线。同年5月3日，日军自缅甸入侵我国滇西，怒江以西的大部分领土沦入敌手。5月7日，昆明行营第二旅少将旅长兼腾龙边区行政监督龙绳武率军弃城而走，县长邱天培携印出逃。

5月10日，腾冲沦陷。

日军冲入腾冲县城，犹如一群凶残的野兽，烧、杀、淫、掠，无恶不作，无所不用其极。在这块不足六千平方公里的土地上，四千五百多名村民失去生命，四十五个村寨和九个集市燃起冲天大火，两万四千幢房屋被夷为平地……

1944 年 5 月 10 日，一个普通的夏日。为了配合驻印军缅北反攻作战，中国远征军第二十集团军的第五十三军、第五十四军的五个师，一个重迫击炮团共计四万余人渡过怒江，仰攻高黎贡山，腾冲战役就此打响。

腾冲地处高黎贡山西麓，是连接中印公路北段的交通要塞。腾冲城墙全是巨石垒砌，高而且厚，日军在此驻守两年，苦心经营，筑造了坚固的军事工事。腾冲城墙堡垒环列，城墙四角更有大型堡垒侧防，是滇西最坚固的城池，兼有来凤山、飞凤山作为屏障，易守难攻。

第二十集团军渡江后仰攻高黎贡山，攻占山顶之南、北斋公房，又经过十余日激战，攻占腾北马面关以及日军中心据点桥头、界头、瓦甸、江苴等地。肃清腾北残敌，沿龙川江南下，形成合围腾冲城之势。此时，所有由北溃逃的日寇与腾冲守城的日军合编为一个混合联队，由一四八联队长藏重康美大佐指挥，奉命死守腾冲城，以待援军。

7 月 26 日，中国远征军在空军的掩护下首先向来凤山猛攻，血战三日攻占来凤山，旋即扫清城南之敌，对腾冲城形成四面包围之势。8 月 22 日，拉开腾冲攻坚战。战斗最激烈的是通往北斋公房的冷水沟隘口，这里的战斗整整持续了一个月，中国军队的官兵仅仅凭着一腔热血，一次又一次冲锋，一个又一个死去，一个团的士兵打光了，另一个团毫不犹豫地冲上去。尸体填满了山间，血水和着泥水流到山下，凝固成鲜艳的旗帜。负责攻打冷水沟的第一九八师的两个团，最后只剩下不足一个营的兵力。中国远征军浴血奋战，经历大小战斗四十多场，伤亡数万人，终于将日军六千余人全部歼灭。

9 月 14 日，腾冲光复——这是抗战以来第一个被光复的县城，入侵腾冲的日军藏重康美大佐联队长以下全部被歼灭，创造了国民革命军在正面战场上全歼入侵之敌的辉煌战绩。

此时腾冲城内，已无一片完整的房舍和堤坝，无一片完整的围栏和草甸，城内的战斗是白刃战，一房一屋地争斗、一寸一寸地挪动，战事异常艰难，惨烈的巷战让中国远征军付出了惨重的牺牲：伤亡军官 1234 人，士兵 17075 人，腾冲地方民众随军作战阵亡及赴义死难群众 6400 人，美军阵亡将士 19 人。

腾冲沦陷至光复，历时 859 个日日夜夜，损失惨重，满城废墟，被后世称为"焦土之战"。

三

一份长长的名单：

> 戴安澜，陆军中将，安徽无为人，毕业于黄埔三期，去世时年仅三十八岁。
> 齐学启，陆军中将，湖南宁乡人，毕业于清华大学，去世时年仅四十五岁。
> 胡义宾，陆军少将，江西兴国人，毕业于黄埔三期，去世时年仅三十六岁。
> 凌则民，陆军少将，湖南平江人，毕业于中央军校，去世时年仅三十一岁。
> 柳树人，陆军少将，贵州安顺人，毕业于黄埔五期，去世时年仅三十七岁。
> 洪行，陆军少将，湖南宁乡人，毕业于湖南讲武堂，去世时年仅四十四岁。
> 闵季连，陆军少将，重庆奉节人，生年不详，毕业于黄埔五期。
> 李竹林，陆军少将，湖北长阳人，毕业于中央军校，去世时年仅三十七岁。
> 张剑虹，陆军少将，出生地不详，早年就读于上海同济大学，投笔从戎进入黄埔三期，去世时年仅四十二岁。
> 覃子斌，陆军少将，出生地不详，毕业于云南讲武堂，去世时年仅五十二岁。
> 李颐，陆军少将，湖南醴陵人，毕业于黄埔六期，去世

时年仅三十六岁。

　　唐铁成，陆军少将，湖南永州人，毕业于黄埔六期，曾赴美就读南伽罗尼省陆军军官学校，去世时年仅三十九岁。

　　……

　　名单上是在滇西战役中牺牲的将军，他们静静地安睡在"国殇墓园"。这些牺牲的将军，来自全国各地，此生谁料啊！心在天山，身老沧州，他们为了一个目的，把日寇赶出家园。他们的名字，就是一部生动的中国抗战史。

　　列于这份名单第一位的，是被日军称为"战神"的戴安澜。戴安澜曾参加北伐，先后参加台儿庄战役、武汉保卫战、长沙保卫战、昆仑关战役。也正是戴安澜，率领第二百师，作为先遣部队在缅甸同古与日军开战，在没有空军协同作战的情况下，同四倍于己、配备空军的日军苦苦战斗了十二天，掩护英军安全撤退，并歼灭日军一千余人。

　　5月18日，在指挥突围的一场战斗中，戴安澜不幸身负重伤，由于无医无药，他的伤口迅速发炎溃烂。5月26日，二百师行至茅邦，戴安澜以身殉国。蒋介石为戴安澜题写挽辞："浩气英风"，毛泽东为其题写挽诗："外侮需人御，将军赋采薇。师称机械化，勇夺虎罴威。浴血东瓜守，驱倭棠吉归。沙场竟殒命，壮志也无违。"

　　在这份名单后面，还有仅仅存留姓名的士兵，他们叫王光明、张道德、李德贵、幸永善、刘金生、毛富有、田国华、龙子坤、杨金堂……遥想当年，他们尚在襁褓之中时，他们的父母该是对他们寄予了怎样的期待，才给他们起下了这样祈福祝愿的名字，然而，天不遂人愿，他们和他们的名字、他们的幸福就这样远离故土，静静地躺在冰冷的石碑之下。在这些琳琅的名字之外，还有很多身不及枪高的十几岁的娃娃兵，他们死去时，连名字都未曾留下，他们的伙伴叫他们石头、二狗、狗蛋、小山、黑子……他们真实的名字，已经同那场战争一道，烟消云散。

　　在收复腾冲的战役中，同中国远征军并肩作战的，还有一支特殊的队伍——美国盟军。滇西战役中，美国共牺牲了十九名盟军官兵，在这十九名官兵里，军衔最高的是少校威廉·麦瑞姆。1945年修建盟军碑时，战争刚刚结束，信息散佚颇多，资料记载不详，碑上只刻有"夏伯尔等十四名官兵壮烈牺牲"字样。2001年，在中美社会各界人士的齐心协助下，十九名盟军阵亡官兵姓名终于找全，"国殇墓园"为他们重新修建了西式风格的墓碑和纪念碑，2004年，美国总统老布什特代表美国人民，致信中国，感谢腾冲，怀念两国之间的伟大友谊。

一腔热血勤珍重，洒去犹能化碧涛。腾冲抗战胜利结束后，腾冲军、政、民联合将反攻腾冲城中牺牲的远征军将士遗骨火化，并举行了本地有史以来最大的一次水陆法会，选择将他们安葬此地。一碑，一罐，一把骨灰，当时的埋葬方式保留至今，骨灰的安放序列按照原作战部队的序列——七十年，他们保持着原有的队形，庄严排列，凝重肃立。

他们就这样长眠，却更像长身挺立，傲而不屈，壮心填海，苦胆忧天。长长的甬道遥无尽头，高高的台阶直冲云端。这些烈士虽已远逝，他们的英魂依然长存，他们的墓碑仍如同一支支整装待发的队伍，永远守卫着中国的安宁和祥和。

## 四

腾冲城内，还有一块时任腾冲县长张问德的墓碑。

1943年8月底，占领腾冲的日军头目田岛寿嗣给张问德写了一信，信中假意表示他关心腾冲人民的"饥寒冻馁"，约请张问德到县小西乡董官村董氏宗祠会谈，"共同解决双方民生之困难问题"。对于这份名为"关心"、实则诱降的来函，张问德义正词严，表示拒绝，这就是广为传诵的《答田岛书》。

这篇署名"大中华民国云南省腾冲县县长张问德"的《答田岛书》，全文不足千字，然而，字字掷地有声。

在《答田岛书》中，张问德义正词严地写道："以余为中国之一公民，且为腾冲地方政府之一官吏，由于余之责任与良心，对于阁下所提出之任何计划，均无考虑之必要与可能。然余愿使阁下解除腾冲人民痛苦之善意能以伸张，则余所能供献于阁下者，仅有请阁下及其同僚全部返回东京。使腾冲人民永离枪刺胁迫生活之痛苦，而自漂泊之地返回故乡，于断井颓垣之上重建其乐园。"

这封信写于 1943 年 9 月 12 日，腾冲沦陷已一年有余，百姓饱受兵燹荼毒，哀鸿遍野，张问德以如刀之笔凛然发问："自事态演变以来，腾冲人民死于枪刺之下、暴尸露骨于荒野者已逾二千人，房屋毁于兵火者已逾五万幢，骡马遗失达五千匹，谷物损失达百万石，财产被劫掠者近五十亿。遂使人民父失其子，妻失其夫，居则无以蔽风雨，行则无以图谋生活，啼饥号寒，坐以待毙；甚至为阁下及其同僚之所奴役，横被鞭笞；或已送往密支那将充当炮灰。而尤使余不忍言者，则为妇女遭受污辱之一事。"张问德这封信发出之时，恰是滇西乃至全国抗日战争进行得最激烈和最艰苦的时刻。不难设想，张问德写下这封信时慷慨赴死的勇气和决绝。他慷慨陈词："凡此均属腾冲人民之痛苦。余愿坦直向阁下说明：此种痛苦均系阁下及其同僚所赐予，此种赐予，均属罪行。由于人民之尊严生命，余仅能对此种罪行予以谴责，而于遭受痛苦之人民更寄予衷心之同情。"

为将之道，当先治心；为官之道，当先问德。这份大义凛然的书信寄出后，《中央日报》《大公报》等各大报纸纷纷转载，轰动一时，极大地提振了云南民众对日寇抗战到底的决心和志气。国民政府军政部长陈诚后来代表蒋介石召见张问德，称他为"全国五百个沦陷区县长之人杰楷模""富有正气的读书人"。蒋介石则亲笔题赠"有气节之读书人也"匾额。

1942 年，张问德以六十二岁高龄就任腾冲县长。腾冲光复以后，张问德却挂冠而去，只留下他对腾冲人民的一片丹心。

但是，腾冲人民没有忘记他，中国人民没有忘记他。张问德 1957 年逝世，在他的身后，人们送给他四个字——"忠恤千秋"。

刑天舞干戚，猛志固常在。

张问德是宁折不弯的腾冲的一个缩影，正是无数的张问德，构筑了腾冲的脊梁。

五

腾冲战役的胜利，解除了中国西线的威胁，极大地鼓舞了全民抗战的士气。结合中国驻印军在缅甸密支那战役的伟大胜利，中印公路得以从印度雷多—缅甸密支那—腾冲—昆明的便捷通道向祖国大后方源源不断运送国际援华物资，奠定了抗日战争取得最后胜利的物质、精神基础。

七十年过去了，鲜血灌溉的山野开满了寂静的花朵，古巷中挤满了喧闹的人群，石城里，鲜花饼店前排着长长的队伍，年轻的恋人用玫瑰般的味道祝福爱情的未来，一切已经复归寂静，一切仿佛没有发生。然而，腾冲没有忘记，铜钟上的弹痕未平，石墙边的废墟犹在，银杏的叶子在料峭寒风中转绿为黄，被炸弹炸得粉碎的柳树又长出了新的枝丫，在风雨中摇曳，"国殇墓园"挤挤挨挨的，是深黄浅白的菊花，恬淡甘冽的芬芳溢满山谷，寸寸山河寸寸金——腾冲，永远不会忘记。

在滇缅战役中，与腾冲一道共赴死亡之战的，还有同古、仁安羌、胡康河谷、孟拱河谷、密支那、松山、龙陵、八莫、腊戍……每一个热血横流的战场，都是中国人心头的一道裂谷，每一刻由生命换来的静谧，中国人都不会忘记。

1945 年 7 月 7 日，在如海的挽歌挽联中，"国殇墓园"落成，军民同哀，始作歌曰：

吁嗟乎！
殄尽寇仇吾志已，职之所在功何名？子推高节不言禄，将军且有大树名。忆昔北伐事请缨，终军弱冠意气盈。茫茫中原尽荆棘，为国已自轻死生。巍巍乎！
诸君成功成仁俱，皎若日月丽天衢。舍生取义男儿事，而今而后知所趋。

伫立山头，山风呼啸，记忆在僵冷的时光中温润地苏醒，行伍列列，恍若踏歌而来，歌声激荡，应和群山的伟岸与苍莽。

时间退回到七十年前，腾冲战役结束一个月之后，布威尔·里维斯中校步行来到腾冲。沿着废墟瓦砾，他却再也找不到腾冲旧日的繁荣。暴尸的气味刺鼻，破碎的屋顶孤独坍塌。穿过锯齿状的孔洞，葡

大春秋（节选）

萄藤和其他攀援植物开始生长。他捡起一项日本钢盔，它所保护的头颅早已被击得粉碎，连接头颅的尸体横卧一旁，除了腰带，其他部分已难以辨认。三株粉红色的牵牛花，已经在这个腐烂发臭的胸口上发芽开花。

时间无情流逝，折戟沉沙铁未销，大自然已经开始选择遗忘，面对重生。然而，中国人民用血泪书写的历史，永远只有重生，没有死亡。

前事不忘，后事之师。

获奖作品《大湖消息》作者沈念

**沈念简介：**

　　沈念，1979年生，湖南岳阳人，中国作家协会会员，湖南省作家协会副主席，中国人民大学文学硕士。著有中短篇小说集《灯火夜驰》《夜鸭停止呼叫》，散文集《大湖消息》《世间以深为海》《时间里的事物》，长篇儿童小说《岛上离歌》等。曾获十月文学奖、华语青年作家奖、高晓声文学奖、三毛散文奖、万松浦文学奖、湖南省文学艺术奖、湖南青年文学奖等。

# 获奖感言

沈 念

洞庭湖是我心中的大湖。大湖养育了我，塑造了我，也滋养了我的精神，我的文学。她是我永不枯竭的创作源头，是我生命中最具力量、最富情感、最有意义的福地。《大湖消息》是一部关于洞庭湖的田野志，凝聚了我对故乡的深情与眷恋，忧思与憧憬，也成为了我创作生涯中的文学坐标。

多少次"归去来"，我以各种身份在大湖行走，回溯光阴往事，体察时代变迁中大湖的可喜变化。以前，我们听到的是人与水的斗争，人从水中的索取，但是在今天，人们意识到保护生态、与自然和谐共处的重要性，退田还湖，生态修复，十年禁渔，守护一江碧水，已经成为每一个大湖人的自觉与自省。这十余年来，我通过一次次田野走访，重新认识了大湖之上的候鸟、麋鹿、黑杨等动植物，理解了保护工作者、志愿者、渔民的艰辛和勇毅。水承载着历史的命运，水的内涵远比我领会的要深刻、柔韧、丰富、复杂。水清澈，照见天地，让我看清楚人，也看清楚自己。我带着敬畏、悲悯、体恤，沿着水的足迹寻访，见识了不同季节和生态下的大湖景致，也在人身上看到比大湖更广阔的性情和心灵。湖上的日月星辰、风霜雨雪，人们的喜怒哀乐、悲欢离合，汇聚成一个开阔斑斓、有情有义的水世界。我和所有大湖人一样，从水流之中获得力量，从自然之中获得领悟，有了崭新的生命体验和生命意识。

《大湖消息》记录的是田野经验，抒怀的是生命史，通向的是人心。个人是水滴，洞庭有浪潮。写作者永远身处写作进行时，我会继续写大湖的水滴，写大湖的浪潮，写出与时代、生活、世界互相印证、深度嵌合的理想之作。大湖之上，万物生灵竞自由，我会继续探寻，走进大湖更深处，关注她的人文、地理、四季和昼夜，从水流、丛林、草原、山野以及大湖所有的事物之中，"创作"又一个文学的未来。

# 大湖消息（节选）

★ 沈 念

## 大湖消息

那个早晨有些异常。霜冻尚未化开的旷野寂寥无声，风锋利得像冰碴，从房屋、树篱、林子里跑出来。一只没看清模样的飞鸟，像刺眼的光扫过，轻拍翅膀，沿村庄的边界飞过长堤，隐约留下几声尖细的呼叫，向南飞去。

2015 年元旦过后的第三天，一支越冬水鸟调查小分队抵达七星湖。小分队以东洞庭湖湿地保护工作者为主，我是小分队的编外人员，在湖边生活多年的我，却还是第一次真正地深入到湖的腹地。

几个小时后，我们遇见的毒鸟人，秃顶低垂，脸色煞白，呼吸急促，喃喃自语：

"昨晚做了个噩梦，梦见一条船直接撞上了我。"

他的夜晚惊慌滚动，那条梦中飞撞而至的"船"，说的是我们吗？

东洞庭湖空旷无人的"心腹"之地，七星湖水域冷风凄厉，我们与他不期而遇。一年一度的越冬水鸟调查，任务是观测当年飞抵这里过冬候鸟的种类与数量，进行鸟类保护宣传，兼顾观察湿地生态变化。我们压根就没想要遇见他，还有被拔光羽毛的两只豆雁、一只天鹅。那些没来得及彻底清理干净的黑色毛茬，撒遍它们身体的每一寸肌肤，直杵杵地照晃着我们的眼睛，无论如何也难以让人联想起它们飞翔时的美丽和自由。

沮丧的毒鸟人坐在隔舱板的面梁上，双手夹在两腿之间，十根手指绞在一起，指甲藏污纳垢，粗糙的皮肤像堆积着没打干净的鳞片。第一次见到纹路如此苍老复杂的手，蒲滚船突然发动，飞驰，他的身体急遽前倾。那只手像一只刺猬披铠戴甲扎过来，我站立不稳，无处闪躲。仿佛有看不见的眼泪跟着湖上寒风一起呼啸，还有清早那尖细如冰针的叫声，似乎从没离开过我的耳畔，风声中它变得更加锐利，像成千上万的翅膀密匝匝地扑腾过来。

## 湖

夜色入冬，薄雾拂卷，阒寂覆盖。

毒鸟人的惊醒之夜，我们抵达那个离城百余公里的小村庄。

穿过村庄，翻上长堤，洞庭湖咫尺之间。东经111°，北纬30°，是洞庭湖的主坐标。这一经纬度上的冬天，湖水退去，广袤的湖洲湿地一片苍茫，齐整裸露，草苇疯长，坑洼与水沟交错，牛脚踩出一个个坚硬的脚印，小路上泥辙结冻，像伸向湖心的铁轨。

没有人会相信这是上下天光、一碧万顷的洞庭湖，太瘦了，如同几条分岔的干涸的河流。在有据可查的档案记录里，湖一年年做着"瘦身"运动。《水经·湘水注》中是"广圆五百里，日月出没其中"，唐宋诗文中频繁出现的是"八百里""洞庭天下水"，也是"浩浩汤汤，横无际涯""水尽南天不见云"。它已经是一个无与伦比的大湖了，但到了明代嘉靖、隆庆年间还在长大，原因是长江北岸分江穴口基本堵塞，水沙分泄，湖面扩张，往西、南延展出了后来的西洞庭和南洞庭。清道光年间《洞庭湖志》中，全盛时期面积有六千平方公里，差不多是现在的三倍。那张传播印刻的《舆图》，描绘的是湖的全盛期和最大值，此后步步走向的都是湖的衰落。

水去了哪里？水又是从何处而来？似乎每个此刻站在此地的人都会问这两个最简单也是最复杂的问题。

有来水才有去水。洞庭湖的南北两大来水，早已在郦道元记载的"同注洞庭，北会长江"和范仲淹吟诵的"北通巫峡，南极潇湘"中予以印证。北水是城陵矶以上的长江来水，主要是长江荆江段，其实"衔远山，吞长江"中一个"吞"字已道出了江与湖的亲密关系；南水是忝列长江支流的湘资沅澧四水，它们都是先入洞庭后再去往长江的。洞庭湖就变成了一个大口袋般的调蓄湖。但水是不分先来后到的，有时络绎不绝，有时蜂拥而至，加上雨水充沛，如同汪洋大海的湖面会变得格外好看，但"好看"的背后，是湖区老百姓每到汛期都会胆战心惊。

水，忍气吞声，却从不轻易退缩，不计一切后果的报复常常在炎热的夏天实施。洲长湖高，初修的堤垸拦不住无风三尺浪的湖水，垮垸、泡洲、跑堤，人命和财物悉数吞噬。洪水之灾，清光绪十六年（1890）湖广总督张之洞曾在奏折中写道：

> 江水入湖，挟泥带沙以南趋，西湖一带淤地成洲，土人名曰南洲，地广土沃，土客互争，草泽啸聚，实为湖南隐患。且淤洲日宽，湖南愈狭，内水阻遏不消，滨湖州县，胥受其害。

在北斗卫星地图上，湖像一片蓝色的大地血液，汩汩不息，在看似巨大实则狭长的动脉血管中流动。再定睛细看，流动的却是一个毫无规则的多边形，轮廓线豁牙锯齿。20世纪20年代开始，热情参与围湖造田运动的人们，像蚕一般细细密密地啃噬着洞庭湖这片巨大的桑叶。千里湖洲，百里沃野，顺水而来的开荒者，赤膊吊胯，或者一担箩筐挑着儿女和全部家当，跟着春天一起到来，插根扁担在金子般的泥地里，三天就能"发芽"。这是当地人对开荒年代的形象比喻。

入湖泥沙淤积量大于湖盆构造下沉量，日积月累，平衡状态打破，湖泊变洲滩，洲滩变垸土和湖田，人进水退，与水争地，插秧插到水中央，大湖萎缩加速。水中小岛或者成了半岛，或者早化身为一片田野。那些研究者的术语和断词，在精测地图上，变成的是滨湖堤垸如鳞，弥望无际。围绕洞庭湖面积引发的争议，自20世纪70年代起就没有停止过。

谁之过？

水所能打开的想象不知不觉地被划块分割，向往的终点在叹息声起处。自然与人之间的矛盾，在物欲"满血"的年代，没谁能一下把紧紧缠绕的"结"解开。这个"结"包裹着形形色色的利益，还有各式各样的桎梏、伤害、遗忘与抛弃。湖所承载的那些气象万千的美好伴随候鸟的漂泊、流浪、冒险而变得破碎与脆弱。

## 鸟

我们去往的是天鹅最钟情的七星湖，在东洞庭湖西南角。

从市区出发，走省道、乡镇公路、通村公路，一百余公里，路从开阔到狭窄，从平坦到颠簸，途中要花三个小时。挤在我身旁的一老一少，都是东洞庭湖保护区的"老将"。年轻的姓余，皮肤黝黑，左脸颊一道颜色更深的疤槽。他是保护区下设七星湖管理站的站长，后来一介绍才知竟然是八〇后，疤槽是巡护途中从摩托车上摔倒所致。问他这条路线一年要跑多少个来回、鸟的多少、观鸟要领……他只言片语，吝啬乏味。

倒是"元老级"的老张话多，愿意满足我的好奇——护鸟的艰苦、打击毒鸟者的艰辛、湿地环境不为人力所能改变的艰难……

老张回忆那些残缺的经历，在狭小的讲述空间里缠绕成一团沉重的情绪，跟着车轮的奔跑发酵、膨胀。老张说起20世纪六七十年代，村里有专业的猎捕队，县里的外贸局收购鸟羽出口换外汇，猎捕正大光明。后来有了禁令，有了湿地保护工作人员巡查，但冬天困守在湖滩不上岸的渔民，会放呋喃丹毒鸟；冬闲无所事事的湖区周边农民，会偷偷扛着猎枪、土铳、高压气枪恶作剧般打几只鸟打打牙祭；还有一种网眼细密的捕鱼工具迷魂阵，被隐秘地安插在鱼虾洄游必经之地，只进不出，伤害极大；有些废弃的网埋在水中，日子久了，水退之后，常常又缠住觅食的鸟，有翅也飞不起来；城里郊外的餐馆明中暗里兜售野味，满足人们的口欲，这里面有暴利可图，就有了毒鸟的团伙犯罪。而更久远之前，老张说祖父辈在湖区遇到湖上自然死亡的大雁野鸭，都会捡起来挖个土坑填埋，随手折段柳枝插在坑头上。他这辈子最恨毒鸟的人，前年一桩恶性毒鸟案，现场遍地白羽，像是刚下过的鹅毛大雪，鸟睁开的眼睛就如同雪地上踩出的黑洞洞的脚印。这桩案子大费周章，很长一段时间后才找到放毒的人。老张整天在家郁闷生气，头发白了一圈。

"不是我们没管事，是湖太大了，总有管不到的地方管不到的时候。"记忆碎片像一只只漂流瓶，老张把它们丢进水里，任其漂流远方。

采桑湖是我们的必经之地，也是这片湿地的核心保护区，从10月、11月至次年的3、4月间，跟随枯水期的到来，湖底袒露，湿地天成，恰好成为北方候鸟的最佳迁徙越冬地。住在这里的家户并不多，这几年集中迁住到镇上或安置小区，剩下的老房子，都是一个个的院子，有些勤快的主人，用砍下的粗细匀称的树枝扎成一圈树篱。夜晚打上霜的树篱，在薄雾飞散的晨光里，发出白珊瑚色的光，给村庄添了些冷清。再过些时间，太阳出来后，树篱上挂着的晶亮的水珠，如同发光的玻璃球。田野是湿漉漉的，在阳光照耀下，就像大地上被遗落的一颗闪烁的大珍珠。我多次来到这里，和那些渔民、志愿者、观鸟者擦肩而过。湖岸扭着身体消失在视线尽头，运气好的话，肉眼就能越过那阳光弥漫的雾障，看到鸟飞翔或降落的身影。

湖洲的外滩浮动着一片沉甸甸的银灰，偶尔太阳挣出云层，银灰里又掺进些金黄、古铜和锈红。天地间的灰白变得更稠浓，冬天的湖面瘦得更狭窄、遥远，一副冷恹恹的神情。有的路面落满了枯叶，车轮碾过，发出碎裂的声音。声音像块有棱角的石头，砸得水花四溅。

水天一色的远方，候鸟并非想象中那般密集。流线型的体廓，飞羽和尾羽组合成的飞翔利器，鸟十分享受它的飞行特权，也使得它为人所喜爱。灰蒙蒙的天空，一群豆雁星点般散落，在轻快掠起的飞行中，发出波纹般的微光。偶有形单影只的头上一撮凤凰般艳丽色彩毛羽的凤头䴙䴘、琵琶形长嘴的白琵鹭在近一点的洲滩边优雅踱步。几只针尾鸭夹着如箭镞般翘起的"拖枪"尾巴，混迹于一群肥大的罗纹鸭中。黑色的椋鸟群，像个紧攥的拳头，在惊马奔逃般的甩身中，总有几只掉队的同伴，沮丧地看着高高飞走的队伍，给天空镶上流动的黑边。还有几只麻灰色羽翼的苍鹭，弓着颈，好几个小时一动不动地在浅水里站成一尊雕像，直到游过来鱼虾、泥鳅，才会将细长的尖喙刺过去。在本地人眼中，这是一种懒惰的鸟，渔民给它取个绰号叫"长脖老等"。

我的背包里有一本便携版的《中国鸟类图鉴》，虽然比不上《中国鸟类野外手册》内容丰富，但一千二百种鸟的图片已足够查对洞庭湖上能看到的候鸟。插图中的各种水禽鸟类，色彩繁多且纤细入微，如同实物被压成了书上的一幅幅图案。雌雄、成幼、冬羽夏羽亚种，关于鸟这一陆生脊椎动物中分布最广、种类最多的类群，我熟悉它们的途径就是图鉴手册这类科普书籍，以及朋友们的讲述。当然更直接的是亲身参与的几次野外考察，艳丽的色彩，飞翔穿梭的美妙姿态，我常为寻觅到图片中对应的鸟而惊喜不已。

体表被覆羽毛、有翼、恒温、卵生，候鸟的一切生存之道都在这些特征下展开。毫无疑问，所有迁徙的候鸟都是富有冒险精神的勇士。每年世界上有几十亿只候鸟在秋季离开繁殖地迁往更为适宜的栖息地，而人类的目光很早就尾随鸟的迁徙之途。两千多年前，古希腊动物学家亚里士多德说过，秋分以后一些鸟类由寒冷的国家飞向邻近或更远的温暖地区。而我国秦汉时期也有文字记载："《吕氏春秋》曰，孟春之月鸿雁北，孟秋之月鸿雁来。"

观鸟飞翔是件愉悦的事。我家乡依傍的那条最终流入洞庭湖的长河，在水运繁盛的年代，也吸引过不少候鸟的停留。儿时，我和小伙伴多次沿着河岸去偏远的河汊看鸟，拼尽气力把石头掷向河面，与候鸟一起"哦耶、哦耶"地惊叫起来。鸟从那尖锐而热烈的鸣啼声中飞出来，挂在水边的池杉枝上，盘旋着飞在我们的头顶。那些快乐，短暂地停留在时光的某个角落，不去翻动就尘垢掩覆。我清楚记得的是我那位知识渊博的语文老师，从鸟类学家的词典中翻找出三个名词板书在黑板上——留鸟、候鸟、迷鸟。这是我第一次从鸟名之外的门径窥探鸟类，潇洒的粉笔板书，跟着下课铃声的到来，变成三只硕大的鸟从眼前飞远。

"候鸟是最具责任感的父母，它们要保证繁殖育雏期是在最有利的季节环境里发生。"

"一只迷鸟的经历足以写出一部风雨颠沛的长诗。"

"恋家的留鸟不懂飞往他乡的乐趣，是故乡的忠实守候者。"

后来在读到靠着行吟诗人背诵流传的《荷马史诗》时，我又为受天神捉弄的奥德修斯这只独特的"迷鸟"着迷。因天气变异而飘离迁徙路线飞到异地的鸟，是迷鸟的书面释义。奥德修斯在海上多灾多难地漂流十年之久，归家途中遭遇不可抗拒的飓风暴雨，生存的本能让他屡屡流浪他乡苟且生存。"迷鸟"奥德修斯最终归到故乡伊塔克与家人团聚，而一份载明发生在 1937 年间的观察记录显示，一场风暴把一群挪威的候鸟田鹬赶到了英格兰，从此改变迁徙习性，在格陵兰南部定居下来。移情别恋的迷鸟从此随遇即安且忘记故乡。

忘记故乡，不也同时拥有了另一个故乡吗？

## 影

天气预报没提到有雨，但我们赶到一个叫注滋口的小镇装备"粮食"的时候，阴霾的天空飘落几丝细雨，从脸颊上一划而过。

小镇倚靠一条枯竭的河流，一大片积雨云在河的西北面集合，然后扇面般展开，像千军万马奔杀过来。这是一个与我家乡极其相似的地方。水运掌握着地方交通运输命脉的年代，这里船只来往，货物吞吐，流动着"小汉口"式的熙熙攘攘。从镇政府走过时，我看到大门口挂着一副对联：

地利扼华容，水陆双通，商贾繁荣小汉口；
文风延古镇，诗联再续，名声蔚起大潇湘。

文字中的虚荣，过去的市井喧嚣，如枯叶簌簌扑落，空余今天普遍切身体会到的"寸寸肌肤寸寸凉"。那是"回不去的故乡"散发出的凋敝与清冷。街面上流动的身影，一瞬间竟让我仿佛又看到孩提时跟踪过的，从街上走过、从村庄的小路走来的孤独、踟蹰的身影。

见到毒鸟人的那一刻，我既感意外，又丝毫不诧异。他不过是从那些重叠的身影中走出的一个。

那是一天中最安静的午后时刻，衣着邋遢、神情木讷的老男人从街上走过。他目光游移，脚步拖沓，没人知道他此时出现的意图。背后有三两个站在店面前的中年妇女嘀咕着他的过往。性情孤僻，好吃懒做，一事无成，最让人诟病的是这个年近六旬的老男人从未娶妻生子。在旁人的记忆里，他沉默寡言，长久以来与弟弟一家人住在一起，很不讨亲人的欢喜。他从偏远的村庄到镇上的次数不多，仿佛每次只是闲逛。那时节的棉花地里正是一年四季最忙碌的节点，绵绵阴霾，虫害来犯，让棉农们叫苦不迭。好奇者的目光终于尾随老男人走进了一家卖种子化肥农药的商店，他逡巡于玻璃柜台前，犹豫地打量着拥有千奇百怪的名字的商品，不吭声气。店里的女营业员冷冷地睃他一眼，又专注于手机游戏的摆弄。良久，看着他拿着一包广为人知的克百威杀虫剂出来，人们漾起波澜的心湖才趋于平静。老男人不过是受家人指遣，来购买一包农村常用的杀虫药剂而已。

老男人原路返回时就揣着乡下人俗称"呋喃丹"的杀虫剂。这种氨基甲酸酯类广谱内吸杀虫杀螨杀线虫剂，学名"克百威"，杀气腾腾，威风凛凛，20世纪60年代初由美国创制，1967年推广，纯品为白色结晶，但多为紫色颗粒，溶解于水的温度底线是二十五摄氏度。按中国农药毒性的分级标准，呋喃丹属高毒农药，不能用在蔬菜和果树上，可用于多种作物防治土壤内及地面上的三百多种害虫和线虫。但不知从哪一天起，它被某个愚蠢的念头改变了用途，嗜杀成性的细小颗粒抛撒在候鸟出没地带，一只只踱步寻食的鸟惘然不知啄入食道的颗粒见血封喉。细颗粒的危害性远远超出我的想象，鸟食入一小粒足以致命，中毒致死的小鸟或其它昆虫，被猛禽、小兽或爬行类动物觅食后，还可引起二次中毒而致死。

从事媒体工作的朋友谈起经历过的一起天鹅恶性死亡事件，前年他在七星湖的苇丛中亲眼见到几十只天鹅、雁鸭集体中毒。那些中毒浅、尚未死亡的天鹅，嘴流涎水、眼泪滴淌、瞳孔缩小，抱在怀中能感受到肌体如风吹枝杈般的震颤。朋友讲述时的情绪也在震颤，仿佛乌云压积，等待雷电撕裂，暴雨冲刷可耻的卑劣行径。毋庸置疑，毒死天鹅的罪魁就是呋喃丹。保护区的人把这种在阳光下会变成紫色的颗粒说成是候鸟的"闪电杀手"。照此看来，因为预测不到的意外，候鸟的南渡北归，既是生死契阔的相守，又何尝不是一场生死离别的演出。天空书写着一行鸟的语言："是迁徙，也是消逝！"

老男人的毒鸟计划是来小镇的路上萌生的吗？我宁愿相信那是他

后来的"恍惚"之过。这个可怜的人，没有得到同乡之间一声温暖的问候，他也主动躲开那些帮扶者的视线，悄无声息地走远。人间冷暖在他心中，也许早已没有了温度的显示。乡间野外，夜色张开狰狞大嘴，吞噬夜归路上踽踽独行的老男人。当我们到来时，夜色也一步步驱赶着拂不散的清冽寒风，钻进我们全副武装的身体。

风紧刮一阵后慢下来，水波粼粼，每一块水域都变成了一条条发光的鱼。植被、鱼类、田垄林地上悄然跑过的野物，与重峦叠嶂的鸟影，被一柱柱棱镜笼罩其间，折射出湖泊、湿地与人的暗变。喧闹的天空，容易让外来者沉浸其中，当声响骤然消失，大地孤寂无语，只留下那杳然消逝的翅膀划过的影子，像胸中吐出长长的叹息。

夜晚就这般降临我们身旁。

# 夜

远离人群聚集的七星湖管理站，正在垒砖砌瓦。屋后是一片枝叶稀薄的水杉林，表情冷漠，目视前方，像一群裸体男女的行为艺术。一群椋鸟突然从林中喷雾般飞出、盘旋，又遮蔽了这片栖身的树林。我刚认识这种朱嘴橙脚的鸟，它的头与颈部是丝光白色，胸和背是灰色，翅和尾是黑色，也带着点蓝绿色金属光泽。群飞的椋鸟，无疑是一道空中风景，像卷起的旋风和移动的云层，天色在明暗间发生着太极形状的变化。

临时管理站的小方牌挂在租借当地农民的房子门顶，这幢两层平顶房位于通村公路干道旁，房子除了两名工作人员的床和配备的摩托车、电脑这些基本设施，空荡如也。晚饭后，我被安排住进一户农家超市。超市新开不久，在通村公路的尽头，门头上的大横招牌喷绘了"崔家铺子"四个硕大黑体字。

老板是一对胖墩墩的中年夫妇，自家的房子，二楼隔成几间客房，电视、热水、信号不稳定的 Wi-Fi，一应俱全。我质疑把住宿旅馆开在这种偏远之地的收入状况。

男的自信满满地说："客人？当然有，像你们一样来看鸟的。"

"喊。"一声不屑未完全出口，我立刻噤声，没敢打击他。这地方，除了专程跟着保护区的工作人员来，业余的观鸟夜宿者恐怕少之又少。太偏僻了。

昏黄的天色被冷风剪成碎片，细雨发出银灰色的光，通往田野的小路上落叶凋零。椋鸟早飞不见了，散落在树洞或哪家墙洞里避风躲雨。饭后的时间并不晚，外面却更早地变成一团墨黑，除了偶尔有小货的和归家的拖拉机驶过的声音，世界早已安眠。我下楼，夜色侵蚀屋内，日光灯光芒稀薄，货架上的食品、日用品蒙着薄薄的尘灰，忙碌完的夫妇守在电视机前，女的盯着一档咯吱欢笑的综艺节目咯吱得左倾右倒，望都没望我一眼。

目光投入野外，黑暗狂潮般涌来，瞬间吞没我看得见的一切。风吹来的寒意变成小方格形状的冰块，冷冰冰地滑进脖颈，凉到脚心。我脑子里浮出奇异的画面，夜的海洋里，体积庞大笨重的座头鲸远航而至，夜浪没丝毫声响，哺乳动物中迁徙距离最远的座头鲸神态安详。天空发出幽幽的蓝光，寂静凝固，我听到自己的心跳，仿佛旷野里群鸟低飞，传来深深浅浅的墨绿色鸣叫。

喔啰。哦耶。

是我的错觉，整个晚上，没有一声真正属于鸟儿的叫声。

候鸟入眠，坐卧刺骨寒冷的野外，在湿地黑色硕大的子宫里，沉睡如婴儿，开始甜美的梦乡之旅。野外气温降到零度以下，仅靠羽毛的覆盖、蹼皮的包裹，鸟儿安然无恙。鸟特有的羽毛让人艳羡，那些色泽不同、柔软无比的羽毛，连同羽衣在体表形成的有效隔热层，是绝佳的保温良品。

度冬的候鸟中没有猛禽，自然看不到那如同满弓时射出的利箭般的身体。总是有些遗憾，但对栖息的候鸟而言，它们少了同类的攻击，会多一些安全感。我看到过一只站在野外的白鹭，那一刻，神圣仿佛降临，它像一位长相清癯的神父，为了未尽的救赎，独自站在荒芜之中，毫无惧意，除了等待，只有等待。

所有候鸟的一生都会等待一次万里飞行吗？

有的鸟飞的时候很轻，像风吹起一片落叶，又像从枪口冒出的一缕青烟。候鸟能感受到微妙的空气变化，阳光普照，温度上升，田野上的湿露变成一股股热气流，能托起飞鸟的欢愉。它们的飞行、滑翔和振翅，会没有规则地改变方向。有时交替着左右盘旋，有时朝一个方向顺时针转圈。鸟的飞行是最自由的舞蹈表演。

保护区前后来过许多位做生物科考研究的年轻博士。年轻人总是对未知充满着探寻的渴求，而又最愿意分享他们的渴求。与我同行的那位清华大学生物学专业的林博士跟我画图讲解，鸟正羽的末端是挡风的屏障，绒羽滞留一些空气，减少对流；尾脂腺分泌的油脂给全身羽毛涂上一层油膜，加之羽毛细微结构间的空隙异常紧密，鸟羽的抗湿功能绝无仅有。还有候鸟身体的颤抖，竟然是靠此增加热量而维持体温。这种热量是从脂肪酸氧化中获取的。北极小鸟白腰朱顶雀，你不敢相信它能在零下五十摄氏度生存三小时……我可是第一次听到这些有趣的知识。

我盯着滔滔不绝的林博士，崇拜的目光让他以为自己的讲解出现了知识性错误。我眨眨眼睛说，继续继续，您知道得太多了。他马上提醒我，看你就是没经验，围脖、护膝、收口的裤子，这样才扛得住野外的冷冻。悲剧的人们，身体走上了一条与鸟儿分岔的演化之路。人因为使用火和衣物受到惩罚，一旦脱离保暖取暖物的依附，在寒冷的世界会迅速面临性命之忧。

夜晚之于候鸟，还有另一种存在的意义。林博士聊到鸟的夜间迁徙，这是它们自我保护的一种方式。躲避猛禽的袭击，把受敌害威胁的风险降至最低，夜间候鸟有自己辨析方向的本领。即使没有月亮，云的反射、星的闪烁、水面的反光，也能让候鸟辨识地面轮廓，不致迷失。他提到一个叫"圆月观察"的网站，是由全世界各地大批鸟类学家组成的观察家网，他们一般选择晴朗的月圆之夜，在不同地点同时观察，用望远镜对准月亮观察候鸟飞过圆月时留下的阴影。隐身于阴影下的丰富数据，居然可用来帮人们了解候鸟迁徙的时间、路径，以及与天气、地形的关系……

回到现实的夜晚，谁也不曾料到，趁着夜幕的掩护，冒着寒冷的毒鸟人摸着水面反射出的暗淡之光，悄然把死亡送到候鸟的身旁。我不知道，美好的一天将结束于一朵黑色而阴鸷的乌云。

湖洲之上，到处都留有候鸟的印记。风疯狂地摇动着大地上的事物，圆镜般的湖面陷入黑暗，飞鸟的夜晚从来都布满凶险。夜晚掩藏的罪与罚，大自然中秩序的破坏者，最乐意制造这种混乱、盲目和无序。

人的脚印歪歪斜斜。毒鸟人的夜晚一路走得惊慌失措，次日清早，他撒开夜梦的不祥，拾回了欢喜的"猎物"。早早苏醒觅食的天鹅与豆雁，啄食了那种叫呋喃丹的毒药后倒地身亡，重返北方家乡之路被拦腰劈断。毒鸟人心满意足地回到船上，准备点火烧水，钳净鸟羽，对候鸟生命的睥睨，让他毫无罪恶之感。而那时我们刚走完通村公路，车拐上大堤，路面颠簸，车速放缓，碎石在车轮下暴跳如雷。

## 静

一道长堤划开人与水的界限。越早之前，恣肆汪洋覆盖这一片更为广阔的滩涂野地。地质变动、气候变迁、河流影响，让洞庭湖像张水网，星罗棋布地撒在这片土地上。它又是一个向心状的水系，有名有姓入湖的河流，东有新墙河、汨罗江，南有湘江、资水，西有沅江、澧水，北有松滋河、虎渡河、藕池河、华容河。而湘资沅澧四水的大小支流有四千余条，常被人们提及的有：潇水、蒸水、洣水、涟水、浏阳河、沩水、邵水、渠江、志溪、辰水、酉水、溆水、娄水、渫水、道水等。

湖洲上看不到也从未建起过威武标致的房子，粮食作物从来长得漫不经心。芦苇草房、砖屋瓦房头一年秋天建起，第二年夏天冲毁，春收还没被胃壁消化，夏收被水一笔抹去。水所鲸吞的就从别处讨回来，而人面对洪水的侵扰，从没有过积累财富的念头。风口浪尖上讨生活的人，战天斗地，依旧是其乐无穷地在季节的更替里与自然博弈。说是讨生活，但湖区那些丰富的食用植物和鱼类资源，从没让人失望过。人走到哪里，栖身之所就在哪里，那些莲、藕、菱角、芡实、茭白，那些芦苇、蒲草、席草，吃食用度随处可见。"有种皆收，俗称一年收可敌三年水。"《洞庭湖保安湖田志》中的记载，说的就是大自然给这片土地的厚爱。

过去冬天抵临的候鸟，比现在更多，但对于人而言，在那个连生存下来也困难的年代里，它们只是肉食、皮毛和工分。当地一个叫"老鹿"的猎人，在 20 世纪六七十年代，曾带领村里的打鸟队，一铳猎杀一百八十七只白鹤，这份纪录从此无人打破。那是一场声势浩大的屠杀，白羽飘飞，血溅成河，但物质匮乏年代的人们从没意识到自己的罪行，而是欢欣鼓舞。与饿肚子比起来，人们宁可背负所有的罪。可笑至极的是，动物学家的调查数据，往往就诞生于生产大队或者土产、外贸公司的数以"担"计之中。最近的十几年里，每年来此越冬的白鹤远不及过去的零头。湖区的物种和生境遭遇的巨大破坏不可避免，没有人懂得破坏和保护意味着什么，也就不会有人流露出哪怕如隙流般的自责。

堤坡下种着一小片欧美黑杨林，细瘦光秃，孤独地站在风中。湖区田地比丘、冈平坦，土层深厚，质地疏松，光温充足，可垦价值高，便于耕种，家家户户的门前屋后，空地也是草植茂盛。前几年，湖的周边突然刮起一阵"造林风"。黑杨、意杨，这些能快速带来经济效益的树种，在湖滩周边大规模地林立起来，这一度让当地林业部门引以为豪。被蒙蔽的人们不知，这种长势很快的经济林木，对湿地的改造能力无比强大，每棵树的每条根，就像日夜不息的抽水泵，把水分吸干，湿地转眼间就成为旱地。一字之差，带来的恶性结果是那些原本供鸟类栖息的湿地、滩涂减少，土地坼裂，像一双双泪已流干无法瞑目的眼睛。而苔草、辣蓼这些过去茂盛的草本植物，被黑杨、意杨发达的根系驱赶远离，那些雁、鹤也因食物缺乏继而销声匿迹。

车轮摩擦堤面的粗糙砂石，发出刺耳的"咔咔"之声。四望萧瑟，"咔咔"的声音敲打着悲凉的心。情绪起着波澜，使得短暂的车程仿佛走过一段漫长的时光。我们从新沟闸下车步行，一道长长的斜坡连着一条弯弯扭扭的窄路，伸向东洞庭湖的腹地。新沟闸只是长堤上众多简易水闸中的一个，枯水季节，它唯一的作用是湖堤上的地名标识。这里是渔民相约出发的起点，湖水被堤坡拦隔的终点，也是寒冬从湖里上岸进城的必经之路。

老张说，别看湖区大，上岸进城的口子并不多，保护区的人守在新沟闸，就抓获过偷猎、毒鸟的人，逃无可逃。

"寂静其实是一种声音，也是许多、许多种声音。"美国声音生态学家戈登·汉普顿曾无比痴迷地追寻过的寂静，是此时湖洲之上唯一的声音。风响、渔民迎面相遇的招呼问候、三轮车的颠簸、看不见身影的鸟鸣，都归于寂静。我们经过一处浅水洼地，一个穿长统靴的渔民在妻子的协助下，正在引排洼地积水，一长溜渔网像怀抱一样截住出口，体形细小的死鱼密密麻麻漂浮在网围水面。这种令人深恶痛绝的枯竭式捕捞，渔民心安理得。左前方出现一圈壮观的矮围，停在矮围外的一辆载重货车不知是如何驶入的，车厢堆满又长又粗的竹篙。几处搭起来的施工台上，几个缩头缩脑的男子正在绑固铁丝拉起丝网，远望真像那种高大上的高尔夫练习球场。待来年涨水退去，游进矮围之中的鱼都成了"瓮中之鳖"。

鱼再多，风餐露宿的渔民终归是弱势群体，拥有这块数十上百亩矮围的"渔翁们"，表面上是被解散的当地渔场职工，签订的也是特色养殖的项目协议，但幕后操纵者往往有着说不清道不明的复杂关系。洞庭湖的公共渔业资源，到底是被哪些人给掠夺了？跟洞庭湖打了多年交道的老张向我发出这般疑问，可这样的问题永远不会有满意的回答。后来有桩闹出很大声响的毒鸟案，为首的一个绰号叫何老四的人，就常年在矮围附近浅水水域非法投毒猎杀越冬水鸟。

唉！我们的纠结，最终以一声长叹草草收尾，然后支离破碎地摔落苇丛中。

泥泞是湿地的常态。脚下的小路坑洼不平，人、车、摩托碾过的印辙交错，细细察看还可辨识出大鸟的爪痕。被人避开的地方，泥泞深厚，表面上看并无异样，若一脚踩下去，会深及膝盖，黏稠的泥浆像是湿地分泌出来的霉菌，又像是被踏平的八爪鱼，挣扎着在地上攥紧、吸附、摊展，吧唧、吧唧。这是令人恶心的响声。但有的候鸟喜欢，有很多虫螺藏身泥浆，它们只需要睁大眼睛寻找就可美餐一顿。

毒鸟人几天前也应是从这条必经之路走过的。小路与一条十米宽的沟渠平行，沟渠的水连通七星湖。当地渔民挖渠引水，目的是在秋冬季节方便运输收获的鱼、需要修补的渔猎工具。沟渠走到一个转弯处，几根木杈搭起一张低矮简陋的木棚，一条底朝天的小木筏，一个穿着寒碜的妇女翻拣着船背壳上晾晒的翘白刁子、黑背鲫鱼。鱼是过冬和即将到来的春节餐桌上的一道必备菜，"年年有鱼（余）"的心理暗示从不曾撤离人们的头脑深处。

没有一只候鸟出现在我们的视野。如此天气叫人迷惘，空中迷漫着一层层淡淡乳白色的水雾，寂静也有了颜色，一泻千里，没有褶皱。

我把嘴张开，伸出舌头，感受空气中的风和冷意。重复儿时在下雪天的调皮动作，我自己都禁不住咏咏发笑。他们看我一眼，也许并没看到我在做什么，却也莫名地跟着笑起来。

任何声音在阔大的寂静里格外敏感，一缕细小的颤动都会传入耳中。我们急速走动的脚步声、衣服背包的摩擦声，瞬间被泊在岸边的蒲滚船轰隆隆的发动机声吞没。嚣张的声音吐出一大团气泡般的呛人青烟。长相奇怪的蒲滚船是湿地特有的交通工具，外观像苏式拖拉机车头，螺旋桨式的车轮由十片巨大的铁叶片组成。我们乘坐的木船被绳索牵引在后，仿若前往打麦场的拖拉机车厢。

轰隆声一路把寂静刺破。船轮滚动激起焰火般的泥花，拖船走过的地方留下一条"道路"，隔一段时间就会悄然消失。驾驶者是七星湖的原住民，他熟悉这个季节湖里的路况。有些沼泽地段，蒲滚船和再老练的渔民也不敢放肆，荒野之地，一旦陷入泥潭，叫破嗓子也没人回应。

## 风

湖风是一阵阵的，像不稳定的情绪，突然来个疯狂的打滚。风呼啸的时候，我们乘坐的船像要被一双巨大有力的手掀翻。那道若有若无的地平线，也在空气的浪流中更加缥缈。一群群静卧在洲滩上的飞鸟，倒是无惧这点风波。若不是认出不同种类的鸟，我会觉得我们一直在一条没有尽头的航道上原地踏步。

湖面依旧开阔，却没有了往日水波涌动时的起伏。隐藏在时间深处的地质演变，让东洞庭湖形成了独特的湿地系统。半陆半水，冬季近地层温度比同纬度远湖区域平均温度略高，丰富的植物、鱼类遍布，飞鸟也把不寻常的生命轨迹留在这里。我翻开厚厚的鸟类图谱，读着纸上的飞鸟。

小白额雁、东方白鹳、戴胜、红脚苦恶鸟、棕背伯劳、白腰杓鹬、凤头麦鸡、扇尾沙锥、丝光椋鸟、阿穆尔隼、斑鱼狗、蓝喉蜂虎……

这些美丽的名字，是东洞庭湖湿地有记录的三百多种候鸟中的一些代表。多数鸟的纲目科属下又拖着长长的鸟种名单，全球有近万种鸟，东洞庭湖的候鸟所占不到百分之四。

我非常惊诧这数量庞大的种群，由衷赞叹某些观鸟者辨识它们之间差异的本领。鸟的纲目之间的形态虽然丰富，但比脊椎动物类群的科属之间差异还小，喙、腿、脚、羽毛以及内部器官的微细差别，构成鸟之间区分的依据。一位长年跟踪鸟类拍摄的摄影家朋友告诉我，非专业研究的观鸟者，往往是从炫耀行为、鸣声、形态的差异来判断，鸟种分辨的乐趣和难度就藏身这些差异中。这让我想起看过的美国电影《观鸟大年》，铁杆观鸟爱好者布莱德仅凭鸟的鸣叫就能准确断识名字、种属、习性，对鸟的热爱与专业为这个大龄宅男赢得了一个异性观鸟者的爱慕，收获一份迟来的爱情。还有一个候鸟成就姻缘的现实版，就发生在这片湿地上，老张兴致勃勃地说起两位高校大学生，来自南北两座不同的城市，在参加东洞庭湖同一次鸟类监测的野外调查中偶遇，缘定终身。候鸟成为爱情的见证者。

这是多么美好的一件事，如同每一次走进这片野外，即使候鸟沉寂，也还能听到它们的温柔私唔在空中遥远却清晰地回荡。

往湖的腹地走，走多远，风像野孩子般尾随，撒开脚丫子奔跑。老张说，风是候鸟生命的一部分，只有在风中，它们才算真正地活着。万里之外的生灵，全靠风力的托送，才完成生命的迁徙。

前方总有橙色的光，一粒奶糖的形状，又幻身为脱兔般披荆斩棘穿越白雾，不远不近地在眼前晃动，但我们没有办法说清那究竟是什么。

搁浅冬眠的渔船，是湖上最大的"鸟"，像"老等"一样守着冬天的时光。剩下的少数渔民利用冬闲清理渔具，他们把"地笼王"这种长长的网兜埋伏好，碰运气收获些春节年货。这种深受渔民热爱的渔具，是不劳而获的代名词，"地笼王"匍匐在浅水中，大小鱼通吃，进得来出不去，也常网住几只贪食的鸟。保护区的人见到这种地笼王是要收走的，但渔民又会暗中从别处买回来，他们几乎都没有想到，这种在祖辈手上流行的捕鱼工具，会在不久之后随着一个十年禁渔期的到来而从生活中消失。

湖上原来浮着的雾，聚拢起来，在空中变成积云，看似在远处，却偶有淅沥的雨丝飘来，闪过我的脸颊。顺着延伸的目光，候鸟渐渐多起来。有的鸟永远也学不会安静，他们鸣叫着飞起来，翅膀在阳光下，留下一道银色的弧线，像一面镜子对光的回应。

候鸟是不是飞得越高就看得越远，尚不能完全确定，但鸟最为出色的视觉，可以进行完整的环行扫视，会在飞翔中认清地面上的人和奔跑的动物。遇到狂风，翅膀飞动的阻力加大，鸟拍打的动作会变得短促而飘移。

小余站长拿起价值不菲的一台 SWAROVSKI 牌望远镜瞭望，我第一次从这种昂贵而精美的单筒望远镜里欣赏目力所不及的远方。译名为"施华洛世奇"的望远镜防尘防雾防水，影像清晰，色彩自然，在雨雾天气、阴暗环境下使用，景物细节依然全现眼前。

我搜寻着天鹅，开始是零零散散的一只、两只。逆光又有些许雾霭的遮挡，众多的白琵鹭、白鹭缩小成一个个白点，赤麻鸭、罗纹鸭成群地驻守各自的领地，有的鸟天生扮酷，独自在浅滩觅食，用喙戳刺着草地。远处水的反射，让湖上的晴空显现一种幽蓝的光。全身赤黄褐色的赤麻鸭嘴里蹦出的叫声，像从山顶滑下的雪球，是爆破般的响声，但在遥远的距离里，会渐渐虚弱，变得悲伤起来。雄性赤麻鸭脖上有一圈黑色颈环，它的嘴、脚和尾也是黑的，飞起来的时候，羽翼的黄白两色，非常打眼。赤麻鸭在湖区比较常见，有时也会跑到农田和湖塘去觅食，潜水是它们的长项。它们看似安静地游在水面上，突然会来个俯身，翻滚入水，动作麻利，出水后嘴里吞咽着鱼虾，头却不停地四周察看，警惕地护卫着自己的安全。而它从水中飞起，湖面涟漪绽放，也溅起晶莹的水珠。

蒲滚船加速向湖心挺进，船后溅起的泥浆飞起老高，进入视野的天鹅数量暴增。几十只天鹅组成的群落跑进我们的眼中，它们弓着几近直角的颈，悠闲且优雅地静卧水上。别的鸟始终飞得快速，"施华洛世奇"的取景框隔着那么遥远的距离，也无法装下它们和大地。蒲滚船停在原地，嘟嘟抖动，小余站长记录卫星定位，说这里进入了天鹅的集中栖息区。

象征着纯洁的天鹅是备受瞩目的一种鸟。天鹅在西伯利亚苔原带繁殖，冬季迁徙至中国东北部至长江流域湖泊，外表有着最为圣洁的色彩分布，以洁白为底色，黑色镶黄边的嘴基，黑脚，结群飞行时习惯排列 V 字形，身高不会超过一米四二的小天鹅合唱时的声音如鹤，发出悠远的"喀哩、喀哩"声。我遗憾地从小余站长那里得知，体形高大一些的大天鹅在东洞庭湖罕见，它飞行时发出的声音是"咔喔、咔喔"，相互联络时的声音像响亮的号角。

"施华洛世奇"望远镜帮我一次次"抚摸"着天鹅。我热衷寻觅天鹅起飞时的身影。一两只，有时是一支小分队，拖着略显肥胖的身体，却有着制造美丽飞翔的才能。天鹅身躯庞大，我真担心它们飞不起来。

任何鸟的飞姿都是无可挑剔的，这份向往首先源自人的缺陷。飞翔的天鹅让人怦然心动，在翼和尾的协助下，踏波助跑，完成凌空、滑行、穿越、翱翔等赏心悦目的一连串动作。天鹅飞行时基本上是鼓翼、滑翔、翱翔三种方式交替，它宽大的双翅快速有力地扇击，翼尖向前向下挥动产生推力，起到类似机翼产生升力的作用。其实它的每一片初级飞羽，如同一个螺旋桨，推力大于阻力时，它的飞行就获得加速，仿佛一架从厚厚云层中破空而出的飞机。它的力量从收紧的翅膀里爆发出来，如同海面上迎浪而行的鱼鳍，激荡的浪花四溅，变成满天云霞，空中的白色精灵，被渲染成移动的金色斑点，散出模糊却透明的光，让人感受到一种沉静之美。

无法想象没有羽翼的飞行，如同没有风的天空。有一次我在保护区的救助站，察看一只被救治的豆雁。它的尾羽宽阔而坚韧，张开时犹如团扇，这是飞行时的"舵手"，转向、减速和着陆，离不开它的掌控，而如桨似的鸟翼，展开时既有机翼般的飞行表面，又靠翅尖向下，向前扇击产生推力。在不同的空气条件下，鸟翼改变形状，翼和躯体的相对位置随之发生变化，那些高超的飞行技巧因此诞生。

午后到来，阳光驱散雾霾，水面浮光跃金。随着气温的攀升，鸟儿也欢愉起来。成百上千只赤麻鸭飞旋追逐，像玩起了太极布阵的游戏，白鹭如往昔成行列队地飞翔。猛禽是独飞侠，而鹤、雁、鸭在群飞时要排出美丽的"人"字队形，反嘴鹬会飞出一条长而宽的长链，抱团旋飞的椋鸟总是突然就出现在你头顶。

多数候鸟迁飞都是无纪律者，松散、零乱、没有阵形，比如那些可爱的胖嘟嘟的赤麻鸭。鸟去一湖皱，鸟来半边天。中华秋沙鸭飞起来的时候，有着迷人醒目的黑与白，它的嘴形侧扁，前端尖出，像微微弯曲的钩子。黑色的头和上背，与白色的下背、腰部和尾上覆羽，缠绕着黑色鱼鳞状斑纹胁羽。在贴近水面的那一刻，它被强烈的阳光刺亮，就像一头飞跃出来吐气的黑江豚。小余站长打开话匣子，像谈论自己的孩子，对候鸟的熟稔让我刮目相看。

他突然发现了一群黑尾塍鹬，赶紧把"施华洛世奇"递给我。这是中国旅鸟，洞庭湖也仅是它远行的能量补给站。黑尾塍鹬全身是泛绿的棕色，喙嘴尖长，长腿伸展，疾飞时像一柄刺破空气的长剑。腹部的薄薄花纹，如一片狭长的绿叶。它的叫声像没有礼节的人发出的野蛮大笑。小余站长说，夏天要遇见它们在深水捕食，红得像火焰的繁殖羽，落水时倒映在水面上，像一块烧红的烙铁哧哧冒出一片滚烫的水汽。

毒

鸟的翅翼之下埋藏着太多学问。毒鸟人不会懂这些学问，也看不到天鹅美丽的飞翔。他那双纹路复杂的手，却泄露了人内心的恶念。

毒鸟人并未出现在"施华洛世奇"的视野。夜间投毒的经过，当然是来自他被人赃并获后的供词。

太阳仍自照耀，但湖上看不到影子，湖风中感受不到热度。阳光下的羽翼总是刺眼的，不是因为它们的色彩，而是每一次远行途中命运的未知。有的鸟打开翅膀和尾羽，在顺风气流中高高飞翔，用身体在空中留下一根消失的线条。到了第二年，它又会画出另一根线条。

候鸟在人们心中激发的孤独感，会在广袤天空里放大无数倍。那些叫声，泣叫、啁鸣、低吟、颤鸣、喘叫、咆哮、沙哑、呻吟、嘶鸣和尖叫，似乎有着各种色泽和形状，依旧是孤独的汇集，即使是飞翔的翅膀，也像是孤独在天空扑腾的象征。

太遥远了。从北方的寒冷海域到南方的热带珊瑚礁、沙滩和深海槽、峰巅、高原、台地、荒漠、湿地、草原、海滩、森林、热带雨林，鸟的身影穿行于这些大跨度的栖息生境。即使是集居东洞庭湖这片面积一千九百平方公里的湿地，大小湖泊十数个，不同的鸟会不约而同地选择性栖息。比如七星湖，是天鹅最眷顾的地方，也是毒鸟事件多发水域。

在去往下一个观察点的途中，插曲发生了。我们意外地遇见一只天鹅浮卧浅水面，细长的脖颈失去了往日的柔软而变得僵硬。这是老张指的一条路线，他原本闭目休息，突然站起来指挥驾驶者向 10 点钟方向行进。小余站长说老张的耳朵精灵得很，听得懂鸟的絮语、空中的风和湖水的密谈。

船从死去的天鹅身边驶过，老张弯腰把它捞起。在捞起的一刹那，我的心一沉，跟着天鹅的脖颈往下垂落。死亡的阴影吞噬了它生前的荣光。我们这一天美好的心情自此晦暗密布。

突然有尖厉的声音遥远地传来，我抬头寻找，又从"施华洛世奇"里搜寻。远处像是发生了一阵骚乱，很多鸟飞起，其中有一只天鹅，正穿过一片黑压压的杓鹬。天鹅像一把光剑，刺过黑暗，杓鹬群一阵痉挛，四面惊慌地散开，天鹅似乎回了回头，像是抖落身上的尘灰，愈发孤独得耀眼。但没过多久，它的头和尾看不太清了，和雾茫茫的天空融为一体，隐约还能看到羽毛形状的摇曳，听到鸣声中难以名状的孤独凄凉。那是为同伴生命遽失的悲悼，也是对天地间虚无的沉吟。

风似乎停了，没有丝毫生命体征的天鹅被小心翼翼地放进了船舱中部的塑料筐中，头靠着左侧船舷，褐色虹膜的眼睛圆睁，昔日洁白的羽毛，沾上泥水，凌乱脏污。天鹅死因只有两个——自然死亡或被毒死，需要进行解剖后才能得知。有经验的老张在湖上滚打多年，深知胆大妄为的毒鸟分子常常铤而走险，一只天鹅上了餐桌价格到了上千元。他当机立断，到附近的水域踩一踩。这是巡查执法的暗语，那些散泊在洲滩四处的船只，也许就藏着见不得光的罪行。

那些散泊的船，像灰色岛屿，在大海黑金般的波纹之间无助地站立着。蒲滚船朝"灰色岛屿"前行，迷蒙的光线，斜斜地流动，让湖泊柔软的线条变得生硬。

一条小木船孤苦伶仃地停靠在一片水域。慢慢靠近，那个穿着破旧棉袄的老男人，站在船头，缩着脖子，双眼迷惑地看着我们"飞撞"过来。一道自筑的泥坝挡着，蒲滚船没法靠边，我们被迫停在离船十余米远的地方。老张用当地话和老男人打招呼，试图借助拴在木船边的小舟筏渡上船。老男人装聋作哑，磨蹭几个回合，似乎断定我们的不善来意，带着跑脱的意图往泥泞滩涂上走。老男人一步三回头地张望，也许是想以远离的方式来阻止我们的脚步。茫茫大泽，身如泥胎，他岂能仅凭双脚之力而逃离。

终于上船的老张窝着一团怒火，很快掀开了掩藏被毒杀天鹅的船板，这印证了他的预感。旋即，他跳回蒲滚船，麻利地解开大拇指般粗壮的绳子，指令驾驶者踩下油门，一溜儿青烟，像降妖宝瓶吐出的烟雾，蒲滚船向湖中远去的黑影飞扑上去。老男人片刻之后被押解上船，船舱厢板下的脸盆里，藏着刚钳净羽毛的豆雁和天鹅。船尾简陋的煤炉灶台下，剩下的半包毒药很随意地丢在那里。包装袋上"克百威"三字气焰嚣张，杀气弥漫。

"什么时候下的毒药？"

"在哪片水域？"

"剩下的毒药藏在哪里？"

"还有没有毒死的鸟藏在别处？"

"同伙上哪里去了？"

……

老张咄咄逼人，有些得意，也有些愤怒。摇身变成毒鸟者的老男人，磕磕巴巴地回答，声音低到泥滩之下。他的身体不停颤抖，发白的额头冒出汗珠。七星湖上劲风疾吹，正把他的魂魄抽离。

毒杀是猎鸟者的惯施伎俩。一个参与洞庭湖江豚保护的青年渔民对我说，没什么奇怪，年纪大的渔民，都有过毒鸟猎鸟的经历，只是过去从未有人追究这种恶劣行为。我也曾从保护区收缴的一堆捕猎工具中逐个"欣赏"人的聪明和狡诈，其中有一种专门针对天鹅的连环兽夹。猎鸟者在天鹅出没的水域埋下一串兽夹，当天鹅助跑起飞的瞬间，兽夹会死死地把脚钳住。一位摄影师拍下过一张天鹅吊挂着铁夹飞翔的著名照片，空中的那块"黑斑"，刺痛过很多人的眼睛。那些工具的背后是五花八门的捕猎方法：插天网、下滚钩、放铁夹、布套索、电击、枪打、投毒。这当中数投毒最危险也最常见。百分之七十的水鸟死亡皆为毒杀，它们几乎全都走上了餐桌，在食客的齿缝间吞吐出被啃碎的骨头。

"没有买卖，就没有杀戮。"印在环保宣传册上的口号，从没让猎鸟者的贪婪自觉收敛。

# 飞

老张突然跟我谈到红旗湖的老鹿，这个我前面提到过的神枪手，又被人唤作"老鹤"，其外号的来历并非源于一天猎杀上百只白鹤的纪录，而是他对一只受伤白鹤的救护。我在记忆里翻找老鹿瘦弱的身影，我们第一次见面的那个下午，他带我走在湖堤上，谈论过去的时光。这个言语不多的老头，却爱说人与湖的变迁、鸟与人的爱恨情仇。

"这是不是人老后的标志？"他微笑着向我询问。水当时覆盖了整个湖洲，太阳钻进一块边缘被照亮的阴云，发光的边缘像是熔化的铁水，涌动翻滚着。他指向足迹到过的地方，都是一片苍茫，而我的心里涌上来的是另一种隐秘的痛楚。这痛楚后来会突然从我眼前耳边跳出来，发出大火的浓烟和刺耳的枪声。

风蹦起来，呼啸快一声慢一声。夹杂着的尖细如冰针的叫声，突然一下就消失了，像一根紧绷的橡皮圈猛然松绑，瞬间弹出，空余震颤。云的聚散完全被风牵引着，天空偶尔会剥下披着的外衣，露出身体上一片亮晃晃的白。太阳低矮，发出冰冷的光，晃人眼睛。前方像是世界真正的尽头，却又一无所有，没有归途。人与湖上万物的距离，被风吹走了，那些候鸟向我们走近，它们扇动翅翼，像一条新的地平线，在荒凉、空旷和苍白中拔地而起。

老鹿的故事，在冰冷覆盖的野外被讲述，就像燃起一堆小小的火烽，比灰烬多一些梦想的火焰，让寒冷的身体有了片片暖意。湖洲上的每一位寄居者的生存能力都与脚下的土地不可分离，甚至有着内嵌的命运关联。

20世纪90年代初春天的一个黄昏，这位以猎鸟闻名的打鸟队长从野外归家，在芦苇丛中偶遇一只受伤的白鹤，低啭的痛苦哀鸣，让那双长满硬茧的拿枪的手无端地抖动起来。特别是对视中白鹤眼神里的恐惧和绝望，突然勾起一种痛彻心扉的震颤。这种体形窈窕的鸟，对浅水湿地的依恋性特别强，绝大多数是飞往鄱阳湖越冬，只有极少数停留在洞庭湖区。在打鸟人眼中，这是可遇不可求的机会，但他放下了手中的枪，心中的震颤让他改变了主意。他怀抱白鹤回家，点燃酒精灯，给自己的刮须刀消毒，又缓慢地切开白鹤受伤的部位，取出嵌入体内的铁弹珠。这也许是曾从他枪口下逃生的一只鹤的后代，或者就是被他打伤的一只。看到白鹤渐渐柔和的眼神，一个鲜活的被挽救的生命，他混浊的心情顿时澄净下来。第二天清早，他破天荒地没有背着铳枪出门，而是从野地采回来一些植物的根茎、嫩芽，还有少量的蚌壳、螺蛳和小鱼。精心护理一个多月后，白鹤痊愈放飞，展开一双狭长的白翅，用力扇动，腾空而起，黑色的初级飞羽在明朗的空中，发出黑金般耀眼的光，像颗流星沿着天际一划而过。

白鹤飞走了，老鹿的心也空了一块，他脱口唤出鹤的名字："飞飞！"冬去春来，很长一段日子，那个空旷的角落，看不到影子，却总是有翅翼扇动的声响。第二年秋天，也是黄昏，有人在屋外大声叫喊着："老鹿，老鹿！"他立直身体，侧耳听到几声清越熟悉的鹤鸣，走到外面，是带着伤疤印记的飞飞回来了。激动的他没有想到，一只鸟如此懂得人间的情义。他也在那一刻解答了那个久久缠绕心中的关于人与自然相处的问题，只要人停止杀戮动物，给它们自由安定的空间，它们很快会忘记曾经发生在自己身上的血腥经历，而与人重归和睦。

老鹿像抱着自己的恋人，和飞飞在屋前坪跳起了双人舞。第三年，飞飞带回通体雪白、喙脚红亮的伴侣小雪。"通人性的飞飞还'救'了落水的老鹿孙女。"这件事是老张讲给我听的。

那一年，老鹿的孙女在湖塘玩耍，不小心掉进水里，呼叫声惊动了附近的飞飞和小雪。飞飞见此情形，拍翅一飞落到老鹿家，咬着他儿子的裤脚往外拽，呀呀地叫唤着。飞飞的奇怪举动让老鹿儿子有种不祥的预感，立即拔腿就往外跑，留在现场的小雪也是急得一个劲地扇翅膀。老张发表自己的感慨："多亏了这对白鹤，孩子才得救了。动物通灵，有时你还真不能不信。"

周边渔民交口相传这段温暖的人鹤情。也许最初的猎杀并非老鹿的个人本意，保护却成为他步入老年之后的生活注脚。从环保意识淡薄和声音微弱的年代走来，他无比执拗地劝阻当年的打猎队员放弃

大湖消息（节选）

捕杀候鸟，误解、敌意、反抗、冲突、伤心、坚定，在这条并不顺畅的护鸟路上，所有的荆棘和艰难被他独自消解。这位远近知名的护鸟人，后来是国际鹤类基金会成员中的第一个渔民，多年的野外捕猎经验，让他对东洞庭湖鸟类的习性和生活区域了如指掌，如同一张候鸟保护的"活地图"。有多少鸟的死与生，在他的手里迁徙往返，如同梦幻一场。又一年，东洞庭湖飞来了三百多只白鹤，罕见的鹤群栖息于此，吸引了很多国外研究专家考察，老鹿护鸟的故事传到了全世界。

有一天，老鹿站到了电视舞台的聚光灯下，真诚忏悔他的杀戮之过，也是重现他参与护鸟后虽艰难却欣慰的时光。他捧回一项"年度法治人物"的荣誉，那是 2012 年，他七十二岁。两年后的九月，在洞庭湖畔生活了多年的他因病去世。我记得当老猎人拿起那杆锈迹斑斑的猎枪回忆往日的"神勇"，颤抖地讲述与白鹤之间的深情往事时，眼睛里扑飞着闪亮的泪光。

那泪光如一条经历伤痛后的受洗之河，日夜流动。我一直记得。

## 鸣

任何候鸟的迁徙之路，都是天空中一条没有端点的线。

蒲滚船吞吐轰隆的声嚣。毒鸟人的喉咙发出几声模糊的笨拙之音，被稀落的牙齿咬碎，有些像一只肥胖的赤麻鸭发出。坐他身旁的我扭头寻找，声音受惊吓般跳走了。

声音对鸟是一种无条件刺激物。小时候我十分迷恋父亲单位一年轻人的口技，他能模仿好几种鸟的叫声。当他和我单独在一起的时候，他会噘起薄薄的双唇，响亮而迷人地叫唤一个个音节从齿缝间蹦出。他并拢手指，拱圆手背，靠近嘴唇，又是发出一长串仿佛歌唱般的声音。那些看不见形状的声音，旋转着飞到枝丛间，跟着鸟儿一起跳跃，我有时又怀疑那是鸟的真实声音，而年轻人不过是扮着假动作迷惑我、赚取我的崇拜。

到了湖上，总会遇到候鸟，有时候天空都要被它们的声音倾覆。嘶鸣、欢叫、嘀咕，跟随着飞翔中的坠降、攀升、旋转、追逐，如旋涡般缠绕在一起。声音在天空留下一道道曲度不一的弧线，鸟飞远了，边缘锐利的余音还在半空僵偶。在鸟的世界里，没有犹疑，没有后知后觉，敏感的听觉系统一旦预测到警报，就会毫不犹豫地飞离，留下一片惊慌失措的嘈杂和几片扇翅落下的轻盈羽毛。

我强迫自己用心聆听过鸟的声音，它们的鸣啭和叫唤，但至今只能辨清三五种最常见的。鸟的鸣啭像正式登台演出的歌唱，而鸣叫只是闹市叫唤声中的一个个响亮音节。鸟的发声不只是情绪的传递，还是占区、求偶、领域戒备、配偶间联络及协调繁殖行为的指示，鸟声的变化，有的多达二十余种。风托着鸟的声音，远远地吹送而来。观鸟途中，我渴望听到天鹅婉转、高亢的声音，屡屡被蒲滚船的轰隆噪声掩盖，仅有的几次停歇之间，我屏息凝神，张大耳朵，可那些白琵鹭、白鹭、罗纹鸭鸦雀无声，天鹅之间曲颈嬉玩，偶尔传来啭音低沉的几枚声响，老张说是赤麻鸭打出的"嗝"。放大这嗝声，像看到一个气息粗犷的活物摇摇摆摆地奔跑过来。

每只鸟都有自己的声音。迁徙中的集群生活，鸣声发挥着强烈的通信作用。夜间赶路的鸟，在暗黑的天空中看不见彼此，鸣声理所当然地成了聚集的讯号。鸟的听力异常敏锐，不会错过那些呼唤加入队伍的声音，飞行的冲动不可抗拒，即使是那些尚在休憩的小鸟，也会跟随头顶上飘过的叫声腾空飞起。深蓝色的苍穹，柔软月光之下的鸟飞翔，这样的画面想一想都是一种清爽的视觉享受。

毒鸟人一路上目光僵硬，突然从喉咙里发出受到惊吓般的怪声。老张跟他唠着过去，他就叨念起穷困窘迫的处境，一个人，没有钱，漂泊不定，靠帮人守船收鱼赚几个小钱苟且偷生。他脚上的鞋子后跟磨去了大半个底，和年轻人走路轻快、前脚掌着地不同，他是整个脚掌平放，后跟用力大，导致磨损厉害。他说自己并非有意去毒鸟，不过是给自己即将度过的冬天准备一些肉食，他要在破船上住到开春，过年也回不了弟弟的家。

"那间房子已经荒芜。"他突然冒出的这句话指向不明，然后任凭我们怎么问也不启齿。也许他有过一间曾属于自己的房子，却失忆般丢掉了详细地址。

这些哀求之词一时让我变得恍惚，眼前的这个老男人经历的悲催生活，毫无温度，连一只鸟也比不上。"可怜之人必有可恨之处。"老张嗤之以鼻，搬出硬邦邦的教育之辞，然后扭头懒得理睬。

逝

电话通知的森林公安已经在前来的路上，审讯清楚情况后，最严重的可判毒鸟人一年半载的狱中生活。《野生动植物资源保护条例》的出台，《全面禁止非法野生动物交易决定》的实施，是法治对这片湿地的光照，却仍然被许多法盲渔民当作耳边风吹过。每年的越冬水鸟调查，其实也是一次保护宣传。船舱的木板上贴着水生动物保护招贴画，大家也许看到了，有好长一段时间都沉默不语，死不瞑目的鸟让人压抑。我想象天鹅中毒时的惨状，扭动、扼喉、抽搐，如同波德莱尔在《恶之花》的诗中写到的："几次伸出抽搐的脖子抬起渴望的头，／望着那蓝得可怕的无情的天空，／就像奥维德的诗篇中的人物，／向上帝吐露出它的咒诅！"

天地一片沉寂，浅水地带折射着光，这些水镜似乎一触即碎。我把手放在鸟的羽翅之上，五指艰难地滑动，过去的柔软与温暖消失，取代的是棘手和冰冷。远处有鸟的鸣叫，拍打着天空，如同走到世界尽头的悲凉，大雨如注。

森林公安是老高领来的。老高人如其名，身高体壮，保护区内的猎鸟、毒鸟案件几乎都是他经手办理的。他甚是气愤地说起2011年的一个捕鸟案子，六人猎鸟团伙，分工明确，有人出资、收鸟、养鸟、销售，有人将猎捕的野生鸟分类、计数、记账，有人负责踩点捕鸟地、安排捕鸟人员住宿生活。他们购买了七十捆竹竿、捕鸟用丝粘网，用录音机、丝粘网、竹竿等工具进行猎捕野生鸟作业。猎捕野生鸟期间，主犯还在村里租了一间民房和一块稻田，在稻田中搭成四间简易棚，将非法猎捕的活鸟放在简易棚喂养，养肥后销售至广东。案发时，这个犯罪小团伙共猎捕了野生鸟两万两千多只。老高赶去囤积死鸟的现场，上千只已去羽毛并腌制的死鸟，看不出曾经是哪种美丽的鸟儿。检验中心的结果传来的检测结果，标注了这些鸟的种类：黄胸鹀、小鹀、灰头鹀、栗耳鹀、黄腹山雀、褐头鹪莺、白头鹎、树鹨、蓝喉歌鸲。

我哑然，这些鸟儿，我只在鸟类图鉴上见过。

回到管理站的临时驻地，等待已久的森林公安做完毒鸟人的笔录后，寒气早已将夜色凝固结冰。乡间小路弯弯曲曲，眼睛看不到车灯以外的视野。体虚的毒鸟人禁不住颠簸呕吐起来，逼仄的车内散发恶心的气味，车窗一开，冷风刮进来，又引发新的呕吐。这是我一次很糟糕的乘车经历，但看着后座老男人的衰样，刚发酵的恨意又重重地摔下悬崖。我无法言述，这个夜晚空空荡荡，永远都不愿回忆。

杀戮往往热爱从夜晚出发。一个地方媒体记者一年前曾在网络推出捕杀候鸟的视频，立刻哗然。在湘黔赣交界的山区，捕鸟是祖辈承袭下来的生活乐趣。当地土著村民，开着外地牌照豪车、拎着猎枪的寻欢者，在飞鸟抵临的夜晚，他们架起鸟铳、竹竿、大网、高频电灯，守候骚动的到来。上百盏大灯白刷刷地亮起，把黑夜打成一张白花花的屏幕。寻光择路的飞鸟经过，一个个白光点，随着此起彼伏的枪声坠落。杀戮结束，肩扛蛇皮袋的收鸟人迫不及待地交易。"长脖子鸟味腥，便宜，短脖子鸟肉厚味鲜，好卖也贵。""宁吃飞禽四两，不吃走兽一斤。"那些在小县城市场和餐馆里的炫耀之词，让人痛彻心扉。从北向南，一条穿越饥寒、寻找温暖的千年鸟道，成了候鸟的死亡之旅。

我离开七星湖，在清晨奔赴省城的火车上看完视频，窗外晨光熹微，天际缕缕星蓝散发的光焰，白得耀眼，悲伤巨流。

伤害的贪噬从来没有停下过，那些怀抱侥幸心理、置律法于不顾的人，一次次冒险踏上杀戮的道路。老张在我离开七星湖后的第三天打来电话，半欣喜半愤怒，几个在矮围从事非法捕捞的渔民，外运大批毒死水鸟时被查获。他们把呋喃丹埋进剖开的小鱼肚内，沿鸟聚居的浅水泥滩撒落。而那些死鸟，被他们悄悄地送到了一些隐蔽的餐桌上。我询问毒鸟人的下落，老张说他被送进了看守所，没有人探望过，他的弟弟接到森林公安的电话就挂断了。亲情早已远离这个失败的男人。这真是一种奇怪的遇见，我与他从那天回城的晚上分手，也许再也不会见到他，却记住了他衰败的眼神。

"鸟去湖空，是迁徙，也是消逝。"我再次深刻洞解这句话的含义。

永远生活在黑暗中的人是不会有视觉的。内心被毒蚀的毒鸟人看不见候鸟的美丽，也顾惜不了对生命的尊重。候鸟在自然界最大的危险敌是人，人对鸟的伤害应该被挂在天幕昭示，但鸟总以宽宥之心，压制愤怒、恐惧，也不像希柯克导演的电影《群鸟》中群起而攻击人类，它们淡然回避，躲到云朵、树林、山川、河流之上，把身体与灵魂交付大自然。它亲近友善的人们，不带着任何仇恨飞向迁徙之路。候鸟在洞庭湿地上连接的不是乌托邦的理想，而是人类诗意栖居的现实与田园梦想。

痛

2021 年盛夏，我从七星湖返回，特意绕道去了趟采桑湖。20 世纪50 年代末，钱粮湖农场围垸，隔出了一个万亩水面的采桑湖，成为东洞庭湖保护区内灰鹤、豆雁、小白额雁、罗纹鸭、须浮鸥、反嘴鹬等候鸟的主要繁殖栖息地和食源补给地。这里的人因湖聚居，农场改制建镇，在 2014 年前一直是独立的集镇。下辖的村庄中有很多老地名，诸如乾隆、先锋、钱口、观音、烟墩、肖台等，慢慢从行政地图上合并消失了。

采桑湖大堤是 1958 年修筑的，两水夹堤，通往的钱粮湖农场是当时声名赫赫的粮食生产基地。这也是一座洪水来临就会险情不断的长堤，根本原因在于它所建的地方曾是湖洲淤陷处。年年坏，年年修，自大堤修建次年始，就时常出现沉陷、变形、开裂、外鼓和滑坡，为了保垸内安全，人们又一次次对这条病险长堤进行修护。一个错误的选择，为之要付出的代价是没完没了的，这就是现实教训。1998 年的一场特大洪灾过后，国家痛定思痛，提出"退田还湖、退耕还林、平垸行洪"的政策，意味着湖区围垦的历史终结，要将过去占有洞庭湖的水域退还给洞庭湖，给洪水让路。水利建设的演变也在干预着湖的生态变化，长江上游三峡自 2003 年蓄水，抗洪的声响就越来越弱，有人说，三峡大坝解了洪水之围，水一蓄，洞庭湖就不用担心了。"洪水奇迹般解决了，"老张叹了口气，"现在不是水多了，逢上旱季是洞庭湖要找长江借水了。"

"借水？"我寻思着，真是个笑话。

沿着长堤，湖上的绿光晃眼，像从天而降撒下一张斑斓大网，网格之间，是鱼鳍般的小波纹，层层叠叠，湖水吃着岸边的碎石粒上涨，太阳炙烤着村庄的房屋、田野和浩瀚的湖面。这是与冬天迥异的景色，不同质地的开阔与空旷，不同感觉的生机与活力。夏季留余的候鸟种类不多，有白鹭、戴胜、苍鹭等，多是栖息在内湖、沟滩和林丛。它们躲在绿荫深处，发出悦耳的鸣叫，像是炎热中吹来的一缕清凉之风。枯水期到来，水位持续下降，湖面越来越小。老张不经意地说出一个让人沉思的事实："过去跑监测站，都是长筒雨靴，现在穿皮鞋就够了。"

到采桑湖，必定要落脚六门闸。这里的外滩水草丰美，曾经的天然牧场，后来成为洞庭湖的吃鱼打卡地。前两年打造的洞庭湖生态渔村，为渔民上岸建设的安置小区全都装扮成门店模样。住六门闸一带的都是渔民，现在统一社区化管理，渔民身份变成了城镇居民。往西几公里的堤面又在修坝，坝址位于钱粮湖镇境内，钱粮湖是当年的国营农场，这个名字至今还充满着通俗的寓意。路不通有好几个月了，没有过往车辆，生态渔村就没有生意，几个见过世面的经营者，拍摄抖音视频，网络传播开来，有着惊奇的效果。十年禁渔，湖上看不到一条船，他们过去到湖上收鱼，卖野生鱼的历史也随之结束了。如果有人问有没有野生鱼，立刻就会招来老板的一顿白眼。那些整齐码在大箩盘里的鳜鱼、翘白，是从紧邻长江的城陵矶码头上的一个农产品物流市场买来的。经营户晚上开车一个多小时去那里挑选，买回的鱼被湖风吹上一天，进了冷库，没过几日就都走冷链物流送到全国各地。

我跟那些改变了身份和生产生活方式的渔民打探一个人，那个五年前轰动一时的毒鸟案的主犯何老四，能吹漂亮的哨音，模仿鸟声，几近乱真。大家叙述的不同细节，总让我像听一个有头无尾的故事。于是朋友帮我联系了当上保护区副局长的老高。老高清楚那些人的底细，湖上的每一桩打鸟、毒鸟案，必经他手。

老高和我的一面之缘，还是从七星湖押解毒鸟人回城的那个夜晚。我记得我们同车回城时，不是诗人的他随口诵出心中的悲凉："洲滩鸟飞绝，湖泊禽踪灭。空留镇江塔，独守洞庭雪。"

昔日"战友"重逢，说明来意，老高迟疑了一下，声音有轻微抖动，表情看起来像个干涩的苹果。何老四，他当然记得这个曾入选全国法院环境资源刑事审判十大典型案例和联合国环境规划署十大交流案例的主犯。他像是掀开覆盖在光滑之上的阴翳，唤醒藏于内心的尖锐痛楚。

"和湖上毒鸟人打交道，就是斗智斗勇。"这是老高的开场白。

与何老四交锋的前几天，老高颇为心神不宁，常常和人说话时开了小差。线人密报，有大行动，但具体时间说不准。线人是一位有悔改之心的渔民，参与过何老四组织的多次毒鸟犯罪，被感化后决心戴罪立功。线报不会有假，但让老高既兴奋又忐忑的是，为了人赃并获，这个苦心等待的机会是否会因对手的狡猾而中途夭折。

何老四是见过风浪的"洞庭湖老麻雀"，他长年在红旗湖、白湖、七星湖交界区域，收鱼贩鱼及从事矮围非法捕捞，也常做投毒猎杀越冬水鸟的事。为了保密，老高小范围内研究了行动方案，安排人员在几处上岸地守株待兔。打探分析后确认，何老四上岸选择的地点是君山的后湖壕坝，这是非常重要的情报。老高暗中将分散的人员召唤回来，集中到壕坝布控，因为不确定对方何时上岸，只能在那里轮流蹲守。一天午后，蹲守人员发现有人使用蒲滚船将一条木船拖至香炉山水域，但人就是不靠岸。磨蹭了好一阵，才见到何老四露面，他驾着那条木船装了一些捕捞的鱼，把鱼装上早已在岸边等候的两辆三轮车运走。他的意图很明显，通过运鱼，观察岸上有无执法人员。蹲守人员假装随意靠拢船只搭讪，观察到空荡荡的船上并无毒死水鸟。老高意识到何老四是个警惕性很高的人，为了避免打草惊蛇，便安排蹲守人员撤离现场，只留一人继续在现场监视。

何老四是何等精明的人，磨磨蹭蹭，坐在船头抽烟，直到周围没有可疑人员后，他才再次将船划回蒲滚船停靠处。船上的两个身影趁着暮色，将毒死的水鸟装袋搬到木船上，码放在第二舱室内，完事后，上面还用一床破棉被盖好。天色越来越暗，湖上一片岑寂，声影杳无，何老四拉响柴油动力，寂静被一阵咚咚的机声打破。船开到了离之前卸鱼处三百米远的地方，机声停歇，荡漾的涟漪一圈圈消失，湖面又沉默不语了。躲在暗处监视的执法人员暗喜不已，拨通电话通知老高，然后急迫地走过去登船检查。何老四看到有陌生人上船，先是蒙住了，继而大声呵斥："看什么看，船上没什么东西，上来干什么？"遇到阻拦，执法人员亮明身份，何老四见势不妙，带着另两名毒鸟嫌疑人，趁着夜幕的掩护和复杂的地理环境，弃船而逃。老高带人赶到，立即锁定了船上的证据。

现场勘验：何老四驾驶的渔船上共有八袋毒死水鸟，袋子为黄色蛇皮袋，袋子里保护鸟类六十三只，均检测为克百威中毒死亡。分别为：国家重点保护鸟类小天鹅十二只（其中三只为幼鸟），白琵鹭五只；三有保护鸟类赤麻鸭三只、夜鹭二十七只，苍鹭二只，斑嘴鸭十一只，赤颈鸭三只。

案件涉嫌刑事犯罪，即日案件移送市里的森林公安局处理。立案侦查后查明，何老四组织的这个毒杀、收购、运输、销售野生候鸟的犯罪团伙，涉及的成员有十余人。一个多月前，他从邻县共购买毒药克百威十八大包，并将所购的克百威用船偷偷运至保护区内藏匿，多次用于毒杀野生水鸟。

这是典型的暴利驱动下的冒险，以身试法也无所畏惧。案件很快有了结果，法院对涉及此案的七名非法杀害珍贵、濒危野生动物犯和非法狩猎犯宣判，何老四被判处有期徒刑十年，并处罚金人民币一万元。判罚最轻的非法狩猎罪参与者，被判处有期徒刑一年，缓刑两年。保护区还就此次涉案者对国家自然资源造成的严重损害提起民事起诉，追回八万多元的自然资源损害罚款。

那段日子，从一审到二审，法院依法裁定，驳回上诉维持原判。老高心中的忐忑，始终紧绷着，像一个人被按在水下，呼吸阻滞，头疼欲裂，直到浮出水面，完成一次最酣畅的换气。

### 光

老高讲完何老四的故事，然后掰扯着这几年保护区工作的变化。

2018 年年底保护区购买了一艘空气动力船，可载六人，速度可以跑到每小时六十公里，以往一天往返的巡湖路程，现两个小时内可以完成。

2019 年年底，长江、洞庭湖全面禁渔，湖上没有了渔民捕捞作业活动。

2020 年 2 月 24 日，全国人民代表大会常务委员会《关于全面禁止非法野生动物交易、革除滥食野生动物陋习、切实保障人民群众生命健康安全的决定》通过，全面禁止食用《中华人民共和国野生动物保护法》提到的"有重要生态、科学、社会价值的陆生野生动物，以及其他陆生野生动物，包括人工繁育、人工饲养的陆生野生动物。"

2020 年年底前，湖上矮围全部拆除，"外来户"欧美黑杨在三年专项整治行动中被悉数砍伐，外滩湿地的八千七百四十四亩黑杨全部清理完成。

《刑法》对非法猎捕、杀害国家重点保护的珍贵、濒危野生动物的，或者非法收购、运输、出售国家重点保护的珍贵、濒危野生动物及其制品的，明确规定根据情节轻重，分别处五年、五年以上十年以下、十年以上有期徒刑，并处罚金或者没收财产。2021 年 3 月 1 日，《刑法》修订再度介入野生动物保护："违反野生动物保护管理法规，以食用为目的非法猎捕、收购、运输、出售第一款规定以外的在野外环境自然生长繁殖的陆生野生动物，情节严重的，依照前款的规定处罚。"

虽然我也像候鸟一样飞在外面，但这些"大湖消息"时常从各种途径传递到我耳畔。很遗憾我没能继续参加 2021 年年初的越冬水鸟调查，那次野外考察结果显示，冬季在东洞庭湖越冬地栖息的鸟有近三十万只。保护区内记录到鸟类三百五十九种，其中国家一级保护的有白鹤、白头鹤、东方白鹳、大鸨、中华秋沙鸭、白尾海雕等十八种，二级保护的有小天鹅、白额雁等六十六种，淡水鱼类一百一十七种……

"渔民上岸转产转业，候鸟保护意识深入人心，湖上已经没有了毒鸟人，人与自然的关系也因此变得友好。"老高的言语中流露出欣喜，"江湖儿女共同守护一江碧水。"

"如果生命以鸟的方式存在，会怎样呢？"小余站长曾经这么问我，也无数次问自己。这个寡言的年轻人喜欢用微信朋友圈"发布"自己的经历。他有好几次巡湖，兴奋地解救了几只误入"地笼王"中的天鹅及其它鸟类。有一天半夜，他的微信朋友圈忧伤地记录了发现死亡水鸟的经过，还有和巡湖队员驾驶蒲滚船再次穿越七星湖时深陷泥潭的狼狈。荒郊野外，空寂无人，有等待救援的时间还不如自救来得快，大家赤脚踏入冰凉湖水中，拆卸、摆弄蒲滚船三个多小时终于脱困。"七星捧月映洞庭，鸟歌鹿奔沁人心。卫士除恶泥泞搏，法网恢恢不容情。"一首打油诗半夜里传到朋友圈，这位"八〇后"疲惫不堪，却斗志昂扬。这位年轻的管理站长后来从七星湖调去了红旗湖，继续奔波在巡湖一线。但我发现，往后在他朋友圈看到更多的是湖上风景、柔和的风、安静的水，以及鸟在飞翔时的自由与美丽。

老张虽已退休，但用老高调侃的话说，仍是"身在曹营心在汉，永远牵挂保护区"。结识多年的摄影家、保护区的"拍鸟狂人"老姚有一天发给我几首诗：

踏雪破雾过洞庭，九路诸侯探鸟踪。风餐露宿豪情纵，十万珍禽慰我心。

顶风冒雨入洞庭，日行百里觅鸟踪；千难万险何所惧，悠然自得护鸟人。

烟笼寒水雾笼洲，滩肥水瘦缓行舟。鹤鸣一声旷野寂，踏雪寻鸟亦风流。

雁翔蓝天鸭游湖，鹤鸣碧野鹭占洲；九路人马入大泽，人鸟相依展画图。

诗有的是老张和老姚写的，也有外地的志愿者写的。这些常年疾行在湖区洲滩上的人，心里始终燃烧着不会熄灭的、慨而慷的激情。我每次遇见他们，陌生或亲切，总有让人想起就会感动的一股暖流从生命所经历却看不见的低洼沟坎中淌过。

大自然的和谐、平衡，在被打破的极端时刻，我如许多人一样忧伤。恢复和谐、平衡，就是守护一江一湖碧水的奥义。大自然最别致的笔触是那些空中的候鸟，候鸟是懂得这种奥义的。

候鸟从哪里飞来，又飞向哪里？在我回眸这些经历并梳理思绪的时候，我有过的茫然，盼着能从远方的天幕抓住一根伸向云中的枝杈，已淡化为夜空一缕云霞的背影。火柴摩擦划燃，微妙的声响，照亮黑暗，那些候鸟在深邃的云霭中，用飞翔把自己打扮成天地之间的熠熠星辰。

鸟照亮清朗的夜空，不同色彩的羽翼编织永难抵达的梦境。从七星湖走远的夜晚，我经常睁开眼睛寻找一条入眠的通道。鸟惊艳的飞翔姿容，在眼前展翅、俯冲、盘旋，挥之不去。所有的候鸟都有自己的语言，与人类语言共通的表达。好几次在梦的边缘疾行，一阵阵清越的鸣叫，飞向从蜿蜒地道渗透过来的微光，一闪一烁之间，仿若我在旷野深呼吸时的心跳，感伤中夹带着微微的喜感，也是望向未来时的欢悦与欣忭——

喀哩，喀哩……

## 麋鹿先生

1

饲养员李新建从睡梦中醒来，太阳穿过疏朗的枝叶，照在彩条布上，刺眼的光晃动在他的脸庞上。离立秋半月不到了，天气尤其闷热，岛上没有风，蓄电池电压不稳，台式电风扇绞了一晚上，叶片发出吱吱嘎嘎的声音。

他一跃而起，撞倒的台扇停止转动，来不及穿衣，光着膀子走出棚屋。几天前下过一场大雨，低洼又内涝了，当时的风级不小，绿漆铁丝网上的防护栏被风吹得歪歪斜斜，随时都要坍塌下来。围网里很安静，他心里一惊，麋鹿一家三口不见踪影了。

不会是越过围栏跑了吧，那就该死了。公鹿成成跑得快，母鹿乐乐在水中游得快，他也见过它们的女儿吉吉爬到妈妈背上抬头立起的样子。他的梦里，吉吉就是踩着乐乐的脊背，一个跃起，像被风托着，越过了防护铁栏，稳稳地落在了一片水沼地里。水花像一个转动的喷洒，在阳光下发出碎金般的耀眼斑点。这可还是一个月前出生的小鹿，体重刚好十二千克，在越来越孤独的无人岛上，它是最新鲜的生命。

棚屋是临时搭建的，坐落在这座孤岛的大堤上。军绿色毡布顶、彩条布身的棚屋像是一个分界，一边是堤垸外的江水，一边是堤垸内的杂草、意杨、飞鸟、麋鹿。闲下来没事的时候，他看看这边，又看看那边。除了自然界的声音，除了他们夫妻俩寡淡的对话，没有其他人的一声一响。

屋子十来个平方米大小，横七竖八地摆放着生活用品，一张发黄的蚊帐床，没喝完的二两装白酒瓶东倒西歪，半箱易拉罐青岛啤酒，兰花萝卜，花生米，一副拆散卷角的扑克牌……对他来说，这些都是打发孤独的必备品。当初他就是冲着能长久地待在岛上，待在这个过去是家的地方，才答应了饲养麋鹿这件差事。屋门就是彩条布底卷了一根细方长木条，每天走出这张门，就看得到编织袋垒堆的旧痕，那还是二十多年前一群不知名的部队官兵在这里抗洪抢险的见证。

围网就挨着棚屋，有两米二高。他推开围网的一张小门，侧着身体走进去，十几步远的地方，有一个铁皮做的食槽，一米二长，卧在树荫底下。食槽里还有几颗没吃干净的玉米粒。岛上有很多的禾本植物和苔草，芦苇、荻、牛毛毡、灯芯草、马来眼子菜，但他不放心，每天早晚两顿，精心伺候，人要吃五谷杂粮，麋鹿吃草，也吃玉米、小麦麸、大麦、豆饼等细粮。管理站的采购员只能弄到玉米，他不满意，采购员说经费紧张，保证吃上玉米，还是站里勒紧了裤腰带。他才不管什么"紧不紧张"，找到领导提要求："麋鹿是一级保护动物，饿了它的肚子，谁也担不起责。"有人端着架子，讥讽他胆子大，不好好干分内的事。他哭笑不得："我分内的事不就是帮你们把鹿养好吗？"

"喔，喔啰啰！"他像赶鸭子般地喊起来。调子跑太偏了，听到的人忍不住发笑。他当然听到过鹿的叫声，但学不会，低沉压制，一学他的嗓子就像哑了，索性就按自己的方式来。他声音越来越大，远处一两米高的草苇丛中仍然毫无动静。他有些心慌了，继续提高嗓门，边喊边敲打着铁皮食槽，发出哐哐啷啷的刺耳声音。平常这一家三口都会闻声跑过来享用早餐了，他冲在另一间当作厨房的小棚屋做饭的妻子喊："看到成成了吗？"

妻子伸出脑袋，看到就穿着大裤衩的丈夫，扑哧一乐。女人懂丈夫的心思，回答道："跑不脱的，大清早我看到它们了，躲在水潭里。"

他还是不放心地张望，草丛分布在那个泥潭四周，喂食的位置又是个偏缝角。他歪着脑袋，像是要拉长身体探看，终于看到小水潭有一圈圈的水纹，他猜麋鹿一家三口是故意跟他躲猫猫吧。

## 2

上岛的渡轮很小，挤着一辆皮卡车和我们一行几人，就没有多余的空间了。蓝白相间的驾驶舱门上，印着一行规矩的细黑字："守护好一江碧水。"有人在字旁空白区域画了一颗心，下方画了两道摇动起伏的波浪线。开渡轮的女人年近六十，皮肤糙黑，是本地人，在这段江面上跑了二十多年了，以前是渔民，后来被保护区聘请为渡轮管理员。江中水流湍急，她轻车熟路地把渡轮送靠岸边。皮卡车倒着开上岛，掉转方向，就开始奔跑起来。进岛的路比皮卡车宽不了多少，两旁的坡脚长着密密的梧桐、桑树和意杨，丝茅草长得又深又密，在如同进入原始丛林的路上驾驶，绝对考验司机的车技与胆量。

下了车，又潮又热，去棚屋的路被一片水洼拦腰截断。最小的艑舟也没法划过来。穿着大裤衩的他挥着手，划了顺时针的圆弧，示意我们绕过去。皮卡车没法掉头，只能缓慢地倒车回到几百米外的岔路口，我们决定在湿热的岛上步行。

当接近棚屋的时候，公鹿成成缓步出现在了我们的视野。先是那一对鹿角，像放大的珊瑚，分枝再分叉，逸出头顶上的天空。阳光下的鹿角熠熠发光，仿佛能把我们的眼睛照亮。那是一张俊美的脸，昂首低头之间，鹿角焕发的是一种沉默的高冷。从鹿角的分叉中能辨识鹿的年龄，和许多动物一样，公鹿才有美丽的角，而母鹿看不见的角基藏在浅浅的毛发中，像一双不易察觉的尖耳。公鹿两岁开始长角，每年角丫分一次，六岁时发育成熟。鹿角的结构分前后两主枝，枝上又分叉小枝，撑开时像幅大扇面。麋鹿是群居的动物，而犄角是公鹿权力的象征，也是挑战鹿王的武器。

人声惊扰，原先藏在水潭中的成成走出水潭，穿过草丛，踱着 C 字形的拐弯路线，那双机敏圆睁的眼睛尾随我们，走两步退一步。麋鹿主蹄宽大多肉，总是走一条半圆弧的曲线，边走边觅食园里的鲜草，这是它外凸的眼球视线所决定的。没有谁是完美的，无法专注于前方的直线，让奔跑的麋鹿就像湿地上被风吹摆的一株芦苇。

他来守这个麋鹿园一年多了。上面直接管理的部门是县里的小集成洪泛区管委会，下辖麋鹿、江豚两个省级自然保护区管理站。在这个面积大概是两个标准足球场大小的麋鹿园的入口，有一块标示牌——野生麋鹿避难救护站。县里的想法，在这个人已迁走的岛上养更多的麋鹿，既是保护区的分内职责，也可为将来发展旅游打造一个看点。前不久，县里向东洞庭湖湿地保护区提出还要引进几头麋鹿，暂时被上面否了，理由是当前正是洞庭湖区麋鹿种群的繁殖期。岛上的成成来自对岸湖北省的长江野生麋鹿种群，两个种群的繁殖期不同，长江种群是6、7月份，湖区的在3、4月份左右。

守在这座孤岛上，出去一趟越来越不容易。轮渡必须提前电话预约，江上就剩了一条管委会自有的小渡轮。过去的大渡轮上，可以摆下十来台车，人、马牛鸡鸭，通通都挤上渡船，像幻想故事里的奇怪集市。有风有浪，轮渡可能会停班。前些年，县里的移民政策很坚决，一轮轮派干部登门动员、劝导村民搬走，岛上的人犹疑不决，互相观望，发出各种抗议和拒绝的声音。也有人动心了，移民安置的村子都比这座孤岛好，好上百倍千倍，慢慢地越走越多，被水摧毁的生产生活条件也限制了人们留下。老班子（方言，指当地的老一辈人）有个说法，一个人生在哪里，他的一半就死在哪里。其实谁也舍不得走，几代人生活打拼的地方，哪能说不要就不要了。但人不走，水又来了，怎么办？洪水无情，那两年，长江的水三次漫过大堤、涌进坑内，房子、作物、牲口、电器、桌椅板凳，家里的一切都倒霉了。在洪水面前，逃离活命，是唯一的生存法则，再也没人提重建家园的事了。

天黑下来，岛的上空总是弥漫着一层微光。天上的星光，江面的水光，连闹哄哄的虫鸣风声也会发光，屋后的那片林子还像他小时候的印象，发出一团团蓝幽幽的光，那光大摇大摆，像个野地里闲逛的流浪汉。似乎就是多年前的记忆，没有过一丝改变，连同偶尔飞过的鸟，扇动翅膀和丢落的鸣叫。

他是在岛上出生长大的。儿时就听爷爷辈讲，岛在两百多年前只是长江外的一块洲滩，后来外洲一年年向上车湾河段江心淤积，几十年就形成了一片大大小小的堤垸。连起来，就有了这个岛的雏形。到20世纪70年代末，又挽（方言：填湖围田）了东风巴围、泥尾洲巴围、红旗巴围，岛的面积扩大，耕地面积达到一万八千多亩，主产棉花、水稻。在他的记忆中，从小到大，这个岛最大的忧患就是水患。两百多年前就开始的围水合垸，因为水的问题时废时兴，围垦不再是简单的动词，而是一种人定胜天的信念与意志，捆绑着特定时代的制度力量。水退，岛就化身平原，平安无事；涨水，就遭遇水淹，无家可归。到了90年代中后期，岛上居民突破一万人，防守着二十五公里长的防洪大堤，人均防守二点五米，任务在全县是最重的。

如果不是长江裁弯改直，岛就是连着堤岸的一片洲垸。小时候，他的父亲带他乘船回家，水路迂回，父亲和几个老人聊天，说江水在这一带绕了十六个大弯，从藕池口到城陵矶，二百四十公里的水路距离拉直后只有八十公里。弯多，船行缓慢，他觉得回家的路真遥远，回家的时间真漫长。

幼时的记忆像寒冬玻璃上的冰花，1968年，他六岁那年的冬天，一觉醒来，大人们呼儿嘿哧地吆喝着，一群群往外走，垸子内外隔一段就插一面红旗。他的父亲扛着锄头挑着箢箕早出晚归，却精神抖擞。后来他才知道，父亲参与过的长江第二次裁弯大手术，在上车湾的老河段长三十二点七公里，曲折率为九点八，湘鄂两省上万民工在一个月的时间里，在弯颈处挖出了一条长三点五公里的新流道，缩短了下荆江洪流二十九点二公里。第二年的六月，新河道过流。又经了一个汛期的冲流，这条裁弯取直的新河道成为长江的单线航道，继而成为主航道。人向江水要的地，又因为江水而隔离，这个有几百年历史的围垸变成了一个四面环水的江中孤岛。

二十多年前，省里水利学院来岛上做田野调查的老师学生吃住在他家，他们茶余饭后说的都是关于岛、江和人的事。

"新中国成立之初，长江沿线的通江湖泊有一万六千多平方公里，这些湖泊都是长江行洪天然的调蓄库。不到半个世纪，锐减到六千多平方公里，那些江心洲、外滩圩垸让过江断面不断缩小，行洪能力的衰退可想而知。"

"围江造田，与水争地，靠水吃水，这些破坏自然规律、生态环境的行为，对大江大湖的伤害，却在某些时候还赢得了人定胜天的赞美。"

"清末民初，私围垸者是要杀头的。"

"移（民）是短痛，不移（民）是长痛，生态恢复虽需时间却势在必行。"

……

他认真地听着，想去问又一直没问出口："谁不想在一个安居乐业的好环境里生活呢？就像人从娘胎里出来，有选择权吗？"在生存面前，人肯定是要跟自然叫板的，但他后来也懂了，还跟人发生争论：破坏自然就是搬起石头砸自己的脚，只是不知这块石头何时落下来，砸一只脚还是一双脚，砸自己的脚还是后人的脚，砸伤的脚还能不能往前走？

那次来的一个大学生问他，有没有见过长江麋鹿，那种叫"四不像"的家伙？

这些头脸像马、角像鹿、蹄子像牛、尾巴像驴的受保护的家伙，在大洪灾那年到过岛上。它们平日在沼泽地成群走动，四蹄踩踏，泥淖翻飞。太仓促太混乱了，他记得有人逃生出来说起与麋鹿在洪水中擦身而过。当时都只顾着各自逃生，没有谁来得及多望对方一眼。他记得有天早晨，守堤的村民大呼小叫，指着浑黄的水上，浩浩荡荡一群麋鹿拥挤着从江上游过去，有的鹿踢水激起的浪花，在晨光里就像一幅画。那是他与逃亡的麋鹿第一次的匆匆一瞥。但他吹牛了，学生把他的话记在本子上，回想起来他还感到心虚。

他又哪里想得到，多年后，他会和那群逃亡者的后代有这样的一次交集。孤岛之上，他养着三只鹿，每天无数次见面，但他再不吹牛了。

3

对岸是湖北，一江之隔，近在眼前，甚至很多时候，岛上的人就划着船去对面的县城购物，隔着长江故道，划船只要短短二十分钟。

天鹅洲是湖北石首最先建立的麋鹿养殖基地。1998 年的那场洪水，不仅冲溃了他的故乡，也水漫天鹅洲，有三十三头麋鹿被冲出了平时圈养的围栏。

命定之事，人与鹿都无法逃遁。当年的特大洪水，长江在守，洞庭湖也在守，没有人会特别去关注一群四处奔逃的麋鹿。面对洪水，即使会游泳的麋鹿也肯定是傻了眼，江面滔滔，昏黄浑浊，它们的眼里只有恐怖，它们在水中凭着本能，开始了逃亡之旅。他听说抢险救灾的解放军官兵开着冲锋舟搭救过水中受困的鹿，也有人割草涉水去喂鹿。这是一段人与鹿共处灾难中的佳话。身陷洪水，自救与互救，不只是发生在人与人之间。

二十五头麋鹿成功渡过长江到达南岸的三合垸，八头安全逃到一个叫杨坡坦的地方，获得生活的自由权利。从溃垸逃出来的人，去抢险救灾的人，运送物资和部队的车辆，都看到过这些逃亡者。它们于混乱中顺水泅渡，又在陆地上奔跑，中途遇到水的阻隔，又不得不折返。麋鹿的那条往南的 S 形逃亡路线，是后来有人标记出来的。从马船村往调关，逃到华容县境内的终南、团洲，君山区境内的广兴洲、采桑湖，岳阳县境内的新洲苇场、飘尾苇场。在他心中，这是一条在地图上看似并不遥远，却充满艰难的逃亡之旅。如果当时的岛没有水淹，也许这是离它们最近最安全的地方。世上哪有那么多的如果，连岛上的居民，背井离乡，拖着残剩家当，后来走的都是与麋鹿相似的移民路线。

在自然灾害面前，人与麋鹿，都是逃亡者，没有优劣和谁是幸运者之说。

麋鹿的逃亡是在一个多世纪前开始的。1865 年秋天，来到中国的法国传教士阿尔芒·大卫在户外郊游时，意外发现北京南海子皇家猎苑中的麋鹿，原本是博物学家的他欣喜若狂，花钱买通守卒，制作了两头麋鹿标本寄到巴黎自然历史博物馆，确认是从未发现的新种：鹿科，麋鹿属，达氏种，原产地中国，后来拉丁种名又称大卫鹿。这是中国特有的"四不像"鹿，古代的灵兽，获得现代博物学上的第一次命名。对于当时稀少美丽的麋鹿，各国传教士暗中串通竞价，使出各种手段弄走数十头回国饲养。麋鹿踏上一条劫掠、饲养、回归之路，在某种意义上它变成了一个符号，这个符号讲述了历史生态链中的中国现代性故事，也是对"地方中国"的一种叙事。

麋鹿生活在沼泽地带，野生植物在它踩熟的泥田中野蛮生长，它的劫难似乎都与水灾有关。1894年北京永定河发大水，逃散的麋鹿成为灾民的果腹之物。1898年英国十一世贝德福特公爵花重金把十八头麋鹿带去了乌邦寺庄园。那是伦敦郊外的一座著名古园林建筑，1574年英王爱德华六世赐封给大臣约翰·罗素，后来成为贝德福特公爵的采邑。葱茏的树木下是成片的草地，一泓清澈湖水穿过庄园，据说方圆有三千英亩。公爵豢养的十八头鹿在这里自由生息、开枝散叶，一百多年后，数千头麋鹿后裔的足迹分布到了二十三个国家。

我翻找过一些资料，对麋鹿的这段历史有着难以言述的情绪。全世界的麋鹿都是贝德福特带走的十八头鹿的繁衍。乌邦寺庄园挽救了一个濒临灭绝的物种，也衍续了它在时间里的生命。也许当时并无人会想到，过了一百年后，消失的麋鹿还能回到它真正的故乡。向中国捐赠麋鹿时，乌邦寺庄园主塔斯托克侯爵在信中写下："我的曾祖父挽救了麋鹿灭亡的命运……历史不会忘记经历上百年漫长岁月后，又致力把这种著名动物送回故乡的人。"从1985年8月起，中国两年内从英国引进三批七十九头麋鹿，放养在南海子麋鹿苑和江苏大丰麋鹿国家级自然保护区。又过了三十年，国内以圈养、野生放养、半散养的模式，繁殖出一支占世界总数五分之四的麋鹿种群，数量达到五千多头。

麋鹿的回来，放在时间的线轴之中，我突然想到，它的身体就是一面镜子，显影着朝代的没落、西方文明的介入。有关战争、迁徙、对抗和征服，都在这面"镜子"里有着清晰或隐晦的痕迹，其背后何尝不是一种人类史的建构和地方性叙事。也正如我的乡友、前卫艺术家毛晨雨所感受到的"成全"："麋鹿回归它的宿命之地，成全了我对自然之神性的想象空间。它的野化和落地生根，多少暗示着现代文明自身无法深度阐述的事实：现代性的偶然写作，通过某些特殊媒介缝合了它自身无法阐释的裂缝。"

"你们看，好艰难啊，差一点世界上就没有了麋鹿。"他自然不懂什么现代性和裂缝，却对这段流亡者回归的历史故事也充满唏嘘。愿意铭记历史的人，是对历史保持敬畏和深思的人。

也是一次偶然的机会，他在一个摄影家的航拍照片里看到了岛的全貌。这个泥沙沉积而成的沙洲，像一条船，中间宽，两头窄，静卧在滔滔江水中。隐隐约约的"船舷"是过去的防洪长堤，两侧洲滩绿草如茵，透明的水流像一条条发光的丝带，缠着绕着。岛上原来有很多人工沟渠，交错纵横，这些水与长江故道相通，岛成了动植物的一块净土。

他在管理站的宣传栏看到过这样一段文字：发现的维管束植物有七十五种群一百八十九属二百六十四种。国家一级保护野生动物有白鹤、白头鹤、江豚和 2007 年已宣告"功能性灭绝"的白鳍豚。鱼类五十一种，江河平原鱼类有青草鲢鳙，也有热带平原鱼类青鳉、乌鳢、黄鳝和滨海鱼类鲥鱼、银鱼、暗纹东方鲀。

从头到尾读了几遍，他不懂什么是维管束，也不认识那些学名拗口的鱼，大惊失色的他从来没有想到过岛上居然有种类这么多的动植物，似乎离他的生活那么遥远，似乎这不是他生长的那块土地。以前呢，他家的门前屋后种了几棵鸡婆柳，一种褐红色枝条柳叶状互生叶的树，树身却是黑色的，结出的果子如樱桃大小。还有秋后暖天重生的南荻、狗牙根，入冬发芽长的紫云英、碎米荠、短尖苔草，浅一片深一片地点缀着田间垄上。他记忆中的真实，被更广袤的真实覆盖了。

我坐在他的棚屋里，与性格开朗的他聊天是件愉快的事。他对饲养员生活的艰苦并没有怨言，谁的人生不曾有过艰辛和曲折。我的那些好奇，在他那里都是往事与回忆。

他搬家到了一个有些偏僻的乡镇，一双儿女在外地成家后，他就趁着一个机会又回到岛上，成了保护区聘请的一名饲养员。岛上的房子都推倒了，为了不让移民返回，所有岛上过去有过的东西都化为乌有。一个荒岛，也是一个自然生态的岛。草木葳蕤，虫鸟聚集，荆棘遍布，进岛的路，变得陌生。

夜里的黑暗包裹着他，他安静地躺着，有年头的杉木床，间隔响动，也在经历它的岁月和衰老。回忆从声音里渗漏，像又看到洪水涨上来了，要淹没他仰面朝天的身体。洪水是记忆中有着恐惧阴影的那根软肋。白天，水出现在眼前，夜晚，水就在梦中到来。

当年岛上的溃口在两个村庄，第一次是在大港村，时间是半夜。大堤上一片惊呼，临时架起的电线上灯光晃动，有的地段线路不通，一片漆黑，手电筒的光射在半空，立刻被黑夜吞噬。二十五公里的防洪长堤，这个数字是确定的，那些日子上面来的各级防汛干部，口口声声喊的就是要死保这二十五公里长堤。每年危险，每年喊，喊着喊着水慢慢退了，岛上人的胆子也是这样被吓大的。那一年大家感觉不太对，水持续不退，加上连天大雨，有人心存侥幸，有人疲累得倒头就睡，丢下一句：生死有命，天塌下来也不管啦。

溃口真正发生时，此起彼伏的惊呼声却并没传多远，风雨把恐惧的声音抹成了一片黑色。垸内没有一块高地，人只有往堤上跑，跑上堤就保住了命。岛上的海拔是三十三至三十八米。岛上的人对长江水位的几个数字特别敏感，枯水期二十八点二米，丰水期三十三点二米，洪水期三十四点五米，近半个世纪最高峰水位为三十七点六二米。有的堤段常年水泡冲刷，特别瘦削，护堤的人就搬来一袋袋沉甸甸的沙土，在堤脚内加宽加高。咬紧牙关的大堤在水的浸泡下，一点点松开缝隙，直至溃开。第一道溃口无可挽回，人们把心都捏得紧紧的，垸内的第二道防护堤是绝对不能再失守了。

第二个溃口就是麋鹿现在圈养的地方，位于过去的临江村，那是长江干流上最初的外滩圩垸，面积大约四平方公里。这里是最后的堡垒。保临江村的唯一办法，就是死守临江干堤。

那天也正是大暴雨，风夹着雨，雨裹着江水，岛对面的公路上，车流穿梭，像地球最后之夜的一场混战。上千名村里的劳动力和调集的解放军部队，都上了堤，遵照上级指令，要在临江干堤上抢筑一条两千米长的子堤。

他也是抢险队伍中的一员，雨珠子打在赤膊和肩背上，像碎钉子刮擦着身体。都成了一群疯子，与洪水抢速度，谁也没把握最后抢得过时间。那个最危险的一号拐，这个拐弯段底子薄，面对的堤外水位达到三十六点六八米，已超历史最高水位零点二二米。当时的水位确实太高，一号拐堤身有一百五十米长的堤面突然下陷，裂缝慢慢撕开。五个多小时的时间，大堤内脚和外帮的抢护完成，一号拐全部被新堤取代。雨中奔跑着一个个泥人，雨水也冲刷不掉那些撕裂的表情。在他的记忆中，暴晒、浸泡、雨淋、潮热、虫咬蚊叮、体力透支，抢险的战士和村民，有的开始感冒发烧、上吐下泻、皮肤发痒溃烂。他的小腿上不知在哪里划了一条口子，水泡过后，没有及时上药，伤口肌肉翻开，酱红色里撒了粉般地发白。那一年是他三十六岁的本命年，老班子说本命年总有不顺利，他没想到的是，他在本命年丢掉了自己的故乡。

第二次溃垸仍然不可避免地发生了。那天下午，准确地说已是傍晚时分，但夏天的落日还斜斜地照着江面，无数道银光在眼前刺探跳跃。堤上的人们戴着草帽，顶着西晒的燥热。连续守堤快一个月了，铁打的身躯也要扛不住了。位于岛上最北端的南直堤杨家沟以西两百米处，一百零八米长的堤段整体滑坡下沉。巡堤的人们最担心的，所有的恐惧都是未知的爆炸物，谁也不知道会是哪一段出问题。黄浊的水从溃口倾泻进来，灌满沟渠、鱼塘、坑洼，足足花了六个多小时。他当时看着那段沉没水中的大堤，像艘巨轮从中折断，心里反倒是平静下来，这个对岛上原住民来说的灭顶之灾，在真正发生后却将恐惧冲洗得一干二净。六个小时后，小岛变成了一片汪洋，站在长堤上的人群，像浮在水中的一蓬蓬枯瘦的乱草。

离他的棚屋几米远的地方，就是临江村溃口，当年抢修子堤码起的沙土袋，层层叠叠，完全粘连成一个整体，替时光保存着一座孤岛的旧时光。他脑海里还有一张照片，当年水退之后，乡下人嘴中的二十四个秋老虎还没离开，回到村里的人穿着从捐赠处领来的各式各样的衣服。他的叔伯嫂子站在自家门口，一脸茫然地看着颓倒的屋墙，脚边躺着一头皮囊肿胀没法辨认的黄牛尸体。

4

夜梦中有个场景挥之不去，月亮像开了闸的水库，大水从天空降落岛上，岛像一个人的肚子，越喝越大，边界越扩越大，再多的水也盛得下，几乎要漫过堤面，他的棚屋变成一艘小船，东摇西摆，穿过钟家沟、泥尾洲、土地角、青龙咀、杨家沟、雄鸡树这些熟悉的岛上村落，水张开大嘴，一口一个地吞没它们。突然之间，水又原路回到月亮之上，岛上重归一片宁静，一切动荡像从没发生过。他没与妻子说过这个怪梦，说不清的东西何必谈论。

妻子下了一碗光头面条，拌点辣椒，瓶底还有几块长了白霉的腐乳，早餐差不多都长这个模样，他也没那么多讲究，三嚼两口就吃完了。过去湖区的习俗，喝两杯早酒，祛湿祛寒，水边上总归是湿气太重。天热，肉没法保鲜，出岛一趟不易，吃肉就有一顿没一顿，变成奢侈的一件事。当时，在外地打工的儿子媳妇把孙子孙女丢在山里的外婆家，他们两口子看着那些偷偷返回的人，索性也从移民的镇上回岛上来了。

那两年里，像是突然卷起一阵风，搬离的村民一下回来几百号人。没有房子，都是在堤上、垸内平坦处搭的临时棚子，没有水、电，都用上五花八门的净水、发电设备。金窝银窝，不如自己的狗窝。回来的人，有的捕鱼、养龙虾，有的圈地搞种植，也有人什么都不干，"外面再好，觉得还是这块生养之地待着最舒服，反正有一半已经死在了这边"。让他感到荒诞的是，这个岛彻底成了一块飞地（行政上隶属于甲地，而所在地却在乙地），但人们已不再坐轮渡再转汽车去县城，那太远了，往返要三四个小时，而是从长江故道划船轻松地过到邻省的那边地界购物。这边与那边，变成了故乡与外省的代名词。

当年移民就是算的一笔大账，堤防加固加高一项所需的四百多万立方米的土方、三百多万个的投工和一亿的资金，已是天文数字，仅按岛上现在两千多名劳动力投入计算，要十五年才能完成。退田退耕，还林还水，九个月时间里一万多村民相继离开，散迁到二十二个乡镇的四百多个村场，长江中下游生态恢复规模最大的整体移民工程走完了最艰难的一步。人们茶余饭后，用不同的态度议论着这个话题。他不会表达，但懂得那些离散的人对故土的眷恋。村里他认识的那个戴眼镜的瘦个子农民，像个书生，过去在县城的一家报社打工，周末才回家团聚。这一家人搬走后他就再没见过，儿子有天拿着一张报纸念农民写的诗："身在异乡，有些句子不忍和酒去饮／思念比淹没故乡的洪水／来得汹涌，容易冲垮父母／老迈的身躯，在父母面前／对故乡，我不忍提只言片语。"他让儿子留下报纸，无事时念几句，喉头哽咽，想说什么却始终说不出来。我问他还记得诗的名字不，他脱口而出：

记得的，叫作《哪里有路回故乡》。

搬回来的人一拨接一拨地多起来，但也一直被干部劝导着离开。无论从安全、生活还是政策执行出发，移民都是开弓没有回头箭。广播车和留守的干部重复着不能滞留的原因和离开的最后期限。"移民不移志，共建新家园""早移民，早安家，早致富""同饮长江水，永远一家人"……这些宣传标语还贴在墙上，喇叭里喊得震天响。他又回到了移民安置点，暗自叹着气："回不去了，回不去了！"那已经不是他生活过的地方，四季分明，光热适度，雨量集中，严寒期短，没了人，岛要荒芜了。几年后，真正的鸟（候鸟）、兽（麋鹿）回来了。草木与日子疯长，岛上变成了一片息壤，村庄没有了炊烟，倒有了原始林的气象。

站在棚屋外，就看得到麋鹿园对面的一大片意大利杨树林。这些意杨都是合同承包经营开发的，租赁合同期到了2044年。岛上一直有两家管理单位——县里的洪泛区管委会和湿地管理局。前者管理垸堤脚外五十米以内及垸内土地、水域和长江故道水域；后者管理堤脚五十米外的外洲外滩，那里有意杨为主的速生林、芦苇、水产养殖和捕捞。过去的两万亩意杨砍得就剩下眼前的这一片。照着长江外滩和垸内欧美黑杨的清理计划，租赁合同提前废除，再过两三年，岛上便再也看不到这种被称作湿地抽水机的杨树。

我嘟囔一声："都知道这种树破坏湿地生态，当初为什么要栽，也没有阻拦？"

他却像是想通了："过去的事，谁说得清？"

有人要卖岛上的这一片荒芜。他头次听说，特别好奇，荒芜也能卖？也会有人要买？在他心里，荒芜连风景都算不上。没有人的地方，哪有风景可言。移民工作收尾前，有一段时间，传言要把这个岛建一个国家生态公园，下一步就是发展旅游。当时，岛上离开的，磨蹭着没走的人都兴致勃勃地传着这个消息，临江村要建观鸟台、野生动物驯养园，棕鸭子湖要建水生动植物观赏园、草地跑马场，还有行洪口索道、东西线苇地栈道、江中飞沙、吊脚楼。这些新名词对当地人来说，就像是一个梦。让梦变成现实，他们并不像对地里的庄稼那么有把握和信心。这些年过去，荒芜倒是有了模样，建生态公园做旅游的事没有下文。

"我倒是越来越喜欢这种原生态了。"他引着我们进园，去看麋鹿一家三口的活动痕迹，"什么时候再生几头，或者再跑来几头野生的，岛上就热闹了。"

地上出现麋鹿饮水时踩出的一行楔形蹄痕。看得出脚印宽大，前深后浅，主蹄分叉，他试着把鞋子的前半部分放进去，刚刚合脚。蹄印交互踩踏，地面的图案奇形怪状，真正的野兽派抽象画作。野外鹿群都是非确定性聚居成群，长途迁徙时是昼伏夜行，行走中发出清亮的磕碰，打破洲滩上的宁静。麋鹿趾间有皮腱膜，前趾是悬蹄，在软泥烂草的沼泽湿地草滩上能奔走如飞，缺陷是不能像马一样钉铁掌，走到水泥石板路上就像醉酒的汉子，东倒西歪，四条腿如抽失了气力。

野生麋鹿多在早晚进食，很有规律，圈养起来的鹿时间久了都有一种依赖性，圈养地多是水丰草美，还配备了其它口粮。他给食槽倒的小半桶玉米，过一会儿去看，不知何时已被那一家三口吃得颗粒不剩。

他喜欢看麋鹿胃口大开能吃的样子，吃得津津有味、四肢粗壮。这是一个饲养员的工作理想。冬天的含水植物少，芦苇枯黄坚硬，干叶覆盖植被，麋鹿的觅食变得艰难。他会四处找那些含水量高、适口性好的青草，好在岛上的人走空了，那些矮围拆除后，植被在恢复，植物生态链不再扭曲畸形。一切都在慢慢变好，他脑子里盘旋着这个乐观的念头。他和它们也有一个日久生情的过程，没事的时候就坐在斜坡上，看它们闲散地行走。这种无忧的生活，也许并不是麋鹿内心的选择。但真要放归自然，他有担心也有不舍。有时它们会追逐打闹，会啃那根露出地面的大树桩，当然不是真吃，就像是孩子磨磨牙口的淘气之举。

母女俩步伐一致，从苇丛里走出来，吉吉睁着一双圆眼睛，在母亲身旁欢跳着来回走动。乐乐低头凑近几株不同的草，鼻子嗅嗅，又摆身走了。圈养地长了一大片的挺水植物、湿生植物，是岛上随处可见的狗牙根、芦苇、苔草、球果蔊菜、紫云英，都是麋鹿的食物。乐乐靠近一丛半人多高的蔺草，这种草叶片扁平，叶鞘无毛，叶舌薄膜质，多长在浅水潮湿处，它吞进嘴几片草叶，细嚼慢咽，很享受的神情。"它经常会专门寻找这种草，那些带点泥土的草根它们不吃，"他说，"吃得这么讲究，像谁哦？"

同行的作家老潘这几年在追踪长江和洞庭湖鹿群的生存境况，略有所思道："还用说，像它娘老子点点。"

"刚出生就被保护区救下来的弃儿，喝蒙牛伊利长大的点点？"我没想到，站在眼前的麋鹿母女和远在保护中心的那头明星鹿，已是有血缘的三代鹿了。

## 5

他每天早晚绕着绿色的铁丝网来来回回地走。麋鹿也是来来回回地走。成成比较独立，昂着头，踱着步子，像是在望着天空思考。乐乐和吉吉形影不离，孩子总是与母亲要亲近些。身上长着梅花斑点的吉吉就是个无忧无虑的孩子，胆怯却又勇敢，在活泼的时候引颈向上，跳跃蹦跶，小小的身体曲弓，像一枚要发射出去的小型鱼雷。它喜欢逆风而行，身体会在风中发出沙沙的摩擦声音。

吉吉的外婆、乐乐的母亲是一头叫点点的鹿。那是东洞庭湖保护区收养的第一头野生麋鹿，常年和人打交道，容易与人走近。到过湖区的人几乎都听过点点的故事，也有很多人扯草喂点点，都知道它从不吃带泥的草。

九年前的冬天，红旗湖附近芦苇地的一场野火，烧到了一群野生麋鹿临时的栖息地。聚群的麋鹿喜欢藏身芦苇丛的边缘地带，遮风挡雨，临近水畔也适宜遇险后往沼泽或湖中逃窜，它们的软蹄喜欢在湿地沼泽草滩上走，拒绝山地和平原。原本以为是一个安全的栖息地，却被突如其来的一场火惊扰，它们注定又将踏上艰难的逃亡之路。

鹿王一跃而起，带着鹿群逃离火海，一头母鹿在混乱中跑出来，突然停下脚步又折返，火舌舔着夜空，高高的苇丛发出噼里啪啦的炸裂声，一蓬变得壮大的火焰映照着那张惊恐不安的脸和颤动的四蹄。这头母鹿撕心裂肺又无计可施，它刚出生不久的孩子被困在了火海中。

那头后来被取名为点点的小鹿是路过的渔民和苇场管理员救下来的。当时身体羸弱的点点受了这场大火的惊吓，死里逃生，但生命体征非常弱。保护区的人随后赶来，脱下衣服包裹着，它蜷缩在一件宽大的衣服里，像个可怜的小不点儿，一路被小心呵护带回丁字堤管理站。养活它成了一件棘手的难题。当时江苏大丰麋鹿国家级自然保护区的专家建议，找回母鹿，不然成活与放归都是麻烦。方圆数百里的野外，要捉住一头野生麋鹿，谈何容易啊。保护区的人索性不管这些难题，总归是要养活的。点点是喝品牌牛奶长大的，每天八次，随着年龄长大逐渐减少次数加大饮用量，但冷热温度要适中，保护区安排专人喂养，像是给一个婴儿请了一位月嫂。小麋鹿的细皮嫩肉容易逗蚊虫叮咬，尾巴短，驱赶不了蚊虫，一身油光滑亮的皮肤咬得布满红点，电风扇吹不得，就得靠人摇扇。动物懂得人类给予的一切好，一旦与人亲近，就会忘掉有过的伤害。点点后来辗转几处，却都有专人饲养。保护区为它辟出一块开阔地，林草丰富，挖了度夏游戏的积水池。它从来都不知道怕人，有人招呼它，递过来狗牙根、刺耳草，它都不会拒绝，但一直没有改的习性，就是从不吃沾泥带土的草。和人太亲近后，点点有些人来疯，有时看见人在铁围网外走来，就直接往围网上撞去。还有一次在热情迎向特意从北京赶来拍摄它的记者时撞倒对方，记者以为就是胸、臂、脚受了点皮外伤，回驻地后感觉不适，上医院拍胸片才发现右肺中叶挫伤。爱也是伤不起的，后来保护区的人都特别提防点点的"拥抱"，但它的天性不曾改变过。

麋鹿少儿食性，两岁的母鹿可以交配，三岁就可以生育。点点这个喝品牌牛奶长大的剩女长到三岁多，未能放归野外，婚嫁、生育都无从谈起。保护区的人试图放归，但点点走不了多远又返回了，它不舍得离开，大家也养出了感情，留下吧。保护区新建的救护中心，就成了点点的新家，它整日在一块空旷的草滩上悠游自在，婚姻生育问题也一度令保护区的人伤透脑筋。直到六岁才与另一只被救助的野生雄鹿结合，在经历鹿类中最长的九个月孕期后产下一女仔，那是2018年3月底。三年后，点点的女儿乐乐"嫁"到岛上，生下了吉吉，在孩子睁开眼睛的那一刻，乐乐舔舐并吃掉了裹在外面的灰白色胎衣。

麋鹿的发情期是有故事的日子。许多公鹿会在母鹿身旁走来走去，但并不敢轻举妄动。唯一的交配权是鹿王独自拥有的。那些在泥沼地翻滚、四蹄溅起泥浆的公鹿，高高的鹿角上戳着青草。那是威严的象征，好斗的勇气，也是耍着博取母鹿好感的把戏。但到了最后，鹿王会无情地驱赶、猛烈地攻击那些用心良苦终不能得的公鹿。动物界的弱肉强食、秩序等级，在交配权的拥有上表现得淋漓尽致，有的麋鹿终其一生，也没法给自己留下一儿半女。

保护区的老高和我说起过公鹿争夺鹿王的故事，在红旗湖煤炭湾，保护区的人发现两头争斗的公鹿，头上的角缠在一起，再也没分开，直至困死在湖洲上，脸上还是一副斗狠不服气的神情。鹿角是公鹿俊美、庄严的标志，但伸展如树枝的鹿角，又常被渔网缠绕而受伤。如果不是意外或疾病，麋鹿的平均寿命在十三岁，二十五岁是理论上的终极寿命。2009年元旦刚过，野生麋鹿调查首次纳入洞庭湖野外科考，三支小分队有计划地奔赴注滋河口、天鹅凼、红旗湖等地。冬天的湖洲上寒气逼人，天地迷蒙，老高最先在注滋河口发现鹿群踪迹，并在河沟遇见聚集在一起的二十七头麋鹿。低头吃草，互相打闹，乐不可支，鹿角如林，英姿耸立。这次壮观的发现让众人欣喜若狂，全然忘却寒冷与饥饿。后来共发现两个种群三十一头麋鹿，都是1998年长江洪水中从天鹅洲逃逸的后代。生存本身有时就是生命的最高法则。这次科考确认了世界上唯一没有人工干预的自然野化麋鹿种群在洞庭湖出现。

洞庭湖区的麋鹿建群时间最短，但自然野化的程度最高。令老高这些资深保护者兴奋的是，前几年，从江苏大丰、北京南海子先后引进的二十六头麋鹿放归洞庭湖湿地，都携带了卫星追踪器，在这些数量一年年扩大的鹿群中，发现了放归者融入其中的身影。照专家的说法，南海子、大丰和石首三大国内麋鹿种群的野外自然融合，在点点、乐乐、吉吉这一代代麋鹿身上繁衍，衍续的不仅是单一物种，也是健康的遗传基因、生物的多样性。

老高在没当领导前不喜欢待在办公室，每次下湖都冲在一线，"走到野外的收获常令人意想不到，总会留下难忘的记忆"。比如那次科考他跟着外地专家实地走过之后，就记住了从蹄痕、粪便等活动痕迹追踪鹿群的方法；又比如专家发现了一只五岁雄鹿脱落的鹿角，主枝完好，末枝残缺，半米多高，像一顶金色桂冠，带回去当标本，那一刻大家的心情像捡到旷世珍宝一样。

成成是岛上的第一头麋鹿公民。它是天鹅洲长江野生麋鹿中的离群者，陷入废弃的渔网阵被救。这头雄壮的公鹿在泥淖中挣扎，往常的弹跳才能此时失效，成了一只茧中缠缚的虫蛾。保护区的老高闻讯而来，人的好意并没得到配合，一身涂满烂泥的成成左挣右脱，直到在饥饿与困顿中耗尽气力。人们用活动套绳绑住成成的腿，连同渔网从泥淖中拖出。这些废弃的渔网，困死过江豚和候鸟。如果晚几个小时，麋鹿成成也许会深陷泥潭、力竭而死。

从死亡的边缘逃脱后，成成懂得了人的友善，忘却了恐惧。一次危险的遭遇改变了它的生存境况。没过多久，保护区决定大胆尝试一次长江与洞庭湖两个麋鹿种群的通婚，就把点点的女儿送来，让它们结成夫妻繁育下一代。两岁多的乐乐身形健美，眼神里跳跃着孩子般的娇羞。鹿角骨质硬化的成成，发情期的冲动迟迟未到，特别大男子主义，假装视而不见，独自觅食、踱步，对未来的伴侣连正眼也不瞧。有时他会恼怒地跟妻子骂，这是头蠢鹿，不用参与鹿王的决斗就拥有交配权，放着这么好的机会不抓住。妻子笑话他是皇帝不急太监急，为此他们争吵了一番，他是多么希望岛上的鹿生养得越来越多。鹿多了，他忙碌起来，也许就会忘掉那些孤独。

我把乐乐下嫁岛上前的故事讲给他听，老潘其实比我更熟悉。省林业厅野生动物处批准引进一头母鹿去岛上，最后选中了点点的女儿。保护区慎重起见，请了江苏大丰的专家给乐乐一枪麻醉针，乐乐那天似乎有所感应，不听人召唤，一直在十来米距离外徘徊。专家性急了，七八枪连吹，居然都是擦身落地。后来有人提议换管理站的丁站长，行伍出身，使过枪支，但丁站长并无把握，甚至紧张，瞄了老半天，旁人催促，情急之下放了一枪，是成是空都不管了。麻醉枪钉直线射去，乐乐突然抬头，撒蹄奔跑过来，撞向飞过来的"子弹"。他听后，哈哈地笑，说这都是天意，好姻缘起初并不都是顺利的。

那段日子，他定点去喂食，也关注这两头鹿的动静。保护区的人耐心地跟他讲麋鹿交配期的特点。5月至8月是求偶发情期，错过后又得等待。母鹿身上会散发出一种神秘的气味。无风的日子，这种气味就飘浮在园子的上空，弥漫在园子里的每一寸湿地和草丛之间。风一吹，气味就轻轻挪移。一旦发情的公鹿被气味所吸引，就会陶醉深陷其中，会寸步不离地跟在母鹿身侧，长久地站立，嗅寻着那短暂消失的迷人气味，然后深深地呼吸，眼睛里炯炯的神采没了，闪烁的是痴醉的迷失和落寞。

他看着两头保持距离的鹿，焦急地盼着它们能干柴烈火般燃烧在一起。一天又一天过去，总是感觉不对，不来电，为此他好些次使劲嗅着园子里的空气。他把这个举动当作玩笑话讲给我们听，他的上级小严咯咯地笑："差一点，两头公鹿要打起来了。"

那个激情燃烧的时刻是在半夜发生的，让他遗憾又惊喜的是，次日大早，两头鹿耳鬓厮磨地站在看麦娘中，一片冒出地面的碧绿嫩叶擦着它们因为爱欲过后而抖动的小腿。一切来得那么神奇，身体欲望带来的改变，那段日子它俩坠入爱河，无论哪时哪刻，都如胶似漆地走在一起。这是他许久都没想明白的，动物中的爱欲真的会是一种气味之爱？

我们离开前，成成走到一块没有芦苇和草的空地，这是我们相逢中最精彩且时间持久的对视。我用手机拉近并拍下它高傲的头，很难捕捉到的目光，似乎眼中写着各种深思与疑问。墨镜遮挡，我那么清晰地看着它，它却看不见我的眼神。

## 6

夏天的水上，浮罩着一层热气，船身晒得滚烫，无物遮拦，空气中都是火辣辣的，只有船开动起来才有风，风在疾速之间短暂地擦去热度，这也是岛上的人皮肤黝黑的原因。太阳像面火镜，水面上到处光闪闪的，像是铺满碎玻璃的一条道路。他过去也沿着这条道路捕过鱼，现在进入禁渔期，船都封存了。他那条搁在坑脚泥地上仅能容三四个人的小船，灰头土脸，被他养的两条黑狗当成了窝。

岛上到了秋冬季节，四面空阔，遇到起大风时，风会挡住每一条去路。他的棚屋发出簌簌的抖动，出门喂食，他一手拎着食桶，另一只手得抓紧连帽外套的领口，风太大了，像是要把他掀下坡。麋鹿藏身于又高又密的苇丛中，风刮不进这座天然的屏障。

各种各样的鸟飞来了岛上，数量成倍数地增加。麋鹿的邻居，就是这些外形漂亮的飞鸟。有一次来了几位做湿地动植物考察的博士，都戴着眼镜，镜片后面的眼睛，有着湖水般的清澈，打量着岛上的世界。他们特别惊喜，说没想到进岛就遇见了平时难看到的戴胜。从他们嘴里还听到许多奇怪的名字：蛇雕、灰脸鵟鹰、灰纹鹟、紫翅椋鸟、黑鹇。他无法想象那是过去的年月日里从头顶飞过的鸟。他见过它们，却没记住奇怪的名字。安静的时候，戴胜会停在他的棚屋顶上，这种喙细长下弯的鸟，羽毛颜色鲜明，走动速度极快，还能边走边用长喙在地上翻找食物，兴奋的时候，它那耸立的粉棕色丝状冠羽会竖立，飞起来后，冠羽就耷拉下来。

戴眼镜的博士说他们谈论的鸟，都是前几年新发现的，数量并不多，只有那种浑身泛墨紫色的体形娇小的鸟，成群结队，呼啦啦飞来，呼啦啦飞走。他认得这种身上密布着星状白色和皮黄色点斑的鸟。岛上的人私底下说这种小鸟是浪荡子，游荡习性，来无影去无踪。村里原来有这样的人，他们就骂"椋鸟子，不落屋"。突然，博士指着一掠而过的鸟说，那是莫扎特的宠物。

"莫扎特是谁？"他一下没弄明白他是否在说岛上的某一个人。

"一个著名的钢琴家。"

"高级啊。"他听说过宠物狗、宠物猫、宠物猪，但第一次听说有养宠物椋鸟的，要知道，这些鸟都是国家保护动物。

博士与朋友继续说话，把他的疑问撂下了。博士说西方民间有个说法，上帝每造出一只椋鸟，就造出一段旋律，和它灵魂的形状完全一致，藏在世间某处，让这鸟去寻找。"你们能想象吗？"博士像个指挥家，夸张地扬起手说，"你能想象有那么一只椋鸟，终日变换噪音，学唱听来的曲调，任何外界的声音，都被它模仿，一旦它偶然撞中了那段旋律，椋鸟会变成一团灰烬，在风中飘散，而灵魂钻进旋律之中，再也出不来了。莫扎特在店里听到一只椋鸟唱出了他的协奏曲中的一段，就买回去精心饲养，后来鸟去世后，还为此郑重其事地举办了一个葬礼。"

他听着这个有趣却奇怪的故事，却在想着那会是一段怎样的旋律，属于一只鸟的一生。那只死亡的椋鸟葬礼会是怎样的？钢琴家有没有在深夜演奏一支《葬礼进行曲》？

眼镜博士他们走后，他就开始留心看鸟。鸟落在麋鹿园里，有时就盘旋在一家三口的头顶，却极少停留在那些意杨树上。当意杨成为洲滩上大面积的树种主角，就会抑制植被生长的丰富性。时间久了，湿地的斑块化会成为这片大地上的伤口。他对意杨有着天然的敌意，对面那片意杨林地势低洼，根部浸泡在水里，但有一小片水域变成了黑色。他观察过，水里的鱼很少也长不大，他从没在那里捕过鱼，不知水是什么原因黑了。这肯定不是没有缘故的，他已经反映了这个问题。上面领导说，这片林子列入了砍伐的计划。

博士说，是水体中的物质组成发生了变化，破坏了原有的物质平衡状态，水失去了自我净化能力。

那就还是有污染，他不懂什么复杂的平衡，但模糊地明白了博士讲的，水中的有机物是最严重的污染物，它产生的硫化氢、甲烷等气体，会使水中动植物大量死亡。死亡物的污染，就是水变质、变黑、发臭的罪魁祸首。

他抬头看了看天空，突然有种水洗过后的忧伤，像是风刮擦着琉璃的清冽之音。稍一停顿，回过神来，他听到了远处鸟的鸣叫。时过境迁，岛上的风景渐变，有时他会迟疑片刻，脚一下迈不动步子，他走过的或停留的地方，熟悉又陌生，像突然遇到难以名状的心事。

管理站的巡查工作每周有两三次，例行公事，看完麋鹿，又要乘船去长江故道上的下一个站点。有人调侃地喊他："麋鹿先生，把一家子照顾好。"他腼腆地笑，指了指园子里昂头正视树林方向的公鹿成成，低声细语地对它说："听到没，说给你听的，记好啦。"

7

江上的天气顶奇怪的，半边日出半边雨。一阵雷阵雨落下，站在岛上能看到风狂云涌、雨急浪飞。看多风雨的人，没有那么多的焦虑。他坐在棚屋里，听风雨声声，也偶尔探身钻进雨帘，瞅一瞅麋鹿淋雨的惬意模样。年轻时的他就喜欢在雨里走路，雨水眯了眼睛，雨点针扎样，裸露的皮肤痒痒的，却是满心的欢愉。

彩虹出来了，真是很难得一见。他指着很远的地方让我们眺望，看彩虹落在哪里。在有经验的人眼中这是有讲究的，落在岸上田野，就会雨过天晴；若是落在水上，就还要来一场倾盆暴雨；若是红色越多，雨滴就越大。我们踮起脚，看不真切，但确实看到彩虹的七色光在水天交接处一闪一烁。

他发现自己酒量越来越小，晚饭经常喝不到一小瓶，就有上头的感觉，像沉醉在亲手酿造的光芒里。岛因此也变得光芒激滟，在扑鼻而来的植物气息中散发出青涩的热望。他的眼前时常出现一群奔跑的麋鹿。多年前令他惊叹的一幕重现，麋鹿从不是道路的田野、水流中蹚过。对于它们来说，眼前的路，双脚踏上去的路，不是一条，而是无数条，麋鹿的涉足之地，都会留下路的痕迹，而那些若有若无的痕迹，像塞壬的美妙声音，吸引着他无法抗拒地栽进深海。他的路，人们从岛上离开的路，去往不同角落的路，始终是在脚下，也是在前方。

所有的生命都会消失，但它们的痕迹也将以某种形式留下。也许是难以察觉的形式，但一定会留下的。如同这座与记忆中的变化越来越大的岛，仿若回到若干年前的无人区，一个再也回不去的故乡，依然会有不变的记忆永恒地封存。

离开的时候，他执意要送我们走那一小段又窄又滑的路，我在前他在后，保持着慢慢拉远的距离，脚下泥浆湿滑，几颗青石子滚动，路变得波浪般漂浮，如同走在去往未来的回忆中。

"麋鹿先生！"

我的声音太远，他已经听不见了。一阵旋律传来，我扭头四处找他，他站在一片野地的高坡上。是他吹响的竹笛，还是初学时的第一支曲子《牧羊曲》。岛上有人养过成群的羊，不是卖了就是杀了，现在没有一只羊，也没有牛马鸡鸭。麋鹿一家三口，停下嚼草，缓慢地左右摆头，然后停顿立定，静默地听着旋律飘来的方向，似乎也听懂了这段悠扬的曲调。

## 化作水相逢

通往岛上的路只有一条，乘船水路。

　　岛在洞庭湖的什么位置，少年没有一点概念，距离的遥远让他内心摇荡着焦躁，像夜幕下眼睛看不见耳朵却听得到的水声。从湘西大山出发，先是挤了十个小时的汽车，车上的乘客大包小包，都是村里出来砍芦苇的人。路上多数时间大家是沉默的，有过一段激烈的讨论是关于芦苇今年的价格判断。卖上好价，收入也会好一些，这是大家的渴盼。喧吵过后，汽车里一阵静寂，很多人闭目养神，一个粗胖女人喃喃自语，儿子等着她今年赚的这点钱去登未来媳妇的家门。另一个尖刻的声音"刺"过来，给你媳妇买全套银饰，你还得来砍十年，那时候媳妇是别人家娃的娘啦。胖女人瞪了"声音"一眼，扭头望向车窗外，那些景致与她无关。

　　不知过了多久，汽车"吱呀"停下，有人喊一声："到了！各自换船，走吧！"

　　那些还在睡梦中颠簸的人纷纷醒来，啧啧地议论着外面的天色："啥时间啦，比山里还黑得早！"然后伸懒腰，打哈欠，站身起立，搬弄东西。车厢顶灯坏了，嗞嗞闪了几下就彻底"歇菜"了。大家只好借着远处晃来的水光，某个人打开手电筒的光，清理行李，徘徊下车。叽叽喳喳的说话声此起彼伏，车厢像一个大洞，慢慢被掏空。大家作鸟兽散，三三两两，几声招呼，瓮声瓮气或粗野豪放，很快都消失在空旷的夜色里。

　　黑蓝色覆盖的夜空下，少年感觉风像野孩子似的东奔西跑，冷不丁露出尖尖的牙齿，重重地咬他脸蛋一口，或大摇大摆地撞个满怀。他顾不得"咬撞"之痛，急急忙忙伸出双手却没能扶住这冒失的家伙。风又调皮地呼啸而去，留下火车鸣笛疾驶过后的"呜呜"响声，在耳畔飘来荡去。

　　父亲说，岛很大，四面环水，通往岛上的路是乘船。

　　船，那是一条多大的船，能迎风破浪吗？浪花飞溅到船头，打在甲板上，碎成一颗颗发亮的珠子，滚来滚去。少年如此一想就来劲了。他在山里生，山里长，对父亲描述的这片大水有着天生的好奇。他那点偷偷学会的狗刨式，能在这不着边际的湖水中横冲直撞吗？闭上眼睛，往水里一跳，仿佛他就成了游泳健将，细长的手臂把水波划出一条条漂亮的弧线。

十五岁的少年第一次出门远行，他肩起装着锅碗瓢盆的行李，磕磕碰碰，循着父亲声音的指引，继续往前走。脚下的泥土是软的，空气是湿的，冷风飕飕地灌进脖子，少年能触摸到那股与山里不同的气息，到处都飘着水的气息，在夜晚冻成一层薄纱，能刺啦刺啦撕裂。父亲来过好些次了，每年到芦苇收割的秋冬时节，父亲要跟村里人一道，在湖洲驻扎三个月。芦苇割完了就回家过年。母亲也来过，不过这次父亲决定让母亲留在家照顾两块地的粮食、一头牛三只猪的吃食，还有正在读高中的姐姐，父亲割芦苇赚的钱，就是要供姐姐把书读完。对读书的事，少年从不上心，也无所谓，父亲几顿棍棒教育也不见起色。山里人读个书不容易，父亲摸准了他的心思，默认了儿子的失败。少年读到初中毕业就歇火了，准备跟几个亲戚家的长兄外出打工挣钱见识世界，父亲不允，"跟我去砍一茬芦苇再说吧"。要出远门，到一个陌生的地方，待几个月，少年很兴奋，即使他知道出来是要卖力气的，身体结实的他不怕，他清楚自己现在多的就是力气。

　　出门前，姐姐回来了一趟，听说弟弟要去洞庭湖砍芦苇了，翻来覆去看他的手掌，眼角倏然间就红了。少年明白姐姐的心思，父亲砍芦苇把手砍成了一块生铁，粗糙、锋利，打在他身上疼得很，而他双手还没磨砺过的细嫩皮肤，会发生怎样的变化呢？睡觉前，姐姐躺在床上念了一句他仿佛熟悉的话："蒹葭苍苍，白露为霜。"姐姐说，这是《诗经》里的，三千多年前流传下来，里面的蒹葭就是芦苇。另一张床上的少年心头一惊，父亲多次描述过的，那些茎秆高直挺拔、叶穗长袖飘舞般的芦苇，原来是从那么遥远的时间深处走出来的。少年心中，芦苇从头到脚生长出侠客隐士的飘逸和硬朗。

　　湖面一片深邃，没有尽头，船摇摇晃晃，仿佛是行进在一条狭长黑暗的甬道，只有尾舱机器的轰隆声响，打破空气中的凝固滞顿。船尾驾驶舱挂着一盏汽油灯，光亮如豆，随时要被风吹熄灭的样子。周围的水声摇曳多姿，引人遐想。在他和水之间，一块巨大的幕布遮挡得严严实实。少年不听父亲的劝阻，站在舱口向夜幕里探望，其实他什么也看不清。

　　父亲说，要是白天运气好，可以看见江豚，黑溜发光的脊背拱出水面，追逐船只。船有时会经过一片光亮，巨型船舶像一座城堡。铁

大湖消息（节选）

249

脚架矗立在船上，探照灯光如瀑布般垂落。

"那是挖沙船在作业，湖底的沙子能卖钱，运到城市里盖高楼大厦铺桥梁马路。"父亲说。

"湖底会挖空吗？"少年想起山里的采石场，一个炮眼炸响，火进石溅，地动山摇，满车满车灰白色的石料运走了，一年半载下来，大半座山挖没了。

"这湖底，恐怕早已经千疮百孔了。"父亲回答。

闪烁的光跟刺骨的风一起荡动，湖仿佛才真正在少年的眼前打开，脚下的波浪变换表情，起伏荡漾。少年心头一颤，"千疮百孔"的湖床会是一副什么模样？像吊挂在老松树上的大蜂窝。有轻微密集恐惧症的少年做此对比，立即起了一身鸡皮疙瘩。他又像潜游者看到宽阔水面下的情形，一个个巨洞的上方，急遽的力量卷起漩涡，无数涌动的气泡，碰撞，炸裂，再碰撞，再炸裂。

岛是荒岛。来往的人影比不过天空飞过的雁鸭多，但岛上的芦苇不能不砍。芦苇这种多年生禾本植物，生长在靠近水的潮湿地方，过去在湖区主要是当柴烧，或是编芦席，临时搭个草棚茅屋，涨水时护堤挡浪。等到人们发现它是造纸原料，于是一步登天，身价倍增。乌鸡变凤凰。种芦苇、收芦苇、砍芦苇、运芦苇、卖芦苇，芦苇也就不只是芦苇，可以变钱，变许多别的东西。

从车上到船上，在少年的眼前，芦苇的影子仿佛无处不在，睁开眼，闭上眼，密密麻麻、重重叠叠地压过来。他在离家不远的山谷里，看到过水流之处的石头罅隙间，也零星地长一些瘦高瘦高的芦苇，三五枝簇拥在一起，与苍莽大山间的深绿浅绿墨绿碧绿遥相呼应。可洞庭湖的芦苇一眼望不到尽头，白茫茫的，在风中起起伏伏，那是多么壮观的场面。父亲平时有心无心的讲述，让少年更加向往。

动身前夜，父亲在家里边整理行李边跟少年说话。他说："到了初冬时节，芦苇花絮随风飘扬，种子落地来年春发，算是靠天种靠天收。"

"天种天收？"

"嗯，都不用人打理的，自生自灭，就像山上的草。"父亲说，"后来有了造纸机器，芦苇的纤维含量高，就成了造纸的原料。于是有人承包苇场，雇了壮年劳力，像农民种田一样，开沟滤水、看土施肥、化学除草治虫、人工护青保苗，湖洲滩地上的芦苇也越来越多。"

那些日子，芦苇就跟着少年走走停停。他向小伙伴绘声绘色地说起芦苇荡，是比大山有着更多乐趣和奥秘的地方。

时间在寒风之夜过得很慢，寒意越来越浓，少年不由自主地裹紧身体。船尾马达声时而轰隆，时而歇停，催人昏睡。他伸出五指，想去捉住那股与山里不同的气息，飘飘荡荡的水的气息。这气息在夜晚被冻成一层薄纱，手指轻碰，刺啦刺啦撕裂，像落满一地的玻璃碎片。父亲的喊声，敲醒恍恍惚惚的少年。他抬头张望，到的是个什么模样的地方。汽油灯照亮一片模糊的陆地，少年跳下船，踩在一片松软的苇梗上，苇梗下是更松软的淤泥。伴随着脚步的挪动，发出吱嘎吱嘎的声音。

把"家"安在这个陌生的岛上，父亲要盖一间什么样的房子呢？少年困意全无，兴奋起来。他抬抬头，天地空旷邈远，没有灯，却有光汇聚过来，是水波的光，倒映在天幕，又晃照到湖洲之上。风也变得柔软起来，少年的视线慢慢适应，能依稀辨认近处和稍远地方的事物。这个岛是他将居住的"新家"，真是奇妙。

父亲从行李袋中找出刃口发亮的弯刀，走到附近的芦苇丛中，转眼工夫割倒一片。在父亲的指导下，少年帮着用细麻绳把芦苇结实地打成一捆一捆。父亲说，这是"新家"的大梁，这是"新家"的柱子。打好"地基"，他又像变戏法似的从行李袋中翻出折叠整齐的旧尼龙帆布，摊开在地，风贴着地面吹鼓起帆布，父亲顺势一抖，转眼之间帆布就"盖"成了一间芦苇棚屋。支棚、架床、开窗、开门，这种快捷简易的造房术，让少年对父亲钦佩不已。他听从父亲的吩咐，搬上几捆芦苇压住"墙角"，这样帆布不会随风刮掀。

父亲几乎一夜没睡，他在卧室里"搭"了两张芦苇床，又新盖了一个屋棚当"厨房"，然后把带来的家当一件件摆好，还用芦苇编了两把方凳、一张餐桌。这一切都是在少年睡着以后完成的。少年在梦中回到了老家，梦见自己站在一个小山尖上，看着父亲躬身在弯曲的梯田里劳作，身影越来越小，最后变成一个黑点消失在视野尽头。梦中的少年并不欢喜，风把忧伤吹进他的身体，不知不觉眼泪静静地流淌出来，顺着眼角、耳郭，积洼成耳沟凹处的一汪清池，水波微漾，泛起粼粼光浪。

少年醒来的时候，"新家"被一团明晃晃的天光包裹着，好像这棚屋原本就是一个发光体，向岛上、湖上、天空绽放无尽的光芒。芦苇制作的几样桌椅，散发着植物刚离开大地的清香。掀开帆布门，白得耀眼的光迎面扑来。眼前岛上的景象把少年震惊了。

铺天盖地、茎秆高挺的芦苇，顶着沉甸甸的穗头，随风摆动枝叶，向远方致意。从未见过这么多的芦苇聚集一起，举手投足，像严格训练的战士。风刮过来，芦苇抱团对峙，站成铜墙铁壁。又终于抵挡不住一波波地猛烈吹袭，芦苇向着同一个方向低头、弯腰，瞬间就要折覆在地。与见过的水稻相比，这些芦苇就是超级巨人，高大、粗壮、招摇，少年感觉自己就像一个小不点，在这荒岛之上无比孤独、渺小。

父亲砍得快，他砍得慢，收割过的芦苇地，空了一大块，风狂命地刮过来，被芦苇的铜墙铁壁挡住，发出一声呜咽又卷土重来。刀割破苇秆的声音窸窸窣窣，像孩子的抽泣。休憩的时候，少年常看到远处芦苇垛惊飞几只水鸟，打开翅膀，线条般的身影，越飞越远。他想到在苇丛里捡到过的空壳鸟蛋，那是水鸟生命没开始就终结的墓地。

亢奋的少年拎起弯刀，跃跃欲试。他跟着父亲的示范，顺着芦苇穗垂头和风吹来的方向，弯下腰身，左手夹抱苇秆，刀起苇落，整齐地匍匐在地。这成为少年心中一幅最美的画面。苇秆上锋利的原生枝叶划破他的手掌，留下道道血痕。少年不怕痛，父亲说，人的一生就是疼痛的一生。他模仿父亲从地上抓一把泥敷在手上，这样感觉好多了。

父亲叹息，洞庭湖是块宝地，滩洲上长芦苇，湖里游鱼，湖底出沙，占一样都要发大财，但那是别人的财别人的梦。尾随这些铺天盖地的芦苇，蜂拥而至湖洲之上的苇民，都是从湘西、贵州、四川一些边穷之地，候鸟般飞过来的。割完了，又要飞回去。从芦苇丛到芦苇棚，从睡觉的棚到吃饭的棚，生活圈地的单调让少年感到寂寞，他爱听的手机音乐也不能二十四小时打开，充一次电要跑到老远的商店去。他像一头性情无常的豹子，烦躁的时候，把芦苇当成猎物，手中的弯刀像血腥的尖牙随意噬咬。不远处的父亲并不理会，一声不吭地继续，芦苇倒下的地方，平整干净，像打扫过的战场。

秋冬季节的湖区，下雨是常事。父亲很烦雨，不能做事，砍得少，就没钱。但少年喜欢这样的日子，不用出工砍芦苇，就独自披戴上父亲编织的苇笠蓑衣，去岛上的小商店，或四处转转。小商店设在一连排半坍塌的砖房里，歪歪扭扭的"商店"两个字，字迹模糊。一个小宝笼，玻璃上浊迹斑斑。这几间砖屋没门没窗，也是芦苇编的床，十来个打鱼的汉子住在里面，父亲说这些人是帮当地的鱼老板做事。下雨的时候，这些人也窝在屋里，架一个鱼火锅，鱼敞开吃，几瓶便宜的散装白酒。少年被邀请喝过一次，劣质酒辛辣刺喉，他话少，跟渔民不知怎么交流，问一句答一句。放盅、赶尸、傩戏、米酒、山寨、崖壁，少年的家乡物事对这些人来说，满是好奇。但少年对墙上、屋角悬挂和堆放的渔网、鱼刀、鱼叉、鱼篓、鱼夹恋恋不舍，他很想跟着这些渔具去捕一次鱼。有一回，少年看到几个汉子挑回来满筐满筐的鱼，很小的鱼，像是鱼种，他也不明白他们要把这么小的鱼送到哪里去。那个整天嘴里嚼着槟榔的青皮后生白了他一眼，说了四个字："送去喂鱼。"

第一次听说鱼吃鱼，少年不解。但不解的事情有一天迟早会解开，即使解不开也没关系，过些天就忘了。人有那么多的烦恼，不会因为一次不解而郁结终生。打鱼的汉子都喜欢拼酒，胸膛喝得红通通的，能把芦苇点燃。青皮后生突然向少年吹嘘见过的一种庞大机器，那是厂家正在试用的芦苇收割机，一天能割八百亩，一个壮劳力呢，一天顶破天割不到一亩半。青皮后生突然忧伤地说："明年那些包工头联合起来买了机器，就不要雇这么多劳动力了，也许明年就再见不到你了。"少年不以为意，他其实并不想像父亲一样，成为这种原始作业劳动者，他可以去朋友们提到过的城市，在那里打拼赚钱，赚很多的钱，把父母、姐姐都接到城里来。而到现在为止，这次是他最远的一次出门，除了县城，他还没去过真正的城市。

向来严肃的父亲这次在岛上干得很欢心，他偷偷欣赏儿子的卖力，会咧嘴一笑，露出一口又黑又黄的牙齿。一天晚上他破例给少年倒了一小杯从家里带来的酒，掐着指头算："你每天能砍八十多捆，按每捆一块计算，一天能得到八十多块钱，三个月下来，除去下雨开销，回家过年的时候差不多可以领到六千多块钱。"当然父亲得到的会更多，他的力气大，很多时候，少年累了就不砍了，就一个人回到窝棚里倒头睡觉，有时他从一个短暂的梦中醒来父亲还没回，外面的天空已拉上厚厚的帷幕。少年跟父亲提到青皮后生说过的机器，父亲早就知道有工厂在生产这样的机器，他说："不多想，人活在这世上，总有一条活路。"他又说："机器议论好几年了，包工头们嫌太贵，不愿买这种性能不稳定的机器。如果真有那一天，有一大半以上的人会不再被雇用，每年入秋的时候，再也不会有人通知他们村里的人'去洞庭湖砍芦苇'了。"嗟叹的父亲说完这些，倒头就睡着了，更多的时候，他砍累了回来，只顾沉默地抽烟，不说一句话。

少年的很多梦来自岛上，还有把岛围住的大湖。白日所见，为夜所梦。他梦见姐姐也来了，两人在芦苇荡里追赶，乳白色的苇穗，柔软芬芳，拂过脸庞，像姐姐的长发一样飘扬。他们一路奔跑，芦苇让开一条道，路很远，风吹来，托起两个年轻的身体。还有一次是跟青皮后生去捕鱼，在浅水的淤泥里埋伏好长长的地笼王，不一会儿，这种长长的网兜里游进来各种欢蹦乱跳的鱼，他抓一条，哧溜滑走，摔落湖面，溅起满脸泥浆。这些梦给他带来愉快，但也有些狂风暴雨中在岛上迷失跌落黑洞的噩梦让他惊吓出一身冷汗。父亲警告过他，湖洲有些邻水的泥沼地是不能去的，陷进里面就再也起不来，谁也救不了。

岛上的日子过得很缓慢，也很迅疾。天不会一直下雨，少年还想着回家，就得拿起弯刀，走向那片仿佛永远也砍不完的芦苇地。姐姐有天晚上打来电话，很沮丧，她想寒假来岛上看弟弟，但母亲不答应。末了，她问那叫什么岛。少年愣了愣，煤炭湾、腰角、卢荻洲、差齐岬、鬼目滩，这些都是他这些日子里听到岛上渔民的称谓，他想不明白为什么一个小岛要披挂这么多名字。他岔开话，说明天问清楚了再告诉她。他躺在厚厚的芦苇床上，想，岛太大了，他要飞多高才能看得清岛长的相貌。也许，这岛上到处都是一个模样，芦苇丛、龟裂的土地、犁开的沟渠、平静的水面、踟蹰的水鸟。

芦苇收割接近尾声时，少年比以前更加卖力，每天的成果不断增加，这样父亲会爽快地答允他夜里可以去砖屋的汉子们那里玩。少年一直惦记青皮后生的一个承诺，要驾驶那种蒲滚船带他去湖上捕一次鱼，这种船像巨大的拖拉机头，长着巨大的铁片脚，引擎发动后会激起雪花般的泥片。一片片，坠落下来，在水光下炫目极了。那天晚上，后生又喝多了，他们发了半个月的工钱，小商店里的酒被买空了。少年很恼火，一个人偷偷取出挂在墙上的鱼夹，去了几里地外的捕鱼水域。

少年看到远处芦苇垛惊飞几只白色水鸟，打开翅膀，线条般的身影，越飞越远。他一个激灵，跟着白色鸟飞去的方向，钻进了芦苇深处。秋冬季节的芦苇荡，湖水退去，南来北往的白鹭喜欢在此嬉戏觅食，麋鹿三五一群藏匿其间。修长而饱满的灰白色苇穗，像一支支画笔，日沐金光，夜吸银露，饱蘸天地间的风霜雨雪，在湖洲上涂鸦出一幅绚丽多姿的画卷。茎秆挺拔的苇秆，如长剑飘舞的苇叶，被少年的身体碰出哗哗啦啦的响动。他也被芦苇的坚韧撞得摇摇晃晃，像海洋般的苇浪一下就吞没了少年瘦小的身影。

少年几次试图跳起来，像一只鱼儿般跃出水面吐个气泡，但苇浪又高又大，在风中左摇右摆。他的头有些晕眩。走累了，蹲下来，连根拔起一根芦苇，半湿半干的泥土黏附着它十分发达的匍匐根状地下茎。丰水季节芦苇会浸没在水下，久而久之，在芦苇身上留下一道清晰的界线。白的花，绿的叶，黄的秆，顶部苇穗高挑饱满，挺在水面之上的晚生枝叶泛着绿意，剥掉水中泡了几个月的茎秆上的腐枝败叶，能嗅到大地的芬芳气息。

少年掐头去尾，用一截笔直的苇秆拨弄着地上稀疏的草叶。有灰白色的小螺蛳壳，螺口沾着泥垢；有边缘残缺的河蚌壳，混杂在光滑的碎卵石间，还发现了几个脏兮兮的空蛋壳，有大有小，淡淡的灰绿色，任人踩踏。少年猜这是鸟蛋，不知是否成功孵出小鸟，或是生命没开始就已终结。

在山里，少年和小伙伴掏鸟窝是把好手。他们眼睛毒，瞄准了刚孵蛋的窝，趁母鸟外出，几个人你抬我爬，身子灵巧，跃上主枝，噌噌噌，又攀到鸟窝边，手伸进去，暖暖的茸茸的感觉，喜上眉梢，眼睛笑弯成一轮上弦月。树窝窝里喜鹊居多，偶尔能碰上一两只稀缺的苍头鹰。有的伙伴心狠，要断了鸟父鸟母的念想，一举捣毁鸟窝，一根根长长短短的树枝缤纷散落。觅食回来的鸟找不见窝，自己的儿女也丢了，就绕着山林、村庄没日没夜地叫。大人听见，知道是孩子们的淘气之举，都摇头叹气，丢下一句："这些鬼崽子。"父亲不许少年掏鸟窝，他只能偷偷去，也不敢带回来，就藏别人家，挖个泥洞，找个草窝，还要去找食。有些鸟体弱，没养多久就死了，他们草草一埋，愁肠寸断，没过几天又玩性大发，去寻找新的猎物。

湖洲上的鸟，多会选偏僻草深之地孵育，这比找树上的鸟窝难多了。要是能在这里寻到一只水鸟，就不会再感到孤独了。少年低头搜寻有没有完整的鸟蛋时，听到隐隐约约传来呼唤自己名字的声音，那是父亲在叫他。他环顾四周，呼喊声像是从四面八方传来的。这差点让他迷失，找不到回家的路。他找到脚印的方向，赶紧往回跑，哗啦哗啦，身体的碰撞，在芦苇荡里又腾起一股细小的声浪。

少年认真辨认了回去的路，像个侦探一样，察看了脚印，还判断了一下东南西北。但走出芦苇荡的路似乎没有尽头，他莫名地紧张起来。清晰的脚印，模糊的脚印，斜斜浅浅的。少年把脚放进一个，像钻进一个空荡荡的房间。父亲叫唤的声音仿佛又飞来了，近在耳畔。

第二年冬天，洞庭湖的水位更低，湖洲上的芦苇长得更茂盛，渔民捡到一件缠着水蓑衣和菹草的皮夹克，青皮后生认出了是来砍芦苇的湘西少年穿过的。他在那个夜晚消失，后半夜的一场暴雨，汹涌、凄厉，好像四面八方传来求救的声音，而岛上的父亲与汉子们都在酒精的催眠下酣睡。所有人都帮着父亲，找了整整三天，雨把脚印冲洗，没有行船离岛的记录，大家最后断定少年陷进了黑色的沼泽地。

岛上渔民那天跟我讲述少年的故事时，还提到了那个远在大山的姐姐。她在弟弟失踪的那天夜里收到了一条短信。现在大致可以想象，是少年发现自己再也逃离不了岛上的最后时刻，从上衣口袋里取出了手机，借着屏幕细微的光，给姐姐发了条短信，那是他在这世界活着的最后证明。姐姐问过他多次的问题，他可以回答了——

通往岛上的路只有一条，乘船水路。

有人说第二年春天看到一个女孩来到了岛上，也许是少年的姐姐。少年走过的地方，足迹被冬雪和春雨覆盖抹去，他化作了湖里的水，见到水就是他们的再次相逢。

获奖作品《月光不是光》作者陈仓

**陈仓简介：**

陈仓，陕西丹凤县人，七〇后诗人、作家。出版有八卷本"进城系列"小说集，长篇小说《后土寺》《止痛药》，长篇散文《预言家》《动物忧伤》，小说集《地下三尺》《再见白素贞》《从前有座庙》，诗集《醒神》《艾的门》《诗上海》等十九部。曾获第八届鲁迅文学奖、第二届方志敏文学奖、第三届三毛散文奖大奖、《小说选刊》双年奖、第三届中国星星诗歌奖、第三届中国红高粱诗歌奖、首届陕西青年文学奖、中国作家出版集团优秀作家贡献奖、中国小说学会年度好小说（排行榜）等。

# 获奖感言

陈　仓

我认为，善意就像阳光一样是永远不会消失的，真正的好作品一定要传播善意。我所有的作品，包括《月光不是光》，都意图向人们传播一些善意。我七八岁的时候母亲去世，她断气前的最后一个愿望是吃麻花，父亲和姐姐跑遍了整个村子，借来半桶油和一升面粉，好不容易炸好了麻花，母亲却拒绝了，把这人间的美味留给了我们；我十一二岁的时候，哥哥带着我去河南淘金，中途发生了一次事故，哥哥将我一把推开，他死了，我活了，那年哥哥十九岁，刚刚定了一门亲事……正是我的亲人们，用他们纯朴的爱和善良，为我的人生铺就了温暖的底色，教会了我如何善待世界，如何去热爱土地和生活。

我是一个特别热爱生活的人，看到一根草我很高兴，看到一棵大树我很高兴，看到一片空地我也很高兴；下雨了我很喜欢，天晴了我很喜欢，不阴不晴我也很喜欢。我觉得能够活着就很精彩，而那些好的文字，都不是写出来的，其实是活出来的。《月光不是光》中的父亲、哥哥、两个姐姐，他们都是土生土长的农民，他们的一生都在和土地打交道，他们的肉体和灵魂像一尊尊佛像，是用泥巴捏出来的。比如我的父亲，即使处于昏迷状态，依然伸出手，在地上拔一拔，在空中抓一抓，做出拔草、摘扁豆、破柴火的动作。一个在病床上种地的人，一个在生命最后一刻仍然念念不忘种地的人，他一辈子种下去的，已经不再是庄稼，而应该是他自己。他把自己和庄稼一起种进了大地，种进了时间的长河中。

《月光不是光》中还有一句话：因为父亲活着，故乡就活着，父亲不在了，故乡也就不在了。非常不幸，父亲于去年小雪的那天去世了，在安葬父亲的时候，面对他的墓碑，我写了一首诗：父亲用整整一生 / 为自己写下的墓志铭 / 只有短短的三个字 / 这就是他的名字 / 陈先发 /

而我 / 为他写下的更简单 / 只有一个字 / 爹……

我的亲人们是卑微的，他们活着或者死去，对世界的影响可以忽略不计，还不如一棵树，树死了，还可以燃烧。所以在他们的墓碑上，没有身份，没有地位，没有功名，大部分地方只好留白。那么他们来世界转一圈的意义何在呢？我明白了，他们是专门成就我而来的，从这个角度看，《月光不是光》不是我写的，而是亲人们活出来的，是他们用皮肉熬出来的。

我一直坚定地认为，文字是我的另一条命，这条命比肉体还重要，因为我的肉体最多活不过百年，如果我写出好的文字，它们一定会活得很长。所以，如果人可以转世，希望我、父亲和亲人们，下辈子一定要把自己的灵魂附在我的文字上。

# 月光不是光（节选）

★陈　仓

## 拯救父亲

### 病　危

　　爹是一尊活佛，没有寺庙的活佛，或者是被佛派来的，他来到世上的目的就是先养我，再来化我。但是爹逢人就说，不是他儿子我呀，他坟上的草都长多深了。按照他的意思，是我救了他，我像他的救命恩人。不过，我感觉恰恰相反，好比一个泥水匠，他揉了一团泥巴，捏出了一尊菩萨，似乎是他造就了菩萨，其实是菩萨成全了他，让他借着这么一个机会，有了普度芸芸众生的法力。

　　事情得从 2017 年冬天讲起。大姐有一天打电话来，说爹病了。我当时非常忙，第二天要去山东东阿，有几千块的红包要拿，而且已经订好了机票。爹已经八十岁了，以往也经常生病，比如便秘啊咳嗽啊感冒啊，无论轻重都被瞒哄过去了。他的理由只有一个，我离家远，又忙，不要打扰我。这一次，大姐打电话的时候，明显是强忍着泪水的。我问爹怎么了？大姐说老毛病犯了，已经送到了医院。爹从来拒绝进医院，这次应该是比较严重的。我试探地问，我要不要回来？大姐没有任何犹豫，说回来吧，爹说欠你了。

"欠"是我们村子的方言，就是非常非常想念的意思。爹能说出这个"欠"字，看来情况有些不妙。

第二天大清早，我就改变了行程，从上海绕道杭州，坐火车回到了丹凤县城。我推开病房门的时候，看到病床上有两个人，一个是大姐，一个是爹。大姐靠着床头坐着，怀里静静地抱着爹，像抱着巨大的婴儿。两个人似乎都睡着了。护士轻手轻脚地跟过来，对着病房外指了指，示意去外边说话，以免吵醒了他们。护士告诉我，爹患的是心血管疾病，心肌已经大面积梗死，加上肺部出现感染，所以呼吸十分困难，医院已经下过两次病危通知，大姐之所以那么抱着爹，是为了缓解爹的痛苦，让爹能好好地睡会儿。护士说着，眼泪就流下来了。

我回到病房，大姐已经醒了，她笑着说，你刚到吧？我说，刚下火车。大姐把爹从怀里轻轻地放下来，然后对着爹的耳朵说，爹呀，你看看你儿子回来了。爹嘟哝着说，哪个儿子回来了啊？

爹原来是有两个儿子的，哥在十九岁的时候发生车祸去世了。我说，爹呀，你不认识我了吧？爹似乎真的不认识我了，闭着眼睛没有吱声。我说，我是喜娃呀，我刚从上海回来。爹似乎被扎了一针，惊了一下，眨巴着睁开了眼睛，然后挣扎着要从床上下来。我按住爹，说你想吃什么吗？爹没有一点推辞，说想吃锅盔。大姐看到爹一下子精神起来，就笑着说，爹你偏心。

爹说，我怎么偏心了？我对儿女的一碗水都是平的。大姐说，这些天，每次让你吃饭，你总是发脾气，说我要害死你，你看看现在，你儿子一回来，你马上就要吃东西了。

爹一辈子最爱的就是锅盔，当年出门干活的时候，有个锅盔作为干粮，那是幸福的。如今生活变好了，大部分人已经不吃锅盔了，改吃大肉包子了，或者改吃芝麻大饼了，但是人的身体最忠诚于自己，贫贱不能移，富贵不相忘，无论生活发生了多少变化，胃口一点都不会变。虽然锅盔硬邦邦的，没有添加任何味道，而且在生命岌岌可危的时候，爹挂念着的还是锅盔。

我亲自去街上买锅盔。昨晚刚刚下过的一场雪，把县城后边的凤冠山、前边的丹江河、中间的房檐屋顶，打扮得十分素净，加上天已经放晴，阳光淡淡地照着，像涂了一层淡淡的红粉胭脂，行人哈出浓

月光不是光（节选）

浓的雾气，像戴上了轻轻的面纱。锅盔并不难买，作为陕西八大怪之一，不仅是当地最具风味的一种食品，也是几代人在这块土地上最美好的留恋，所以街头巷尾，有的专卖锅盔，有的兼卖羊肉汤，老头老太或者小媳妇大闺女，他们的摊子多数摆在自家门口，支着一个炉子，放着一张桌子，围着几条板凳，并非当成生意来做的，而是当成一种生活来过的，像在热情地招待着客人一样。

我带着一个火烧火燎的大锅盔回到病房，大姐已经给爹穿好衣服、擦好脸让他勉强坐起来了。爹毕竟几天滴水未进，我害怕干巴巴的难以下咽，就搅了一大碗糖水，把锅盔掰开，在糖水里蘸一蘸，然后一口一口地喂给爹。这种吃法，也是爹教我的，小时候，爹带着我扛着床板，去河南那边赶集，来回整整一天，中间吃一块锅盔充饥，遇到口干舌燥难以下咽的时候，爹就带我来到小河边，掰一块锅盔，放在潺潺流动的溪水里泡一泡，如果小河里有鱼，鱼儿们闻到味道，以为遇到了龙王爷请客，自然会馋着嘴纷纷游过来，亲一亲，咬一咬。被溪水泡过的、被鱼儿亲过的锅盔，虽然有一点若有若无的腥咸，不过却软软的滑滑的了，在咀嚼和吞咽的时候，有甜丝丝的味道会掠过舌尖。

医生查房的时间到了，看到爹精神起来，就把听诊器搭在爹的胸口听了听，说昨天还滴水不进呢，今天怎么胃口大开，而且吃的不是流食，你们私下里给他吃过什么灵丹了吗？护士笑着指了指我，说灵丹就是他的宝贝儿子，估计看到儿子回来了，心里高兴吧。

其实，我已经注意到了异样，爹在吃锅盔的时候，不再像以往一样，你能从他的目光中，看到他的享受，体会到香喷喷的味道，把你馋得直流口水。但是，这一次，他的目光是呆滞的、无神的，焦点不在嘴里，似乎已经游离到了世界之外，或者已经失去了注意力，而且他的嘴巴毫无节奏，我喂一下他，他就张一下，我不喂他，他并不主动要求。他不像在咀嚼食物，倒像一台水泥搅拌机，那么机械，那么麻木，只有力量，并无欲望。

我想，爹最大的事情永远是吃，是活着的象征。如今爹不在于吃饭，他只是表现给我看的。他以吃的方式和礼仪，表示他见到儿子的喜悦。

中午的时候，元明哥来了，他是我的大堂兄，突然出现在医院，意思是明白的，来看爹最后一面。我们家族，父辈们兄弟四人，如今只剩下爹一个人了。大伯是滑进茅坑里淹死的，大佬是得胃病死的，小佬是得肺炎死的，除了小婶还健在，其他三个婶婶从没有认真看过医生，都死得稀里糊涂。我们堂兄弟也是四人，各自成家添丁进口，已经散落在天南海北了。三十年前，由于邻里关系纠纷不断，元明哥有点归隐空门的意思，带着嫂子顺河而下，搬到了"关门不锁寒溪水，一夜潺湲送客愁"的武关少习山，傍依着一座寺庙，两口子在农忙的时候开荒种地，在农闲的时候向方圆的百姓讲经事佛（也许是道）。元明哥自小信佛，经常去周边的寺庙帮忙洒扫，还带回一些经书，在家里认真地抄写研读，后来娶了一个媳妇，也是信佛的，所以他们家一日三餐都是吃素的，他们到别人家串门子的时候，大家请他们吃饭，都会从地里铲一些泥巴，把碗反复擦洗几遍，都是不沾丝毫腥荤的，大葱大蒜等五辛作料都是不放的。

有一年，元明哥突然打电话给我，要我帮忙购买一本经书。不就一本经书吗？上海这么多名刹古寺，又有那么多高僧大德隐居其中，我就满口应承下来，说买到了送给他，哪承想，跑遍各大新旧书店，静安寺、玉佛寺也问了，还讨教了几位法师，都没有找到那本经书，最后在图书馆查到了，是从日本翻译过来的孤本，可见元明哥的修行之深了。我原本有些迷惑，他们夫妻两个，算不算出家呢？如果是出家的话，那不是有违清规戒律吗？在我们老家，所有人是分不清佛和神的，什么是寺什么是庙，就更是区分不开了，也并不妨碍我们祈福许愿。后来才明白，元明哥修行的，确实不是寺也不是庙，皈依的不是道观也不是佛门。不管信仰任何宗教，其本质是积德行善，这就足够了。

记得大半年前，大姐打电话告诉我，元明哥回家看望爹，摸着自己的山羊小胡子，摇着头叹着气说，爹过不了今年年关。话传到爹的耳朵里，爹一下子失去了求生的欲望，经常坐在门枕上，尤其喜欢在黄昏的时候，呆呆地看着门前的山头，似乎白云飘过的高出山头三尺的地方就是他要离开的路。就那样过了春天，爹开始嘟哝着为自己准备后事。首先，爹带着大姐，在房前房后、山上山下、地尾村头，仔仔细细地转了一圈，告诉大姐哪些庄稼地、哪些自留山、哪些果树是我们家的，地畔和山界在哪里，哪块地适合种麦子，哪块地适合种玉米，哪棵树打的核桃是夹仁的，哪棵树结的柿子适合澿着吃。爹最放心不下的是几块地，再三叮咛不能撂荒了。大姐说，如今又不缺几把粮食。爹说，我们都是这些地养大的，它们是我们的家当，不好好种的话，家就算败掉了。其次，爹带着大姐去坟地，哪些坟里埋着亲戚，和我们什么关系，都指认得清清楚楚，包括无后的哥呀，子孙不在身边的亲人呀，交代过年过节的时候，千万不要忘记给他们上坟送灯。

最后，爹开始着手给自己准备老衣，都是暗红色绸缎的，挂在家里的阁楼上，隔三岔五地拿出来，放在太阳下边晒一晒，然后披在身上比画着大小。另外，爹一有空闲，就拿着毛巾去擦自己的寿木，还提着铲子去给自己的墓培土，爹的寿木和墓都是自己好多年前就造好了的。寿木被他擦得黑漆漆的一尘不染，墓被他培得又高又大，像一座小山，而且在后边栽上了一棵核桃树，说是长大了，既可以打核桃，又可以福荫子孙后代。

爹看到元明哥来医院看他，目光顿时变得恍惚起来，像一个灯泡子遇到了高压。我明白，爹又想起了那个预言，以为元明哥和上天走得很近，所以他的预言应该是灵验的。

我拉着元明哥离开病房，找了一家餐馆，点了几个素菜，然后坐下来聊天。元明哥忧心忡忡地说，我说得不假吧，二伯看来日子不多了。我把话题支开了，我总是觉得，上天有时候也是吃软怕硬的家伙，面对爹这样吃尽苦头的倔老头，要拿下他，可不是那么容易的。

我趁机向元明哥了解了几个关于家族的问题。爹虽然还可以说话，但是思路已经不太清晰了，很多事情已经回忆不起来了，甚至连人都不认识了，如果元明哥某一天也老了，我们家族是从哪里迁徙来的，我们的老先人叫什么名字，具体埋在什么地方，都搞不清楚的话，是不是就有些可悲呢？首先，我们把爷爷叫 dià，这个字到底是怎么写的；其次，我们的爷爷和奶奶叫什么名字；第三，我们的老先人埋在什么地方。元明哥告诉我，几辈人都那么叫下来，确实没有人晓得 dià 字怎么写；我们的排行是"宜治先元正"，爷爷是"治"字辈，叫陈治坤，奶奶不晓得名字，只晓得姓周。听到奶奶姓周的时候，我内心顿时有了一丝温暖，这就意味着，在我的血管里流动的，有四分之一周氏血脉，换一句话说，凡是姓周的，都和我有着血缘上的关系，我在这个世界上并非那么孤单了。

至于老先人埋在哪里，元明哥给我讲了一个故事。由于我们的成分不好，老是受人欺负，所以当时的队长以改河修地为名，要求我们把老太爷的坟迁走，而且不能侵占平地，实在没有办法，最后就安葬在了山上。不承想，挖墓穴的时候，大冬天的，泥巴不仅没有上冻，而且从下边冒着热气，因为那座山叫九龙山，无意中把老坟埋在了龙脉上。我说，假的吧？元明哥说，怎么会是假的，老太爷的尸骨是我背上去的，而且是我挖坑埋下去的，所以我们这一族出了多少人才，你看看你们，当官的，发财的，剩下我，拜拜佛，念念经，虽然没有出息，也算积德行善的事情。

我说，老太爷埋的那个地方，上边有一棵大树，下边有一眼泉水，确实是一块风水宝地。元明哥说，再好的风水还要有德行，没有德行的人把他们的老祖先埋在那里试试，肯定就不灵了，我们村里另外一族，也是老太爷死了，请风水先生选了一块坟地，据说在龙头上，但是出殡的那天，有一条流浪狗，钻进厨房找东西吃，主人拿起菜刀砍了一刀，不偏不倚地砍在狗头上。狗受伤了，使劲地逃窜，正好跑到那块坟地，流了一摊血。狗血是辟邪的，也是破风水的，老先人埋在龙头上有什么用，后人全部败掉了。我说，这个是假的吧？元明哥笑了笑，说真的假的不晓得，如果后人有德行，给狗喂一根骨头，风水就不会失灵了。

我和元明哥吃完饭回到医院，爹的病情和早晨一样，并没有出现回落，除了插着氧气管，输着液，已经好转多了，仍然靠在大姐的怀里，静静地躺在床上，而且发出均匀的呼噜，这声音显得少有地安详，似乎世界已经太平，痛苦和疾病已经远去。

元明哥也许意识到自己的判断是失误的，就悄悄地告辞了。他在踏上公交车的时候，还是不忘回头叮咛一句，你们小心一点，有什么事情早点通知我们。

# 孝 顺

县医院位于北新街中段，有一个坐南朝北的院子，对面是百年老企业葡萄酒厂，再朝前就是当地一景凤冠山；背后是一片民房，走过一条狭窄的弯弯曲曲的小巷子，就是"南结吴楚，北通秦晋"的丹江了。

大姐连续几天照顾爹，没有好好地睡过一觉，所以我在附近的宾馆订了一间房子，逼着大姐好好休息一下，到天亮的时候再来换班。晚上10点多，大姐把爹像孩子一样哄睡，然后走偏门去宾馆。经过几间平房，大姐告诉我，前一天晚上，有个男人三十几岁，被送进我们隔壁那间病房的时候还有说有笑，不一会儿心脏病发作，抢救了几分钟，还是死了，现在就停在那几间平房里。我说，为什么停在那里？大姐说那是太平间。我放慢了脚步，认真地打量了一下，它是水泥的，四四方方的，蹲在黑漆漆的夜色中，和普通住房并没有什么差别。不一样的是，它没有一扇窗户——人需不需要窗户，或许就是活和死的区别吧？活着总是需要一扇窗户去透气去眺望，而死了永远就用不着了。它的门是有的，这是活人与死人共用的最后一个通道。门是不锈钢的，上边挂着一把大锁，在静静地保护着什么……

此时，偏门吱咛一声开了，从外边深深的巷子里拐进来一个人，他戴着一顶黑色的鸭舌帽，遮挡住了大半张脸，在昏暗的灯光下看不清面目。他竟然认识我们，淡淡地问了一句"你爹怎么样了"，然后迅速地消失了。我恐惧地想，人如果没有灵魂，仅仅是尸体的话，似乎并没有什么威胁，也没有想象的那么恐惧，我们多数时候恐惧的是看不见摸不着的东西，比如鬼。

我返回病房的时候，爹的呼噜声还在，并不响亮，也不匀称，穿过夜色像一只落于蜘蛛网内的扑棱棱的蝉，一会儿挣扎，一会儿停止，夹杂着几声咳嗽和喘息。我坐在旁边，借着窗外的一盏路灯，仔细地打量着爹，爹的脸全是皱褶，没有任何舒展的地方，像一张麻纸被揉成了一团。爹的眼睛深深陷了进去，双眼皮耷拉着；鼻子歪向一边，嘴巴咧向一边，几乎连到了耳根，像刚刚遭到人的撕扯和毒打；

下巴瘦瘦的，像被刀削过一样；胡子花白而稀疏，像干旱时候歉收的庄稼……爹的身体像木乃伊，似乎被掏空了，被榨干了，没有血气，没有五脏六腑，只有浓烈的药水味和腐烂的气息。呵，在我的印象中，他是背着三百斤东西健步如飞的，是每顿饭可以吃五六个馒头的，是凭着双腿当天从县城打个来回的，是见到村里的寡妇们还可以眉飞色舞地开开玩笑的……我真不敢相信，爹怎么说老就老了呢？几乎一夜之间就老了呢？

我在心里一直有个盘算，等什么时候放假了，我要和他一起，骑着自行车，吹着口哨，穿过一排排杨树林，再下一次南阳看看卧龙岗；我要和他一起，带着干粮，背着床板，凌晨 3 点起床，听着鸡鸣狗叫，再去河南卢氏赶一次集；我要和他一起，在烈日炎炎的夏天，站在绿油油的玉米地里，再举行一次薅草比赛……这一切已经不可能了，我真后悔，这么多年干什么去了呢？我总是埋怨生活有多艰难，工作有多忙碌，其实都是借口而已，我忙碌的哪一件事情和爹有关呢？和天伦之乐有关呢？没有天伦之乐的人生，不过是毫无生趣的人生罢了。

夜已经深了，除了偶尔传出病人痛苦的呻吟声和护士小跑着的脚步声，医院暂时恢复了平静。我没有看手机，此时此刻，我不在乎手机微信上那铺天盖地的信息，不在乎中美关系，不在乎叙利亚危机，不在乎五花八门的圈子和八卦。今夜，我不在乎世界，只在乎卧病在床的爹，只有爹才能静静地支配我的时光。我轻轻地握着爹的手，爹的整个手，包括手指头，都生满了茧子，像一块珊瑚礁一样，冰冷，生硬，粗糙。我认真地体会着爹的呼吸的节奏，仔细观察着爹的每一个小小的动作。凌晨 3 点的时候，爹咳嗽加重，喉咙里起痰了，像灌满了胶水一样，发出呼呼啦啦的声响；然后，爹像蚯蚓一样开始抽搐，一会儿抬起左手朝着空中抓一抓，一会儿伸出右手撕扯着床单，一会儿捏起拳头朝着床头砸去……

天已经开始放亮了，麻雀陆陆续续地醒过来了，还有几只喜鹊站在杨树梢上喳喳地叫着，很久没有听到这种吉祥的叫声了。大姐早早地回到了病房，说自己眼睛一闭就做噩梦，刚刚梦见爹变成了一个呱呱坠地的孩子，跳啊跳啊又变成了一个肉球。我安慰大姐，这不算什么噩梦，而且喜鹊都在叫了。大姐说，喜鹊是靠不住的，咱妈去世的那天下午喜鹊叫得更欢了。

爹的手一下一下地有节奏地抓着，大姐笑着告诉我，爹这是在种地呢，前几天就这样子，问他在干什么，他一会儿说在摘枣皮子，一会儿说在拔草，一会儿说在破柴火。我看了看爹的动作，那么优美，那么熟悉，那么古老，但是爹不在家里，不在庄稼地里，而是在病床上。一个在病床上种地的人，一个在生命最后一刻仍念念不忘种地的人，他一辈子种下去的，已经不再是庄稼，而应该是他自己，他把自己一点点一点点地种进了时间的长河中。

大姐说要给爹洗漱了，让我出去吃饭，不用急着回来。我坐在巷子深处，捧着一碗羊汤正喝着呢，突然意识到忘记带钱了。但是小城民风纯朴，我准备回去取钱的时候，旁边有个陌生的小伙子说，我请客，赶紧喝吧。摊主也告诉我，你下次一起付，趁热喝吧，不然就冷了。我还是有些不好意思，急急地喝完羊汤赶回医院取钱。当我推开病房门的时候，我一下子呆住了……我装作若无其事的样子靠着走廊，顺着半遮半掩的门缝盯着病房里发生的一切。

事后才晓得，爹便秘严重，需要使用一种叫开塞露的药，而且由于卧床不起，下身出现红肿，需要用硫酸镁溶液进行擦洗。每天早晨等爹醒来，大姐第一件事情就是给爹通便，她拿出几张废旧报纸，铺在爹的身子下边，然后帮爹把裤子脱下去，把一个葫芦状的白色塑料瓶插进爹的魄门，把药水挤入爹的体内，等待三五分钟，药水就会生效，大便就会流出来。在这期间，大姐必须端着盆子，耐心地在后边接着……大姐第二件事情是给爹擦洗身子，她先打来一盆开水，加入硫酸镁搅一搅，把手伸进去试一试，太热就兑凉水，太凉就兑热水。爹身体好的时候并没有那么娇气，但是如今生病了，却敏感起来了，不能烫，也不能冷。呵，天啊，爹赤裸着下身……老实说，大姐给爹插入开塞露的时候，端着盆子接着大便的时候，卷起报纸的时候，整个过程十分平静，没有捂着鼻子，没有厌恶的表情。

我并不意外，因为在老家，给老人端屎倒尿的例子普遍存在，这是作为子女应尽的孝道。但是，接下来，令人吃惊的是，我看到我的大姐，她佝偻着身子站在床边，拿着毛巾，蘸着药水，擦拭着爹的下身，而此时此刻的爹是完全赤裸着的，某个部位红肿得像两个拳头……

　　我终于明白什么才叫伟大，什么才叫真正的孝顺，我真的不敢肯定，我能不能做到这些，记得曾经和爹一起洗澡的时候，我都不敢正视爹的下身。在这个世上，起码有很多人，端一碗水给老人都不高兴。再仔细想想，大姐这么对待爹，也是自然而然的，妈在我很小很小的时候就去世了，大姐从此肩负起了照顾爹又照顾我的责任，在大姐的眼里，我和爹都是她的孩子，当妈的在孩子面前，还有什么好顾忌的呢？

　　爹的病情是在第二天下午急转直下的，医生把我单独叫到了办公室，向我通报了会诊结果，大意是心肌又出现了部分梗死，而且肺部出现了并发症，随时都有生命危险。我询问医生，还有什么办法没有，医生摇了摇头，说县医院条件有限，他们都尽力了，最好的药也都用过了，如果说还有办法的话，那就是赶紧转院，去西安治疗，比如做支架手术。医生解释说，按照拍出来的片子看，起码需要安装三个支架，总费用大概七八万块，农村医保大概报销百分之五十左右。钱是一个问题，另一个问题是，八十岁的人了，身体又这么虚弱，能不能做支架手术，做支架手术的意义有多大。正好，有一位大爷来找医生，说自己有一位朋友做了三次支架手术，花了十几万块，后来还是照样死掉了，要他说呀，他们土农民，何况又那么一把年纪，多活两年，少活两年，也没有太大差别，无非多吃几碗饭、多受几年苦而已，而且做完支架手术，必须天天吃药。

　　大爷说，你爹那么倔强，平时都不好好吃药，如果不坚持吃药，支架得不到维护，那钱就等于白花了。

　　我犹豫地回到病房，爹的心绞痛也发作了，像一条搁浅在沙滩上的鱼，使出最后一点力气，伸手挠自己、抓自己。大姐哭了，又爬上病床，把爹紧紧地搂在怀里。护士也哭了，就给爹打了一针药，估计是杜冷丁什么的，但是没有制止住爹的痛苦。爹仍然挣扎着，到最后的时候，也许没有力气了吧，目光十分游离、散淡，像手电筒的电量即将耗尽，也像一块方糖即将化尽。原来，人在绝望的时候，目光里不仅无光，也不存在绝望，而是空空洞洞的。

　　在金钱、活着的意义和儿女的道义之间，我权衡再三之后，本来

月光不是光（节选）

269

已经选择了放弃，但是，面对绝望的爹，我忽然又改变了心意。我告诉大姐，我们转院吧。大姐开始是沉默的，过了几分钟才问，关键还是钱的问题，大概需要多少钱？我说，大概需要七八万块。大姐说，你带回来的烟呀酒呀，爹舍不得吃舍不得喝，都被他寄在小店里卖掉了，他这件毛衣穿了好几年，给他买了件新的，三百多块呢，也被他一百多块卖掉了，他辛辛苦苦积攒了一辈子，有些钱都储存了三十多年，你晓得他有多少存款吗？直到前几天，估计是身体不行了，他才告诉我们，还不到七万块，我开玩笑说，拿些出来给我花花，你晓得他怎么说吗？他的钱谁也别想惦记，要一分不少地留给自己儿子。

大姐又讲了一个小插曲，刚来医院的那天，医生给他检查身体，听诊器刚刚搭到他的胸口，就被他一把推开了，说人家要掏他的钱，因为他的存折就装在贴身的口袋里。

我明白大姐的意思，如果去西安做手术花掉七万块，爹一辈子积攒的七万块，就被抵消了，就被清零了。那么，爹的一生是不是也被清零了呢？爹经历那么多苦难、绕那么大圈子，是不是又回到起点了呢？从爹的角度而言，这七万块是他用一生换来的，确实比他的生命更重要，几乎就是他生命的象征，也是他活着的意义所在，他根本不愿意全部花在自己身上，而是分文不少地交给我，因为这是他精心准备的遗产，他要以继承这笔遗产的方式证明，他的血脉香火被我继承了下来。

但是，从我们的角度来看，爹是不能被抵消的，他一生的路不是圆的，他并没有回到起点，他是活着或者死去，似乎对他自己意义不大，对这个世界的影响可以忽略不计，在历史的长河中也留不下任何痕迹，但是，对我们就完全不同了，爹活着，我们的家就活着；爹死了，这个家就死了。大姐的提醒也是有道理的，我们最最纠结的，不好意思说出口的，归根到底不就是担心钱吗？如果我非常有钱的话，或者爹不在乎存钱的话，我还会权衡手术有没有意义吗？我反反复复推算了几遍，最直接最简单的账目是，如果去西安做手术的话，扣除医保报销的那部分，再加上其他开销的那部分，应该需要七万块，在这个数目之内，我还是承担得了的。

为了减少折腾，不花冤枉钱，不跑冤枉路，不陷入进退两难的处境，我决定立即动身，先到西安把一切咨询清楚了，再决定是否把爹转过去。我踏上了最后一趟火车，当我坐在车窗前，看着已经进入灯火阑珊的小县城，再想一想那空空洞洞随时都有可能熄灭的目光，我的泪水禁不住流了下来。

我直奔西安某某三甲医院，从医院墙壁上的宣传栏看到一位专家：主治医师，医学博士，美国某某大学医学博士后，主要从事心血管疾病的临床、基础研究，擅长各种心血管疾病的介入治疗，尤其是复杂或重症冠心病的介入治疗，在心血管疾病方面造诣很深……我装作若无其事的样子溜进了住院部，笑眯眯地向护士打听这位医生，我说我不是药品推销的，也不是来看病的，我有一个学术方面的问题想请教他。护士看了看我这个光头，有些怀疑地问，你也是医生？我说，是啊，不过，我是下边医院的，我很崇拜他，这次来西安培训，顺便想看看他，我刚刚打他电话，一直不在服务区。护士说，他忙着呢，现在还在手术室。我说，难怪了，你看看他的手机号码对不对？我把手机递了过去，护士看了一眼说，错了。我说，原来他换号码了，你把新号码给我吧。

我骗取了医生的电话号码，然后下到三楼手术室一打听，这位医生确实在做手术。夜已经很深了，好多门诊已经关门，只有手术室外边灯火通明，三五成群的人站在楼道，在焦急不安地等待着，有人在等待着把病人送进去，有人在等待着病人出来。手术室旁边的墙上，有一个透明玻璃窗口，它不时地会被打开，像是监狱会见犯人一样，医生站在里边，家属站在外边，用麦克风进行交流，把手术中间出现的情况及时通报给家属，比如需要增加一根支架，比如出现其他异常，对于治疗方案的更改，都需要征求家属同意，在相关资料上签字画押，手术才能继续进行。

我一下子陷入深思，如果爹被送进去了，正躺在手术台上，那个窗口突然打开了，麦克风里忽然传出自己的名字，我隔着一层厚厚的玻璃，看到医生摘掉口罩，脱下血淋淋的手套，告诉我，哪里哪里又堵塞了，在造影检查的时候，原来计划搭三根支架，如今最好搭上四根，甚至是五根六根，我应该怎么办呢？在众目睽睽之下，在良心与金钱的天平上，想一想自己所剩不多的账户余额，再想一想爹紧紧揺

271

在胸口的那些存款，我能说出一个"不"字吗？

老人生病了是痛苦的，是煎熬的，而对于家属又何尝不是一种煎熬呢？

我苦苦地等待了三个小时，在凌晨一点多的时候，终于见到了那位主任医生，我像拦路喊冤一样，冲上去拦住了他。他长得高高瘦瘦的，而且又白白净净的，给我的第一印象，天生就是当医生的。医生看了看我带着的资料，痛快而坚定地说，你明天把病人转过来，我们系统地检查一下，然后才能商量治疗方案。真不愧是优秀的医生，他看我有些犹犹豫豫的样子，然后又补充了一句，你放心吧，年龄不是问题，我的病人不少八十多岁，搭支架还是传统药物治疗，我没有见到病人是不太好下结论的。

他简单一句话就打消了我的许多顾虑，我立即通知大姐，做好准备，等天亮之后，就办理转院手续，为了防止两百公里的途中出现不测，干脆花费四千块叫一辆救护车，配备一名医生和一名护士。

爹是第二天中午被送到西安的，正好有一个病人走了，空出了一个床位，就顺利地住进了重症病房。大姐问我，你是不是托了关系？不然要排很长时间的队。确实如此，夏天的时候，有个在北京工作的朋友，把他妈从渭南转来这家医院，在楼道里奄奄一息地等了两天，哭着打电话向我求助，我找到了报社的记者，还找到了机关干部，最后都解决不了。我告诉大姐，哪里有什么关系啊，是我们运气好，也是爹的福气好，遇到了国家扶贫攻坚，这家医院的扶贫组在县医院蹲点，为我们开通了绿色通道。

此时，爹的呼吸相当困难，像一个破风箱；爹的腹胀严重，像一面牛皮鼓；爹的整个腰部已经发紫，像被蒸熟的紫薯；爹的下身肿大得更加厉害，像绑着两个被充气的气球……护士们忙作一团，更换病床、吸氧、吸痰、挂吊瓶、清洗红肿、插入导尿管，她们的每个动作、每个细节，都那么专业，又那么规范……几个小时之后，她们的衣服被汗水浸湿了，生命在她们的面前条理清晰起来，我们悬着的心也慢慢踏实起来。

这家医院位于城南，不愧是陕西地区最好的，已经晚上9点多了，四处都排着长长的队伍，有挂号的，有抓药的，有化验的，有呆坐在地板上哭泣的，也有看透生死的微笑者，上上下下的电梯都很拥挤，每个人心急如焚又抱着希望，有人被匆匆地送进来了，有人被缓缓地推出去了，也有人一脚就迈入了天堂。只有这时候，你才晓得有病的人真多，世界并不太平，世事如此无常，生命如此脆弱。我站在病房的窗前，顺着长安路朝北几公里望去，可以隐约地看到古老的城墙，顺着雁塔路朝东望去，可以清晰地看到庄严肃穆的大雁塔，宛如一口青铜器，经过上千年的加温被烧红了，满满地盛装着所有流逝的时光和岁月。

　　我看了看躺在病床上的爹，想起曾经带着他，爬古城墙，登大雁塔，吃羊肉泡馍，那时的爹多么健康，浑身有使不完的力气，还一直笑话我，变成城里人了，上楼都要喘气了。仅仅七八年过去，他竟然枯瘦如柴，生活不能自理了。时间也许是铁的，也许是一把无形的铁锤，几乎不经意间，仅仅几下子，就把爹抽空了，把爹砸碎了，而且碎得这么可怕，像一把玻璃碴子，似乎没有复原的可能。

　　大姐问，窗子外边是什么地方，好漂亮啊。我说，东边那个就是大雁塔，唐僧从西天取经回来之后念经拜佛的地方；北边那些是城墙，城墙里边有个钟楼，钟楼旁边有一家饭店叫同盛祥，羊肉泡馍特别香。大姐说，前几年经常出门，去新疆给人家摘棉花，去内蒙古煤矿给人家做饭，每次在西安转车的时候，都是匆匆忙忙的，还没有逛过西安呢。我心里一酸，说等爹的病好点了，我带她好好逛逛去，包括兵马俑和华清池。大姐说，还是算了，我哪里有心思呀。

　　各种检查和化验结果都出来了，医生指着黑乎乎的毛玻璃状的胸片，非常吃惊地告诉我，爹的肺部出现大面积积水。我想不通，不是心血管疾病吗？医生解释，这是心脏衰竭引起的，他的身体条件还不适合搭支架，而是赶紧治疗肺积水。晚上 11 点多，医生派助手把我叫到办公室，下发了第一份病危通知书，我没有仔细阅读通知书都写了什么，也没有在意都交代了什么，而是毫不犹豫地签了字。原来，每个人无论是什么身份，都无权处理自己的最后时刻，命运并不掌握在自己手中，也没有掌握在上天的手中，而是掌握在活着的亲人的手中。

　　爹的重症病房不大，里边安排了两个床位，另外一个患者是杨陵农村那边的，大概五十多岁，他正在进行着血透，他的身体和一台巨大的机器连在一起，正在自动地运转着，发出恒定的轰鸣声，像一台排放污水的小水泵，把他的血液循环往复地抽到体外，进行净化处理之后再输回他的血管。几个小时的血透结束的时候，已经凌晨2点了，这个身体发胖浮肿的男人，用轻微的嗡嗡声告诉我，也许在告诉他自己，这是最后一次血透，明天他就出院了。我以为他痊愈了，说那恭喜你呀，终于可以回家了。他以嘲讽的口气说，是啊，回家等死去了。大姐悄悄地告诉我，他肾衰竭已经到了晚期，是由糖尿病引起的，已经花了十几万了，他本想继续治疗的，但是老婆决定放弃，说治不治都是一样的，干脆回家吃吃中草药，儿子明天过来接他回家。

男人似乎听到了议论，说儿子是开车过来，刚刚花了十几万买的，牌子是福克斯，他喜欢黑色的，但是儿子选了红色的。我说，年轻人嘛，红色的漂亮。男人说，我还没有坐过，这车子怎么样？我说，这是美国品牌，看上去非常不错，空间比较大，安全性能也好，就是耗油量有些大。我心里犯起了嘀咕，不是需要钱看病吗，为什么还买车呢？但是反过来一想，也许他们是对的，对于绝症患者而言，就像选择安乐死一样，重点是活着的人。如果倾其所有去看病，那么一家人的日子都会陷入灰暗，如今买了一辆车，结果就不同了，起码活着的人活得更好了。

我正想着呢，他的老婆从外边回来，在床上支起了餐桌，摆出一顿丰盛的晚餐。老婆埋怨说，糖尿病人呢，死活要吃这么多大鱼大肉，真是不要命了！他像自言自语地说，这是死刑犯的上路饭呀，你还能管我吃什么？

我真有点佩服他的老婆，和其他家属不一样，她显得十分轻松，似乎不是住院，而是在住宾馆。她从塑料袋里拿出一件棉袄，是黑色的，告诉男人，吃完饭试一试，明天路上风大，得穿暖和一点。她又拿出一件外套，是深绿色的，在身上比画着，说刚刚买的，八十五块钱，问贵不贵，颜色是不是太艳了。大姐说，一点都不贵，这么绵乎的料子，颜色也好看着呢。她得到夸奖，就咋咋呼呼地说，来西安一次不容易，你们也趁机转转去吧，尤其回民一条街，甑糕，果子，蜜饯，好咥的太太，而且有不少清真寺，对面的鼓楼和钟楼，简直像画出来的一样。

　　整个晚上，爹的病情没有加重，倒也没有什么起色。毕竟是大医院，医护人员都是二十四小时值守的，尤其对重症病人照顾得非常仔细，还有一台心电监护仪，心率、血压、呼吸、血氧饱和度，除了一个个数字，还有一条条曲线，像股市行情一样，把病人的生命体征在屏幕上一目了然地显示着，而且一旦出现异常就会报警。我本来要找宾馆，轮换着休息一会儿，但是爹每次睁开眼睛，就会搜寻我们，似乎看到我们，他就踏实了，如果有人不在，他就非常迷茫。

　　大姐说，爹怕他一口气上不来，我们不在身边，尤其你这个儿子。

　　这就是送终。在农村人的心里，他哪怕受了再多的磨难，忍受了一生的孤独，在临终的那一刻，只要儿女们守在身边，他就算有福气的人，就心满意足了。

　　第二天早晨，我下楼去取化验单，顺便又买了一些早点，当我回到病房的时候，另一张病床上换成了另一个人，那个放弃治疗的男人已经被接走了。我无法想象，他坐在儿子新买的汽车里，看着楼房、树木、池塘、田野都在迅速地后退，全世界只有他一个人在迅速地向前，提前冲向生命终点的时候，他是什么样的心情呢？

## 奇　迹

　　爹转院之后，定时排尿，用开塞露通便，擦洗红肿的下身，这些非常难堪和不舒服的事情，仍然由大姐这个女儿承担着。大姐为了避免尴尬，总以吃饭呀交费呀，尽量把我支开，惹得大家纷纷地说，现在看来，还是养个女儿好，养个儿子关键时候是指望不上的。有人故意嘲笑我，你不是娶了个大上海的媳妇吗？你把媳妇叫来伺候几天吧。我媳妇不算千金大小姐，但是在家里从来不下厨，依靠洗衣机洗洗衣服可以，收拾收拾杂物可以，帮儿子清理清理屎尿可以，如果让她来照顾几天爹，倒水喂药都没有问题，让她和大姐一样，去擦洗爹的身子，那肯定不行，不是她不愿意，而是忍受不了如此的尴尬。

　　爹原来脾气非常好，大姐从小到大没有受过一根指头。但是由于被病痛折磨，他显得十分暴躁，有一次，大姐端水让他喝药，他一把把水打翻了，说自己解不下手，都是被大姐坑害的；还有一次，大姐放开塞露的时候，估计不小心弄痛了他，他一脚出去踢在大姐的脸上，踢出一大块淤青。大姐经常抹着眼泪说，什么时候才是头啊？到底造了什么孽啊？我就会安慰大姐，爹肯定会好起来的，我们尽力就行了。我的心态，确实慢慢恢复了平静，因为我既不是医生，又不是死神，作为儿子把爹送到医院，唯一能做的就是对治疗方案进行选择，承担由此带来的所有风险，然后把钱源源不断地存进医院的账户。

有位送外卖的小哥说，挣钱像便秘，花钱如穿心。我说，挣钱就像流汗，花钱总像流水。每次交钱的时候，姐也心疼地说，哗哗啦啦的，像流水一样。

第四天黄昏，迟迟不见下雪的西安城，下了这年冬天的第一场雪，虽然雪下得不大，很快就被消化掉了，大家还是乐坏了，见面就问，你晓得吗？外边下雪了！似乎老天不是下雪，而是一次深呼吸，或者撕碎了阎王爷的生死簿，让人吐出了郁结在胸口的一股闷气。我的情绪受到了感染，趁着去银行转账的机会，在大街上走了走，那零零落落的雪花，像一只只小精灵，要安慰我似的，伸出舌头轻轻地舔舔我的脖子，偷偷地碰碰我的脸，痒痒地揪揪我的耳朵，趁我还没有反应过来，就躲起来了，躲进我的皮肤，躲进我的内心，留下一丝冰凉的梦幻的气息。

我买了两个烤红薯，这也是爹最爱吃的，又给大姐买了一件橙色的羽绒服，大姐身上的棉袄袖子已经烂了。回到医院的时候，爹看到红薯有些高兴，但是放在嘴边咬了咬，还是放下了。大姐也连连地夸奖说，棉袄不仅好看，而且暖和。但是在身上试了试，就脱下来装进柜子，意思是等到过年的时候再穿。

最艰难的时刻，在那天晚上10点左右，爹突然睁开眼睛，死死地盯着天花板，惊慌地说，有鬼。我朝着天花板看去，除了一盏灯，什么都没有。我说，那是灯，怎么会是鬼呢？鬼怎么可能发光呢？爹又盯着病房的门，惊慌地说，那是鬼。我走出门看了看，不时地有病人或者护士从楼道里穿过。我说，都是人，这个世上哪里有鬼呀？即使有鬼，你儿子我在这里，你还怕什么啊。

爹轻轻地嘟哝了一句"那是你妈"，眼睛就恍恍惚惚地闭上了，旁边的心电监护仪随之叫了起来。

爹陷入了昏迷。大姐真是太累了，已经几天几夜没有好好休息了，本来躺在楼道的条椅上眯瞪一会儿，但是听到动静，立即冲过去把医生们叫了过来。在抢救的时候，大姐隔着玻璃窗使劲地抹泪，我则望着远处的大雁塔，在心里默默地祈祷着。也许菩萨显灵了，也许是医生们医术高明，经过一个多小时，各种数字爬上了正常值，只是非常不稳定，像坐过山车一样，一会儿冲上顶峰，一会儿滑入低谷。爹勉强地恢复了意识，但是已经不认识我们了，他像刚刚睡醒一样蒙蒙眬眬地问，这在哪里？我说，在医院。爹说，在医院干什么？我说，你生病了，我们在给你看病。爹说，我要回家收麦子。爹的季节错乱了，大冬天的呢，竟然说麦子黄了，要收了。

助理医生再次把我叫到了办公室，语气沉重地告诉我，爹估计不行了。我说，不行了是什么意思？他说，就是不治了。我说，大概还能坚持多久？他说，我们的判断过不了今晚。我说，现在 12 点了，离天亮还有几个小时，你们的意思是等不到天亮？他说，除非出现奇迹。

我情绪有些失控地说，我有个大堂兄，出家当了和尚，或者是道士，他掐指算了算，预言我爹活不过今年，你们是医生呢，不能和他一样神神道道的吧？奇迹是什么东西？奇迹不就是希望吗？既然还有希望，我们就得尽最大努力。

主任医生赶了过来，向我解释，从感情上来说，希望还是存在的，现在还有一个选择，送进 ICU 重症监护室，赶紧做气管切开术，就是从颈子上切一条口子，插一根管子进去，帮助病人进行呼吸，而且那里有更好的药品，也有最先进的设备，比如呼吸机。我说，什么是呼吸机？医生说，它是一种帮助呼吸的机器，我看你也是拿工资的，要不要送进 ICU，首先还是考虑费用，每天需要七八千块朝上，在医保范围内的，还可以报销一部分。

我像在黑暗的尽头看到了一线光亮，又问了一句，在 ICU 大概需要多长时间？医生说，这可说不清，少则一周，也有大半年的，刚刚有一个病人，儿子是开公司的，家里经济条件好，花了六十多万。

我忽然想起来，我认识一位作家前辈，前段时间去医院看望他，他躺在病床上，身上插满了胶管，有两根管子非常凄惨，其中一根就是呼吸管，插在喉结的位置；另一根插在鼻孔里，护工正在用注射器向管子里注射营养液，那是他的午餐，像稀饭一样的液体，不再是色、香、味、形俱全的美食。这意味着，他的鼻子和嘴巴已经成了纯粹的装饰，鼻子不是用来呼吸的，嘴巴不是用来吃饭的。他的生命是靠着外力维持的，不是靠自己维持的，这样的生命还属于自己吗？

我回到病房，把大姐叫到了楼道，对利害关系进行了认真的商量。大姐说，关键还是钱，你在外边挣点钱也不容易，受了多少苦遭了多少罪我们也是晓得的，而且在上海喝口水呀上个厕所呀，处处都是花钱的地方，现在把爹送进 ICU 住几天，豁出去花费七八万就算了，如果一头半月好不了，不放弃吧，费用承受不了，放弃吧，良心上又过不去，而且从颈子上切个口子，插根管子，如果那根管子拔不掉，那还像人的样子吗？

我告诉大姐，这是最后的办法，不然爹就过不了今晚。大姐抹着眼泪说，刚刚听护士说，家属不准进 ICU，爹万一在里边走了，我们都不在他的身边。

我和大姐的想法是一致的，我们着重考虑的，其实并不是病人，而是病人的家属，只不过我们被一种力量紧紧地绑住了。这种力量，一部分来自远古时代，一部分来自现实世界；一部分是道德，一部分是物质。我说，如果这里逼着出院，我们就返回县医院，反正既不进 ICU，也不能回家等死。大姐说，估计县医院也不收了，原来住着的时候，人家一直想撵我们。我拨打了县医院医生的电话，医生果然说，县医院不仅没有 ICU，连一台呼吸机也没有，病情这么重，他们哪里敢收啊，不行看看市医院吧。我又联系了几位朋友，转了好大一圈，找到一位远房亲戚，依着辈分叫我舅舅，他是商洛市医院的外科医生，二十分钟后，回复我说，已经联系好了，随时可以转过去。

我放下电话的时候，有个小光头凑上来说，我劝你还是放弃吧，我看你也不是什么大款，花这么多冤枉钱，无非让老人多受几天罪，还不如拿这些钱，给家里添几件家具，你们同病房的，儿子买了一辆新车，那样多好啊。小光头递给我一张小卡片，说他不是病人，是跑长途运输的，专拉病人也拉遗体，在这里待了五六年，把什么都看透了。

我说，去商洛，一百二十公里，需要多少钱？小光头说，我就收你两千五百块吧。我说，你车上有氧气瓶吗？小光头说，回家准备后事对吗？你要氧气瓶干什么？我说，我们不是回家，我们需要转院。小光头愣了一下说，你们还不放弃？我说，他还有一口气，说句不好听的，如果是你的亲人，你把他拉回家等死，良心上过得去吗？小光头说，我看你是孝子的面子上，开一辆真正的救护车给你，就收你两千块，你如果决定了，二十四小时随时打我电话。

我把后路安排好之后，再次来到医生办公室的时候，医生已经把ICU的专家请过来了，他们会诊的结果基本相同。医生说，你们商量得怎么样了？我说，我们商量好了，不进ICU了。医生说，这是对的，好多家属倾家荡产，来治这些无力回天的病，其实是做给别人看的，每个人应该量力而行，建议还是收拾收拾，回家准备后事去吧。

我说，我们也不想出院，我们必须坚持到最后一口气。医生着急地说，你们不赶紧出院，到时候连老衣都穿不上去了。我说，这你放心，我马上派人，打一辆出租车，把老衣送过来。

我向医生解释，这么做的原因有两点：第一，我们不为老人着想，我们给老人看病的过程，也是自己修行的过程，上天安排我成为他的儿子，安排他成为我的爹，这是一种荣幸，也是一种缘分，他生出这么一场大病，都是因为老天从来不露真容，而是打扮成这么个老头，前来度我、化我，检验我们之间的关系；第二，医生在治病方面比我专业，但是我比医生更了解爹，他种了一辈子地，受过太多的苦，草皮，树根，玉米芯，甚至还吃过石头粉，有一次山林发生大火，在灭火的时候眼睛被烧伤，他竟然用酒精去洗眼睛，你们给他检查的时候已经看到了，他的身上布满了各种各样的伤疤，他的骨头比石头还硬……我说，他的生命力非常顽强，已经超过了你们的想象，我隐隐地觉得，这一次，他会扛过去的，如果人间真有奇迹，只能发生在苦难者的身上，所以请你们行行好，再想想办法吧。

总之，我想告诉他们，爹只要还有最后一口气，我们绝对不会把他拉回家。如果拉回家，放在那张床上，不给他扎针，不给他吃药，闻不到浓烈的药水味，看不到任何医生护士的身影，这不就是等死吗？对爹而言，这种见死不救的感受简直太绝情、太麻木了……

感谢上天，医生们商量了一下，同意爹继续留在病区，让我以个人的名义，从 ICU 借一台呼吸机过来再做最后的努力。医生委婉地告诉我，他们也有一个条件，万一抢救无效的话，在爹出院的时候，挂着吊瓶，打着点滴，装成活着的样子，以免影响了死亡率。我满口答应，而且签字画押，无论出现什么意外，我们只有感激不尽，绝对不会找医院的任何麻烦。

我打了一张借条，交了几千块押金，推着那台乳白色的机器，大义凛然地从人群中穿过的时候，像一名士兵推着刚刚研制成功的导弹，自信极了，骄傲极了，神圣极了，全身注满了力量。护士们刚刚还十分沮丧，如今也受到了鼓舞，很快就把呼吸机调试好了。大约半个小时之后，心电监护仪屏幕上显示的数据，尤其是血氧饱和度，慢慢爬上 90%，稳定在正常值的范围内，旁边的几条曲线像一条条冬眠过后的蛇，慢慢地扭动起来了，活跃起来了。

时间已经凌晨 3 点，呼吸机像巨人的脚步有节奏地运行着，整个病区都能听到呼哧呼哧的呼吸声，希望随之一步步靠近。爹的脸慢慢地舒展开来了，爹的眼睛又微微地睁开了，爹的意识慢慢地清晰了。天再次亮了，西安也晴了，阳光明媚而温暖地照射着，远处的大雁塔和古城墙又恢复了血色，显得更加雄伟壮观了。

爹抬起手指了指我，大概意思是说，这不是他的儿子喜娃吗？他的表情有了几分生气，多了几分色彩。看到爹的样子，大姐又开始抹眼泪，这一次像下了一阵太阳雨，夹杂着一丝宽慰的笑。

在爹的身上，奇迹出现了。

爹的老衣是小姐的女婿花了六百块钱赶了几百公里，在天亮的时候被连夜送到医院的。我害怕爹看到了伤心，偷偷地藏在病床下边。后来，大姐把老衣重新带回家，重新挂在阁楼上，常常把它们拿出来，挂在院子里，晒晒太阳，吹吹风。

虽然爹的情况一再好转，毕竟是靠着呼吸机在维持的，我担心爹对呼吸机产生依赖，建议逐步调整呼吸机的压力，但是遇到了周末，主任医生不在，值班的助理又不敢贸然做主，我就去请求一名实习护士，她说自己得听医生的，万一出事了她负不起责任，不过可以悄悄地教我一下使用方法。进入后半夜的时候，整个医院都安静了下来，每过一个小时，我就像提心吊胆的小偷一样，把呼吸机的压力向下调整一次，然后静静地盯着心电监护仪，观察着那些数据和曲线的变化，90%，80%，70%，到天亮查房的时候，医生看到呼吸机已经被调整在了50%，而且各种数据都很正常，于是开心地叫来护士，把呼吸机给撤走了。

爹摆脱呼吸机之后，并没有出现什么反复，不几天肺积水也逐渐消失了。我得意地告诉大姐，我是不是当医生的天才？大姐也开心地说，你忘记了吗？你本来就是学医的，不过学的是兽医而已。

医生们也都感受到了希望，想尽一切办法来照顾爹。有一位博士，发现爹严重缺钠，如果不赶紧补钠的话，可能会再次引起昏迷，于是就突发奇想，从外面买回一些空壳胶囊，把盐装在胶囊里，自制成了药，每天给爹口服两粒，这样吃了几天，效果竟然十分明显。由于各种各样的配合治疗，慢慢地，除了肺功能基本恢复之外，爹喉咙里的浓痰减少了，爹腹部的鼓胀消失了，爹腰部的紫色褪去了，爹下身的两个气球像遭到针扎一样瘪掉了。唯一让人头痛的，是拔掉导尿管之后，爹小便一下子失禁了，这一次是我突发灵感，给爹买了许多成人纸尿裤。

爹一天天好起来了，不仅仅可以吃饭了，还可以坐起来和我们简单地聊几句。爹和我们聊的，无非是家里的粮食怎么样了，村子里几个生病的老人怎么样了，这世上对他最好最好的是大姐，这次把大姐给累坏了，明显都瘦了。大姐开玩笑地说，那你把身上的钱掏出来给我花花行不行？爹从怀里掏出一个塑料袋，摸出五百块钱，数了两遍，递给大姐。这是爹对大姐最大方的一次。大姐说，太少了。爹说，嫌少算了。然后又装进了怀里。

爹不管聊什么，聊多长时间，最后都会强烈要求回家，有一次竟然一着急，把针管子都给拔下来了。

爹真正重新出现在村子里的时候，村子里的人几乎都围过来了。爹在人群中没有看到老杨和舅妈，一打听才晓得，老杨从树上摔下来，送到县医院治了几天，舅妈卧床不起好多年了，至死都没有送过医院，这两个人都还年轻，却在爹住院的这些日子相继去世了。大家唏嘘不已地说，你命真大啊。爹笑着说，不是我命大，是我的福气好。

爹摸了摸自己的头发和胡子嘟哝着说，以后只好自己给自己剃头了。因为老杨不仅是当时的杀猪佬，还是村子里的剃头佬。

仔细回想一下，爹在住院的时候，那么多人好意相劝，还是放弃吧。他们的理由无非三点：第一，八十多岁的人了，不管怎么样都活不了几年了；第二，这样一个土农民，多活几年少活几年都差不多；大家还有一个理由，爹的几万块积蓄如果被花光了，爹的一辈子就等于白活了。对于这一点，在出院的时候，爹心疼地问，这次看病花了不少钱吧？我骗他，总共花了七八万，不过都被国家报销了，我们个人分文未花。我塞给爹两千块，爹推让了一会儿，最后蘸着唾沫数了数，认真地装进了自己贴身的那个口袋。

爹又可以开玩笑了，说住了一个多月的医院，还赚了这么多钱，太划算了。

爹回家已经三年了，虽然各种各样的毛病不断，药物也从未间断，但是如果真要算算账，确实是太划算了。每次看到从老家传来的照片，爹有时候坐在门前晒太阳，有时候坐在炉子前烤火，有时候还去庄稼地里转转，扶一扶玉米，捉一捉虫子，拔一拔草，我都会会心一笑。我就这么个爹，这世界唯一的爹，他的生命太轻了，太卑微了，还不如一棵树。一棵树死了，还可以燃烧。如果他死了，能干什么呢？但是，他只要活着，我的故乡就是活着的，那一片土地就是活着的。

如今又是冬天了，大姐刚刚告诉我，老家下大雪了，大雪已经覆盖住了整个屋顶……白花花的屋顶上应该又是炊烟袅袅。

炊烟活着，故乡的那片天空就是活着的。


## 我有一棵树


### 以火净身


好几次，我回陕西老家的时候，我爹指着院子背后的一棵梨树问我，把这棵梨树给你，你想干什么？我告诉我爹，小时候嘴馋，最想让它长果子；后来没有衣服穿，最想拿它烧火；前几年喜欢看书，最想用它打几个书柜，梨木的书柜应该是最好的书柜；现在呀，好多事情都想开了，希望它什么都不干，陪着老爹一直好好地活着。有一次，我反问我爹，你呢，你最想用它干什么？我爹说，那棵树是隔壁人家的，隔壁人家舍得吗？我说，我只是假设。我爹说，年轻的时候，看到什么树都想把它砍掉；如今老了，就想让它一直长在那里。

我说，长多久？

我爹说，两百年。

我说，为什么呀？我爹想了想说，不单为自己，也为了上边的老鸹。老鸹就是乌鸦。有几只老鸹哇哇地叫了起来。我爹说，你还认识吗？我说，老鸹怎么不认识？我爹说，上海没有老鸹吧，我上次去上海怎么没有看到老鸹？我说，或许有吧，它们可能躲起来了。

据我爹不久后传来的消息，那棵梨树被隔壁的男人砍掉了。我问，砍掉干什么了？我爹说，砍掉打棺材了。我说，梨树能打棺材吗？我爹说，有什么办法啊，他们家山上砍光了，除了核桃树之外，只有这棵树可以打棺材了。怪不得我爹有些忧伤，因为那是村里最后一棵梨树，从屋顶上看过去，春天一树花，夏天一树白，还有一个老鸹窝，多么美又多么温暖，何况它没有变成女儿的嫁妆，竟然成了一副棺材，显得好不凄凉。

我的命运真正与树扯上关系，可能在我十几岁的时候。

有一年冬天，吃完早饭，我爹把斧子磨了磨，笑着对我说，你跟我上山行不行？我说，上山干什么，我要放牛呀。我爹说，上山砍树呀。我说，砍树干什么？我爹说，给树洗澡呀。我说，爹你哄人，人都洗不上澡，哪有给树洗澡的？而且树又不脏，怎么洗呢？我爹说，你看看，树是不是黑色的？我说，叶子是绿色的，树皮是黑色的。我爹说，树一烧是不是会冒烟，烟是不是很呛人？我说，是呀，都把人熏死了。我爹说，所以说，树比人脏多了，你今天跟我去山上，帮我给树洗洗澡吧！

听说要给树洗澡，我就心动了。我说，我不会呀。我爹说，我可以教你的。我在腰上别着一把小斧子，跟着我爹上山了。那座山在我们家背后，要爬六七里远的山坡。我和我爹爬到半山腰的时候，发现小河已经断流了，有些悬崖上还有水，已经结成了冰碴子，像溶洞里边的钟乳石。我说，没有水，拿什么给树洗澡？而且也没有盆子呀。我爹说，人洗澡要用水和盆子，树洗澡就不需要了。

我看着满山的白雪说，你要拿雪给树擦身子吗？我爹说，那会把树冻死的，你跟着我，到时候你就晓得了。我跟着我爹爬上山顶，树大起来了，也茂密起来了。我爹抡起斧子，一边砍树一边说，你是不是想继续上学？我说，是呀，连小哑巴都在朝前念书。我爹说，家里油盐酱醋要钱，你上学也要钱，不然钱从哪里来？我没有哄你，我们是烧炭来了，烧炭不就是给树洗澡吗？我也哄了你，洗澡多舒服呀，这里摸摸那里搓搓，但是烧炭很辛苦，要砍树，要断树，要起窑，要装窑，要出炭，要埋炭，要背炭出山，还要背炭去卖，差不多有三十六道程序。

我说，烧炭就是烧炭，怎么会是洗澡呢？我爹说，给人洗澡用水，给树洗澡就得用火，我考考你吧，给蚯蚓洗澡用什么？我想了想说，也用火吗？我爹说，用火不就把它给烧焦了？给蚯蚓洗澡要用泥巴，蚯蚓在泥巴里一钻，浑身就干净了。

我说，我们上山给树洗澡，真的为我上学？我爹说，那还有假？不然我拉你干什么！我爹说着，碗口粗的一棵大树就被他砍倒了。我心里有一丝丝温暖，像自己刚刚泡在温水里，给自己洗了一个澡似的。

第一天，我爹砍倒了二十多棵大树，我修掉了二十多棵大树的枝丫。第二天，我爹提着一把斧子上山的时候，我把自己的那把小斧子也磨了磨，跟在了我爹的后边。有小伙伴问，你上山干什么呢？我说，我去给树洗澡呀。有小伙伴问，有女人的屁股看吗？我说，当然有了，每棵树都有一个白屁股。我想把他们一齐哄上山，但是被他们家的大人给挡住了，说树屁股就是树桩，有什么好看的。

我与我爹烧好的第一窑炭，正好赶在后半夜出炭。我们黑咕隆咚地赶到山上，用泥巴封住了烟囱，打开了窑门，把一个大铁耙子伸进窑里——铁耙子全是铁的，估计有三米长，有二十斤左右重。用铁耙子把木炭一节节勾引出来，放入先前挖好的坑里，然后盖上一层泥巴，像埋人一样埋起来。

我看到过无数的树，有丝密树椿苗树，有桃树梨树杏树，有漆树橡树栎树，有松树白桦树五倍子树，有柿子树毛栗树核桃树，却是第一次看到刚刚烧好的木炭。它只有火苗，没有烟，也没有一点黑色。它干净得真像刚刚洗过澡的女人。其实，女人再洗，总有一些地方是黑色的，也不可能通体都是透明的，所以没有任何一个女人像木炭那么干净。

我爹说，你来试试吧！我把大铁耙子伸进窑里，感觉自己靠近的，不是一节节木炭，而是刚刚洗完澡的女人。我爹笑眯眯地说，我没有哄你吧。我说，没有。我爹说，是不是洗得很干净？我说，比女人洗得还干净。我爹说，有没有闻到什么味道？我抽了抽鼻子说，有火苗的香味，木炭竟然也是香的。我爹说，等会儿还有更香的。

我爹摸出两个苞谷棒子，剥在一个铁锨上，架在木炭上边，炒起了苞谷花。不一会儿，山上就飘起了苞谷花的香味。旁边的树林子开始沙沙地响。我问我爹，那是什么呢？我爹说，可能是野猪，也可能是獐子，它们想吃苞谷花了。我说，它们会不会冲过来咬我们呀？我爹说，你别怕，它们最怕的就是火，这些木炭红通通的，它们根本睁不开眼睛。四周黑漆漆的，那些动物围着转了几圈，有些可能是转晕了，或者被火光照花了眼睛，咕咕噜噜地滚下了山坡。

动物似乎都怕火，也就是怕光。比如在柿子树比较多的时候，每到秋天柿子熟透了，天黑之后，大家就带着手电筒守在柿子树下边。果子狸太喜欢吃柿子了，所以活得特别地惨，每次它们刚爬上柿子树，还没有偷吃到柿子呢，大家就打开手电筒，直直地照着它们的眼睛。它们被手电筒一照，便趴在柿子树上不敢动弹了，树下的人端起猎枪，瞄着它们的脑袋，慢悠悠地一枪，就把它们给放翻了，命中率几乎是百分之九十。果子狸即使幸运地活着掉在地上，照样会被埋伏着的几只狗给抓住。

柿子树必须嫁接才行，原生态是长不出柿子的。好在嫁接的时候，非常容易成活，用野海棠、野山楂和野李子树都能嫁接，还可以在一棵树上嫁接不同的品种，所以好多柿子树上边，既长火罐柿子又长磨盘柿子。柿子吃法花样百出，第一种是溇柿子，适合磨盘柿子，从夏天开始，如果想吃柿子了，就把青柿子摘下来，放在温水锅里泡着，水里撒上碱面子，两天左右就脱涩了，变得又脆又甜。我们经常捡一些被雷雨打下来的小柿子，埋在河水中间的沙里，几天时间也可以吃了。第二种是软柿子，比如鸡蛋黄柿子，秋天把红柿子摘下来，可以堆放在阁楼上，等软了再吃。第三种是冻柿子，什么品种的柿子都可以，把它们堆在屋顶上，上边蒙一层苞谷秆，等冬天下几场雪，上几道霜，柿子被冻硬了，变成黑色的了，吃起来就非常非常甜。第四种是削柿饼，适合火罐柿子，把柿子皮削掉，然后串起来，挂在树上，经过风吹日晒，就形成了柿饼，最好吃的柿饼还应该放在瓮里，捂上几个月，捂出一层白霜——其实那不是霜，而是凝结出来的糖。

按说柿子这么多吃法，柿子树应该受到尊重，可惜柿子不能长久保存，勉强吃到春节，过了春节天气转暖，就全烂掉了，最关键的是，它属于寒性食物，平常人吃多了就胃胀、便秘，尤其吃了生柿子，大便都困难。肠胃病患者以及外感风寒咳嗽者也不宜食用，女人大姨妈来了不能吃，孕妇更要忌用。柿子没有什么药用价值，也没有多少商业价值，加上它自身没有良性繁殖能力，村里人天长日久就懒得嫁接它了。

柿子树渐渐消失，果子狸也好不容易熬成了保护动物，可以明目张胆地上树摘柿子吃了，可惜它已经莫名其妙地绝迹了。随之绝迹的还有狗。村里人也不养狗了，说是狗除了叫几声，其他什么用处都没有。别说养狗了，如今连牛也不养了。我放过几年牛，那时牛可以拉犁耕地，牛粪是最好的肥料，如今耕地不需要牛，施肥不需要牛粪，杀牛吃肉也不如杀猪吃肉——牛长得慢，没有肥肉，猪长得快，又有肥肉，大家养猪攀比的，是看谁家的猪膘厚，对于爱吃肥肉的村里人来说，再养牛自然是不划算的。

出完炭，天就亮了。我爹装了一背篓热乎乎的木炭背回家，大部分堆在厨房里——新烧的木炭轻飘飘的，是舍不得立即卖出去的，会在厨房堆放一段时间，为了让它们回潮，在周围再浇点水，分量自然增加不少。木炭一冷下来，我发现它又变黑了，比树皮还要黑，可以用来写字。我爹拿木炭给我制成了笔，让我在地板上写字。我们家大门上，外边墙壁上，至今还留着好多字，也有一些算术题，都是用木炭写的。还有几条留言，比如，饭在锅里，钥匙放在门头上，夏天谁家借镰刀一把，等等。这些字，不全是我写的，多数是我爹和大姐写的，还有我哥和我妈写的。我妈和我哥去世已经三十多年了，他们没有留下一张照片，也没有留下任何东西，唯一留给我的印象就是那些歪歪扭扭的字，每次见字如面，我禁不住潸然泪下。

我记得非常清楚，我妈弥留之际，村里下着大雪，我爹问我妈想吃什么，我妈说想吃油条，我爹提着油壶赶到镇上，在供销社赊了两斤菜油，大姐提着盆子在村子里借了一升面粉，等我们把油条炸好，端到我妈面前的时候，我妈已经永远地离开了，她最后一个愿望竟然落空了。当时大姐拿起木炭，一边哭着一边在厨房的墙上记了一句：在某某家借面粉一升，爹在供销社赊菜油两斤。

木炭写出来的那些字不会褪色，家里几次粉刷，我爹都没有擦掉它们，仍然保留着它们。它们清清楚楚的，宛如一切刚刚发生。

我问我爹，洗完澡的树为什么又黑了？是不是变得更脏了？我爹说，它不过是睡着了。我爹铲了一锨子木炭，引着了。平时大多数时候，烤火都用柴火，会冒出滚滚的浓烟，熏得人直流眼泪。但是木炭不会冒烟，一旦烧着了，它会冒出蓝色的火苗，红通通地烧下去，直到变成一把灰烬。

村里通拖拉机之前，木炭是要顺着一条羊肠小道，被背到二十里之外的车路边，卖给城里人拉回去过冬的。村里通拖拉机之后，没有几年工夫，山上就没有多少树可以烧炭了，剩下的那点树，大家掰指头一算，也觉得烧炭是不划算的。在随后的好多年冬天，我爹又千方百计地烧过几次木炭，谁家需要熬中药的时候，我爹就送人家一些，剩下的一直堆在那里，等着我们这些儿女一回家，我爹就旺旺地烧一炉木炭火，在火灰里埋几个土豆，一家人围在一起，吃着烧土豆，坐到深更半夜，有时候也坐一个通宵。等我们前脚离开了家里，我爹后脚就用水把木炭火浇灭了。他自己一个人是舍不得烤木炭火的。

一家人围着木炭火，多数时候什么都不说，少数时候聊聊庄稼，聊聊山山水水，聊聊谁谁去世了，聊聊谁谁发达了，当然还要聊聊外边的世界。每年也就聊这么一次，因为村里不久通了电话，大家偶尔找机会打个电话，彼此只是问候一声，报一个平安而已，各自身上发生的灾灾难难，因为害怕对方担心，平时都瞒哄掉了，只有这时候才会暴露出来。

287

我爹瞒哄过两件事情，让人听了十分难受。有一次他感冒发烧，躺在床上起不来，想去厨房舀口水喝都动弹不了，想喊叫又喊不出声音。就那么躺了两天，迷迷糊糊之中，也许是该他大难不死，竟然有个疯子撞进了我们家，给我爹递了一碗凉水，又拿着我爹的几块钱，跑到小卖部买了两包饼干，把我爹给救活了。半年之后，我回家过年，别人告诉我说，你们把他一个人放在家里，以后死在家里，烂掉了都没有人晓得。另一次是他抽烟，不小心把一座山给烧着了，在灭火的时候，他的眉毛胡子被烧光了，耳朵几乎被烧焦了，眼珠子几乎被烤熟了。他按照治疗伤口的土办法，买了一瓶太白酒，天天用白酒清洗眼睛。大姐几次打电话给我，想让我回去看看的时候，都被他阻止了。我接到的消息仍然是"爹的身体挺好的，每顿可以吃两碗饭呢"。

我大约有二十年没有见过木炭了。我对木炭的想念已经超过了对人的怀念。木炭的香味，木炭的透明，木炭的温暖，木炭永不褪色的痕迹，那是煤炭、电炉子和空调都无法相比的。当城里人与乡下人都不再用木炭取暖的时候，我还是一直相信我爹的说法：木炭是洗过澡的树。能用火洗澡的东西，它一定是无比干净的。

干净得超过了这个世上的任何一个男人和女人。

## 命运起伏

原来，我们村里什么树都长得挺欢的。

房前屋后有梨树桃树杏树，边边沿沿的长着漆树柿子树；山下有核桃树，山上有松树；阴坡有栎树，阳坡有橡树。橡树上边结着稠稠的橡子，冬天滚得满山都是，是野猪非常喜欢的食物，但是我们那里不叫橡树，而叫木耳树，因为不管枝呀干呀，砍下来一年半载就可以长木耳。

有一次回家，从一面山坡上经过，发现沿途的橡树皮被剥光了，露出白生生的肉。橡树与其他树不一样，皮是没有办法再生的，白骨森森的，看上去就非常悲惨。我问，为什么要剥它们的皮？有人说，卖钱。我以为橡树皮是什么药材，打听下来才明白，是被城里人收回去，加工成了红酒的瓶塞子。这让我非常吃惊，立即想到上海，想到酒吧，想到高脚杯，想到一群抿着小嘴的男男女女，想到那拔也拔不出来的瓶塞子。

在各种树木中间，还夹杂着毛栗树、樱桃树、山楂树、海棠树、五倍子树。有许多叫不上名字，我们就给它们起名字。大叶子树，用叶子可以包粽子；臭虫树，可以把树皮埋在粮食中间除虫子；痒痒树，你挠挠它，它就使劲摇晃，是牛最爱吃的；狗叶树，有些像桑树，但是不能养蚕，是猪最爱吃的。它们统统都是野生的，每到春天，红红白白的花，把山山岭岭打扮得十分好看。

在我们村里，每一种树都有不同的命运。有用的树，就会越栽越多越长越大，没有用处的树，就会遭到白眼和淘汰。

我刚刚进城的那阵子，在公园里河道边发现一种树，长得黑不溜秋的，多数是歪歪扭扭的，到了春天就开一树嫩嫩的白花，特别招惹蝴蝶与蜜蜂。我一问，人家告诉我那是槐树。因为从来不结果子，我们村里从来没有一棵槐树，偶尔有些药方子里要用槐花，只好去县城采摘了。我跟着城里人一起，大把大把地吃过槐花。槐花吃起来很香，有一点奶腥味，像从喂孩子的女人身上散发出来的。

在我的印象中，村里是有柳树的。柳树身姿婀娜，比其他的树敏感，可以更早地感知春天，有些像潇湘馆里的林妹妹。但是生在农村，面对一帮农民，它弱不禁风的美有谁能懂呢？而且它实用性不够，当柴火吧十分难烧，盖房子打家具吧又不成材。好在，它有一个优点，就是非常皮实，枝干不容易折断。村里人聪明，就避其所短，用其所长，用柳干来扳椅子：选择比较通顺的不粗不细的柳干，把关键的几个部位稍微削一削，放在火上烤一烤，它就软了，不用打铆就可以扳成椅子了。有一年小姐出嫁，我想和大姐一样，扳一对椅子送给她做嫁妆，突然发现村里死活找不到一棵柳树了。柳树不晓得在什么时候消失了。人们也不喜欢用椅子做嫁妆了，而是兴起打沙发了。沙发外边用的是皮革，下边安着弹簧，里边塞着猪毛，坐在上边软绵绵的，多舒服啊。当然还可以用柳枝编簸箕，可惜的是，自从引入了大风车，簸箕同样被人抛弃了。

柳树长在城里，尤其长在河堤边江水旁，真可谓"摇曳惹风吹，临堤软胜丝"，在下边相个亲约个会，自然有着依依如丝的味道。也许因为长在村里百无一用了吧，有些柳树是自己抑郁而死的，多数是被大家给除掉的，所以无论在小河边还是院子前，仅仅剩下一些用柳树做椅子的记忆了。

在我们村里，大起大落的是漆树。有一阵子到处都是漆树，长得最粗的是漆树，最招人喜欢的也是漆树。漆树有个特点，皮肤长得细嫩的人，比如女人和一些孩子，哪怕从下边经过一次，浑身就会痒痒一次，严重的还要起红斑。脸皮再厚的人，一旦沾了漆树的汁水，浑身也肯定会浮肿。就那样一种脾气火暴的凶神恶煞的树，在饥荒年月全身上下净是宝贝，大家既要躲着它，又要捧着它，像一手遮天的生产队队长。

第一，是割漆。家里要打家具或者打嫁妆的时候，大家拿着菜刀在漆树的身上割出一道道口子——口子很快会痊愈，非常像人的伤疤，一点都不影响它的生长。口子割成关云长的眉毛似的，在眉心处扎一个漏斗勺子，漏斗勺子下边再放一个碗，半天工夫就能接到一碗漆。漆刚从树里流出来，不是黑色的，而是乳白色的，一旦刷到家具上，干了之后才是黑色的，可以照见人影子。在没有工业油漆的年代，村里的柜子箱子椅子，都是用那些树漆刷的，不仅好看，而且不怕潮湿霉烂。

第二，是打油。到秋天，把一串串的漆籽摘下来，磨成粉放到锅里一蒸，拿到油坊里一压，就成了主要的食用油。村里有一个公用油坊，三间房子大小，屋里支了一口大锅，专门用来蒸漆籽的，支着的压榨设备，都是村民用木头和石头制造的。打油的时候，先把漆籽放在大锅里使劲地蒸，蒸好了热气腾腾地放进油闸，然后提起一个大油锤。大油锤一百多斤重，使劲地撞击加塞，油就被压榨出来了，顺着油槽汩汩地朝下流，流进盆子里就凝结成了油饼。漆油一热就化了，一冷就结成了硬邦邦的大饼。当时整个村里的人很少能吃到菜油或者猪油，基本是吃漆油的。漆油颜色和样子都像白蜡，吃着的感觉和味道也像白蜡。在夏天吃，没有什么大毛病，而在冬天吃，饭还没有吞下去呢，在嘴里已经结成块了，黏得牙缝里都是，弄也弄不干净。还有就是吃完饭，不敢喝凉水，一喝凉水肚子就痛，恐怕把肠子粘住了。

第三，漆树尤其一些老漆树的根上，会长大树菇子，白里透红的，细细嫩嫩的，看上去比女人的舌头还要鲜嫩。而且数量很大，一次能采半盆子，把它们一个个撕开，撒点盐放在锅里一炒，真是鲜美无比，嚼起来感觉像肉。刚出生的小乳猪，它的肉恐怕也没有那么嫩吧？不过也奇怪，我从来没有采到过大树菇子，但是我爹雨过天晴之后出去转一圈，多数时候是不会空手的。我问起来，我爹笑着说，它们都是我的耳朵，怎么能躲过我呀。有一年，我实在饿得慌，采了另外一种菇子，不是漆树身上长的，回来炒着一吃，全家人又是发烧又是呕吐，医生说是中毒了，让我们每人喝了十二碗开水，把肚子快撑破了，才保住了小命。

漆树慢慢消失的原因，我是非常清楚的，一是染家具不需要割漆了，因为有了工业油漆，红的、黄的、绿的、蓝的，什么颜色都有；二是大家生活改善了，慢慢不吃漆油了，开始有猪油，后来有黄豆油，再后来有菜籽油与芝麻油。人不吃漆油了，拿来喂猪应该可以吧？谁晓得，猪吃着吃着，把嘴巴粘住了，而且肚子也痛，像疯子一样转圈子，险些在猪圈里撞死了。我爹心有不甘，每年都把漆籽摘下来，打几个大油饼放着，后来彻底放弃了，随之油坊也关掉了。

漆树失去意义之后，受不了各种各样的冷落，身上开始长疮和腐烂，陆陆续续地死掉了。其他树死了，可以砍下来当柴火，但是漆树死了不能当柴火。漆树非常好烧，烧起来会发出噼里啪啦的响声，但是无论闻到它气味或者沾到它汁水都会导致人皮肤过敏。漆树发挥余热的机会都没有了，显得十分凄凉。没有人搭理它，没有人砍掉它，没有人让它躺下来安安静静地离开。它必须像活着的时候一样，站在风风雨雨之中一点一点地腐烂下去，直到化入泥土中变成泥土的一部分。

如今在村里只剩下三棵漆树了，是我爹故意留下来的。照着我爹的意思，什么家具都可以用工业油漆刷，只有棺材还得用割下来的树漆刷。我爹说，棺材是要装着尸骨埋到地下的，你看看油漆有那么黑吗？油漆能经得住水浸虫子咬吗？我爹的理由还是很充分的，有一次河道改造，要把一位老太爷的坟迁走，大家把坟挖开，但是埋下去几十年了，棺材不仅没有散架，而且油光闪亮。把棺材板一揭，除了胡子眉毛头发落光了，尸体上的其余部分竟然完整无缺。从棺材里爬出一条蟒蛇，闪了一道金光就不见了。据说那不是蟒蛇，而是龙。大家都说，老太爷已经化成一条龙了。当时我爹坚持说，什么都不是，而是用树漆染的棺材，潮水进不去，所以留下一个不腐之尸，里边比较舒服，所以蟒蛇才愿意在里边安家。

在我们村里，最苦的是桃树。桃树和女人一样，自古红颜多薄命，除了野生的桃树，如今一棵都没有了。原来最大的一棵桃树，超过了碗口那么粗，是我爹亲自嫁接的五月桃，每年五月收麦子的时候，甜甜蜜蜜的桃子就熟透了。它长在我家院子外边的墙根上。我家院子外边是隔壁人家的庄稼地，桃树下晒不到阳光，所以从来不长庄稼，按照隔壁人家的说法，连种子都捡不回来了。隔壁的男人与我爹谈过几次，让把桃树枝子修一修。我爹可以修松树枝子，也可以修橡树枝子，但是死活不修桃树枝子。我爹说，你修它的枝子，它会痛的。隔壁的男人说，你经常上山砍树，它们就不痛了？我爹说，橡树、松树和桃树是不好比的，我把橡树、松树砍下来，可以长木耳，可以打家具，我把桃树砍下来，能干什么？隔壁的男人说，可以打桃木梳子呀，也可以烧火呀。我爹说，小树枝子能打梳子？烧火半顿饭也煮不熟吧？隔壁的男人说，你不修也行，长了桃子应该一家一半。我爹说，除非这块地也一家一半。隔壁的男人一生气，拿起一把斧子把桃树砍了一条大口子。

两个人闹得不可开交，让几个人来评理。我爹说，很简单，树根长在谁家地里就是谁家的，他家老母鸡还跑到我家院子里找东西吃，是不是下了蛋也一家一半？虽然没有评出个理，第二年夏天，那棵桃树却死了。大家都明白是隔壁的男人害死的。因为那年春天，开过一树桃花之后，从四面八方爬来成群结队的蚂蚁。它们来了一拨又一拨，在树根下边欢天喜地地爬进爬出，开始搬一朵花瓣就走了，后来干脆赖着不走了，在树根下边打了洞，安了家，吃了睡，睡了吃，当成了自己的家。到夏天，树根被蚂蚁掏空了，结了几个病歪歪的桃子，就干巴巴地死掉了。

我爹对我说，蚂蚁从哪来的？是隔壁的男人招来的。我说，他又不是蚂蚁王，哪有那么大本事。我爹说，你尝尝桃树下边的泥巴，是不是甜甜的？我抓了一把泥巴放在舌尖上，果然甜丝丝的。我说，像放了红糖。我爹说，蚂蚁比小孩子更喜欢吃糖，他在桃树下边埋红糖了。我是相信我爹的，因为别说是红糖，吐一口唾沫星子在地上，马上就会招来一群蚂蚁。针对那事儿，隔壁的男人呵呵一笑，说蚂蚁是活的，谁能说清楚是从谁家跑出来的呢？

桃树不会长得太大，也不会长太长时间，是果树里最短命的，这是村里桃树绝种的原因。我家的那棵桃树死了之后，我爹并不砍掉它，让它一直竖在那里。有人问，树都死了，你还不砍掉呀？我爹说，那是蚂蚁的家，我不能把人家的家毁掉了。虽然那棵桃树枯干了，确实还有蚂蚁和虫子跑来跑去，后来成了一群鸡的天下。一群鸡在那里扑着，刨着，啄着，吃完蚂蚁与虫子，再吃吃旁边地里的庄稼，所以那块庄稼地荒得更加厉害了。隔壁的男人无奈，天天扔石头撵鸡，多数时候一撵就飞，不撵就来，有一次真把人家一只老母鸡砸死了，赔了人家两只小鸡。

让人意外的是，那棵桃树虽说死了，却在墙根下边又站了几年，到隔壁的男人去世，根还没有完全腐烂。我懂我爹的意思，他不拔掉那棵桃树的根，是想拿它当地界，地界没有了，日子长了怎么办？

## 慢慢消失

大家说性格决定命运，在松树身上得到了很好的体现。在塔尔坪，生长最普遍的恰恰就是松树，在生活中最司空见惯的也是松树。

第一，松树随遇而安。它在湿溜溜的南方长，在干巴巴的北方也长；在阴坡长，在阳坡也长；在高山上长，在大平地也长；在肥沃的泥巴里长，在悬崖峭壁上也长。塔尔坪有一棵松树就长在悬崖上边，大家一直没有砍掉它的原因，可能是不好接近，也可能是长得曲里拐弯的，根本没有任何用处，烧火吧，也破不开。最大原因是它长在九龙山的龙头上，树下边又埋着我们陈家的几位老先人。人因树而得福，树因人而得寿，所以那棵奇丑无比的松树，竟然成了塔尔坪年龄最大的树，大家并不把它当树看待，有几分成神成仙的意思。

第二，松树兼收并蓄。凡是其他树有的，什么优点它都有，它可以长果子，可以打家具，可以盖房子，可以当柴火，可以当成景观。

我个人尤其主张用松树作景观树，因为它四季长青，站在哪里都很得体，加上叶子长得像针，树皮长得非常沧桑，所以威严得不容侵犯与亵玩，不仅适合长在烈士陵园里，就是长在大街两旁也是英姿飒爽，像上街巡逻的女警或者列队迎宾的礼兵。把松树作为景观树的，比如北京，比如东北，可惜都不是很普遍。有了松树站在两边，从这些街道上走过，像检阅部队的元首，那种神圣感油然而生。

在中国的城市，用杨树做景观树居多，虽然茅盾先生把白杨说得很不平凡，主要是把它放在黄土高原的民族解放战争的背景下来看的，他真正礼赞的不是杨树，而是在杨树下勤劳生活的人。每次回西安逛街，当我从杨树中穿过，丝毫没有作为汉唐子孙的底气，反而有些沮丧，因为杨树无论树干树叶，还是随风摇晃的声音，都没有多少气节，也没有抵抗风雨的经历，甚至一副吊儿郎当的样子。我打听下来，主要因为杨树长得快，又无须经常去修剪，被急功近利的建设者选中。忽然想起来了，塔尔坪从来没有栽过杨树，即使曾经栽过恐怕也会夭折的。塔尔坪的土地多金贵呀，谁舍得养这么个不中用的小白脸呢？

第三，松树中立不依。一是它长得不疾不徐，十年可以成材，百年照样不腐，短则活十几年，长则活几千年。二是它的质地不硬不软，纹理不粗不细，打箱子柜子很漂亮，做椽子大梁有担当，做大门打棺材也勉强。三是它的性格宠辱不惊，踩在脚下做地板可以，放在头顶上当大梁也可以；雕花鸟鱼虫可以，素面朝天也可以；用油漆染染可以，不染的话它本身就是金黄色的，而且身上还有天然的花纹和香味。四是它的品格独立自主，塔尔坪有各种各样的藤蔓，尤其最多的是葛条——我小时候穿的，多数是我爹用葛条打的草鞋，还有每次发热感冒、出麻疹和拉肚子，我爹就拿葛根熬水给我喝。但是葛条像妖精，也像地痞无赖，它见树就缠，缠上就没完没了，包括葛条在内的任何藤蔓，唯一不敢攀附的只有松树。五是它繁衍方式不同，其他树你把它砍掉了，它会从根上再发几枝出来，有点像官二代文二代富二代，是躺在父辈们的基础上活着的。但是松树不一样，它一旦死了，不管何种死法，它就真的死了，是从根子上死的，哪怕是砍掉它的头，也不可能冒第二个头出来。它的繁衍全靠树籽，树籽落在地上，再发芽，再扎根，再生成小树苗子，统统从头再来一遍。

可以说，和我的命运密不可分的就是松树了。以至于我的样子，别人都说像一棵歪脖子松树。每次提到松树，我首先想到的是我哥哥。哥哥十九岁那年夏天，带着我去河南灵宝淘金，出车祸去世以后，我得了坐车恐惧症。有一次，搭便车去学校，为了不让我恐惧，我爹送给卡车司机一棵非常粗的松树，让我坐在了驾驶室里。

　　可是半路上，司机说是路滑，把我给赶了下来。那天晚上雨非常大，我独自一个人冒着大雨，走在漆黑而泥泞的小路上。那条路前不着村后不着店，吓得我浑身发抖，哇哇地大哭，好在中间遇到一个人——确切地说，我并不晓得他是不是人。他提着一盏马灯照着我。我向前，那束光就向前；我向后，那束光就向后；我慢，那束光就慢；我快，那束光就快。他陪着我走了一程，在马灯熄灭之前，他把我带到一户人家门口，为我敲开门之后就走了。我在那户陌生人家借宿了一夜，等天亮的时候继续步行回到了学校。后来，我找过那户人家，想表示一点谢意，顺便打听一下那个为我撑灯的人的下落，但是房子已经倒掉了，变成了一片废墟，上边是连天的蒿草。多少年过去了，那束光，那张土炕，依然还在我心里，不仅没有暗淡下去，反而越来越亮了，越来越温暖了。

　　另一个不解之谜是，我爹送给那位司机的松树，如今它又在哪里呢？它是以一根木头、一件家具，还是以一堆火的方式活着吗？

　　第一，松树毛子，也就是松针。虽然长得绿油油的，但是落在地上黄亮亮的，大家经常背着背篓，去山上扒松针，背回家来引火，有它生火做饭，就非常容易。我上中学的时候吃食堂，每天只有两顿糊汤，也就是玉米粥，没有任何配菜，也不放任何油盐，经常饿得眼冒金星，半夜三更跑到外边，偷吃人家地里的生菜，有时候也吃草根树皮，但是一旦到了冬天，草根树皮也没有了，就给我们班的一个同学叫爹，叫一句爹他就给我吃几口剩饭，不然他会把剩饭喂狗。后来发现一家砖瓦厂，收购松树枝子用来烧窑，几毛钱一百斤，我在近处的山上不敢砍，就尽量跑到深山老林里去砍，然后背到砖瓦厂卖掉。砍松树枝子都在上完课之后，回来天已经黑了，从那条街上经过，必须背着松树枝子狂奔，因为经常有一个疯子，拿着刀子在背后追赶。每次卖几毛钱，拿去买一碗清汤面。碗就巴掌那么大，面条只有五六根，汤里连葱花都不放，只放一点点油盐，而这竟成了我中学时期唯一的味道和油水。

第二，松树油子，也就是松脂。在很长一段时间，是我点灯照明的东西，因为塔尔坪通电非常晚，在我中学毕业那一年，才勉强用上了灯泡子。之前有煤油灯，但是煤油非常稀少，是要节省着用的，大家天一黑就睡觉，天亮了才起床。我爹整天嘟哝着，劝我少看点书，理由是家里的煤油不多了。为了节省煤油，我爹满山采松脂，松脂其实非常普遍，但是可以照明的比较稀罕。采松脂，其实就是从松树身上割肉，松树被采过松脂之后基本就废掉了。好松脂都是松树的伤疤，所以采松脂主要看有没有伤口，而辨别松脂好不好主要看颜色，如果颜色是黄色的，那就一般，如果颜色是红色的，那就是上等的，可以割下来点灯。

松脂再好，点起来都会冒烟，有好几年时间，我天天看书到半夜，有时候还是通宵，所以早晨起来，鼻子里全是黑的，吐出来的痰也是黑的，整个人几乎被熏成了腊肉。说实话，没有松脂，就没有我的光明，没有光明我后边的人生都是黑夜。我爹提起这些事情，总唏嘘着说，你当年啊，把我们家十几棵松树都烧掉了。

第三，小料子，也就是小木板，必须是松树的。它一寸多厚，两寸多宽，一尺多长，是镇上木材厂两毛钱一个收购的。木材厂收购那种小料子，再请一帮木匠刨一刨，加工成非常漂亮的小木板，装在纸箱子里拉走了。大家四处打听，小料子被运出去干什么了，有人猜是做水桶了，有人猜是做尿桶了。参与其中的马铁匠从木材厂回来说，可能拿到部队制成了装手榴弹的箱子。我一听，像在支援前线部队打仗似的，感觉十分自豪，因此更加起劲，每次放假之后，满山遍野找人家抛弃的树头树尾，弄回家用墨斗打上线，踩在脚下一锯，积攒到二三十个的时候，背到木材厂去卖掉。第一批小料子卖了好几块钱，回家把钱交给我爹，我爹说，你自己留着继续念书吧。

那几年，我经济独立，供自己上完学之后，买了人生第一双皮鞋，还存了六十多块钱，成了一个小富翁。塔尔坪好几个小丫头，水溜溜地看上了我。她们看上的不是钱，而是我赚钱和念书的劲头。尤其马铁匠家的小女儿，比我大两岁的样子，死活要许配给我。马铁匠很高兴，我爹也很高兴，但是我死活不同意。不是她长得不美——粗粗的大辫子，圆圆的大屁股，苹果一样的脸蛋子，只是我还不懂要女人有什么好处。我多年以后才发现，我们的小料子被运到城里，当成人家脚下的木地板，因此我写过一首诗——

> 山上那一棵棵失踪的树
> 带着一群麻雀和几个鸟巢
> 早就跑到了城里
> 我也是被父亲养育多年又砍伐的木头
> 在城里同样做了一块地板
> 只是它被涂上了油漆
> 我被涂上了浓重的乡愁
> ……

第四，是卖床板，人家照样只收松树的。其实不是我卖床板，而是我爹在卖床板。我们家一年能卖出去三十多副床板，整个塔尔坪至少有几百副床板，需要几百棵松树吧？我当时觉得十分奇怪，世上哪有那么多人睡觉，要那么多床板干什么？到如今我也没有弄明白，我们的床板都跑到哪里去了。床板一般做成三四尺宽，六七尺长，背到六十里之外的一个集市。那个集市似乎在河南官坡，又似乎在河南卢氏。我爹鸡叫第一遍起身，那是天最黑的时候，问为什么那么早呢？我爹说，鸡一叫就把鬼吓跑了。其实不然，早点赶集市有许多好处，一是每副多卖几毛钱；二是黑灯瞎火的，验收床板的时候容易蒙混过关；三是每天的收购量有限，去晚了人家一车装满了，就需要寄存下来了。

我爹从集市回来，顺便会带点吃的，不是糖果什么的，而是几个小苹果。去集市的路上有几个果园，人家把成熟的都摘走了，剩下核桃大小的几个青的。我爹从果园前边经过，总去人家家里讨水喝，趁机到人家果园里转转，似乎像学习学习的样子，其实是冲着几个遗弃的小苹果去的。有一年冬天，我和我爹一起去集市，偷偷钻到人家苹果园拔了一棵苹果树，想带回家栽起来。我爹训我不应该，我说我偷人家一棵苹果树，你以后就不用再偷人家的苹果了。我爹很恼火地说，我那是偷吗？是捡好吧！

回家之后，我爹比我还上心，在院子中间挖了一个大坑，把苹果树栽了进去。我爹告诉我，之所以栽在院子中间，等它长大了，在下边支一张桌子，可以乘凉又可以吃饭。我说，如果长苹果了，我能随便摘吗？我爹说，当然可以，不过你要等它们熟透了，熟透了就变成红色的了。我爹天天都给苹果树浇水，或许水土不服吧，塔尔坪历史上的第一棵苹果树，第二年春天发了几个芽子就死翘翘了。

说起床板，为了节省树木，我爹有一个绝招。床板要求必须两寸厚，我爹做出来的床板，人家验收的时候拿尺子一量，尺寸是宽宽有余的。其实，除了两边的两块板子，夹在中间的就一寸多厚，而且人家根本发现不了。有人说，你这不是哄人吗？我爹说，床板干什么用的，不就是睡觉吗？！有人说，这么薄，能睡人吗？我爹朝床板上一仰，闭着眼睛说，怎么不能睡人？两三个人睡在一张床上也压不断。有人说，人家要在床上瞎折腾呢？

床板卖了几年就没有人收购了，我爹问是不是人人都有床板了？其实是已经用上席梦思了，可惜塔尔坪至今都是土炕，还没有一家是用席梦思的，也没有用床板的。

如果让我来比喻的话，我感觉无论是隐士还是烈士，是文人还是僧人，他们都不像松树。在这个世上唯一像松树的，让人感觉既舒服又朴实的，那就是我的农民父亲。

塔尔坪的树木遭到毁灭性的打击，是当地的木耳香菇非常出名的时候。当时，我离开塔尔坪许多年了，从学校毕业也好多年了。有一次，在上海一家超市买东西，发现有一种木耳香菇是"商山"牌的，我上去一看，果然是商山四皓隐居的商山，而且那两个字出自老家一位名人之手。我得意地告诉服务员，它是我们生产的。服务员说，那公司是你开的？我说，公司不是我开的，不过我家在商山那边。服务员问，为什么叫商山？我说，因为形状是一个"商"字。我告诉服务员，我们那边的木耳香菇之所以好：第一，基本是橡树上长的，储藏红酒的木桶都是橡树的；第二，不仅没有一点污染，而且都是浸着露水长出来的；第三，都是大姑娘小媳妇亲手采摘的，我们那里的大姑娘小媳妇的手，比上海的雪花片子还要洁白。

塔尔坪的香菇木耳原本都是野生的，后来有人研究出了一种技术，把锯末子装在葡萄糖瓶子里，培养出了香菇菌、木耳菌。塔尔坪人把山上的树，包括橡树和一些杂木，连晾衣杆那么粗细的，都统统砍下来点上菌种，第二年夏天一下雨，就可以采摘香菇木耳了。靠着香菇木耳，塔尔坪人确实脱贫了，有些人还致富了，家里买了摩托车与拖拉机，有了摩托车与拖拉机，更加剧了那些树的悲剧。几年时间，像给山剃头一样，被砍了一茬又一茬，大大小小全被砍光了，因此香菇木耳更金贵了。尤其香菇，不论斤卖了，而是论个卖了，一个花菇十块钱。

我爹也点香菇木耳，不过每年两个架，所以只有我爹手头有货。即使那个价钱，我爹仍然不卖。收购的贩子问，为什么？我爹说，生儿子呀。我爹留着不是生儿子，而是给我这个儿子吃的。我每次离开塔尔坪，我爹必定会装一些木耳香菇，还有一袋子核桃。多数城里人晓得核桃是树上长的，不晓得外边还有一层青壳。有一次，一个上海朋友竟然问我，核桃是不是和土豆红薯一样长在土里边？我一听就傻了，只好告诉对方，核桃不长在土里，也不长在树上，而是长在空气中。

有人抱怨我爹说，你这个人总是精明得很。我爹说，我不是精明而是担心，担心你们再那样砍下去，别说盖房子用的椽子大梁没有了，死人的时候棺材板没有了，恐怕连抬棺材的老杠都没有了。我爹的话应验了，不久之后有人去世，棺材倒是早先预备着的，但是下葬那天，在他家山上已经找不到一根老杠了。勉强砍了几棵胳膊粗的松树，但是刚砍的松树有些脆，抬到半路上嘎嘎巴巴地断掉了。

## 作为棺木

村里的马铁匠，既会打铁又会打家具，有一年正月初六，我爹预备了两包红糖去找马铁匠。我爹请马铁匠，不是让他去打铁，而是让他以木匠的名义去家里打一副棺材。马铁匠问，给谁呢？我爹说，还有谁？给我自己呀。马铁匠说，你几岁了，不是属虎的吗，刚过四十吧？我爹说，已经四十好几了，黄泉路上无老少，有时候喝口凉水命就没有了，而且眼下闹灾荒，说不定明天就被饿死了。马铁匠说，我看你起码再活四十年，四十年之后寿木也四十年了，还不让虫子给蛀掉了？我爹说，预备着总不会错的，山上好点的树越来越少了，谁晓得以后会是什么样子。

马铁匠提着斧子、刨子、凿子和墨斗等家伙，正月初八中午赶到了我家。马铁匠有点不情不愿，一是还在过年中，二是很少给这个年纪的人打棺材。但是马铁匠一进院子，看到房檐下堆着的几块棺材板，眼睛一下子就亮了。

我爹喜欢任何一种活着的树，只要看见那些树随风摇晃，他就很高兴。烧炭，打床板，做家具，点木耳香菇，不过是被生活所逼。如果生活有着落的话，他肯定舍不得砍树。每次无论砍什么树，砍多大的树，砍树干什么，他心里都有说不出的疼痛，似乎砍在自己身上。马铁匠也喜欢树，只是与我爹的方式不同。马铁匠喜欢那些死了的树，看到那些树能在自己手下死得其所，他就十分高兴了。比如有人砍了桃树，让马铁匠打几把梳子，他就十分高兴。他认为桃树一旦被砍了，只有做成木梳子，给女人梳梳头才是最好的归宿。比如有人砍了梨树，让他打几只箱子，他就十分高兴。他认为梨树无论是木纹、颜色还是味道，都适合打箱子，供小媳妇小丫头装一点针头线脑的尤其有意思。

我爹让马铁匠来打棺材，准备的木料既不是橡树的，也不是松树的，而是柏树的。柏树长得慢，木质比铁疙瘩还要硬，十年八年的木材根本打不成棺材。要想长到打棺材的时候，恐怕至少得等三四十年。柏树活着的时候，上边会结树籽，样子像大茴，味道也像大茴，所以大家经常用它煮肉。柏树砍掉之后经过太阳一晒，便会散发出一股子用大茴焖肉的味道。马铁匠笑眯眯地说，你终于把它们砍掉了？马铁匠欢快地架起了棺材板。对着柏树干活的时候，马铁匠才会感觉自己既是一个铁匠又是一个木匠。

柏树除了长得慢之外，不好打家具，不长香菇木耳，不长什么果子，不开任何花，当柴火烧吧，破不开，烧不烂。但是柏树寿命长，耐干旱，而且又四季常青，在城市里是有用武之地的，主要用以象征万古长青。在烈士陵园，在黄帝陵，在孔子庙，必定会有柏树的，都是几十年几百年几千年地活着。

我们村里历史上有三棵柏树，全部长在老太奶的坟头上。我听我爹说，那三棵柏树是他五岁那年栽的。我爹在老太奶坟头上栽柏树的时候，他还是一个刚刚可以爬山的小毛孩子。那是春天，我爹随着我爷爷去给老太奶上坟，他不晓得从哪里弄来了三棵小树苗子，像三根草，扒开泥巴，栽在了坟头上。当时我爷爷问他栽树干什么呢？我爹说，陪老太奶玩呀。我爷爷说，为什么不栽几棵别的树？栽柏树有什么用呢？我爹当时的回答，让我爷爷吃了一惊。我爹说，柏树长大了，可以打棺材。我爷爷说，给谁打棺材？我爹说，还有谁呀？给我自己。我爷爷说，你才五岁呢。我爹说，等我长大了，树就长大了，打棺材要好大好大的树对吧？

三棵柏树长到四十年的时候，已经有盆子那么粗了，足够打一副好棺材了。

我们县城有个当官的，据说是个副县长，家有八十多岁的父亲，本来想买一副水晶棺材——水晶棺材不会腐烂，而且非常好看。但是他父亲死活不同意，说水晶冷冰冰的，自己有风湿病，躺在里边腰腿不舒服，棺材既然要埋在土里，像种洋芋种苞谷一样，还是木头的比较好。所以副县长把方圆几百里都找遍了，烈士陵园里的那些柏树不敢砍，最后相中了我家的三棵柏树。副县长找到我爹，一开口就是两百块。我爹不作声。副县长又加到五百块，我爹还是不作声。副县长咬了咬牙，开出了三千块，说可以抵几两金子了。被副县长缠得不行，我爹说，你别说几两金子，就是几根金条，我也不能卖。副县长说，为什么，不就是三棵树吗？我爹说，你看它们是三棵树，确实是三棵树，但又不是三棵树。副县长说，别那么玄乎，不就是图钱吗？我给你六千块吧，平均一棵两千块。我爹还是摇摇头，说你晓得它们是谁吗？它们是我自己！谁会把自己卖掉呢？副县长说，树就是树，就是长在坟头上的树。我爹说，我五岁的时候把它们栽在那里，它们的根已经扎到老太奶的身子里了，每次看到它们站在那里摇啊摇，我就把它们当成自己了。

多年之后，我爹告诉我，你想想，钱多少都是可以赚的，但是自己永远不可能回到五岁，从头再栽三棵柏树了。

　　我爹决定砍下三棵柏树，是下了很大决心的。原因是有一个瞎子，跑到我们家要饭，家里人都没有东西吃了，哪有东西给瞎子吃呀。瞎子很生气，掐着指头说，你过不了年。瞎子原来是一个算命的，当时人人的愿望就是有饭吃，所以每次瞎子一张口，人家就说，用得着你算吗，我自己的命自己就会算，明天照样吃不饱肚子。没有人算命，瞎子就沦为要饭的了。但是半年前，瞎子给一个人义务算了一次命，说人家吃不上当年的新麦子，那个人说，我家地里的麦子颗粒无收，当然吃不上新麦子了。说是这么说，那个人还是心发慌，在麦子刚刚壮浆的时候，就跑到县城从别人地里割了一捆麦子。麦子还没有熟透，磨粉擀面肯定是不行的，所以他打了半升麦粒，煮了半锅麦子稀饭。当他端着碗，一边从厨房向外走，一边得意地说："谁说我吃不上新麦子了！"话音刚落，从房檐上掉下一片瓦，正好砸在他的脑门上，一下子把他给砸死了。

　　我爹明白，瞎子说的也许是气话，但是宁可信其有不可信其无，于是决定给自己准备一副棺材，也算是冲冲霉头。

　　砍树前，我爹呼呼噜噜地抽着烟，坐在树下嘟哝了大半天。嘟哝的基本就是几句话，我对不住你们，我栽你们的时候有言在先，是要给自己打棺材的，我四十好几的人了，说大也不大，说小也不小，两颗牙齿都掉了，半边头发也白了。那天下午，村里下了一场很大很大的雪，把整个山坡全部给盖住了。天冷的时候砍树是最好的，树比较结实，不会裂缝。我爹认为那是天意，回家把斧子反复磨了磨。我爹从来没有那样磨过斧子，一边磨一边用手试着锋刃，试着试着，大拇指被割出几道口子，血流下来把磨刀石都染红了。我爹提着斧子来到树下，抬头看了看树梢，跪下来磕了几个头。不晓得我爹在拜老太奶，还是在拜树。我爹说，我把斧子磨快了，砍得会利索一点。说着，扬起斧子，不到两个小时，就把三棵柏树砍好了。

　　马铁匠为我爹打棺材的那几天，总是笑眯眯的，而且两眼放光，感觉他面对的不是几块棺材板，而是自己奶子结实、屁股浑圆的女人。无论锛、刨和打铆，他都非常体贴。马铁匠有时候啧啧地自言自语：太硬了！世上有这么硬的木头吗？会不会是一块铁疙瘩？有时候摇摇头自言自语：太过瘾了！真是太过瘾了，这辈子不枉为木匠也不枉为铁匠了。

有一天，我爹挑水经过，马铁匠正在给棺材板刨光，他喊住我爹说，你站住让我看看！马铁匠像不认识我爹似的，死死地把我爹浑身上下扫了一圈。马铁匠对我爹说，我在想，你睡在这么好的棺材里，尸骨起码一百年是烂不掉的，恐怕要做神仙了，我这辈子还没有见过神仙，神仙原来就是你这个屁样子。

马铁匠平时打一副棺材，最多需要十天工夫，那次花了二十多天。年已经过完了，早到二月天了，冰雪开始融化了。我爹有些着急，总是不安地围着马铁匠。马铁匠说，你不要催我，一看到这些家伙，我心就怦怦地跳，我与自己媳妇睡觉也没有这样激动过。我爹说，说明什么？说明你是个好木匠。马铁匠说，我仅仅是个好木匠吗？应该还是个好铁匠吧！

棺材打好的那天，马铁匠有些恋恋不舍，这里摸摸，那里拍拍，叹着气说，以后再不会有了。我爹说，我们村里谁家没有棺材呀？马铁匠说，柏树棺材有吗？如果放在几十年前，我也栽几棵柏树，但是现在老了，来不及了。

我爹从几棵漆树身上割了一水桶的漆，把棺材里里外外地染了染。我爹每染一遍，放在太阳底下晒干一遍。总共染了五遍，晒了五遍。正是二三月间，天气十分好，棺材放在太阳底下一晒就散发出十分好闻的味道，在整个村里都能闻到那股味道，害得大家不停地流着口水说，谁家用茴香煮腊肉了——那可是家家吃了上顿没有下顿的年代啊。而且招来一群蝴蝶，朝我家的院子飞，有红的，有黑的，有蓝的，多数是白的，像一只只前世的精灵在房檐下翩翩起舞。蝴蝶在村里是不叫蝴蝶的，叫洋叶。它们趴在棺材上扇动翅膀的时候，真像一片片被风吹动的叶子，感觉木头又活过来了似的。

我爹看着完全打好的棺材，拍了拍，似乎拍了拍自己的肩膀，呵呵地笑了。

我妈看我爹得意的样子，就说，是棺材，你以为是家呀。我爹说，它是这辈子的棺材，不就是下辈子的家吗？我妈气呼呼地说，那是你一个人的家，我们这些人哪有家呀！我爹明白我妈的意思，便笑着说，我们一起死，就一起装进去，下辈子还是一家人。我妈说，如果不一起死呢? 我爹说, 谁先死就归谁好了。那句话说完不到一年, 我妈就去世了。我妈下葬的时候, 马铁匠也来了, 他拍了拍棺材, 摸了摸棺材, 又看了看我妈, 然后抹着眼泪说, 这个女人真有福气。

在柏树之下, 最不容易腐烂又不容易裂缝的只有橡树了。我妈去世之后的某一年冬天, 我爹去山上砍了几棵大点的橡树, 依然在正月把马铁匠请了过来, 准备重新给自己打一副棺材。马铁匠一副无精打采的样子, 用了八天时间把棺材打好了。我爹十分消极, 经常坐到我妈的坟头嘟囔半天。我爹一会儿说, 我在你的坟上栽了柏树, 它们长得太慢了; 一会儿说, 我给自己又打棺材了, 是橡树的。

也许又是天意吧, 隔了几个月时间, 有个远房的侄子放牛的时候遭到了雷劈, 同时劈掉的还有我家的核桃树。按照规矩, 那么小的年纪, 用席子卷起来随便埋在哪块庄稼地里就行了。但是他爹却拦着不让埋, 一把鼻涕一把泪地说, 我儿子十几岁, 虽然没有成家立业, 你看他都长胡子了, 应该有一副棺材了。他爹那天晚上一身酒气, 提着一把菜刀冲进我家院子, 说我要杀猪, 是你叫我来杀猪的吧? 我爹说, 你又不是杀猪佬, 而且我家还是猪娃子, 怎么能杀呀? 他爹说, 我想杀的就是猪娃子。他爹趔趄着, 朝自己手指头刺了一刀子。我爹看到血顺着刀子向外喷, 说猪在圈里, 你想杀就去杀吧。他爹说, 谁说猪在圈里? 猪明明在我手指头上。他爹说着, 又朝自己手指头刺了一刀子。我爹说, 你到底是真醉了, 还是有别的想法? 你家儿子是雷劈死的, 又不是我劈死的, 你缠着我干什么? 他爹说, 因为你有棺材, 他是一个大人了, 村里的大人谁没有一副棺材? 我爹才明白, 他爹是冲着那副棺材来的。我爹说, 你别发疯了, 要棺材你明天抬去吧。

拖了好长一段时间, 我爹再没有打棺材了。一是我爹没有好心情, 二是我爹实在找不到像样的树了。有一年大年三十下午, 我爹把灯笼挂好的时候, 刚刚转身呢, 灯笼突然掉下来, 把他的头砸出一条口子。我爹觉得太意外太不吉利了, 意识到不预备棺材不行了, 于是伤口还没好透, 他就提着斧子上山了。没有太好的橡树可砍了, 只好准备砍两棵松树, 但是跑到山上一看, 秀了多年的两棵松树突然不见了。那些年, 无论是做床板卖椽子, 还是点香菇木耳, 都是村里人的主要生活来源——孩子上学没钱了砍一棵树, 没有油盐了砍一棵树, 婚丧嫁娶再砍几棵树。所以，树不仅仅少了小了，有些一夜之间就失踪了。

我爹空着手回到村子，一进村子就骂：那是留着打棺材的，难道谁家死人了？马铁匠说，我们没有偷呀，我们没有上过山，不信你到我们家楼上楼下看看，有没有你们家的树？我看不是村里人干的，恐怕是城里人干的，城里人现在什么都偷，别说两棵棺材树了，连现成的棺材他们也会偷的。

我爹最后一次专门为棺材而栽的树，不是柏树，不是橡树，不是松树，而是泡桐树。他没有在山上栽，没有在坟头栽，没有在地边栽，而是在自己家院子里栽。马铁匠问，你栽那种树有什么用？烧柴太泡了，做椽子太脆了，点香菇木耳根本就不长。我爹说，它有一身的毛病，但是它也有个长处。马铁匠问，树叶子可以擦屁股？我爹说，没有办法，只有它长得最快，长得太慢的话，我早就死了。

泡桐树当年就长到一人多高，五六年就长到盆子粗了。有了那些泡桐树，我爹并不急，又秀了好几年。因为泡桐树特别轻、特别软，刨起来容易，打铆也容易，马铁匠用了七天时间，就把棺材打完了。我爹割了两水桶的漆，总共染了五遍。那副棺材抬起来轻飘飘的，但是看上去是油光闪亮的，人往前边一站，能看到自己的影子，用手拍一拍，发出的声音十分柔和。马铁匠走的时候，我爹说，你不拍一拍？马铁匠说，又不是柏树棺材，有什么好拍的。马铁匠转回身，轻轻地拍了拍，又拍了拍，然后笑了。马铁匠说，拍着柏树棺材的时候，像拍着一个男人的肩膀，拍着泡桐树棺材的时候，有点像拍着一个女人的屁股。

我爹说，以后哪怕亲娘老子死了，这副棺材我也让不起了。

## 安心之方

我每次回家，大门多数是虚掩着的，那种虚掩着的感觉真好。每次推开大门，大门就吱哟一声。只有木门才有那样的声音，城里的防盗门全是钢板的，关上或者推开，哐当声冷冷的，而且十分刺耳。我家的大门纯粹是橡树的，一扇估计有三尺多宽、两寸多厚，而且由一整块木板做成的。那么粗的树，除了在几座寺庙里遇到过，即使在一些原始森林也为数不多。

因为夜不闭户，什么门都是一种装饰，除非出远门的时候，才挂一把黄铜锁在上边。我提醒我爹，那种黄铜锁非常简单，随便拿铁丝捅一捅就开了，还是换一把大铁锁吧。我爹说，人家要偷你，换一把拳头那么大的锁都没有用处，什么锁都是锁君子、不锁小人。所以塔尔坪的大门，用得最多的不是守家护院，而是被卸下来，平放在大木桶上边，杀猪。把猪按在大门上边，放血，刮猪毛。每一家大门上边多多少少都沾有猪血，据说沾一些猪血，反而是好事情，可以辟邪。

我小时候最喜欢的游戏，就是挨家挨户地从人家门缝中朝里看，大部分时候是什么也看不到的，少数时候会看到小媳妇掏出白花花的大奶子在喂孩子，偶尔也能看到一些大丫头在光天化日之下，脱光衣服坐在院子中间洗澡。塔尔坪每家每户的大门上都会有几条缝，两扇门中间的那条缝最宽，旁边还有一些炸开的小缝。每天放学之后，几个小伙伴要举行撒尿比赛，谁尿得最远，中间那条大缝就归谁。每次下课的时候，我就趴到小河边咕咕嘟嘟地喝水，喝完水一直憋着不上茅司，也就是厕所。我基本是第一，可以从小河这边尿到小河那边，每家每户最宽的门缝自然就归我了。所以，我看到的总比别人多，其他人只能看到一条白光，而我看到的是一道白一道黑，有时候还会看到一道红。

挨家挨户地看过去，日积月累，谁他姐的屁股大，谁他妈的奶子大，都是一清二楚的。唯独我家的大门是没有一条缝缝的，所以他们从来没有看到过什么。

我家大门为什么没有缝缝，我爹说，还能有什么原因？做门的树如果太小太嫩，经风经雨就容易炸开。我爹告诉我，兄弟几个分家的时候，我们分到房子两间，自己在边上续了一间，又在方圆几百里的山上跑了一遍，把最大的一棵树砍回来，为自己换了一副大门，算是另立了门户。

当年的塔尔坪，深山里都是合抱粗的大树，树林子中间有成群的锦鸡、老鹰、野羊、麂子、獐子、果子狸，当然还有大灰狼。在我上小学的时候，经常遇到老鹰抓锦鸡，老鹰自己吃不完就让给老鸹。老鸹容易嚼瑟，每次吃大餐的时候，大家一齐伏在地上哇哇大叫。我们循着它们激动的叫声，拿着棍子把它们赶走，就能捡回半只锦鸡。树林子里还有野猪，大得出奇，多得出奇，经常黑压压一片，像游行示威的队伍一样，明目张胆地从山上经过。每到秋天，县武装部会发枪让大家打猎，不然庄稼就被它们糟蹋光了。有一次，大家把七八头野猪围在山上，拿着几杆枪放了几枪，没有想到给野猪挠了痒痒。野猪又蠢又莽撞，一旦被逼急了，朝着人扑过来，比狼还要凶猛。当时我舅舅也在其中，来不及逃，只好爬上一棵碗口粗的树。没有想到野猪牙齿更厉害，三下五除二就把树给咬掉了大半边。舅舅幸好怀里抱着枪，里边还有一颗子弹。万分危急之时，舅舅顶着野猪的头，嘭地补了一枪，把野猪给放翻了。

舅舅死里逃生，就开始研究自制猎枪。舅舅家解放前留下来几杆枪，陆陆续续拿出来之后，全部生锈了，枪栓拉不开，枪眼给堵住了。舅舅找来钢管子，自己摸索了两个月时间，制作出了第一杆猎枪。舅舅制作的猎枪和武装部的差不多，只是枪托枪栓十分大，枪膛十分深，枪管子也有擀面杖那么粗，像鸟枪那样也是打霰弹的。我没有见过正规的子弹，但是见过舅舅制作的霰弹，除了火药之外还有钢珠和钢条。钢珠是从架子车上拆下来的，钢条是用钢丝截出来的。

舅舅扛着自制的猎枪到处吆喝，让人上山去打野猪。因为上次被吓着了，有人说，你的枪能和国家的比吗？国家的枪是在军工厂制造的，是能上前线打鬼子的。舅舅说，国家的枪打仗比我厉害，那是因为打人，上次你们看到了，对野猪来说不顶用。有人说，你的枪关键时候打不响怎么办？我们就要被野猪给啃掉了。舅舅装好火药，装好滚珠，又装了几根两寸长的钢条，说我可以试给你们看。

当时我被学校选为代表，要去县上参加珠算比赛。舅舅说，我们家出大人物了，我要为我外甥送行。他高兴地扛着一杆新枪，随着我走到村口，东瞄瞄，西瞄瞄，却迟迟不见他扣动扳机。我说，你这枪是玩具吧？会不会打不响啊？舅舅嘿嘿一笑，说怎么会呢？既然为你送行，你说打什么就打什么，保证百分之百。我说，你打野猪吧。舅舅说，打野猪要守半天，怕是来不及了。我说，你打喜鹊吧。舅舅说，喜鹊飞得太快了，怕是打不住的，而且喜鹊是好鸟，打死是不吉利的。我说，你就打树吧。舅舅说，打树有什么意思？树又不能煮着吃。我说，电影里为人送行，都是朝天上打的，那就朝天上的白云打一枪吧。舅舅说，这不是放空枪吗？火药、钢珠和钢条是很金贵的。

隔壁的男人正好追着一头猪蹿了过来，对着我爹骂道，你家的畜生是野的吗？好好一块苞谷让它啃光了，你得赔吧？我爹说，赔什么？隔壁的男人说，当然是赔苞谷，难道赔命吗？舅舅接过话说，它吃了你家的苞谷，肯定是长肉了，那就赔肉给你吧。舅舅说着，端起枪，轻轻一扣扳机，只听到嘭的一声，我们家那头猪翻了几个跟斗，哼都没有哼一声就死掉了。舅舅对我说，怎么样？厉害吧！赶紧去拿个奖状回来，我们煮一锅肉给你接风。

大雪封山是打猎的好时光，大家凭雪地上的脚印子很容易发现猎物的踪迹，然后几个人端着猎枪在关键的地方守着，几个人顺着脚印子一边吆喝一边朝前赶，就能把猎物直接赶到枪口上。开始几年，每年都能打一两头野猪，每家可以分一些野猪肉，后来大树一棵一棵地消失了，猎物也随之越来越稀少了，连野猪都变成了保护动物。如今锦鸡还有一些，老鹰没有了，野猪还有一些，珍稀动物不见了，都不知道跑到哪里去了。

我告诉我爹，我数过大门上的木纹，应该有一百多条，也就是有一百多年，说明我们家这块门板是用一百多年的大树做的。我爹说，所以呀，太阳能扳得过它？水能泡得软它？虫子能咬得动它？别说炸一条缝缝了，你用斧子试试，恐怕破也破不开吧？我确实数过我们家大门的木纹，最多的一次数出了一百二十多条，如果加上大门本身的岁数，可以断定，我们家的大门应该将近两百年了。我爹说，砍掉那棵树之后，肠子都悔青了，如果那棵树依然活着，差不多两百岁了，塔尔坪如果有一棵开枝散叶两百年的树那该多好啊。

在封闭的年代，无论是长果子，盖房子打家具，还是烧火做饭，够吃够用就行了。那时候树就是树，都能好好地活着。塔尔坪通车之后，树似乎已经不是树了，衡量的标准直接变成了钱，无论什么树有点利用价值的，都被源源不断地砍掉了，最初是卖木炭，后来直接卖木头，再后来是卖木板，再再后来是卖香菇木耳，慢慢就只有树孙子已经没有树儿子了，最后各种各样的树都慢慢地消失掉了。

如今，我们村里只剩下一种树还活得好好的，那就是显得无比孤单的核桃树了，原因是核桃越来越值钱了。

村口有一棵大核桃树，有什么事儿大家就聚集在树下。村口那棵核桃树长得又直又高又粗，枝丫够不着，爬又爬不上去，想摘几个青壳核桃剜剜不行，想上去掏个喜鹊窝更不行。树上的喜鹊窝有筛子那么大，喜鹊跑出来黑压压一片。有一次在核桃树下放电影，好像是《红高粱》，电影里唢呐一吹，喜鹊以为真有人在结婚，便一股脑儿地飞出来，喳喳地叫个不停，把电影里的声音都给遮住了，大家什么都没有听清，只晓得"我爷爷"在高粱地里把"我奶奶"的裤子给脱了。

最让我生气的，是每次往树下一站，头一抬，喜鹊就朝头上拉屎。所以我拿着竹竿子，想把那个喜鹊窝给捅掉，除了报仇，还想捅几个喜鹊蛋下来。我还没有跑到树下，我爹一把夺过竹竿子，朝我抽了过来。我爹说，喜鹊是专门给人报喜的，哪里是随便欺负的？我说，它朝我头上拉屎。我爹说，你不站在下边，屎能拉到你头上？我说，大家都站在下边，它就往我的头上拉屎。我爹说，你在下边都想干什么？人家畜生也灵醒着呢，那么大个喜鹊窝如果让你捅掉了，它们去哪里睡觉？我说，村里的树多着呢。我爹说，其他的树小，能承受得起吗？它们分到几个树上，那不就分家了吗？再说了，为什么这棵核桃树长得好，每年核桃结得稠？因为喜鹊的屎呀尿呀撒下来，在上肥料呀。我说，原来这样啊。我爹说，当然了，喜鹊把屎拉到你头上是你有福气。

有人准备烧红砖盖房子，把大核桃树四周掏空了，树根被挖断了，伤了元气，一蹶不振，枝丫慢慢地死了，树心烂出一个大洞，常有黄鼠狼出没，是我爹把它救活的。

我爹第一件事儿是从山上挖土，挑下去填那个大坑。有人说，我挖的坑关你什么事呀？用得着你来填？我爹说，下雨积了那么深的臭水，人掉进去淹死了你要负责的。我爹说过不久，真有一个孩子掉进去差点给淹死了。有人说，你不会是图大核桃树吧？你就是把它救活了，老枝老丫的也结不出核桃了。我爹说，大家都是它看着长大的，它好像还有一口气呀。我爹整整挑了半个月时间，把那个大坑给填平了，又和了一堆泥巴，里边加了牛粪，灌进了那个树洞。泥巴开始灌进去的时候，从里边逃出两只黄鼠狼，巴掌那么大小，是刚刚出生的。

我爹还把大核桃树上有疤的、有缝的、烂了的地方，全用泥巴糊了一层。有人说，你这是干什么呀？我爹说，我这是给它包扎伤口。有人笑着说，你以为你是医生呀？

我爹的办法十分有效，第一年春上，风一吹，雨一下，大核桃树就抽出了新芽芽，不多，但是挺有生气的。第二年，第三年，芽芽开始疯长起来，不几年又长成了枝繁叶茂的大核桃树，自然慢慢开始长核桃了。起初能打十斤八斤的，后来就超过一百斤两百斤了，有两只喜鹊不晓得从哪里又冒了出来，在上边搭了窝，开始生儿育女。

有人开始到村里收购核桃。核桃含有蛋白质、脂肪、维生素和碳水化合物，无论是生着吃、炒着吃、磨成粉冲着吃，都有十分高的营养价值，而且核桃还有固精强腰、温肺定喘、润肠通便等药用价值，经常吃的话可以补脑子。所以核桃一年比一年值钱，最高一斤核桃仁子卖到了四十多块，足够我爹一个月的花销了。

我们那里的核桃个大、壳薄、仁子白，更加吃香。从七月份开始，核桃还是嫩泡泡的时候，核桃贩子就从四面八方吆喝起来了。核桃一值钱，人心就变了，不单纯了。原来串个门子，无论大人孩子，主人都会嘻嘻哈哈地抓几个核桃让大家吃；原来孩子放牛的时候，身上别着一把小弯刀，从青壳核桃剜着吃起，一直吃到光滑核桃，有时候还会摘一些，在山上挖个坑埋着，等冬天了再吃。如今再串门子，除非是亲儿孙亲爹妈，大家哪里舍得呀。别说核桃了，连瓜子也没有了，这恐怕是串门子少了的原因吧？甚至为了核桃树呀边角地呀的，闹出了不少矛盾，有骂人的，有打架的，有挖人坟的。

看到我爹救活的大核桃树每年卖了不少钱，有人就说，你又是填坑，又是糊洞，原来都是为了自己呀。我爹说，你们夏天是不是又可以乘凉了？放电影的时候是不是又有地方挂银幕了？围着这棵核桃树，大家自然打得不可开交，有人说这棵核桃树是他们家栽的，有人说这棵核桃树长在他们家地里，我爹说这棵核桃树是自己救活的。年年秋天在核桃成熟的时候，有的提着刀子，有的拿着棍子，在树下打成一片。最后有一户人家，男人让抢，女人不愿意抢，自己家里起了纠纷，男人把女人打了一顿，女人拿着一根绳子，干脆吊死在了那棵核桃树上，男人一气之下拿着斧头，把那棵核桃树给砍掉了。

有一年夏天，我家的核桃挂在树上还没有熟透，半夜被人偷了。偷着干什么去了？卖光滑核桃或者核桃仁子吧，里边是空瓤，根本没有人收。但是人家偷了，卖给贩子，贩子拿到西安卖青壳，像我小时候一样，让城里人剜着吃。城里人图个稀罕，一个青壳一块钱。我爹晓得小偷还会再来，便趁黑躲在核桃树下。小偷伸出竹竿敲打了几下，核桃就噼里啪啦地朝下掉，几个还落在自己头上，砸得自己眼睛直冒金星。小偷感觉核桃有苹果那么大，拿到西安一个至少能卖五块钱。小偷正高兴呢，有个核桃砸在了脑门上，像狠狠地挨了一拳头，被打晕过去了。我爹说，想拿小石子吓吓他，哪晓得小石子一点用处也没有，只好扔了几个泥巴疙瘩。我爹很内疚，觉得自己出手太狠了，有一天路过小偷家门口，除了提着几斤红糖，还提了几斤核桃，专门去看了看那个小偷。

为了核桃树，隔壁的男人与我爹也动过刀子。惹事的那棵核桃树长在我家的房后，我家房后的山恰恰又是隔壁人家的自留山。核桃树还小的时候，夹杂在其他树木之间，根本没有被人发现，等长到了碗口粗，结了稠稠一树核桃，隔壁人家才醒悟过来，这时候早就晚了，我爹已经给这棵核桃树修了几年的枝丫，培了几年的土，说明是有主人的了。有一年秋天天气非常好，我爹在院子里刮树皮，突然有一阵风吹过，把房后的核桃树一摇，两个光滑核桃落到了屋顶上，骨碌碌地滚到我家的院子里。隔壁的女人坐在门槛上，朝鞋底子上边绣花，一边穿针引线一边说，好美的光滑核桃呀。我爹说，你想吃吗？隔壁的女人说，你舍得呀？我爹说，不就两个核桃吗？我爹把两个核桃朝门缝里一夹，剥出核桃仁子递了进去。隔壁的女人在绣喜鹊，她腾不出手，就把嘴巴直接伸了过去。我爹喂了她一瓣，才发现隔壁的男人坐在门里边，正恶狠狠地看着他们。

隔壁的男人明显吃醋了，拿起竹竿子朝那棵核桃树一阵猛打，不仅打掉了核桃，还把树叶子打得乱飞。我爹说，你干什么啊？隔壁的男人说，你眼睛瞎了吗？我爹说，这是我家的。隔壁的男人说，你家的？你说过树要看根，树根明明长在我家山上。我爹说，这是我家房后，而且这树是我栽的。隔壁的男人说，你栽的？你在石头缝里栽树？你以为你是老鼠啊！隔壁的男人在树下打，我爹提着篮子在院子

月光不是光（节选）

311

里捡。隔壁的男人一急，回家拿出一把刀子，直接朝着我爹冲了过来，第一刀抢空了，第二刀砍到石头上，把自己的胳膊震麻了。隔壁的女人看着要出人命，拾起刀子对着自己的脖子轻轻一抹，脖子就流血了。

我爹把拾起来的核桃朝地上一撒说，我不要了还不行吗？

隔壁的男人则坐在地上，龇牙咧嘴地捂着自己的胸口说，奶奶的，心都被震碎了。

近几年，我爹围绕着村里东看看西看看，总是唉声叹气地说，我一死呀，那几间房，那几块地，那几座山，不全归人家了？我安慰我爹说，你少种麦子苞谷洋芋，还是多栽一些核桃树吧。核桃树长大了，移不走，拔不动，别人想侵占就没有那么容易了。我爹说，家里没有人，长了核桃照样是人家的。我说，如果核桃多了，你还怕我不回来？我向你保证，万一你不在了，我每年八月回去收核桃，如果核桃卖的钱能养活自己，我就待在村里不走了。

我爹笑了，没有什么比儿子回去更重要的了。所以春天的时候，我爹跑到镇上，买了五十棵核桃树苗子，把原来种麦子种苞谷的庄稼地全部栽上了核桃树。几年下来，山上山下，房前屋后，甚至他自己的空墓边上，密密地栽上了核桃树。他感觉一下子又有了寄托，农忙的时候种种庄稼，农闲无聊的时候就给核桃树松土，给核桃树施肥，把核桃树下边的草一根根拔掉，甚至给核桃树捉虫子。虫子如果落在上边，肯定是要被他一只只逮下来，扔到小河里让水冲走的。到了冬天，大雪落到核桃树上，他怕把它们给冻坏了，就一棵一棵地给核桃树扫雪。

前年我回家过年，发现与那些破败的房子相反，那些核桃树倒是枝繁叶茂地长了起来。我爹指着一棵棵核桃树对我说，你得答应我，在我百年之后，看在这些核桃树的面子上，即使不能长年住在村里，每年八月也得回家一次。我说，这些核桃树长得多好呀，我怎么舍得扔下不管呢？我爹说，回来不要光顾着收核桃，顺便也给我们死人上上坟。

我说，放心吧，爹。

核桃树对于我爹，除了长核桃还有另外一种用途，就是做烟斗。核桃树枝子天生长得像烟斗，而且中间天然有孔，挑一些样子好看的砍下来，用烧红的铁丝捅一捅，就成了非常漂亮的烟斗。我爹有好多好多烟斗，拳头那么大的、勺子那么大的、指头那么大的，L 形的、S 形的、V 形的、C 形的，抽烟丝的、抽过滤嘴的、抽水烟的，每天天亮，他穿好衣服后的第一件事情，就是坐在我们家的门枕上，用五花八门的烟斗抽烟。他的心情不同，用的烟斗就不同，吐出来的烟雾也不同。抽烟丝的时候，基本与几位老人在一起，每人按一锅子烟丝默默地吸着，听着时光从他们的脸上静静地滑过；抽过滤嘴的时候，就是他想念儿子的时候，因为过滤嘴香烟是我买给他的，他会深深地吸一口烟，呆呆地看着门前的山头，似乎越过山头就能看到我一样；抽水烟的时候，他满脑子都是庄稼，都是树木，都是雨水，都是收成，那吧嗒吧嗒的声音，像是他与它们在交流。

我爹最后一次准备棺材的同时，还准备了一套老衣，意思是等他死了，不用麻烦我们了，自己钻进棺材，自己把自己埋掉。那套老衣筋拽拽地挂在阁楼上，每次回家吓得我都不敢上楼。我爹开始也挺忌讳，后来就不在乎了，经常把老衣拿出来，放在太阳下边晾晒晾晒。有一段时间，大姐告诉我，我爹经常失眠，肠胃不好，嘴苦，便秘，饭量减少，还可能有心肌梗死。大姐问我怎么办，我说，赶紧把他带到上海检查一下，需要好好地治一治。

但是没过多久，大姐又打电话来，说我爹不来上海了。我问是不是又舍不得那些庄稼舍不得那些树？

大姐说，不全是这些原因，而是他把自己的病治好了。

我问怎么治的，吃了什么药？

大姐说，他这些天不睡床上，喜欢睡在棺材里，说一躺到棺材里，心就踏实了，什么毛病都没有了。

获奖作品《小先生》作者庞余亮

**庞余亮简介:**

  庞余亮,男,1967年3月生于兴化。做过教师和记者。鲁迅文学院第三届中青年作家高研班学员。著有长篇小说《薄荷》《丑孩》《有的人》《小不点的大象课》《神童左右左》《我们都爱丁大圣》《看我七十三变》,散文集《半个父亲在疼》《小先生》《纸上的忧伤》,童话集《银镯子的秘密》《躲过九十九次暗杀的蚂蚁小朵》等。有部分作品译介到海外。江苏省首届紫金文化艺术英才。扬州大学文学院客座教授。

# 获奖感言

庞余亮

　　《小先生》收藏的是一位小先生和一群孩子在一所乡村学校共同成长的故事。在记下《小先生》的第一个素材故事的时候，我根本没想到我能写出这样一本书，更没想到这本书前后花了近三十年时间。

　　1985年，师范毕业的我来到江苏兴化的水乡深处，成为一名乡村教师，也有幸遇见了第一个教师节。当时我十八岁，身高一米六二，体重四十四公斤，又长了一副娃娃脸，被学生们和家长们单称为"小先生"。我还记得我的第一节课，我很害怕"镇"不住学生们，先是惊慌，后来是镇定：唯一拯救了我的是学生们信任和期待的目光。作为小先生的我，反而从学生们那里学到了很多很多。

　　每一种生活都是在重复，乡村的日子尤其缓慢，但这缓慢而寂静的生活里，有着其他生活所没有的惊喜。学生们在老教师面前一点不活泼，但到了我的课堂上，他们总是喜欢把积压的调皮和灵性挥发得淋漓尽致。在他们的心目中，我可能更像一个喜欢读书喜欢给他们读诗陪同他们踢足球的大哥哥。他们把我根本想象不出来的充满童真童趣的故事"送"到我面前。很多瞬间，都是值得回忆的。比如晨曦中打扫卫生的少年们，他们的影子和树木的影子"绘"在一起的清晨图。比如学生们散尽，我在读完书之后的12点，站在合欢树下，合欢花调皮开放的香气。比如那个突然停电的晚间辅导课，孩子们很安静，我在黑暗的教室里继续讲课。乡村的黑是最为纯正的黑，乡村的静也是最纯正的静。天地间只剩下了我的声音。后来，电来了，光线在教室里炸裂开来，我突然发现，孩子们的头发比停电前更黑更亮了，乌亮乌亮的，像是刚刚洗过一般。

　　故事多了，我决定记下来，记在我的备课笔记的后面，就是只写每一页的正面，反面空着，速写学生们和同事们一个又一个小故事。

在上课和记录中，我也在乡村学校完成了我的"第二次成长"。十五年，备课笔记有了上百本，故事也有了几百个，这之后，我开始写作《小先生》。这个过程又是漫长的，完稿、修改，再定稿，又用了近十五年时间。我很想充分展示乡村学校寂寞中的坚持，乡村孩子的坚韧，乡村教育的"贤善"和"性灵"。

《小先生》一共写了三方面内容：学生们的成长；老校长总务主任和老教师们的生活工作的经历以及他们的奉献；我十八岁到三十三岁的个人的成长。我很期待《小先生》像那颗在乡村学校冬夜里靠煤油灯慢慢煮熟了的鸡蛋，以此献给所有为乡村教育默默奉献的老师，献给一批批在乡村教育土地上成长起来的孩子。他们是我精神的背景，也是我人生永远的靠山。

# 小先生（节选）

★庞余亮

## 考你一个生字

在师范上学时，我们的老师反复叮嘱我们说要给学生一碗水，自己必须要有一桶水。因为这句话，我们就用功得很，毕业时踌躇满志，但分到了我的学校里，有个老教师一本正经地告诉我："别看你有'硬本子'，总有你不认识的字，我教你一招，假如遇到不认识的字，你就说我与老教师商量一下。"当时我被这个老教师说得一愣一愣的。不过只一会儿，我的兴奋就把这句话赶走了。

村里人大都听说学校分了个有"硬本子"的教师，而且只有十八岁，"像个初中生"——这是校长的评语，这消息一下就传出去了，村里有一些人就有意无意地跑到我的办公室找老教师有事——实际上是为了看我。他们看了之后还不放心，怎么这么小、这么矮（我当时高一米六二）？这样怎么镇得住那些猴子？弄得我们校长就发火："你们懂什么，泥菩萨，肚子里全是烂稻草，而人家小先生肚子里全是墨水，够你们喝上八辈子呢。""小老师风波"很快就过去了，我后来一个人在宿舍里也没有乡亲们来看我，有时候我遇见他们，他们也"先生先生"地喊，他们已经习惯了。

我很喜欢捧着一本书在宿舍门口看，有一个高年级的学生总是在我家门口逛来逛去。只要我抬头看他时，他就不见了。再后来我又发现了他好几次，我叫住了他，他就站住了，吞吞吐吐地说，想请教我一个字。我说，什么字？他就拿出了写有我貌似认识却不认识的"劢"字的一张纸，字写得很好看，有棱有角。我问他是谁写的，他先是点了点头接着又摇了摇头。

我的确不认识。面对他诡异的眼神，我只好说不知道这个字。看到这个学生脸上一闪而过的得意，我终于想起了那个老教师的话，我脸上有点烫："真的，这个字我真的不认识，待以后我和老教师商量后再告诉你。"我以为他会走，没想到他却说："叫'迈'，豪迈的迈。"说完就像老鼠一样蹿走了。本来我再想看一会儿书，可心情一点儿也没有了。

后来有个老教师就问我："听说你连个'劢'字都不认识是吧？"我不知道怎么回答，消息怎么这么快？可事实就是这样，我一开始就出了个大洋相。这个老教师说："你等着，他还来问你'鬯'字，这个字念'畅'。那个'老酸菜'就这几个字。"我问为什么，那个老教师笑而不答。可真的到了第二天，那个高年级的同学又递给了我一个字，纸条上是那个熟悉的字体，果真是"鬯"字。我念出了这个字，他很失望，无精打采地走了。

第二天一上班，老教师就问我："他有没有问你？"我点点头。那个老教师说："果真是'老酸菜'，认了几个字，总喜欢用生僻字考人。"后来我在一次家访时见到了这个"老酸菜"。他是一个落魄的乡村知识分子，眼睛眯着，不屑一顾的样子，我见到他时他正在训斥一只在路边乱拱的猪，训斥得非常文雅。我想起了孔乙己。

我不知道那个孩子与这个"孔乙己"是什么关系。不过后来我就被校长提到了高年级教学，那个问我生字的学生居然又分到了我们班，看得出，他很不好意思。当我在第一节班会课上宣布他是我们班宣传委员时，他不好意思地伏在了桌子上，不过他没法把自己两只涨得通红的招风耳藏起来，像两朵鲜艳的红蘑菇，正在仔细聆听着这布谷鸟乱叫的初夏。

## 毛头与狗叫

教室外常会有一些老爷爷或者老奶奶在东张西望，那些花白的头探进窗子的时候，总是把我吓一跳。他们是在寻找自己的宝贝孙子（在农村，重男轻女的现象还是存在的）。大部分老爷爷老奶奶只看一眼，就笑眯眯地走了，而被看的学生总是涨红了脸。有一次，有个老爷爷不但把教室门推开（当时教室里一下子静了下来），而且还张口就喊："毛头，毛头。"教室里哄笑一团，可就是没有人站起来，承认自己就是那个"毛头"。

老爷爷还站在门口，表情怪异，显然他对孩子们的哄笑非常慌张。这样的局面，让教室更乱了，可毛头还没有出来，我只好用指节敲敲讲桌，故作镇定地说："谁是毛头？请出来。"学生们笑得更厉害了。终于，有个大头男生在一片哄笑声中扭怩地站了出来，脸如写对联的梅红纸。"毛头"几乎是冲出教室门的，在冲出门的时候，还不忘拉走了他的爷爷。不是拉，应该是拽。毛头怎么可以这样对待他的爷爷？！

"毛头"的风波浪费了我这节课十分钟。其实，真正浪费的时间还不止十分钟，孩子们的心像野马，收得慢，跑得快。后来，最受影响的还是那个大头男孩。从那以后，那个大头男生就被叫作"毛头"了。男生叫，女生也这么叫——毛头，毛头。可毛头的爷爷再也没有来学校找过他的宝贝孙子。

我在黑板上出了一个题目，填空："(t) 雀"。一个男生举了手："麻雀。"另一位说："黄雀。"还有人说"云雀""山雀"。我们班自愿坐在后排的那位从未举过手的学生也举起了手。我喊起了他，他愣了会儿，还是站了起来，摸着后脑勺，既羞涩又痛苦似的冒出一个词："喜鹊。"

同学们都笑了，那位学生则难过地低下了头。突然，门外的梧桐树上有几只鸟在大声地叫，估计有许多喜鹊飞过来了。下了课一看，果然不错，喜鹊们正准备在梧桐树上筑巢呢。

也正是这个出了洋相的学生在迎新年联欢会上，为大家表演了一个好节目：学狗叫。"汪，汪，汪……"他叫得实在太像了，对着我们叫的样子就真像是一只狗在叫。大家都笑了。新年就要到了，多好的一阵狗叫啊！

进入新年以后，学生们不再叫他名字了，遇见了他，都汪汪地叫。这真是大狗也汪汪地叫，小狗也汪汪地叫。这群快乐的孩子啊，他们的头发很黑，他们的嘴唇很红，他们的牙齿很白，他们的身上发出了类似青苹果的味道。在课间，秘密地听见他们在汪汪地叫着，我觉得我很幸福。

## 弹弓与毽子

那几天，靠近学校附近的一老乡家的猪得了一个奇怪的病，每当下午放学时间，他们家的猪就不停地嚎叫，且不停地蹦跳，声音惨烈。这乡亲还说，去年养的羊也是这个时候犯病的，肯定与我们学校有关。这乡亲说"肯定"的时候，还握出了他的大拳头。

我决定在放学时去看一看，结果我去的那个下午猪没犯病，这肯定与我们学校有关了。

我在第二天做了埋伏，终于找到了原因。每当放学的时候，就有无数颗苦楝果像雨点一样射向猪圈——是弹弓！我小时候也玩过这样的游戏，苦楝果打在猪身上是没有伤痕的，但很疼……原来是这样。没有费多大力气，我抓住了打弹弓的几个学生，当即做了处分决定，他们必须给这只猪打一个星期的猪草，且罚没弹弓。

没有了弹弓，又已近冬天了，学生们开始踢毽子。我们班有一个佩着金耳环的男生，他有一只漂亮的鸡毛毽子，鸡毛鲜艳油亮，而且包了一枚"顺治铜钱"，更绝的是他能跳出许多花样：踢、剪、捧、贴、停、环、播、偷……让人看得眼花缭乱，结果由于这个会踢毽子的男生，学生们迷上了踢毽子。不出几天，很多学生都拥有了一只精美的鸡毛毽子，但学生们闯下的祸就随之冒出来了。有很多乡亲都来我们学校告状，有人还抱着一只脖子已经光了的公鸡。我们校长说得好，怕什么，公鸡又不生蛋，正好杀了"碰头"（民间的 AA 制式聚餐）吃。

事实上，乡亲们养公鸡不是为了宰了吃的，养公鸡是用来报时的，头鸡叫了，二鸡叫了，每一阵的鸡鸣都是不同的时辰，公鸡都是晨钟呢。这样的损失可不是几个钱能够摆平的。在乡亲们的声讨声中，校长笑着答应由他来敲学校的钟，代替公鸡们报晓。我们的校长在乡亲们走后开了教师会。在会上，校长说："告诉你们，你们自己值班，我是不值班的，谁叫你们教了一群不打啼只闯祸的小公鸡呢！"

校长在说这句话的时候，我看到窗外的学生们正在乐此不疲地踢毽子。踢、剪、捧、贴、停、环、播、偷……五彩缤纷的毽子像无数只彩色的鸟在学生们中间轻盈地扑棱着。

## 眨眼睛的豌豆花

教室不远处的豌豆花开了，像无数只眼睛在不停地眨。这是五月上午乡村学校的时光，淡淡的豌豆花香似乎击穿了我年轻的生命。豌豆花，豌豆花，也许是在默念着豌豆花，每堂课前，我总是感到有人在教室外调皮地看着我。我的心有点乱。教室里的学生静悄悄的，他们的黑眼睛紧紧盯着我。那些黑眼睛，一会儿眨一下，一会儿眨一下，似乎有微风，令我也不由得眨起了眼睛。我在黑板上布置下今天的作文题目：《眨眼睛的豌豆花》。看着题目，学生们的眼睛眨得更调皮了，教室里像是也有无数只眨眼睛的豌豆花。

有一个左耳上戴着金耳环的男孩始终没有抬头看黑板，他把两只蚂蚁放在了一个仰口的瓶盖里，那两只蚂蚁总想沿着瓶盖的螺旋纹爬出去，它们的努力是徒劳的——男孩的手总是在它们快要成功时暴力地把它们重新推到了瓶盖中。整整半节课，他就这么做着这个游戏。待我走到他身边时，他仍在侍候着这两只蚂蚁。我提醒他看黑板，他抬起了头，满脸通红，这是一朵黑里透红的豌豆花，一朵带露珠的豌豆花。也就在这个时候，那两只蚂蚁爬出了瓶盖，爬上了课桌，再后来，像两个逗号一样，一路爬了下去。这两只蚂蚁终于"自由"了。也许，它们会爬到豌豆花丛中去？

我很想提前告诉学生们，要放忙假（为季节假）了。忙假是农村学校的一个惯例，既让教师们回到自己的地里忙上一个季节，也让孩子们在农忙季节里帮一下父母们的忙。我越过豌豆花丛，看到不远处的麦子熟了，阳光下的麦田有一种喜剧开幕的味道。我静静地等着学生们把作文写完。学生们飞快地写着，我听见了蚕宝宝的声音。临近下课，学生们把作文本（很多是卷了角的）一本又一本交了上来，我一边抚平着作文本上的那些卷角，一边对学生们说，下午放忙假了。学生们没有惊叫，都在平静地收拾着书包，而那个玩蚂蚁的学生还在桌上奋笔疾书。

下课的铃声响了，我看见学生们都走到金色的麦田中了，当麦浪涌上来，我就看不见我的学生们了，我的心也好像掉下去了。我只踮起脚尖看。一阵麦的波浪涌向天边了，我又看到我学生的黑头颅了，我似乎还听见他们的歌声——阳光一般透明的歌声。有个学生还在麦地中快速地跑起来，我感到了一排排金色的麦子又向他俯冲过来了，那些金色的麦子都想抓住这些急急回家的孩子，可它们能不能抓住呢？只一恍惚，那些学生就全不见了，好像一只只麦鸟消失在麦田中了，我突然有了一股想在麦田中打滚的冲动。

我回头再看一看那个玩蚂蚁的学生，那个学生已不见了。他玩的那个塑料瓶盖还在，他的那个卷了角的作文本也在，上面有他写的自己的名字，那两个字的笔画都局促地挤在一起，就像他玩的那两只蚂蚁。

## 八个女生跳大绳

学校边的野塘都封冻了，天太冷了，从男生们的种种表现可以得出一个结论：天越冷，那些男生在向阳的墙上挤暖和挤得越厉害。野塘里的冰也越结越厚，后来野塘上面终于可以走人了。我在班上宣布过不许到野塘上跑冰的纪律，但还是有学生悄悄地跑到冰上面溜冰。有一个少年居然还用脚去跺，据学生讲，他一边跺还一边喊："嗨嗨嗨！"像是练功，足足跺了二十多下，终于连鞋带着腿跺到一个冰窟窿里了。

我来到教室时，他正躲在后面的位置上瑟瑟发抖。我用我的鞋给他换上，并把他的鞋带到办公室去烘烤。烘烤了一堂课才烤好。当我来到教室里时，这个招风耳的少年居然穿着我的大鞋在快速地跑呢。瞧他那种疯狂的无所顾忌的样子，真令我怀疑刚才掉下冰塘的不是他，而是另外一个人。

女生们御寒的方式就好多了，她们在天冷的时候只是聚在一起跳绳。跳得快的女生只见她的脚动而看不见她手中的绳子。有正跳的，也有反跳的，还有"8"字花样跳的。最绝的是跳一下，绳子能过两圈。但渐渐地，她们不满意跳小绳，而决定跳大绳。跳大绳须用一条长长的绳子，两人用力抡，其余人跳，一人一人地往上加，加的同时还在跳，往上加的人要胆大心细，否则绳就会碰痛脸，而且一起跳的人步调要一致，难度很大。

我就曾在一次课间看见了八个女生在一起跳大绳，红褂子绿褂子齐耳短发或朝天椒的女生啊，跳得那么步调一致，像八朵鲜花同时开放。围观的女生和跳大绳的女生一起喊："一，二，三……"

我从这以后再也没有见过那么多女生一起跳大绳。每当我想起这件事，我的脑海里总是有八个女生在跳大绳，而我也在不由自主地帮她们数："……九十六，九十七，九十八，九十九……"

她们有没有跳到一百个呢？

我怎么也想不起来了，我想她们是能够跳过一百大关的，并能和我一起气喘吁吁又无比兴奋地喊道："一百！"

## 泥哨悠扬

乡村学校的日子其实是很单调的，所以一旦有快乐来临，就如同节日一般。比如每年的乡里文艺汇演就是我们学校的节日。不过校长还是有要求的，最好能拿锦旗，拿不到锦旗就要拿奖状。锦旗是团体奖，我们几乎没有可能，所以就盯上了奖状，也就是那些单项奖。

有了这样的比赛思路，本来没有必胜信心的孩子们就被激活了。这些孩子几乎都是天才，每年都有令人叫绝的创意。比如有一年，三（1）班的学生排了一个节目，叫作《绣金匾》。舞蹈的动作是一个女孩子在思念中不停地刺绣，刺绣不需要真正的绣匾，但需要一只绣匾道具，可是我们从哪来找到一只绣匾呢？

谁也没有想到，等到汇演的时候，三（1）班的那个脸上有雀斑的女生竟然找到了道具，她手持着一只正在怒放的向日葵匾作绣匾，金灿灿的向日葵匾把大家的眼睛都晃花了。已经灌了浆的"绣匾"是很重的，手持向日葵匾的女生脸上都沁出了汗珠。向日葵的花瓣落了整整一地，像一团灵动的火苗在跳跃。

泥土里长大的孩子总时不时地长出"侧枝"，这就需要及时而用心地修剪。曾有那么一阵子，有人总向校长反映我们班贪吃的学生挖地里的芋头吃。我开始还有点不相信，有摘刚结出的青豆子尝鲜的，有摘瓜尝鲜的，有扯山芋吃的。但那些是可以直接吃的，刚长成的芋头是不能生吃的啊，校长告诉我时，我还有点不相信。后来有一天黄昏，离学校不远的打谷场上发生了火灾。火光冲天，一座草垛着火了，像一大堆篝火。我赶到时，草垛已经烧完了。我的三个学生知错似的躲在一旁，我没有训斥他们，还闻见了一股熟芋头的香味。我明白了，他们的芋头是用火焖烧的，然后用盐粒蘸着吃，一种很香的吃法。我把他们带到办公室里，在灯光下，他们全是黑嘴唇、黑鼻子，像是一群从非洲来的孩子，令我既心疼又想笑。

不同的季节，学生们会吹很多哨子的。柳叶绿了，吹柳叶哨；麦秸黄了，吹麦秸哨；草长高了，吹草叶哨；苇叶宽了，吹苇叶哨；野麦结荚了，吹野麦哨……哨声很响，有点像燕子，像黄雀，像叫天子，或者什么也不像，反正他们吹的都是少年的心事。我最喜欢听的是泥哨。在所有的哨声中，泥哨声最动听、嘹亮。谁能想到那些又粗又硬的泥块也会发出声音呢！

泥哨的声音就像高空中的苍鹰在啸——在上学前、放学后，我常听见泥哨悠扬，把我的心吹得像一只风筝似的，在这寂寞而又趣味无限的乡村上空飞过。

## 纸飞机飞啊飞

每年五六月份，麦子黄了，菜籽熟了，乡亲们要准备收麦子和菜籽，还要在空地上忙着打棉花钵，一句话，收获和播种的季节到了。实际上，学校也快到了收获的季节了，用胖教导主任的话来说："又是龙灯又是会（指很热闹的乡村庙会），又是老奶奶八十岁。"实在太忙了，乡亲们有句话，叫作"大忙"——是谁发明了"大忙"这个词？

操场上的蜻蜓多了起来，它们像巡逻机似的一架一架地飞行，飞得那么慢，好像在故意逗人似的。有一次，我看见了一个捉蜻蜓的少年，他用手中的书拍打蜻蜓，那是一只玉蜻蜓。少年张开双臂，手中的书本也张开双臂，远远看去，少年也好像一只大蜻蜓。他们都在飞。我看了他们半天，他们谁也没有捉住谁。远处不时传来几声羊羔的声音。

还有一次，好像是大风吹来——应该是大风吹来了整整一操场的蜻蜓！蜻蜓的翅膀闪烁不已。我还没进入教室，教室里就传来了一股浓烈的汗腥味。那时我正在黑板前板书，回一次头来，教室里都会多几只蜻蜓；再回一次头，又多了几只蜻蜓……好在蜻蜓飞的时候不叫，而且它大多都不能再飞了，只飞了一会儿便停在某处不动了。肯定是那些孩子干的。但我不生气，也不能生气。我知道，面对这些调皮的孩子，沉默比批评更能浇灭他们的野性子，否则，孩子们的野性会火上浇油，愈烧愈旺。

好在蜻蜓风过去之后，孩子们很快就忘记了——转而斗"独角仙"（一种像犀牛的独角大甲虫）。两只很大的有独角的甲壳虫如斗牛般地斗出胜负。我不知道他们中能不能出达尔文。但他们兴致转移很快，斗完"独角仙"后他们又开始斗"牛"了——是两只龇牙咧嘴的"天牛"。我给孩子们讲过法布尔的《昆虫记》，而这，就是孩子的《昆虫记》。

孩子们最不受季节控制的玩法是叠纸飞机。课余我会在办公室里看到办公室外有一架又一架纸飞机飞行，连我们的教室屋顶上都有很多遇难的纸飞机。有一次上课，我刚转过身去，一架纸飞机就撞上了我的后背，然后坠在我的脚下。我没有回身，继续在黑板上写。粉笔沙沙地响——教室里很安静，远处有隔断鸟（一种出没于稻田里有血红鸟冠的黑羽野鸟）在叫，"隔断——""隔断——"。

我隐忍的愤怒"感染"了很多学生。一位男生终于怯生生地站起来了。这就是刚才那架纸飞机的飞行员——我俯身捡起那架纸飞机，用力一掷，不偏不倚，正好飞到那少年的桌上。那少年抓住那纸飞机——他的手在颤抖，像是那架纸飞机的发动机没有熄火似的。

后来这堂课纪律变得出奇地好。下了课，我发现很多学生都在操场上学习我上课时掷飞机的姿势——向上，75°。纸飞机款款地飞，刹那间，我们的校园仿佛是一座繁荣的航空港。

## 一朵急脾气的粉笔花

乡下孩子从小就有大人物的癖好，喜欢在墙上题字。经常可以在乡村的土墙上、砖壁上，还有牛棚的墙上看到他们的"涂鸦"。题字工具除了他们练大字的黑汁外，有用红砖的，有用青砖的，其实他们最喜爱的是用粉笔来涂鸦，所以就出现了很多偷粉笔的孩子。

开始我还不知道，下课之后他们就会哄起来抢着擦黑板，后来才知道他们是要捡那些我剩下的粉笔头，尤其是彩色粉笔头最为珍贵。我们学校还发生过一位教师喜欢用手中的粉笔头"教训"不听话的学生的事。而轮到他上课，不听话的学生就特别多，这真是没有办法的事。

我知道很多孩子都藏有一些秘密的粉笔头。他们可以往地上画他们需要的内容。画个龇牙咧嘴的鬼，画汽车，画太阳（还有光芒），有的就画一条线，在路上一路延伸，拐弯，一直画到自家的门口停下，仿佛是自己放了一条钓鱼线似的，而自己就是他钓上的那条大鱼。还有一些孩子画了不少"小心陷阱""小心地雷"等字样，弄得路上很多人都小心翼翼。有的还在地上写上对手的大名、小名及绰号，并加上"打倒"等字样。最严重的一次不知是谁写了校长的大名，而且正好被校长看见了。校长很生气，反复地开会，重申爱护公物的重要意义。讲到最后就申明谁也不允许乱丢粉笔头，粉笔头一律集中到总务处去。

可百密总有一疏，丢粉笔的事还是发生在校长讲话后的一天。一位教师上课后回办公室发现粉笔盒坏了，有一个洞，里面的粉笔已经漏空了，粉笔都不见了。问了许多学生，包括班干部，都说没有拾到。事情汇报到校长那儿，校长笑着说，肯定分赃了，他们不知道有多宝贝呢，信不信，过不了几天墙上又是"鬼画符"了。一个教师出了个主意，要查很简单，谁写的查笔迹，一查一个准。但这样有指导方针的追查运动，过了一个星期，也没有嫌疑犯。后来也就淡掉了，谁会和一盒粉笔过不去呢。

过了好久的一天，我打开办公室的门，办公室的门上有一朵粉笔花在摇曳着。说实话这花画得并不美，花盘倾斜，花瓣也不全，像一朵没准备好就匆匆开放的花。一朵急脾气的花，这是谁画的呢？我看了一会儿，觉得一种什么情愫将我打动，我拿起粉笔就在这朵粉笔花的上面画了一只蜜蜂。

我以为别人不会注意的，哪知很多走进办公室的老师说，这朵花太大了，有点像向日葵了；这蜜蜂也太大了，有点像小鸟了。这是谁画的？赶快告诉校长。话这么说，但没有人告诉校长。过了一会儿，校长过来看，他没说画得好不好，也没问这是谁画的。

过了一段时间，村里的墙上多了很多类似的向日葵与蜜蜂或菊花与鸟。我想，这其中肯定有那些偷粉笔的孩子画的。我不说出，他们也不会说出，一朵巨大的粉笔花在我们的内心怒放着。

办公室门上的粉笔花很久没有擦掉。有一天大雾，我看到办公室门上的粉笔花不见了，我以为谁把它擦去了。可大雾散去，太阳升起来，琅琅的读书声一阵又一阵飞进办公室来。我又看见了那粉笔花，粉笔花仍在办公室的门上，像刚刚画上去似的。看见了这幅画，我心里似乎满是蜜蜂嘹亮的歌声，当当的钟声也没有将它们吓走，反而越聚越多，把我的心挤成了一个甜蜜的蜂巢。


## 撞进教室的麻雀

写字课上，一只愣头愣脑的麻雀忽然撞进了我们教室，像睡眼惺忪的学生走错了教室。本来很安静的孩子们的心一下子都像那麻雀一样乱飞了。这只慌张的麻雀，它唧唧唧地叫着，仿佛又在表演，它一会儿飞到教室前面，一会儿又飞到教室后面，学生们的头一会儿向前倾，一会儿向后仰。我看见一个学生悄悄地打开了窗户，它会不会从这敞开的窗户里飞出去呢？

可这只麻雀似乎不知道这个学生的好意，它还在唧唧唧地叫，又有点心虚了，它乱飞了好一阵子，学生们的心也乱飞了好一阵子，终于，这只麻雀飞出去了——从那敞开的窗户中。

但孩子们已无法安静下来了，好在传来了下课的钟声。我如释重负，学生们都冲出了教室。教室屋顶上的麻雀很多，哪一只是刚才走错教室的麻雀？谁也不会在意这一点了，趁着下课的空隙，学生们大多盘起一条腿"架鸡"，只有刚才那位开窗户的学生坐在窗前，他是一个拐腿的孩子，下了课他总是默默地坐着。有时候出来走，他也只是贴着墙脚走，不知是他不喜欢看其他的同学"架鸡"，还是生怕那些孩子会撞翻他。他走得很缓慢，像一个疼痛的词。他是我们班来得最早的人，本来教室的钥匙丢给了班长，后来我还是把教室钥匙丢给了他，他就到教室更早了。我曾试图和他交谈，我总说起张海迪或者海伦，可他总是羞赧地微笑着，低着头，一句话也不说。

还是他自己在他的作文里说出了他的秘密。记得那次作文题目是写一个"你最崇拜的人"，很多孩子们心中最崇拜的是名人，唯有这个孩子没有写任何名人的名字，而只是写了一句："骑自行车的人。"

后来在下午的活动课上，我和我们班的学生就用一根扁担横绑在车后架上，帮他学骑车。他学得很勤奋，涨红着脸，努力降伏总是左右摇摆的自行车。

终于他学会了骑车，我看过他骑车的样子，他骄傲地抬着头，目视前方，像那只冲出教室的麻雀，不，他更像一只怒飞的雄鹰！

## 挤暖和

冬天又到了，猜个谜语吧："冬长夏不长，要长根朝上。"这个谜语的谜底就叫作"冻冻丁"——雪水化后又悬结在屋檐边的冰柱。我们曾因卫生问题警告过学生不要吃"冻冻丁"，但学生们不管这些，照样像青蛙一样跳，摘那屋檐下的"冻冻丁"，够不着还"搭高肩"（一个站到一个的肩上）摘，然后就把摘下的"冻冻丁"塞到嘴里咯吱咯吱地嚼，傻得很，这些傻孩子别看他们听话，一旦犟起来，十头牛都拉不回。

是啊，孩子们肯定是不馋的，但他们喜欢"冻冻丁"的味道。有的孩子还从河里找到了大块厚冰，磨圆了，用一根芦管在中央使劲吹出一只小洞，然后用绳子穿上，当滚车轮玩；还有的孩子索性就把两块冰穿起来让另一个学生拉着滑行。真是不怕做不到，就怕想不到。冰块把孩子们的手冰得红通通的。可他们并不冷，手背上全都冒着热气。

如果不下雪，"冻冻丁"也就长不成。但孩子们总会找到办法玩，他们还可以跳绳、踢毽子。天再冷的时候，学生就朝太阳下钻了。他们聚在一起，然后不约而同地分成两派，开始"挤暖和"。他们真的像两群初生的牛犊，头对头地抵着——听着他们嗷嗷地叫，真是吃奶的力气也挤出来了，不过到了教室里，再也没有跺脚的事情发生了，他们像一只只羽毛凌乱的鸟儿，兴奋到半节课后才安静下来。

由于县里其他学校发生了好几起意外事故，所以校长不允许学生"挤暖和"。在校长的高压和我们的大呼小叫下，学生们开始"化整为零"，一对一地挤——其实不是挤，而是两个人做"完全弹性碰撞"，像两条龙的角力。"嘿""嘿""嘿嘿"。一声高似一声，还是有节奏的，看不见校长的时候，两条"龙"后面就迅速跟上了很多人，孩子们鼓着腮帮，把力运向一侧，然后一撞——把力进行传递，一直传递到领头的大个子男生肩上。挤的目的不是胜利，而在乎暖和。

我曾在班上讲汉语中有意思的特例词。我举出了"吃食堂""打酱油""晒太阳"等词，有个学生急中生智，说出了"挤暖和"一词。

"挤暖和"，多好的词啊，牙膏的清香一样，用力一挤，"暖和"就挤出来了。

## 黑板上面的游动光斑

我发现乡亲们说话比我们这些先生说话来得更干脆、更彻底，一句话就能把意思表达得一清二楚。比如他们把学生分为两类，"吃字"和"不吃字"的。他们还说，如果孩子不吃字就得狠狠地"办事"。这"办事"就是指打。他们认为吃字和吃饭一样，不肯扒饭不肯吃字只要教训一下就可以吃字了。如果学生的确不吃字，乡亲们并不怪学校，而只会怪自己的孩子，他们说，这不能怪人了，只能怪他自己要吃"不吃字的苦"。

后来我发现在师范时所学的教育学一点也用不上。乡亲们的土制分类法非常管用，学生的确可以分为"吃字"和"不吃字"的。吃字的学生在上课时眼睛眨都不眨，真的好像要把我们嘴里吐出的话一字不漏地"吃"下去；而不吃字的学生屁股下面好像有钉子，眼睛东张西望，或者干脆就做小动作。考试时更能分清"吃字"和"不吃字"的。吃字的学生考试时像蚕儿吐丝，不吃字的学生考试时像抽筋似的。不过，不吃字的学生也不是很笨，他们的本领在劳动和其他方面，要比"吃字"的学生聪明得多，甚至更优秀些。

话是这么说，在课堂上管理的仍是那些"不吃字"的学生，这些少年不肯或不会吃字，但是野性还在，他们身上的野性其实是一种活力（有一些教师的课讲得并不生动）。在课上没法施展野性又跟不上课程的只好用书本遮着睡觉（指后排的学生）。但出了校门或毕了业，他们就神了，而且还特别有礼貌。

那天上午，我一进教室，就发现教室有点不对劲，再仔细一看，原来又是谁把墙上的世界地图反过来挂了。这个无头案只能等到下课再破了，我可以肯定是那些调皮蛋干的，因为他们不满意我上周对他们罚抄作业的处分，或者不完全是，这些"人物"，批评后第一天他们会安稳一下，到了第二天第三天他们又会"制造事端"。这一特点，好多老师都有同感。进一个新班，有两类学生的名字记得最清楚，毕了业好多年也是这两类学生，成绩好的与调皮蛋的。为什么会是这样？我总是以为自己付出了一个教师的努力，其实还是愧对了那些既听话又认真的学生。

我没有理会那颠倒下去的世界地图，我不能用"无意注意"冲淡这节课。"起立。""坐下。""老师好。""同学们好。"我正在板书的时候，发现黑板的上方好像坏了，有一个洞——我再一看，原来是一束光斑！开始那光斑还定着不动，再后来就游动开来，上下晃动。这是一个非常调皮的光斑，还做着鬼脸——对着全班同学！我回过身去，光束消失了。我再次背过身去继续板书，光斑又出现了，还是做着鬼脸。我忍了一会儿再次回过身去，光斑又消失了。这肯定是一个靠近南边有阳光窗户下的一个家伙干的。同学们肯定都知道是谁干的，只有我不知道。我知道我不能生气，我一生气那个躲在阳光背后的学生就会吓吓地发笑。我决定抓住他，否则这堂课肯定不安稳。我把板书写得很长，那调皮的光斑又出现，甚至还游动到了我的身上。我没有吱声，我写得非常定神、自如。

后来我猛然一转身，终于看到了那个制造游动光斑的少年。果然不出我所料——他的手想遮住那束阳光，但已经来不及了，那束阳光还是出卖了他，被出卖的还有他慌乱的手指，以及他拼命低下去的像刺猬一样的头颅。

我想笑，但还是拼命忍住了。

小先生（节选）

## 两条长辫子的女生

春天的紫嘴唇与紫萝卜有关。但过了春天，紫萝卜都开花了，紫萝卜开花与油菜花一样，不过不开金黄色的花，而只开紫颜色的花。

初夏到了，那些拥有紫嘴唇的肯定与野桑椹有关。都是一些男孩子。我在课堂上讲过多少次桑椹不卫生，有苍蝇叮过，不可以摘了吃的，可那些孩子还是照吃不误，只留下紫嘴唇给我。有时他们不留下紫嘴唇——把舌头伸出来吃，但手指肯定是紫色的，洗也洗不掉的。

我心里很明白，我的命令对于一些天性调皮的学生只是做做样子，一点也当不了真的。不过说了，总比不说强，最起码他们要少吃点。过了这个夏天，很多学生脸上长了很多虫斑，像很多光斑打在脸上，很是惹眼。我就在班会课上加上一节卫生课，去谈蛔虫的害处。一直讲到蛔虫能致人死亡，这种狐假虎威的恐吓法也取得了一些效果，不过这时树上已经没有桑椹了。有的学生开始吃驱虫药打虫。虫斑消失了，红嘴唇又出现了。但愿他们明年夏天还能记得我这堂课。

我们班只有一个女生嘴唇总是紫色的，她总是扎着很长的辫子——可以说是我们学校女生中辫子最长的，一看就知道家里有个会梳辫子的长辈。后来我看到了她的奶奶，她奶奶慈眉善目的，每天都等她放学。叫法也好玩，叫她宝宝。宝宝宝宝地叫。弄得我们班男生女生都这样叫她宝宝宝宝。她也答应。两条乌蛇一样的长辫子在她身后一甩一甩的。

有一次，她身后的一个男生抓住了她的辫子——她正准备发言——结果她没有尖叫，而是哆嗦着，坐了下去，汗水淋漓，嘴唇发乌，像吃了许多桑椹似的，我从未见过这种情形，叫来了总务主任，总务主任立即叫来了村里的医生，村里的医生确实很能干，只让她吃了一颗药，这个女生的嘴唇又回乌转红了。

事后，那个抓她辫子的男生遭了处分，警告。这还算轻的。因为她有心脏病……心脏病！这个词就够学生们吓的了。我还把那个女生调了位置。她就成了我们班上的宝宝了。我把她从值日表上画掉，不让她去做广播体操，不让她参加集体劳动。我忘不了她乌乌的嘴唇。不过她很固执，没有她值日她也坚持值日，集体劳动时她也参加。两条乌黑的大辫子拖到了地上，又被她甩了上去。

我总是有点心疼。因为村里那个医生说了，她这种心脏病活下去最多不超过二十岁。二十岁！还有多少年啊！数数指头也算得过来啊！不知道她自己知道不知道。

我的办公桌的抽屉里藏着她的一幅新年贺卡，她自己做的布贴画。她用碎布贴了一只狗熊，笨拙的可爱的狗熊，还长了两根长辫子。这是她自己呢。

有一天，我听到她对那个抓他辫子的男生说："你猜几？"我知道她在和他做游戏。我心里叹息了一声，她……还是个孩子啊。

故事课上，"宝宝"也红着脸给我们讲了一个故事。她讲了一个邻村有鼻子有眼的故事，一个男孩，喜欢吃桑椹，他不知道那颗最大最紫的桑椹被一条蛇游过了，后来他吃下去了，结果没有几天，他肚子越来越大，后来就疼得厉害，医生把他肚子剖开来一看，肚子里卧着几条小蛇呢。

"宝宝"讲得绘声绘色，这下轮到那些听得入迷的男生嘴唇变紫了。他们咬着变了色的嘴唇，表情严肃。宝宝的故事把他们吓着了。这其实是我童年时也听过的故事，我怎么没有想到讲这个故事呢？


## 请举起你的手

别人都叫他哑巴——可他看上去一点也不像不会说话的人——他的眼睛很清澈，他也听得见，所以如果你不跟他交谈，你很难看出他不能说话。他成绩中上，由于没有听到他大声读过书，我心中还存有侥幸，是不是他不愿意或者不屑跟我们说话，或者干脆他总是躲在一个秘密的地方琅琅地读书。

作为老师，四五十个学生总是像鸟儿一样在我身边叽叽喳喳地叫，而且都不是文静的鸟儿，一会儿一个用墨水抹到其他同学衣服上了，一会儿一个男生和一个女生因为课桌上的三八线吵架了，一会儿课代

小先生（节选）

333

表说某个学生忘了交作业。

我特别喜欢上自习课，在自习课上我取出一本书，坐在讲桌后面看，学生们都静了下来，低下头去。我不时从书本上抬起头来，这时我往往和一些学生的目光相遇，我的心很平静，只有当我看到我的这位学生时，我的心才猛然一怔。在他的眼神中我又心怀侥幸。我定定地看着他，他把头低下去了，我想，他是不是还在斗争，要不要站起来叫我一声"先生"呢？下课了，被我捺了一节课性子的学生早已冲出了教室。唯有这个学生不，他默默地走着，有的同学也和他说话，不过他不作答，只是打手势。

那学生肯定不知道我心里想什么。有一次，因为他我还差点和另一位教师吵起架来，就因为这个教师说了句，"要是我们班的学生都像你们班的哑巴学生就好了"。我立即就激动地说："你这是什么话？你这是什么话？"说完了，我还看看窗外，我生怕那个学生听到。那位教师被我突然大声的责问弄得莫名其妙，我想向他解释，刚想开口，想想还是算了。

农民常说，"少一窍会更聪明"。他耳朵尖，我生怕他听见别人议论他。事实总是与我的想法相左，这真是没有办法的事。我一直喊这个学生大名——学名。我的学生也叫其学名。可有一次，一个低年级的学生在我的教室外大声地喊："哑巴，哑巴。"这个学生就走出来了，满脸通红。我也跟了出来，训斥那个学生，而那个学生不以为然地指着我的学生反驳道："你说他是不是哑巴？你说他是不是哑巴？"口气还凶得很。其他学生告诉我，他是哑巴学生的亲兄弟。后来我了解到，他父母因为哑巴残疾，早早申请了二胎，这个小孩就是二胎指标。从衣着上可以看得出他父母的重心在哪里。

当着我的面，我的这位学生牵着那个小男孩走了。后来这小孩总过来叫哑巴，弄得我们班的学生都叫他哑巴，我不知道怎么制止。不过我还坚持我的叫法，叫他的学名。我不希望他在沉默中忘掉他的学名。每次班上点名，我点到他的名字时，他总是怔了怔，然后举起手（这是我要求的）。只要我看到他举起手，我就感到他心里的自尊又长出了一片新叶。

# 我爱野兔

学生们不闯祸是不可能的，关键看你是否有想象力，想象得出他们闯祸的名堂来。有时他们闯的祸你想都想不到，比如9月份新学期刚开始，我本来是让他们各自回家带小铲锹，把操场上暑期里疯长了两个月的草铲去。后来，操场上的草是铲光了，却铲出了一个想不到的祸事来。那个头顶上生有两个发旋的学生在放学的时候，用他的小铲锹（前一天晚上因为听说是学校要用，他父亲还把小铲锹用磨刀石磨快了）把拴在路边吃草的牛的尾巴给铲掉了。

乡亲找到学校认定是某学生干的，他的理由是如果不是那些"小公鸡"干的坏事，难道是鬼干的？我问学生们，学生们都不承认。因为没有任何线索，乡亲又不肯走，弄得我们学校很被动。最后，还是我们班里一位小个子的鼻涕虎悄悄地告诉了我真相，是那个头顶上有两个发旋的男生干的。找到了人，就得解决问题。想不到，后来的问题很简单地解决了，那惹祸的学生家和牛的主人家有表亲，在村里有一说叫"一表三千里"，何况是乡里乡亲呢，无尾牛就无尾牛吧。

从这以后，我就开始注意那个小个子的鼻涕虎了。这个小个子男生身上总是很脏，好像是用泥和灰捏成的人，头发永远是桀骜不驯的样子。学生们都叫他鼻涕虎，我把他叫作野兔，因为他在作文中写过野兔，他说他最喜欢看野兔过河，野兔在水面上哗啦啦地就蹿过了河，像一支箭。我没有见过野兔过河，也没有听说过，但我相信这是真的，肯定也是他亲眼看到的。

男生的父亲是个聋木匠，母亲是个瘫子。他很聪明，什么课一讲就懂。这只"野兔"还善于奔跑，跑得真像兔子一样快，这可能与他家里的事太多有关。他家里总有做不完的事。再后来他母亲去世了，"野兔"的父亲就准备带他去远方做木匠活了。当他把这个消息告诉我时，我的心往下一沉，我说："你愿意吗？"他看看我，低下头，用脚上的一双略显大的旧皮鞋搓着地面，一下又一下；又抬起头，看看我，让我不知道说什么好。

我曾去他家与他的聋父亲说，当然是连比画带吼叫，好不容易把话说清楚了，而聋木匠非常地固执，他依然把我的"野兔"带走了。在"野兔"走后的几个月里，我经常在课上渴望着，一个长有亮眼睛的"野兔"，真的像野兔一样，在上课前一分钟，带着一阵风，冲进我的教室里来。

## 爱脸红的女孩子

这是夏天爱穿长裤而不穿裙子的女孩子，爱脸红的女孩子。

这样的女孩子不是一个，而是一群，她们一看到陌生人就脸红，一看到老师也脸红，说话发音时也脸红。

上课时，我有时会把目光投向她们，她们也会不由自主地脸红起来。

在乡下，虽然说与过去不一样了，但男孩和女孩还是很不一样的。这可从乡村学校的女教师罕见来证明。还有一个现象，我教过的学生中途辍学回家的男孩很少，几乎清一色的是女孩。县里要求"一个都不能少"，我们教师也一一上门做工作，那些女孩子的家长就说："你问她，问问她。"我能问什么呢，辍学的女孩无一例外是超生游击队家的长女（在家里没有学名，都叫大丫头）。她们要经常替母亲受气，帮着带躲养来的又被罚了款的小弟弟。虽说学校每年都有减免任务，但学校另有规定，困难减免是对于家里真正有困难的，而对于因计划生育问题而困难的人家不允许减免。所以我们无法做工作，劳而无功，只有让她们辍学了。有时在河上遇见这些刚干完活儿回来的女孩子，她们仍然脸红，然后急匆匆地与我擦肩而过，像一阵忧郁的风，吹得我的心一点也不能轻松起来。

我们班有个女生小名叫作无名字。她的学名叫妮娜——这是她的瘸腿养父替她起的，大概是由于看电视的影响。她的养父是个鳏夫，而妮娜是个捡来的弃婴，她进我们班后很难看到她的微笑。这一个不知道父母的女孩在众多上学的女生中显得更沉重一些（她的养父还供她上学）。不过有一次她就干出了一件谁也想不到的事情，她把一个调皮男孩的耳朵给扯红了——因为那男生在她面前学瘸腿走路。我有点不相信她有这么大的力气，但很多同学都说亲眼看到她把他骑在下面，他在她的手下发出了一声惊天的惨叫。

她和其他女孩子一样，一样爱脸红，一样属于班上的稳重派，而且班上前十名中一般有七名左右是女孩子。男孩子曾在班会上说过我重女轻男。我没有回答，谁叫女孩子比你们更听话呢。总务主任因事到班上调人，男孩子不站起，而女孩子则一个个站起来响应。

有一次乡里来听我的公开课，领导们坐在教室的后面，爱脸红的女孩子脸上红扑扑的，像一颗又一颗熟熟的草莓，我则像一个在草莓地中劳动的农民，心情舒畅，声音有力，我终于上了一堂非常成功的公开课。到了下课，女孩子的鼻尖上竟沁出了细亮的汗珠。

在日记中，我给那些爱脸红的女孩子都取了一个好名字：乡村百合。

## 芋头开花

跟乡亲们混熟了，就能大体知道他们各自的脾气，有榆树脾气的，也有山芋脾气的。有一个急脾气的乡亲很有意思，第一天才跟我说要多给他的儿子补补课，第二天就来学校问我他的儿子考了多少分。每次测试后都会出现这种情况，第二天清晨他又准时出现在学校门口，眼神巴巴地，问他儿子的分数。天哪，这又不是长蘑菇！一场雨一下，那些耳朵样的"蘑菇们"就会探头探脑地出现在校园里了。

急脾气的父亲养出来的可不一定是急脾气的儿子。那个急脾气乡亲的儿子是个慢脾气。一次课堂作业，别人很快就做好了，可他偏不着急，慢腾腾地在橡皮上画着什么。下课铃要响了，他还在橡皮上不紧不慢地画着，画完了，又擦掉重画。这样的习惯使他每次考试总不能在规定的时间里把试卷做完。不过，他的字倒很端正，一笔一画的。但试卷空白的部分我不能打分啊，况且试卷后部分的分数会更高。

有时候我会拿着试卷批评他，我苦口婆心地说了半天，他才好像从梦里醒过来，怔怔地看着我，好像我是一个怪物似的。这样的慢脾气怎么扛得住他父亲那样的急脾气？他父亲的办法只有棍棒教育，可他一点也不怕，从不求饶，只是不停地哭，哭得也很怪，能哭上半天也不停，好像在和他父亲犟，看谁能犟得过谁。这样的结果使得他的父亲会反过来劝他，不哭了，不要再"淌麻油"了。可他还是哭，声音还是那样，像在拉二胡，慢慢地，悠悠地，已全没有伤心委屈的味道了。

后来这个急脾气的父亲还是跟着打工潮去了城市，家里就剩下了他母亲和他了。他依旧不紧不慢的，好像还比以前更慢。弄得他母亲脾气急了，到我们学校来哭诉，让先生教育教育这个没良心的。我再次去教育过这个学生，依旧没有什么效果。校长知道了这件事，要接手管一管。校长做工作的耐心也是有名的，可是他的工作做下来，那个学生好像没有改掉什么，反而让我们的校长变成了一只"红气球"，要不是我上前拉住，他真的像红气球飞到校园上空去了。校长气喘吁吁地说："什么叫三拳打不出闷屁（谚语，意指无法沟通的人）？他就是！他十拳也打不出一个闷屁！"

谁也不知道他后来是怎样变了的，我也找不到原因，只是知道他母亲病了。母亲一病，他就得担负起家里的一些农活。有一些农活可以放一放，有一些农活还必须做，比如说浇芋头。芋头这东西怕旱，又怕涝。所以他每天都得在午后去给那些长着招风耳的芋头浇水。我有时有事去校外，也会遇见他在给自家埪上的芋头浇水。他浇水的勺柄很长，他把长长的勺柄倚在腿上，然后再用力，水扬了起来，飞到了招风耳的芋头叶上了，芋头叶躲了一下，水就浇到了芋头根上了。应该说浇芋头是很吃力的一件事，但他做得还是很快的。

可能由于他中午吃了力的缘故，所以他在上下午第一节课时总是打瞌睡。他个子不高，坐在前面。上我们班下午第一节课的老师看到了他打瞌睡心就烦，头就疼。很多老师都这么向我反映。我只好把他找来，和他商量一下把他调到教室后面去。我说："这样可以睡好觉，省得老师的话吵醒你。"我又说："把你调到后面去，好不好？"他抬起头，"啊"的一声，好像刚醒过来似的。还是三拳打不出闷屁。

有一天，轮到我上第一节课，我对于他，心里已有了准备，让他打瞌睡去吧。我尽量不朝他坐的方向去看。可我还是去看了，他没有打瞌睡，头昂得高高的，一双眼睛晶亮晶亮，眼神还不停地追着我。下了课，他还找到我，叫我："先生先生，芋头开花了！"我以为他在唱什么歌呢，他又说了一遍。我将信将疑，我是听说过芋头开花的事，但没有亲眼见过。后来他急了，说："先生，芋头真的开花了，骗你我是小狗！"

我跟着他去了他家的芋头地，芋头们长得很高了。在他浇灌的芋头中，真的有一株开花了，从叶柄中间抽出来一朵花，浅绿色的，像绿色马蹄莲似的。我回过头来看了看我的学生，他真的像换了一个人似的。一个孩子就这么长大了。不管你信不信，如果不是我亲眼所见我也不信，连最老实的芋头也学会了开花。

## 布鞋长了一双眼

男生的爸爸一直生病躺在床上，所以每学期开始时他妈妈都要来学校请求减免学费。每当这时他走路的姿势就很奇怪，生怕踩死地上的蚂蚁似的，走得无声无息。有一次，我看见他跟在他妈妈身后，他妈妈跟在校长身后，校长大步流星地走着，他妈妈只好小步地溜着，而这个男生则像影子一样地追着他妈妈。我想看看这个男生的脸，可他低着头，真不知道他此时在想什么。

这个男生拿着校长的批条到办公室时也是低着头，他看着自己的脚，努力想掩藏什么。如果仔细看一下，就会发现这个男生脚上的布鞋长出了一双眼睛（连脚上的大拇指头也探了出来）。后来在冬天，我发现他的棉鞋上也长出了一双眼睛。天晓得他是怎么穿鞋子的。他妈妈曾对我说："他怎么能这样'吃'鞋子！"

我也不知道他为什么这样能"吃"鞋子，我曾观察过这个男生平时的走路姿势，像一只山羊在蹦跳。一蹦，又一蹦，还不停地踢着路上的土坷垃。仿佛地上的什么东西都碍他的事。为此他妈妈没少打他，他妈打他从不打他其他地方，只打他的嘴巴。所以我经常看到他脸上的伤痕，我还为此事找他谈了一次话，他向我保证（他保证得很快）说以后一定要好好走路。可屁股一转他又忘记了，他依旧这么蹦，依旧这么踢。他妈妈刚做的新鞋，过不了两天，就能"睁"开一双眼睛，茫然又无辜的眼睛。我也相信他妈妈的话——除非请铁匠给他打一双铁鞋子！

铁鞋子肯定是没有的，后来我发现他穿上了一双前面钉皮的布鞋子，他妈妈终于想出了一个办法，给他穿的布鞋子前面包上一层皮。说来也怪，他穿上前面钉皮的布鞋反而不踢了，走路变得小心翼翼的，可这只是暂时的，不久他又恢复了原样，依旧像山羊，依旧一蹦一蹦的，遇什么踢什么，他甚至还踢树！不知他走路很快与这有没有关系。他能在捉迷藏时抓到任何一个间谍，所以伙伴们都不愿带他一起捉迷藏，为了加入这个游戏，他向伙伴们发誓不再跑快了，不再跑快了，可是一旦玩起来，他依旧跑得最快，有时他跑走了，人家并不去捉他，或者说不和他玩了，他只好又跑过来，再次发誓。实在没有人玩的时候，他就爬树。有一次我看到树下有两只用皮包了头的布鞋，我知道他在树上，可这鞋哪能叫鞋啊，只能叫揉成一团的旧报纸。

有一天，我发现他不穿布鞋而穿一双黄胶鞋了，我很为他高兴。黄胶鞋还有点大，他仍然走得很愉快，嘚嘚地走着，仿佛由山羊变成了一匹马。几天后下课时，我见到他又与一群学生打闹在一起了，一个学生不小心踩了他的脚，只听"哧"的一声，他就像被烫似的低下头，拎着黄胶鞋，左看看，右看看，实在看不出有什么伤疤，最后他又起身跺了跺脚，确认无误之后，才踱回教室，很有些莫名的味道，不过他的同学和我都看见了他的脚指甲有多长了，这也许才是布鞋上长了一双眼睛的真正原因。


## 口琴与勾拳

我总把男生比喻成小麦，而女生则比喻成油菜。初春里，油菜率先抽薹开花，因此她们的个子要比小麦高出一大截。而到了暮春，小麦个子就飞快地赶上来了，还超过了油菜的个头。我这么说是因为我要说我们班排位置的一些情况。低年级排位置是男生在前，女生在后。中年级则是男女混坐。到了高年级，男生的个子猛蹿，他们就坐到教室后面去了。

而我每次接班总有这么一两个男生，个子总是这么矮。不长，所以只好把他们排在前面。别看这些男生个子矮，可都是调皮大王。比如现在我们班上一个小个子男生，他曾因偷吃人家打了农药的桃子而中了毒呢。他这么调皮，还挑三拣四的，不肯与女生坐。不过我命令他跟女生坐，他只好屈服了，没想到却闹出许多事情来。

首先他弄出了一个鼻涕虫事件——他把鼻涕虫放到一只瓶子里带到自己的位置上，还拧开了瓶盖……调皮得要命，可他还说："我在做实验，我在做实验，我长大以后要做科学家！"我问他做什么实验呢，他又在自己口袋里找到了一包盐，撒在了鼻涕虫上，鼻涕虫蠕动着，一会儿就把盐化成黏液了。真有他的，我学到了对付我的宿舍里鼻涕虫的办法——不过我还是狠狠批评了他。

后来他又弄出了咬人事件——他的力气没有同桌的女生大（打不过同桌的女生），居然咬了那女生一口——把那女生的胳膊咬出了一圈浅浅的牙痕。我这次不客气，要求那女生也咬他一口。他很不平，有委屈，但证据很明显的啊。这次之后他找到我，希望我给他调位置，调到教室后面去。我说："看不见怎么办？"他说："看不见不怪先生。"他甚至说，看不见的话他垫砖头看。我又严肃地批评了他："正视现实，正视自己，如果再这样下去，"我顿了一下，"你只能留级了。"留级对于一个学生来说可不是光荣的事情，他果真服帖多了。

谁能想到他会弄一只口琴来呢。他还真会吹口琴，呜呜呜地吹，吹得晃头晃脑的。有一次我走到他面前，他居然吹了一首《世上只有妈妈好》，吹得还不错。这次我表扬了他，还向校长报了一个后进生转化的先进事例。校长果真就在大会上表扬了他。我在我们班指定的场地上找到了他，他很激动，其他学生一点不激动，有点不屑。

事情还是出在这只口琴上。先是他的那个被咬过的同桌过来告了状，说他总是用口琴骂她。我有点不明白，吹口琴怎么会骂人呢。她说不清楚，非说他骂了她。我只好找了他，他说他没有骂她，他在苦练口琴，准备乡文艺汇演呢。

后来这个女生又找了我，我还是不相信。那个女生说："老师不信你躲在教室外面，我进教室他就吹。他用口琴骂人。"我后来就在教室外面听到了这个小个子男生用口琴怎么骂这个女生了，他是用口琴喊这个女生的名字：肖月桂！肖——月——桂！发出的声音像得要命，他还追着那个女生吹！

我终于相信了，我还可以想象出这个小个子男生肯定用口琴吹了班上很多学生的名字，而且他肯定还吹了我的名字。他吹我名字时脸

小先生（节选）

341

上那份得意劲是完全可以想象得出来的。对于这种事，最好不管，你越管，他就越乐。

很快地，这个男生发育期到了，长高了，长瘦了，他坐在前排不适应了，我把他调到了中间的位置上，我想再不用多长时间，他又要向后排调了，就像他的爱好，早就不是吹口琴，而转向爱好练习拳击了。下了课他就弓着身子，前后移动脚步，与另一个男生模仿着勾拳的姿势，还虎视眈眈地盯着对方。

## 站着上课的少年

农村里长瓜，只是在田头地角点种上几塘瓜，也不是为了解馋，而是为了腌成瓜条子，然后晒干贮藏，待吃时，再切成一小块一小块与辣酱放入饭锅中同蒸，比老咸菜的味道好多了。为了保存果实，农民们一般不太费力气种香瓜或者黄瓜什么的，那是一摘就吃的瓜。在那些瓜藤之间结出的大多是长条烧瓜和黑菜瓜，那是不会被人偷的瓜，瓜瓤是苦的，瓜皮又硬。

我们班就有叫"黑菜瓜"的孩子，他调皮惹事，还脸皮厚，怎么训斥都不行，还会回嘴，由于言不达意——如果是第一次接触——肯定会被他气得发抖的。他不太掩饰自己。有一次他回了一句话把黑脸总务主任的脸都气白了。黑脸总务主任对我说："你们班那个什么黑菜瓜，标标准准一个坏瓜。"我后来问了这个学生，这个学生说，凭什么？领操台又不是他们班弄脏的，为什么叫他来扫？原来是让他扫地，但没有理由他不扫。因为这样，他一脸的无辜。

这个学生有一根小鱼叉，比正常的鱼叉小得多，但也足够威风凛凛的了。在星期日，他手持鱼叉，目光炯炯，在河边挥来舞去的样子，像一个决战中的将军，他身后还背着一只鱼篓。他后来看见了我，也不叫我，只是低了头，匆匆地走了，我还是看见他的背篓里有一条黑鱼了。

他身边还是有一些"狗腿子"的，有的表现好，也有的表现不好，这些"狗腿子"总是与他一路来一路去，我估计与他的鱼叉有关。他的小鱼叉，如果再戴上一只银光闪闪的银项圈，真是少年闰土的形象了。我曾见过我开始几年教的学生，他们与我年龄差得不是太多，从学校出去几年已经长高了，长黑了，脸上的皱纹比我还深。这就是农村生活的另一面。我一想起，就禁不住叹息。生活改变了我，也改变了我的学生，少年闰土为什么就让生活这只獾从胯下蹿过去了呢？

临近期中考试了，我说要大考了，不要再玩了，要注意复习。他们居然提出了一个口号（这口号是我的班长告诉我的），这口号肯定是这个叫黑菜瓜的学生提出来的，叫作"大考大玩，小考小玩"。这口号我以前听过，其实这口号后面还有四个字，也是前提，叫"不考不玩"。可他们偏偏是不考也玩。

他身后的"狗腿子"少了一些。快要停课期中复习时，我听说了一件事，村里有个孩子被一根鱼叉戳伤了，鱼叉就戳在这个孩子的屁股上。我开始认为肯定是这个叫"黑菜瓜"的少年惹祸了，这下他该有教训了。可我没有料到，是别人的鱼叉戳伤了我的学生"黑菜瓜"。原因是"黑菜瓜"带领一群部下，泅到邻村人家瓜地里去偷瓜，被发现了，他指挥部下撤退，自己断后——其结局是承包瓜地的山东人用鱼叉戳中了他的光屁股。

他在我的课上只能站着听课了，他不能坐下，也不能乱跑，他的屁股上有一个七颗星的伤疤呢，像北斗星一样。

他的那些部下也听话多了。

那可是我们班纪律最好的一段时间。

## 笔头上的牙痕

我们学校代伙的孩子中，有一个脚上戴着银镯的男孩。在乡下，脚上戴着银镯表示孩子金贵——用银镯子"拴"起来。事实上也是这样，他代伙的米都是由他奶奶背着送来。他家离学校不远，可他偏偏喜欢吃食堂，他奶奶对我们说的话更有意思："隔锅饭香。"

他平时不善于说话，有点冷。即使笑也像昙花一现，像个小老头。学生们告诉我，他家有钱，原因是他父母都在外面做生意，他从小在奶奶身边长大。

其实每一届都有这样的学生，日渐空虚的乡村，留守的老人与孩子，老人操心，孩子孤单，父母在外做着发财的梦。一年才能见上一次。这样的孩子性格都有点闷，但零花钱多，学习成绩总上不去。

他也和那些留守孩子一样，零花钱多，每年暑假过后他身上还要穿上一两件城市里孩子穿的衣服，显得很醒目——这是他与父母生活在一起的标志。过不了几天，他就会脱掉那些新衣服，显得和大家一样。

有一次，在为因困难而辍学的学生捐款活动中，他出了一个风头，他捐了个全校最高数——五十元。校长为此还在全校大会上表扬过，还发过奖状。大会是在小树林中开的，最后学生们热烈鼓掌，把树上的叶子震得一片一片地往下落。他还会唱歌——唱流行歌曲，原因是他家有卡拉 OK。他曾在校合唱比赛时单唱了一首《真心英雄》，唱到最后，很多小学生都跟他一起合唱了。

谁能料到他搞水上运输的父母出事了呢？两人船毁人无（财灭，溺江而死）。他去处理父母丧事的那几天，我还请学生们捐款，学生们都很热情。我和班长把捐款送到他家时，他正在对他奶奶发火，他发的火很大，几乎是对他奶奶吼，白发苍苍的老奶奶一声不吭，泪水直往下落。我想批评他，话到嘴边又忍住了。

后来捐款他也没要，他送到了我的办公桌上，他来上学了，脚上的皮鞋前贴着一张白橡皮膏药——算作"孝鞋"了。他低头走过来时，我的目光就被他鞋前的白橡皮膏药的"白"灼疼了，那真像一团永不能融化的雪。

他又到我们食堂代伙了。他奶奶常在校园外等他放学，可他放学后却不管他奶奶，一个劲地往家里冲，他奶奶就一颠一颠地在后面追。奶奶追得愈凶，他就跑得愈快。

在班上他的性格似乎没变（或许由于他过去性格比较闷，不太看得出来），我还是发现了他的变化，他开始咬手里的铅笔，像咬着一块糖似的。我是在自习课上发现他在咬铅笔，我对他说铅笔上的漆皮有害，不能咬铅笔，他顺从地放下了，可我过一会儿再看，他又咬住了铅笔。我走到他的面前，取起他的文具盒——文具盒里的铅笔头全是他的牙齿咬的凹痕。

## 检查书保管三天

我个子小，又瘦，毛重还不足九十斤，所以看上去并不比学生们大多少。不过学生们还是喜欢我的，我也很认真，那种认真劲被老先生们看到了后，他们总是说我死心眼。我想，死心眼就死心眼吧，只要能把学生教好。

有个叫小顺子的学生蛮喜欢听收音机里的评书，因为他记忆力好，口才又不错，故事讲得不错，所以他在班上很有号召力，身边也有很多跟屁虫，他还真把自己当作领导了，居然让一个跟屁虫替他抄作业，真的成了剥削阶级了。这事很快就让我发现了，我找来小顺子，批评了他，还让他写检查。

我一点也没有料到这个小顺子报复心蛮强的。有一天夜里我们这儿停电，煤油灯里的煤油又没有了，看书看不成，我只好上床睡觉，还没有睡着呢，忽然就听见有人在外面捏着嗓子说话，怪声怪气的。

我侧耳仔细听了，原来那个捏着嗓子的人在讲故事，讲什么无头鬼，讲什么死人的头，还说这死人的头就摆在什么地方。开始我还没觉得，后来听着听着背脊上就有些冷了。这还不算呢。外面的人大概觉得我没什么动静，就又用力敲了敲我的窗户，还大喊了一声："鬼来了……"然后就是一阵狂奔的脚步声。我知道肯定是一群调皮鬼了。第二天晚上，又有一种奇怪的声音在困扰我，我没有理他们，什么鬼故事，不过是吓吓人罢了。

谁能想到村里就有了传言，说小先生的门口每天晚上都有一个无头鬼在敲门。无头鬼没有头，手里有一只南瓜，他在用南瓜雕刻自己的头。有人说得更玄，小先生连灯都不敢熄。还有人在佐证，无头鬼喜欢跟碰见他的人要头，还要用南瓜头换头。

我开始一点也没有在意，但后来校长也听说了，不过他没有轻信。后果还是有了，那就是每天早晨其他班教室门都开了，就我们班教室门没有人开，学生们聚在门口。我问管钥匙的女生，女生支支吾吾地说想不起来。后来几天都是如此，问及原因，班长说是鬼的故事。班长也很怕的——我看到了他说鬼时惊恐的眼神。我不怕鬼，我无法说服我的班长这世上是没有鬼的。

我们班上开门依旧很迟，连校长在会上都批评过几次。我有点着急了，而村里关于鬼的故事更多了。其中有多个故事讲到了我，还说鬼喜欢跟我要糖吃。我真是没有经验。有一天我在讲课时瞥见了小顺子的眼神，我看到那眼神里的狡黠和得意。我一下子知道了鬼的故事的答案。

我下了课，什么也不解释，只是说："小顺子，今晚请你不要回家，待在这教室里过一夜。"

他头一昂："凭什么？"

我说："你自己心里有数。"

他就软了下去，伏在桌上不说话。待其他学生走了之后，他还待在教室里不交代。再过了一会儿，我终于听见了他瓮声瓮气的哭泣声。他终于交代了他（们）做的一切。这个家伙，居然用他胡编乱造的故事吓唬住了一个村庄！

我让那个小顺子把检查书放大，贴到教室墙上，自己保管三天，只要检查书不见了，不管什么原因，立即补上去。

小顺子还是挺服气的。那三天，小顺子是全班最低声下气的学生，对每个同学都拍马屁，包括对过去他不屑一顾的女生们。

保管检查书的办法只是暂时的。我想，对于这个小顺子的教育，我还要找到更好的方法。


## 给你起个绰号

乡里的孩子一般是双名，班里点名簿上是大名一个，村里也有一个大家熟知的绰号。比如王继宏——大山芋，比如刘永兵——二扁头，比如小眼睛的刘永强——三斜瓜，比如皮肤比较黑的刘永业——黑菜瓜，比如王志学——小肥皂。

追溯这些绰号的来历，大体上有三个方面的原因。一个原因是遗传，王继宏的父亲王学宝的绰号就叫大山芋，据说他爷爷也叫大山芋。二扁头刘永兵也属此类。另一个原因是外形，像三斜瓜刘永强、黑菜瓜刘永业。另外一个就是典故了，比如王志学，他皮肤白，他妈妈总是说"我家用肥皂"——谁家不用肥皂？而王志学就叫"小肥皂"了。

我开始不知道这内幕故事。有一次，我让一个学生找刘永强，学生把刘永强找来，对我说，先生，三斜瓜来了。我当时就笑了。我也叫了声"三斜瓜"。刘永强不恼。而当我在路上跟着别的乡亲叫刘永兵为"二扁头"时，他却没有理我，反而气鼓鼓地走了。可能他挺忌讳的。不过农村这种绰号是很流行的。而绰号一旦长了腿，谁也逃不掉。

有两个学生的绰号我一直没弄明白，一个是小个子王继军，学生们都叫他"队长"。而另一个大个子刘永远被人叫为"教授"。王继军对别人叫他"队长"并不气恼，但他也不答应。刘永远则不同了，别人只要一叫他"教授"他就跟别人打架。他这一举动反而招来了更多的挑衅，有俩学生还鼓动别的班和年级的学生喊：教授，教授！有次七八个女生一起对着刘永远喊：教授，教授！最后，这个大个子哭了，哭得像女生似的。

校长跟我说了这件事。我就把这个事放到班上去讲。不要乱喊绰号，喊绰号是不尊敬别人，不尊敬别人等于不尊敬自己。我看到很多学生的头都埋下去了，我以为我说得不错，就狗尾续貂地说："喊教授还不错，谁要是成为教授，谁就成为我们学校的大人物了。"

谁料到我刚说完这一句，班上的学生就像炸了锅一样，有的学生还笑得直揉肚子，嘴里喊道：教授，刘教授。刘永远在课桌上也笑开了。不过，他只笑了一下，脸就沉了下去。

我这才知道学生们取这绰号是指人体排气的事。"放得响，当队长；放得臭，当教授。"这是村里流行的一句话。因为农村粗食吃得比较多，而一些肠胃不好的学生又有点消化不良。学生居然把"教授"这个词用在了这里，我真不知道怎么说了。

"教授事情"之后，刘永远有点害怕见我，见了我就躲，上课也尽量把头低着。他还是有自尊心的。我想过很多办法，他还是很忧郁，真的像深沉的教授了。

后来就发生了刘永远用一块砖头把另一个喊他"教授"的学生头砸开了一个洞的事。我赶到现场时，刘永远手中的砖头还没放下，他像呆了一样站在那儿。他被激怒了。好在被砸的学生家长也不是不讲理的，赔了点医疗费就算了。

我听见刘永远的父亲在骂刘永远："叫你'教授'怎么了？你又不会少一块肉！"刘永远不吱声。反而是那位被砸的学生包着绷布又出现在校园里。有人注目，他就指自己的头，伤病员似的，这是"教授"砸的。用砖头砸的，好像很光荣。

## 手指橡皮

我们这儿把什么有用的都叫作"某某料子"，我们也喜欢把班上特别聪慧的孩子叫作"大学的料子"。平时我们总说作为老师要对每一个学生有公平心，话虽然这么说，实际上每个老师心里还是有些许"偏心"的，这"偏心"的背后实际是一种恨铁不成钢的急切。我们在班上偏心的就是被我们称之为"大学的料子"的那些学生。他们偶尔迟一次到，违一次纪或者调一下皮均可以被原谅或从轻处罚。有胆大的学生向校长告状，校长不听，反而说："要是你们的成绩也像他们那样好，我也会偏心你们。"

我们班上的一个"大学的料子"长得很丑，除了学习之外他几乎什么都落后，个人卫生差，做事丢三落四。一本新书发下去，不到一星期就卷了角，半个月后就没了封皮，学期还没结束时课本就面目全非了。看在他经常得满分的份儿上，我一般还替他另准备一套书。我还私下地贴了不少练习簿和白纸什么的，可是他的新书还是不过三天，就脏得和他人一样，真是没有办法的事。有一次校长来了兴致，想"接见"他，结果有洁癖的校长很不高兴地对我说："他怎么可以在我面前抽鼻涕，还是黄脓鼻涕？"我一本正经地说："天才就是这样，他就是天才。"

他的功课不错，虽然他经常写错别字，他只要去乡里参加比赛就会拿很多奖。有一次，校长想要到乡里争取校舍维修费，他指示我一定要把这个"大学的料子"照顾好，要准备在乡联赛中考个第一名。过去常常是乡里中心学校拿第一名，有了这个"大学的料子"之后我们就可以争取第一名了。有了第一名，我们校长在乡里话就好说多了。

有了校长这个指示，我就开始为他开小灶。他倒也吃得消，什么知识一讲就懂，真不愧是个"大学的料子"。在赛前我们还多练了一些模拟题，他也一一做出来了，而且答题思路很独特。我心里认为他的第一名应该差不多了。我在乡中心学校的同学也认为他能拿第一名。考试时我和他一起做题目，待他出来后对答案，他几乎全对。我告诉校长，校长非常高兴。可结果出来却让人吃惊，他没有得到第一名，弄得校长见到我也不那么热情了，我觉得不可思议，所以我决定去查试卷。试卷好不容易查到后，答案是全对了，可试卷上多了好多窟窿，还涂改了不少地方。这样卷面分扣了十分，这一扣第一名就扣掉了。我知道他犯老毛病了，竟然没有用我给他买的橡皮，而是沿用老习惯，直接用手指沾了唾沫然后使劲地擦。就这样他的手指橡皮破坏了校长的如意算盘。

这个"大学的料子"的妈妈（脑子有点不正常）身体不好，父亲是个老实的农民，每次他来学校见他的宝贝儿子时，脸上一直笑着，他说得最多的话是："不知道这个小东西吃不吃字。"我们不答他，其实他的问是多余的，我到过他家，这个父亲把他儿子历年获的奖状贴满了墙壁，一进门，就觉得满目生辉，就连那台老式电视机的木壳上也贴上了一张。


## 男女同桌事件

我是在给学生分座位时才知道，这个男生和那个女生是小对象。也真是巧，我就把这个男生和女生分坐在一张桌子上了。我刚宣布完，学生们就笑开了，尤其是男生们，笑得很放肆："哦哦哦，天仙配，天仙配。"

开始我还以为他们起哄呢。我有点火，把桌子一拍，不要小小年纪思想不健康。学生们笑得更厉害了："说我们不健康，他们才不健康呢，早恋，早恋。"学生的话真是把我吓了一跳——现在的学生啊！作为老师，我想我不能随便改变我的决定，不改还好，一改就糟了，这些"小猴子"可是会得寸进尺的。

我对那一对在哄笑声中不肯坐下的男生与女生说："现在什么年代了，坐在一起上学有什么了不起的。"那个男生先坐下了；那个女生也坐下了，不过偏了身子。我又对其他学生说："你们看，这样也蛮好嘛。"这么一说，又中了那些"小猴子"的圈套了，男生笑，女生笑，都是一脸憋不住的样子。

有学生下了课告诉我，他们是小对象。我不太相信，定娃娃亲是什么时候的事了，现在是什么时代，怎么可能呢？但我调查下来，他们的确是小对象（似乎现在乡村又流行了）。没等我宣布，那个女生已把位置与另一个男生换了。我只好默认了。

我发觉这个女生喜欢跟其他男生玩，这个现象是很有意思的。班上有些女生还会跑到那女生的小对象面前说："她不要你了，她不要你了。"

那男生似乎很开心，可能他也觉得是个负担："她不要我，我还不要她呢，谁稀罕。"有的女生还挑逗他："离婚不离婚？"那小对象也毫不犹豫："离！狗日的不离！"

这事是男生的家长找到我之后我才知道的，这个男生的家长是个铜匠。他竟提了一个近乎荒唐的理由——他让我管管那个女生。我觉得好笑，没有否定也没有肯定。那个铜匠说："先生拜托你了，宁拆十座庙，不毁一门亲呢。"我想：我怎么可能会遇见这个可笑的老古董呢？

后来我去那女生家家访了一次。那女生只有母亲，没有父亲。她母亲很沉闷，不愿多说话。我也说不出更多的话，有些事情我实在管不了的。学生们还是拿这对小对象开玩笑，其他班的学生可能知道了这件事，只要一放学，就有学生在门口唱："树上的鸟儿成双对——"有时候唱来唱去就这么几句，唱到最后这女生就哆嗦起来，脸色发白。我把这件事告诉了校长。校长说："你不要多管闲事，她妈妈不好惹。"

后来那女生和男生还是调到别的班上了，男生成绩不太好，女生成绩一般。女生毕了业就没有再上。而男生则出了庄去了外地继续上学，有一次我问起这对小对象的情况，那人说："先生你还不知道吧，早解除了，还是女方先提出来的呢。女方贴了男方不少钱呢。"我说："她妈妈怎么肯的呢？"那人就不知道了。

我就想起了她母亲的样子来，一个很瘦小的农村妇女，由于劳累的缘故，腰有点弯。她女儿和她一样，也是微弯着腰走路，急匆匆的，慌慌张张的，像是有人在后面追赶一样。

"小对象事情"之后，我常常为这个事纠结，是让孩子们早点读懂生活这本书，还是尽量迟点？

也许我的担忧是多余的，在这片大地上，生活总是在向前，而孩子们正在长大。

## 一条黑狗叫阿三

每天上课，我们教室门口总有一只黑狗在晃来晃去地摇尾巴。它还在上课前像值日老师一样，用鼻子闻闻每一个来上学的同学的裤腿。有的学生烦它，踹它一脚，它也不恼，乖乖退到一边去，见到下一个同学，又是一番亲热。面对这只没记性的黑狗，校长说了几次也没用，一是这狗赶不掉，它忠心耿耿地跟着它的主人；二是因为这狗是半哑狗，没有声音；三是这狗能辨认出谁是老师谁是学生，说来也怪，这黑狗从不去闻老师的裤腿。最后校长也没办法，警告我们说："我已强调过了，我再强调一次，会咬人的狗不叫，当心点。"

黑狗是班上的一个右耳上扎着金耳环的男生带来的，上学的时候它跟着跑过来，放学时它又跟他走。这个男生还会打唿哨。唿哨长黑狗做一种姿势，唿哨短黑狗做一种姿势。这黑狗的名字叫阿三。其他的男生打唿哨这黑狗从来不听，后来干脆也叫这个男生为阿三。阿三，阿三，阿三，真不知道是唤人还是唤狗。

我有一次看到静伏在地下的黑狗，就试着叫一声："阿三！"没想到在教室里写作业的那个男生满脸通红地站起来，他迟疑着走到我面前，弄得我莫名其妙。后来我知道了这件事。我到办公室说给其他同事听，同事们说，这狗鬼着呢，它很会识人，最会识校长，只要校长一走近，它就会站起来摇尾巴，而看到其他人站都不站，佯睡着，做出做美梦的样子。

后来乡里要来检查，黑狗阿三成了我们学校的一个问题。校长郑重地讲了这个问题。我之后找了这个男生，这个男生答应第二天不带来，可是第二天上午第三节课，这黑狗又跑到我们教室前摇头摆尾了，还把它的黑狗头从教室门缝里探进来，黑眼睛乌溜乌溜的。它是想找它的主人阿三。下课时我看到它的主人第一个冲出教室，对着黑狗猛然一脚，狗慌张地逃走了。

下午第一节课，这黑狗又来了，离教室远远地站着，像一个标点或错别字。我只好把它的主人喊出来，那狗一见主人出来，也快速地跟了上来。我对男生阿三说，你下午就不要来上学了，检查组的人很快就要来了。我说完之后，男生愣了一下，然后蹲下来哭了，那条黑狗也蹲到他的脚下，狗也哭了，一颗又一颗晶亮的泪水滚过黑狗深深的眼窝，然后滚到地下，碎了。我从未见过狗流泪，这狗泪特别能打动人。我不想再说什么了。

后来的检查中检查组几乎没有检查教室，他们也不会在乎一只黑狗的。其实那次我们校长倒像一只黑狗似的，对着检查组摇头摆尾，堆起一脸的苦笑。

有一次讲下雪，我还即兴说了一句打油诗"黑狗身上白，白狗身上肿"让学生猜。再后来，冬天打狗季节到了，不时有谁家狗失踪的消息。这个黑狗阿三也被人打吃了，吃完了又悄悄还男生阿三家一张狗皮（这是我们这儿的风俗，不能气恼的）。

没了这条黑狗做伴的男生阿三显得特孤单，不愿多说话，也不与其他男生打闹，而且他还特别反感别人叫他阿三，谁叫他阿三他就和谁急，还动手打人，打不过人就张口咬人，真像一只狗似的。我还处理过好几次因为叫他阿三而打架的事，他的小眼睛也乌溜溜的，戴着金耳环的头高昂着，一脸理直气壮，我真不知道怎么开口说他。

## 肚子里面的蛇

开始这个玩蛇的孩子并不是我们班的学生，我和他第一次见面是在我们办公室。他站在办公室里的样子显得很无辜，一脸的可怜相，他的老师上课去了，我只随意地问了他几句，他便委屈地哭了，从他流泪的速度来看，我便觉得他是好孩子。后来他作为留级生留到我们班上时，我才发现，我最初的感觉错了，而且错得一塌糊涂。

一学期没下来，这个貌不惊人的学生已经往教室里带过癞蛤蟆，刚出世的幼鼠，各种形状各种颜色的鸟蛋，还带过一排蛇蛋（蛇蛋是像一排子弹并列在一起的）。谁也不知道他是从哪里弄来的，当我不在教室时，他必定给我们班的学生（尤其是女生）带来一阵又一阵不安与尖叫。

我只好采取老办法，让他站办公室，但无济于事，他口头检讨快得不可思议，检查书在我这儿不下三十张，还带过家长（他父亲是个兽医，很文弱的样子，不过听说他脾气不好，打孩子手段辣，用竹枝抽）。后来我发现每次带过家长后他看我的眼神完全是仇视，似乎是我出卖了他，他脸上的伤疤就新添了许多，虽然他很不在乎，但我也不想带家长了。我尝试改用鼓励法，没想到鼓励法比批评法好多了，由于我经常想方设法地表扬他，结果他很是安静了一阵子。事情让校长知道了，他还鼓励我写教改文章，谈谈如何转化后进生。

我的论文还没写好，想不到的事情还是发生了，他居然从外面带来了一条小青蛇，开始他是笼在袖子里的，他见到一个同学就捋一下他的袖子，结果是可想而知的，一阵又一阵尖叫，女生的尖叫尤其响亮。等我在办公室问他做了什么，他还狡辩说他没做什么。其实在之前已经有学生告诉我了，我心里早有准备了，但当他把袖子中的蛇放到我桌上时，我还是吓了一跳，我并不是一个怕蛇的人，我看着那条比指头大不了多少的蛇可怜地蠕动着，已经快不行了。而在这可怜的蛇身边，是比可怜的蛇更可怜的他。我气得真是说不出话来，可在我还没说怎么处罚他时，他已主动惩罚自己了——他掏出纸笔开始自己举起手，把手背往办公桌上敲，每敲一次，还装出很疼痛的样子。我说，谁叫你这样做的？他嘟哝了一句："我不打手你也叫我打的。"

那条蛇最后还是死了，这个玩蛇的孩子安稳了一段时间（我没处罚，我说让他记着等待，我想让他在等待处罚的过程中反省自己）。结果有一天他居然没有来上学（平时他上学是很准时的），我认为他逃学了，其他同学捎信来，说他病了。开始听了我还认为是借口，他父亲的一个借口，可能他父亲对他失望了，不让他上学了，听到这个消息，不知怎么的，我心中竟然有了如释重负的感觉，我的班上也安静了许多，连校长也表扬了我们班。有一次，我还梦见他回校上学了，他从书包里掏出一只蝙蝠，蝙蝠在我们教室里飞来飞去，把整个教室都闹得一团糟。

再后来就听学生说他患了阑尾炎。我们学校其他老师还以他为例，杀鸡儆猴，他们教育其他学生："不要顽皮，不能顽皮，你看他玩出阑尾炎来了吧。"想想真可笑，这么吓学生有什么用呢。可是这效果却出奇地好。

过了不久，这个学生又背着书包来上学了，显得那么文质彬彬，还有点羞涩，可能在开阑尾时把他的调皮也开掉了吧。仅仅过了一个上午，下午我到教室时，我发现他身边又围了不少学生，我走近一看，围观的学生飞速地散了。我认为他又带什么东西来了，我问他，他不肯说。我叫住了一个"观众"，这个"观众"说："他给我们看他的阑尾刀口，是他主动叫我们来看的。"这个"观众"说："他还说，他的肚子里长了一条蛇，是医生开刀把蛇拿出来了，有这么长，像讲桌那么长。"

我回头看了看昂着头偷听的他，他碰到我的目光，迅速地把头低下去了，脸还红了。红了脸的他还是蛮可爱的。

## 哭 宝

"哭宝"是一个男生的绰号。他长了一双大眼睛，只要眼睛眨上几眨，那泪水就大颗大颗溢到眼眶边。一滴，又一滴，无声地落。他被人欺负时会哭，他自己跌倒时也会哭。考试不理想会哭，被老师批评了几句也会哭。我们校长称他为"林黛玉"。我经常在办公室与其他教师闲聊时被校长叫去，快去看看，快去看看，你们班上的那个"林黛玉"又哭鼻子了！

常常是我走到教室里时"林黛玉"仍在哭，原因很简单，有时是他新剃了头被学生们报新头税（这是农村孩子们常有的庆贺方式，用手摸新剃过的头部），有时是他踢毽子踢输了，有时是因为他被女生和毛毛虫欺负了。每次我问明了原因后都有点哭笑不得，我真的从未见过这么怯弱的男生。要知道，我们的男生大多都很坚强，有的男生的鼻子（撞在教室门上）撞破了，血在流，可是没哭，还咧开嘴笑呢。

不过"林黛玉"成绩很好，尤其是语文，他背书也很快，有时我让学生背完书后再回家，他总是第一个背好了书，按理他可以回家了，可是他总是不忙着（或有些害怕）回家，总是磨磨蹭蹭地坐在教室里等其他学生背好了，他自恃课文熟，还会"插嘴"，他一"插嘴"，别的同学就一起围攻他，最后他又哭开了……这是何苦呢？可他就是这样，眼泪或许是他的法宝。有时候我并不劝他，他哭了一会儿就不哭了，之后若无其事的样子真令人怀疑。

谁能想到就是这样的一个哭宝"林黛玉"，居然创作了一部武侠小说！开始班长告诉我时我还有点不相信。后来班长还悄悄拿过来给我看，武侠小说是写在一本练习簿上的，他的字写得不算差，他是什么时候写的呢？开始我还很平静，后来就有点惊奇了，再后来就有点愤怒了，因为他把我的名字、校长的名字和我们班学生名字全都编进了他的武侠小说中。他自己也在其中，做了武侠小说中武功最强大的王。我们的校长在里面成了一个卖老鼠药的。我呢，我的名字在里面——我成了他的一个烧火的仆人。

我真的不明白，我为什么就成了一个烧火的仆人了？

小说的情节并不出众。本来我还准备拿给校长看，看他卖的什么老鼠药，后来想想就罢了，我让班长把哭宝的武侠小说还了回去，并让班长不要再说了。说来也怪，看完这小说后我再看哭宝，他可能真是个武功强大的王，而他的独门暗器就是他的眼泪。后来我还推荐他参加了一次作文比赛，他居然获得了一个佳作奖，这在我们学校是史无前例的。

拿到证书与奖品，我让班长把哭宝叫过来。我虎着脸说："让你参赛为什么没有获奖？"他听了之后，眼睛眨着眨着又哭了。我看他哭了一会儿，然后把证书和奖品给他，我以为他会不哭了，谁知道他哭得更厉害了，泪水像是下雨似的，一滴滴，后来是一串串流下来了，最后他竟哽咽起来，一抽一泣，肩膀耸动，像是受了天大的委屈。我真的想笑，这，就是武功最强大的王？

## 我的秘密枪库

乡下的孩子玩起来，就像一群没上笼头的小马驹，没日没夜地在外面玩，实在玩饿了就回家去看一看，有饭吃就好，没饭吃就啃只冷山芋继续出去玩。

小先生（节选）

乡亲们说：这些童子鸡火大着呢。后来，他们内心的火就化为一把又一把芦柴枪了。"枪战"中的枪一般是由芦柴做成的，反正我们这儿芦柴多得很，选一根最长最粗的，左缠右绕，一把芦柴枪就做好了。有人还用芦柴做成了卡宾枪，只不过枪管粗一点长一点。有时候能做两把，左手一把右手一把，成了双枪王。有一次我去村里有事，那些孩子居然还有了骑兵队，他们中的头儿竟坐在一只黑公猪的身上，手里还握着枪。

他们总是练习着战争与和平的游戏。在课间，我还看到了学生用起了木头枪，不过削得不好看，肯定是用一把菜刀削的，这个我以前做过。一个孩子的父亲是木匠，他的木头枪比那个自削的枪好多了。后来，有个学生用起钢枪，用火药蛋装在凹槽里，一开枪就响，还领过一阵潮流的，这让学校门口摆小摊卖火药豆的人发了一笔小财。再后来玩具枪多了起来，仿真的声音呜啦呜啦的。还有导弹的声音，不过很费电池的，一般学生还不敢带到学校里来，他们怕管得严的校长没收。

有一次，一个学生居然用"枪"把一个捆草的老人吓得把草捆丢下了河。遵照校长大人的命令，我们这些班主任总是定期搜查书包，"把问题枪杀在萌芽状态中"，我每次搜包都有收获，好像这些孩子的枪层出不穷，枪的种类多种多样，我还搜到一个学生用泥做了一支仿真手枪，枪下还系了红绸带，像模像样的。

孩子们对待我们的"灭火"开始还不适应，如果是芦柴枪或者泥枪丢了，他们还无所谓，但如果是塑料的仿真手枪被我们没收了，他们会自动地在下课后站在我们办公室门口不敢回家。他们知道我的脾气，我会问他们，一问他们就飞速地把一份皱巴巴的检查书塞给我，然后就哭，眼泪止不住地往下流——我心一软，就会还给他们。

有时候他们还会"坚壁清野"，书包里没有，而藏在了身上。课间拿出来玩，上课时再藏起来。还是校长眼尖，他有一次在我搜查之后再进行第二次搜查，结果还搜出了三把仿真手枪。校长手一钩，那仿真手枪上的灯就有红的绿的光闪烁，还哇啦哇啦地叫，孩子们一个也不敢笑。校长让那些手枪的主人上来，命令他们往地上摔，有两只手枪立即摔哑了、摔碎了，有一支手枪仍然在叫，校长的大脚踏上去，那支枪立即哑了口。

我把每次收缴的武器放到了一个专门的抽屉里，平时用锁锁着。有一次，我正好有闲工夫，打开了抽屉，发现里面竟像一个秘密枪库。什么枪都有。我想起我儿时对手枪的种种渴望，我握住了其中的一把枪，瞄准窗外树枝上的一只麻雀。

结果呢，真是无巧不成书，从窗外居然露出了我们班一个丢枪学生的脸，他居然还冲我笑了笑，露出了口中掉了门牙的上牙床。

我有些忧虑，不知道明天孩子们会怎么说我玩枪的事？


## 竖起双耳倾听

我们校长对青年教师总喜欢说："不能体罚，不能体罚，千万！"他总认为我们这些青年教师火气大，会动手。他不知道，真正喜欢体罚学生的是老先生们，没有一个好教师喜欢体罚学生，只不过我还是很佩服几个老先生，他们体罚的方式巧妙，他们还有绝招，体罚完学生，学生还会觉得自己没受体罚，这就是他们的经验与秘诀。所以，无论多调皮的学生，只要听见他们的咳嗽声，便会立即安静下来。

这真是很奇妙的教育法。有时候我羡慕这样的威严，有时候我又不想，我喜欢我的学生见到我笑，而不是见到我不敢笑（老先生体罚学生主要是让学生自己往办公桌上甩手掌——这比起那些暴躁的家长来说，真是小巫见大巫了）。农村生活枯燥、单调，加上农忙季节到的时候没天没夜，调皮惹祸的孩子、不会做家务的孩子就遭了殃。有的农民忙急了，即使不调皮也很会做家务的孩子也会遭到殴打——还叫作"煞火"！煞了大人的火气，我的学生们就会留下大大小小的纪念。有的农民下手很重，我亲眼看到一个学生肿了半个脸来上学。还有一次夏收刚过，有个女生瘸了，一问，是家长用脚踢的。不过这些被家长修理过的孩子好像没有记性似的，照样在学校里追逐、打闹……我看着有点心疼，这乡村暴力的种子，就这么轻而易举地种下去了，但愿它不要发芽，不要开花结果。

我们班有一个小个子男生，不过他反应总是有些慢，好像总不搭理人，穿着也不好。这一点可以看出他的家境。那么差的家境也没有

小先生（节选）

阻止他养得胖乎乎的，这也算是乡下生活的奇迹了。他成绩不好，也不差，中等的样子，是班上那种让人放心的学生。如果班上出了一件闯祸坏事，最不被怀疑的就是他。或者说，班上的女生都比他还调皮。而就是这样一个学生，被学生们取名为"聋子"。这是一个侮辱性的绰号。学生们叫他，他不应，也不气恼，还是那么木木地看着黑板，然后做作业，连上厕所都很少去。

我去他家做家访的时候，他母亲在家，父亲不在家，然后他母亲就说出了他耳朵不好的真相，是被他父亲一巴掌打坏的。打坏了之后还去看过，可没有看好，也就这样了。他坐在一边，知道我们在说他，眼睛眨巴眨巴地看着我，我的心很酸，很酸……心一下子痛了起来。在家里，父亲打他。在学校，那些还不知道好歹的学生欺负他。我开始找他的长处，我发现他早读课表现很好。我就走到他的桌边，先拍他的肩，然后指着书上一段，让他读书。他明白了，开始读，开始读得很慢，有点结结巴巴，再后来就读顺了，再后来我想不到，他越读越快，都没有句读了，像是在唱诗，学生们居然没有笑——我也没有，因为这个学生声音洪亮，读得很投入，我都看到他的扁鼻子上的汗珠了。

从这件事以后，他活跃多了。我把他定为领读小组长。他原先蔫下去的性子好像不见了，下了课也不蹲在教室里了，而在外面与其他学生追逐了，不过他耳朵依旧不好，他在领读中经常读错了音——也就是生字的读音。没有办法，我只好免了他的职，让他管卫生。他的卫生管得不是太好，看得出，领读组长之事对他打击很大。他也不太爱抬头看黑板，只是竖着耳朵在听，像一只惊魂未定的兔子，只要听见了任何风吹草动，就立即会蹿出教室去。

后来，他果真蹿出去了——他父亲让他去学金匠——是花了大价钱拜了师父的。他父亲想赎罪；而我，总觉得他还在我们班上。每次早读课，我在教室外竖起耳朵听，我总听见他在里面大声地声嘶力竭地读书，这是过去他每天最为兴奋的时刻。

## 卷了角的作业本睡了

每次改完了学生的作业本，我都记得把学生们作业本上卷了的角一一抹平，还用几本书压上。有时候改完了作业本，天已经很晚了，我就拍拍它们，然后就把它们丢在办公桌上了。回到家里，不知怎么的，还想着那些作业本。在梦里我又开始改作业本了，不过一本也不卷角，崭新的，像一个队伍正在等待我检阅。

早晨起来，心情很好，可待我走进办公室时，我又看见了昨天刚抹平的作业本卷角又微微卷起来了，像一个闹钟没闹醒，而又换了一个姿势睡眠的孩子。我又会忍不住翻了翻，其实早就改完了，我还以为我一本还没改呢。我放下作业本子，这群长了一对招风耳的孩子……不要以为他们在你面前俯首帖耳的（还是大大的招风耳），作业本上的陷阱多，多得你自己也跟着他们一起出错。

比如说标点符号，一"逗"到底的学生很多，而每句话都用一个句号的也不少。如果真按标点符号的读法，前一种学生的作业读下来就会憋死，而后一种则会变成结巴。而错别字，更是层出不穷、屡教不改。错得千姿百态，别得十万八千里。此次错，下次还错，固执得一模一样。有的学生还造出了我不认识的字，后来叫他来读，他也不认识。我叫他仔细认认，他终于想起来了，原来是两个字合成一个字了，比武则天造字还有本事。

如果说标点符号和错别字是老生常谈，那么抄作业现象就更令人头疼了。几乎每一个班都有想偷懒的学生。有的学生抄品好些，有的学生抄品就差多了，居然连人家的错误也抄上去。有个小个子男生，很聪明，上课刚讲的课文，下了课他就能够背上，可他就是不愿意做作业。他的位置坐在女生的前面，他总是抄女生的。有一次，我让他把他抄的作业读一下，他怎么说也不肯读，最后我让班长读了。在作文中，他居然最渴望红头巾，最后终于扎上了一个红头巾。从此，这个小个子男生的绰号就叫"假丫头"。有的学生遇见他就做扎头巾状。不过，这之后这个小个子男生成绩却变好了，成了我们班的尖子，这是我没有想到的。

作业本的故事太多了。字如其人，本如其人。有的学生的字像风一样一侧倒，有的学生则把笔画伸到了格子外面了。有的学生的作业本封面干干净净，有的学生作业本上则像是拖了鼻涕或挂了一两粒没有揩净的饭粒。

有时候，我坐在办公室里，就喜欢翻阅着我刚批改完的作业本，我把那些卷了角的作业本抚平了一遍。每个作业本的主人都在我的头脑里过了一遍，我甚至可以想出他们此时在课堂上的样子——

卷了角的作业本睡了……

## 鸟粪处处

那时候的乡村学校没有围墙，充当围墙的都是些苦楝、刺槐或梧桐什么的土树，所以乡亲们的鸡鸭鹅总是能够毫不客气地要求进校"学习"。前几天是一只红翎雄鸡跳到三年级的窗台上引吭高歌，昨天是一头浑身是泥的猪闯进了办公室的大门"嗯嗯"地发表意见，今天又有两只白鹅在五年级的教室门口一唱一和。

这些不速之客的骚扰使校长下决心要砌围墙。校长没想到砌了围墙还要安装一个铁大门（当初就没有铁校门的预算和经费），所以围墙是砌好了，但我们的学校却像一个刚换牙的少年在傻笑，那些有经验的客人们依旧会不时闯进学校来，并且会像乡干部一样"莅临指导"。

水乡的孩子撑船弄篙可是好手，但对于自行车却是外行。所以星期天的校园里经常有一两个学骑自行车的少年。我看见过一位学骑自行车的少年，他好像已经在操场上骑了很多圈了，他使劲地揿着车铃，叮叮叮，叮叮叮……把操场上觅食的一群鸡都吓得飞了起来，鸡飞起来时像一只笨重的大鸟。后来这个骑自行车的少年越骑越快，他尝试着用一只手扶车把，后来又尝试不用手扶车把，多悬啊！他还得意地笑着，昂着头环视，估计他在寻找操场上有没有观众。不久他就重重地摔了一跤。我估计他摔伤了，然而他还是站了起来，扶起自行车，扶正车龙头，又用力揿了揿车铃，铃声依旧很清脆。

上课的铜钟就悬挂在一棵榆树的歪脖子上，学生们上体育课的爬竿也靠在树干上。上课了，钟声响起来，那些躲在树丛中的鸟儿就飞起来。不知为什么，很多孩子都喜欢偷偷去打钟，经常可以看到星期天或放学的傍晚，一个少年正努力地踮起脚尖，一下，当；又一下，当当当。钟声悠扬，一下子穿透了乡村学校的寂静。有一次，我看到一个偷偷打钟的少年，他敲了一会儿，不知道为什么，后来他就敲得急促起来，当当当，当当当当——之后，他就松开钟绳，飞快地溜走了，还差一点摔了个跟头，像一只从夏日草丛中蹿出来的兔子，估计他害怕了。我还看到过一个农民偷偷踅进我们学校，拿起钟绳轻轻地拽了一下，当——钟声令这个农民禁不住哆嗦了一下。

后来我们学校就装上了大门，学校里的鸡鸭鹅们少多了，操场上的草就开始疯长了。只有那些鸟儿，它们当仁不让地成了乡村小学的旁听生和借读生。清晨也来上早读课，不过它们的纪律不太好。每天晚上学生们都放学了，它们理所当然就成了住校生。叽叽叽地上晚自习，久久也不能安静下来。有时候它们也会闯进教室里来，从南边的窗户进来，又从北面的窗户飞出去。

每天清晨，勤奋的值日生会扫到很多从树上摔下去的叶子，扫完之后，一条光滑而干净的土路就露了出来。许多鸟粪的痕迹也露了出来，淡白、淡灰、淡青色的鸟粪的痕迹就画在地上了，就像孩子们用粉笔头在地上画的粉笔画。不过，这些不讲卫生不守纪律的鸟儿也是很聪明的，待下课的钟声一响，它们会从树枝上识趣地飞到教室的屋顶上，看着我的学生们像鸟一样在树影中蹿或者飞。

## 跑吧，金兔子！

乡村学校体育器材少，开始学校仅有一台水泥砌的简易乒乓球桌，水泥桌面已裂了许多缝隙，但那可是孩子们的乐园。一般说来，高年级的孩子一下课会占据这张唯一的乒乓球桌，而且还会用没有胶皮的光板子球拍打球。低年级的学生就没有这个机会了。有一次我看见两个低年级的学生各持了半截砖头在领操台边打乒乓球，砖砌的领操台上画了一道白线，橘黄色的乒乓球在两截半砖之间得意地飞来飞去，像一只黄雀在飞。半截砖头握在小手里还是很沉的，乒乓球总是不时地滚到草丛中去。那满头是汗的孩子弯腰捡乒乓球的样子，真像在草丛中努力寻找着鸟蛋似的。

没有乒乓球可打的孩子就到校东边的河边打擦片。一块又一块擦片在水面上弹跳着飞行，弹起一只又一只九连环似的水圈。到了冬天，河面冰封了，这时候打擦片就更有意思了，擦片会在冰面上飞行，像一辆子弹车在冰面上高速地开。有的"子弹车"直接能飞到河对岸的堤下。当上课铃响的时候，冰面上布满了土坷垃擦片，看上去，就像一盘未下完的棋。

后来校长带着我们用业余时间整理出有篮球架的半个泥篮球场。泥篮球场好是好，就是有很多弊端，尤其是不能下雨，如果下了雨就麻烦了，想要打篮球，必须等太阳出来将球场晒干。冬天雨少，打球时灰尘会一阵一阵地腾起，一场球打下来，我和我的学生都成了泥灰做的人。

打球最好的季节是在春雨过后，油菜花盛开的时候。天气晴朗，油菜花的光芒将我们都映射得容光焕发。打球的我们像一只只大蜜蜂，学生们则像一只只小蜜蜂，油菜花的光芒和芳香都躲到了我们额头上的汗珠里。

有时候，胶皮篮球会故意飞出去，飞到球场边的油菜花丛中。学生们抢着到油菜花丛中去捡，谁捡回来谁就会成为一个金子做的人——油菜花会很慷慨地把进入油菜地的人变成一个金人。

有一次，那只胶皮篮球刚落到油菜花丛中，就有两只野兔子被惊吓到跑出来，这可不是一般的野兔子，而是两只金兔子！学生们都没有追赶，而是看着金兔子又折回蹿进了油菜花丛中，大家都在心中默默地喊：跑吧，金兔子！

## 野蜂巢

乡下孩子的童年单调而寂寞，但自由自在，像没有嚼口的小马驹撒腿奔跑在雪地上，每一个季节都会在他们身上留下纪念。可以这么说，只要仔细打量我们班的孩子，孩子们的脸颊上、额头上、手背上、手臂上、肚皮上甚至屁股上都留有纪念的伤疤、伤口的奖章。有的孩子的伤疤就在眼角上，只差一点点，眼睛就要被弄瞎了。不过他们不在乎，好像什么都不记得了，照样追逐，照样顽皮。你看那个总低着头抿着嘴巴的孩子，你千万不要以为他害羞，他曾因和人比赛，从土堆上向下冲而摔断了胳膊，刚刚拆除了绷带，又因追逐跌断了半根门牙，所以他至今不敢大笑。一笑，就可以看到他的"半扇大门被人卸走了"。我们班里还有一个总不肯剃头的孩子，每次剃头他都要被他父亲狠狠修理一番，并不是因为他不讲卫生，他是想用头发遮住耳角的一道伤疤，这伤疤来历不明。

校长一直叮嘱我们要加强安全纪律教育，给小马驹套上嚼口。校长大会小会都在敲边鼓，夏天不许下河游泳，冬天不许在河上溜冰。虽然我一一做了传达，还咬牙切齿地拍着讲桌发火，"自己要对家长对教师负责任"。层出不穷的调皮事情仍令我发火，令我们校长发火。如果他们不损坏公物，他们就损坏自己。这样的事故一旦发生，尽管家长都不怪我们老师，总是怪自己教育得不够，可我们作为老师，心里并不好受。家长们把孩子交给我们，我们应该让家长一万个放心，所以，安全教育方面很是小心又小心。谁能想到后来会出一个野蜂巢事件呢？

在学校的西南角有一个杂树林，长着刺槐、苦楝、榆树什么的。前年曾有一只野蜂巢挂在树上，后来被戴着一顶旧草帽的校长摘走了。去年校长又摘走了一只大蜂巢。今年由于忙着通过县里的"一无二有"验收。"一无二有"说了多少年，弄到最后说不清什么有什么没有，反正上面这么说，校长也这么说，我们也忙着和他一起搞材料。为了通过验收（验收是一票否决），校长还专门出去学了一些经验。经验说"一无二有"关键看材料，就把野蜂忘掉了，野蜂巢也忘掉了，待事情发生时，野蜂巢已长得像一口碗那么大了。

偷摘那只野蜂巢的是一个大个子男生，脾气有点嘎，是十足的"劳动委员"的料子。不过他的劳动委员职务已被我免过好几次了（因为他做了许多奇怪的嘎事），他后来又是央求我又是拿表现（最好的表现是替我们给食堂的水缸里挑水），很快他又复职。摘野蜂巢是他本来想逞英雄，还对围观的同学夸下海口说，这野蜂巢值钱，拿到乡里能卖十块钱呢，等卖了这野蜂巢他请大家吃棒冰。结果棒冰没吃成，来不及跑的他被自卫的野蜂们追上了，脸蜇肿了，成了一只皮球。

待我知道后，孩子们已经逃到安全的地方，有人去叫村里的医生，有人去叫来校长。我到了他面前，眼睛已经什么也看不见的他依旧嘎里嘎气地说，他一点也不疼。更令我又心疼又气恼的是，他手里还没有放下那只碗口大的野蜂巢。校长也看到了这个面目全非的学生，校

小先生（节选）

长一边咬着牙叹息——好像挨蜇的是他，一边夺下野蜂巢，然后划擦一根火柴，野蜂巢一下子成了一个火球，一会儿就成了一撮灰了。校长又要来一碗醋，让我把这野蜂巢的灰与醋和好了，替那个嘎小子涂上。这是治疗野蜂蜇伤的民间秘方。

我在这个学生肿胀的脸上涂抹时，发现他的脸上除了几条大伤疤还有许多细小的伤疤，这些小伤疤平时看不清楚，现在脸肿起来了，反而清晰了。不用说，这些小伤疤和那些大伤疤一样，都是他一次次冒险与顽皮的见证。

## 彩　虹

我管理班级的方式有点不像其他的老师，这可能跟我从小上学所受的规矩太多了有关，所以我推行民主管理。我们班的班长不是任命，而是学生自己选的，平时的班级管理主要靠班委。开始我自我感觉还不错，老教师们却提醒我说："不要自食其果。"我一点儿也听不进去，尽管脸上笑着，但心里一直想着我要教出与众不同的学生来。

然而我错了——实际上我也不知道自己是对了还是错了，那些猴子一样的学生或许不能给他们民主管理的笑脸。"给个脸就爬上天"，这是老教师说的，这句话不幸言中了。开始班上的一些小事情我真的没有将其"扼杀在萌芽状态中"，结果"越纵容越茁壮成长"，终于发生了我的一群学生星期天闯进乡卫生院拿手术刀（说是要解剖癞蛤蟆）的事。他们是集体去的，当然也就集体被抓住了。"你的学生丢了你的脸，你们班丢了我的脸，丢了学校的脸。"——校长把这些学生领回来时，就和我说了上述的话。校长还说要"整顿"，要"严打"，要"重振雄风"。我回到办公室，老教师们都幸灾乐祸地看着我，其中有个老教师说："还民主呢，你不要把他们当人，他们这些小马驹要训要管要上笼头，哪能信马由缰呢。"还有个老教师说："听说他们都不叫你老师，而叫你老兄？"

我只好回到教室去。平时没有老师，教室里肯定是有叽叽喳喳的声音的，而那天不。或许他们都知道了自己的错误，或许他们在"伪装"，"伪装"起来哄我。我用粉笔在黑板上龙飞凤舞地写下了三个字：

"反省会"。我还特地在"省"字下面加了一个"xǐng"。我写完之后说要让大家反省这一段时间的错误，有则改之，无则加勉；要写深刻，全写，男生要写，女生也要写。

不一会儿，班干部们的反省书交上来了，女生们的也交上来了，都比较深刻，相反那些去卫生院的男生写得非常简单，（好像）说拿手术刀不是为了别的，而是为了学达尔文，搞科学实验（有的学生还说偷手术刀是为了科学实验），真是振振有词。我一页一页地翻着，觉得他们有点和我故意作对的味道。下课的时候，我宣布了一条决定：女生先回家去，男生留下来继续反省，一个一个过堂，一个一个上台表演。上台讲的人不知是由于怯场，还是不服从我的决定，讲得有点失常、夸张，反而引起一阵阵笑声，好像在跟我做游戏了。我决定推迟放学，我说，我要家长一个一个来带——这是老教师教给我的一个秘诀，我一直鄙弃的，如今却用上去了。

说到家长，刚才还兴高采烈的学生一下子泄下气去了，他们泄下气的样子很是可怜。我觉得我还没有达到目的，我决定要坚持到底，开始还有外班的学生趴在窗口边看，看了一会儿他们就回了。本来我也想让这些可怜样的学生放学，但我不能自下台阶。还是班长站起来求情说："先生，现在农忙，让他们回家烧晚饭吧。"

我觉得不能把他们留下来了，就敲了敲讲桌，对他们说："今天暂且就到这儿吧，不过账还没有算完，先'挂'在我这儿。"（这也是老教师教给我的话）我的话音刚落，我的学生们就立即拥出教室。刚才还可怜样的学生们一下子活跃起来，真是不能相信他们。

突然有个学生指着天空说："先生，先生，看那彩虹！"我抬起头，真的有一道彩虹挂在东边的天空上。我已有很长时间没看到彩虹了，彩虹真的很美，我有些眩晕。学生们跳跃着："彩虹！彩虹！"仿佛这彩虹就是他们的童音喊出来的。

## 风车上的孩子

离学校很远的地方有一道长长的灌溉渠，灌溉渠边有一架硕果仅存的风车（是节俭的乡亲怕耗用更多的灌溉柴油而留下的，用机器灌溉会耗费柴油）。看风车的是一个脾气很怪的老头。他长得很矮小，但很精干，学生们暗地里都叫他"洋辣子"（一种寄生在树上的叫曲纹绿刺蛾的有毒的昆虫），意思是说这个人脾气臭，不能惹。可学生们喜欢风车，有事无事总喜欢眼巴巴地看着风车吱呀吱呀地转。尽管看得紧，有个调皮的学生还是在某天夜里偷偷地玩了风车。玩过风车之后，他就忍不住把这种兴奋传递给了其他同学。

风车带着布满补丁的布篷吱呀吱呀地转。一群又一群清亮的水就被水槽里的木板请了上来。风大的时候，风车就飞快地转，转得连布篷上的补丁也看不见了，只看见一道白光在学生们面前飞舞。学生们很聪明，这时谁也不会去碰这发了羊角风的风车的。那个"洋辣子"还在监视着他们呢。真正能玩风车的时候是待风小下来，风车的急行车变成了散步。往往在这时候，看风车的老人就要到田头看一看秧田里的水位……事情就是这时候发生的。

那时已经放中午学好久了，我们在食堂又一次品尝了炒粉丝的味道，刚刚坐下来吹牛，突然就听见了远处的尖叫声。尖叫声很凄厉，好像村里那个最不会打儿子的农民，又在用竹条惩罚那个还没打到就咋呼起来的儿子了。一个佯打，一个佯叫，像一场闹剧。可这次不太一样，校长率先冲了出去，我们也随后冲了出去，出了学校，才听见尖叫声不是出自学校，而是出自田野上。村里也有不少农民从家里丢了饭碗，跑了出来。校长这时已经带着我们冲到那风车面前了。风很大，看不清风车上有几个学生，只能听到风车上的尖叫声。

那个叫"洋辣子"的老人不停地说："这些皮王，一眨眼工夫！这些皮王！一眨眼工夫！……"我们知道他的意思，但现在怎么办？学生们在尖叫。

有人说用镰刀割破布篷，风车就会停下来。可割伤了学生怎么办？有人说用钩子钩住风车，但没有这么大的劲，说不定最后还会连人带钩一起飞出去。一些家长急得哭了起来，一些家长则在骂："好好，你们叫吧，叫吧。"这么一骂，学生们不叫了，但沉默更令人揪心。我看到校长头上的汗都出来了。他摇着那个叫"洋辣子"的老头，说："你说说怎么办？你说说怎么办？"那个看风车的老人说："只有一个办法了，扔草捆！"

这倒是一个办法。农民开始到自家草垛上抽草捆，接着，一捆又一捆草扔到了风车下。开始，草捆上的草被风车带了起来，我们面前到处都是飞翔的稻草……后来风车的速度慢下来了，最后风车终于跑不动了。我看清了，风车上一共有六个学生，全是男生，六个角，正好六个男生。校长命令他们松手，可他们已经松不了手了，铅丝把他们的手勒得通红。其中有一个家长啪地打了他儿子一个耳光。这个男生没有哭，只是呆呆地看着我们，好久才哭开来。这个男生上学期刚因爬人家脱粒机，而被划破了胯下的宝贝，还送到乡里的卫生院缝了十三针。

晚上，村里响起了不少鞭炮声，很多农民是在为自己的孩子"压惊"（农村安慰受了惊吓的孩子的习俗）。我在宿舍里听着此起彼伏的鞭炮声，声音忽大忽小的，看样子，外面的风还是很大的，那只破了篷的风车肯定又转起来了，一群水又一群水就这么被带了上来。

后来只有一个学生在作文中写到了这件事，他没有说多少，只是说风车真好玩，就像城里公园的过山车。看样子，他去过城里公园，还坐过过山车。

## 丝瓜做操

除了9点25分至9点30分这段时间，我们学校大部分时间是安安静静的，即使有鸟鸣，有琅琅的读书声——其实有了这些声音，反而令学校的寂静有一种说不出的幽深。有时候我在林荫道上行走，被远处一团又一团涌来的油菜花香和槐树花香拥抱——会忍不住叹息一声，随后，我的这一声叹息就快速在林荫道上跑开来，想拦都拦不住，我捂住了口，仅仅捂住了满口的花香。

我的叹息是吵不醒乡村学校的寂静的，学生们的童音也是划不破这寂静的，只有放学时那阵喧闹，它能把乡村学校的寂静掀起一阵微小的波澜，随后还是它，"寂静"这个词语在解释……直到架在苦楝树脖子上的铁喇叭能够吵醒它，此时上午9点25分。

守在家里的村民们首先听见了，然后就停止了交谈，停止了训斥调皮的牲畜，不约而同地去米坛里用半升子（半升子：量具。半升为一斤）量米，然后到河边淘米烧饭，刚才还面无表情的河水一下子有了水纹，这些水纹们也在像学生们那样排队伍，一二三四，二二三四，三二三四，四二三四。

有些没事的老头老太会蹲在学校门口看学生们做操，他们见到那么多学生在操场上，"一群黑鱼乌儿"，意思是说学生们像一群小黑鱼，如果这种说法成立的话，我们的校长就是一条大黑鱼了——不过这是一条白头发的黑鱼，还有那位体育老师，也是一条黑鱼了。

铁喇叭沉默的时候，乡亲们会经常误了饭。他们有时还会来怪学校——为什么不放喇叭？好像他们吃了烧焦了的急火饭都怪我们学校。我们校长说："睡不着怪床歪。"

铁喇叭不响实际上有四个原因。第一是下雨或刚下过雨。由于是泥操场，一下雨地就泥泞了，好几天都不会干，所以那几天炊烟们也会变得三三二二的，有点无组织无纪律。好几天校长都发狠要铺水泥操场，可天好了他又忘了。一下雨他又这么说，谁也不会当真的，经费太有限了。第二个原因是铁喇叭经常罢工，线圈经常烧坏了，一旦烧坏了黑脸总务主任就要什么事也不做，自己动手修，他（自己）还会绕线圈呢。三是因为广播操的唱片老化了，或者电唱机的唱针坏了。最后一个原因是停电。

除了第一个原因外，我们的学生都是要做操的，体育老师的脖子上有一只铁皮哨。他站在台上发号施令，"像个模样。"这是校长说体育老师的。学生们叫他体育先生。体育先生把铁皮哨含在嘴中，一声，又一声，坚决而不含糊。后来有的学生学体育先生的样子，买来许多塑料哨子，一吹，里面的球动，但声音不如体育先生的铁皮哨。问体育先生什么原因，体育先生说："问校长。"校长说："这是只钢皮哨呢。"

黑脸总务主任为了改善食堂的伙食，就在校园的墙角种了几塘丝瓜和扁豆。丝瓜比扁豆爬的速度更快，一会儿就爬到了树丛中的广播线上了。

铁喇叭响的时候，小丝瓜们一个一个地排在广播线上晃来晃去，也像在做操前的"原地踏着踏"（即原地踏步）。一二三四，二二三四，三二三四……做得东倒西歪的。

到了九点三十分，铁喇叭不叫了，而那些丝瓜们仍在调皮地"原地踏着踏"。

## 猜蚕豆

乡亲们大都是很讲"顺遂"的，对于未来的企盼有很多仪式，有很多忌口。一句话，要大吉大利，这从我们班上学生的学名可以看得出。"富""财""贵""喜"。有个学生还直接取名"官"。

乡亲们对于未来的祝福还体现在四时八节上。八节还好懂，是重要的八个节——立春、清明、立夏、七月半、立秋、八月半、冬至、春节。我一直没有弄懂四时是怎么算的，而且每年都不同。真不知道是怎么算出来的。乡亲们把办事顺利的人叫作"走时"，可见"时"的重要性。"四时"到了，为了"走时"，乡亲们用了一个办法——冬春吃蚕豆，夏秋吃瓜——名曰"咬时"。

我们学校也是规定不吃零食的，瓜不太好带到学校里，但炒蚕豆能。硬邦邦的炒蚕豆被那些碎米牙咬得嘎嘣嘎嘣响。

我虽不知道"四时"的算法，但只要听到奔跑追逐的学生身上发出的类似小石子的哗啦哗啦的撞击声，我就知道乡亲们又要"咬时"了。一到课间，我就听到他们在咬炒蚕豆，校园就像是有一群小老鼠在磨牙。

游戏就是从这些炒蚕豆开始的。学生们嚼不完的蚕豆就用于猜数赌博。每人出几粒（规定十以内），秘密地握在手中，然后一个一个地猜总和数。三个人就加上三个人的。有时是四个人，有时则是五个人。猜中了并不会输掉蚕豆，而是体罚。体罚形式一般是两种，一种就是喊厚脸。赢家喊"厚脸"，输家必须答应"唉"。不但要答得干脆，而且还要答应得响亮。

"厚脸、唉——"

"厚脸、唉——"

两个人的声音是连在一起的，被喊的人脸好像没有喊厚，而是越喊越薄了，脸变得红通通的。其他的同学有时为了占便宜，还和赢家一起喊"厚脸"。输家就觉得亏了，非得讨回，于是一场追逐开始了，笑声都像在炒蚕豆了。有时如赢家不高兴一个一个地喊，还会换一种连喊法，输家也得连答。

"厚脸厚脸厚脸厚脸厚脸。"

"唉——唉——唉——唉——唉。"

一五得五，二五一十，也够快的，后来我发现教室里喊厚脸的声音不见了，代之以刮鼻子，谁猜输就被刮鼻子了。这刮鼻子开始还没有惹出麻烦，谁输了会心甘情愿地闭着眼睛把鼻子送到对方的手前。谁叫自己是输家呢。有一次我还发现一个男生把自己的鼻子送到了一个女生的手下刮，不知这个女生有没有输过。

一起打架事件成了这场猜豆子游戏的终点。原因很简单，两个学生因为猜豆子数刮鼻子而打架。那时我正在另一个班上课，我回到办公室时，那两个学生已经把口袋里的用于猜数的蚕豆全掏出来了，现在这蚕豆已不是原先的蚕豆，已被那些小手磨得油光可鉴。起因是一方先赢了，而他刮鼻子时是比较"仁慈"的，刮时劲儿小小的，简直就是摸了一下。而输家不是礼尚往来，轮到他赢时他就狠狠地刮。我再问那个肇事者，他也有理由，他说他被刮了不下十个鼻子，而对方就被刮了五下。那个"吃亏者"说："五下，这五下顶五十下！"

有个老教师听到了，拎过"吃亏者"，仔细观察了一下，又观察了一下，然后（慢腾腾地）不动声色地说："鼻子真有点肿呢。"

这位老先生还把这个结论很认真地告诉了另一个老先生，另一位老先生真煞有其事了，还架起老花眼镜看了看，然后很可惜地说："真的是被刮肿了，像美国人的高鼻子了！"

那个"吃亏者"用手摸了摸自己的鼻子，一脸的紧张，后来又摸了摸，脸色已变了，最后低下头，哭了。

其实，他哪里是鼻子肿了，他上了老教师的当了，他们是在拿他开玩笑呢。

## 泡桐树上的刀螂

从防洪堤上回望我们学校，那两棵泡桐树是我们学校里最高大的植物。它们是明显高于其它树的，有点像我们班坐在后面两排的两个男生，他们个子蹿得特别快，与那些小个子的学生站在一起说话，总是要俯下身去。有一次乡里的教师看见了说："哦哦哦，两个上体校的料子。"

我一直记着这个事，还用这个事教育那两个高个子学生，那两个高个子学生也盼望着。个子长得更高了，可乡里的教师可能忘了这件事，弄得我都不好意思仰视这两个高个学生了。我晓得教师的诺言在孩子们的心中的重量。

泡桐树是大大咧咧的，只一夜工夫，紫色的桐花就开得满枝都是，树上像是多了很多铃铛似的。叮叮叮，叮叮叮。摇来摇去，铃儿太多了，也太响了，枝头都弯了下去。随后也一夜工夫，紫色的桐花就啪啪啪地落了一地。"五分钟热度"——这一点就像我们班的那些管不住自己的学生，板凳上好像有钉子似的。考不好就发誓，保证书写得很快，而随后保证书忘得也快。

秋天的时候，泡桐的落叶是惊心动魄的，一只手掌样的阔叶子落到地上，咚的一声，好像一个人从树上跳下来似的。有一次校长情绪来了，艰难地抒情了一下，他捡起一只落在他肩头上的落叶（我估计他被吓了一下），他说："一叶知秋，一叶知秋啊！"学生们看在眼里，记在心里，有一段时间学生们也喜欢迈着我们校长的步子，口中也这么念道："一叶知秋，一叶知秋啊！"

有一年，刚刚开学，上自习课。我正在讲桌前看书，外面下了大雨，还刮了狂风。忽然我感到了一阵震动，我以为地震了，学生们都嚷了起来。我冲出来一看，原来是一棵泡桐被大风刮倒了，巨大的泡桐树就这么横躺于地。校长脸色煞白，而学生们则一脸的兴奋，教室里的光线明亮了许多。

课后，学生们在倒下的梧桐树枝间捉到了很多翅膀没长周全的刀螂。这刀螂以前是很难捉到的，那两个大个子男生捉得最多。有一个男生还送了我一只，他让我放到蚊帐里，说："它会在蚊帐里捉蚊子呢。"

这个还是孩子样的男生，他有没有忘记上次有关上体校的事？

我很想向他解释一下，后来还是没有说出口，那些想说的话就像一个东西堵在了我的喉咙口。

小先生（节选）

# 泥孩子

一个总是拖着鼻涕的学生真是心灵手巧，他与其他的天才很不一样，他最擅长的是学做糖人——用泥巴做，他能用泥巴做出很多东西。我曾跟他长谈过一次，就每次从他抽屉里交上来的泥玩意儿的做法进行切磋。

以下是他告诉我的五种泥活秘诀。

## 一、泥手枪

一般做手枪很简单，泥在地上敲平，然后捏起来——不过不能握。待干了以后也不能握，因为泥一干就断裂了。其实真正的"秘方"在那个聋铁匠，聋铁匠那儿有铁屑，可以用打猪草的方法与他交换铁屑。把铁屑掺在烂泥里，反复地揉和，然后做成手枪的模样——要阴干。还可以在手枪的柄下先钻个孔——配上一根红绸子。

## 二、泥掼炮

做泥掼炮首先是和泥，反复地和，最好不用水而用唾沫，用唾沫和起来"炮声"响；然后把熟泥在手中捏成碗状，碗沿深而碗底薄，反过来往地上一摔，"炮声"比爆竹响，还能开花，在泥碗上开出三到五朵泥花，谁花开得最多谁就是第一名，可以喊别人"厚脸"，被喊的人必须大声地答应"唉"。喊一个，答应一个。

## 三、泥棋子

泥棋子做起来比较复杂些了，要准备一点黄泥，黄泥与黑脸相混合，然后用手搓——像做烧饼一样，掐一个，压一个（不用撒芝麻），再用小刀把周围削平了，刻上字。最后像烤咸鱼一样放在灶中的草里（后）烧，只能烧一会儿，烧长了就烧碎了，捞不出来了。泥棋子可以直接放在地上下，地上用小刀画一个棋盘。不过很多人都下不过我，不肯下棋，还说泥棋子脏，下一次要洗一次手。

## 四、泥哨子

做泥哨子要有一根废圆珠笔芯。然后用泥做成泥公鸡或泥狗的形状，形状是次要的，要做泥哨子，先是泥孔——用来吹的音孔。在刚做好的泥狗或泥公鸡的胸脯上和背上各戳一个音孔（音孔要相通）。要双响，可以在胸脯上戳两个孔。待泥哨未干时放在灶上烧，烧好了可以涂颜料，然后一吹，就像体育课上的铁哨一样响。

## 五、泥人儿

其实做泥人儿是最难做的，要做头，要做手和脚，还有耳朵、头发、眼睛——太难做了。最难做的是手，做好的手太大不像，太细又容易折断。后来干脆不捏手指，把泥人儿的手指全都藏到他们自己的口袋里。不是因为他们害怕手脏，而是因为手指太难捏了。试了多少次，也失败了多少次，但还是难捏，或许以后能捏得出来。

为了证明这一点，他捏扁了手中正在做的泥牛，最后捏来捏去，捏成了人头牛身的东西。我问他捏的是谁，他说是班上一个姓刘的同学。

我左看右看也不像，我说像他，他就不好意思地垂下了手，满手的泥——泥手掌，还有他擦鼻涕留下的泥——泥嘴唇。

我心里一乐："泥孩子，泥孩子，我很庆幸是你们的泥做的老师。"

# 栀子花，靠墙栽……

栀子花是栽在办公室后墙下的，开始也没在意，后来一股浓郁的花香直冲我们的鼻孔——肯定是栀子花开了！

出去一看，果真是栀子花开了。

开始我们还以为是总务主任栽的，可总务主任说是校长栽的，他还特地说，他才不是花心呢。这么一说，校长成了嫌疑，想不到那么严肃的校长也有这份闲心。总务主任说："想不到吧，他年轻的时候故事多着呢！"

后来有个老先生故意把这个话题重提——是在他俩在一起的时候，结果两个认真的人相互揭了老底。原来两个人是同班同学，而同班有个会唱歌的女同学，辫子一直拖到脚后跟……

看着他们争得面红耳赤的样子，我不禁乐了，谁没有年轻的时候呢！

栀子花估计不是他们俩栽的（我们只能猜测是谁）。那肯定是一位学生栽的，而且是女生。因为栀子花可以插枝，很泼皮呢。每年5、6月份，我们班的那些女孩子头上都戴着一朵栀子花的，走一路，香一路。

后来，老先生居然开起了我的玩笑，肯定是这个女生喜欢上了我们的小先生。我不辩白，我只是笑着，怎么能说，又怎么能说得清——越说他们越笑。我不这么说，但话还是传到校长耳朵里了。校长有一次还悄悄跟我说，当年我也这样。

他还当真了。栀子花也当了真，一朵一朵地开，一朵一朵地香，香到最后，这话没人提了。

栀子花渐渐地长大了，开得一年比一年多，星光灿烂。我坐在栀子花的芳香中改作业，改着改着，心里就忧伤起来。我们班又有两名女生失了学。每年都这样，让我的心空出了一块。一个女生是因为家里超生罚款，一个女生是因为母亲生病。其中有个女生歌唱得特别好，她唱电视剧《还珠格格》主题歌《有一个姑娘》比赵薇好听。她还代表乡里到县里唱过比赛呢。栀子花开，远处的乡亲们又在插秧了，还唱着秧歌呢。我不知道那歌声里有没有她的嗓音。只一眨眼的工夫，乡村少女就从清清水田长成了青青秧苗了。

教室里空出的两个位置很是惹眼，我一直想撤掉，可一直没有下决心。每次下课，校园里的女生开始跳皮筋，她们边跳还边唱："栀子花，靠墙栽，雨不到，花不开，不信佛，吃长斋……"

操场上的灰扬起来，栀子花的花期已过了。那群跳皮筋的女孩中有一个男生，这个男生就是我们班那个失学女生的弟弟，一个男生居然把皮筋跳得那么好，手腕上的银镯在阳光下一闪一闪的，皮筋已搭到肩上了，他那小小的腿还能够钩到。

好在晚饭花也要开了，晚饭花一开，校园里又会多一股难言的芳香了。

## 长在树上的名字

教室后的小操场上五排水杉是我教的上一届学生栽的。现在我已经又接了一届，不同的学生有不同的脾气，其中影响力强的学生还会带来不同的班风。比如班上有两个好动手的，那班上其他同学也好动手，下课动不动就抱在一起，在地上滚个不停，待上课铃响了，两个人又站起来，掸掸灰，往往还没掸干净就坐到教室里，其实他们脸上的灰尘早就把他们动手打架的事出卖给我啦。

水杉们仍站在那儿，像一群站着整齐队伍等待老师喊解散的学生。老师不叫解散，他们就这么认认真真地站着，站得笔直，站得英俊。我每次从水杉林走过去都忍不住回过头来看它们，它们长得多快啊，这么高了！我能认出哪一棵是谁栽的。

水杉的叶子是对称着生长的，像一对对翅膀似的。风一吹，那些绿翅膀就颤抖个不停。学生们知道我喜欢在教室里看水杉树，他们肯定以为有鸟或有鸟巢什么的，所以下了课也喜欢到水杉林里寻什么。我看着他们仰头寻找，太阳光把他们刺激得直打喷嚏，一个接着一个，停也停不下来。

我在课堂上对学生们说："水杉像什么？"

有的学生说："水杉像翡翠宝塔。"

有的学生说："水杉像一支绿羽毛笔。"

有的学生说："水杉像一个个站岗的解放军。"——这么一说还真有点像呢。穿绿军装的解放军笔直站着为我们站岗。

有的学生说："水杉像一束束火把。"这是指秋天的水杉叶由绿变红，真正像束束火把呢。

学生们说到最后，反过来问我："先生你说说看，水杉像什么？"

我笑了，其实水杉最像水杉，它们遵守纪律；水杉也很认真，所以它们长得快、长得高。我没有说这些，而是又反过来问了个问题："水杉可以长多高？"

一个学生说："水杉可以长得比泡桐树高。"

有的学生说长得比山高。有个小个子的女生说："它们可以长到天上去。"

我正为他们的想象和抒情而高兴，就让他们写下来，可一位男生瓮声瓮气悄悄告诉我："先生，你知道不知道水杉树上有先生的名字？"

我当时就愣住了，这个我没有发觉过。我抬头时学生们都看着我，我估计学生们都听到了，我怎么没发现呢？学生们肯定都看见了。我好不容易等到放学，去了小操场的水杉林，找了很多树，终于在一棵水杉树干上看到了我的名字。

我的名字是用铅笔刀刻的，已经长得比我高了，还结了疤，疤迹向外凸，看样子不是我们这一届学生刻的。我想了想当年那一届学生们的笔迹，都像，都不像，有些搞不清了。不过我可以想象得出，那个刻写我名字的学生，他曾经低着头（额头上说不定还有一处课间打架留下的泥灰），站在我面前，抿住嘴唇，心里在偷笑，但他肯定尽力控制着，坚决不让自己在我的办公桌前笑出来。

## 沿着草垛往下滑

离我们学校不远的地方有一块打谷场，秋收过后，打谷场上堆满了金色的草垛。这是农民们用木权精心堆成的，好草垛的要求是不能松动，不能漏雨，否则倾塌了或者一场雨后，草垛的内心就黑成了一钱不值的烂稻草。这是一群世界上最懂得珍惜劳动果实的人的杰作——从学校里看去，我总觉得打谷场上被农民们摆满了金色的草帽。

孩子们和我不一样，他们把这草垛命名为"山"。开始我听他们说"上山去"我还不明白，后来才明白，这是孩子的创造力，是平原上的孩子对于山的渴望。有次我看到鲜红的太阳从打谷场上的草垛间升起时，我也觉得这太阳不是从草垛间升起的，而真的是从群山中升起来的，洒满阳光的草垛仿佛是一座金山。

在放学后或上学前，我都会看到很多孩子在那儿滑草垛。他们一个个像麻雀一样往草垛上扑，然后攀到草垛之顶，眺望着什么（不知他们有没有一览众山小的感觉），然后就尖叫着下滑，孩子们的小屁股带出了外表已灰暗的草垛内心——那内心还是金黄色的，每一根稻草还是簇新的。孩子们滑着，我也总觉得我的内心有一股快乐之蜜在往下淌。单调的乡村生活，对于清澈的孩子，并不单调。所以我在课上，经常发现头发上或衣服上粘满稻草的孩子——这些都是滑草垛的孩子啊！攀登的快乐，下滑的快乐。还有一个孩子，他上黑板板书时，屁股上居然露出一个破洞——他的裤子滑草垛划破了，那湖蓝的内衣正像一只调皮的眼睛，向着哄笑不已的同学们眨呢。

草垛每下一场雨就会矮下去一截，再加上孩子们的嬉戏，农民们的灶火需要，小山似的新草垛越来越矮，都有点像我面前的日子了——开始是新鲜的刚毕了业的日子，像小山一样英俊，一切都散发着新稻草的芳香；再后来是丘陵式的庸常的单调重复的日子。草垛旧得已如灰烬一般——这时孩子们滑草垛的速度就更快了，一会儿就到了草垛顶，一会儿就滑下来了，不过他们的快乐依旧，一点儿也没有减掉。有时孩子们也是我的小老师呢。"小老师"们的活力，喂养了我在乡村的那些寂寞岁月。

日子越来越深，草垛的颜色已经惨不忍睹，像断了线或缺了檐边的旧草帽。有一次我经过打谷场，看到四下没人，我也学着学生爬上了草垛顶，站在草垛顶上，我看得很远，我看到了也陈旧如草垛的学校。春天时树荫曾经遮住我的学校，而现在树叶已落。我的学校静默着，多像那架快塌了板的旧风琴，别看它已不成样子，但只要孩子们的双手一按，双脚一踩，旧风琴还是可以奏出声音来的。虽然走了调，但每一个音符都像那快乐的孩子，一个个沿着草垛往下滑，一个个嬉笑着，头发上全部是草屑，都簇拥到我心里了。

## 编外学生记

**留级生**：属于留级生的有猪、羊、狗这些家畜类，它们渴求知识的心很强，但纪律不好，只好将之留级。虽然这样，它们还往往卖弄一些刚刚学会的知识。比如猪，它的鼻音比每一个学生都重，它还对学生们的准确读音不屑一顾。有一次，一只浑身是泥的狗站在我的教室门口，不走，还站了半天。我又不能停下课来赶它，只好讲课，学生们开始有点分心，后来还是进入了角色。不料这狗好像气管出了点问题，要么就是听不懂或瞧不起，不停地对我的讲课发出"哼"的声音，听起来不屑与不满都有，之后还摇摇尾巴，我还担心它最后用一泡狗屎，替我这堂课做个总结，幸好没有。这狗属于典型的"八旗子弟"，自以为有点家底，还扬扬得意，当仁不让，就连遇到我们德高望重的老校长也不理睬。有一天我看到我们校长发火了，他用力拽着一只山羊的角往外赶，可山羊的犟劲上来了，就沉着步子不走，还屙下了不少句号似的东西，弄得校长很没面子。他松开手，大声地呵斥："你哪里是羊，你分明是披着羊皮的狼！"

**旁听生：**旁听生是指那些胆子稍小一点的鸡、鸭、鹅之类的家禽类。它们开始进校时听到学生们琅琅的读书声后总是有点自卑的，但听多了也听出点门道来了。它们也开始学着读书。"啊啊啊""咯咯咯""鹅鹅鹅"，像吊嗓子似的。不过只要校长大声一吼，或者只要跺一跺脚，这些旁听生就会没命地逃，还拍打着翅膀。有一次校长还把一只鸡追得飞起来，最后这只终于飞起来的鸡飞到了教室的屋顶上。这只鸡飞上屋顶就没有再敢飞下来，它不安地在屋顶上走了整整一天，像一只野鸽子。它是怎么飞下来的？是不是待放学铃响完了之后才飞下来的？不知道。

**借读生：**借读生是指那些偶然一现的动物，它们不会旁观，也不会学舌或评头论足，有点客串的味道。比如喜鹊，它们往往在清晨到来，给我们带来一天的好心情。再比如鹧鸪，它还做了业余气象预报员，它在树上定时叫着，就是让我们的学生下午要带雨衣。它们没有学籍，只是来尝试尝试，说来就来，说走就走，不通知我们，好在我们的小班长也不需要点名。有一天我们学校的上空还飞过一对灰鹤，学生们都说看见了丹顶鹤，还把这事写到了作文里，我没有纠正他们，兴许是我看错了呢。在此之后的某一天，我居然梦见一对丹顶鹤飞过我们学校上空，悠悠的，好像它们不动，而我的乡村学校在动，我还清晰地听到了鹤鸣。丹顶鹤的丹红之顶，就像一粒饱满的草莓，或者就像是从清晨带来的朝霞。是鹤，不经意间让我的内心空旷了许多。

借读生的另类是那些雨后的癞蛤蟆们。学生们有点瞧不起它们，还捉弄它们。所以这些备受歧视的借读生就有了一种破罐破摔的味道，只要一下雨它们就跑到操场上、教室里乱喊乱叫，跳到这儿，跳到那儿。它们其实是来捉虫子的，它们像一个用橡皮擦试卷的孩子，试卷都擦破了，可它们还在擦，多了很多赌气的成分。我曾对学生说癞蛤蟆是庄稼的朋友，可学生们好像没有听见，他们天生对癞蛤蟆有偏见，还用棍子把它们赶出校园。可不一会儿，癞蛤蟆们还是拼命爬了回来，还爬到教室里来，仿佛默默地说：我要上学！我要上学！

也有不怕癞蛤蟆的学生趁机用癞蛤蟆恐吓女生，女生们的尖叫令这些另类的借读生更加自卑。它们驮着笨拙的身体，向多草丛的地方艰难地爬去。不过这种恶作剧不是太多，大家都说癞蛤蟆身上的浆泡是有毒的，这也是癞蛤蟆们的武器，所以怕长难看疣子的男生还是挺顾忌的。

**寄宿生：** 校园里的寄宿生主要有麻雀、老鼠、野兔、黄鼠狼等。麻雀们主要寄宿在学校的树上，老鼠们主要居住在地下，有一种上下床的关系。但它们还是井水不犯河水的，麻雀们白天叽叽喳喳地说话，即使在自习课上也不能住嘴，像地上的一粒粒土坷垃醒了，长了翅膀飞起来了。麻雀们总令我们目光有点湿润。

老鼠们则与麻雀们相反，有一种"日不做夜摸索"（指白天不努力，到了晚上做出努力的样子）的懒劲。它们白天蛰伏，晚上则从集体宿舍里蹿出来，从校园的一角狂奔到另一角去，有时还成群结队地在操场上搞正步走。当纪律没有人监督的时候，它们越发放肆，还围攻并咬坏了校长精心收藏的报纸。黄鼠狼是老鼠的天敌，它有点像集体宿舍的舍长似的，管察看那些老鼠，有了它，那些"不良少年"就老实多了。老鼠的天敌还包括我的学生们。我的学生们打老鼠也特别有本领，他们曾从操场上的一只老鼠洞里挖出一窝粉嘟嘟的幼鼠。我们校长说，广东人就喜欢吃这个。后来这句话传出去传偏了，乡亲们见了我们校长就暧昧地笑。在家里或者田里打到老鼠就叫来他们的孩子:"喏,你们校长喜欢吃这个,你快去把它送给你们校长。"再后来,干脆开玩笑地说:"你快把老鼠送给你们先生下酒,刚打死,还新鲜着呢。"

野兔作为寄宿生仅仅住了一段时间,被学生们发现后就立即转学了,再也没有回来过。像一个因故辍了学的女生,她再也不朝学校走近一步,她内心是爱着这个学校、爱着她的同学们的。还有那些关心过她甚至批评过她的先生。她们往往在校外的路上一见到先生的影子,就迅速地躲起来,像野兔一样躲到了草丛中,无数个在学校里认识的字与词就像草籽一样无穷无尽地落下来,落到她的发丛中、脖子里,还落到了她的眼睛里。

**流生:**那天早晨,有学生在操场上拾到一只瘸了腿的野鸟。这是一只谁也没有见过的野鸟,包括我们的校长,还有总务主任,谁也不认识。这只野鸟个子不大,有翅膀,脸却像个猴子。乡亲们也没有见过这只鸟,都纷纷来到学校里看这只奇鸟。弄得我们上课的学生一个劲地在课堂做严肃状、做认真状,他们要做样子给他们的父母看。

这只奇鸟不吃米,也不吃饭,倒是喜欢吃生猪肉,而且一天要吃半斤猪肉。校长还给这只奇鸟腿部进行了包扎。渐渐地,奇鸟成了我们中的一员,间或有外村人听说了会到我们学校假装找亲戚,实际上想看看奇鸟。奇鸟是认生的,它会啄陌生人的。

有一天,奇鸟没有跟任何人打招呼就飞走了,成为没有原因的流生。很多学生听说后都怪校长,是校长故意放走的。校长说:"是故意,妈妈的它吃了一个月的肉,我倒一个月不吃肉了。"校长说的是反话。奇鸟走后他经常仰望天空,我们都知道他盼望那奇鸟回来。但那只奇鸟一直没有回来。有时候想起来,都好像是我们做的一个梦了。

后来查了书,才知道这是一只猴面鹰,国家二级保护动物,这可是我们学校最出名的流生呢。其实我们学校的流生还包括一群白鹭,它们是插秧季节来的,居住了好一阵子,我们享受了它们的飞翔,也享受了它们的鸟粪式的热情。这些流生多像我的那些随父母外出打工的学生啊,他们在我的心中永远保持着一种飞翔的姿势,我祝愿他们。

每天晚上,学生放学,我回到我的宿舍,打开日记本,我就听到窗外的月色中有翅膀拍打的声音——不用说，肯定是它们在用力地坚定地向前飞。

## 乡村小天才

不可否认，农村学校总有一群天才像无名花一样在自生自灭。比如一个绰号叫"叫驴"的男生完全可以作为男高音。暑假他在邻湖上放鸭，吆喝的声音可以清晰地从此岸的甲村抵达彼岸的乙村，几年后我再遇见务农的他，他说话声音粗哑且瓮声瓮气。比如一个叫"蚂蚱"的女生，真的可以像蚂蚱一样——跃过近一丈宽的灌溉渠（有学生还说她曾飞越过一条小河）。再后来听说毕了业的她嫁到外地去了。还有一个叫"黑鱼"的男生可以在河里潜泳——扎猛子——能潜过一条大河不换气（几年后他却死于游泳）。

同样，在我们学校还有不少美术天才，他们随手所作的画可与毕加索的变形画相提并论，有的人可以称之为乡村米罗。他们作画的工具有铅笔、毛笔、粉笔、小刀（在烂地上刻或刻在树干上）、烧黑了一端的芦管、红砖头、青砖头等等。他们画的内容主要是动物和人。动物不成比例，人体比例失调。我曾见过一个"天才"用红砖头在我们学校领操台上画的画，他画了一只兔子——但分明是人脸。还有一只狗——狗也是人脸，还画了眼睫毛。不过有一点值得赞美，他们画人时往往很传神——冷不防地，我也曾见到"我"被画在了村里的一面墙上，在"我"面前，是一只"狗骨头"——还冒着热气。

我知道这是我们班的那个美术天才画的，而且画的就是我，一是他画了我的招风耳；二是他画了我的一双因近视而眯起来的小眼；三是画了中山装，上口袋还插着一支笔。我知道不能在班上说这事，越说这"作品"越会被迅速复制，我只是用地上的红砖块在我身边加了一只狗。

有谁想到，在离学校不远的大墙上，画上了一幅我们校长的写生画呢，而且这写生画是用墨汁画的。校长的瘦头、长脸、皱巴巴的西装，还有一边写了四个字："方方面面。"——一看就是校长的口头禅。学生们上学、放学，见到这画像都会笑的——等我知道已是一天之后；

等校长知道已是两天之后了（在之前我想要学生去擦，但由于是用墨汁画的，很难处理）。校长本来出校门是看看学生们的——没想到他看到了他自己正在墙上讲"方方面面"。

等我们见到校长才知道校长已气了整整一个中午。校长反反复复地说："反了天了，'文化大革命'又到了。"边说还不停地捂心口——他真是气极了，为了这个学校，他真是"方方面面"都献给他的学生们了。

追查运动在下午开始了——每个班都列出重点怀疑对象——然后各个击破（威胁利诱，什么花招都使了），但那些调皮大王都不承认。一直到了放晚学，校长肯定又气了一个下午。他在校园里散步，轻飘飘地转得像一枚落叶。他转到教室时发现了我们的追查运动。他让我们放那些"可疑分子"走，然后他颤颤悠悠地说了句："过去供牌位可是'天地君亲师'啊！"

后来我讲给我的城里同学听，城里同学提议，查一查学生们的美术作业本就行了嘛。但这一招在我们学校不行，我们学校没有美术课也没有音乐课，体育课也难乎其难。过了一个星期，校长的画像被墨汁涂掉了，一团墨就涂在墙上，像一个黑洞。严厉的校长变得很不愿出校门。

再后来还是一个女生告诉了我一个可疑对象。他会画画，但很孤僻，不愿与人说话，我曾想找他谈话，可他不屑。我一直没有告诉校长。很快他就毕业了。几年后我再遇见他，他已成了一个鱼贩子，全身鳞片闪烁，鱼腥味冲鼻，他看到我时，把头扭向一边，他不想认我。

他为什么对学校对老师这么怨恨呢？

他不说，我也知道，肯定有我们做得不对的地方。

## 光膀子的老师们

我们这儿水多，乡亲们把送孩子到我们这里上学叫作"关水学"，意思是他的孩子送进学堂就远离了危险的河水。我记得在上小学的时候我们老师总是千叮咛万嘱咐，不要下河游泳，不许下河游泳。老师们还用指甲划一划每人的皮肤，如有发白的痕迹就证明下了河，就要罚晒太阳。虽说还不到伏天，但晒太阳的滋味是很不好受的。

后来轮到我自己做老师了。还没到夏天，校长就在会上讲学生安全教育的事。所以也就轮到我站在黑板前，声色俱厉地敲着讲桌说："不许私自下河游泳。"学生们静默不语，我知道我的话只能吓住那些老实的学生，每天还是有学生悄悄地下河去游泳，这是没有办法的事，因为我知道我的学生是一群水鸟变的孩子，能飞，能游。

很多学生从小就学会了游水，所以应该不会出什么问题。快要放暑假了，这几天校长特别强调要注意学生安全……可事情还是出来了。那天下午，一个学生在离学校很远处的河堤上发现了另一个学生的一只凉鞋。这消息可了得，校长当当地敲起了集合钟，学生们来了——但缺少那只凉鞋的主人。校长急了，老师们也急了，大声命令学生们一个也不允许出校门，全部在教室里自习。

河堤上就出现了一群光膀子的老师，校长不会扎猛子，他只是在浅岸边探寻，一脸的焦急。会扎猛子的就不停地扎猛子，深水里还是很凉的，有的老师的嘴唇都冻乌了，可那只凉鞋的主人还没有找到。满头花发的老校长眼里都溢出了泪水，刺目的河面上满是抑郁的水岚。说不要出事，可事情还是出了。

一个在棉花地里劳动的农民从茂密棉花群中钻出来，他全身被汗涸得精湿，他准备来到水中冲凉降暑。他看见了我们："先生们在河里寻什么宝贝啊？"知道原委后，他说："原来你们是找中午在这儿洗澡的孩子啊，他已被一个长络腮胡子的男人逮走了，还一巴掌打在了那个孩子的光屁股上，声音很响，就听得清清楚楚的。"我们这才长长地松口气，原来他是被他父亲逮走了，就想他肯定少不了一顿皮肉之苦。

虚惊了一场的校长开始自制标牌，每个标牌上都写着："禁止下河游泳，否则校纪处分！"

标牌做了很多，每个标牌上都是校长写的毛笔字。后来，这些标牌插到了很多条河边，不知道管用不管用。

## 树杈间的排球

开始我们校长说话我还不适应，比如珠算课称之为"打算盘"，音乐课称之为"唱歌课",书法课称之为"写大字"。我们没有纠正他,其实纠正他也没有用,他很犟,最出名的一次是他曾在乡政府里啃了两天馒头,为了要一笔修围墙的费用(后来围墙好了还是差一道铁门)。

"写大字"课是在午休之后的二十分钟。其实书法课在其他农村学校是不开的,教师少,一些副科能不开就不开。但我们校长坚持开,我们只好服从,学生们也只好每天下午都拎着一瓶墨水进校园。校长说:"农民让小孩来我们这儿'吃字',不'吃点字',怎么行?将来写个'对子'(春联)、编个竹箩什么的,都要写大字。"这大字就是毛笔字。横是横,竖是竖,撇是撇,捺是捺。开始是描红,然后是临帖。写得好就用红墨水圈一个圈,谁的红圈圈最多谁的字就写得最好。

我们校长还让我们把"写大字"的本子给学生带回家。其用意是很明显的,这大字本子的宣传比任何宣传来得都实在,所以我们校长口碑极好。方圆几里有大事必请校长吃饭坐正席,尤其是处理纠纷与分家。纠纷的调解,分家的契单,都是我们校长手中的毛笔在碗沿上"贴尖"时搞定的。校长的面前有一张红纸,红纸上一会儿就爬满了漂亮的小楷。我不知道那时喝了酒的校长是不是和他要求学生的那样,悬腕,虚着手心,屏气,定神。

学生"写大字"的时候,校长总要在学校里转来转去,遇到学生写得不对或姿势不对时他就上前去纠正。不过学生好像不怎么配合他,写了半个学期下来,字反而退步了。学生调皮的手段越来越多,比如替午睡的同学画上鬼脸,被画了的学生醒来之后一点也不知道;比如他们用他们的"鬼画符字"在村里各个角落"题词留念"。有的学生还在课桌上或墙壁上写下他们的大字,有的学生的白衬衫被后排的学生画成了"水墨画"。纠纷越来越多,都是因为写大字。但校长坚持要"写大字",到了下午第一节课,我们学校就多了一种墨臭味(校长称之为墨香)。

后来上任的乡教办室主任不喜欢"写大字",而喜欢排球(他最喜欢讲中国女排为国家争光的故事),谁也不知他从哪里批发到那么多胶皮排球(三块钱一只),两个学生一个排球,排球打起来很简单。那时校园里传来的尽是嘭嘭嘭拍球的声音,教办室主任想让我们乡变成排球之乡。我们学校的民办英语老师过去的绰号叫"铁球"(因为他说"教师"这个单词英文发音叫铁球），因为排球的缘故，他的名字又被人叫作"排球"。英语老师很是生气，去告诉校长。校长也无可奈何。学生们取的绰号很多，有的生了根发了芽，有的则像落到树杈间的排球，谁也不能把它取下来。

现在学生们早已不"写大字"了，但过去校长倡导的"大字"还是派上了用场，学生们都在各自的排球上用墨水画上了自己的记号。少年们打排球的方式也简单，看谁击得高。少年的臂力的确不错，有些排球被击得很高，好久才能落下来。有一次，竟然落到了一位老教师的头上，老教师没有受伤，倒是吓得不轻。不过，打他的这只排球没有记号，老教师一口咬定："这是故意的，那些调皮大王是为了报复。"

校长不相信，我也不相信，怎么可能算得那么好？可是，那只排球偏偏没有记号，没有记号的排球怎么解释？没有人来领这个排球又怎么说？

校长亲自抓了几个疑似肇事者，后来没有证据，也不了了之了。在那些如小树一样在风中摇来晃去的学生面前，老师是永远较不了真儿的。再后来，由于怕被排球打碎的玻璃窗比排球还贵，再加上没有足够的场地，排球也实在没有什么可打的。再加上一下雨，操场就泥泞无比，得好长时间才能干。打排球的日子就这么过去了。

那些落到树杈间的排球，谁也不能把它取下来了，像是栖在树上的小熊猫。


## 穿白球鞋的树与调皮的雪

学校里的树长得很杂，好像一群长相不同的学生，有苦楝，有榆树，有合欢树，有野核桃树，还有高高大大的元宝树。它们手拉手的，做了学校的围墙。

合欢树一到晚上叶子就收拢起来，所以一到夜晚就瘦了。它的花期很长，云霞似的花朵和少年们脸上的红晕一样红。野核桃树有时结果（长条形的），有时不结果。元宝树会结元宝似的果实，后来我才知道，元宝树又叫枫杨树。两棵长得最快的枫杨树还竖有上体育课用的

385

爬杆，一晃就够不着了。

这群杂树好像是校园里一群不听话的学生被罚站了，反省思过，想着想着就生了根，长了叶。还有像大羽毛样的水杉树，水杉树是我们自己栽的，树苗是乡里教办室推销下来的。这些树总是在孩子们的读书声中摇头晃脑。

秋天到了，它们落叶的速度多不相同（这与不同脾气的学生放学回家一样，有的急着回家，有的则慢悠悠的，摇着晃着到天黑了才回家），最先落叶的是苦楝，然后是榆树、合欢、枫杨。每当叶落时节，值日生的任务就非常地重，他们每天扫过一层落叶，又要扫一层落叶。一堂课下来，刚扫净的地上又是金黄的一层。高粱秸秆做的扫帚都扫秃了，这一学年的第一学期下来总比第二学期"费"扫帚，这其实就是因为秋天。秃扫帚是不能扔掉的，还要有用的。

叶子落完了，又该刷石灰水了。为了防冻和防害虫。那些秃扫帚就该派上用场了。石灰水是用粪桶和的，一些男生负责抬（他们一般是因为偷核桃树上的野核桃被处罚的），我和班长负责刷，一棵又一棵，细的树干，粗的树干，斜的树干。刷了好几天之后，才能轮到水杉树，秋天的水杉树颜色已经变了，水杉树的叶子变得猩红，一阵风来，细碎的水杉树叶就像雪一样落下来。每刷一次，学生们的头发上落的都是猩红的水杉树叶。红的头发。白的树干。待学生全部刷完，我发现落了叶的树发出了奇异的光芒。

孩子们都说树"穿上白球鞋"了，有时夜里我出来散步，我觉得全校园的树都穿着白球鞋站在我身边。是不是它们刚系好了鞋带准备跑步？或者已跑了一阵看到我出来，就停住不跑了？

冬天渐渐地凉了，校长也看到了我们班的劳动，特别通过铁丝大喇叭表扬了我们。所有的落叶乔木都落尽了它应该落的叶子，校园里显得空旷了好多，也亮堂了许多，亮得不可思议。我坐在教室里开始还不适应，有点慌张，为什么会这么空、这么亮？

风从外面吹过来，吹得北窗上那张钉好的塑料薄膜（代替玻璃用的）一阵又一阵响，同学们又归于了安静，好像再也没有爬树的学生了。只有一些留鸟们在树上，影子落到地上，像音符栖在五线谱上似的。

下雪了，大家都舒了一口气，雪映着上了石灰水的树干有点黯淡。不过天一放晴，我的穿棉袄棉裤的学生们就变成了一只只胖狗熊，打雪仗，滚雪球，在地上像狗一样撒野。玩得不过瘾了，就看上那些趴在玉树琼枝上的积雪。他们用力蹬一下树干，然后快速地离开，这样，树上的雪就冷不防地打在下一个人身上。树很多，学生们兴致很高，我也曾被学生灌了满颈的雪。

谁也没有料到的是，有个学生用力蹬了一下树，雪就把匆匆赶路的校长打了个正着。校长成了雪校长，待校长把雪全都抖开来，身边一个人也没有了。校长没有追查，而是也学着学生样用他的雨靴蹬树。一树又一树调皮的雪从树上落下来，落到地上的雪就老实多了，它们乖乖地任校长用大铁锹把它们铲到树根那儿去，一节课下来，每一棵树都穿上了大号的白球鞋。

## 乡村战马

我所说的战马，就是那些行走在乡村的自行车。

我刚开始做教师时，我们学校只有一辆飞鸽载重自行车，那是我们校长的。校长很爱护他的自行车，别的教师借，他总是有这样那样的借口，实在躲不过，只好借了。而借了之后再还的话，校长的事情可大了，先是摇摇龙头，然后还察看脚踏和链条，再后他就用一块布前前后后地擦洗。擦得亮堂堂的，擦好了校长还忙着替挡车板上蜡，替链条和车轴上机油，像呵护宝贝似的，弄得借的人非常尴尬。

有一次下雨，他去乡里有事，我们几个教师在办公室里，看见了校长竟然扛着自行车走过来，大家都拍起巴掌来了，弄得在教室里做作业的学生也站起身来探看，都看到了一辆自行车骑着校长在走。

这是一匹很孤独的战马。更多的时候，它站在校长室里休息。后来，我们乡来了一位新乡长，新乡长对我们乡里各条河上的榆木桥非常有意见，决定拆除榆木桥而铺水泥板桥。水泥板桥有弊端，那就是收获季节驮满麦把或稻把的把船不太好过了，而优点是能骑自行车了。经常可以看到学骑自行车的农民。他们像是要和自行车打架似的，刚跌倒了，爬起来再骑。硬邦邦地骑，从不助跑，跨上去就骑。倒是他们的孩子们，一会儿"掏螃蟹"，一会儿前上，一会儿后上，弄得像玩杂技似的。自行车刚兴的时候，经常见到受了伤的孩子像伤兵一样，可他们轻伤不下战马，我还见过一个伤了胳膊的孩子硬是用自行车骑过了一条窄窄的田埂。

后来，校长的自行车再也不宝贝了，我们都有了新自行车。我们和校长到乡里开全乡教师大会时，我们这批自行车队有了一种骑兵大队的感觉。校长对他的自行车还那么宝贝。开始我们也学习他，对自行车也很宝贝的，渐渐地，我们就不太爱护我们的战马了——丢了铃，坏了踏板，后来我们中有人买第二辆车时，校长的车还那么新。我们找原因，找来找去，只有一个，校长骑车骑得像老牛，慢腾腾的，一有沟啊槽的就下来，然后把自行车搬过去。而我们，一抬龙头，用力一蹬，就颠过去了。

在这一点上，我们的学生跟我们相似，他们比我们更加冒进。我们敢越过水沟啊水槽的，我们不敢跨越水泥板铺成的桥，可他们敢，呼一下就骑过了水泥板桥。有的小河上只有一只桥板，他们也照"呼"过去。

有一天，我在下午第一节课前就遇到了一个全身湿透的学生，我问他怎么啦，他说骑到河里去了，他肯定是骑车过桥，然后从桥上落下来了。我问他有没有受伤，他说，没有。他还神秘地说，从桥上往下落的时候，感觉像是在飞呢。

远处的防洪堤上就有一座水泥板桥，每天放学，学生们骑在防洪堤上，就像是骑着年轻的战马，他们骑过了那些泡桐树、那些水杉树，还骑过了那水泥板桥，一个也没有下车过桥。我正担心的时候，他们已经不见了，只留下满耳清脆的车铃声——叮叮叮，叮叮叮，像是《今天》这篇作文上最后一串圆溜溜亮晶晶的省略号。

陪孩子们一起长大，也是件有意义的事呢。

## 纯金的歌咏

我们学校的操场是泥操场，一下雨，操场就泥泞不堪。一群赤足的孩子跑过来，又一群赤足的孩子跑过去，孩子们的脚印相互交叠，像一幅简单明了又深奥莫测的水墨画。

不必担心泥操场会凹凸不平，只要快乐还在，那些机敏的精力充沛的孩子还会用光脚丫把泥操场踩得比水泥地还平坦。做广播操的时候，孩子们在操场上一字排开，他们的影子也一字排开，多像是种在操场上的棵棵水稻啊。而上体育课或放了学，孩子们则像是在大地上四处奔跑的兔子。有时候我站在泥操场边，会听见他们咚咚的足音，好像是大地年轻的心跳。

除了做操和体育课，泥操场上还会集中开全校大会（主要是开学典礼），再有就是歌咏比赛。红五月与金十月，一年两次歌咏比赛。一旦歌咏比赛，孩子们真的像百灵鸟一样——他们还会把歌声带到村里，带到他们的家中。有的农民也会唱，我曾亲耳听到一个老头一边放牛一边哼着走了调的《南泥湾》。比赛时，只要有时间，农民们必将来看（也有不来看的，不是不想看，而是孩子的命令），围了很多人，孩子们的红口白牙，童音像灰椋鸟一样飞向远方。

那是一次在 9 月 30 日下午的"金十月"歌咏，孩子们排着合唱的队伍站在操场上，阳光很好，孩子们脸上红扑扑的，像是春天又一次来临了。由于学校的放广播操的铁丝喇叭坏了，学生们决定清唱。一个班又一个班地走上去，《保卫黄河》《红星照我去战斗》《毕业歌》《让我们荡起双桨》……我第一次在野外听孩子们的清唱，这清唱声令我战栗不已，像赞美诗的风格。还有和声，燕子们的和声。燕子们在向南飞。孩子们的歌声在向天空中飞，向田野中飞——肯定有不少农民从田野抬起头来……

9 月 30 日，没有铁丝喇叭的伴奏。我听见了棉桃在田野中吐絮的声音。孩子们唱了很久。校长和老师们在孩子们身边坐着（校长头上的白发特别耀眼）。一首又一首歌，一只又一只墨蝌蚪。他们在用嗓音表达爱——这爱，使天下所有的矫情造作的歌咏的声调暗了下来，而把孩子们的歌声镀成了纯金色，我们的校园也被孩子们的歌声镀成了纯金色。

## 寂寞的鸡蛋熟了

师范分配时，我们被告知，分在乡村教学有一项优惠政策，那就是说，在第一年实习期间可以拿定级工资，这等于比分在城里的同学早一年拿定级工资。政策是这样，算下来，事实上的总收入还是比城里的同学少了一大截。

收入差别也就罢了，要紧的是乡村那排不尽的寂寞，尤其是乡村学校夜晚的寂寞。每当大忙季节，很多民办教师都要赶回去农忙。留守的我们晚上听着鹧鸪的叫，心里便有一阵没一阵地疼起来。过去进城上师范心里经历了一个落差。几年城市生活后又回到乡下，心里又有一个落差。老教师见到郁郁的我们，很是担心，便教了我们一个法子："我们过去比现在的你们苦多了，不过我们有我们的办法。我们一边用钢板为学生刻讲义，一边在罩子灯上吊个铝盒煮鸡蛋。讲义刻好了，鸡蛋也煮好了。"他们教我们可以跟农民买一些鸡蛋回来，过去的蛋可便宜啊，鸡蛋一分钱一只。吃鸡蛋补脑子。

好在乡下经常停电，我们人人都有一盏擦得锃亮的罩子灯。鸡蛋也不比过去贵多少，一只一毛钱左右。我也用一只铝盒吊在罩子灯上，也开始在罩子灯下为学生们刻讲义了。我从装蜡纸的卷筒中抽出一张蜡纸，然后在钢板上铺平，用铁笔在上面刻写（如果铁笔坏了还可以用废圆珠笔芯写，不过字要粗些）。吱吱吱，吱吱吱。蜡纸上的蜡被铁笔犁得卷了起来，吱吱吱，又一层蜡纸被我的铁笔犁得卷了起来。一排刻好了，然后把蜡纸从钢板上剥下来，再往上移，还可以透过罩子灯的灯光看一看自己的字写得如何……吱，吱，吱，又新鲜又痛快。往往是一张蜡纸刻满了，铝盒里的鸡蛋也差不多煮好了。当我刻完蜡纸，剥着鸡蛋（鸡蛋很烫，需两只手来回地翻滚），我心中蛰伏已久的青蛙就呱呱呱地大叫起来。我不知道我刻写了多少蜡纸，用了多少张钢板(正面反面都用过)。我牢牢记住了蜡纸的品牌叫"风筝牌"。铁笔、钢板的品牌叫"火炬牌"。风筝与火炬，正是我寂寞的心所需要的。

我开始刻写蜡纸的字并不好看，用校长的话说，像一阵风吹倒的。他还指导了我如何利用钢板的纹路刻写讲义。刻好讲义后还有一项烦琐的工序，那就是印试卷。我们学校没有专职的油印工，黑脸总务主任有时兼任，但我们不能总是麻烦总务主任。于是我们又学会了如何用火油调和油墨，上蜡纸，握住油墨滚筒，还有裁纸，分订讲义。一个学期下来，我整理了一下我给学生们发下去的讲义，竟有了厚厚的一沓。

　　冬天来了，我去县城人武部商店买了一件黄色的军大衣。我就裹着黄色军大衣刻蜡纸。天很冷，罩子灯上的鸡蛋熟了，我把它握在手中，揩着鼻子上的清水鼻涕，继续刻写讲义，我觉得生命中有一种东西正在被我犁开。"姓名 tt""学号 tt""得分 tt"。我必须先刻写下这些，然后再开始写下第一项内容。刻完之后，原先厚重的蜡纸被我刻得轻盈了，在灯光下多了一种透明。我知道，我已和以前的老教师一样，把寂寞这张蜡纸刻成了一张试卷。

## 图书在版编目（CIP）数据

第八届鲁迅文学奖获奖作品集.散文杂文卷/中国作家协会鲁迅文学奖评奖办公室编.—北京：作家出版社，2022.11

ISBN 978-7-5212-2064-3

Ⅰ.①第… Ⅱ.①中… Ⅲ.①中国文学—当代文学—作品综合集②散文集—中国—当代③杂文集—中国—当代 Ⅳ.①I217.1

中国版本图书馆 CIP 数据核字（2022）第 199479 号

## 第八届鲁迅文学奖获奖作品集·散文杂文卷

编　　者：中国作家协会鲁迅文学奖评奖办公室
责任编辑：秦　悦
装帧设计：薛　怡
出版发行：作家出版社有限公司
社　　址：北京农展馆南里 10 号　　邮　　编：100125
电话传真：86-10-65067186（发行中心及邮购部）
　　　　　86-10-65004079（总编室）
E-mail:zuojia @ zuojia.net.cn
http://www.zuojiachubanshe.com
印　　刷：河北京平诚乾印刷有限公司
成品尺寸：152×230
字　　数：379 千
印　　张：25
版　　次：2022 年 11 月第 1 版
印　　次：2022 年 11 月第 1 次印刷
ISBN 978-7-5212-2064-3
定　　价：78.00 元（平）